Über das Buch:
Ein großer historischer Roman für alle Freunde des MEDICUS und der SÄULEN DER ERDE

Schottland 1096: Papst Urban II. hat die Gläubigen aufgerufen, ins Heilige Land zu ziehen und das Grab Christi zu befreien. Drei der Kreuzfahrer sind der Gutsherr Ranulf und seine Söhne von den fernen Orkney-Inseln. Nur Murdo, der Jüngste, bleibt zurück. Doch als ein gieriger Bischof und ein korrupter Abt Murdo und seine Mutter von Haus und Hof vertreiben, muss der Junge seine eigene Pilgerfahrt antreten. Eine abenteuerliche Reise durch das mittelalterliche Europa beginnt, die ihn bis vor die Tore Jerusalems führt – und mitten hinein in den Schrecken des Krieges. Alleine muss Murdo den Kampf um sein Glück und das Erbe seiner Familie aufnehmen. Dabei gelangt er in den Besitz eines der größten Schätze der Christenheit, der ihn zum Begründer einer geheimen Tradition macht, die über die Jahrhunderte bis in die Gegenwart reicht.

Erfüllt von Heldentum, Verrat und Freundschaft ist DAS KREUZ UND DIE LANZE der Beginn einer epischen Saga über den Kampf einer alten schottischen Familie um ihr Leben und ihren Glauben während der großen Kreuzzüge.

Über den Autor:
Stephen Lawhead wurde 1950 in Kearney, Nebraska geboren. Nach verschiedenen Tätigkeiten im Musikgeschäft veröffentlichte er 1982 seinen ersten Roman. Bekannt wurde er durch seine mehrbändige PENDRAGON-SAGA und die Romantrilogie DAS LIED VON ALBION, mit denen er erstmals die Bestsellerlisten in England und Amerika erklomm. Das Interesse an keltischer Mythologie und Geschichte führte den Autor nach Oxford, England, wo er seit 1990 mit seiner Familie lebt.

STEPHEN LAWHEAD

Der Sohn des Kreuzfahrers

Historischer Roman

Ins Deutsche übertragen von
Rainer Schumacher

BASTEI LÜBBE TASCHENBUCH
Band 26211

Vollständige Taschenbuchausgabe der unter dem Titel
DAS KREUZ UND DIE LANZE im Gustav Lübbe Verlag
erschienenen Hardcoverausgabe

Bastei Lübbe Taschenbücher und Gustav Lübbe Verlag
sind Imprints der Verlagsgruppe Lübbe

Titel der englischen Originalausgabe: THE IRON LANCE
© 1998 by Stephen R. Lawhead
Published by arrangement with HarperCollins Publishers, Inc., New York
© für die deutschsprachige Ausgabe 2000 by
Verlagsgruppe Lübbe GmbH & Co. KG, Bergisch Gladbach
Illustrationen, Karten, Pläne und Vignetten:
Tina Koch, Alfeld/Leine
Umschlaggestaltung: Tanja Østlyngen, unter Verwendung eines
Ausschnitts aus dem Wandteppich von Bayeux (11. Jh.)
Satz: Kremerdruck GmbH, Lindlar
Druck und Verarbeitung: Ebner & Spiegel, Ulm
Printed in Germany, Oktober 2003
ISBN 3-404-26211-5

> Sie finden uns im Internet unter
> http://www.luebbe.de

Der Preis dieses Bandes versteht sich einschließlich
der gesetzlichen Mehrwertsteuer.

Meinem Vater
Robert E. Lawhead
zum Gedenken

DIE HAUPTPERSONEN DES ROMANS

DIE BRUDERSCHAFT

Gordon Murray, der Erzähler
Caitlin, gen. Cait, geb. Charmody, seine Frau
Annie und Alex, ihre Kinder
Alisdair Angus McTabot, Gordon Murrays engster Freund
Elizabeth, gen. Libby, geb. Gowan, seine Frau
Pemberton, gen. Pembers, Mitglied des Alten und Ehrenvollen
    Orden des Hochlandhirschen und Erster Prinzipal des Inneren
    Tempels der Bruderschaft
Genotti, Zweiter Prinzipal des Inneren Tempels
De Cardou, Evans, Kutsch und Zaccaria, Mitglieder des Inneren
    Tempels

DIE ORKNEYINGAR

Murdo Ranulfsson
Ranulf, Herr zu Hrafnbú in Dýrness, sein Vater
Niamh, Ranulfs Frau, Murdos Mutter
Torf-Einar und Skuli, ihre Söhne, Murdos Brüder
Fossi, Hin und Peder, Knechte Herrn Ranulfs
Brusi Maddardson, Gutsbesitzer auf Hrolfsey

Ragnhild, seine Frau
Ragna, Tochter Brusis und Ragnhilds, Murdos Geliebte
Eirik, Ragnas und Murdos Sohn
Tailtiu, Dienerin Ragnas
Adalbert, Bischof von Kirkjuvágr
Gerardus, Abt von St. Ola zu Kirkjuvágr
Bruder Gerald, ein Mönch im Dienste von Abt Gerardus
Erlend, Jarl zu Ophir
Cecilia, seine Schwester, Gutsherrin zu Borgvik
Paul, Bruder Erlends und Cecilias
Dufnas und Gundrun, Kaufleute in Kirkjuvágr
Jarn, Knecht auf dem ehemaligen Hof Herrn Ranulfs
Angharad, Äbtissin eines Konvent nördlich von Inbhir Ness

DIE KELTEN

Ronan mac Diarmuid, Bruder aus der Abtei Sankt Aidan,
    Anführer der Célé Dé
Emlyn ap Hygwyd, ein Mitbruder
Fionn mac Enda, ein Mitbruder

DIE NORDMÄNNER

Magnus, König von Norwegen und Orkneyjar
Prinz Sigurd, König Magnus' Sohn
Sven Pferdezügel, Steuermann König Magnus'
Hakon Gabelbart, Olvar Dreizeh und Tolf Krummnase, Wikinger
    in König Magnus' Diensten
Hakon Kol, ein Gefolgsmann Prinz Sigurds
Jon Reißzahn, Kapitän der *Skifbladnir*

Amund, Arnor, Digri, Fafnir, Nial, Olaf, Oski, Raefil, Sturli und Ymir, Seeleute an Bord der *Skifbladnir*
Guthorm Stiernacken, ein Wikinger-Kapitän

Die Griechen

Alexios I. Komnenos, Kaiser von Byzanz
Dalassenos, Drungarios tōn poimōn (Oberbefehlshaber der Kaiserlichen Flotte), Vetter des Kaisers Alexios und Kaiserlicher Gesandter in Jerusalem
Gerontios, Kammerherr des Kaisers
Niketas, Kommandant der Exkubiten
Tatikios, Stratege des Kaisers
Theotikis, ein Edler im Gefolge des Dalassenos

Die Herren des Westens

Papst Urban II.
Adhemar de Monteil, Bischof von Le Puy, päpstlicher Legat
Arnulf, Bischof von Rohes, später Patriarch von Jerusalem
Odo, Bischof von Bayeux
Gottfried von Bouillon, Herzog von Niederlothringen, später Advocatus Sancti Sepulchri (Verteidiger des Heiligen Grabes) zu Jerusalem
Eustachius, Graf von Boulogne, sein älterer Bruder
Balduin, deren jüngerer Bruder, später Graf von Edessa
Bohemund, Fürst von Tarent, später Fürst von Antiochia
Tankred der Normanne, sein Neffe
Bayard, ein Ritter in Fürst Bohemunds Gefolge
Robert, Herzog von der Normandie

Stephan, Graf von Blois, sein Vetter
Robert, Graf von Flandern, Schwager Herzog Roberts
Hugo, Graf von Vermandois
Raimund von Saint-Gilles, Graf von Toulouse und der Provence
Raimund von Aguilers, Kaplan des Grafen Raimund, Chronist
   des Kreuzzugs
Peter Bartholomäus, ein Mann in Graf Raimunds Troß, Entdecker
   der heiligen Lanze
Peter der Eremit, Prediger, Anführer des Bauernkreuzzugs
Walter Sansavoir de Poissy, ein Ritter im Kreuzzug Peters
Bezu, ein Schmied in Arles

Die Muslime

Kilidsch Arslan, Seldschuken-Sultan von Rum
Kerbogha, Emir von Mossul, Feldherr der Groß-Seldschuken vor
   Antiochia
Ifthikar al-Daula, ägyptischer Gouverneur von Jerusalem

6. Januar 1899:
Edinburgh, Schottland

Mein Name ist ohne Bedeutung.

Es genügt zu wissen, daß ich vor drei Nächten die Weihe zum Siebten Grad empfangen habe. Da ich seitdem zum Inneren Tempel gehöre, bin ich nun mit den Geheimnissen vertraut, die ich an dieser Stelle enthüllen werde.

Doch glaubt ja nicht – auch nicht für einen Augenblick –, daß ich das Vertrauen enttäuschen werde, daß man in mich gesetzt hat. Ich würde lieber sterben – und das mit Freuden –, als die Bruderschaft oder ihr Werk zu gefährden. Wie es scheint, ist das meiste, was ich hier berichten werde, ohnehin schon allgemein bekannt; oder zumindest kann jeder einigermaßen gebildete Leser, der auch nur einen Funken Neugier verspürt, sich einen Großteil dieses Wissens mit ein wenig Geduld und Beharrlichkeit auch selbst aneignen. Den Rest herauszufinden ist einem Normalsterblichen jedoch unmöglich, es sei denn, er bedient sich der Methoden, die um meinetwillen angewendet worden sind. Diese Methoden, ebenso wie das Wissen, das durch sie gewonnen worden ist, sind jedoch geheimnisvoller, als die meisten Menschen sich vorzustellen vermögen.

Würde ich nicht zu den wenigen Auserwählten gehören, würde ich es selbst nicht glauben und diese Worte hier nicht schreiben. Wie die Dinge jedoch stehen, habe ich das alles schon lange genug hinausgeschoben. Die Zeit ist gekommen, da ich Ordnung in meine verwirrten Gedanken und die außergewöhnlichen, nein in die phantastischen Erfahrungen bringen muß, die ich in den vergangenen Tagen gemacht habe. Wenn ich alles niederschreibe, wird mir das vielleicht dabei helfen, mich zu vergewissern, daß ich nicht dem Wahnsinn verfallen bin. Die Ereignisse, von denen ich berichten werde, *sind* geschehen – glaubt mir.

Ich beginne.

Die Einladung kam wie immer – ein einzelnes Klopfen an der Tür meines Arbeitszimmers und eine Notiz ohne Siegel oder Unterschrift und mit nur zwei Worten auf dem Papier: *Heute nacht.*

Es ist wohl überflüssig zu erwähnen, daß ich die nächsten Stunden damit verbracht habe, mich meiner Verpflichtungen für den Tag zu entledigen, und daß ich mich zur gegebenen Zeit auf den Weg zu dem vereinbarten Treffpunkt gemacht habe. Verzeiht mir, wenn ich die Lage dieses Ortes nicht preisgebe. Es genügt zu sagen, daß es sich um eine kleine Kirche in der Nähe der Stadt handelt, die man ohne Probleme per Droschke erreichen kann. Wie immer, so entlohnte ich den Kutscher auch diesmal für seine Mühen, gab ihm Anweisungen für seine Rückkehr und legte die letzten ein, zwei Meilen zu Fuß zurück. Nicht anders als meine Brüder, so pflege auch ich jedesmal einen anderen Weg zu nehmen und niemals den gleichen Kutscher zu engagieren, um keinen unnötigen Verdacht zu erregen.

Obwohl die Kirche unscheinbar wirkt – sie besteht aus dunkelgrauem Stein und ist auf traditionelle Weise eingerichtet –, kann ich Ihnen versichern, daß sie in Wahrheit uralt und alles andere als ›traditionell‹ ist. Nachdem ich sie betreten hatte, verweilte ich kurz zum Gebet in einer der Chorkapellen, bevor ich meine graue Robe aus der Sakristei holte und mich über die hinter dem Altar verborgenen Stufen auf den Weg hinab in die Krypta machte, wo unsere geheimen Anrufungen stattfinden.

In den unteren Räumen riecht es nach Staub und schwach auch

nach Fäulnis. Es ist sehr dunkel dort. Wir vertrauen einzig auf Kerzenlicht, und auch dieses setzen wir nur spärlich ein. Ich habe keine Angst; ich habe im Laufe der vergangenen Jahre schon an vielen Versammlungen der Bruderschaft teilgenommen, und so bin ich mit den verschiedenen Sitten und Bräuchen unserer Gruppe vertraut. Für gewöhnlich treffe ich als einer der ersten ein. Heute nacht jedoch spüre ich, daß die anderen bereits auf mich warten, während ich mich ducke, um die innere Kammer zu betreten. Ich entschuldige mich zaghaft für meine Verspätung, doch Genotti (an dieser Stelle sollte ich vielleicht anmerken, daß alle Namen, die ich in dieser Erzählung erwähne, verändert worden sind, um die Anonymität der Mitglieder der Bruderschaft zu wahren) versichert mir, daß ich keinesfalls zu spät sei und daß es sich bei dem heutigen Treffen um einen besonderen Anlaß handle.

»Wir haben unser Kolloquium bereits vergangene Nacht begonnen«, berichtet mir Genotti. »Bis jetzt war Ihre Anwesenheit jedoch nicht erforderlich.«

»Ich verstehe.«

Eine andere Stimme sagt: »Seit nunmehr sechs Jahren, glaube ich, sind Sie ein treues Mitglied des Konzils der Brüder.« Das ist Evans, unsere Nummer Zwei oder Zweiter Prinzipal. »Während dieser Zeit haben wir Sie ohne Unterlaß beobachtet und nach jedem Anzeichen von Unredlichkeit Ausschau gehalten, sei es auch noch so klein.«

»Ich hoffe, ich habe Sie nicht enttäuscht.«

»Im Gegenteil: Sie haben uns über die Maßen beeindruckt. Unsere Bewunderung für Sie ist nur größer geworden.«

Eine dritte Stimme spricht aus der Dunkelheit: »Vor Ihnen sind schon viele in die Bruderschaft gerufen worden.« Das ist Kutsch; sein österreichischer Akzent verrät ihn. »Doch noch nie hat sich jemand einer höheren Ehre als würdig erwiesen ... bis jetzt.«

Bei dem Wort ›Ehre‹ verspüre ich einen Stich. Ich erinnere

mich daran, daß dieses Wort nur einmal bei einer ähnlichen Gelegenheit verwendet worden ist: als man mich gebeten hat, der Bruderschaft beizutreten.

»Ich war mir nicht bewußt, daß es noch eine höhere Ehre gibt«, erwidere ich.

»Für jene, die es erdulden durften«, informiert mich Zaccaria mit ruhiger Stimme, »war das Martyrium eine Ehre.«

»Werde ich zum Märtyrer?«

Es ist De Cardou, der mir darauf antwortet. »Wir alle sind Märtyrer, mein Freund. Es ist nur der Sinn des Martyriums, was den einen vom anderen unterscheidet.«

Ich weiß nicht, was ich darauf erwidern soll, und so folgt ein längeres Schweigen. Ich habe das Gefühl, daß sie mich beobachten, daß sie mich im Dunkeln sehen können, auch wenn ich sie nicht sehen kann.

Es ist Pemberton, der das Schweigen schließlich beendet. Das überrascht mich, denn eigentlich hatte ich damit gerechnet, daß ein anderer die Stille durchbrechen würde – Evans vielleicht oder De Cardou. Aber nein, ich weiß, daß der bescheidene Pemberton unser Oberster ist, der Erste Prinzipal. »Wenn Sie das Martyrium erleiden wollen, so wie wir es erlitten haben«, erklärt er, »dann brauchen Sie nichts weiter zu tun, als einen Schritt vorzutreten.«

Das tue ich auch, und ohne auch nur einen Augenblick lang zu zögern. Ich habe genug von der Bruderschaft und ihrem Wirken gesehen, um diesen Männern blind zu vertrauen. Eine zweite Aufforderung brauche ich nicht; ich hätte ohnehin keine erhalten. Also trete ich den besagten Schritt vor, und die Initiation beginnt.

Sofort ergreifen mich zwei Mitglieder des Inneren Tempels – jeweils einer auf jeder Seite – und heben meine Arme in die Höhe, während ein dritter mir ein dickes, gepolstertes Band um die Hüfte legt. Dann werde ich zu einem kleinen Tisch in der Mitte der Krypta geführt.

Eine einzelne Kerze wird entzündet, und in ihrem Licht sehe ich, daß man ein makellos weißes Tuch über den Tisch gebreitet hat, auf dem diverse Gegenstände ausgelegt sind: eine mit einer Flüssigkeit gefüllte Silberschüssel, eine weiße Tonpfeife, wie man sie zum Tabakrauchen verwendet, ein Meßkelch, ein goldener Teller, auf dem etwas liegt, das an getrocknete Feigen erinnert, ein sorgfältig gefaltetes Tuch – offenbar Seide oder Samt – und zu guter Letzt ein einfaches Holzkreuz auf einem Goldsockel.

Ich werde vor diesen Tisch geführt, und meine sechs Initiatoren nehmen mir gegenüber Aufstellung; sie tragen Kapuzen, so daß ich ihre Gesichter nicht sehen kann. Das ist jedoch nicht weiter von Bedeutung, denn ich kenne ihre Stimmen so gut wie meine eigene. Dennoch strahlen die verhüllten Gesichter etwas Beunruhigendes aus.

»Suchender, streck deine Hände aus.« Pemberton ist es, der mir diesen Befehl erteilt, und ich tue, wie mir geheißen. Er greift nach der Silberschüssel und legt sie mir in die Hand. »Nimm und trink.«

Ich hebe die Schüssel an die Lippen und nippe an der Flüssigkeit. Sie schmeckt süß und schwach nach Kräutern – wie eine Mischung aus Rosenblättern und Anis –, doch es liegt Kraft in ihr. Ich spüre, wie sie mir in der Kehle brennt. Dann senke ich die Schüssel. Man nimmt sie mir aus der Hand, doch nur um sie mir sofort wieder zu reichen. »Suchender, nimm und trink.«

Ich trinke ein zweites Mal und spüre, wie meine Kehle und mein Bauch von einer unheimlichen Wärme erfüllt werden. Abermals senke ich die Schüssel, und wieder nimmt man sie mir ab, reicht sie mir wieder und fordert mich auf zu trinken. Die seltsame Wärme erfüllt inzwischen meinen ganzen Körper vom Bauch bis in die Gliedmaßen.

Nach dem dritten Schluck des berauschenden Tranks wird mir gestattet, die Schüssel abzusetzen, woraufhin man nach dem Holzkreuz greift und es mir entgegenstreckt. »Suchender«, das ist De Cardou, »ehre das Kreuz.«

Auf diese Worte hin wird das Kreuz vor mein Gesicht gehoben, damit ich es küssen kann. Dies tue ich auch, und das Kreuz wird wieder zurückgelegt. De Cardou nimmt daraufhin die Tonpfeife und wendet sich ab. Als er sich wieder umdreht, qualmt die Pfeife – allerdings ist alles so schnell geschehen, daß ich nicht weiß, wie er in der kurzen Zeit ein Streichholz oder geschweige denn die Pfeife hat entzünden können. »Suchender, atme den himmlischen Weihrauch ein.«

Ich stecke das Mundstück der Pfeife zwischen meine Lippen und ziehe daran. Ein wohlduftender Rauch dringt in meinen Mund. Ich stoße ihn wieder aus und nehme einen zweiten Zug des wunderbaren Dufts. Nach dem dritten Zug wird mir auch die Pfeife wieder abgenommen und auf den Tisch zurückgelegt.

Genotti spricht als nächster. »Suchender«, sagt er mit seinem sanftem italienischen Akzent und greift nach dem goldenen Teller, »nimm und iß.«

Ich wähle eines der verschrumpelten braunen Dinger, die auf dem Teller liegen, stecke es in den Mund und kaue. Das Fleisch ist weich, doch ein wenig zäh – es erinnert an Trockenobst –, aber der Geschmack ist intensiv und unangenehm bitter. Die Tränen treten mir in die Augen, und mich überkommt das Verlangen, die fremdartige Substanz auszuspeien. Sie ist derart bitter, das sie förmlich am Gaumen brennt und den gesamten Mund betäubt. Aus meiner Zunge weicht jegliches Gefühl, bis sie schließlich nur noch ein empfindungs- und nutzloses Stück Fleisch ist, doch gleichzeitig scheint sie auf unerklärliche Weise anzuschwellen. Ich fürchte zu ersticken. Ich kann nicht mehr atmen.

Keuchend und würgend gelingt es mir doch noch, das schreckliche Zeug zu kauen, und am Ende bin ich sogar in der Lage, es hinunterzuschlucken. Dann überkommt mich eine neue Furcht: Man wird mich erneut von dem Teller essen lassen ... aber nein, Genotti stellt den Teller beiseite und greift nach dem Meßkelch. Wortlos bietet er mir den Kelch an, und ich nehme ihn entgegen. Ich trinke; es scheint sich um eine Art Sirup zu handeln. Ein besonderes Aroma oder einen Geschmack vermag ich nicht zu erkennen, aber augenblicklich geht ein Kribbeln durch meine Lippen, über Zähne und Zunge und wandert die Kehle hinab. Ich weiß nicht, ob es an dem Trockenobst liegt, das ich gegessen habe, oder ob es von dem Sirup kommt, doch das Kribbeln läßt nicht nach.

Plötzlich verspüre ich ein großes Verlangen zu lachen. Ich habe das Gefühl, als würde eine große Blase in mir aufsteigen, die stetig größer wird, je höher sie wandert, und daß ich diese Blase mit einem lauten Lachen gebären muß, denn sonst drohe ich zu platzen. Ich bemühe mich, das Gefühl zu unterdrücken.

»Suchender«, sagt Genotti erneut, »atme den himmlischen Weihrauch ein.«

Der Rauch beruhigt mich, und obwohl es in meinem Mund nach wie vor kribbelt, so verschwindet doch der Drang zu lachen. Evans spricht als nächster. »Suchender, antworte mir: Wie sieht ein Kind Gottes?« fragt er. Sein singender walisischer Tonfall ist eine Wohltat für die Ohren.

»Mit den Augen des Glaubens«, antworte ich. Die Frage wird bei jeder Weihe gestellt, egal zu welchem Grad.

»Dann öffne die Augen, Suchender, und du wirst sehen«, befiehlt Evans. Er greift nach dem gefalteten schwarzen Seidentuch, tritt um den Tisch herum und hebt das Tuch vor mein Gesicht. Rasch verbindet er mir die Augen, und so werde ich in einen anderen Teil des Raums geführt, wo ich mich mit dem Rücken auf den Boden legen muß.

Ich bereite mich auf das vor, was auch immer als nächstes geschehen wird und höre ein leises Kratzen wie Kreide auf einer Schiefertafel. Das Geräusch dauert eine Weile an, dann spüre ich einen kalten Luftzug auf der linken Wange, was mich glauben läßt, daß eine Tür geöffnet wurde. Gleichzeitig werden Seile an dem gepolsterten Gürtel um meine Hüfte befestigt. Um mich herum haben sich die anderen versammelt und ragen über mir auf.

Plötzlich werden meine Füße gepackt, und ich werde wie eine Schildkröte auf den Rücken gedreht. Als man meine Füße wieder losläßt, spüre ich, daß sich unter ihnen nichts als Luft befindet – meine Füße hängen im Nichts. Man läßt mir jedoch keine Zeit, darüber nachzudenken, denn beinahe im selben Augenblick werde ich sanft nach vorne gezogen, so daß meine Füße, meine Knöchel und schließlich meine Beine in die Leere hinabgleiten. Meine Arme werden hochgehoben, die Seile gestrafft, und ich spüre, wie ich in das Loch hinabgleite, das man im Boden geöffnet hat.

Langsam sinke ich ins Nichts hinunter, wobei ich an den Seilen hänge wie eine Puppe an ihren Fäden.

Die Kammer, in die man mich hinunterläßt, ist von nahezu unglaublichen Ausmaßen. Ich kann nicht sagen, woher ich das weiß – vielleicht schließe ich die Größe aus der Kälte der Luft oder aus dem Echo meines eigenen Atems, das von unsichtbaren Wänden widerhallt. Meine Augen sind verbunden; ich sehe nichts. Tiefer und tiefer sinke ich hinab.

Schließlich berühren meine Füße wieder festen Boden. Ich schließe die Beine und stehe. Ich weiß nicht, wie tief ich hinabgelassen worden bin. Die Stimme, die mich von oben erreicht, hallt nur als schwaches Echo zu mir herunter. »Suchender«, das ist Pemberton, »mit den Augen des Glaubens gebiete ich dir zu sehen ... und mögest du die Wahrheit finden.«

Bei diesen Worten erschlaffen die Seile und werden hinter mir in die Tiefe geworfen. Die Fäden der Puppe sind durchschnitten worden, und nun ist es an mir, zu suchen und zu finden. Aber was ... was suche ich? Was erwartet man von mir? Keine meiner früheren Erfahrungen mit der Bruderschaft hat mich auf diese Prüfung vorbereitet. Es liegt an mir – und nur an mir –, ob ich sie bestehe oder scheitere.

Da ich ein Suchender bin, beschließe ich zu tun, wie mir geheißen. Obwohl mir der Gegenstand meiner Suche nach wie vor ein Mysterium ist, besitze ich Glauben genug, um darauf zu vertrauen, daß ich den Preis erkenne, wenn ich ihn sehe.

Entschlossen mache ich mit weichen Knien meine ersten Schritte in die Höhle hinein, denn als solche betrachte ich die Kammer nun: als riesige unterirdische Höhle, ein gigantischer Hohlraum tief unten im Felsgestein. Drei Schritte gehe ich in die Dunkelheit hinein, dann bleibe ich stehen. Ich fühle mich nicht länger sicher auf den Beinen. Eine leichte Benommenheit breitet sich in meinem Kopf aus, und ich habe das Gefühl, auf dem Wasser zu treiben.

Trotzdem atme ich tief durch und gehe weiter.

Vorsichtig drehe ich mich zunächst nach links, dann nach rechts. Von rechts glaube ich, einen Luftzug zu spüren, und so beschließe ich, in dieser Richtung weiterzusuchen. Ich folge nur einer Ahnung, weiter nichts, doch nach einem guten Dutzend Schritten wird mein Entschluß belohnt, und ich erreiche eine Stufe.

Ich beuge mich vor und ertaste die Stufe mit meinen Händen; hinter ihr folgen weitere. Ich steige die ersten drei empor, dann die nächsten drei, dann noch eine und erreiche eine Plattform, von der ich vermute, daß sie aus der Höhlenwand herausgehauen worden ist.

Ich spreche ein Wort und komme anhand des Echos zu dem Schluß, daß ich die große Kammer verlassen und einen angrenzenden kleinen Raum betreten habe – eine Art Vestibulum. Wie ein Blinder strecke ich die Hände vor, um den Weg zu ertasten – durch meine verbundenen Augen bin ich tatsächlich blind –, und erkunde mit schlurfenden Schritten die Kammer, zu der ich emporgestiegen bin.

Mittlerweile dreht sich alles in meinem Kopf. Ich fühle mich nicht länger nur leicht benommen, sondern zunehmend schwindlig. Meine Sinne bleiben jedoch wach. Ich habe das Gefühl, als würde ich im Dunkeln glühen – ja geradezu, als würde ich Funken versprühen. Mein Gehör ist scharf, doch es gibt nichts zu hören mit Ausnahme meines eigenen Atems. Da man mir nichts Gegenteiliges befohlen hat, beschließe ich, die Augenbinde abzunehmen.

Wie erwartet gibt es hier unten kein Licht. Die unterirdische Dunkelheit ist vollkommen. Sie umschließt mich wie eine zweite Haut, legt sich so eng um meinen Körper, daß sie beinahe ein Teil von mir zu sein scheint. Auch wenn ich dadurch noch immer blind bin, so sind meine Sinne doch lebendig und voller Erwartung – oder wahrscheinlicher: Die seltsamen Substanzen, die man mir zu trinken, zu essen und zu rauchen gegeben hat, beginnen allmählich zu wirken. Ich habe das Gefühl, als würde ich fliegen.

Ich fahre mit meiner Untersuchung fort und entdecke, daß die Wände des Vestibulums glatt und rund sind; wie vermutet hat man die Kammer aus der Höhlenwand herausgehauen. Kein Hindernis beeinträchtigt meine Bewegungen, während ich mit meinen Händen untersuche, was ich als die Rückwand des Vestibulums betrachte. Und dann ...

Meine Finger streichen über den Rand einer Öffnung. Ich spüre den geschwungenen Rand eines Vorsprungs. Rasch ertaste ich die Umrisse der Öffnung in ihrer Gänze. Es handelt sich um eine Nische, breiter als hoch, und mit einem leicht hervorragenden Unterboden.

Ich greife hinein. Sie ist nicht tief. Ich taste nach der Rückwand der Nische, wobei ich mit der Hand über den Boden streiche.

Meine Fingerspitzen berühren etwas Kaltes, Hartes.

Der Gegenstand paßt genau in die Nische. Ich vermute sogar, daß die Nische mit dem Gedanken angefertigt worden ist, eben diesen Gegenstand hier unterzubringen. Könnte es das sein, was ich hier unten finden sollte?

Ich fahre fort, den Gegenstand zu untersuchen. Er ist lang und dünn, und seine Härte und Kälte lassen nur den Schluß zu, daß es sich um Metall handeln muß. Ich nehme ihn in die Hand und hebe ihn vorsichtig aus der Nische; ich halte ihn mit beiden Händen, um sein Gewicht abzuschätzen. Das bringt mich zu dem Schluß, daß der Gegenstand entweder aus Eisen oder Bronze besteht, und seiner Länge und Form nach zu urteilen, glaube ich, einen Rechen oder eine Hacke in der Hand zu halten. Aber nein, dafür ist er zu dünn – der Umfang ist zu gering, als daß man ihn als Werkzeug hätte benutzen können –, und er ist bei weitem zu schwer. Die Oberfläche ist uneben, doch ich vermag weder Muster noch Markierungen zu erkennen.

Als ich mit der Hand über den Metallstab streiche, bemerke ich, daß er nicht vollkommen gerade ist: Auf dem Weg zu seinem stumpfen, abgerundeten Ende biegt sich das Metall leicht durch. Ich wende meine Aufmerksamkeit dem anderen Ende zu und entdecke, daß der zylindrische Stab an jener Stelle dünner wird, die ich als die Spitze betrachte. Schließlich verliert der Stab seine Rundung, flacht ab und geht in die Breite. Er verläuft sich in einer dreieckigen Spitze. Dort gibt es drei ... wie soll ich sie nennen? Vorsprünge? Kleine Flügel, wenn Ihr so wollt. Diese Flügel sind dünn, und ...

Während ich über die Natur des Gegenstandes rätsele, den ich gefunden habe, höre ich das Rauschen von Luft, viel Luft, doch ich spüre nicht den geringsten Windhauch auf meiner Haut. Schweißtropfen sammeln sich auf meiner Stirn.

Fast gleichzeitig scheint es mir, als würde der Boden unter meinen Füßen sich neigen. Ich taumele vorwärts und umklammere mit einer Hand den Metallstab. Mit der freien Hand packe ich den Rand der Nische und torkele unbeholfen gegen die Wand. Nun erfüllt ein Dröhnen die Höhle. Dann erkenne ich, daß das Geräusch nur in meinem Kopf existiert: Es ist das Pochen des Blutes in meinen Schläfen. Ich stütze mich an der Wand ab und versuche, mich umzudrehen, muß aber erkennen, daß ich nicht länger stehen kann.

Ich hechele wie ein Hund. Mein Atem geht schnell und flach, als wäre ich meilenweit gerannt. Schweiß läuft mein Gesicht herab. Ich halte mich an der Wand fest, lehne mich gegen sie aus Angst, die Treppe zu dem kleinen Vestibulum hinunterzustürzen, falls ich loslassen sollte. Also gleite ich mit dem Rücken zur Wand auf den Boden, umklammere den Metallstab und schnappe nach Luft wie ein Fisch auf dem Trockenen.

Unter mir bebt der Boden; ich spüre, wie die Vibrationen von den Steinen in meine Knochen wandern. Mein Mund ist trocken, und auf meiner Zunge liegt der Geschmack von saurer Milch. Der Schweiß läuft nun in Strömen über mein Gesicht. Als ich den Hinterkopf gegen die massive Steinwand presse, spüre ich, wie mein armes Herz in der Brust immer schneller schlägt.

So also werde ich sterben, denke ich.

Leuchtende Flecken tanzen vor meinen Augen. Wie Leuchtkäfer erstrahlen die verwirrenden Punkte und verblassen wieder, tauchen auf und verschwinden in der großen Leere der Höhle. Im Gegensatz zu Leuchtkäfern werden sie jedoch stetig größer und gewinnen an Substanz. Ich sehe Farben: kühn, lebhaft und schockierend in ihrer Intensität. Das Licht wird stärker und vereint sich zu hellen Kugeln.

Das muß das letzte Aufbäumen eines sterbenden Gehirns sein, aber nein ... Ich sehe, wie ein Teil der Höhlenwand von den ständig sich verändernden Lichtkugeln erhellt wird. Eine von ihnen treibt nahe zu mir heran und wirft ihr sanftes Licht auf mich. Mehr noch, ich kann etwas in der Kugel sehen: die undeutlichen Umrisse menschlicher Gestalten.

Die Bilder in der Kugel bewegen und verändern sich und füllen schließlich mein gesamtes Blickfeld. Außer der Kugel vermag ich nichts mehr zu sehen, und ihr Licht wird immer stärker. Ohne Vorwarnung bricht die Vision über mich herein. Ein plötzlicher Lichtblitz, und von einem Augenblick auf den anderen ist die Höhle erfüllt von funkelnden Bildern. Sie fliegen an meinen geblendeten Augen vorüber, ein strahlender Blizzard, jedes Bild ein brennender Funke, der tief ins weiche Gewebe meines Gehirns eindringt. Jedes einzelne brennende Partikel ist Teil eines großen Ganzen, das sich immer mehr zusammenfügt, je mehr Teile sich in meinem Geist sammeln.

Einzelne Fragmente verschwinden in dem nach und nach entstehenden Ganzen, und ich beginne zu sehen – keine zerbrochenen Teilbilder, nein, das Gesamtbild. Mit der Klarheit eines Traums sehe ich alles, ja, mehr noch: Ich erschaue. Ich bin ein Teil des Traums geworden; ich lebe in ihm, während er in meinem Geist Gestalt annimmt.

Noch immer dringen blendende Bruchstücke, diese sprühenden Traumsplitter, auf meine Sinne ein und setzen sich tief in meiner Wahrnehmung fest. Ich bin wehrlos gegen diesen Angriff. Ich kann nur Augen und Mund aufsperren und mich der blendenden Flut ergeben. Aber es ist so viel! Eine Kaskade von Szenen bricht über mein Bewußtsein herein, und ich werde zu einem Ertrinkenden inmitten eines reißenden Stroms.

Dem, was ich sehe, kann ich weder Sinn entnehmen noch es verstehen; der Traum ist zu gewaltig, zu chaotisch, zu wild. Ich kann ihn nur in mich aufnehmen. Doch er hat eine Bedeutung. Ich kann es fühlen. Dieser Traum ist keine Halluzination, kein Schattenspiel eines unter Drogen stehenden, fiebrigen Gehirns. Mich erfüllt zunehmend Gewißheit, daß die Dinge, die ich sehe, tatsächlich geschehen sind, egal wie bizarr oder chaotisch sie mir auch erscheinen mögen.

Der Traum ist echt. Es ist geschehen.

Seltsamerweise ist es diese schreckliche Gewißheit, die mich am Ende überwältigt. Ich kann den wilden Ansturm nicht länger ertragen und weiche zurück. Wie ein Betrunkener nach dem Genuß eines geradezu unglaublich berauschenden Elixiers falle ich empfindungslos gegen die Wand. Den Metallstab lege ich quer auf meinen Schoß und presse die Handballen auf die blinden Augen. Im selben Augenblick, da ich den Stab loslasse, habe ich den Kontakt zur Quelle des Traums verloren und finde mich in der beruhigenden Dunkelheit der Höhle wieder.

Oh, aber es ist eine Dunkelheit, die vom flackernden Licht einer fremden, herrlichen Magie erhellt wird. Der Traum lebt in mir weiter. Langsam, ganz langsam mit wankenden, unwissenden Schritten beginne ich meinen ersten zaghaften Versuch, so etwas wie Ordnung in das unauflösbare Chaos meiner Gedanken zu bringen, die noch immer vom Sturm der Bilder erfüllt sind.

Großer Gott, ich bin verloren!

Der Schrei ist kaum ausgestoßen, als die Antwort bereits enthüllt wird. Es gibt einen Faden ... einen Faden. Pack ihn, folge ihm, und er wird dich durch das verschlungene Labyrinth des Wahnsinns zur süßen Wahrheit führen.

Vorsichtig, ganz vorsichtig nehme ich den Faden auf.

Murdo rannte den Hang hinab. Seine nackten Füße berührten nur weiches Gras, so daß lediglich das Zischen und Flattern der rauhen, grünen Farnblätter zu hören war, an denen seine Beine immer wieder vorbeistreiften. Weit hinter ihm erschien ein Reiter auf dem Hügelkamm, zu dem sich rasch zwei weitere gesellten. Murdo wußte, daß sie dort oben waren, und im selben Augenblick, da die Jäger erschienen, tauchte er kopfüber zwischen die zitternden Farnwedel, wo er seine Flucht auf allen vieren fortsetzte.

Die Reiter trieben ihre Tiere an und galoppierten den Hang hinunter. Die Klingen ihrer Lanzen funkelten im Licht der Morgensonne. Alle drei schrien, während sie den Hang hinunterstürmten; sie schrien den alten Schlachtruf des Clans: »*Dubh a dearg!*«

Murdo hörte die Schreie, erstarrte und preßte sich flach auf die feuchte Erde. Er spürte, wie der Tau sein Wams und seine Hose durchdrang, und er roch den scharfen Duft des Farns. Der Himmel schimmerte hellblau zwischen den Farnwedeln hindurch, und mit klopfendem Herzen hielt Murdo in der leeren Luft nach ersten Anzeichen seiner Entdeckung Ausschau.

Die Pferde kamen rasch näher. Das Donnern ihrer Hufe war deutlich zu hören, während sie die weiche Sode aufrissen und Gras und Erde emporschleuderten. Murdo lag auf dem Boden zwischen den Farnen und lauschte aufmerksam auf das Geräusch der galoppierenden Pferde, um ihre Entfernung abzuschätzen. Auch hörte er das leise Plätschern eines verborgenen Flusses ein Stück weiter vorne den Hang hinunter.

Als sie die Stelle erreichten, wo der Jüngling verschwunden war, hielten die Reiter an und begannen mit der stumpfen Seite ihrer Lanzen im dichten Farn herumzustochern. »Komm raus! Raus da!« riefen sie. »Wir haben dich! Zeig dich, und gib auf!«

Murdo ignorierte die Rufe. Er lag vollkommen regungslos auf dem Boden und versuchte, den Schlag seines Herzens zu verlangsamen aus Furcht, die Jäger könnten ihn hören. Sie waren bereits sehr nahe. Murdo hielt den Atem an und beobachtete das Stück Himmel, das er durch die Farnwedel hindurch erkennen konnte, in der Erwartung, dort alsbald die Schatten seiner Verfolger zu sehen.

Die Reiter wendeten ihre Pferde hierhin und dorthin und schlugen mit den Lanzenschäften auf den Farn ein. Mit jedem vergeblichen Versuch, den Jüngling zu finden, wurden ihre Rufe immer verärgerter. »Komm raus!« brüllte der größte der drei Reiter, ein knochiger, blonder junger Mann mit Namen Torf. »Du kannst uns nicht entkommen! Komm raus, verdammt noch mal!«

»Gib auf!« rief einer der anderen. Murdo erkannte die Stimme: Sie gehörte dem breitschultrigen jungen Bullen mit Namen Skuli. »Gib auf, und stell dich deiner Strafe!«

»Ergib dich, du verfluchtes kleines Wiesel!« schrie der letzte der drei. Es handelte sich um einen dunkelhaarigen Jüngling, der auf den Namen Paul hörte. »Wenn du dich jetzt ergibst, ersparst du dir vielleicht eine Tracht Prügel!«

Murdo kannte seine Verfolger, und er kannte sie gut. Zwei von ihnen waren seine Brüder, und bei dem dritten handelte es sich um einen Vetter, den er erst vor zehn Tagen kennengelernt hatte. Aber wie auch immer: Murdo hatte nicht die Absicht aufzugeben. Auch wenn Paul ihm etwas anderes versprach, er wußte, daß sie ihn schlagen würden.

Inmitten der Schreie und des Schlagens der Lanzen steckte Murdo zwei Finger in den Gürtel, zog ein Knäuel fest gesponnener Wolle heraus und band ein Ende des Fadens um den langen Stamm des Farns neben seinem Kopf. Dann kroch er mit vorsichtigen Bewegungen weiter und legte den Faden aus.

Langsam, ganz langsam, bewegte er sich mit der kalten Geschicklichkeit einer Schlange und hielt nur inne, wenn er wieder ein Stück Faden aus dem Knäuel lösen mußte. Dann kroch er weiter, den Kopf tief unter den dunkelgrünen Farnwedeln, und zwang sich, ruhig zu bleiben. Sollte er sich jetzt zu schnell bewegen, würde das seinen sicheren Untergang bedeuten.

»Wir wissen, daß du hier bist!« rief Torf. »Wir haben dich gesehen! Steh auf, und zeig dich, du Feigling! Hörst du mich? Du bist ein Feigling, Murdo!«

»Gib auf!« forderte auch Paul, der Murdo schon gefährlich nahe gekommen war. »Wir lassen dich auch wieder gehen!«

»Ergib dich, Kerl!« meldete sich schließlich Skuli erneut zu Wort. »Du bist gefangen!«

Murdo schwieg. Selbst als Pauls Lanze seinen Kopf nur um Haaresbreite verfehlte, sprang er nicht auf und rannte davon, sondern duckte sich im Gegenteil noch tiefer und wartete, bis sich die Pferde wieder entfernten. Als sich das Knäuel dem Ende zuneigte, hielt Murdo schließlich an und lauschte auf die Pferde, um abzuschätzen, wo sich jeder seiner Verfolger befand und wie weit sie von ihm entfernt waren. Befriedigt stellte er fest, daß sie alle zehn oder mehr Schritt von ihm weg waren. Er atmete tief durch und riß mit einem kräftigen Ruck an dem Wollfaden.

Murdo wartete, und als nichts geschah, riß er erneut an dem Faden.

»Dort drüben!« schrie Skuli. Die anderen beiden stießen einen Triumphschrei aus, rissen ihre Pferde herum und eilten zu dem angegebenen Ort.

Doch Murdo hatte den Faden bereits losgelassen und rutschte nun so schnell er konnte den Hügel hinunter. Als er das Ufer des kleinen Flusses erreichte, riskierte er es, einen Blick zurückzuwerfen: Alle drei Reiter hatten sich im Sattel aufgestellt, die Lanzen eingelegt und riefen in den Farn hinein, Murdo solle sich ergeben.

Lächelnd ließ sich Murdo die Uferböschung zum Fluß hinunter. Das Wasser war flach und kalt, doch er biß die Zähne zusammen und eilte weiter.

Während die Reiter noch immer verlangten, daß er sich ergeben solle, entkam Murdo durch das seichte Flußbett.

Es war Niamh, die Murdo schließlich einfing, als er um die Scheune herumschlich in der Hoffnung, unentdeckt auf den Hof zu gelangen. »Murdo! Da bist du ja«, schimpfte sie. »Ich habe dich schon überall gesucht.«

»Herrin«, erwiderte Murdo und richtete sich auf. Er drehte sich um und sah Niamh mit gerafftem Rock und einem Funkeln in den Augen auf sich zueilen.

»Nichts mit ›Herrin‹! Sieh dich doch einmal an!« fauchte sie wütend. »Naß bis auf die Knochen und vollkommen verdreckt!« Sie packte ihn am Arm und zog ihn grob auf sich zu. Murdo war zwar einen Kopf größer als die Frau, dennoch unterwarf er sich ihrem Tadel. »Du hast schon wieder dieses verfluchte Spiel gespielt!«

»Es tut mir leid, Mutter«, erwiderte Murdo mit einer männlichen Stimme, die in krassem Gegensatz zu seinem kindlichen Verhalten stand. »Das war das letzte Mal, und...«

»Hase und Jäger in deinem Alter. Murdo!« schnappte Niamh. Sie schaute ihm in die Augen, und ihr Tonfall wurde ein wenig sanfter. »Ach, mein Herz«, sagte sie und ließ ihn los. »Du solltest nicht zulassen, daß sie dich so behandeln. Das ist dem Sohn eines Herrn nicht angemessen. Es schickt sich nicht.«

»Aber sie konnten mich nicht fangen«, protestierte Murdo. »Das konnten sie noch nie.«

»Der Abt ist hier«, sagte Niamh, zupfte an dem nassen, verdreckten Wams ihres Sohnes und strich mit der Hand darüber.

»Ich weiß. Ich habe die Pferde gesehen.«

»Er wird dich für einen der Diener halten. Und wer ist schuld daran? Du.«

»Und wenn schon«, entgegnete Murdo verärgert. »Ich gehe doch sowieso nicht.«

»Wie solltest du auch? Du bist erst zehn und vier Jahre alt.«

»Zehn und fünf... in fünf Monaten«, widersprach Murdo. »Außerdem bin ich größer als Paul – und stärker.« Aber seine Mutter hatte sich bereits umgedreht und ging davon. Rasch eilte er ihr hinterher. »Was will der Abt hier?«

»Kannst du dir das nicht denken?«

»Es ist wegen der Versammlung«, antwortete Murdo.

»Genau.«

»Wann?«

»Frag den Abt«, erwiderte Niamh. »Du wirst ihn noch früh genug begrüßen können.«

Sie schritten über den Hof, eine weite, flache Fläche aus festgetretener Erde, die zu drei Seiten von der Scheune und Lagerhäusern eingerahmt wurde und auf der vierten von dem grauen, steinernen Gutshaus. Hrafnbú konnte sich mit jedem anderen Herrensitz auf den Orkneys messen; der Bú – oder das Gut – befand sich nun schon seit fünf Generationen im Besitz von Murdos Familie, und er war der schönste Ort, den Murdo kannte.

Sieben Pferde warteten auf dem Hof: die vier der Kirchenmänner und jene von Torf, Skuli und Paul, die den Bú zwar lange vor Murdo, doch kurz nach dem Abt erreicht hatten. Ranulf stand in der Mitte des Hofs, flankiert von seinen Söhnen und seinem Neffen, und war in ein Gespräch mit dem Abt und dessen Mönchen vertieft.

Murdo ignorierte die Kirchenmänner und blickte statt dessen zu seinem Vater. Der Herr von Hrafnbú überragte alle um ihn herum. Er war ein großer Mann mit riesigen, starken Händen – die linke stützte den Ellbogen des rechten Armes, während die rechte über den dichten braunen Bart strich. Er besaß ein offenes Gesicht, was ihm eine natürliche Freundlichkeit verlieh. Nun jedoch runzelte er die Stirn, und seine ansonsten sanften Augen hatte er auf eine Art und Weise zusammengekniffen, von der Murdo wußte, daß sie Ärger bedeutete.

Der Gesichtsausdruck des Herrn änderte sich jedoch sofort, als er Murdo und dessen Mutter sah. »Abt Gerardus, meine Gemahlin und mein letztgeborener Sohn.« Ranulf streckte die Hand aus, woraufhin seine Gemahlin sich knapp verneigte.

»Frau Niamh«, sagte der Abt und senkte respektvoll den Kopf. »Gott segne Euch, Herrin. Ich grüße Euch im Namen unseres Erlösers. Ich hoffe, es geht Euch gut.«

Ein gurrender Sachse, dachte Murdo finster und erstarrte, als er den Akzent des Abtes erkannte. Sie halten sich für überlegen und können noch nicht einmal richtig sprechen.

Der Blick des jungen Abtes wanderte zu Murdo, doch da ihn dieser nicht sonderlich interessierte, wandte er sich rasch wieder ab. Murdo schwor, sich für diese Ignoranz zu rächen.

»Guter Abt«, sagte Frau Niamh, »mein Gemahl würde sicherlich den ganzen Tag hier mit Euch im Hof verbringen, um sich mit Euch zu unterhalten, wenn man ihn denn ließe. Ich bin jedoch sicher, daß Ihr genausogut bei einem Willkommenstrunk weiterreden könnt. Kommt. Ihr seid schon weit geritten, obwohl der Tag noch jung ist.«

Murdo wand sich voller Unbehagen, weil seine Mutter so rasch die Ausdrucksweise und das Benehmen des verhaßten Fremden angenommen hatte. Warum nur mußte sie das immer wieder tun?

»Ihr seid äußerst freundlich, Herrin«, erwiderte der Abt in befehlsgewohntem Tonfall. »Sowohl ich als auch meine Brüder sind hocherfreut, Euch unsere Aufwartung machen zu dürfen.«

»Hier entlang bitte, meine Freunde«, sagte der Herr von Hrafnbú und deutete auf das Gutshaus. »Wir werden unser Gespräch bei ein paar Bechern Bier fortsetzen.«

Herr Ranulf und der Abt machten sich auf den Weg, und Torf, Skuli und Paul schickten sich an, ihnen zu folgen. »Ihr drei kümmert euch um die Pferde«, befahl Herr Ranulf über die Schulter hinweg, so daß die drei Jünglinge mitten im Laufen innehielten. »Und seht zu, daß die Tiere unserer Freunde eine ordentliche Portion Hafer bekommen.«

Verärgert, daß sie plötzlich außen vor gelassen wurden, starrten die drei jungen Männer dem Herrn von Hrafnbú hinterher. Murdo gestattete sich ein schadenfrohes Lächeln. Torf sah dies, ballte die Fäuste und trat einen Schritt auf Murdo zu, doch Paul ergriff den Arm des Älteren und zog ihn mit den Worten zurück: »Wenn wir uns beeilen, können wir uns immer noch zu ihnen gesellen, bevor die Becher trocken sind.«

Torf knurrte, machte auf dem Absatz kehrt und eilte Skuli hinterher, der schon vorausgegangen war. Während die Pferde fortgeführt wurden, reihte sich Murdo hinter den Mönchen ein, und die Prozession überquerte den Hof in Richtung Haus.

Im Gegensatz zu Jarl Erlends Palast in Orphir glich Ranulfs Herrensitz mehr dem Haus eines Großbauern, dessen Ländereien zwar ausgedehnt waren, doch steter Pflege bedurften, um den bescheidenen Wohlstand des Herrn und seiner Pächter zu sichern. Hier gab es keine goldenen Schüsseln, kein silbernes liturgisches Gerät und kein Geld für vorbeikommende Kirchenleute, und in der Halle standen keine Krieger mit glänzenden Halsringen und Armreifen, die auf den nächsten Überfall, die nächste Schlacht warteten. Tatsächlich unterhielt der Herr von Hrafnbú überhaupt keine Kämpfer, und am Julfest und anderen heiligen Tagen genügten seine Familie und seine Freunde, um die niedrige Halle zu füllen; kamen weitere Gäste, wurden zusätzlich Tische und Bänke im Hof aufgestellt. Trotzdem war Ranulfs Bier gut, dunkel und süß, und das Feuer in seinem Kamin war so warm wie das eines jeden Königs.

Murdo mochte die Halle und das massive Steinhaus, und als er sah, wie der Abt mit einem gleichgültigen Blick seine Umgebung in sich aufnahm, sträubten sich ihm die Nackenhaare. Ranulf bemerkte das beleidigende Verhalten des Kirchenmannes jedoch nicht, während er den Mönchen einschenkte. Als die Becher gefüllt waren, hob er den seinen und sagte: »Gesundheit und langes Leben. Ruht Euch aus und seid willkommen in meinem Haus.« Die heiligen Männer nickten schweigend, dann tranken alle.

»Herr Ranulf«, bemerkte der Abt und setzte seinen Becher ab, »es ist mir eine Freude, hierzusein. Ich hatte schon lange im Sinn, Euch zu besuchen, und dank der Entscheidung des Jarls hat sich nun endlich die glückliche Gelegenheit dazu ergeben.«

»Ihr ehrt mich mit Eurer Gesellschaft, Abt Gerardus«, erwiderte Ranulf und schenkte nach. Schließlich war der Krug leer, und der Herr von Hrafnbú wollte ihn gerade auf die Tafel stellen, als er seinen Sohn bemerkte und ihn zu sich winkte. »Hier, Murdo, füll den Krug nach.«

Murdo machte sich sofort daran, den Auftrag auszuführen, um so wenig wie möglich von dem Gespräch zu versäumen. Er rannte aus der Halle in die Küche und zu dem Bottich in der Ecke, hob den hölzernen Deckel an, tauchte den Krug in das kalte, braune Bier, zog ihn heraus und hatte die Küche bereits wieder verlassen, bevor der Deckel wieder hinunterfiel. Den tropfenden Krug brachte er zu seinem Vater und stellte ihn neben ihn auf die Tafel.

»Ich habe nichts anderes erwartet«, sagte Ranulf gerade. Murdo bemerkte, daß die Stirn seines Vaters erneut in Falten lag. »Doch ich hatte gehofft, er würde seine Meinung ändern.«

»Ohne Zweifel hat Jarl Erlend genug eigene Sorgen, um die er sich kümmern muß«, bemerkte der Abt bedächtig.

»Nein«, widersprach Ranulf voller Verachtung, »die Sorgen der Heiligen Mutter Kirche sind die Sorgen aller guten Christenmenschen. Welche irdische Pflicht kann größer sein?«

»Natürlich stimmen sowohl der Bischof als auch ich mit Euch in diesem Punkt überein«, antwortete Abt Gerardus. »Das ist auch der Grund, warum wir beim Jarl vorstellig geworden sind; doch unglücklicherweise war uns kein Erfolg beschieden.« Er nahm sich ausreichend Zeit, um sein Leid gebührend zur Schau zu tragen, bevor sich seine Züge wieder aufhellten. »Trotzdem bin ich froh, Euch mitteilen zu können, daß er letztlich doch die Weisheit unserer Bitte erkannt und zugestimmt hat, seine Entscheidung ein wenig abzumildern.« Der Abt hielt einen Augenblick lang inne und frönte seinem eigenen selbstgefälligen Lächeln. »Sind die Interessen der Kirche in Gefahr, wird jeder in uns einen gefährlichen Gegner finden.«

»Dessen bin ich sicher«, erwiderte Ranulf rasch. Voller Verachtung wartete er auf die Worte, die er nun schon seit zwei Monaten hören wollte.

Doch Abt Gerardus genoß seine Rolle als Abgesandter und ließ sich nicht drängen. »Natürlich ist der Jarl ein schwieriger Mann, um es vorsichtig auszudrücken. Es ist nicht leicht, ihn von etwas zu überzeugen«. Wäre da nicht die Freundschaft des Bischofs mit König Magnus, dann glaube ich nicht, daß ...« Erneut hielt er inne. »Aber wie auch immer: Das alles ist nun erledigt, und ich freue mich, Euch mitteilen zu können, daß wir erreicht haben, was wir erreichen wollten – jedenfalls teilweise.«

»Ja?« drängte Ranulf und beugte sich ein wenig vor.

Abt Gerardus hob den Kopf, als wolle er sein Gegenüber segnen. »Obwohl Jarl Erlend an seiner Entscheidung festhält, hat er geschworen, keinen Edelmann zu bestrafen oder zu behindern, der sich dem Kreuzzug anschließen will.«

»Gut!« rief Ranulf und schlug mit der Hand auf die Tafel.

»Gott sei gepriesen«, murmelten die Mönche und nickten zufrieden.

»In der Tat«, fuhr der Abt fort, »ist es jedem Vasallen des Jarls gestattet, in dieser Sache seinem eigenen Gewissen zu folgen.«

Frau Niamh trat neben ihren Mann. Von allen Anwesenden war ihr Gesicht das einzig düstere. Ranulf bemerkte ihren mißbilligenden Ausdruck jedoch nicht. Erregt von der Aussicht, die ihn erwartete, ergriff er ihre Hand. Der Abt wandte sich ab.

»Natürlich«, erhob der Abt erneut die Stimme, »wünscht der Jarl, daß überall kund und zu wissen getan werde, daß er niemandem, der zu gehen wünscht, irgendwelche weltliche Hilfe zuteil werden läßt, da er selbst nicht gedenkt, das Kreuz zu nehmen.«

»Gar nichts?« fragte Ranulf, und das Lächeln verschwand aus seinem Gesicht.

Der Abt schüttelte langsam den Kopf. Murdo sah, wie sehr der Kirchenmann seine Rolle als Gesandter genoß, und er haßte ihn dafür nur um so mehr. Dieser Wichtigtuer mischt sich in alles ein, dachte Murdo und erfreute sich an der Vorstellung, wie der Rücken des Abtes aussehen würde, wäre er mit unzähligen glühendroten Furunkeln übersät.

»Ihr müßt es nehmen, wie es ist«, erwiderte der Abt. »Der Jarl besitzt Ansprüche aus seinem Eigentum. Es genügt, daß er auf nicht absehbare Zeit auf die Tribute seiner Edelleute verzichten muß. Man kann nicht von ihm erwarten, daß er außerdem noch alle mit Ausrüstung und Proviant ausstattet.«

»Aber ...«, begann Ranulf, doch seinem Protest wurde von der herrisch erhobenen Hand des Abtes Einhalt geboten.

»Die Kirche betrachtet jene, die am Kreuzzug teilnehmen, als Pilger, und als solche müssen sie die Kosten der Pilgerfahrt aus eigener Tasche tragen.« Er ließ seinen Blick durch den Raum schweifen, als wolle er den Wert der Ausstattung abschätzen. »Falls jemand die entsprechenden Mittel nicht aufbringen kann, dann wäre es vielleicht klüger, die Reise nicht anzutreten.«

»Der Tribut wird also ausgesetzt?«

»Natürlich.«

»Für die gesamte Dauer des Kreuzzugs?«

Der Abt nickte. »Und auch der Zehnte und die Steuern, ja; aber natürlich nur bis zur Rückkehr des Pilgers.«

Ranulf rieb sich das Kinn und schätzte in Gedanken sein Vermögen ab.

»Mir gefällt die Vorstellung nicht, daß die Liebe zum Mammon zwischen einem Mann und seiner heiligen Pflicht stehen könnte«, fuhr Abt Gerardus fort. »Der geistige Lohn der Pilgerfahrt ist nicht unbeträchtlich. Wie Ihr wißt, wird den Pilgern die Absolution für alle Sünden erteilt, die sie auf der Kreuzfahrt begehen, und sollte jemanden, der das Kreuz genommen hat, der Tod ereilen, wird er augenblicklich ins Paradies auffahren.«

»Das habe ich auch gehört«, bestätigte Ranulf.

Frau Niamh stand schweigend hinter ihrem Mann. Ihr Blick war finster; die Arme hatte sie vor der Brust verschränkt und die Lippen zu einem schmalen Strich zusammengepreßt. Murdo kannte diesen Gesichtsausdruck, und er fürchtete sich zu recht davor.

In diesem Augenblick betraten die drei jungen Männer die Halle. Begierig, die Neuigkeiten des Abtes zu hören, traten sie an die Tafel, und Ranulf winkte sie zu sich heran. »Wir haben unsere Antwort«, informierte der Herr von Hrafnbú seine Söhne und seinen Neffen. »Jarl Erlend erlaubt den Kreuzzug, doch wir dürfen keine Hilfe von ihm erwarten.«

»Wir können also gehen?« fragte Torf, blickte von seinem Vater zum Abt und wieder zurück.

»O ja, das können wir«, antwortete Ranulf.

»Dann nehme ich das Kreuz!« erklärte Torf und trat entschlossen vor.

»Torf-Einar!« rief Frau Niamh. »Es ist nicht an dir, das zu erklären!«

»Ich nehme das Kreuz!« echote Skuli, ohne seine Mutter zu beachten.

Um nicht außen vor zu stehen, trat auch Paul vor. »Im Namen Christi, ich nehme das Kreuz!«

Ranulf stand auf und blickte entschlossen zu seiner Frau. »Sagt Bischof Adalbert, daß Herr Ranulf von Dýrness und seine Söhne an Sankt Johann zu ihm kommen und das Kreuz nehmen werden.«

Als Murdo diese Worte hörte, schlug sein Herz vor Aufregung immer schneller. Bedeutete das, daß sein Vater auch ihn mitnehmen wollte? Vielleicht hatte der Herr ja seine Meinung inzwischen geändert und würde ihn doch nicht zu Hause lassen. Murdo hielt den Atem an.

Der junge Abt nickte. »Ihr könnt Euch darauf verlassen, daß ich es ihm ausrichten werde. Natürlich werdet Ihr Eure Ländereien für die Dauer der Pilgerfahrt unter den Schutz der Kirche stellen wollen.«

»Das wird nicht notwendig sein«, erwiderte Ranulf in beiläufigem Tonfall. »Während meiner Abwesenheit wird Frau Niamh die Herrschaft ausüben. Mein Sohn Murdo wird ihr selbstverständlich zur Seite stehen, und da der Jarl in Orkneyjar bleibt, haben wir nichts zu befürchten.«

Die Hoffnung, die so unvermittelt in Murdos Herz aufgeflammt war, verbrannte zu Asche.

»Das ist natürlich Euer gutes Recht, Herr Ranulf«, bemerkte der Abt. »Aber ich bitte Euch, betet um Gottes Rat in dieser Angelegenheit. Ihr könnt dem Bischof Eure Entscheidung an Sankt Johann mitteilen.«

»Das wird nicht notwendig sein«, versicherte ihm Ranulf erneut. »Ich habe meine Entscheidung bereits getroffen, und ich werde sie nicht mehr ändern.«

»Wie Ihr wollt.« Mit diesen Worten stand der Abt auf, und Murdo hatte den Eindruck, als wären sie alle unvermittelt entlassen worden, nachdem sie den Kirchenmann schrecklich beleidigt hatten.

Mit erhobenen Köpfen und gefalteten Händen verließen Abt Gerardus und seine Brüder die Halle in Richtung Hof. Herr Ranulf befahl seinen Söhnen, die Pferde der Kirchenmänner zu holen, und Murdo nutzte die Gelegenheit, um den Sattelgurt des Abtes zu lockern – nicht so, daß der Kirchenmann vom Pferd fallen würde, aber genug, um ihm einen unangenehmen Ritt zu bescheren.

Wieder zurück im Hof, nahm der Abt Murdo die Zügel aus der Hand, und ohne ein Wort des Dankes schwang er sich auf sein Pferd. »*Pax vobiscum*«, sprach er verärgert.

»*Et cum spiritu tuo*«, antwortete Ranulf, woraufhin der Abt sein Pferd herumdrehte und gefolgt von seinen drei schweigenden Gefährten den Hof verließ.

Nach dem Abendessen stritten der Herr von Dýrness und seine Gemahlin aufs heftigste miteinander. Bis spät in die Nacht hinein waren ihre Stimmen selbst durch die dicken Wände des Schlafgemachs hindurch zu hören. Nachdem sie die Tafel abgeräumt hatten, waren die Diener rasch verschwunden, um nicht den Unwillen ihres Herrn auf sich zu ziehen. Murdo saß allein vorm Kamin. Zwar konnte er nicht verstehen, was seine Eltern hinter verschlossener Tür sagten, doch aufgrund des Tonfalls war die Bedeutung der Worte unmißverständlich. Selbst der graue Wolfshund des Herrn lag schüchtern zusammengerollt in einer Ecke und hatte die Schnauze auf die Vorderpfoten gelegt.

»Was ist los mit dir, Jötun?« murmelte Murdo und warf ein Torfstück nach dem Hund. »Ich bin es, der von allen verlassen worden ist.«

In dieser Nacht ging Murdo nicht zu Bett. Er war auch so schon entmutigt genug; auf das selbstgefällige Geschnatter seiner Brüder und seines Vetters konnte er verzichten. Statt dessen wanderte er über den Hügel hinter dem Haus, verfluchte sein Schicksal und den ungünstigen Zeitpunkt seiner Geburt. Er verlangte vom Himmel zu wissen, warum ausgerechnet er der Letztgeborene hatte sein müssen, doch weder die Sterne noch der bleiche Halbmond ließen sich dazu herab, ihm zu antworten. Das taten sie nie.

»Euer Pferd ist gesattelt, Basileus«, verkündete Niketas. Alexios Komnenos, Kaiser der gesamten Christenheit, Gottes Stellvertreter auf Erden und Oberbefehlshaber der Kaiserlichen Armee, stand auf und hob die Arme. Zwei junge Waffenträger eilten herbei; einer trug das kaiserliche Schwert, der andere einen breiten Silbergürtel.

Gemeinsam legten sie ihrem Herrn das Schwert an und wichen anschließend schweigend zurück, während der alte Kammerherr Gerontios mit dem goldenen Stirnreif des Kaisers herbeischlurfte, der auf einem Kissen aus purpurner Seide lag. Alexios nahm den Stirnreif entgegen, setzte ihn sich aufs Haupt und wandte sich anschließend an seinen alten Diener. »Sind Wir bereit, Gerontios?«

»Der Basileus ist bereit«, antwortete der Kammerherr und verneigte sich.

»Dann komm, Niketas«, sagte der Kaiser und ging raschen Schrittes zum Ausgang. »Wir wollen doch nicht, daß der Feind glaubt, Wir würden Uns in Unserem Zelt verkriechen. Er soll Uns an der Spitze unserer Truppen sehen und erkennen, daß Alexios sich vor niemandem fürchtet.«

Die beiden Männer verließen das kaiserliche Zelt, und der Kaiser trat auf den Steigblock, vor dem sein Lieblingshengst wartete. Alexios stellte den Fuß in den Steigbügel und schwang sich geschickt in den Sattel; dann ritt er unter den Jubelrufen der angetretenen Soldaten mit Niketas an der Seite, dem Kommandanten der Exkubiten, der Palastwache, langsam durchs Lager.

»Hör sie dir an, Niketas. Wie sie auf den Kampf brennen«, bemerkte Alexios. »Das ist gut. Wir werden ihren Appetit noch ein wenig mehr anregen, damit sie morgen ohne Reue Festmahl halten können.«

»Das Blut der Feinde wird ein angemessenes Opfer für Gott und seine Heilige Kirche sein«, erwiderte der Kommandant der Garde. »Amen.«

»Amen.«

Die beiden Männer erreichten den Rand des Lagers und ritten weiter. Sie folgten einem Pfad, der sie zu einem nahe gelegenen Hügel führte, auf dessen Kamm sie drei Mann zu Pferd erwarteten. »Heil und Willkommen, Basileus!« rief der Vorderste der drei und ritt seinem Kaiser entgegen, um ihn mit einem Kuß zu begrüßen. Die anderen beiden Männer hoben die Hand zum kaiserlichen Gruß und warteten darauf, angesprochen zu werden.

»Was willst du Uns zeigen, Dalassenos?« fragte der Kaiser. Erwartungsvoll rieb er sich die Hände und bedachte seinen Verwandten mit einem liebevollen Blick.

»Hier entlang, wenn es Euch beliebt, Basileus«, antwortete Dalassenos, der Drungarios tōn poimōn, Oberbefehlshaber der Kaiserlichen Flotte und somit der gesamten Kaiserlichen Armee. Der junge Offizier besaß das typische Äußere eines Komnenen: Er hatte dichtes, schwarzes, gelocktes Haar und scharfe schwarze Augen unter ebenso schwarzen Augenbrauen; auch war seine Haut genauso dunkel wie die seines Vetters. Der einzige auffällige Unterschied zu seinem Verwandten war auf Dalassenos' griechische Abstammung zurückzuführen, während Alexios' Gesichtszüge deutlich auf die syrischen Vorfahren der Familie hinwiesen.

Er ritt an Alexios' Seite und führte den Kaiser über einen steinigen, gewundenen Pfad den Hügel hinauf. Beide fühlten sich in der Gesellschaft des jeweils anderen ausgesprochen wohl. Schon viele Male waren beide Seite an Seite in die Schlacht gezogen, und jeder wußte die Fähigkeiten und den Mut des anderen zu schätzen.

Als der Kaiser und sein Gefolge den Kamm des Hügels mit Namen Levunion erreichten, strahlte ihnen das Licht der untergehenden Sonne entgegen wie der Schein eines Siegesfeuers. Der ganze Himmel schimmerte in flammendem Rot und Gold und wurde an Glanz nur von der Sonne selbst übertroffen. Einen Augenblick lang waren die Männer geblendet. Sie schirmten ihre Augen ab und warteten, bis sie wieder sehen konnten, bevor sie in das unter ihnen liegende dunkle Tal hinabblickten.

Wie verzweifelt ihre Lage wirklich war, wurde erst nach und nach ersichtlich, während sie den dunklen, sich bewegenden Fleck betrachteten, der sich so weit erstreckte, wie das Auge sehen konnte. Es war, als würde ein riesiger schwarzer See das Tal der Maritza bedecken, und ständig strömten weitere faulig-schwarze Massen die Hügel hinab, um sich mit den Wassern des Sees zu vereinen.

In ehrfurchtsvollem Schweigen blickte Alexios ins Tal auf den sich dort versammelnden Feind hinab: Petschenegen und Bogomilen in unvorstellbarer Zahl, Stamm auf Stamm – ganze Barbarenvölker hatten sich erhoben, um das Reich zu vernichten. Doch dies waren nicht die größten Feinde, die es je nach dem Blut von Byzanz verlangt hatte. Sie waren lediglich die letzten in einer langen Reihe barbarischer Horden, die immer wieder ausgezogen waren, um durch einen Sieg über Byzanz ihren Ruhm zu mehren oder die legendären Besitztümer des Reiches zu plündern.

Das Licht der sterbenden Sonne in den Augen nahm Alexios den unheilvollen Anblick in sich auf und erinnerte sich an all die anderen Male, da er den Feind vor der Schlacht betrachtet hatte. In den vergangenen dreizehn Jahren hatte er Slawen, Goten und Hunnen gegenübergestanden, Bulgaren und Magyaren, Gepiden, Uzen und Awaren. All diese Völker waren heulend über die windgepeitschten Steppen des Nordens herangestürmt, und im Süden lauerten die erbarmungslosen Araber: Zuerst waren es die Sarazenen gewesen, und jetzt waren es die Seldschuken, ein zähes, starkes Kriegervolk, das aus den Trockensteppen des Ostens stammte.

Gott im Himmel, dachte Alexios, es sind so viele! Wo soll das alles enden? Der Kaiser verbarg seine Bestürzung und erklärte: »Je größer der Feind, desto größer der Sieg. Gott sei gelobt.« Einen Augenblick später drehte er sich zu seinem Verwandten um und fragte: »Wieviel Kumanen haben geschworen, für uns zu kämpfen?«

»Dreißigtausend, Basileus«, antwortete Dalassenos. »Sie lagern dort drüben.« Er deutete auf eine Reihe von Hügeln, hinter denen Rauch aufstieg. »Wünscht der Kaiser, zu ihnen zu gehen?«

Alexios schüttelte langsam den Kopf. »Nein.« Er straffte die Schultern und richtete sich auf. »Wir haben genug Barbaren gesehen. Sie üben keinen besonderen Reiz auf Uns aus. Wir wollen lieber zu Unseren Soldaten sprechen. Es ist an der Zeit, die Flamme des Mutes in ihnen zu entfachen, auf daß sie morgen im Kampf um so heller brenne.«

Er drehte sein Pferd herum, verließ den Hügel, kehrte ins byzantinische Lager zurück und befahl Niketas, die Themen antreten zu lassen. Während die Soldaten zusammengerufen wurden, wartete der Kaiser in seinem Zelt. Er kniete vor dem Stuhl und hatte die Hände zum Gebet gefaltet.

Als Alexios schließlich wieder sein Zelt verließ, war die Sonne bereits hinter dem Horizont verschwunden, und am Himmel leuchteten zwei Sterne von der Farbe der Amethysten, die des Kaisers Schwertgürtel zierten.

Ein Podium war neben dem Zelt errichtet worden, von wo aus der Kaiser zu seinen Truppen sprechen konnte, und da die Nacht nicht mehr fern war, hatte man Fackeln entzündet und neben dem Podium aufgestellt. Hinter einem Exkubiten mit dem Vexillum, der alten Standarte der römischen Legionen, stieg Alexios die Stufen empor, um über das versammelte Heer von Byzanz blicken zu können – eine Streitmacht, die zwar bei weitem nicht mehr ihre alte Größe besaß, die aber nach wie vor mächtig war.

Die letzten der alten, ehrenvollen Themen standen in Reih und Glied vor dem Kaiser. Jede einzelne Einheit war durch die Farben ihrer Umhänge und Tuniken gekennzeichnet: Rot stand für Thrakien, Dunkelblau für Opsikion, Grün für Bithynien, Gold für Phrygien und Schwarz für die Hetairoi. Reihe um Reihe, die Speere funkelnd im flackernden Zwielicht, standen sie hier, fünfzigtausend Mann, die letzten Überreste der edelsten Kämpfer, welche die Welt je gesehen hatte: die Unsterblichen. Sie so sehen zu dürfen, erfüllte Alexios' Herz mit Stolz.

»Morgen werden wir zum Ruhme Gottes und für das Wohl des Reiches kämpfen«, erklärte der Kaiser. »Morgen werden wir kämpfen. Aber heute nacht, meine tapferen Gefährten, heute nacht werden wir beten!«

Alexios ging am Rand des Podiums auf und ab. Sein goldener Brustharnisch schimmerte wie Wasser im Licht der Fackeln. Wie viele Male hatte er schon zu seinen Truppen auf diese Art gesprochen, fragte er sich. Wie viele Male würde er noch von seinen Männern verlangen müssen, ihr Leben zum Wohle des Reiches zu opfern? Wann würde das alles enden? Großer Gott, es mußte doch ein Ende geben.

»Wir beten für den Sieg über unsere Feinde, meine Freunde. Wir beten für Kraft, Mut und Ausdauer. Wir beten, daß Gott seine schützende Hand über uns halten und uns in der Hitze der Schlacht seine Erlösung gewähren möge.« Mit diesen Worten sank Alexios, Auserwählter des Himmels und Nachfolger der Apostel auf die Knie, und fünfzigtausend der besten Krieger, welche die Welt je gesehen hatte, taten es ihm gleich.

Die Hände zum Himmel erhoben und mit geschlossenen Augen sandte der Kaiser aus tiefstem Herzen seine Bitten zu Gottes Thron hinauf. Seine Stimme hallte durch die Stille des Zwielichts mit all der Leidenschaft eines Befehlshabers, der weiß, daß seine Truppen einem übermächtigen Feind gegenüberstehen und daß er sich einzig auf ihren Mut verlassen kann, um die Waagschale des Krieges am Ende zu ihren Gunsten zu neigen.

Als der Kaiser sein Gebet schließlich beendet hatte, war es Nacht geworden. Alexios öffnete die Augen, stand auf und starrte verwundert vom Podium herab. Ihm bot sich ein geradezu wunderbarer Anblick: Es war, als seien die Sterne auf die Erde gefallen, denn die Ebene vor ihm strahlte im Glanz des Himmels selbst. Jeder einzelne Soldat hatte einen Wachsstock entzündet, den er an seinem Speer befestigt hatte – fünfzigtausend Erdensterne erleuchteten das Lager mit ihrem klaren, heiligen Licht.

Das Glühen dieses Lichts stärkte Alexios die lange, ruhelose Nacht hindurch, und es begleitete ihn auch noch, als er kurz vor Sonnenaufgang an der Spitze seiner Truppen aus dem Lager ritt. Die kaiserliche Reiterei überquerte die Maritza ein paar Meilen flußaufwärts des feindlichen Lagers, formierte sich zu geschlossenen Abteilungen und wartete auf den Tagesanbruch. Sie griffen von Osten her an, mit dem Licht der aufgehenden Sonne im Rücken. Den schlaftrunkenen Barbaren mußte es scheinen, als stürmten die himmlischen Heerscharen aus der Sonne heraus.

Alexios traf die verwirrte Masse im Zentrum der Petschenegen- und Bogomilenhorde. Es war ein rascher, harter Stoß in den Bauch der Bestie, und er hatte sich schon wieder gelöst, bevor die barbarischen Kriegshörner die Männer zu den Waffen rufen konnten. Nachdem er den Feind aufgescheucht und in Wut versetzt hatte, ließ sich Alexios wieder zurückfallen – gerade so weit, daß er sich außerhalb der Reichweite von Schleudern und Wurfspießen befand – und wartete auf den Gegenangriff.

Begierig darauf, sich für den überraschenden Angriff zu rächen, formierten die Invasoren rasch ihre Schlachtreihen und rückten vor. Die kaiserlichen Verteidiger blickten auf eine riesige, einheitliche Masse aus bellenden Barbaren – was dort heranrollte, war mehr eine gigantische menschliche Flutwelle als eine geordnete Schlachtformation –, und sie hörten das tiefe Dröhnen der Trommeln, das schrille, die Sinne betäubende Schmettern der riesigen, geschwungenen Kriegshörner und die trotzigen Schreie der Krieger, die immer rascher den Byzantinern entgegenströmten.

Es war ein Schauspiel, das darauf ausgerichtet war, Furcht zu erwecken; dies war die Hauptwaffe der Barbaren und eine, die ihnen gute Dienste leistete. Mit ihrer Hilfe hatten sie unzählige Stämme und ganze Völker überrannt. Die kaiserlichen Soldaten waren dieser Waffe jedoch früher schon begegnet, und so rief der Anblick und das Geräusch der heranrollenden Barbaren weder Furcht noch Verzweiflung in den byzantinischen Reitern hervor, erfüllte ihre Herzen nicht mit Entsetzen und vernebelte nicht ihre Sinne. Die Unsterblichen blickten aus zusammengekniffenen Augen auf den Feind, verstärkten den Griff um ihre Lanzen und Zügel, beruhigten ihre Pferde mit leise gesprochenen Worten und warteten.

Flankiert von seinen Standartenträgern – der eine trug das purpurfarbene Banner des Heiligen Römischen Reiches, der andere das goldene Vexillum – ließ Alexios den Blick über seine Offiziere schweifen, die Strategen, die den Dreh- und Angelpunkt der langen Reihen im Zentrum eines jeden Flügels bildeten. Ihr Führer war ein erfahrener Veteran der Petschenegenkriege mit Namen Tatikios, dessen Furchtlosigkeit und Klugheit in der Vergangenheit so manches Leben gerettet und ganze Kriege gewonnen hatte. Der Kaiser winkte diesem Offizier, der daraufhin mit lauter Stimme befahl: »Langsam vorrücken!«

Die Trompeten stießen einen einzelnen schrillen Ton aus, und die Reiter setzten sich wie ein Mann in Bewegung. Die kaiserliche Formation – zwei große Einheiten, die jeweils aus zehn Abteilungen bestanden, fünf Mann tief und hundert breit – rückte dicht aneinander gedrängt vor: Schulter an Schulter, Knie an Knie bildeten die Reiter einen Wall, der nicht leicht zu durchbrechen war. Die langen Lanzen dienten dazu, den Feind von den Pferden und die Äxte und Hämmer der Barbaren von den Reitern fernzuhalten. Einmal in Bewegung gab es nur wenig, was einem Angriff gepanzerter Reiter widerstehen konnte.

Tatikios gab ein Signal; die Trompeten erschollen erneut, und die Reiter erhöhten ihre Geschwindigkeit. Die Barbaren antworteten darauf mit einem lauten Schrei und beschleunigten ebenfalls ihren Marsch. Fünfzig Schritte später erschollen die Trompeten ein drittes Mal, und diesmal verdoppelten die Reiter ihr Tempo. Die für den Kampf ausgebildeten Pferde zerrten an ihren Zügeln, denn sie waren begierig, auf den Feind zu treffen; doch in Erwartung eines weiteren Signals hielten die Reiter sie noch zurück.

Immer schneller und schneller stürmten die Barbaren heran. Ihre Schreie, Trommeln und Hörner ließen die Erde und die Luft erzittern, und sie übertönten sogar das Donnern der Hufe. Auf ein Signal des Obersten Strategen hin erschollen die Trompeten ein viertes Mal, und zehntausend Lanzen wurden gesenkt.

Immer schneller stürzten die beiden Heere aufeinander zu. Während die Entfernung zwischen ihnen immer geringer wurde, gaben die Trompeten das letzte Signal, und die Reiter traten ihren Pferden die Sporen in die Flanken und ließen sie laufen.

Zwei Herzschläge lang war die Welt ein wirbelndes Chaos aus verschwommenen Bewegungen, als die beiden vorstürmenden Heere aufeinanderprallten. Im Augenblick des Zusammentreffens erfüllte ein gewaltiges Krachen die Luft und hallte von den umliegenden Hügeln wider. Zehntausend Barbaren fielen. Viele wurden zu Boden geworfen und unter den mit Stahl beschlagenen Hufen der Pferde zu Tode getrampelt, während der Rest sein Ende durch die Spitze einer byzantinischen Lanze fand.

Der Angriff trug den Kaiser und seine Reiter tief in die feindliche Horde hinein. Beim Anblick der purpurnen und goldenen Standarten sprangen und drängten die kreischenden Barbaren in rasender Wut von allen Seiten herbei, um den Auserwählten des Himmels niederzustrecken. Doch Alexios, dem die Gefahr einer Umzingelung durchaus bewußt war, hatte Tatikios im Vorfeld befohlen, augenblicklich zum Rückzug zu blasen, sollte der Angriff ins Stocken geraten. Also ertönten nun die byzantinischen Trompeten inmitten des Heulens der Barbaren, und mit großer Disziplin lösten sich die kaiserlichen Reiter und flohen über die Leiber der Toten und Sterbenden hinweg.

Als der Feind sah, wie sich die Reiter zur Flucht wandten, schrie er voller Blutdurst auf und machte sich an die Verfolgung. Die Barbaren jagten die fliehenden Soldaten – doch nur, um in einen wohlgeordneten Angriff der wieder vorrückenden Reiterei zu rennen. Dem Kaiser war genug Zeit geblieben, seine Truppen anhalten, wenden und sich neu formieren zu lassen; mit fünftausend Reitern im Rücken stürmte Alexios nun auf das Zentrum der anrückenden barbarischen Heerschar zu.

Diesmal jedoch waren die Barbaren vorsichtiger geworden: Weder bewegten sie sich so dicht gedrängt wie zuvor, noch mit der gleichen wütenden Geschwindigkeit. Sie gedachten den Lanzen und Hufen auszuweichen und den Reitern in den Rücken zu fallen, nachdem diese vorbeigeritten waren. Den Byzantinern war diese Taktik jedoch wohlvertraut, und eine byzantinische Formation zu umfassen war nicht einfach. Die hinteren Reihen deckten die vorderen, und so gelang es den Barbaren nicht, nahe genug an die Reiter heranzukommen, um sie wirksam anzugreifen. Tatsächlich konnten viele sogar von Glück reden, nicht niedergetrampelt zu werden, als sie den anstürmenden Pferden Platz machten.

Schließlich kam der Angriff abermals zum Stillstand, und die kaiserlichen Truppen zogen sich erneut zurück. Sie flohen über ein

Schlachtfeld, das inzwischen von toten Petschenegen und Bogomilen geradezu übersät war. Allerdings verzichteten sie diesmal darauf, sich neu zu formieren und einen weiteren Angriff zu unternehmen, sondern flohen den Hügel hinauf.

In dem Glauben, die Byzantiner geschlagen zu haben, ordnete der Feind rasch seine Reihen. Die Trommeln begannen erneut zu dröhnen, die Hörner zu blasen, und ein weiteres Mal rückten die Barbaren vor, wenn auch langsamer als zuvor. Zwei verheerende Angriffe hatten sie Respekt vor den wendigen Reitern gelehrt.

Niketas, der auf dem Kamm des Hügels gewartet hatte, gesellte sich zu seinem Kaiser und berichtete: »Die Kumanen werden unruhig. Sie sagen, wenn man ihnen nicht vor Mittag gestatten würde zu kämpfen, würden sie sich vom Schlachtfeld zurückziehen.«

»Bis Mittag ist es noch eine lange Zeit«, erwiderte Alexios. »Ihre Geduld wird schon bald belohnt werden. Sieh dort hinüber!« Er deutete auf die näher rückende Horde. Die Barbaren bildeten nicht länger eine einheitliche, formlose Masse. Sie hatten sich in drei Gruppen aufgeteilt, eine jede unter dem Kommando eines Häuptlings. »Sag unseren rachedurstigen Freunden, daß wir ihnen ihre Feinde schon bald auf einem Silbertablett servieren werden. Ermahne sie, nicht in ihrer Wachsamkeit nachzulassen.«

Niketas salutierte, wendete sein Pferd und galoppierte auf seine Position zurück. Der Kaiser drehte sich zu seinen Truppen um, um den nächsten Angriff zu führen. Er wußte, daß nun der gefährlichste Punkt der Schlacht gekommen war. Alexios murmelte ein kurzes Gebet und bekreuzigte sich. Dann ritt er wieder zwischen die beiden Standartenträger und befahl diesmal selbst mit lauter Stimme: »Langsam vorrücken!«

Die Trompeten erschollen, und die breiten Reihen der Reiter setzten sich in Bewegung. Die Barbaren reagierten darauf, indem sie die drei Abteilungen weiter auseinanderzogen. Alexios erkannte, daß sie ihn bei der erstbesten Gelegenheit einkesseln würden. Sollte das dem Feind gelingen, würde sich die Waagschale gefährlich zugunsten der Barbaren neigen.

Alexios beobachtete, wie die beiden äußeren Barbarenhaufen sich immer weiter von der mittleren Gruppe entfernten. Hinter den drei vorrückenden Säulen konnte er den Rest der Horde erkennen, der in die Positionen nachrückte, welche die drei Abteilungen zuvor freigemacht hatten.

Sie haben gelernt, dachte Alexios. All die Schlachten, welche die Barbaren über die Jahre hinweg gegen das Reich geführt hatten, hatten sie die Grundzüge der Taktik gelehrt. Jedes Aufeinandertreffen war schwieriger zu gewinnen und mit einem immer höher werdenden Preis an Menschenleben verbunden; doch das machte es um so dringlicher, all dem hier und jetzt ein Ende zu bereiten. Alexios hob die Hand als Zeichen für seinen Strategen. Einen Augenblick später erschollen die Trompeten, und die kaiserlichen Truppen stürmten vor.

Wie erwartet machten die beiden äußeren Barbarengruppen im Augenblick des gegnerischen Angriffs kehrt und rückten ins Zentrum vor. Gleichzeitig beschleunigte die hinter den drei Gruppen marschierende Hauptstreitmacht der Barbaren ihren Schritt, um die Reihen der Unsterblichen zu zerschmettern.

Wie zuvor, so wurde auch dieser Angriff durch die Masse der Feinde zum Stehen gebracht, welche die Wucht des Ansturms mit ihren Schilden und Leibern auffingen. Die Reiter ließen die Lanzen fallen und griffen zu den Schwertern, um sich hauend und stechend aus der Umklammerung des Feindes zu lösen. Alexios warf einen raschen Blick nach rechts und links und sah, daß die beiden äußeren Gruppen rasch näher kamen. Er winkte Tatikios, und die Trompeten bliesen zum Rückzug.

Den Kopf über den Hals des Pferdes gebeugt, riß Alexios an den Zügeln, wendete sein Tier und führte die Byzantiner in wilder Flucht den Hügel hinauf. Verblüfft über die Leichtigkeit, mit der sie den byzantinischen Angriff zurückgeschlagen hatten, stürmten die Barbaren vor, um ihren Vorteil auszunutzen. Die drei Gruppen, gefolgt von der Masse der Horde – zwanzigtausend Barbaren breit und zwanzig tief –, rannten den Hügel hinauf, fest entschlossen, den Byzantinern keine Gelegenheit mehr zu geben, sich wieder neu zu formieren und zu einem vierten Angriff anzusetzen.

Mit erderschütterndem Geschrei eilten die Barbaren herbei, um dem Kaiser und seinen Männern den Todesstoß zu versetzen. Ihre Füße trampelten über den Hang, und ihre Klingen funkelten im Sonnenlicht. Da sie sich nicht neu formieren, geschweige denn einen Angriff vorbereiten konnten, blieb den Unsterblichen nichts weiter übrig, als sich weiter den Hügel hinauf zurückzuziehen. Noch immer bliesen die Trompeten zum Rückzug.

Innerhalb weniger Augenblicke waren die kaiserlichen Reiter vom Schlachtfeld geflohen, den Hügel hinaufgeritten und auf der anderen Seite verschwunden. Die Barbaren brüllten triumphierend auf und setzten den Flüchtenden voller Blutgier nach.

Als sie den Kamm des Hügels erreichten, sahen die Barbaren, daß die Unsterblichen auf eine Flußbiegung zuhielten. Um die Reiter zu stellen, wenn sie sich mühsam durch die Furt kämpften, eilten die Barbaren heulend den Fliehenden hinterher.

Der Feind stürzte sich förmlich ins Tal hinab und stürmte Richtung Fluß. Als die ersten Barbaren jedoch die Furt erreichten, erschienen plötzlich zu beiden Seiten zehntausend Fußsoldaten. Die kaiserlichen Soldaten hatten sich im Uferschilf versteckt, und nun waren sie mit lauten Schreien aufgesprungen. Gleichzeitig wendeten die Unsterblichen ihre Pferde, rückten ein weiteres Mal vor und verbreiteten Panik unter den Barbaren.

In dem verzweifelten Bemühen, eine höher gelegene Position zu erreichen, um nicht zwischen zwei Fronten aufgerieben zu werden, machte der Feind kehrt und floh auf demselben Weg, den er gekommen war, den Hügel hinauf.

Das war der Augenblick, da die kumanischen Söldner auf dem Hügelkamm erschienen: ein ganzes Barbarenvolk, dreißigtausend Mann stark, und jeder einzelne von ihnen hegte einen uralten Haß auf seine Petschenegen- und Bogomilennachbarn.

Die Falle war zugeschnappt, und das Schlachten begann.

Alexios wußte, wie die Schlacht enden würde, und so zog er sich vom Feld zurück. Er rief nach seinen warägischen Leibwächtern und befahl Dalassenos, ihm Bescheid zu geben, sobald der Sieg gesichert sei; dann ritt er zu seinem Zelt.

Dort fand der Drungarios den Kaiser. Gebadet, rasiert und in frische Gewänder gehüllt, diktierte Alexios seinem Magister Praepositus, der die Worte des Herrschers in eine Wachstafel ritzte, einen Brief.

»Ah, Dalassenos! Komm herein!« rief Alexios, als der junge Mann hinter Gerontios erschien. Er bedeutete dem Schreiber zu gehen und sagte: »Das wäre alles. Bring ihn mir, sobald du fertig bist, damit ich ihn unterzeichnen kann. Er soll sofort abgeschickt werden.« Der Schreiber verneigte sich und zog sich zurück. »Nun, sag mir: Wie ist die Schlacht ausgegangen?«

»Wie Ihr vorhergesagt habt, Basileus«, antwortete der Drungarios.

»Tatsächlich?«

»Bis in die kleinste Einzelheit. Die Kumanen kannten keine Gnade. Nachdem sie erst einmal Blut gerochen hatten, war es nicht mehr notwendig, die Unsterblichen aufs Feld zu führen. Wir haben nur noch zugesehen und den Feind daran gehindert, in die Hügel zu fliehen.« Er hielt kurz inne, dann fügte er hinzu: »Es gibt keine Überlebenden.«

»Gerontios, hast du das gehört?« rief der Kaiser. »Unser Sieg ist vollkommen! Schenk uns Wein ein! Dalassenos und ich wollen auf unseren Triumph trinken.«

Der alte Diener beugte sich über den Tisch, und als er sich kurz darauf umdrehte, hielt er zwei goldene Pokale in der Hand, die er Alexios und seinem Vetter reichte. Der Kaiser hob den Pokal und erklärte: »Ehre sei Gott, der uns unsere Feinde ausgeliefert hat, auf daß wir sie zu Staub zermalmen!«

»Ehre sei Gott«, antwortete der Drungarios.

Gemeinsam tranken sie. Dann stellte Alexios rasch den Pokal beiseite und sagte: »Ich habe bereits Boten zurück in die Stadt gesandt, Dalassenos. Bei deiner Ankunft werden die Schiffe abfahrbereit sein. Ich weiß, es ist grausam, einen Mann sofort wieder fortzuschicken, der gerade erst vom Schlachtfeld zurückgekehrt ist, aber du wirst dich auch an Bord des Schiffes ein paar Tage ausruhen können.«

Der junge Offizier nickte. »Ich empfinde das nicht als Mühsal, Basileus. Dessen kann ich Euch versichern.«

»Selbstverständlich bedeutet das nicht, daß ich den Logotheten und Senatoren des Synkletos mißtraue«, fuhr Alexios fort. »Tatsächlich werden sie dich sogar begleiten. Aber hierbei handelt es sich vor allem um eine militärische Angelegenheit, und der Patriarch von Rom muß verstehen, welche Bedeutung ich dem heutigen Sieg beimesse. Außerdem soll er wissen, wie sehr ich seine Hilfe zu schätzen weiß. Nun, da unsere Nordgrenze gesichert ist, können wir unsere Aufmerksamkeit nach Süden und Osten richten.«

Der Kaiser lief auf und ab und ballte die Fäuste. »Jetzt können wir damit beginnen, uns die Länder zurückzuholen, welche die Araber uns gestohlen haben. Nach all der langen Zeit liegt das, wonach wir immer gestrebt haben, endlich in unserer Reichweite. Stell dir das einmal vor, Dalassenos!«

Alexios blieb stehen und gebot seinen hochfliegenden Hoffnungen Einhalt. »Doch leider Gottes ist unsere Armee der Aufgabe nicht gewachsen.«

»Eure Truppen sind gute Kämpfer, Basileus«, widersprach Dalassenos in sanftem Tonfall. »Wir könnten uns keine besseren Soldaten wünschen und würden sie auch nirgends finden.«

»Versteh mich nicht falsch. Ich stimme dir zu: Es sind tapfere Männer – die diszipliniertesten und mutigsten Soldaten der Welt –, aber sie sind nur wenige. Das ständige Kriegführen hat seinen Tribut gefordert, und nun müssen wir die Themen neu aufbauen. Es gibt so viel zu tun, doch jetzt liegt alles zum Greifen nahe, und ...«

Dalassenos lächelte ob der oft wiederholten Rede seines Verwandten.

»Verzeih mir, Vetter«, sagte Alexios. »Ich habe mich vergessen. Von Beginn an stehst du an meiner Seite, und du weißt das alles genausogut wie ich – in vielerlei Hinsicht vielleicht sogar besser.«

Dalassenos ging zum Tisch, füllte den Pokal des Kaisers nach und überreichte ihn. »Laßt uns den Sieg noch einen Augenblick länger genießen, Basileus.« Er hob den Pokal und sagte: »Zum Ruhme Gottes und zum Wohl des Reiches.«

»Amen!« erwiderte der Kaiser und fügte hinzu: »Möge der Frieden, den wir heute gewonnen haben, tausend Jahre währen.«

Murdo welkte unter den endlosen Gebeten des Abtes förmlich dahin und wünschte sich, er wäre weit weg von Kirkjuvágr. Seine Knie schmerzten vom langen Knien, und der Geruch des Weihrauchs drehte ihm den Magen um. Der dämmrige Innenraum der großen Kirche erinnerte ihn an eine Höhle: feucht, kalt und dunkel. Abgesehen von den wenigen Kerzen um den Altar herum und den schmalen Fenstern, die Schießscharten glichen, hätte er sich genausogut in einem Loch oder in einem der uralten Kammergräber befinden können, die überall am Fuß der Hügel verstreut waren. Draußen herrschte ein milder Mittsommer, doch im Inneren der Kathedrale hatte man stets das Gefühl, es sei ein trostloser, düsterer Novembertag.

Als Murdo den Kopf nach rechts streckte, konnte er die ernsten Mienen der Heiligen Lukas und Johannes erkennen, die von der nahe gelegenen Wand aus mißbilligend sein Zappeln beobachteten. Weiter oben, unmittelbar unter den Kreuzbalken, grinste ein froschäugiger Wasserspeier von seinem Kragstein herab; Murdo hatte das Gefühl, als würde ihn das Wesen ob seines Unbehagens fröhlich verspotten. Zu Murdos Linken knieten sein Vater und seine Mutter und vor ihm seine Brüder und sein Vetter. Keiner von ihnen – das wußte er – teilte sein Leid, was alles noch viel schlimmer machte.

Das Fest des Heiligen Johannes des Täufers war einer der wenigen Feiertage, die Murdo für gewöhnlich wirklich genoß, und hier saß er nun und verbrachte diesen Tag auf die nur denkbar schlimmste Art. Wären sie im Bú gewesen, wäre die Morgenmesse schon längst vorüber, und Murdo würde sich jetzt bereits mit Schweinebraten und Bier vollstopfen. Statt dessen war er jedoch in einer feuchten, dunklen Höhle von Kirche gefangen und lauschte dem nicht enden wollenden Geplapper eines Priesters, der zu allem Überfluß auch noch Latein sprach.

Warum mußte es von allen Tagen ausgerechnet dieser sein? Murdo stöhnte innerlich auf und sinnierte über den ruinierten Tag. Für ihn stellte die Verschwendung eines guten Festtages eine Todsünde dar; dennoch hatte der Bischof in seiner typischen klerikalen Selbstsucht Sankt Johann zum Tag der Kreuznahme erklärt. Der einzige Trost – wenn auch nur ein schwacher – lag in der Tatsache, daß Murdo in seinem Elend nicht allein war.

Tatsächlich war nicht nur die Kirche bis auf den letzten Platz gefüllt, sondern auch der Vorhof. Es wimmelte geradezu von Männern und Frauen von Rang, von Kaufleuten und Pächtern kleiner und großer Ländereien, die von allen Inseln der Orkneys herbeigeströmt waren. Hunderte von Inselbewohnern drängten sich aneinander, knieten wie Murdo auf dem harten Stein, hatten die Köpfe so tief gesenkt, daß sie beinahe den feuchtkalten Boden berührten und antworteten träge auf das murmelnde Geleier des Priesters.

Sie so zu sehen, mit gebeugtem Rücken, erinnerte Murdo an ein Feld aus Steinblöcken, und es kostete ihn viel Selbstbeherrschung, nicht einfach aufzustehen und von einem gekrümmten Rücken zum nächsten zu springen wie über die Steine in einer Furt. Statt dessen senkte auch er wieder den Kopf, schloß die Augen und versuchte, nicht an das verführerische Schweinefleisch und das Bier zu denken, das ihm entgangen war.

Als der Abt dann schließlich doch aufhörte, stand Murdo krank vor Hunger auf. Mißgelaunt und voller Verzweiflung starrte er nach vorne, als ein weiterer schwarzgewandeter Kirchenmann auf die Kanzel stieg, hoch über den nach oben gereckten Köpfen der im Hauptschiff versammelten Menge. Eine Weile stand Bischof Adalbert einfach nur da und blickte salbungsvoll auf seine Schäflein herab. Nachdem er befriedigt festgestellt hatte, daß alle Blicke auf ihn gerichtet waren, warf er die Hände empor und erklärte: »Dies ist der Tag unseres Herrn!«

»Amen«, murmelte die Gemeinde. Für Murdo klang die vielstimmige Antwort wie das Meer, das an einem stürmischen Tag gegen das Ufer brandete.

Erneut warf der Bischof die Hände in die Höhe und wiederholte: »Dies ist der Tag unseres Herrn!«

»Amen.« Die Menge klang mehr und mehr wie die stürmische See.

»Amen!« rief der Bischof triumphierend. »Denn dies ist der Tag, da unser Herr und Erlöser den Dienst gläubiger Männer annehmen wird, die in seinem Namen im Heiligen Land kämpfen werden.«

Der Kirchenmann griff nach einem Pergament, das er theatralisch entfaltete. »Das hier«, erklärte er, »ist vor kurzem in meine Hände gelangt: eine Epistel unseres Heiligen Vaters, des Patriarchen von Rom, wie das Siegel beweist.« Er wedelte mit dem Pergament, so daß jedermann deutlich den roten Wachsfleck mit der goldenen Schnur erkennen konnte. Dann hielt Adalbert sich den Brief vor die Augen und begann, ihn vorzulesen: »»Bischof Urban, erster Diener unseres Herrn, an alle gläubigen Christenmenschen, seien sie Herr oder Knecht: Grüße, Gottes Gnade und der Segen der Apostel. Wir wissen, daß ihr alle schon von der Raserei der Barbaren gehört habt, die Gottes Kirchen verwüstet und – Wir schämen Uns, es auszusprechen – die heiligen Reliquien unseres Glaubens an sich gerissen haben, jene Gegenstände der Verehrung, durch die wir unseren Glauben erkennen und unsere Erlösung erlangen. Doch nicht damit zufrieden, nur unsere Kirchen zu zerstören, haben die Ungläubigen die heilige Stadt Jerusalem eingenommen und halten die Getreuen Gottes davon ab, auf geheiligtem Boden zu beten.‹«

Der Bischof hielt kurz inne, um den Zuhörern Gelegenheit zu geben, den Ernst der Lage zu begreifen. »›Voller frommer Trauer ob dieser Katastrophe‹«, fuhr Adalbert unvermittelt fort, so daß Murdo unwillkürlich zusammenzuckte, »›fordern Wir jeden Fürsten und jedes Volk des Westens auf, an der Befreiung der Ostkirche mitzuwirken. Wer soll dieses Unrecht rächen, wer die heiligen Reliquien und das Heilige Land befreien, wenn nicht ihr? Ihr, Unser Volk, seid die Auserwählten, denen Gott die Kraft, den Geist und den Mut verliehen hat, den Stolz all jener zu brechen, die sich euch und seiner Kirche widersetzen.‹«

Adalbert blickte von dem Brief auf die Menge, als wolle er sagen: Auch ich habe hier diese Kraft, diesen Geist und diesen Mut gesehen. Dann räusperte er sich und fuhr fort: »Wir haben gehört, daß einige von euch wünschen, nach Jerusalem zu ziehen. So wisset dann, daß jeder, der nur aus Frömmigkeit und nicht zur Erlangung von Ehre oder Geld zur Befreiung der Kirche Gottes nach Jerusalem aufbricht, Ablaß für all seine Sünden erhalten soll ...‹« Abermals hielt der Bischof kurz inne, um das unglaubliche Angebot noch einmal zu wiederholen. »›Ablaß für all seine Sünden ..., wenn er seine Bußfertigkeit bewiesen hat.

O ihr tapfersten aller Ritter, Nachfahren unbesiegbarer Vorväter, erinnert euch an den mutigen Glauben eurer Vorfahren, und entehrt sie nicht. Wir fordern euch auf, Soldaten Christi zu werden und dem Kreuz zu folgen, durch das ihr eure Erlösung erlangen werdet. Denn das ist Unser Ziel, und aus diesem Grund haben Wir dieses Jahr des Herrn zum Jahr der Gottgefälligkeit und Gerechtigkeit erklärt, dessen Höhepunkt die Pilgerfahrt nach Jerusalem sein wird, um die heilige Stadt von den ungläubigen Unterdrückern zu befreien.

Brüder in Christo, wenn ihr euch von Gott zu dieser Aufgabe berufen fühlt, dann wisset, daß dieser heiligste Kreuzzug unter Gottes Schutz an Mariä Himmelfahrt beginnen wird. Möge der allmächtige Gott euch in eurer Liebe und Furcht zu ihm stärken, euch von allen Sünden und Irrtümern befreien und euch auf dieser Pilgerfahrt zu wahrer Frömmigkeit und Nächstenliebe führen.‹«

Hier legte der Bischof die Epistel beiseite, blickte wohlwollend auf seine Gemeinde hinab und sagte: »Brüder und Schwestern, der Tag ist gekommen, da ihr euch in dieser heiligen Angelegenheit erklären müßt. Wer auch immer ein Soldat Christi werden will, mag nun vortreten, hier vor diese fromme Versammlung, und er soll das Kreuz nehmen!«

Nach diesen Worten hatte Murdo Mühe, sich gegen die Menschenflut zu stemmen, die zur Kanzel drängte. Überall um ihn herum riefen Männer und Frauen nach dem Kreuz, streckten die Hände aus und beteten zu Gott, er möge ihre von Herzen kommenden Schwüre erhören. Der umsichtige Erzbischof war auf den Ansturm vorbereitet, den seine Aufforderung verursacht hatte. Nicht weniger als ein Dutzend Mönche erschienen auf der Empore, jeder mit einem weißen Stoffbündel auf den Armen.

Murdo sah die Bündel, und unwillkürlich begann sein Herz schneller zu schlagen. Die Kreuze! Natürlich hatte er schon von den weißen Stoffkreuzen gehört, und der Gedanke, daß seine Brüder eines davon erhalten würden, während er wieder gehen mußte, war nahezu unerträglich. Voll quälender Eifersucht beobachtete er, wie die Mönche die Kreuze unter der begeisterten Menge verteilten. Der Lärm unzähliger Stimmen hallte von den Dachbalken wider wie das Läuten der Kirchenglocken.

Als die Kreuze schließlich verteilt waren, befahl Bischof Adalbert den Pilgern niederzuknien. Dann nahm er ihnen den heiligen Eid ab, die Pilgerfahrt nicht abzubrechen, solange sich die heilige Stadt noch in den Händen der Ungläubigen befand. Nachdem die

Pilger ordnungsgemäß eingeschworen waren, griff der Bischof nach seinem Hirtenstab und segnete sie. »Gott segne und behüte euch. Er möge sein Licht über euch scheinen lassen und euch alle Zeit gnädig sein. Möge der Sieg schnell sein, die Zahl der Prüfungen gering, und möge Gott euch eine rasche Rückkehr gewähren. Amen.«

»Amen!« riefen die neu angeworbenen Soldaten Christi.

Murdo blickte neidisch auf seine Brüder, die jedoch glücklicherweise den giftigen Blick ihres Bruders nicht bemerkten, denn sie musterten gerade die weißen Stoffkreuze und diskutierten mit ihrem Vetter, ob es besser aussehe, sie auf dem Rücken oder der Brust zu befestigen. Nachdem der endlose Gottesdienst schließlich doch ein Ende gefunden hatte, führte Ranulf seine Familie aus der Kirche. Geschlagen schlurfte Murdo als letzter hinterher und stieß mit Paul zusammen, als die Familie unmittelbar hinter der Tür bei einem braungewandeten Mönch stehenblieb. Der Kirchenmann sagte etwas zu Ranulf, der darauf höflich antwortete, sich zu seiner Familie umdrehte und verkündete: »Wir sind alle eingeladen worden, das Fest an der Tafel des Bischofs zu feiern.«

Murdo hörte dies, und Hoffnung keimte in ihm auf. Die Tafel des Bischofs war auf allen Inseln bekannt und stand an Üppigkeit nur der Tafel des Jarls nach. Murdo gestattete sich ein Lächeln ob dieser unerwarteten Wendung zum Guten. Die Tafel des Bischofs! Verschwenderische Gaben, unglaublicher Überfluß – wer hätte das gedacht?

Der Mönch führte sie über den überfüllten Hof, durch einen Torbogen und auf einen sonnigen, großen Klosterhof, auf dessen Rasen mindestens zehn lange Tische aufgestellt worden waren. Eine beachtliche Menschenmenge hatte sich bereits dort versammelt, und zu Murdos wachsendem Entsetzen strömten immer mehr Gäste durch die verschiedenen Eingänge des Kreuzgangs herein.

Da noch niemandem gestattet worden war, sich zu setzen,

schwärmten die Menschen über den Rasen und warteten ungeduldig auf die Aufforderung zum Essen. Es waren so viele! Hatte der Bischof die gesamte Gemeinde eingeladen? Selbst eine grobe Schätzung reichte aus, um Murdo davon zu überzeugen, daß er von Glück reden konnte, sollte er auch nur eine einzige Brotkrume mit ein paar Tropfen Sauce ergattern. Und das ausgerechnet an einem solchen Festtag, der für Murdo nur noch vom Julfest übertroffen wurde! Damit verglichen waren alle anderen Feiertage trostlos und langweilig, denn sie waren zumeist mit endlosen Gottesdiensten, Gebeten und der Einhaltung unverständlicher Regeln verbunden. Aber Murdo betrachtete diese Tage sowieso nicht als richtige Festtage, da an ihnen kein Festmahl aufgetragen wurde, und auch um die Arbeit kam er an diesen Tagen nicht herum, im Gegenteil: Da man den Großteil des Tages in der Kirche verbrachte, mußten die meisten Arbeiten spät abends im Dunkeln erledigt werden, und das war etwas, was Murdo zutiefst verabscheute.

Das Fest des heiligen Johannes des Täufers war jedoch etwas vollkommen anderes. Zwar mußte man auch an diesem Tag die Kirche besuchen, doch wurde man anschließend mit gutem Fleisch, Bier und Zuckergebäck belohnt. Gelegentlich wurde aus diesem Anlaß auch der ein oder andere Priester an Ranulfs Tafel geladen – eine Einladung, die noch nie abgelehnt worden war, wie Murdo bemerkt hatte –, und das machte das Fest sogar noch besser. Auch wenn Murdo die Anwesenheit von Kirchenmännern stets als störend empfand, bedeutete sie doch, daß der Herr und die Herrin das beste Essen auffahren ließen. Auch gesellten sich oft Bauern von benachbarten Höfen zu den Feiernden und brachten zusätzliche Speisen und Getränke, so daß dieses Fest die Bezeichnung wirklich verdiente. Außerdem fiel der Tag des heiligen Johannes in den Mittsommer, so daß die Feiern unweigerlich bis in die späten Abendstunden andauerten.

Aber jetzt ... Jetzt war der Tag ruiniert. Murdo beobachtete, wie die Menge immer größer wurde, und alle Hoffnung schwand dahin; er konnte sich nicht vorstellen, wie man so viele Menschen mit Speisen versorgen, geschweige denn ihnen ein Festmahl bereiten konnte. Sicherlich gab es in ganz Orkneyjar nicht genug Zuckergebäck und Bier für alle hier Anwesenden. Murdo knurrte der Magen, und kein Festmahl in Aussicht.

Er war noch immer mit diesen trostlosen Gedanken beschäftigt, als er hörte, wie jemand nach seinem Vater rief. Mißgelaunt drehte sich Murdo um, um zu sehen, wer sich da zu ihnen gesellen wollte. Er kannte den Mann, der zielsicher mit seiner Familie im Schlepptau über den Rasen auf sie zuhielt: Es war Herr Brusi Maddardson.

Wie Ranulfs Familie so bewirtschaftete auch der Maddardson-Clan ein großes Gut – wenn auch auf der Insel Hrolfsey –, und somit war Brusi Maddardson in denselben Versammlungen vertreten wie Murdos Vater. Mehr noch: Murdos Mutter und Maddardsons Frau Ragnhild waren als Kinder eng miteinander befreundet gewesen und hatten diese Freundschaft über die Jahre hinweg am Leben erhalten. Der Herr von Hrolfsey besaß drei Söhne, deren jüngster in Torfs Alter war, und eine Tochter, Ragna, die nur ein oder zwei Jahre älter war als Murdo.

Aufgrund seines Alters hatten sich die Brüder Maddardson nie für Murdo interessiert. Sie bevorzugten die Gesellschaft von Torf und Skuli und schlossen Murdo häufig vollkommen aus. Allerdings machte das Murdo nicht sonderlich viel aus, denn er empfand die älteren Jünglinge als leichtfertig und laut; Kämpfen und Prahlen schienen ihre einzigen Interessen zu sein.

Ah, aber Herr Brusis Tochter unterschied sich von ihren Brüdern wie der Tag von der Nacht. In Murdos Augen war sie der einzige Lichtblick im gesamten Maddardson-Clan. Und am heutigen Tag mit all seinen Enttäuschungen und Beleidigungen kam ihm der Trost ihrer Anwesenheit gerade recht. Tatsächlich genügte sogar ein einziger Blick auf die goldhaarige Ragna, die sich ihm über das Grün näherte. Die dunklen Wolken der Verzweiflung teilten sich, und die Sonne schien wieder auf Murdo.

Groß, gertenschlank, blaß und wohlgeformt verkörperte die glatthäutige Ragna Murdos Vorstellung von weiblichen Reizen. Sie besaß ein freundliches Wesen, war aber weder übertrieben scheu noch – nach Murdos Geschmack – allzu weiblich. Klug und mit einer dazu passenden, scharfen Zunge, vermochte sie sich in jeder Gesellschaft zu behaupten, und Murdo respektierte das. Ihm erschien ihre offene Art mehr jungen- als mädchenhaft, und bei jedem Treffen beeindruckte ihn dies von neuem. Zu diesen seltenen Gelegenheiten fragte er sich stets, ob dieses Verhalten in der Tatsache begründet lag, daß sie in einer Familie von Männern aufgewachsen war, oder ob es von der Verunstaltung herrührte, die aus ihrer Kindheit stammte.

Wie Murdo gehört hatte, war sie noch ein Kleinkind gewesen, als Herr Brunis Hirte ein Schreien im Schweinepferch gehört hatte, woraufhin er herbeigeeilt war und Ragnas leblosen Körper inmitten der Schweineherde gefunden hatte. Der Hirte vertrieb die Tiere, hob das vermeintlich tote Kind auf und warf es in einen Wassertrog, um Blut und Dreck von dem kleinen Leib abzuwaschen. Das kalte Wasser erweckte Ragna jedoch wieder zum Leben, und der Schweinehirt rannte mit dem Kind im Arm zum Herrenhaus, wo man sich um ihre Wunden kümmerte. Allerdings war der Schaden nicht mehr rückgängig zu machen gewesen: Ragnas verdrehter Fuß war nie wieder gerade gewachsen, was die Ursache für ihr leichtes Hinken war. Die schreckliche Wunde an ihrem Mund war zwar mit der Zeit weitgehend verheilt, doch wann immer sie lächelte, konnte man die Spuren der Verletzung noch immer erkennen: Ihr rechter Mundwinkel wurde von einer hauchdünnen Narbe durchzogen, was ihrem Lächeln stets etwas Verschlagenes verlieh.

Aber für Murdo war das alles ohne Bedeutung; er hatte diese Makel nie als Beeinträchtigung ihrer Schönheit betrachtet. Für ihn war sie gut, freundlich und klug und weit besser als ihre oder seine Brüder. Nach jedem der wenigen und unregelmäßigen Male, da sie zusammen waren, sehnte er sich nach einem weiteren Treffen; stets hatte er das Gefühl, als hätte man ein Festmahl vor ihm ausgebreitet und ihm lediglich gestattet, eine Kostprobe davon zu nehmen.

Jetzt betrachtete er sie in ihrem blaßgrünen Kleid mit dem gelben Umhang und dachte, daß sie noch nie so weiblich ausgesehen hatte. Murdos Herz schlug immer schneller. Er sog ihren Anblick förmlich auf und spürte, wie sein Herz einen Freudensprung vollführte. Daß das Fest ruiniert war, hatte er vergessen.

Dann erinnerte er sich daran, daß er nicht allein war. Murdos Blick huschte zu Torf, Skuli und Paul, die offenbar noch nicht bemerkt hatten, daß der Maddardson-Clan sich zu ihnen gesellen wollte. Gut, dachte er und atmete erleichtert auf, sie hatten Ragna noch nicht gesehen.

Dann hob Torf den Blick, sah die sich nähernde Familie und stieß Skuli mit dem Ellbogen zwischen die Rippen. Auch Paul wandte sich in die Richtung, in die seine Vettern blickten, und Murdo beobachtete, wie sich ein animalisches Grinsen auf den Gesichtern der drei abzeichnete. Skuli machte eine ordinäre Geste mit Daumen, Zeige- und Mittelfinger, dann kicherten die drei anzüglich. Murdo genierte sich dermaßen, daß er wünschte, die Erde würde sich auftun und seine Brüder und seinen Vetter mit Haut und Haaren verschlingen.

Ragna wiederum blickte ruhig und gelassen geradeaus. In ihren haselnußfarbenen Augen unter den fein geschwungenen Augenbrauen zeigten sich keinerlei Anzeichen von Unruhe; ihre Lippen formten weder ein Lächeln, noch waren sie mißbilligend verzogen, und ihrem vornehmen Gesicht nach zu urteilen, war ihr das, was um sie herum geschah, vollkommen gleichgültig. Murdo hatte sogar den Eindruck, daß Ragnas Füße nicht über das schlichte Gras des Klosterhofes wanderten, sondern über Blumenfelder weit jenseits der Mauern dieses Ortes. Offenbar betrachtete sie die langweiligen Vorgänge um sie herum als ihrer Aufmerksamkeit unwürdig. Und warum auch nicht? Schließlich war Ragna edler als jede noch so hochgestellte Prinzessin.

Brusi Maddardson und seine Gemahlin Ragnhild begrüßten Murdos Eltern, dann stellte der Herr von Hrolfsey seine Söhne formell dem Herrn und der Herrin von Dýrness vor. Murdo mußte feststellen, daß die Männer – Väter und Söhne gleichermaßen – allesamt weiße Kreuze in Händen hielten. Torf, Skuli und Paul fiel das ebenfalls auf, und mit lautem Jubel ob der hohen Ehre begrüßten sie ihre Freunde, während die beiden Familienoberhäupter voller Stolz auf ihre jeweiligen Nachkömmlinge von einem Ohr zum anderen strahlten und sich gegenseitig versicherten, daß nichts und niemand den Erfolg der Pilgerfahrt verhindern könne. Die Damen hatten in der Zwischenzeit ernstere Dinge zu besprechen. Niamh führte Ragnhild ein Stück beiseite, ergriff die Hände der Freundin, und offensichtlich besorgt begannen die beiden Frauen miteinander zu reden.

Da Murdo nicht hören konnte, worüber sie sprachen, wandte er sich von ihnen ab und fand sich unvermittelt allein mit Ragna wieder. Der Schock drehte ihm den leeren Magen um, und seine Hände wurden feucht.

»Seid gegrüßt, Herr Murdo«, sagte Ragna, und oh, ihre Stimme klang wie Honig so süß ...

Selbst wenn ihr Anblick nicht sein gesamtes Blickfeld gefangen nahm, Murdo hätte ihre Schönheit allein wegen des Klangs ihrer Stimme bewundert. Ein Wort aus ihrem Mund genügte, und ihre volle, tiefe Stimme entfachte ein Feuer in seinem Herzen. Andere Ohren empfanden Ragnas Stimme vielleicht als ein wenig zu rauh, da es ihr am melodischen Tonfall hochgeborener Jungfern mangelte, doch für Murdo klang sie wie ein sanftes Schnurren, während andere Mädchen nur schnatterten.

»Ein schöner Tag, nicht wahr?« fragte Ragna unschuldig. Sie blickte ihn unter ihren Wimpern hervor an, und Murdo spürte, wie ihm das Blut in die Wangen stieg. Dann schnürte es ihm die Kehle zu, und er konnte nicht mehr atmen.

Murdo öffnete den Mund, um etwas darauf zu erwidern, doch er mußte feststellen, daß er offenbar seine Sprachfähigkeit eingebüßt hatte und nun vollkommen stumm war.

»Ich glaube, wir werden das Fest zusammen feiern«, fuhr Ragna fort, die Murdos Problem offenbar nicht bemerkt hatte. »Oder zumindest scheint es so.«

»Wirklich sehr schön, Jungfer Ragna.« Die Antwort überraschte Murdo, der die Stimme, die sie ausgesprochen hatte, nicht als seine eigene erkannte.

Ragna sah ihn sittsam an, und er hatte das Gefühl, als erwarte sie von ihm, er solle fortfahren. »Ich habe den heiligen Johannes schon immer gemocht«, stieß er hervor und wünschte sich, niemals geboren worden zu sein.

»Ich ihn auch«, lachte Ragna, und Murdo kam sich immer dümmer vor.

»Ich meine natürlich das Fest«, korrigierte er sich rasch. »Das ist mein Lieblingsfest – abgesehen vom Christfest natürlich.« Trottel! schrie er innerlich. Ich meine, ich meine ... Ist das alles, was du sagen kannst, du Rindvieh?

»Das ist richtig«, stimmte ihm Ragna fröhlich zu. »Das Christfest ist wirklich das beste, aber Ostern mag ich auch.«

Es folgte ein peinliches Schweigen, während dessen Murdo verzweifelt nach etwas suchte, was er darauf erwidern konnte. Ragna rettete ihn. »Wie ich sehe, trägst du kein Kreuz.«

Murdo blickte reumütig auf seine leeren Hände. Er schüttelte den Kopf. »Meine Brüder gehen«, gestand er hölzern. »Ich muß hierbleiben und meiner Mutter helfen, sich um den Bú zu kümmern.«

Er glaubte, Ragna würde sich nun, da die schreckliche Wahrheit offenbar geworden war, von ihm abwenden, doch statt dessen geschah etwas ganz Unerwartetes und Wunderbares. Die junge Frau zögerte einen Augenblick lang, blickte rasch nach rechts und links, beugte sich vor und legte ihm kühn eine langgliedrige Hand auf den Ärmel. Die Haut auf Murdos Arm brannte unter ihrer Berührung. »Gut! Das freut mich«, flüsterte sie und unterstrich ihre Worte mit einem knappen Nicken.

Murdo wußte nicht, was ihn mehr erstaunte: Ragnas Hand auf seinem Arm oder die verschwörerische Freude, mit der sie ihre außergewöhnliche Erklärung abgegeben hatte.

»Gut?« fragte Murdo. In seinem Kopf drehte sich alles.

Ragna blickte ihn mit ihren klaren, festen Augen an. »Das ist keine Pilgerfahrt, sondern ein Krieg.« Sie sprach das Wort aus, als wäre es das schlimmste auf der Welt. »Das sagt zumindest meine Mutter, und das ist die Wahrheit.«

Murdo starrte sie verblüfft an. Er wußte nicht, was er darauf erwidern sollte. Natürlich ist die Pilgerfahrt ein Krieg, dachte er. Zu versuchen, die Aufgabe anders zu bewältigen, wäre auch vollkommen sinnlos gewesen. Aber diesen Gedanken laut auszusprechen hätte ihn augenblicklich das angenehme Gefühl von Ragnas Vertrauen gekostet, und da er dieses Vertrauen gerade erst erworben hatte, wollte er es auf keinen Fall so rasch wieder verlieren. »Das stimmt wohl«, murmelte er unverbindlich, was Ragna allerdings zufriedenstellte.

»Meine Mutter und ich bleiben auch«, erklärte ihm Ragna voller Stolz. »Vielleicht werden wir uns schon bald wiedersehen.«

Bevor Murdo etwas darauf antworten konnte, bemerkte Frau Ragnhild, daß Ragna mit ihm sprach und rief ihre Tochter zu sich.

Ohne ein weiteres Wort zu verlieren, machte Ragna auf dem Absatz kehrt und gesellte sich zu den Frauen – aber Murdo glaubte, ein flüchtiges Lächeln auf ihrem Gesicht gesehen zu haben, als sie sich umgedreht hatte.

»Eine Katastrophe ungeahnten Ausmaßes«, stöhnte Alexios.

»Das war sicherlich nicht vorauszusehen«, bot ihm Niketas als Trost an.

Der Kaiser schüttelte den Kopf und stöhnte erneut. Das Stöhnen war eine Mischung aus Zorn und Verzweiflung. Er stand mit einem kleinen Gefolge von Beratern – den Sacrii Consistorii und dem Kommandanten der Palastwache – auf der Mauer über dem Goldenen Tor und blickte auf die dunkle, unbeholfene Flut, die von Westen her seltsam lethargisch auf die Stadt zurollte.

Seit drei Tagen gingen nun widersprüchliche Berichte über Größe und Marschrichtung dieser langsamen Invasion in Konstantinopel ein, und jetzt waren die Eindringlinge zum erstenmal zu sehen. Die Straßen größtenteils ignorierend, wälzte sich die in ungeordnete Haufen aufgeteilte, schmutzige Masse rücksichtslos über das Land.

Beim Klang eiliger Schritte hinter ihm drehte sich der Kaiser um. »Nun, Dalassenos, was hast du herausgefunden?«

»Es handelt sich in der Tat um Franken, Basileus«, antwortete der Drungarios und hielt kurz inne, um wieder zu Atem zu kommen. »Aber es sind Bauern.«

»Bauern?«

»Zum größten Teil zumindest, Basileus«, fuhr Dalassenos fort. »Es gibt nur eine Handvoll Soldaten unter ihnen. Dennoch bestehen sie darauf, auf Geheiß des Patriarchen gekommen zu sein. Überdies behaupten sie, sich auf einer Pilgerfahrt ins Heilige Land zu befinden.«

»Wirklich?« Alexios drehte sich wieder zu der dunklen Masse um. »Pilger!« Bestürzt schüttelte er den Kopf. »Wir können sie unmöglich alle beschützen. Wissen sie das, Dalassenos?«

»Sie sagen, sie benötigten keine Hilfe«, antwortete der Drungarios. »Der allmächtige Gott würde sie beschützen.«

»Wirklich seltsam«, seufzte der Kaiser und schüttelte erneut den Kopf. Der Staub, den die Füße dieser merkwürdigen, abgerissenen Eindringlinge aufwirbelten, stieg in den klaren blauen Himmel empor. Der Tag würde sehr heiß werden; ohne Zweifel würden die Pilger etwas Wasser zu schätzen wissen, bevor sie die Stadtmauern erreichten. Alexios machte sich bereits Gedanken, wie er den Schwarm möglichst rasch wieder loswerden und wie man die Verteilung des Wassers organisieren konnte.

»Da ist noch etwas, Basileus«, sagte der Drungarios und riß den Kaiser aus seinen Gedanken.

»Sag Uns: Was noch, Dalassenos?«

»Sie werden von einem Priester mit Namen Peter angeführt, der glaubt, vom Patriarchen von Rom den Befehl erhalten zu haben, Jerusalem vom Joch der Ungläubigen zu befreien, und das will er auch tun.«

Die Erklärung brachte Niketas und einige der anderen auf der Mauer zum Lachen. »Jerusalem befreien!« spottete einer der Berater. »Sind diese Bauern wahnsinnig geworden?«

»Sie sagen, Bischof Urban habe jeden Christenmenschen aufgefordert, das Kreuz zu nehmen und auf Pilgerfahrt in den Kampf gegen die Sarazenen zu ziehen.«

»Gegen die Sarazenen?« fragte Niketas nach. »Die Sarazenen haben uns schon seit dreißig Jahren keine Schwierigkeiten mehr gemacht.«

»Seit fünfzig«, korrigierte ihn einer der Berater.

Alexios hatte genug gehört. »Niketas, finde diesen Peter, und bring ihn zu Uns. Wir wollen mit ihm sprechen, und aus seinem eigenen Munde hören, was er zu tun beabsichtigt.« Der Kommandant der Exkubiten salutierte und verließ im Laufschritt die Mauer. Nach einem letzten Blick auf die langsam näherrückende Horde schüttelte der Kaiser ungläubig den Kopf und eilte davon, um auf die Ankunft des ungebetenen Gastes zu warten.

Das Warten dauerte nicht lange. Alexios hatte gerade erst sein Staatsgewand angelegt, als ihm ein Diener von Niketas' Rückkehr berichtete. Der Kaiser verließ die inneren Gemächer und ging in den Audienzsaal, wo er das Podium bestieg und sich auf den Thron setzte. Auf einem purpurfarbenen Kissen neben ihm lag die Heilige Schrift. Der Drungarios tōn poimōn Dalassenos und die üblichen Höflinge und Berater standen mit ernsten, freudlosen Mienen hinter dem Podium und strahlten eine düstere Sachlichkeit aus, die dem Ernst der Lage angemessen war.

Nachdem er sich gesetzt hatte, nickte Alexios dem Magister Officiorum zu und befahl: »Bringt ihn herein.«

Einen Augenblick später stieß der Zeremonienmeister mit seinem Amtsstab auf den weißen Marmorboden, und die großen vergoldeten Türen des Salomonsaals schwangen auf. Herein marschierte Niketas, gefolgt von vier nebeneinander gehenden kaiserlichen Gardisten, die einen großen, breit gebauten Mann hinter sich her führten. Der Mann trug eine Tonsur, ging barfuß und war in den graubraunen Umhang und das knöchellange Gewand eines Landpriesters der römischen Kirche gehüllt.

Schwitzend von dem langen Ritt in der Hitze des Tages eilte Kommandant Niketas vor den Thron, warf sich zu Boden und erhob sich auf ein Zeichen seines Kaisers wieder, um zu verkünden: »Basileus, ich bringe Euch Peter von Amiens.«

Der Bauernpriester zeigte sich angemessen beeindruckt von der

Pracht seiner Umgebung und blickte voller Ehrfurcht zu dem erhabenen Wesen empor, das vor ihm auf dem Thron saß. Als er seinen Namen hörte, warf sich der Priester auf den Bauch, ergriff den Fuß des Kaisers, küßte ihn und sagte: »Heil Euch, mein hoher Herr. Euer ergebener Diener grüßt Euch.«

»Steh auf«, befahl Alexios ernst. Der Mann erhob sich und richtete gleichzeitig seine Kleider. Mit seinem zerlumpten Umhang und dem verfilzten Gewand wirkte er wie ein Vogel, der im Staub gebadet hatte und der nun seine Federn ausschüttelte.

»Man hat Uns berichtet, du seist der Anführer dieser pilgernden Bauern«, sagte der Kaiser. »Stimmt das?«

»Aber nein, mein Herr und Kaiser«, erwiderte Peter. »Ich bin nur ein armer Eremit, dem Gott und Seine Heiligkeit Papst Urban die Gunst gewährt haben, auf eine Pilgerfahrt ins Heilige Land zu gehen.«

»Du weißt natürlich, daß dich das Martyrium erwartet«, informierte ihn Alexios, »solltest du denn so glücklich sein, Jerusalem zu erreichen.«

Bei diesen Worten richtete sich der Priester zu seiner vollen Größe auf. »Mein Herr und Kaiser, es ist unser Vorrecht, das Land unseres Erlösers den Klauen der Ungläubigen zu entreißen, und unter dem Schutz des allmächtigen Gottes werden wir das auch tun.«

»Die Türken werden sich euch entgegenstellen«, bemerkte der Kaiser und musterte den Mann vor ihm. »Wie plant ihr Jerusalem zu gewinnen?«

»Wenn nötig«, antwortete der Eremit, »werden wir kämpfen.«

»Es wird garantiert nötig sein – dessen kann ich euch versichern«, sagte Alexios, der allmählich wütend wurde. »Die Türken sind furchtlose Kämpfer, und ihre Entschlossenheit ist legendär. Wo sind eure Waffen? Wo euer Proviant? Habt ihr Belagerungsmaschinen? Werkzeuge, um Brücken zu bauen, Gräben auszuheben und Wälle zu erklimmen?«

»Was wir brauchen«, antwortete der Priester gelassen, »wird uns Gott der Herr schon geben.«

»Und hat euch Gott der Herr auch Soldaten für eure Armee gegeben?«

»Das hat er, mein Herr und Kaiser«, erwiderte Peter und schüttelte erneut den Umhang aus. In seiner Stimme und Haltung lag mehr als nur ein Hauch selbstgerechten Trotzes.

»Wie viele?«

»Wir haben acht Ritter in unseren Reihen. Sie werden von dem höchst ehrenwerten Walter Sansavoir de Poissy angeführt.«

»Acht«, wiederholte Alexios. »Hast du das gehört, Niketas? Sie haben acht Berittene.« Er wandte sich wieder an den Priester und fragte: »Weißt du wie viele Krieger Sultan Arslan befehligt?«

Verunsichert zögerte Peter einen Augenblick lang.

»Es ist wohl schon zu spät, dir ein wenig Weisheit beizubringen, mein Freund«, sagte der Kaiser, »aber Wir werden es dir sagen. Sollen Wir? Der Sultan hat allein in seiner Leibwache vierzigtausend Mann. Vierzigtausend berittene Krieger gegen eure acht.«

»Wir sind sechzigtausend Seelen stark«, verkündete Peter stolz. »Wir sind Gottes Heerschar.«

»*Wir* befehligen Gottes Heerschar, Priester!« brüllte Alexios, der seinen Zorn nicht länger zügeln konnte. »*Ihr* seid nichts weiter als hergelaufener Pöbel.«

Das Brüllen des Kaisers dröhnte wie ein Donnerschlag durch die Halle. Alexios sprang vom Thron und stand hoch aufgerichtet über dem unglücklichen Priester. »Mehr noch: Ihr seid ungezügelt und ohne Disziplin. Wir haben gehört, wie ihr raubend und mordend durch Dalmatien und Mösien gezogen seid. Um euch mit Proviant zu versorgen, habt ihr Dörfer und ganze Städte ausgeplündert.« Er drehte den Kopf zum Kommandanten der Exkubiten. »Wir liegen nicht im Krieg mit Dalmatien und Mösien, nicht wahr, Niketas?« fragte er in spöttischem Tonfall.

»Nein, Basileus«, antwortete der Offizier. »Die Einwohner dieser Länder sind Bürger des Reiches.«

»Siehst du?« schrie Alexios. »Ihr habt ehrbare Bürger ausgeraubt, deren einziger Fehler darin bestand, auf dem Weg eures räuberischen Mobs zu leben.«

»Das waren Juden«, stellte Peter in selbstgefälligem Tonfall klar. »Wir haben vor Christi Thron geschworen, die Welt von allen Feinden Gottes zu säubern.«

»Das war ein schlechter Eid, Priester. Ihr besitzt weder das Recht noch die Autorität, so etwas zu schwören. Ihr seid übermütig, und wir werden eure Taten nicht einfach so hinnehmen«, erklärte Alexios und blickte dem ungehobelten Kirchenmann streng in die Augen, bevor er sich wieder ein wenig zu beruhigen schien. »Doch trotz eures schamlosen und beklagenswerten Verhaltens werden wir ein Abkommen mit euch treffen. Im Tausch für Frieden, solange ihr euch innerhalb der Grenzen des Reiches befindet, werden wir euch hier in Konstantinopel mit Wasser und Proviant versorgen. Des weiteren werden wir euch sicheres Geleit gewähren, damit ihr auf demselben Weg wieder zurückkehren könnt, den ihr gekommen seid.«

»Bei allem Respekt, mein Herr und Kaiser«, erwiderte der Eremit, »das können wir nicht tun, denn wir haben geschworen, Jerusalem um jeden Preis zu befreien.«

»Dann müßt ihr darauf vorbereitet sein, mit eurem Leben dafür zu bezahlen«, erklärte Alexios, »denn wahrlich, das wird es euch kosten.« Er hielt kurz inne und trommelte mit den Fingern auf die Armlehne seines Throns. »Gibt es nichts, womit ich euch überreden könnte umzukehren?«

Der Priester antwortete nicht.

»Also gut«, lenkte Alexios ein, »Wir werden dafür Sorge tragen, daß ihr zumindest heil über den Bosporus kommt. Und möge Gott euch allen gnädig sein.«

Endlich bescheiden geworden, verneigte sich der zerlumpte Eremit und akzeptierte die Worte seines Herrn mit einfachem Dank.

»Hört Uns gut zu, Peter von Amiens«, warnte Alexios. »Ihr zieht auf eigene Gefahr weiter. Nehmt Unseren Rat an, und kehrt um. Ohne Schutz und ausreichenden Nachschub wird eure Pilgerfahrt scheitern.«

»Alles geschieht nach dem Willen Gottes«, erwiderte der Priester steif. »Wir werden uns an den Allmächtigen mit der Bitte um Hilfe und Schutz wenden.«

Noch immer wütend betrachtete Alexios den sturen Kirchenmann und entschied, daß es sinnlos war, sich noch länger mit dem Mann herumzuquälen. Mit einer knappen Geste der kaiserlichen Hand beendete er die Audienz und befahl Niketas, den Bettler fortzuschaffen.

Nachdem sie gegangen waren, wandte sich der Kaiser an Dalassenos. »Das ist die Tat dieses unfähigen Urban, und das wird er bitter bereuen. Seine ständige, unerträgliche Einmischung in unsere Angelegenheiten hat uns schon in der Vergangenheit nichts als Ärger gebracht – und nun das hier!«

Nachdenklich runzelte der Kaiser die Stirn, schwieg einen Augenblick lang und blickte seinem Drungarios in die Augen. Schließlich fragte er: »Könnte es sein, daß der Patriarch von Rom Unsere Absichten mißverstanden hat?«

»Ich wüßte nicht wie, Basileus«, erwiderte Dalassenos. »Euer Brief war klar und deutlich. Er hat ihn vor den versammelten Bischöfen verlesen lassen, und Ihr habt eine entsprechende Antwort erhalten.«

»Trotzdem, irgend etwas ist schiefgelaufen«, sagte Alexios. »Ich habe ihn um eine Armee gebeten, um meine Reihen aufzufüllen und um die alten Themen wiederzubeleben. Von einer Pilgerfahrt ins Heilige Land habe ich nichts erwähnt.«

»Nein, Basileus«, bestätigte ihm Dalassenos.

Der Kaiser schüttelte den Kopf. »Ich fürchte, ich muß dich bitten, noch einmal nach Rom zu reisen, Vetter. Wir müssen wissen, was dieser alte Trottel getan hat und Maßnahmen ergreifen, damit kein Bürger des Reiches mehr zu Schaden kommt. Du wirst sofort gehen, und möge Gott mit dir sein.«

»Ich habe mit Guthorm Stiernacken gesprochen«, berichtete Herr Brusi Maddardson gerade, als Murdo näher kam. »Er hat gesagt, das Schiff würde Kirkjuvágr am Tag nach dem Fest des heiligen Jakob verlassen, so Gott will.«

»So bald schon?« Murdos Vater klang überrascht. »Es kann doch nicht so lange dauern, Lundein zu erreichen.«

Brusi nickte nur. »Das hat er zumindest gesagt.«

»Aber bis dahin haben wir die Ernte noch nicht eingefahren«, erklärte Ranulf.

»O ja«, stimmte ihm Brusi zu. »Ich fürchte nur, daran ist nichts mehr zu ändern. Wir müssen Rouen bis spätestens Mitte August erreicht haben, wenn wir uns den Männern des Königs anschließen wollen.«

»Ja, ja, das verstehe ich schon«, erwiderte Herr Ranulf, »aber ich hatte eigentlich gehofft, wir würden nicht so schnell aufbrechen.«

Ihr Gespräch wurde von der Ankunft Bischof Adalberts unterbrochen, der seine Gäste zu Tisch rief – die Frauen an die Tische zur Linken, die Männer an die zur Rechten. In dem lebhaften, doch nicht würdelosen Gedränge, das daraufhin einsetzte, wurde Murdo auf eine Bank zwischen zwei Kaufleute von mehr als beachtlichem Leibesumfang gedrückt. Der Mann links von ihm beäugte ihn mißtrauisch, als fürchte er, Murdos Anwesenheit könne den Fest-

zum Fastentag verwandeln, doch der andere zwinkerte ihm zu und lächelte. »Gehst du auch nach Jerusalem, Junge?«

»Nein, mein Herr«, antwortete Murdo in einem Tonfall, der seinen Nachbarn davon abhalten sollte, weiter nachzufragen.

»Aha.« Der Kaufmann nickte weise. Murdo wußte jedoch nicht, ob dieses Nicken bedeutete, daß der Mann es guthieß, daß er sich nicht dem Kreuzzug anschloß, oder nicht. »Ich bin Gundrun«, stellte der Mann sich vor, »und ich grüße dich, junger Mann.«

»Gott mit euch, mein Herr«, erwiderte Murdo. Er nannte seinen Namen, deutete zu seinem Vater und seinen Brüdern, die einige Plätze weiter saßen, und erklärte dem Kaufmann, wer sie waren.

Der mißtrauische Kaufmann zur Linken reagierte auf diese Erklärung mit einem tiefen Grunzen, woraufhin Gundrun sagte: »Kümmere dich nicht um ihn, Murdo Ranulfson. Er ist immer so schlecht gelaunt, stimmt's nicht, Dufnas? Besonders bei einem Festmahl, das auf ein Hochamt folgt.« Der linke Mann grunzte erneut und wandte seine Aufmerksamkeit verdrießlich in eine andere Richtung.

In diesem Augenblick erschien ein Mönch mit einem Stapel flacher, runder Brote. Er ging die Bank entlang und legte vor jeden Gast einen Laib Brot. »Sieh an«, sagte Gundrun. »Das Essen kommt.«

Murdo blickte auf den einsamen Laib Brot und suchte anschließend die Tafel nach Schüsseln oder Bechern ab, doch da er nirgends etwas Derartiges entdeckte, glaubte er seine schlimmsten Befürchtungen bestätigt: Heute würde es nichts außer einem trockenen Stück Brot für ihn geben – noch nicht einmal einen Schluck Wasser, um es herunterzuspülen. Unfähig, seine Enttäuschung noch länger für sich zu behalten, teilte er die düsteren Vorahnungen seinem kräftigen Nachbarn mit.

Doch Gundrun zwinkerte ihm nur erneut zu und erwiderte: »Hab Vertrauen, mein Freund.«

Wie als Antwort auf diese hoffnungsvollen Worte entstand eine Unruhe auf der anderen Seite des Platzes, und Murdo sah etwas aus dem Kloster treten, das er für eine Prozession hielt. Mönche in Paaren, Dutzende von ihnen, mit jeweils einer großen Speiseplatte zwischen sich betraten den Rasen und gingen zu den großen Tischen, wo sie ihre Last abstellten und rasch wieder verschwanden.

Beinahe bevor der verhungernde Murdo sich fragen konnte, wie diese wenigen Platten für all die Gäste ausreichen sollten, erschienen zwei weitere Mönche, dann wieder zwei und noch zwei, bis je zwei Gäste auf einer Seite der Tafel eine Speiseplatte vor sich stehen hatten. Während die Mönche davoneilten, um weitere Platten zu holen, verteilten andere silberne Schüsseln mit Salz auf dem Tisch.

Verblüfft riß Murdo den Mund auf. Die Menge an Speisen hatte ihn überrascht. Er hatte noch nie solch eine Vielfalt an gebratenem Geflügel gesehen: Wachteln, Tauben, Moorhühner und Fasane. Doch das war noch nicht alles! Außerdem gab es noch geviertelte Enten, Lerchen und Amseln, und zwischen den Vögeln hatte man die Eier der einzelnen Arten angerichtet.

Die Platte stand noch nicht ganz auf dem Tisch, als Murdos Hand schon nach dem ersten Vogel griff. Seine Finger schlossen sich um eine kleine Entenkeule, die er gierig unter dem anderen Fleisch herauszog, woraufhin eine kleine Wachtel vor ihm auf den Tisch rollte. Gundrun neben ihm und die beiden Gäste ihm gegenüber halfen sich ebenfalls selbst, und binnen weniger Sekunden herrschte Schweigen im Hof. Murdo aß die Ente, und noch während deren Fett von seinen Lippen und Fingern tropfte, machte er sich über die Wachtel her.

»Nette Erfrischung, nicht wahr, Junge?« fragte Gundrun und warf einen Knochen hinter sich. Murdo hatte den Mund voll, konnte deshalb also nicht antworten, doch er nickte begeistert.

Nachdem er auch die Wachtel erledigt hatte, stürzte sich Murdo auf einen Fasan und riß ihm mit den Zähnen lange Fleischstreifen von der Brust. Damit war er noch immer beschäftigt, als sich zwei Mönche mit einem dampfenden Kessel seinem Platz näherten. Murdo schaute interessiert zu, wie ein dritter Mönch eine Schöpfkelle in den Kessel tauchte, eine zähe Masse über das Brot verteilte und anschließend das gleiche bei Gundrun tat.

Murdo starrte auf den Eintopf – oder zumindest hielt er es dafür. Die Masse war von einer tiefroten Farbe, wie er sie noch nie bei einem Eintopf gesehen hatte. »Gefüllter Labmagen«, seufzte Gundrun zufrieden. Er beugte sich über das Brot und schnüffelte fachmännisch. »Ah, ja! Phantastisch!«

Murdo hatte schon von diesem Gericht gehört – man sagte, es würde Königen serviert –, doch er hatte es noch nie gesehen. Auch er senkte den Kopf, und ein feiner Geruch stieg ihm in die Nase, der ihn an Kirschen erinnerte. Er steckte den Finger in die Sauce, führte ihn zum Mund und spürte ein warmes, doch nicht unangenehmes Kribbeln auf der Zunge. Die Sauce schmeckte nach Rind und Pflaumen.

Gundruns Beispiel folgend nahm Murdo ein Stück Fleisch zwischen Daumen und Zeigefinger, kaute nachdenklich darauf herum und genoß die köstliche Geschmacksmischung. Dann beugte er sich über das mit der unbekannten Masse bedeckte Brot, und ohne den Kopf auch nur einmal zu heben, verschlang er das köstliche Gericht bis zum letzten Stück. Nur ein Mönch, der den alten gegen einen neuen Teller austauschte, hielt Murdo davon ab, auch noch das Holz abzulecken.

Welch prächtiges Festmahl! dachte Murdo und blickte auf den Tisch, um die nächste Delikatesse zu begutachten, die man soeben gebracht hatte. Als er einen raschen Blick zur Seite warf, sah er, daß sein Vater mit Brusi Maddardson ins Gespräch vertieft war und daß seine Brüder sich den Mund vollstopften und sich laut lachend mit den Maddardson-Söhnen unterhielten. Auf der anderen Seite des Hofs, an einem der Frauentische, glaubte er zu sehen, wie sich seine Mutter zu Frau Ragnhild hinüberbeugte. Gerade als er sich wieder abwenden wollte, erhaschte er einen Blick auf Ragna. Sie sah ihn an; ihr Blick war schelmisch und nachdenklich zugleich. Sie beobachtete ihn, und er hatte sie dabei ertappt; doch sie wandte weder die Augen ab, noch änderte sie den Gesichtsausdruck. Sie starrte ihn weiterhin an, bis zwei Mönche mit einem Kessel zwischen ihnen hindurchgingen und Ragna so aus seinem Blickfeld verschwand – aber nicht bevor Murdo zum zweitenmal am heutigen Tag das verschwörerische Lächeln auf ihrem Gesicht gesehen hatte.

Verwirrt widmete sich Murdo wieder dem Essen und seinem Nachbarn. Gundrun erwies sich nicht nur als freundlicher Tischgenosse, sondern auch als eine wahre Quelle des Wissens. Er war weit gereist. Als Händler hatte er fast den gesamten Norden bis nach Gallien hinunter durchstreift. Einmal hatte er sogar eine Pilgerfahrt nach Rom unternommen. So kam es, daß der ältere Mann auf die Frage, wo denn Rouen läge, antwortete: »In der Normandie, wenn ich mich nicht irre.«

»Wer ist dort König?«

»Das müßte Wilhelm Rufus sein, König von England«, erklärte ihm Gundrun. »Willst du doch noch an der Pilgerfahrt teilnehmen?«

»Nein«, gestand Murdo. »Ich habe meinen Vater darüber reden gehört. Sie gehen in die Normandie und reisen mit den Männern des Königs.«

»Ah, dann meinst du ohne Zweifel Wilhelms Sohn, den Herzog Robert von der Normandie«, korrigierte ihn der Kaufmann freundlich. »Es scheint, als würde er die Normannen und Engländer nach Jerusalem führen – zusammen mit einigen anderen natürlich. Sehr viele Ritter und Bewaffnete aus aller Herren Länder werden zusammen reisen, verstehst du? Zumindest ist es das, was ich gehört habe.«

Diese Worte riefen ein mißbilligendes Knurren von Dufnas hervor, der auf der anderen Seite von Murdo saß, worauf Gundrun erwiderte: »Was geht es dich an, mein Freund, wenn die Franken einen blinden Hund schicken, um die Pilger nach Jerusalem zu führen? Du gehst doch sowieso nicht.«

»Dumme Verschwendung«, erklärte Dufnas knapp; doch nachdem er seine Stimme erst einmal gefunden hatte, fügte er hinzu: »Für alles Gold von Rom würde ich keinen Fuß in dieses gottverlassene Land setzen.«

Nach diesem unerwarteten Gefühlsausbruch wandte sich Dufnas wieder seinem vernachlässigten Essen zu. Er packte einen Fasan, brach ihn mit seinen mächtigen Pranken in der Mitte entzwei, als wolle er damit zeigen, wie er über die Pilgerfahrt dachte, und biß schließlich in eine der Hälften.

»Achte nicht auf ihn«, riet Gundrun. »Er war schon einmal in Jerusalem.«

»Zweimal«, knurrte Dufnas.

»Zweimal«, bestätigte sein Freund. »Beim letztenmal haben ihn die Sarazenen ausgeraubt, und das hat er ihnen nie verziehen.«

Murdo blickte mit neugierigen Augen auf den launischen Kaufmann. Der Mann schien ganz und gar nicht zum Pilger geschaffen zu sein, doch andererseits: Murdo hatte noch nie jemanden kennengelernt, der weiter als bis Lundein gekommen war, ganz zu schweigen von Rom oder Jerusalem. »Man erzählt sich«, wagte er zu sagen, »daß das Heilige Land von einer Wüste umgeben sei und daß der Sand mit einem Feuer brennt, das nicht gelöscht werden kann. Stimmt das?«

Gundrun gab die Frage an Dufnas weiter. »Nun, mein Freund«, sagte er, »du hast ihn gehört. Was ist nun mit der Wüste?«

»O ja«, erklärte Dufnas zwischen zwei Bissen, »es gibt dort wirklich eine Wüste.«

»Und brennt sie auch?« hakte Murdo nach.

»Schlimmer noch: Sie kocht«, antwortete Dufnas und wischte sich mit dem Ärmel über den Mund. »Bei Tage kann sie niemand durchqueren. Man muß bis in die Nacht warten, wenn sie zu Eis gefriert.«

Murdo nickte, als hätte er das schon lange geahnt. Er verstaute dieses Stück Wissen in seinem Gedächtnis, um später Torf und Skuli damit zu beeindrucken. Gerade wollte er Dufnas fragen, ob es wahr sei, daß die Sarazenen so viele Frauen nehmen durften, wie sie wollten, als die Mönche mit Weinkrügen erschienen. Nachdem kurz darauf jedermanns Becher gefüllt war, tranken die Leute einander zu. Auch Murdo trank und stellte fest, daß er Wein mochte – besonders die Art, wie das Getränk ihn innerlich wärmte.

Das Fest wurde immer fröhlicher, während die Gäste auf das Johannesbrot warteten: kleine, süße Haferkuchen, die man im allgemeinen mit Bier oder in diesem Fall mit Wein zu sich nahm. Als die Kuchen schließlich gebracht wurden, seufzten die Feiernden glücklich auf, denn in jeden kleinen Kuchen war eine Silbermünze eingebacken. Murdo zog die Münze aus dem Kuchen und blickte auf das funkelnde Metallstück. Obwohl es sich nur um eine kleine Münze handelte, so war es doch mehr Geld, als Murdo je besessen hatte. Den Blick auf das Silberstück gerichtet, staunte er über die Großzügigkeit des Bischofs.

»Die Pilgermünze«, erklärte Gundrun. »Für den Torzoll.«

»Den was?«

»Die Abgabe, welche die Torwächter von jedem Pilger verlangen, der die Heilige Stadt betreten will. Wenn man sie von Anfang an bei sich trägt, bedeutet das, daß man die Stadt unseres Erlösers mit Sicherheit erreichen wird.«

Abermals grunzte Dufnas und drückte Murdo seine Münze in die Hand. »Hier«, sagte er. »Jetzt kannst du auch meinen Zoll bezahlen, wenn du dort ankommst.«

Murdo dachte daran, dem unangenehmen Kaufmann zu erklären, daß er nicht nach Jerusalem gehe; doch Dufnas leerte bereits seinen zweiten Becher Wein, und Murdo hielt es für das Beste, ihn dabei nicht mit solch unbedeutenden Kleinigkeiten zu stören. Also steckte er die beiden Münzen in den Gürtel und wandte sich wieder dem Johannesbrot und dem Wein zu.

Der mit Honig gesüßte und leicht gewürzte Wein verschwand rasch – das meiste davon in Dufnas' Kehle, das mußte gesagt werden –, und so trank auch Murdo rasch, aus Furcht, andernfalls nichts mehr zu bekommen. Aber der leere Krug hatte noch nicht den Tisch berührt, als er bereits wieder aus einem der beiden großen Fässer gefüllt wurde, die der Bischof an beiden Enden des großen Klosterhofes hatte aufstellen lassen. Mit einem Blick zu den riesigen Eichenfässern, die auf schweren Eisengestellen ruhten, schob Murdo seinen Becher zu Gundrun, damit dieser ihm nachschenken konnte.

»Du bist wohl ziemlich durstig, Junge«, lachte der Händler. »Gut so!«

Dufnas stieß Murdo mit dem Ellbogen an und nickte widerwillig anerkennend. »Wir werden schon noch einen guten Esser aus dir machen«, erklärte er.

Weitere Gerstenkuchen und gewürzter Wein wurden aufgetragen, und einige Zeit später folgte eine weiche, gekochte Masse aus gemahlenen Mandeln, Honig, Eiern und Milch, die man mit Löffeln aus Schüsseln aß, als wäre es Suppe. Murdo hatte noch nie etwas derart Süßes gegessen, und er glaubte zunächst nicht, die Schüssel leeren zu können, bis er Dufnas' Beispiel folgte, der jeden Löffel mit einem kräftigen Schluck Wein herunterspülte – eine Mischung von hervorragendem Geschmack.

Als Murdo schließlich von der dritten Schüssel aufblickte, stellte er überrascht fest, daß der Tag sich dem Ende zuneigte; die Schatten im Hof wurden immer länger. Viele der Feiernden hatten die Tafel verlassen: Einige schlenderten Arm in Arm über das Klostergelände, während andere darauf warteten, vor der Heimreise vom Bischof empfangen zu werden. Murdo suchte nach Ragna und ihrer Familie, doch er konnte sie nirgends finden.

Er suchte noch immer, als irgend jemand seinen Namen rief. Murdo drehte sich um und sah Skuli, der ihm winkte, er solle kommen; dann entdeckte er seine Eltern inmitten der Menge, die auf eine Audienz beim Bischof wartete. Widerwillig stand Murdo auf, um sich zu ihnen zu gesellen.

»Du willst uns schon verlassen?« fragte Gundrun und legte Murdo freundschaftlich die Hand auf die Schulter.

»Leider«, erwiderte Murdo. »Ich muß gehen, oder man wird mich hier zurücklassen.« Er verabschiedete sich von seinen Tischnachbarn und dankte ihnen dafür, daß sie ihm vom Heiligen Land erzählt hatten. Nachdem die beiden Männer den Abschiedsgruß erwidert hatten, drehte Murdo sich um und ging leicht schwankend zu seinem Vater, der just in diesem Augenblick vor den Bischof trat.

Murdo kam gerade rechtzeitig, um den Kirchenmann sagen zu hören: »Das hat man mir berichtet. Trotzdem hatte ich gehofft, man könnte Euch doch noch dazu bewegen, die Angelegenheit einmal in einem anderen Licht zu betrachten, Herr Ranulf. Es ist eine lange Reise und alles andere als ungefährlich. Ich bin sicher, Ihr könntet ruhigeren Gewissens reisen, wenn Ihr wüßtet, daß Euer Besitz in guten Händen ist.«

Ranulf lächelte mit ehrlich empfundener Freundlichkeit. »Eure Sorge gereicht Euch zur Ehre, mein Herr Bischof; doch die Angelegenheit ist bereits erledigt. Meine Gemahlin ist durchaus in der Lage, das Gut zu verwalten. Um ehrlich zu sein, sie hat schon die vergangenen zwanzig Jahre die meiste Arbeit getan.«

»Selbst die erfahrensten Verwalter benötigen von Zeit zu Zeit Hilfe«, bemerkte der Bischof und nickte Frau Niamh zu. Niamh lächelte. Es war ein katzenhaftes Lächeln, und Murdo wußte, daß seine Mutter sich gerade auf eine bissige Antwort vorbereitete.

Doch bevor sie auch nur Luft holen konnte, kam ihr Ranulf rasch mit den Worten zuvor: »Das ist natürlich der Grund, warum auch mein Sohn Murdo hierbleiben wird. Er ist ein rechtschaffener junger Mann, und er weiß, was auf dem Hof zu tun ist. Außerdem werden auch unsere Pächter ihren Teil zur Arbeit beitragen.« Der Herr von Dýrness blickte stolz zu seiner Frau. »Wie Ihr sehen könnt, habe ich viel über diese Angelegenheit nachgedacht«, schloß er seine Ausführungen, »und Ihr werdet mir sicher zustimmen, daß meine kurze Abwesenheit keine größeren Probleme verursachen sollte, zumal Jarl Erlend in Orkneyjar bleibt. Außerdem will ich niemandem unnötige Mühe bereiten. Ich weiß, daß Ihr schon genug mit jenen Ländereien zu tun habt, die andere in Eure Obhut gegeben haben. Wenn ich wüßte, daß die Regelung meiner Angelegenheiten für irgend jemanden eine Last wäre, könnte ich nicht mehr ruhig schlafen.«

Dann wünschte Herr Ranulf dem Bischof einen guten Tag; Frau Niamh verabschiedete sich ebenfalls und bedankte sich für das üppige Festmahl, das dem Heiligen, dessen man heute gedachte, wahrhaft angemessen gewesen sei. Der Bischof segnete Ranulf und Niamh zum Abschied, und als diese sich daraufhin umdrehten, fügte er noch hinzu, sollte Herr Ranulf doch noch seine Meinung ändern, würde er den Bischof jederzeit bereit finden, Dýrness in seine Obhut zu nehmen.

Schließlich verabschiedeten sich auch Torf und Skuli, und zu guter Letzt murmelte Murdo ein paar Abschiedsworte; dann wurde die Familie abermals durch die Kathedrale geführt und hinaus auf den Vorplatz. Gemeinsam gingen sie den flachen Kirchenhügel zur Bucht hinunter und bestiegen das Boot, um die Heimreise anzutreten. Es wehte ein gleichmäßiger, doch schwacher Wind aus Nordost, und die See war ruhig. Die Fahrt versprach angenehm und schnell zu werden.

Ranulf weckte Peder, den Steuermann, der auf der Ruderbank eingeschlafen war, und befahl Torf und Skuli, das Segel vorzubereiten, während er mit Murdo die Leinen losmachte. Schließlich packten sie die zwei langen Ruder und stießen sich von der Anlegestelle ab. Alle vier Männer ruderten, bis sie sich weit genug von den anderen Booten entfernt hatten, um in den Wind drehen zu können, und Ranulf gab den Befehl zum Segelsetzen. Alsbald füllte der Wind das schwere Segel, und das Boot fuhr auf östlichem Kurs durch die breite, flache Bucht, bis die Reisenden schließlich die Landspitze hinter sich gelassen hatten und nach Süden Richtung Heimat einschwenken konnten.

Nach diesem Manöver gab es für Murdo nichts mehr zu tun, und so kletterte er auf die Reling und betrachtete die Hügel und Klippen, die im Licht der untergehenden Sonne rötlich schimmerten. Murdo genoß es, im warmen Licht des Sonnenuntergangs zu baden, und er dachte, daß dies das perfekte Ende für einen wunderschönen Tag sei.

Dann blickte er zu seinem Vater, der von Peder das Steuer übernommen hatte, und beobachtete, wie er das Boot mit sicherer Hand durch die seichten Küstengewässer steuerte, wobei sein Blick ständig hierhin und dorthin wanderte. Sein Gesicht schimmerte rosig im Licht der Abenddämmerung, und den blauen Umhang hatte er über die Schultern zurückgeworfen, damit er seine starken Arme freier bewegen konnte.

In diesem Augenblick erkannte Murdo, daß er nur eines auf der Welt wollte: Er wollte dieser Mann sein, wollte eines Tages die Herrschaft über Dýrness und den Schutz der Familie übernehmen. Dann blickte er zu seiner Mutter, die ruhig und schön auf ihrer gepolsterten Bank saß. Eines Tages, dachte Murdo, würde auch er eine so schöne Gemahlin haben. Im Geiste ließ er sich das Wort auf der Zunge zergehen – Gemahlin –, und es überraschte ihn nicht, daß dieser Gedanke ein Bild von Ragna heraufbeschwor. Immerhin war sie die einzige Person, die einen solchen Gedanken wert war.

Murdo behielt ihr Bild in seinen Gedanken und beobachtete, wie die silberne Sichel des Mondes langsam über den Horizont kletterte, um ihre lange Reise zum Morgen hin anzutreten. Als sie schließlich die Bucht von Hrafnbú erreichten, war der Himmel von Sternen übersät, und Murdo schlief tief und fest auf dem Deck. Er erwachte erst, als der Kiel über den Grund des Gjá schleifte, des scharfen Einschnitts zwischen den hohen Felsen, hinter denen der Hof lag. Murdo stand auf und half Peder und seinen Brüdern, das Boot zu sichern.

Dann wateten sie an Land, wo sie von Jötun und Balder begrüßt wurden. Die beiden Wolfshunde rannten und sprangen über den Strand, bellten freudig und spritzten jedermann naß. Ranulf begrüßte sie, kraulte sie liebevoll hinter den Ohren und schickte sie zum Haus zurück, um die Ankunft ihres Herrn anzukündigen.

Bereits am nächsten Tag begannen im Haushalt von Hrafnbú die Vorbereitungen für die Pilgerfahrt. Im Laufe der nächsten Tage beobachtete Murdo mit wachsender Eifersucht, wie sich seine Brüder und sein Vetter das Benehmen weltgewandter Männer aneigneten, die man nicht mit den belanglosen Kleinigkeiten des Hofalltags belästigen durfte. Sie kommandierten die Diener herum wie Könige, die versuchten, ihren dummen Sklaven klarzumachen, daß es sich bei den anstehenden Arbeiten um Angelegenheiten von Leben und Tod handelte. Wie berühmte Häuptlinge stolzierten sie über den Hof und ließen sich nicht mehr dazu herab, auch nur eine einzige ihrer früheren Tätigkeiten auszuüben. Es war, als hätte die bevorstehende Pilgerfahrt ihnen nicht nur Ablaß von allen Sünden gewährt, sondern auch von Arbeit, Pflicht und gutem Benehmen. Murdo knirschte mit den Zähnen, bis sein Kiefer schmerzte, doch er behielt seine Meinung für sich.

Dann, noch bevor der nächste Vollmond über den flachen Hügeln der Orkneys auftauchte, waren die Pilger gegangen.

»Basileus Alexios wünscht, daß ich Euch in seinem Namen dafür danke, was Ihr zum Wohl des Reiches getan habt«, sagte Dalassenos und stellte den Willkommenskelch auf den Tisch neben dem Thron. »Er hat mich mit diesem Brief zu Euch gesandt« – der junge Offizier zog ein Pergament aus dem Lederbeutel an seinem Gürtel und reichte es dem Patriarchen –, »und er drückt durch mich sein Bedauern darüber aus, daß er nicht persönlich nach Rom hat kommen können, um diese Angelegenheit mit Euch zu besprechen, denn seit ich zum letztenmal hier war, haben sich Dinge ereignet, welche die Anwesenheit des Kaisers in der Hauptstadt erfordern.«

»Seid versichert, daß ich mir durchaus bewußt bin, welche Bürde ein solches Amt mit sich bringt«, antwortete der Papst, nahm den Brief entgegen und legte ihn in den Schoß. Dann lehnte er sich zurück und musterte gelassen den Mann vor ihm. Sein kräftiger Körperbau, die dunklen lockigen Haare und die schwarzen Augen verliehen Dalassenos die Ausstrahlung eines starken, jungen Bullen.

»Bitte sagt unserem lieben Bruder, daß ich dafür habe beten lassen, daß er auf immer gegen die Schliche des Teufels siegen möge. Sagt ihm auch, daß ich hoffe, eines Tages unsere gemeinsamen Angelegenheiten mit ihm an einem Tisch diskutieren zu können. Trotzdem freue ich mich, seinen Abgesandten willkommen heißen zu dürfen. Seit unserem letzten Treffen habe ich oft Gelegenheit gehabt, Eure Klugheit und Euer Taktgefühl zu preisen, Drungarios. Der Kaiser ist in der Tat ein glücklicher Mann, wenn er einen solchen Gesandten hat.« Er beobachtete, wie sich Dalassenos mit vollendeter Höflichkeit und Perfektion verneigte – weder zu knapp, was eine Beleidigung gewesen wäre, noch zu tief, was kriecherisch gewirkt hätte. »Aber so angenehm mir Eure Gesellschaft auch ist, so bin ich doch begierig zu wissen, was mir die Ehre Eures Besuchs verschafft, zumal Ihr erst vor kurzem meinen Hof mit Eurer Anwesenheit beehrt habt.«

»Eure Heiligkeit schmeichelt mir«, antwortete Dalassenos formvollendet. »Bitte gestattet mir zu sagen, daß der Basileus seinen Verwandten und Diener gesandt hat, um Euch zu zeigen, welche Bedeutung er Eurem Rat beimißt und wie sehr er Eure Antwort erwartet.«

Urban blickte auf den Brief des Kaisers. Das Pergament war mit goldenen Schleifen gebunden und mit purpurnem Wachs versiegelt. Könnte es sein, daß sein Gegenspieler endlich den Frieden akzeptierte, nach dem er so lange gestrebt und für den er so hart gearbeitet hatte? Den Generationen langen Bruch zu heilen war eines der Hauptanliegen von Urbans Herrschaft, und falls er Dalassenos richtig verstanden hatte, lag eben dieses Ziel nun endlich in seiner Reichweite.

Dalassenos fuhr fort: »Auch wünscht der Basileus, daß ich jedermann kund und zu wissen tue, daß der Name des Patriarchen von Rom nicht durch eine kanonische Entscheidung aus dem Diptychon gestrichen worden ist, sondern aus Versehen. Seid versichert, daß dieser höchst unglückliche Fehler korrigiert worden ist.«

Den ersehnten Frieden vor Augen, beschloß der Papst, die Initiative zu ergreifen. »Es freut mich, das zu hören«, erwiderte Urban und lächelte seinem Gast gnädig zu. »Wir sollten darum in aller Muße die Vorbereitungen für die Festlichkeiten besprechen, mit denen wir die Wiederaufnahme freundschaftlicher Beziehungen zwischen Rom und Konstantinopel feiern werden.«

»Nichts würde ich lieber tun, Bischof Urban; aber unglücklicherweise erwartet Basileus Alexios meine baldige Rückkehr.«

»Dann berichte mir von deinem Auftrag, mein Freund«, sagte der Papst, »und ich werde mein Bestes tun, um dir zu Diensten zu sein.«

»Das ist sehr einfach...«, begann Dalassenos vorsichtig, um soviel wie möglich darüber herauszufinden, was der Papst als angemessene Reaktion auf die Bitte des Basileus erachtet hatte, ihm Truppen für die Erneuerung der Themen und den Kampf gegen die Türken zu schicken, mit deren Hilfe er verlorenes Reichsgebiet zurückerobern wollte.

»Was die Anfrage des Kaisers betrifft«, unterbrach ihn Urban glücklich, »könnt Ihr unserem Bruder und Freund übermitteln, daß ich mir seine Bitte zu Herzen genommen habe. Mehr noch: Ich habe nicht eine Sekunde verschwendet, sondern ohne Verzögerung gehandelt. Ihr müßt wissen, daß ich selbst erst kürzlich vom Schlachtfeld zurückgekehrt bin – sozusagen.«

Der Papst fuhr fort zu beschreiben, was er als Inspiration bezeichnete: Ein Konzil, um über die Unterstützung des Reiches zu diskutieren, und wo entschieden werden sollte, welche Form diese Hilfe annehmen würde. »Ich freue mich, Euch mitteilen zu können, daß das Konzil beschlossen hat, die Wiege unseres Glaubens vor den heidnischen Räubern zu beschützen. Man hat sogar beschlossen, daß ich Briefe an all meine Bischöfe aussenden soll, damit sie den Kreuzzug predigen.«

»Den Kreuzzug?« Zwar hatte Dalassenos das Wort noch nie gehört, doch er wußte instinktiv, daß seine schlimmsten Befürchtungen wahr geworden waren.

»Es wird eine Pilgerfahrt werden, wie sie die Welt noch nie gesehen hat«, erklärte der Papst. »Ich habe die Herren des Westens aufgerufen, eine Armee von heiligen Kriegern aufzustellen, um das Heilige Land zu verteidigen.«

»Dann ist es also wahr«, sagte der junge Offizier. »Ihr habt eine Armee nach Konstantinopel gesandt.«

Der Bischof von Rom gestattete sich ein zufriedenes Lächeln und antwortete: »Im Vertrauen gesagt ist die Idee nicht gerade originell. Zu viele von unseren Adeligen sind in sinnlose Fehden verstrickt. Glaubt Ihr etwa, daß es Gott gefällt, wenn seine Kinder sich untereinander streiten und gleichzeitig die Heilige Stadt unter dem Joch der Ungläubigen steht? Wenn das Blut der Rechtgläubigen die Wege bedeckt, auf denen unser Herr Jesus gewandelt ist? Das ist nicht mehr und nicht weniger als eine Abscheulichkeit.«

»Natürlich, mein Herr Bischof«, stimmte ihm Dalassenos rasch zu, »aber...«

»So habe ich gepredigt, und mein Ruf ist beantwortet worden. Gott sei gepriesen! In eben diesem Augenblick erheben die Herren des Westens, allesamt starke, gläubige Männer, ihre Schwerter zum Kampf gegen die Ungläubigen. Ich wünschte nur, ich könnte sie persönlich anführen.« Er seufzte und fuhr mit großer Leidenschaft fort: »Aber Gott sei gelobt, habe ich diese Aufgabe einem meiner Bischöfe übertragen: Adhemar de Monteil, Bischof von Le Puy, spricht, was die Pilgerfahrt betrifft, in meinem Namen.«

»Bischof Adhemar«, wiederholte der Drungarios niedergeschlagen.

»Kennt Ihr ihn?«

»Leider nein.«

»Ein wunderbarer Mann: fest im Glauben und stets zu guten Taten bereit, ein Heiliger voller Hingabe und Mut.«

»Wie dem auch immer sein mag«, sagte Dalassenos, »es scheint, als hätten einige Eure Entscheidung vorausgeahnt.« Dann berichtete er dem Papst von Peter dem Eremiten, seiner Pilgerhorde und ihrer ungebärdigen Reise durch Reichsgebiet.

Bischof Urban schüttelte traurig den Kopf. »Eine wirklich unglückliche Entwicklung, darin stimme ich Euch zu, aber ich sehe nicht, wie ich das hätte verhindern können. Gott ruft, wen er will. Sollen wir, die Bischöfe, uns etwa anmaßen zu entscheiden, wer das Kreuz nehmen darf und wer nicht? Für viele ist das Kreuz der Pilger der Weg zur Erlösung, und niemand hat das Recht, es ihnen zu verweigern.«

»Dann werden diese...« Dalassenos zögerte. Um unnötigen Streit zu vermeiden, sagte er: »Diese ›Kreuzfahrer‹ werden doch ohne Zweifel durch Konstantinopel kommen, oder? In diesem Fall wäre es vielleicht nützlich zu erfahren, mit wie vielen wir rechnen müssen.«

Die Augen des Papstes weiteten sich angesichts dieser Frage. »Ich habe keine Ahnung! Das ist Gottes Wille, mein Freund. Er allein kennt ihre Zahl. Doch ich kann Euch sagen, daß mein Ruf überall voller Eifer aufgenommen worden ist.«

»Wann können wir sie erwarten?«

»Ich habe angeordnet, daß jene, die wünschen, Bischof Adhemar auf die Pilgerfahrt zu folgen, im August bereit sein sollen. So Gott will, könnt Ihr mit ihrer Ankunft zum Christfest rechnen, wenn nicht schon früher.«

»Der Kaiser wird sich freuen, das zu hören«, erwiderte der junge Offizier, sorgfältig darauf bedacht, sich seine Bestürzung nicht anmerken zu lassen.

»Gut«, entgegnete der Papst. »So soll es sein.«

»Wenn Ihr mich jetzt bitte entschuldigen wollt. Ich muß Vorbereitungen für meine Abreise treffen.«

»Soviel Pflichtbewußtsein ist äußerst lobenswert, Drungarios Dalassenos. Aber müßt Ihr Rom wirklich schon so bald verlassen? Ich hatte gehofft, Ihr würdet mit mir hier im Palast zu Abend speisen. Dies sind aufregende Zeiten, und wir haben viel zu besprechen.«

»Es tut mir leid. So sehr ich mich auch freuen würde, Euch Gesellschaft zu leisten, so bin ich doch verpflichtet, so rasch wie möglich wieder zum Basileus zurückzukehren.«

»Wie Ihr wünscht.« Urban, der Patriarch von Rom, streckte die Hand zum Kuß aus, und der junge Offizier berührte den päpstlichen Ring mit den Lippen. »Lebe wohl, mein Sohn. Grüße den Kaiser in meinem Namen, und sage ihm, daß ich seiner täglich in meinen Gebeten gedenke, wie auch aller anderen unserer Brüder im Osten.«

»Ich danke Euch. Ich werde es ihm ausrichten«, antwortete Dalassenos. »Lebt wohl, Bischof Urban.«

Der junge Offizier machte auf dem Absatz kehrt und verließ den Audienzsaal. Urban saß noch eine Weile auf seinem Thron und sinnierte über das unglaubliche Ereignis, an dem er soeben teilgenommen hatte. Nachdem er schließlich seine Gedanken wieder geordnet hatte, rief er einen Mönch zu sich und befahl ihm, den Brief des Kaisers vorzulesen. Der Priester brach das Siegel, entfaltete das dicke Pergament und begann mit lauter, hoher Stimme zu lesen.

»Langsam, Bruder Markus«, schalt ihn der Papst, »langsam – und auf Latein, bitte. Mein Griechisch war noch nie sehr gut. Fang noch einmal von vorne an, mein Freund, wenn es dir nichts ausmacht.«

Als der Mönch erneut zu lesen begann, lehnte sich Papst Urban auf seinem Thron zurück, faltete die Hände vor dem Bauch und schloß die Augen. Ja, dachte er, der lang erwartete Prozeß der Versöhnung hatte nun endlich begonnen, mehr noch: Dank der ungeheuren Antwort auf seinen Aufruf zum Kreuzzug ging dieser Prozeß schneller voran, als er sich in seinen kühnsten Träumen vorzustellen gewagt hätte.

Die Erntezeit verflog für Murdo in einer verschwommenen Wahrnehmung aus Schweiß und Müdigkeit. Tag für Tag zerrte er seinen schmerzenden Leib bei Morgengrauen aus dem Bett, zog sich an und war bei Tagesanbruch bereits auf den Feldern, wo er bis weit nach der Abenddämmerung arbeitete. Nur zum Mittag- und Abendessen legte er eine Pause ein. Wie sein Vater nahm er die Mahlzeiten auf dem Feld mit den Pächtern ein, arbeitete mit ihnen Schulter an Schulter und gestattete sich nie einen Schluck Wasser, es sei denn, er konnte ihnen das gleiche anbieten.

Nachdem die letzte Garbe eingefahren und die letzte Ähre eingesammelt war, wußte Murdo tief in seinen Knochen und Muskeln, daß er noch nie in seinem Leben so hart gearbeitet hatte. Die Tatsache, daß man die letzten drei Reihen unter einem dunklen Himmel über dem Kopf und mit Donnergrollen in der Ferne abgeerntet hatte, verstärkte das Gefühl des Triumphes noch. Als der letzte Karren auf den Hof rollte und die Ochsen in den Stall geführt wurden, stand er einfach nur da, blickte stolz auf die Getreidestapel und staunte über seine eigene Leistung. Murdo hätte sich auch nicht mehr freuen können, wenn er Berge von Gold zusammengetragen hätte.

»Das hast du gut gemacht, Murdo«, lobte ihn seine Mutter. »Ich kann mich an keine reichere Ernte erinnern. Dein Vater hätte es nicht besser gekonnt, und er hätte dir dasselbe gesagt, wenn er hier wäre.«

»Es ist lange genug trocken geblieben; das hat uns geholfen«, erwiderte Murdo weise. Nachdem er einen Blick auf die dunklen Wolken geworfen hatte, die sich über ihren Köpfen sammelten, fügte er hinzu: »Ich hatte schon befürchtet, der Sturm würde uns die letzten Felder vernichten; aber jetzt kann es meinetwegen bis zum Julfest regnen – ich werde mich nicht beschweren.«

»Eine solche Ernte verlangt nach einem Fest«, schlug Niamh vor. »Morgen werden wir feiern. Sag den Pächtern und Dienern Bescheid, und dann wähl ein Schwein aus – o, und auch eines der jungen Kälber. Es soll ein gutes Erntefest werden.«

Nach diesen Worten eilte Murdos Mutter davon, um mit den Vorbereitungen für das Fest zu beginnen, während Murdo noch eine Weile im Hof blieb und seine Arbeit bewunderte. Dann tat er es dem abwesenden Herrn gleich und ging in die Scheune, wo die Arbeiter gerade die letzten Garben banden und auf den Stapel legten. Er lobte die Männer für ihren Fleiß und die harte Arbeit, die sie geleistet hatten. »Morgen werden wir ein Fest auf dem Gut von Hrafnbú feiern«, erklärte er und bat sie, ihre Frauen, Kinder und Alten mitzubringen, damit diese ebenfalls an dem Fest teilnehmen konnten. Anschließend verließen Murdo und Fossi die Scheune und gingen zum Stall, um ein Schwein und ein Kalb für das Fest auszusuchen.

Fossi war der älteste und treueste Diener der Familie. Obwohl sein Haar schon in den Diensten von Herrn Ranulfs Vater ergraut war, bewegte er sich noch immer mit einer Leichtigkeit, als wäre er zwanzig Jahre jünger; sein Blick war klar, und seine Hände waren so sicher wie Murdos. Da er nie ein unnötiges Wort verlor, war alles, was er sagte, häufig mehr wert als ganze Reden anderer Männer. Man konnte sich darauf verlassen, daß der alte Fossi stets seine ehrliche Meinung sagte, und das ohne Rücksicht auf Rang oder Zuneigung.

»Was denkst du, Fossi?« fragte Murdo, als sie sich über den Koppelzaun beugten.

»Über die Ernte?«

»Ja. Wie bewertest du sie?«

»Sie war gut.«

Schweigend standen sie eine Weile beieinander, bis Murdo etwas einfiel, um dem alten Diener noch ein wenig mehr zu entlocken. »Ich glaube, sie war besser als letztes Jahr«, sagte er.

»Ja«, bestätigte Fossi.

»Ich glaube, wir werden noch genug übrigbehalten, um das neue Feld einsäen zu können«, wagte sich Murdo vor. Herr Ranulf hatte im Frühsommer den Boden südlich des jetzigen Gerstenfeldes trockenlegen lassen, und Murdo hatte die Absicht, auf dem Feld im Frühling zu säen.

»Ja«, stimmte ihm Fossi zu, »das werden wir.«

Zufrieden wählte Murdo ein schönes, fettes Kalb unter den Jährlingen aus und eines der Schweine. »Paß auf, daß du nicht aus Versehen den Roten Wilhelm nimmst«, warnte er. »Wilhelm ist für die Jultafel bestimmt.«

Fossi runzelte die Stirn und betrachtete Murdo mit mildem Tadel, weil er seine Fähigkeiten in Frage gestellt hatte, sagte aber nichts. Murdo ließ Fossi allein zurück – der alte Diener würde das Schlachten überwachen – und ging zurück zum Haus. Er war vollkommen erschöpft, doch von einer Zufriedenheit erfüllt, die er bei jedem anderen beneidet hätte. Als er den Hof erreichte, fielen die ersten Regentropfen in den Staub zu Murdos Füßen. Kurz blieb er stehen, während der Regen um ihn herum niederprasselte, und genoß die kalten Tropfen auf seinem Gesicht.

»*Kommt Wind, kommt Regen, kommt Winters Harm*«, murmelte er den Text eines alten Liedes vor sich hin. »*Mein Haus ist trocken, mein Herd ist warm. Ich fühle mich geborgen bis zum heiligen Ostermorgen.*«

Das gute Wetter hielt noch lange genug an, so daß die Bewohner von Hrafnbú das Fest am folgenden Tag genießen konnten, doch anschließend brach ein Sturm über die Inseln herein. Der goldene Herbst löste sich in einem regnerischen Dunst auf, der sich nicht mehr heben wollte. Die Tage wurden immer kälter und grauer, und schließlich begann es zu schneien. Der Winter kam früh und dauerte an, aber das große Haus und seine Bewohner bewahrten ihre gute Laune und verbrachten ein schönes, wenn auch etwas gedämpftes Julfest mit Gästen von benachbarten Höfen.

Murdo widmete sich widerwillig seiner üblichen Winterbeschäftigung – dem Studium des Lateinischen –, und er machte große Fortschritte sowohl beim Sprechen als auch beim Lesen. Sein Geburtstag verging ohne besondere Ereignisse, außer daß seine Mutter so aufmerksam gewesen war, ihm einen von Herrn Ranulfs besten Jagdspeeren zu schenken – einen, den Murdo insgeheim schon seit längerem begehrt hatte. Sicher, es war nicht das Schwert, das er sich am meisten gewünscht hatte, doch darauf würde er bis zur Rückkehr seines Vaters warten müssen. Ihm gefiel der Speer, und so ging er als Abwechslung zu seinem Lateinunterricht häufiger auf die Jagd.

Nach dem Jahreswechsel ritten Murdo und seine Mutter mit einigen Nachbarn zur Kirche der heiligen Maria, um das Fest der Heiligen Jungfrau zu feiern. Insgesamt verbrachten sie sieben Nächte in Borgvik, dem Gut von Jarl Erlends jüngerer Schwester, Cecilia, und ihrer Familie. Dort waren viele Leute versammelt, doch niemand in Murdos Alter. Obwohl die Älteren bisweilen versuchten, ihn in ihre Gespräche mit einzubeziehen, wurde er all des Geredes von Fischerei und Landwirtschaft rasch überdrüssig, und so beschloß er, statt dessen mit den Kindern zu spielen.

Nach ihrer Rückkehr zum Bú begann Murdo damit, die Werkzeuge und Geräte zu reparieren, die sie für die Aussaat im Frühling benötigen würden. Außer dieser Arbeit mußte er sich auch noch um das Lammen der Schafe kümmern, doch ansonsten gab es nur wenig zu tun, und Murdo hatte viel Zeit für sich selbst. Er ritt häufig über die Ländereien seiner Familie oder schnappte sich seinen Speer und versuchte mit ein, zwei Söhnen der Pächter sein Glück auf der Jagd. In den Wäldern am Ende des Tals sahen sie häufig Damwild oder Wildschweine, doch nicht ein einziges Mal kamen sie nahe genug heran, um einen sicheren Wurf oder Stoß ausführen zu können.

Oft tat Murdo auf diesen Ausflügen so, als befände er sich auf der Pilgerfahrt und würde gegen Sarazenen kämpfen. Mit jedem Stoß seines Speers führte er einen entscheidenden Schlag für die Christenheit. Dabei dachte er von Zeit zu Zeit an seinen Vater und seine Brüder. Er hatte keine Ahnung, wie weit entfernt Jerusalem war, aber er glaubte, daß sie nun bald wieder zurückkehren müßten. Wie lange konnte es schon dauern, das Heilige Land aus dem laxen Griff von ein paar schamlosen Sarazenen zu befreien?

Laut vorherrschender Meinung würden die Pilger kurzen Prozeß mit den Heiden machen, so daß sie schon bald wieder in ihre Heimat zurückkehren würden. Murdo beschloß, daß sein Vater und seine Brüder noch vor der nächsten Ernte wieder zu Hause sein würden, so daß er diese Arbeit nicht allein würde erledigen müssen.

So vergingen die Monate, und schließlich zog sich der Winter widerwillig zurück. Die Tage wurden länger und wärmer, und der Regen ließ zunehmend an Heftigkeit nach. Als der Frühling die Herrschaft über das Land übernahm, dachte Murdo immer häufiger darüber nach, Herrn Brusis Anwesen einen Besuch abzustatten, um zu erfahren, wie es Frau Ragnhild und ihrer Tochter in Abwesenheit des Herrn erging. Doch so sehr er sich auch bemühte, er konnte keine Entschuldigung finden, nach Hrolfsey zu gehen. Von einer Insel zur nächsten zu segeln war zwar kein schwieriges Unterfangen; dennoch tat es niemand leichtfertig – es war kein Ausflug. Murdos Mutter würde davon unterrichtet werden müssen, und er wußte nicht, wie er ihr sein plötzliches Interesse an Hrolfsey erklären sollte.

Statt dessen beschloß er, dafür zu sorgen, daß er und seine Mutter an den Osterfeierlichkeiten in der Kathedrale teilnahmen – natürlich hoffte er, Frau Ragnhild würde dasselbe tun. Es dauerte mehrere Tage, bevor er den Mut aufbrachte, daß Thema mit seiner Mutter zu besprechen, und noch einige weitere, bis sich die Gelegenheit ergab, es beiläufig zu erwähnen, ohne daß seine Mutter Verdacht schöpfen konnte.

Diese Gelegenheit kam eines Nachts, als er und Frau Niamh nach dem Abendessen vor dem Kamin saßen. Murdos Mutter flickte ein Wams, und er selbst schärfte ein Messer an einem Lederband, als Niamh plötzlich sagte: »Wir werden bald mit dem Fasten beginnen.«

»Ist Ostern schon so nah?« fragte Murdo und heuchelte Überraschung. »Das muß es wohl sein. Durch all das Pflügen und Säen hätte ich es beinahe vergessen.«

Diese mit unschuldigem Ernst vorgebrachte Bemerkung bewegte seine Mutter dazu, von ihrer Arbeit aufzublicken und ihn neugierig zu mustern. Murdo fuhr fort, das Messer übers Leder zu ziehen. Natürlich wußte er, daß sie ihn beobachtete, doch nach außen hin täuschte er weiter Unschuld vor. Nach einer Weile widmete sich Frau Niamh wieder dem Nähen. »Wir müssen auch mit den Vorbereitungen für Ostern beginnen«, sagte sie.

»Sind wir letztes Jahr nicht in die Kathedrale gegangen?« fragte Murdo. »Ich hab's vergessen.«

»O Murdo, natürlich sind wir das«, antwortete seine Mutter leicht verärgert. »Du hast es vergessen, weil du es als unnötig erachtest, dich daran zu erinnern. Du hast so wenig für die Kirche übrig, daß es mich wundert, daß du überhaupt hingehst.«

Ich würde auch nicht gehen, dachte Murdo, wenn man mich nicht ewig dazu drängen würde. In angemessen reumütigem Tonfall gestand er: »Ich denke tatsächlich nicht häufig an die Kirche, das stimmt. Aber das Fest zu Sankt Johann habe ich wirklich genossen, und ich würde mich freuen, wenn wir Ostern zum Hochamt in die Kathedrale gehen würden – wenn es das ist, was du wünschst.«

Oh, das war gut. Es war ihm gelungen, seinen Plan so aussehen zu lassen, als würde er das alles nur tun, um seiner Mutter zu Gefallen zu sein. Murdo lobte sich selbst für seine Schlauheit und seine hervorragende Vorstellung.

Seine Freude war jedoch nur von kurzer Dauer, denn seine Mutter legte die Näharbeit beiseite und starrte ihn an, als wisse sie nicht, ob es sich wirklich um ihren Sohn handelte, der hier neben ihr saß, oder um irgendeinen gerissenen Betrüger. »Wie es das Schicksal will«, sagte sie, »habe ich bereits andere Pläne gemacht. Wir werden Ostern woanders verbringen.«

Murdo verließ der Mut. Trotz all seiner ach so klugen Pläne würde er nun doch nicht in die Kathedrale gehen. Verzweifelt sagte er: »Aber die Kathedrale bietet zu Ostern einen besonders prächtigen Anblick – denk doch nur an all das Gold und den Schmuck. Können wir nicht zumindest an der Messe teilnehmen, bevor wir irgendwo anders hingehen? Es gefällt mir dort so gut.«

Frau Niamh runzelte die Stirn und schüttelte den Kopf. »Manchmal verblüffst du mich wirklich. Ich hatte ja keine Ahnung, daß du in dieser Sache so starke Gefühle hegst.« Sie hielt kurz inne und dachte darüber nach. Dann sagte sie: »Ehrlich, ich wünschte, du hättest mir früher etwas davon gesagt. Frau Ragnhild hat uns eingeladen, das Fest auf Hrolfsey zu verbringen, und ich habe die Einladung angenommen. Ich weiß nicht, wie ich ihr beibringen soll, daß wir doch nicht kommen. Sie werden schon Vorbereitungen für unseren Besuch getroffen haben.« Erneut legte sie eine Pause ein. »Aber wenn du wirklich so entschlossen bist, dann könnten wir vielleicht ...«

»Frau Ragnhild – die Gemahlin von Herrn Brusi ...«, unterbrach sie Murdo rasch.

»Ja, eben die. Und wenn du mir jetzt erklärst, du könntest dich auch nicht mehr an *sie* erinnern, dann schlage ich dich mit dem Nadelkissen windelweich.«

»Ich erinnere mich noch sehr gut an sie«, erwiderte Murdo wahrheitsgemäß. »Aber ich kann mich nicht daran erinnern, in letzter Zeit einen Boten auf dem Hof gesehen zu haben.«

»Einen Boten? Was meinst du damit? Es hat nie einen Boten gegeben.«

»Aber wie ...?«

Seine Mutter betrachtete ihn verärgert und schnalzte mit der Zunge. »Ragnhild hat uns persönlich auf dem Fest des heiligen Johannes des Täufers eingeladen. Sie wußte, daß wir allein sein würden – so wie sie auch –, denn die Männer sind ja noch immer auf ihrer Pilgerfahrt. Ich habe ihr gesagt, es wäre uns eine Ehre und Freude, die heiligen Tage mit ihr und ihrer Tochter zu verbringen.«

Murdo setzte eine gelassene Miene auf. »Nun, ich bin niemand, der andere vor den Kopf stößt. In Anbetracht der Tatsache, daß Frau Ragnhild bereits Vorbereitungen für unseren Besuch getroffen haben wird, wäre es nicht schicklich, eine Einladung abzusagen, die wir bereits angenommen haben. Ich fürchte, wir werden das Beste daraus machen müssen.« Um zu zeigen, daß er zwar nicht erfreut darüber, aber stets bereit war, sein eigenes Glück für das anderer hintanzustellen, seufzte er laut auf.

»Die Dinge, die du da sagst ...«, begann Frau Niamh und schüttelte langsam den Kopf. »Man könnte fast glauben, du führst etwas im Schilde.«

»Ich wünsche nur, dir eine Freude zu machen, Mutter«, erwiderte Murdo und versuchte, verletzt und würdevoll zugleich zu klingen. »Ist das etwa falsch?«

Frau Niamh blickte ihn mißtrauisch an, dann griff sie wieder nach ihrer Näharbeit. Auch Murdo widmete sich wieder seiner Arbeit und hoffte, daß seine Mutter seinen vorgetäuschten Plan vergessen würde, die Messe in Kirkjuvágr zu besuchen, denn das war nun der letzte Ort, an dem er Ostern verbringen wollte.

»Dann ist die Angelegenheit also erledigt«, erklärte seine Mutter nach einer Weile. »Wir werden wie geplant nach Cnoc Carrach gehen.« Sie hielt kurz inne und dachte über den baldigen Besuch nach. »Es wird mir guttun, wieder ein paar Tage mit Ragnhild zu verbringen. Es ist schon lange her, seit wir zum letztenmal längere Zeit zusammen waren.«

Da er das Gefühl hatte, schon mehr als genug gesagt zu haben, hielt Murdo klugerweise den Mund, als würde er den endgültigen Entschluß seiner Mutter zwar widerwillig, aber gehorsam akzeptieren. In dieser Nacht lag er auf seinem Bett und stellte sich vor, was er Ragna sagen würde, wenn er ihr wieder begegnete. Er fragte sich, ob irgendein Geschenk bei der Gelegenheit angebracht sei. Er beschloß, später über diese Frage nachzudenken und schlief ein. Er träumte von Ragna, seiner Zuneigung und Großzügigkeit ihr gegenüber und wie angenehm überrascht sie davon war.

In den folgenden Tagen mußte Murdo all seine Schlauheit aufbieten, um Gleichgültigkeit gegenüber dem bevorstehenden Besuch vorzutäuschen. Zur Ablenkung machte er sich nützlich, indem er Peder half, das Boot vorzubereiten. Nach einem Winter am Ufer gab es immer eine Menge zu tun, um das Fahrzeug wieder seetüchtig zu machen. Der alte Seemann war sehr streng, was die verschiedenen Dinge betraf, die erledigt werden mußten. Peder hatte Pech besorgt, das er mit Wolle mischte, um damit die Risse und Spalten zu stopfen, die während der kalten Monate entstanden waren. Danach mußte der Rumpf mit Bimsstein abgerieben und eine frische Schicht Pech aufgetragen werden. Außerdem hatte Peder während der langen Wintermonate Hanfseile geknüpft; diese wurden nun gestreckt, getränkt und wieder gestreckt, bis gute, feste Segelleinen daraus geworden waren – eine anstrengende Arbeit, doch Peder wurde niemals müde zu erklären, daß das Leben eines Seemanns an der Qualität jedes einzelnen Taus hänge.

Abgesehen vom Geruch des heißen Pechs machte Murdo die Arbeit nichts aus. Er zog das Segeln der Landwirtschaft ohnehin vor, und Peders fortwährendes Reden lenkte ihn von dem erregenden Gedanken ab, daß er Ragna schon bald wiedersehen würde. Die Erwartung quälte ihn wie ein brennender Mückenstich, und er konnte den Tag kaum noch erwarten. Nach und nach hatte das Osterfest für Murdo an Bedeutung gewonnen, und er fürchtete, nicht mehr lang genug unter den Lebenden zu weilen, um es noch zu erleben. Der unvergleichliche Tag hing über ihm wie das Schicksal selbst, und kurz überlegte er sogar, zu Gott zu beten, er möge ihm die Gunst gewähren, die liebliche Ragna nur noch ein einziges Mal zu sehen. Wenn ich sie doch nur noch einmal in ihrem Festgewand sehen könnte, dachte Murdo, dann kann meine Seele diese Welt zufrieden verlassen. Und wenn ihm durch ein Wunder die Gunst eines Kusses gewährt werden sollte, dann würde er am Tage des Jüngsten Gerichts der glücklichste Mann der Welt sein.

Doch trotz dieser Gefühle betete Murdo kein einziges Mal. Er empfand es unter seiner Würde, diesen weit entfernten Tyrannen mit seiner Anbetung zu ehren, und er wollte sich auf keinerlei Handel einlassen, bei dem man von ihm eine Wiedergutmachung verlangen würde oder daß er öfter in die Kirche gehen sollte. Er ertrug sein Leid, so gut er konnte, arbeitete hart und unternahm bisweilen in der Abenddämmerung lange Wanderungen, wenn das Nichtstun seine Gedanken unweigerlich auf die bevorstehende Reise lenkte ... und auf die unbeschreibliche Freude, die ihn an ihrem Ende erwartete.

Als der Tag der Abreise endlich gekommen war, war Murdo wach und zum Aufbruch bereit, noch bevor der Hahn zu Ende gekräht hatte. Er konnte nicht verstehen, warum ausgerechnet heute jedermann so langsam und beflissen geworden war. Schließlich nahmen sie ja nicht ihre sämtlichen Besitztümer mit auf die Fahrt. Außer seiner Mutter war Murdo der einzige, der verreiste – abgesehen natürlich von Peder und Hin, einem der jüngeren Diener, der auf dem Boot helfen sollte. Aber es gab unzählige Körbe voll Proviant und mehrere Kisten mit Kleidung, die allesamt per Karren zum Boot geschafft und an Bord verstaut werden mußten.

»Wir besiedeln doch kein unbekanntes Land«, bemerkte Murdo verärgert. »Wofür brauchen wir das alles – dieses Zeug?«

»Bist du etwa ungeduldig?« gurrte seine Mutter. »Ah, Herz meines Herzens, du wirst deine Ragna schon früh genug wiedersehen.«

Murdo riß erschrocken den Mund auf. Die ganze Zeit über war er so vorsichtig gewesen... Woher wußte sie das?

Murdo spürte, wie seine Wangen zu glühen begannen, und er wandte sich rasch ab. »Ich habe nur ans Wetter gedacht«, behauptete er energisch. »Peder sagt, wir werden am Anfang guten Wind haben, aber gegen Mittag droht es, stürmisch zu werden.«

»Hör dich doch nur einmal selbst an«, sagte Niamh. Ihre Augen funkelten schelmisch, als sie näher trat. »Du redest über das Wetter, wenn allein die Erwähnung von Ragnas Namen genügt, dich erröten zu lassen... oder war das auch nur der Wind?«

Murdo funkelte seine Mutter an, doch er zügelte seine Zunge, um alles nicht noch schlimmer zu machen.

»Murdo«, sagte sie sanft, »seit wir beschlossen haben, nach Cnoc Carrach zu gehen, läufst du über den Hof wie ein eingesperrter Bär. Hast du wirklich geglaubt, ich würde den Grund dafür nicht erkennen? Ich bin nun schon seit einigen Jahren die Mutter von drei Söhnen. Es gibt nur wenig, was ich nicht über Männer weiß.«

Ihr milder Tadel beruhigte Murdo wieder ein wenig. Er zuckte mit den Schultern und sagte: »Nun, wir sind hier den ganzen Winter über gefangen gewesen. Ich weiß, wie sehr du dich darauf freust, deine Freundin wiederzusehen.«

Frau Niamh legte ihrem Sohn die Hand auf die Schulter. »Hör mir zu, mein lieber Junge«, sagte sie. »Ragna ist eine großartige junge Frau, und nichts würde mich glücklicher machen, als wenn du sie zur Gemahlin nehmen würdest. Dein Vater empfindet genauso – das weiß ich. Ihr stammt beide aus gutem Haus, und es spricht vieles dafür, unsere Familien enger miteinander zu verbinden. Ich habe guten Grund anzunehmen, daß auch Herr Brusi eine solche Verbindung begrüßen würde.«

»Mutter«, fragte Murdo verwirrt, »warum erzählst du mir das alles?«

Sie lächelte. »Damit du dich frei fühlst, in dieser Angelegenheit deinem Herzen zu folgen.« Sie hob die Hand und streichelte ihm über die Wange. »Ich habe gesehen, wie du sie anschaust. Eine Liebesheirat ist wirklich etwas Seltenes, mein Sohn. Dein Vater und ich hatten Glück in dieser Hinsicht, aber viele – nein, die meisten sind nicht so gesegnet.« Sie hielt kurz inne. »Und ich habe auch gesehen, wie Ragna *dich* ansieht.«

Murdo riß ungläubig den Kopf zurück.

»O ja«, versicherte ihm seine Mutter. »Sie mag dich, Murdo. Das tut sie wirklich.«

Unfähig, diese Unterhaltung noch länger zu ertragen, drehte Murdo sich um, griff nach dem nächstbesten Korb und verließ den Raum, so rasch es ihm seine angeschlagene Würde erlaubte. »Du hättest es schlechter treffen können, mein Sohn«, rief ihm Niamh hinterher. »Denk mal darüber nach!«

Das Boot legte in der kleinen Bucht unmittelbar unter Cnoc Carrach auf der Westseite von Hrolfsey an. Das Haus lag auf der südöstlichen Seite des Hügels, so daß man es vom Meer aus nicht sehen konnte; aber Murdo wußte, wo es war, und sein Herz schlug mit jeder Minute schneller, nun da Ragna ihm so nahe war. Zu seinem Entsetzen bemerkte er, daß seine Hand am Steuer zitterte, während Peder und Hin Anker und Leinen vorbereiteten, um an Herrn Brusis Mole festzumachen.

Niemandem schien Murdos Aufregung jedoch aufzufallen, und er überspielte sie geschickt, indem er half, das Boot zu entladen. Sie waren noch immer damit beschäftigt, als zwei Diener mit einem Ochsenkarren den gewundenen Pfad herunterkamen, der in die kleine Bucht führte. »Wir haben euer Boot in der Meerenge gesehen«, erklärte der ältere der beiden Diener. »Frau Ragnhild hat uns geschickt, um euch zur Hand zu gehen.« An Frau Niamh gewandt fügte er hinzu: »Wenn es Euch beliebt, edle Frau, dann könnt Ihr schon vorgehen zum Haus. Wir werden uns um Euer Gepäck kümmern.«

Murdos Mutter dankte den Dienern, lehnte jedoch mit den Worten ab: »Es besteht kein Grund zur Eile. Wir werden bleiben und Euch helfen.« Dann befahl sie Murdo, den Dienern zur Hand zu gehen, während Peder und Hin das Boot sicherten. Aufgrund der steilen Klippen konnte der Ochsenkarren nicht bis ans Boot herangeführt werden, und so mußten die Männer Kisten und Körbe ein

Stück den Hügel hinauftragen, bevor sie verladen werden konnten. Die einfache Arbeit schien eine Ewigkeit zu dauern, und die Sonne verschwand bereits hinter den Hügeln, als der Karren endlich beladen war und die Ochsen sich langsam in Bewegung setzten.

Die Besucher kletterten den Hügel hinauf, und als sie endlich den Hof erreichten, war Murdo vor lauter Vorfreude schwindelig geworden. Sein Herz klopfte laut in seiner Brust, und sein Blick verschwamm. Er hatte das Gefühl, vorwärts zu fallen und nicht zu gehen.

Ah, aber seine Erwartung wurde nicht enttäuscht. Der Karren hatte kaum angehalten, als die Tür des großen Hauses geöffnet wurde und Ragna heraustrat. Auf einem Holztablett trug sie einen goldenen Becher. Sie schritt über den Hof, und nur an einem leichten Wanken und dem Klirren des Bechers konnte man ihr Hinken bemerken. Für Murdo schien sie jedoch nicht zu gehen, sondern ein Stück über dem Boden zu schweben.

Ragna trug ein einfaches weißes Gewand mit leuchtendblauem Bund und einem blauen Gürtel um ihre schlanke Hüfte. Sie wirkte größer, als Murdo in Erinnerung hatte, und noch viel schöner. Sie ist immer wieder neu, dachte Murdo, und immer wieder schöner. Tatsächlich leuchteten ihre feinen Gesichtszüge im Licht der untergehenden Sonne, und ihr Haar glitzerte rotgold in der Dämmerung – eine leuchtende, anmutige Sagengestalt. Murdo sog ihren Anblick förmlich in sich auf und schwor bei seinem Leben, daß er noch nie etwas derart Schönes und Perfektes gesehen hatte.

Ragna wagte jedoch nicht, ihn anzublicken, sondern ging auf seine Mutter zu. »Willkommen, Frau Niamh«, sagte sie sittsam. »Voller Freude haben wir Eure Ankunft erwartet. Bitte«, sie hob das Tablett, »erfrischt Euch ein wenig nach der langen Reise.«

Frau Niamh neigte königlich den Kopf, nahm den angebotenen Becher entgegen und hob ihn an die Lippen. Elegant nippte sie an dem Getränk und dankte Ragna für ihre Freundlichkeit. Erst dann wandte sich die junge Frau Murdo zu. »Seid willkommen, Herr Murdo«, sagte sie und bot auch ihm den Becher an. »Die Freiheit unseres Herds ist die Eure, solange Ihr bei uns bleiben wollt.«

»Ich danke Euch, Jungfer Ragna«, erwiderte Murdo und verneigte sich, als er den Becher entgegennahm. Er trank einen kräftigen Schluck des süßen Mets und stellte das goldene Gefäß wieder auf das Tablett zurück, woraufhin Ragna sich mit freudig zuckenden Lippen wieder seiner Mutter zuwandte.

»Frau Ragnhild ist bereit, Euch zu empfangen«, sagte sie. Und auf den älteren Diener neben dem Karren deutend, fügte sie hinzu: »Roli wird dafür sorgen, daß Eure Bediensteten im Gesindehaus gut untergebracht werden. Würdet Ihr mir jetzt bitte folgen? Ich werde Euch zur Herrin bringen.« Dann führte sie die Gäste ins Haus.

Sie betraten einen langen, mit Holz verkleideten Vorraum, von dem zwei große Türen ausgingen. Ragna wählte die Tür zur Linken und führte sie in den Raum, wo Frau Ragnhild von Cnoc Carrach ihre Gäste erwartete. Die Kammer wirkte heimelig: Die Wände waren mit Kalk geweißt, den man mit Ocker vermischt hatte, um dem weißen Pulver etwas Farbe zu verleihen, und ein Teppich aus Webwolle bedeckte den glatten Holzfußboden. Eine Ecke des Raums war mit einem Eichenschirm abgetrennt worden, und ein kleiner Stickteppich hing an der Wand. Ragnhild, die ein rosarotes Kleid und einen Umhang von derselben Farbe trug, saß auf einem Stuhl neben dem Fenster, das sie geöffnet hatte, um die letzten Strahlen der untergehenden Sonne hereinzulassen. Obwohl der Tag angenehm warm für die Jahreszeit gewesen war, brannte in einem Becken ein kleines Kohlefeuer, um die Kälte zu vertreiben, die mit der Nacht heraufzog. Frau Ragnhild blickte von dem kleinen Buch auf, das sie gerade las, und lächelte, als ihre Gäste den Raum betraten. Sie schloß das Buch, legte es auf den Fenstersims und breitete die Arme aus, um ihre alte Freundin willkommen zu heißen.

Die beiden Frauen küßten und umarmten sich mit einer Herzlichkeit, die Murdo verlegen zusammenzucken ließ. Doch Ragna, die Tablett und Becher auf einen Tisch in der Nähe gestellt hatte, lächelte beim Anblick der beiden Freundinnen mit offensichtlicher Freude.

»Nia«, sagte Ragnhild, »es ist so schön, dich zu sehen. Ich hoffe, deine Reise war nicht zu anstrengend.«

»O Ragni, Ragni, meine liebe Freundin«, erwiderte Murdos Mutter – Murdo war überrascht, daß sie so vertraut miteinander umgingen. »Es ist wirklich schön, hierzusein. Ich habe mich schon die ganze Zeit darauf gefreut, daß wir diese Tage gemeinsam verbringen werden, und nun, da ich hier bin, freue ich mich noch um so mehr.«

Erneut umarmten sie sich, und Murdo wandte die Augen ab. Als er sich wieder umdrehte, blickte Frau Ragnhild zu ihm herüber. »Und wer ist dieser hübsche junge Mann?« fragte sie, als wüßte sie nicht, wer ihre Freundin begleitete. »Das kann doch unmöglich der junge Murdo sein! Aber er ist es wirklich!«

Sie trat vor ihn und streckte die Hand aus. Murdo verbeugte sich höflich und küßte ihr die Hand.

»Murdo, sei gegrüßt und willkommen. Es ist schön, daß du deiner Mutter und mir erlaubt hast, daß wir uns wiedersehen.« Sie sprach, als wäre er der Herr, von dessen Entscheidung der Lauf des Festes abhing, und obwohl dies nur der Höflichkeit entsprach, mußte Murdo sich eingestehen, daß ihm das gefiel.

»Herrin, die Freude ist ganz auf meiner Seite«, erwiderte er galant.

Frau Ragnhild machte sich daraufhin noch mehr beliebt, indem sie sagte: »Da du der einzige Mann unter uns bist, wirst du für die Dauer eures Aufenthalts auf dem Platz des Herrn sitzen.«

Der einzige Mann, dachte Murdo. Das war ihm bis jetzt noch gar nicht aufgefallen.

»Ich hoffe, du wirst dich bei unserem weiblichen Geschnatter nicht allzu schnell langweilen. Ich habe meine Tochter angewiesen, alles zu tun, um dir den Aufenthalt so angenehm wie möglich zu gestalten.«

Obwohl Murdo seinen rechten Arm dafür gegeben hätte, in diesem Augenblick Ragnas Gesicht zu sehen, wagte er es nicht, den Blick von Frau Ragnhild abzuwenden. Statt dessen zwang er sich, der Herrin von Hrolfsey unverwandt in die Augen zu blicken und ihr auf eine Art zu antworten, von der er hoffte, sie dadurch für sich gewinnen zu können. »Ihr seid sehr zuvorkommend, Herrin. Aber ich bitte Euch: Sorgt Euch nicht um mich. Ich bin sicher, daß ich Eure Gesellschaft als ausgesprochen angenehm empfinden werde«, sagte er und glaubte, sich gut geschlagen zu haben.

Die Frau von Cnoc Carrach lächelte ihm freundlich zu und wandte sich wieder an seine Mutter. »Ich weiß, daß ihr einen langen Tag hinter euch habt und daß ihr sicherlich müde von der Reise seid. Deshalb werden wir nicht mit euch zu Abend speisen. Statt dessen werden wir euch gestatten, allein zu essen, damit ihr euch ausruhen und wieder erholen könnt.«

Murdo verzweifelte. Nachdem er so lange darauf gewartet hatte hierherzukommen, war allein der Gedanke unerträglich, noch eine weitere Nacht ohne Ragnas Gesellschaft auskommen zu müssen. Verzweifelt suchte er in Gedanken nach einem Ausweg aus dieser Katastrophe, doch sein aufgewühlter Geist verweigerte ihm den Dienst.

Es war seine Mutter, die ihm den Tag rettete.

»Wie freundlich von dir, Ragni«, begann sie geschickt, »und wie rücksichtsvoll. Aber wir betrachten eure Gesellschaft als erholsamer als alles andere.« Mit einem leichten Nicken deutete sie auf Murdo. »Wenn mein Sohn nichts anderes vorzieht, würden wir uns freuen, heute abend mit euch speisen zu dürfen.«

»Aber selbstverständlich«, fügte Murdo hinzu und hoffte, nicht allzu übereifrig zu klingen. Aus den Augenwinkeln heraus beobachtete er Ragna. Lachte sie ihn aus?

»Hervorragend!« rief Frau Ragnhild, als wäre es genau das gewesen, was sie hatte hören wollen. »Ich werde den Köchen entsprechende Anweisungen geben. In der Zwischenzeit wird Ragna euch zu euren Zimmern führen, und ich werde meine Mägde beauftragen, euch alsbald euer Gepäck zu bringen.«

Ragna geleitete sie aus dem Zimmer ans andere Ende des Vorraums, wo eine gewundene Treppe in den nächsten Stock führte. Nachdem sie die Treppe emporgestiegen waren, fanden sie sich in einer Kammer wieder, von der drei Holztüren ausgingen. »Das hier ist Euer Raum, Frau Niamh«, sagte Ragna und deutete auf die unmittelbar vor ihr liegende Tür. »Und das deiner«, fuhr sie fort und zeigte auf die linke Tür. »Mein Zimmer ist dort«, erklärte sie mit Blick nach rechts. »Also dann, falls Ihr keine Wünsche mehr habt, werde ich Euch bis zum Abendessen allein lassen, damit Ihr Euch ausruhen könnt.«

Nachdem Ragna gegangen war, drehte sich Murdos Mutter zu ihrem Sohn um und sagte: »Ich bin froh, daß wir hierhergekommen sind. Es macht dir doch nichts aus, der einzige Mann zu sein, oder?« Sie neigte den Kopf in die Richtung, in die Ragna verschwunden war, und fügte hinzu: »Ohne Zweifel wird Ragna schon dafür sorgen, daß du deinen Aufenthalt genießt.«

Verlegen, weil seine Mutter seine intimsten Gefühle so offen aussprach, drehte sich Murdo rasch zu seiner Tür und stieß sie auf. »Ich glaube, es wird mir hier gefallen«, stimmte er ihr zu und spähte in sein Zimmer.

»O ja, davon bin ich überzeugt.« Seine Mutter bat ihn, sich einen Augenblick lang auszuruhen, dann zog sie sich in ihr eigenes Zimmer zurück und ließ Murdo allein.

Murdo trat über die Schwelle und schloß die Tür hinter sich. Der Raum lag zum größten Teil im Schatten; zwar gab es einen Kamin, und überall standen Kerzen, doch nichts davon brannte. Das hohe Bett war in die Wand gegenüber eingebaut worden. Wie im Erdgeschoß, so waren auch hier die Wände geweißt, um das Beste aus dem wenigen Licht zu machen, das durch das kleine, viereckige Fenster hereinfiel. Eiserne Leuchter zierten die Wände, und vor dem Kamin lag ein Schafsfell.

Alles in allem unterschied sich das Zimmer kaum von Murdos eigenem daheim. Ja, dachte er, hier werde ich mich wohl fühlen – besonders seit ich weiß, daß Ragna nur wenige Schritte von mir entfernt schläft. Da er nicht sonderlich müde war, beschloß er, sich ein wenig umzusehen, und so schlich er aus seinem Zimmer und die Treppe hinunter. Er suchte sich seinen Weg durch den Vorraum und ging hinaus.

Die Sonne war inzwischen untergegangen, doch der Himmel war noch immer hell, und die wenigen Wolken schimmerten violett im Zwielicht. Unmittelbar über dem Horizont funkelten bereits zwei Sterne; der Wind kam aus Westen, und es roch nach Regen. Nirgends war jemand zu sehen, als Murdo den Hof überquerte und die verschiedenen Gebäude betrachtete. Vor der Scheune blieb er kurz stehen, doch in ihrem Inneren war es dunkel, und so ging er nicht hinein, sondern wanderte statt dessen ums Haus herum. Unmittelbar am Haus gab es zwei Felder, und auf einem von ihnen hatte man bereits mit dem Pflügen für die Frühlingssaat begonnen. Weiter weg lagen weitere Felder und Weiden, und hinter den umgebenden Hügeln verbargen sich vermutlich noch mehr. Murdo sah Schaf- und Rinderpferche – aber keine für Schweine –, und am Fuß des nächstgelegenen Hügels entdeckte er einen Teich für Enten und Gänse.

Lord Brusis Gut war zwar größer als das seines Vaters, doch hatte es große Ähnlichkeit mit Hrafnbú, bemerkte Murdo und fragte sich, wieviel Land Brusi wohl besitzen mochte und wie viele Pächter Cnoc Carrach ernährte. Als sein Weg ihn wieder zurück auf den Hof führte, verriet ihm der Geruch von Rauch, daß man das Herdfeuer entzündet hatte; also würde bald aufgetischt werden. Ein paar Schritte von der Tür entfernt befand sich ein niedriger Steintrog. Murdo ermahnte sich, daß er hier zu Gast war und wusch sich die Hände.

Im Vorraum hatte man mittlerweile Kerzen entzündet, und neugierig darauf, was sich wohl hinter der rechten Tür verbarg, hob Murdo den hölzernen Riegel, schob die Tür ein wenig auf und spähte durch den Spalt. Es war eine Halle, deren Größe Murdos Neugier befriedigte, denn sie schien mindestens doppelt so groß zu sein wie die auf Hrafnbú. Die Decke war hoch und offen, und eiserne Leuchter hingen von den Dachbalken herab. Der Kamin allein nahm die gesamte gegenüberliegende Wand ein, und er ruhte auf einem einzigen großen Felsblock. Drei weitere große Blöcke bildeten die Öffnung, was dem Kamin das Aussehen einer Höhle verlieh. Der Sturz bestand aus einer hübschen, graugrünen Schieferplatte, die glattgeschliffen und mit alten keltischen Ornamenten verziert war.

Zwei lange schwarze Speisetafeln, nebeneinander aufgestellt, durchmaßen fast die gesamte Halle und endeten vor einer dritten, kleineren unmittelbar vor dem Kamin. Die beiden langen Tische hatten Bänke zu beiden Seiten, doch der kurze nur auf der dem Kamin zugewandten Seite. Eisenleuchter standen an den Wänden und überall im Raum verstreut. Der Boden war mit frischem Stroh eingestreut, was dem Raum den Duft eines gerade erst abgeernteten Feldes verlieh.

»Die Halle wird für das Fest vorbereitet«, sagte eine sanfte Stimme hinter Murdo.

Murdo drehte sich rasch um. »Ragna, ich ...«

Es war jedoch nicht Ragna, die da vor ihm stand, sondern eine der Zofen: Das Mädchen war schlank, dunkelhäutig, und sie hatte ihr Haar mit einem weißen Stoffband zurückgebunden. Sie trug ein Tablett mit einem Laib Brot und einer Schüssel Salz. »Heute abend werdet Ihr in der Kammer der Herrin speisen«, erklärte die Zofe fröhlich.

»Ich verstehe«, erwiderte Murdo.

Die beiden standen sich eine Zeitlang schweigend gegenüber und musterten einander. Murdo, der solche Blicke von weiblichen Dienerinnen nicht gewöhnt war, trat unruhig von einem Fuß auf den anderen.

»Ihr seid Murdo?« fragte die Zofe.

»Ja.«

»Man nennt mich Tailtiu«, sagte sie. »Ich diene Jungfer Ragna und meine Mutter Frau Ragnhild – zumindest tat sie das, bis sie vor zwei Jahren gestorben ist. Eines Tages wird Jungfer Ragna die Herrin sein, und ich werde ihr dienen, wie meine Mutter Frau Ragnhild gedient hat, versteht Ihr?«

»Ja«, antwortete Murdo und fügte trotz der Angst, sich zu wiederholen, hinzu: »Ich verstehe.«

»Ihr seid aus Dýrness«, fuhr die Zofe unbekümmert fort, »und Euer Vater gehört zu Jarl Erlends Edlen – genau wie Herr Brusi.«

»Das stimmt.«

»Herr Brusi und seine Söhne sind mit Eurem Vater und Euren Brüdern auf Pilgerfahrt ins Heilige Land gezogen«, sagte Tailtiu, die inzwischen offenbar Gefallen an dem Gespräch fand. »Euch hat man nicht erlaubt zu gehen, weil Ihr noch zu jung seid.«

»Ich bin jetzt sechzehn Sommer alt«, verkündete Murdo hochmütig. Er starrte die unverschämte Kreatur an und fragte sich, woher sie ihre Informationen bezog, und ob er sie fortschicken sollte. Aber sie unterstand nicht seinem Befehl, und so blieb er standhaft und hoffte, daß seine grimmige Miene sie irgendwann vertreiben würde.

»Jungfer Ragna ist sehr gut zu mir«, fuhr Tailtiu fort. »Sie ist auch sehr schön und hat mir schon viele Geschenke gemacht, denn ich bin ihre Zofe.«

»Das sagtest du bereits«, entgegnete Murdo.

»Ihr mögt keine Dänen«, bemerkte das Mädchen.

»Mein Vater stammt von Sigurd dem Standhaften ab«, erklärte Murdo, »und die Familie meiner Mutter ist blutsverwandt mit König Malcolm von Schottland.«

»Mein Vater war auch Däne«, konterte das Mädchen, als wäre der berühmte Sigurd nicht mehr als ein einfacher Tagelöhner. »Meine Mutter stammt aus Irland. Man hat sie als ganz kleines Mädchen hierhergebracht, als sie nicht größer als eine Grille war – jedenfalls hat sie das immer gesagt. Eines Tages werde ich auch nach Irland gehen. Man sagt, es sei ein sehr schönes Land – eine Insel, viel größer als ganz Orkneyjar.«

»Das sagt man sich«, stimmte ihr Murdo müde zu.

In diesem Augenblick hörten sie Schritte im Vorraum, und als sie sich umdrehten, sahen sie Ragna näher kommen. »Da bist du ja, Tailtiu«, schimpfte sie. »Ich bin sicher, Herr Murdo hat Besseres zu tun, als sich den ganzen Abend dein Geplapper anzuhören.«

»Jawohl, Jungfer Ragna«, sagte Tailtiu. Sie wirkte nicht im geringsten eingeschüchtert.

»Ich nehme das«, sagte Ragna und griff nach dem Tablett. »Du kannst in die Küche zurückgehen.«

Ragna nahm das Tablett, und die Dienerin verschwand, allerdings nicht, ohne Murdo noch einen schelmischen Blick zuzuwerfen. »Die Kammer ist bereitet«, informierte ihn Ragna und bewegte sich Richtung Tür. »Du kannst kommen, wann immer du willst.«

»Danke«, erwiderte Murdo und folgte ihr.

Ragna drehte sich auf der Schwelle um und wartete, bis er näher gekommen war. »Du mußt ein Stück Brot nehmen und es ins Salz tunken«, erklärte sie. »So ist es Sitte am Hof des Königs.«

Murdo riß ein Stück aus dem Laib und drückte es ins Salz. Einen Augenblick lang hielt er es in der Hand, unsicher, was als nächstes von ihm erwartet wurde. »Und dann?« fragte er.

»Du mußt es essen«, antwortete Ragna. Das Lachen in ihrer Stimme schmeichelte ihm eher, als daß es ihn beschämte, und so lachte auch er.

»Warum muß ich es essen?« fragte er, um das angenehme Gespräch in die Länge zu ziehen.

»Es ist ein Zeichen der Gastfreundschaft, mit der ehrenwerte Gäste in diesem Haus empfangen werden«, erklärte Ragna. »Mein Vater hat das an König Olafs Hof gelernt.«

Murdo steckte das Brot in den Mund, und Ragna bedeutete ihm, daß er in die Kammer der Herrin gehen sollte. Als er an ihr vorbei über die Schwelle trat, atmete er ihren Duft ein: Sie roch süßlich wie Heidekraut oder eine Art Gewürz. Ragna folgte ihm in die Kammer, die in einen Speisesaal verwandelt worden war. Ein Tisch war vor dem Kamin aufgestellt worden, in dem inzwischen ein Feuer prasselte, was dem Raum eine warme, einladende Note verlieh.

Ragna stellte das Tablett auf den Tisch und drehte sich zum Kamin um, wo ein Krug und Becher standen. Sie nahm einen der Becher und brachte ihn Murdo. »Trink etwas, während du wartest«, sagte sie.

Murdo roch an der warmen Flüssigkeit und bemerkte den gleichen würzigen Duft wie an Ragna; allerdings wußte er noch immer nicht, worum es sich dabei handelte. Er hob den Becher an die Lippen und nippte vorsichtig an dem Getränk. Es handelte sich um gewürzten Wein, und obwohl Murdo erst zweimal in seinem Leben Wein getrunken hatte, verkündete er, daß er gut sei. Sein Lob zauberte ein Lächeln auf Ragnas Gesicht. »Hast du ihn gewürzt?« fragte er.

»Das habe ich«, antwortete sie. »Woher weißt du das?«

In diesem Augenblick betrat Frau Ragnhild den Raum, und Murdo drehte sich um, um sie zu begrüßen. Sie gesellte sich zu den beiden jungen Leuten am Kamin und nahm einen Becher Wein aus der Hand ihrer Tochter entgegen. »Wie ich sehe, hat dich Ragna angemessen willkommen geheißen«, sagte sie. »Da man in der Halle das Osterfest vorbereitet, hielt ich es für besser, wenn wir uns hier zum Essen treffen.«

»Das ist ein sehr schöner Raum«, bestätigte ihr Murdo. Dann erinnerte er sich seiner Manieren und hob den Becher. »Auf Eure Gesundheit, edle Frau.«

Sie tranken gemeinsam, und Murdo, der vorläufige Herr, war sehr mit sich zufrieden. Als Frau Niamh sich einige Augenblicke später zu ihnen gesellte, wünschte er auch ihr Gesundheit, und der Abend begann. Tailtiu und eines der Küchenmädchen servierten mehrere Speisen, beginnend mit geschmortem Fisch und gefolgt von geröstetem Fasan und Kohlrüben. Zu trinken gab es Bier und als Beilage flaches, weiches Brot.

Über dem Fleisch wurde die Unterhaltung immer ungezwungener, und in Murdo keimte die Hoffnung auf, daß er nicht die ganze Zeit ihres Aufenthalts über in den Ketten höfischer Sitten gefangen sein würde. Als das Gespräch sich den abwesenden Herren zuwandte, sagte seine Mutter: »Ich bin begierig darauf zu erfahren, wie es euch ergangen ist, seit die Männer fortgezogen sind. Für zwei Frauen allein ist es bestimmt nicht leicht.«

»Nein«, gestand Ragnhild, »aber ich gewöhne mich allmählich an die zusätzliche Belastung. Natürlich nehmen mir die Pächter die schweren Arbeiten ab, und wir haben viele treue Diener. Es ist nicht leicht, nein, aber wir kommen zurecht.«

»Bei uns ist es genau das gleiche«, sagte Niamh und fuhr fort zu berichten, wie sie sich in der Erntezeit beinahe zu Tode geschuftet hatten. Murdo lauschte glücklich dem Bericht seiner Mutter und sonnte sich in ihrem Lob ob seiner harten Arbeit und seiner Erfolge.

Anschließend wandte sich das Gespräch anderen Themen zu, und der Abend nahm einen angenehmen Verlauf. Als sie sich schließlich von der Tafel erhoben, waren die Kerzen heruntergebrannt, und das Feuer bestand nur noch aus einem Haufen glühender Asche. Ragna nahm eine Kerze aus einem der Leuchter, führte die Gäste die Wendeltreppe hinauf zu ihren Zimmern, wünschte ihnen eine gute Nacht und verschwand in ihrem eigenen Raum. Erst dann fiel Murdo auf, daß er Ragna nichts von alledem gesagt hatte, was er ihr hatte sagen wollen.

Er wünschte seiner Mutter eine gesegnete Nachtruhe und ging in sein Zimmer. Jemand hatte die Kerzen in den Leuchtern entzündet, und im Kamin brannte ein Feuer. Einen Leuchter hatten die Diener auch neben das Bett gestellt. Murdo setzte sich auf den Stuhl am Kamin, zog die Stiefel aus und schwor sich, keinen weiteren Tag verstreichen zu lassen, ohne Ragna nicht wenigstens ein paar Minuten für sich alleine zu haben.

Doch am folgenden Tag stand der Haushalt Kopf aufgrund der Vorbereitungen für das Fest, und am Tag danach war Karfreitag, ein Fastentag und der eigentliche Beginn der Osterfeiertage. Murdo hatte den Eindruck, als würde jeder auf dem Gut den gesamten Tag in der kleinen Inselkapelle verbringen, die von ein paar Mönchen unterhalten wurde. Wäre nicht der Ritt hin und zurück zur Kapelle gewesen, Murdo hätte Ragna vermutlich gar nicht zu Gesicht bekommen. Der nächste Tag war ebenfalls ein Fastentag, an dem es keine Mahlzeiten gab, und da Murdo eifrig damit beschäftigt war, bei den Vorbereitungen für das Fest zu helfen, mußte er sich mit den wenigen Malen zufrieden geben, da er kurz einen Blick auf Ragna werfen konnte, wenn sich ihre Pflichten überschnitten.

So kam es, daß er bis Ostersonntag keine Gelegenheit bekam, längere Zeit mit Ragna zu sprechen – und dann war das Haus voll mit Verwandten und Freunden, die Cnoc Carrach geradezu überschwemmten, und wieder war es Murdo unmöglich, sich allein mit Ragna zu treffen. Einige von Ragnas Basen waren zum Fest gekommen, und so blieb Murdo nichts anderes übrig, als sich damit zufrieden zu geben, den Jungfern beim Essen gegenüberzusitzen und dann und wann nichtssagende Höflichkeiten auszutauschen.

Nachdem jedoch die erste von vielen Mahlzeiten serviert worden war, gingen viele der jungen Leute auf die Suche nach Ablenkung, denn der gröbste Hunger war gestillt. Im Hof hatten einige begonnen, Fuchs und Hase zu spielen, und Murdo ging zu ihnen, um zu sehen, wie das Spiel stand. Als Kind hatte er dieses Spiel häufig gespielt, doch nun hielt er es für unter seiner Würde. Da jedoch die anderen jungen Leute ein solches Theater darum veranstalteten, beschloß er, diesmal eine Ausnahme zu machen, und es gelang ihm sogar, zwei Hasen zu fangen, bevor er bemerkte, daß Ragna ihn von einem der Lagerhäuser aus beobachtete. Sie winkte ihn zu sich und verschwand im Innern.

Murdo spielte noch ein, zwei Augenblicke weiter, dann ließ er sich fangen und aus dem Ring führen. Anschließend schlich er mit dem Geschick eines Jägers über den Hof und schlüpfte unbemerkt durch die Tür des Lagerhauses.

Im Innern des Hauses – oder besser der Hütte – war es warm, und es roch nach Brot. Ragna stand an einem großen Tisch und formte mit einem kleinen Schaber auf einer Platte Butter zu einem Haufen. Als Murdo sich dem Tisch näherte, blickte sie auf und lächelte. »Frohe Ostern, Murdo«, gurrte sie und zog den Schaber über den blaßgelben Hügel. Murdo erschauerte beim Klang ihrer Stimme.

»Frohe Ostern, Ragna«, sagte er und vergaß sofort alles, was er sich vorgenommen hatte, ihr zu sagen, wenn sie denn endlich allein sein würden.

»Genießt du das Fest?« fragte sie nach einer Weile.

»O ja«, antwortete er. »Es ist ein schönes Fest.« Er betrachtete sie einen Augenblick lang in ihrem neuen rosafarbenen Kleid, das goldene Haar gebürstet, bis es glänzte, und mit eingeflochtenen Silberfäden, die bis auf ihre schmale Schulter hinabreichten. Sie ist der Inbegriff der Schönheit und Weiblichkeit, dachte Murdo.

Er tat einen Schritt auf sie zu, und Ragna kam ihm entgegen. Einen langen Augenblick lang standen sie einander gegenüber und schauten sich an. Keiner sagte ein Wort; dann legte Ragna den Schaber beiseite, und Murdo streckte die Hand aus, um ihre Finger zu berühren. Es handelte sich nur um eine sehr flüchtige Berührung, doch Murdo hatte das Gefühl, als stünden seine Fingerspitzen mit einem Mal in Flammen.

Ragna seufzte überrascht, doch ihre Augen lösten sich nicht einen Augenblick lang von den seinen. Ihr Blick sog sein Gesicht förmlich auf, und Murdos Herz begann schneller zu schlagen, als er Liebe und Verlangen in ihren Augen glühen sah. Er wußte, daß er jetzt etwas sagen mußte, nur wußte er nicht was. »Ich, äh, ich meine, Ragna, ich ...«, begann er.

Ragna legte ihm einen schlanken Finger auf die Lippen. »Schschsch«, flüsterte sie. »Sag nichts mehr ... mein Liebster ...« Sie hatte die letzten Worte so leise gesprochen, daß sie kaum zu hören gewesen waren, doch Murdo hatte sie so laut vernommen, als hätte sie sie von einem Hügel herab geschrien.

Gefangen von der Kraft des Augenblicks standen sie wie gelähmt da, während die Hitze ihrer Körper gemeinsam den Raum zwischen ihnen füllte. Murdo wünschte sich nichts sehnlicher, als Ragna in die Arme zu nehmen und sie davonzutragen – davonzutragen an einen Ort, wo sie auf immer und ewig zusammensein konnten. Ragna bewegte ihr Gesicht näher an das seine heran; ihre Lippen waren zum Kuß bereit ...

In diesem Augenblick wurde die Tür geöffnet, und eines der Küchenmädchen trat herein, sah die beiden jungen Leute beieinander stehen und rief: »Üfda! Oh, Ihr seid es, Jungfer Ragna, ich habe gedacht, Üfda ...«

»Komm«, sagte Ragna rasch und beugte sich über die Butterplatte. »Es ist schwer, also laß es nicht fallen.« Mit diesen Worten hob sie den Berg Butter an und legte ihn Murdo auf die Arme. »Beeil dich! In der Küche warten sie schon darauf.«

Murdo nahm die Platte und trug sie zur Tür, wobei er an der Dienerin vorbeikam, die ihm die Tür öffnete. Das Letzte, was er hörte, bevor er das Lagerhaus verließ, war Ragna, die der Dienerin befahl: »Geh ihm voraus, damit er die Platte nicht abstellen muß, um die Tür zu öffnen. Du bist schuld, wenn auch nur ein einziges Staubkorn darauffällt. Geh jetzt!«

Das war das einzige Mal, daß Murdo während ihres Aufenthalts auf Cnoc Carrach mit Ragna allein war. Ein paar Tage später trafen sich er und seine Mutter mit Peder und Hin an der Mole, wo ihr Boot für die Heimreise wartete. Frau Ragnhild, ihre Tochter und ein paar Diener begleiteten die abreisenden Gäste zur Bucht, um sich dort von ihnen zu verabschieden. Noch zwei weitere Boote lagen dort und warteten darauf, die Segel setzen zu können. Im selben Augenblick, da Murdo einen Fuß auf den Steg setzte, rief ihn Peder zu sich, der so rasch wie möglich ablegen wollte.

Die beiden Frauen umarmten einander und wünschten sich Lebewohl. Glücklich lächelnd sagte Ragnhild: »Es war wirklich schön, dich hierzuhaben, Nia. Ich würde dich ja auch zum Mittsommerfest einladen, aber ich nehme an, daß unsere Männer bis dahin wieder zurückgekehrt sind.«

»Ohne Zweifel«, stimmte ihr Niamh zu. »Aber vielleicht können wir sie ja davon überzeugen, daß wir das Fest gemeinsam verbringen sollten. Und diesmal mußt du zu uns kommen, damit wir die Gastfreundschaft vergelten können, die wir hier erfahren haben.«

Murdo, der mit den Segelvorbereitungen beschäftigt war, blickte bei diesen Worten auf, um zu sehen, wie Frau Ragnhild darauf reagierte. Sag ja, dachte er, und bei dem Gedanken, daß er Ragna vielleicht schon in wenigen Monaten wiedersehen würde, begann sein Herz schneller zu schlagen.

»Also gut«, stimmte Ragnhild zu, »das ist dann also abgemacht.« Sie und Niamh umarmten sich ein letztes Mal; dann nahm Niamh ihren Platz im Boot ein, und Peder nickte Hin und Murdo zu, abzulegen. Das Boot löste sich vom Steg, und Peder, der am Steuer saß, wendete es rasch und mit geübter Leichtigkeit.

Murdo nahm den Riemen auf und blickte ein letztes Mal zu Ragna; als das Boot herumschwang, sah er, wie sie die Hand an die Lippen hob und ihm dann zum Abschied zaghaft zuwinkte – eine kleine Geste, nur für ihn allein. Er nahm die Hand vom Riemen und erwiderte die Geste mit pochendem Herzen.

Bis zum Mittsommer, dachte er und spürte wieder den vertrauten Schmerz der Vorfreude. Dann zog er am Riemen und blickte zu der weißen Gestalt am Kai, bis sie hinter den Klippen verschwand. Schließlich setzte Hin das Segel; Murdo zog den Riemen ein und füllte seine Gedanken mit Ragnas Bild wie der Wind das Segel.

Murdo stand auf der Klippe und blickte auf Hrafnbú hinunter. Die Sonne war schon fast untergegangen, und die Schatten des Hügels im Westen tauchten einen Großteil des Hofes in Dunkelheit. Niemand war zu sehen. Obwohl alles ruhig und offenbar in Ordnung war, sträubten sich Murdo die Nackenhaare.

Seine Mutter hinter ihm wunderte sich, daß er stehengeblieben war. »Murdo?« fragte sie. »Was siehst du?«

Als er nicht antwortete, fragte sie erneut, und diesmal drehte er sich zu ihr um und sagte: »Irgend jemand ist im Haus.«

»Woher weißt du das?« fragte Frau Niamh.

»Jötun ist nicht hier, um uns zu begrüßen«, erwiderte Murdo. Er drehte sich zu Peder und Hin um, die noch mit dem Boot beschäftigt waren, und rief zu ihnen hinunter: »Peder, halte das Boot bereit! Hin, komm mit mir!«

Niamh ergriff seinen Ärmel. »Murdo, sei vorsichtig!«

»Ich passe schon auf mich auf, Mutter«, versprach er. »Bleib hier bei Peder, bis ich zurück bin.«

»Ich werde mit dir gehen.«

»Bleib hier, Mutter«, beharrte er auf seiner Anweisung und löste sich sanft aus ihrem Griff. »Wir werden nur runtergehen und nachsehen, dann kommen wir wieder.«

Niamh gab nach. »Also gut, aber sei vorsichtig, mein Sohn.«

Hin gesellte sich zu ihnen. »Folg mir«, befahl Murdo, und die beiden jungen Männer liefen den gewundenen Pfad hinunter bis zu dem leeren Feld hinter dem Haus.

Wie erstarrt stand Niamh auf dem Hügelkamm und blickte ihrem jüngsten Sohn hinterher, der sich unbewaffnet in Gefahr begab, und sie fragte sich, wann er so groß und stark geworden war. Peder rief vom Strand herauf, um zu erfahren, was geschehen war, doch Niamh antwortete ihm nur, er solle warten; dann flüsterte sie zu sich selbst: »Heiliger Michael, Engel der Macht, beschütze meinen Sohn mit deinem feurigen Schwert. Schütze ihn, führe ihn, und bring ihn wieder zurück.« Schließlich bekreuzigte sie sich, verschränkte die Arme vor der Brust und wartete.

Als sie bis auf Rufweite ans Haus herangekommen waren, kauerten sich Murdo und Hin nieder und schlichen langsam an eines der Nebengebäude heran, wobei sie selbst auf die kleinsten Anzeichen fremder Eindringlinge achteten. Ohne Zwischenfall erreichten sie die Werkzeughütte, krochen vorsichtig um diese herum und befanden sich schließlich auf dem Hof.

An der Ecke der Hütte hielten sie an und warteten einen Augenblick lang, um nach Verdächtigem Ausschau zu halten und zu lauschen. Im Haus war es vollkommen ruhig, und niemand schien in der Nähe zu sein. »Hier entlang«, flüsterte Murdo, huschte von der Hütte zur Scheune und schlüpfte durch eine Seitentür hinein.

In der Scheune war es still und dunkel, und Murdo war gerade erst eingetreten, als ihm ein wohlbekannter, Übelkeit erregender, süßlicher Geruch in die Nase stieg. Hin, der dicht hinter ihm war, flüsterte: »Blut.«

Doch alles schien in Ordnung zu sein. Leise bewegten sie sich zum großen Scheunentor, das geschlossen war. Murdo preßte die Wange an den Spalt zwischen Tür und Pfosten und spähte hinaus. Der Hof war noch immer leer. Er öffnete das Tor ein Stück, schob sich durch den Spalt und wartete, bis Hin ihm gefolgt war.

»Sie müssen drinnen sein«, sagte Murdo leise. »Du bleibst hier. Ich werde gehen und...«

Hins Gesicht erstarrte zu Stein, und Murdo drehte sich um, um zu sehen, was den Diener so entsetzt hatte. Am Tor hinter ihnen hing der Leichnam eines Mannes. Man hatte dem Unglückseligen Bauch und Brust zerstochen und ihn dann ans Tor genagelt, wo er elend verblutet war.

Murdo ging zu dem Leichnam und streckte die Hand nach einem bleichen Bein aus. Das Fleisch war kalt und hart; es fühlte sich überhaupt nicht wie Haut an. Murdo beugte sich vor und betrachtete das Gesicht des Mannes.

»Das ist Fossi«, sagte Hin mit hohler Stimme.

Murdo blickte in das tote, schmerzverzerrte Gesicht. Die weit aufgerissenen Augen bestätigten, daß es sich in der Tat um Fossi handelte. Die Vorderseite seines Wamses war schwarz und steif von getrocknetem Blut. Dort, wo die Nägel eingeschlagen worden waren, klafften tiefe Wunden an Armen und Beinen.

»Er hat noch gelebt, als man ihn hier angenagelt hat«, erklärte Murdo traurig.

»Was sollen wir jetzt tun?« fragte Hin mit schwacher Stimme. Er wandte sich von dem Toten ab und ließ seinen Blick über den Hof schweifen.

Bevor Murdo darauf antworten konnte, erscholl das Geräusch eines Hundes. Es war halb Jaulen, halb Knurren, als würde das Tier mißhandelt. »Jötun!« flüsterte Murdo.

In diesem Augenblick betrat ein großer blonder Mann den Hof, der den widerspenstigen Hund an einem Strick hinter sich her schleppte. Der Mann trug Lederhosen, hohe Stiefel und eine Tunika aus ungefärbter Wolle. In der Hand hielt er einen Stock, und jedesmal, wenn Jötun versuchte, sich loszureißen, hieb er mit dem Stock auf den Hund ein.

»Du da!« rief Murdo und trat vom Tor weg. »Hör sofort auf!«

Der Mann wirbelte in Richtung des Rufers herum, musterte Murdo kurz und fragte dann: »Wer bist du, daß du es wagst, mir zu sagen, was ich tun und lassen soll?«

»Laß den Hund los«, sagte Murdo.

Als Antwort darauf rief der Mann zum Haus: »Björn! Kali! Kommt her!«

Einen Augenblick später traten zwei Männer aus dem Haus. Wie der erste, so waren auch sie in Lederhosen und Ledertuniken gekleidet. Der eine war ebenfalls blond, der andere dunkelhaarig, doch beide waren groß und mit Schwertern und Messern bewaffnet, die in breiten, braunen Gürteln steckten.

Beim Anblick der Schwerter wich Hin fluchtbereit zum Scheunentor zurück.

Leidenschaftslos musterten die beiden Männer die Neuankömmlinge, aber bevor einer von ihnen etwas sagen konnte, verlangte Murdo zu wissen: »Wer seid ihr, und was habt ihr hier verloren?«

Ruhig antwortete der dunkelhaarige Eindringling: »Zeig etwas mehr Respekt, mein Junge. Wie heißt du?«

»Ich bin Herrn Ranulfs Sohn«, erwiderte Murdo mit lauter, trotziger Stimme. »Es ist sein Land, auf dem ihr hier steht, und es ist sein Hund, den ihr da schlagt.« Dann deutete er auf das Scheunentor und fügte hinzu: »Und es sind Herrn Ranulfs Männer, die ihr ermordet habt.«

»Björn! Laß ihn nicht ...«, begann der Mann mit dem Stock.

»Ruhig, Arn«, murmelte der Dunkelhaarige und musterte Murdo vorsichtig.

»Diese Ländereien gehören jetzt Prinz Sigurd«, erklärte ihm der Eindringling und trat einen Schritt vor. »Wir haben sie im Namen des Prinzen übernommen.«

»Jarl Erlend wird davon erfahren!« forderte ihn Murdo heraus. »Wenn ihr nicht sofort verschwindet, werde ich zum Jarl gehen und ihm sagen, was ihr getan habt. Er wird seinen Hausmeier gegen euch schicken.«

»Nein«, erwiderte der mit Namen Björn und trat einen weiteren Schritt näher, »ich glaube nicht, daß er das tun wird. Hör mir gut zu: König Magnus hat Orkneyjar in Besitz genommen und die Herrschaft über die Inseln seinem Sohn übertragen.«

»Lügner!« schrie Murdo voller Zorn. »Jarl Erlend würde gegen jeden eine Heerschar werfen, der es wagen sollte, ihm dieses Land zu stehlen.«

Die beiden blonden Nordmänner lachten lauthals auf, doch ihr dunkelhaariger Gefährte blickte ernst zu dem jungen Mann vor ihm. »Ich sage die Wahrheit«, erwiderte er. »Der Jarl hat sich kampflos ergeben. Er und sein wertloser Bruder Paul sind Geiseln am Hof in Norwegen. Prinz Sigurd regiert jetzt hier, und er hat dieses Land unserem Herrn gegeben.«

Murdo konnte nicht glauben, was er da hörte. Wie konnte so etwas geschehen, ohne daß er davon erfuhr?

»Du lügst«, wiederholte Murdo. »Wer ist der Herr, dem ihr dient?«

»Unser Herr ist Orin Breitfuß, Ratgeber von Prinz Sigurd«, antwortete Björn, und wieder trat er einen Schritt näher. »Er ist nach Kirkjuvágr gefahren, um dort seine Herrschaft über Dýrness bestätigen zu lassen. Aber er hat mich beauftragt, jedem den Frieden anzubieten, der seinen Anspruch bestreitet.«

»Was willst du mir anbieten?« fragte Murdo mit mißtrauischer, schriller Stimme. »Ist es das gleiche, was du *ihm* angeboten hast?« Er deutete auf den armen Fossi, den man ans Tor genagelt hatte.

»O ja, er hatte seine Gelegenheit, aber er hatte es sich in den Kopf gesetzt zu kämpfen«, antwortete der dunkelhaarige Eindringling. »Mach nicht denselben Fehler. Schwör König Magnus die Treue, und du wirst leben.«

»Und wenn ich mich weigere?«

»Dann wirst du genauso sterben wie der Mann am Tor hinter dir«, antwortete Björn teilnahmslos. »Nun, soweit muß es nicht kommen. Herr Orin braucht Arbeiter; Pächter nutzen ihm nichts, wenn sie tot sind.«

Erregt durch die Ungerechtigkeit dieser Forderung, versagte Murdo die Stimme. Pächter auf Land zu werden, das rechtmäßig seiner Familie gehörte ... Das war undenkbar.

»Herr Orin will Land, Junge, kein Blut«, sagte Björn. »Komm mit uns, und wir werden dafür sorgen, daß man dich gut behandelt.«

»Wir wollen dir nichts tun«, meldete sich Arn zu Wort, der Jötun am Halsband gepackt hatte. »Sei jetzt friedlich, und komm mit. Wir werden zu Herrn Orin gehen, und du kannst mit ihm darüber sprechen.«

»Zum Teufel mit euch«, knurrte Murdo.

Björn, der die Entfernung zu seinem Opfer stetig verringert hatte, sprang mit einer Geschicklichkeit auf Murdo zu, die diesen überraschte. Doch der junge Mann war schneller. Murdo duckte sich und rammte dem Eindringling mitten im Lauf die Schulter in den Magen. Zu Murdos Erstaunen wurde der dunkelhaarige Eindringling vom Boden gehoben und zurückgeworfen. »Packt ihn!« schrie Björn seinen Gefährten zu, die das Geschehen verblüfft beobachteten.

Der Mann mit Namen Kali rannte auf Murdo zu und griff unbeholfen nach ihm, so daß Murdo keinerlei Schwierigkeiten hatte, ihm auszuweichen. Murdo sprang zur Seite und schickte sich an, zwischen Kali und dem gefallenen Krieger hindurchzulaufen, doch Björn trat aus und fegte ihm die Beine weg. Murdo landete im Dreck, und Kali war sofort über ihm.

Starke Hände packten ihn, und er wurde grob in die Höhe gerissen. Björn erhob sich neben ihm, zog den Arm zurück und schlug Murdo mit dem Handrücken mitten ins Gesicht. Murdos Zähne schlugen aufeinander, und vor seinen Augen tanzten rote Flecken. Er verlor die Kraft in den Beinen und sank auf die Knie.

Fluchend über die Dreistigkeit des Jungen hob Björn erneut die Hand. Gleichzeitig riß Kali ihn abermals in die Höhe, und Murdo bereitete sich auf einen weiteren Schlag vor. Die Hand flog nach vorne, hielt jedoch mitten im Flug an, als Jötun angriff. Dem Tier war die Not seines Herrn nicht entgangen, und so hatte er sich aus dem Griff seines Peinigers befreit. Arn sprang dem Tier hinterher, doch der große Wolfshund benötigte nur zwei Sprünge, um Björns Arm zu erreichen und zu packen.

Murdo vernahm einen lauten Schmerzensschrei, als Björn zur Seite und zu Boden geworfen wurde. Um seinem Kameraden so schnell wie möglich zur Hilfe zu kommen, stieß Kali Murdo beiseite. Er zog sein Schwert und eilte zu der Stelle, wo der große Wolfshund sich nach besten Kräften bemühte, dem dunkelhaarigen Eindringling den Arm aus der Schulter zu reißen.

»Jötun!« rief Murdo in dem verzweifelten Versuch, die Aufmerksamkeit des Hundes zu erhaschen, bevor der tödliche Schlag erfolgen konnte. »Hierher, Jötun!« Doch der blonde Krieger hatte sein Opfer bereits erreicht und hob das Schwert mit beiden Händen über den Kopf.

Als das Schwert kurz darauf nach vorne flog, wurde Kali von irgend etwas in den Rücken getroffen, und er verlor das Gleichgewicht. Der Schwerthieb verfehlte sein Ziel, und die Waffe streifte den großen Hund nur an der Schulter.

Murdo spürte, wie jemand auf ihn zueilte. Plötzlich stand Hin neben ihm und zog ihn auf die Beine. »Lauft, Herr Murdo! Lauft!«

Da er von dem Schlag ins Gesicht noch immer ein Geräusch in den Ohren hatte, schüttelte Murdo den Kopf, um das Pfeifen zu vertreiben. »Hier entlang!« sagte er und rannte Richtung Scheune. »Jötun, komm!«

Der Hund gehorchte; alle drei rannten zu dem Spalt zwischen

den Torflügeln, und ließen die drei Eindringlinge verwirrt zurück. Björn erlangte jedoch erstaunlich schnell die Fassung wieder. Er drückte den blutenden Arm an die Brust und rief Kali und Arn zu, die Jagd aufzunehmen. Dann drehte er sich zum Haus um und bellte nach Hilfe.

Kurz bevor er in der Dunkelheit der Scheune verschwand, warf Murdo einen Blick über die Schulter zurück, und zu seinem Schrecken sah er, wie vier weitere Nordmänner aus dem Haus kamen. Ohne auch nur einen Augenblick lang zu zögern, lief Murdo zur gegenüberliegenden Wand der Scheune, wobei er ständig Karren und sorgfältig aufgestapelten Strohbündeln ausweichen mußte.

Er erreichte die Rückwand, kauerte sich nieder und suchte nach einer kleinen Tür – eigentlich war es nicht mehr als eine Klappe, durch die man bisweilen die Schweine hereinließ, wenn es draußen zu heftig regnete. In letzter Zeit wurde sie zwar nicht mehr benutzt, doch Murdo erinnerte sich noch gut daran, und wenn es ihnen gelingen würde, sie zu erreichen, bevor die Krieger sie erspähten, dann würde ihnen das vielleicht den nötigen Vorsprung verschaffen, um fliehen zu können. Murdo huschte auf allen vieren die Wand entlang, fand die Klappe und stieß sie auf.

»Hier durch«, sagte er und schob Hin vor sich hinaus.

Murdo duckte sich als nächster hindurch und hielt anschließend die Klappe für Jötun hoch. Rufe aus dem Innern der Scheune sagten ihm, daß man bald ihr Geheimnis entdecken würde. »Wir müssen zum Boot laufen«, forderte ihn Hin auf, dem es vor Furcht den Atem verschlagen hatte.

»Nein«, widersprach ihm Murdo. »Sie würden uns sehen und zur Bucht verfolgen. Selbst wenn wir vor ihnen dort ankommen sollten, könnten wir doch nicht rechtzeitig ablegen.«

»Was dann?« flüsterte Hin verzweifelt.

»Hier entlang.« Murdo lief zur nächsten Ecke und schlüpfte auf die andere Seite der Scheune. Von dort aus rannte er auf den Hof.

Wie erwartet hatten alle Krieger die Verfolgung aufgenommen und befanden sich nun im Innern der Scheune. Murdo und Hin eilten über den Hof zum Haus und verschwanden hinter der Ecke; Jötun folgte ihnen dicht auf den Fersen.

»Hör mir jetzt gut zu«, sagte Murdo. »Kennst du das alte Hügelgrab südlich der Bucht?«

Hin nickte. »Ich kenne es, ja. Zumindest glaube ich das.«

»Lauf dorthin. Dort kannst du dich verstecken, und sie werden dich niemals finden.«

»In dem Grabhügel?«

»Du brauchst keine Angst zu haben«, beruhigte ihn Murdo und erinnerte sich an die Jagdspiele, die er und seine Brüder über Jahre hinweg gespielt hatten. »Ich bin da schon oft gewesen.« Er klopfte Hin auf die Schulter, um ihm Mut zu machen. »Geh jetzt. Nimm Jötun mit, und warte auf mich. Ich werde mich dort mit dir treffen.«

»Mit mir treffen?« fragte Hin besorgt. »Aber wo geht Ihr hin?«

»Ich muß sie auf eine falsche Fährte führen, sonst werden sie sofort zur Bucht laufen«, erklärte Murdo. »Jetzt geh endlich. Ich werde dich am Hügelgrab abholen; dann können wir über die Klippen zur Bucht zurückkehren. Beeil dich, bevor sie dich sehen!«

Zitternd vor Furcht gab Hin dem Hund einen Befehl; dann packte er Jötuns Halsband, und gemeinsam rannten sie über das Feld hinter dem Haus. Murdo wartete, bis sie weit genug weg waren, bevor er ums Haus herumschlich und vorsichtig um die Ecke spähte. Der Hof war leer, und so lief er darüber hinweg, als beabsichtige er, über den breiten Weg zu fliehen, der unmittelbar zum Haus führte.

Als er den Hofausgang erreichte, vernahm er hinter sich Björns Stimme. Ohne auch nur einen Blick zurückzuwerfen, lief Murdo weiter und lächelte.

Die Jagd war eröffnet.

Das alte Hügelgrab war von den ersten Einwohnern von Dýrness angelegt worden, zu Zeiten, an die sich niemand mehr erinnerte. Das Grab bestand aus einer einzigen langen Kammer und war gesäumt und überdacht von großen Steinblöcken, die mit Erde bedeckt worden waren. Der kleine Eingang wies aufs Meer hinaus, und aus der Ferne betrachtet wirkte das niedrige Grab wie ein einfacher grasbewachsener Hügel.

Es gab eine alte Geschichte, daß das Ottervolk das Grab als letzte Ruhestätte ihrer hochgestellten Toten angelegt hatte. Soweit Murdo wußte, konnte diese Geschichte tatsächlich der Wahrheit entsprechen, denn in einer ähnlichen Kammer nahe Orphir hatte man Schädel, Beinknochen, Schmuck und bearbeitete Steine gefunden; aber wie auch immer: Er selbst hatte nie mehr als ein paar Muscheln und Otterzähne entdeckt, und er war viele Male im Innern des Grabes gewesen.

Als Murdo nun den Tumulus erreichte, war er außer Atem. Er hatte die Eindringlinge auf eine wilde Jagd geführt, sich ihnen immer wieder gezeigt, um sie weiter und weiter von der Küste fortzulocken, bevor er sie schließlich im hohen Farn des Tals verloren hatte. Nachdem er sich vergewissert hatte, daß man ihn nicht mehr verfolgte, machte er kehrt und marschierte zum Hügelgrab zurück.

»Hin«, rief er leise und beugte sich zu dem niedrigen Eingang hinunter. »Jötun.«

Er wartete einen Augenblick lang. Als er keine Antwort erhielt, rief er erneut. Wieder antwortete niemand; also kniete Murdo sich nieder, verfluchte Hins Dummheit und zwängte sich in die Grabkammer. Im Innern des Grabes war es so kalt und still wie in jeder Höhle. Noch bevor er zum letztenmal rief, wußte Murdo, daß Hin nicht hier war.

Er kroch wieder hinaus, kletterte auf den Grabhügel, legte sich auf den Bauch und suchte das Gelände von den Klippen bis zum Haus ab. Nirgends war eine Spur von Hin zu sehen, ebensowenig wie von Herrn Orins Männern.

Der Teufel soll ihn holen, dachte Murdo wütend, als er wieder hinunterrutschte. Nun blieb ihm keine andere Wahl, als zur Bucht zu gehen und zu hoffen, daß Hin nur des Wartens überdrüssig geworden war, seine Befehle ignoriert hatte und wieder zum Boot gegangen war.

Murdo wanderte den Küstenweg entlang. Er bewegte sich in leicht gebückter Haltung, was zwar unbequem war, ihn aber vor Blicken aus Richtung des Hauses schützte. Als er kurz darauf die Bucht erreichte, blickte er auf den Strand hinab, sah das Boot und daneben Peder und seine Mutter, doch von Hin und Jötun war nirgends eine Spur zu sehen.

Murdo kletterte den steilen Pfad hinunter. »Wo ist Hin?« rief er, als seine Füße den Sand berührten.

»Er ist mit dir gegangen und noch nicht wieder zurückgekehrt«, antwortete seine Mutter und eilte ihm entgegen. »Warum? Was ist geschehen, Murdo?«

»Eindringlinge haben das Haus übernommen«, berichtete er. »Sie haben Fossi getötet ...«

»Nein!«

»Leider doch. Sie haben ihn mit dem Schwert erschlagen. Die Eindringlinge haben uns gejagt, aber wir sind ihnen entkommen«, erklärte Murdo. »Ich habe Hin gesagt, er solle auf mich am Hügelgrab warten. Ich war gerade dort, konnte ihn aber nicht finden.«

»Warum sollte jemand Fossi töten?« fragte Niamh. Die Nachricht hatte sie derart entsetzt, daß sie Mühe hatte, ihre Stimme ruhig zu halten.

»Das werde ich dir später erklären.« Mit diesen Worten drehte er sich um und ging davon. »Wartet hier.«

»Murdo, nein!« schrie Niamh, während sie gleichzeitig über den Mut ihres Sohnes staunte.

»Ich werde Hin finden«, rief er zurück. »Hilf Peder, das Segel klarzumachen. Legt ab, sobald ihr uns auf den Klippen seht.«

Murdo erreichte den Tumulus und rief erneut nach Hin. Da er auch diesmal keine Antwort erhielt, ging er um den Hügel herum und blickte zum Bú hinunter. Während sein Blick über die leeren Felder schweifte, hörte er in der Ferne einen Ruf und sah Hin, der ihm mit Jötun an der Seite entgegenkam.

Murdo trat hinter dem Grab hervor, formte die Hände vor dem Mund zu einem Trichter und rief Hin zu, er solle sich beeilen. Doch noch während sein Ruf durch die Luft hallte, erschienen die Eindringlinge: vier große, mit Wurfspeeren bewaffnete Männer.

Sie näherten sich Hin immer mehr, aber Murdo schätzte, daß er die Bucht wohl noch erreichen würde, bevor die Verfolger ihn stellen konnten. »Lauf!« rief er. »Sie sind hinter dir her, Mann! Lauf um dein Leben!«

Hin senkte den Kopf und rannte so schnell er konnte. Auch Jötun beschleunigte seinen Schritt, als er seinen Herrn erblickte. Murdo dachte kurz darüber nach, zur Bucht zurückzukehren, um bei der Vorbereitung des Bootes zu helfen, doch er konnte sich von der Jagd vor ihm nicht losreißen. Zwar konnte er Hin nicht helfen, aber er konnte auch nicht gehen.

»Schneller!« schrie er.

Murdo blickte über die Klippen zu der versteckten Bucht, hin und her gerissen zwischen Bleiben und Gehen. Er drehte sich gerade noch rechtzeitig wieder zu Hin um, um zu sehen, wie dieser stolperte und der Länge nach zu Boden fiel. »Steh auf!« schrie Murdo und rannte auf seinen gefallenen Freund zu.

Hin war sofort wieder auf den Beinen und begann erneut zu laufen. Die wilden Schreie der Verfolger hallten durch die Luft, und Murdo rief dem Diener Mut zu und eilte mit leeren Händen zu dessen Rettung.

Er war jedoch erst wenige Schritt weit gekommen, als der ungeschickte Hin es wagte, einen Blick zurückzuwerfen und erneut stürzte. Wieder sprang er auf und rannte weiter, doch diesmal kam er nicht mehr so schnell voran; seine Schritte wurden zunehmend schwerer. Einer der vorderen Verfolger erkannte die Gelegenheit, riß den Arm zurück und schleuderte den Speer. Die Waffe landete nur wenige Handbreit von Hin entfernt.

Murdo verfluchte die Feigheit des tumben Schlägers und rief Hin erneut zu, er solle sich beeilen. Noch bevor er wieder Luft holen konnte, flog bereits ein zweiter Speer heran. Murdo beobachtete, wie sich erneut eine tödliche Spitze unmittelbar hinter seinem Freund in den Boden bohrte. Hin rannte weiter.

»Hin! Jötun!« rief Murdo. Inzwischen konnte er Hins Gesicht sehen, und er wußte, daß der junge Diener verletzt war. »Kommt, ihr beiden! Das Boot wartet!«

Murdo sah nicht, wie der dritte Speer geschleudert wurde – nur das grausame Funkeln der Spitze in der Luft und dann Hins entsetztes Gesicht, als die Waffe ihr Ziel traf. Die Wucht des Aufpralls ließ den jungen Mann ein paar Schritte nach vorne stolpern, bevor er zu Boden stürzte.

Murdo blieb stehen und starrte entsetzt auf den Speerschaft, der aus Hins Rücken ragte. Auch Jötun spürte die Not des Menschen an seiner Seite. Der große Hund drehte sich um und packte den

Schaft mit den Zähnen, als wolle er ihn dem Unglücklichen aus dem Rücken reißen.

Hin versuchte aufzustehen. Er stemmte sich hoch und blickte zu Murdo. Das Gesicht totenbleich, die Augen weit aufgerissen versuchte der schwer verwundete Diener, den Mund zu öffnen, doch er brach zusammen, und dann fielen die Feinde über ihn her.

Murdo wirbelte herum und blickte nicht mehr zurück – noch nicht einmal, als er das Triumphgeheul der Sieger hörte. Die Welt verschwamm vor seinen Augen – Gras, Felsen, Meer, Himmel –; alles verschmolz miteinander, und Murdo rannte, wie er noch nie in seinem Leben gerannt war. Zorn und Furcht verliehen ihm Flügel. Er rannte mit Tränen in den Augen und einem Fluch auf den Lippen. Als er die Bucht erreichte, stürzte er sich kopfüber den steilen Pfad hinunter und rief: »Los! Los! Los!«

Das Boot war ein Dutzend Schritte vom Ufer entfernt, und Peder hatte es bereits gewendet, so das der Bug aufs Meer hinaus wies.

»Los!« schrie Murdo und sah, wie die Riemen ins Wasser tauchten. »Ruder!«

Die Eindringlinge tauchten über den Klippen auf und rannten ohne zu zögern den schmalen Pfad hinunter. Murdo legte das letzte Stück mit einem gewaltigen Sprung zurück und landete auf allen vieren im Sand.

Er hörte seine Mutter schreien und huschte wie eine Krabbe auf Händen und Füßen über den Strand. Im selben Augenblick traf ein Speer auf die Stelle, wo er gelandet war. Halb kriechend, halb rennend eilte er weiter, während seine Füße im weichen Sand versanken.

»Ruder!« schrie Murdo. »Du sollst rudern, Peder! Ruder!«

Als Orins Männer das Boot entdeckten, stießen sie ein lautes Heulen aus und beschleunigten ihren Schritt.

Murdo erreichte das Wasser, watete zwei Schritt, sprang dann nach vorne und begann zu schwimmen, während er unablässig rief: »Ruder, Peder! Ruder!«

Die Entfernung zwischen Boot und Ufer wuchs stetig an, und das kleine Gefährt nahm immer mehr Geschwindigkeit auf, nun da Peders kräftige, gleichmäßige Ruderschläge es vorwärts trugen. Einen schrecklichen Augenblick lang glaubte Murdo, er würde nicht schnell genug schwimmen können, um es einzuholen. Erschöpft vom Laufen spürte er, wie seine Beine und Arme die Kraft verließ. Seine Lungen brannten, und er sank immer tiefer ins Wasser.

Drei Herzschläge später schlug er gegen den Rumpf des Bootes. Er streckte die Hand aus, und irgendwie gelang es ihm, die Reling zu fassen. Dann packte ihn seine Mutter und hievte ihn aus dem Wasser ins Boot. Murdo ließ sich aufs Deck fallen und rang nach Luft wie ein Fisch auf dem Trockenen.

Seine Mutter beugte sich über ihn, wischte ihm das Wasser aus dem Gesicht und suchte ihn nach Verletzungen ab. »Ich... ich«, keuchte er. »Ich bin... ich bin nicht verletzt.«

Vom Strand her erscholl ein rauher Schrei, und Niamh drehte sich um. Murdo rappelte sich auf und spähte über den Rand des Bootes zum Ufer zurück, wo eine dunkle Masse durch den Sand und zum Wasser rannte.

»Jötun!« rief Murdo.

Wie als Antwort auf den Ruf bellte der große Hund einmal und rannte zwischen zwei Nordmännern hindurch. Einer der Männer stach mit dem Speer nach dem Hund, verfehlte sein Ziel aber und wurde von seinem eigenen Schwung zu Boden gerissen.

»Komm, Jötun!« rief Murdo und zog sich an der Reling hoch. »Hierher, Jötun!«

Inzwischen hatten alle vier Nordmänner den Strand erreicht, und zwei wateten ins Wasser, als wollten sie die Verfolgung aufnehmen. Der Hund schwamm so schnell er konnte und war bald außerhalb des Zugriffs der Feinde. Doch die Eindringlinge, die bereits das

Boot und seine Passagiere verloren hatten, schienen nicht zulassen zu wollen, daß ihnen auch noch das Tier entkam. Sie sammelten Steine am Strand, warfen sie nach dem Hund und dem Boot und machten ihrem Zorn mit groben Flüchen Luft.

Murdo umklammerte die Reling, beugte sich übers Wasser und rief Jötun Mut zu. Der Hund paddelte daraufhin mit neu gewonnener Kraft, aber es war offensichtlich, daß das Tier das Boot nicht einholen konnte. »Hör auf zu rudern, Peder!« befahl Murdo. »Er kann uns sonst nicht einholen.«

Dann packte Murdo ein Tau, schwang sich über die Reling und schwamm dem Hund entgegen.

»Murdo!« schrie Niamh und schlug mit der flachen Hand auf die Reling. »Er wird dich mit sich hinunterziehen, Sohn!«

Als die Eindringlinge sahen, daß sich Murdo wieder im Wasser befand, verstärkten sie ihre Bemühungen. Ein Hagel von Steinen traf auf das Wasser. Einer der Feinde sprang ins Meer und schwamm auf Murdo und seinen Hund zu.

Murdo ignorierte die Rufe seiner Mutter und den Aufruhr am Strand, schwamm zu Jötun, packte den Hund am Nacken und rief: »Zieht uns rein!«

Wieder am Boot packte Murdo die Reling und versuchte, den Hund aus dem Wasser zu heben. Das Tier war zu schwer. Es bedurfte der vereinten Kräfte von Peder und Frau Niamh, um den durchnäßten Jötun ins Boot zu hieven. Murdo folgte ihm auf den Fuß. Dann mußte er Jötuns nasse, aber glückliche Begrüßung über sich ergehen lassen, während Niamh und Peder zuschauten.

Als der Hund versuchte, das Gesicht seines Herrn abzulecken, packte Murdo den Kopf des Tieres mit beiden Händen und versuchte, ihn davon abzuhalten. »Aus, Jötun! Aus!«

Plötzlich spritzte eine hohe Wasserfontäne über die Reling. »Sie sind auf den Klippen!« rief Peder und griff wieder nach den Rudern.

Murdo blickte die Klippen empor und sah drei Nordmänner, die einen mächtigen Felsblock in die Höhe hoben. Sie schwangen ihn ein-, zweimal, dann ließen sie los. Der Felsen fiel in die Tiefe, prallte an der Klippe ab und verfehlte das Heck des Bootes nur um Haaresbreite.

»Ruder!« rief Murdo und sprang neben Peder auf die Bank. Er packte den Riemen und zog mit aller Kraft.

Als der dritte Fels ins Wasser fiel, hatte sich das Boot bereits wieder in Bewegung gesetzt und entfernte sich langsam von den Klippen. Noch zwei weitere Felsen wurden geworfen, doch sie landeten immer weiter entfernt, und Murdo wußte, daß sie nun außer Reichweite der Feinde waren.

Als sie den Ausgang der Bucht erreichten, zog Peder den Riemen ein, eilte zum Steuer und rief: »Segel setzen, Junge!«

Murdo sprang zum Mast, löste die Leine und zog sie Richtung Bug. Die Segelstange hob sich nur langsam, doch schließlich schwenkte sie herum, und das Segel entfaltete sich. Murdo zog noch ein wenig mehr, bis die Stange die Mastspitze erreicht hatte, dann sicherte er die Leine wieder. Ein paar quälende Augenblicke lang schlug das Segel lustlos gegen den Mast; doch Peder drehte das Boot in den Wind, und als sie die Bucht hinter sich ließen, blähte es sich plötzlich, und das Boot wurde nach vorne gegen die Wellen geworfen.

»Hurra!« rief Peder. »Hurra!«

Verschwitzt und erschöpft beobachtete Murdo, wie die Gestalten am Ufer immer kleiner wurden, und selbst als er sie nicht mehr sehen konnte, blickte er noch immer zur Insel zurück. Niamh trat neben ihn. Keiner von ihnen sagte ein Wort, bis Peder zu wissen verlangte, welchen Kurs er einschlagen sollte.

»Hrolfsey«, antwortete Niamh. »Wir werden nach Cnoc Carrach zurückkehren. Hoffentlich kommen wir noch rechtzeitig, um sie zu warnen.«

»Sie werden sich auch dieses Land genommen haben«, erklärte Murdo. »Sie haben sich alles genommen.«

»Vielleicht ja, vielleicht nein«, erwiderte seine Mutter. »Aber ich weiß nicht, was wir sonst tun sollten.«

Hugo, Graf von Vermandois, erreichte Konstantinopel weit vor seiner Armee. Aufgrund eines Schiffbruchs hatte der unglückliche junge Edelmann sein Pferd, seine Rüstung, einige hundert gute Männer und den Großteil seines Geldes verloren, und deshalb war er mehr als erleichtert, als zwei Tage später die kaiserliche Eskorte eintraf. Während er so rasch wie möglich in die Hauptstadt gebracht wurde, marschierte seine Armee, versorgt von den Byzantinern und geführt von einer Abteilung Petschenegen, durch Makedonien und Thrakien.

Die Exkubiten eilten mit ihrem edlen Schützling über die egnatinische Straße und durch das Goldene Tor in die prächtigste Stadt, die Graf Hugo jemals gesehen hatte. Hier gab es Gebäude von solcher Größe und Pracht, daß dagegen die Burgen seines Bruders Philipp, König der Franken, wie Kuhställe wirkten.

Hugo sah Männer in langen Gewändern aus den kostbarsten Materialien und Frauen, die, mit Gold und Juwelen behangen, allein und unbewaffnet über die Straße gingen. Er sah Männer auf edlen Rössern und Frauen, die auf Stühlen von Sklaven durch die Stadt getragen wurden, die besser gekleidet waren als er selbst. An jeder Ecke entdeckte er neue Wunder: Kirchen mit Kuppeln aus funkelndem Kupfer und Kuppelkreuzen aus Gold und Silber, Basiliken aus glasierten Ziegeln, Statuen von Kaisern – einige aus Stein, andere aus Bronze – und Siegessäulen und Triumphbögen, die von Feldherren und Eroberungen kündeten, von denen im Westen niemand etwas wußte; lange, breite, mit Steinen gepflasterte Alleen liefen von runden Plätzen in alle Richtungen, so weit das Auge reichte ...

Graf Hugo hatte jedoch keine Gelegenheit, all das in sich aufzunehmen, denn man führte ihn auf direktem Weg zum Palast des Kaisers, wo er außer Atem von der schnellen Reise und überwältigt von der Pracht der Stadt augenblicklich in den kaiserlichen Thronsaal gebracht wurde. Dort wurde er von Gottes Stellvertreter auf Erden, dem Kaiser der gesamten Christenheit, Alexios Komnenos, empfangen, der auf einem Thron aus massivem Gold saß.

Der Magister Officiorum bedeutete dem jungen Grafen, daß er sich vor dem Thron niederzuwerfen habe. Das tat Hugo auch und preßte die erhitzte Stirn auf den kalten Marmorboden und fühlte nur Erleichterung und Dankbarkeit.

»Steht auf, Graf Hugo«, befahl der Kaiser freundlich und in makellosem Latein. »Wir haben von Eurem unglücklichen Schicksal gehört. Bitte, nehmt dies als kleines Zeichen Unseres Mitgefühls.«

Der Kaiser hob die Hand, und ein halbes Dutzend Waräger trat vor, jeder mit einem Rüstungsteil in der Hand, das er dem beeindruckten Grafen vor die Füße legte. Graf Hugo blickte auf einen edlen, neuen Kettenharnisch und einen stählernen Helm; daneben lagen ein prächtiges Schwert mitsamt Gürtel, Scheide und passendem Dolch und eine lange Lanze mit funkelnder Spitze. Ein robuster Rundschild mit einem Dorn auf dem Schildbuckel wurde als letztes gereicht.

»Mein Herr und Kaiser, ich danke Euch«, erklärte Hugo begeistert. »Eure Großmut und Eure Freundlichkeit überwältigen mich.«

»Ich hoffe, Ihr werdet Uns die Ehre erweisen und während Eures Aufenthalts in der Stadt Unser Gast sein«, sagte Alexios.

»Ich bin Euer untertänigster Diener, mein Herr und Kaiser«, erwiderte Hugo, der sein Glück noch nicht so recht fassen konnte. Nach dem katastrophalen Anfang schien die Pilgerfahrt sich doch noch zum Guten zu wenden. »Mir genügt jedoch ein bescheidenes Bett in einer nahe gelegenen Abtei, mein Herr. Meine Bedürfnisse sind schlicht.«

»Ich bitte Euch«, lockte der Kaiser freundlich. »Ihr seid ein geachteter Gast. Wir können nicht zulassen, daß Ihr alleine durch die Straßen wandert. Selbstverständlich werdet Ihr hier im Palast wohnen.«

Hugo nahm das Angebot dankbar an. »Nichts würde mir mehr gefallen, mein Herr und Kaiser.«

»Dann soll es so sein«, sagte Alexios. »Magister, führt Unseren Freund in die Gemächer, die Wir für ihn haben vorbereiten lassen. Wir erwarten ihn heute abend an Unserer Tafel, wo wir einen Becher Wein zusammen trinken werden und er Uns von seinen Abenteuern berichten kann.«

Noch immer überwältigt von der glücklichen Wendung, welche die Ereignisse genommen hatten, verneigte sich Hugo und zog sich rückwärts vom Thron zurück. Als er den verzierten Marmorschirm vor der Tür erreichte, drehte er sich um und folgte dem Magister Officiorum aus dem Thronsaal.

Nachdem er gegangen und die Tür wieder geschlossen war, trat der Drungarios tōn poimōn Dalassenos neben den Thron. »Kann man ihm vertrauen, Basileus?«

Alexios preßte die Fingerspitzen aufeinander und lehnte sich zurück. »Ich glaube schon, aber das wird die Zeit zeigen«, antwortete er und klopfte sich nachdenklich mit den Fingern auf die Lippen. »Auf jeden Fall wird es leichter sein, mit den anderen, die da kommen, zu verhandeln, wenn ich einen Verbündeten unter den Herren des Westens habe. Dieser hier ist harmlos, glaube ich. Er ist der Bruder des fränkischen Königs; er hat all seinen Besitz bei einem Schiffbruch verloren, und deshalb ist er in Not. Wir werden ihn uns verpflichten und sehen, ob er seine Schulden bezahlt.« Der Kaiser drehte sich zu seinem Drungarios um und fragte: »Wie viele Soldaten sind ihm geblieben?«

»Nur ein paar tausend«, antwortete Dalassenos. Der Kaiser blickte ihn streng an, und so korrigierte sich der Offizier. »Viertausend Berittene und vielleicht noch einmal halb soviel an Fußvolk. Sie dürften Konstantinopel in den nächsten drei, vier Wochen erreichen.«

»Die anderen werden bis dahin schon längst eingetroffen sein«, bemerkte Alexios bedrückt.

»Ja, Basileus«, bestätigte Dalassenos. »Unsere Petschenegen-Kundschafter haben berichtet, daß sie nur noch zehn Tagesmärsche von der Stadt entfernt sind.«

»Zehn Tage ...« Alexios runzelte die Stirn. Das war nicht viel Zeit. »Nun, wir können sowieso nichts dagegen unternehmen. Wir müssen sie nehmen, wie sie kommen, und mit Gottes Hilfe werden wir schon mit ihnen fertig werden.«

Zwei Tage später, nachdem man ihm ein edles Roß aus den kaiserlichen Ställen geschenkt, ihn durchgefüttert und ihm die Reichtümer Konstantinopels gezeigt hatte, wurde ein noch immer staunender Graf Hugo erneut vor den Thron geführt. Als er den Saal betrat, sah er den Kaiser in ein prächtiges purpurnes Gewand gehüllt und umgeben von seiner warägischen Leibwache, die Helme mit Pferdeschwänzen trug und Lanzen mit breiter Klinge.

»In Christi Namen grüßen Wir Euch, Graf Hugo«, sagte der Kaiser. »Kommt näher, mein Freund, und Wir wollen Euch sagen, was Unsere Gedanken die letzten Tage beschäftigt hat.«

»Wie es Euch gefällt, mein Herr und Kaiser«, erwiderte Hugo, der von dem freundlichen und zuvorkommenden Alexios geradezu betört war. Er trat vor den Thron und wartete darauf, daß ihn sein Wohltäter mit seiner Weisheit beglücken würde, und blickte von

Zeit zu Zeit auf die furchteinflößenden, riesigen Waräger, die schweigend ein paar Schritte hinter dem Thron standen.

»Wir haben über diese Pilgerfahrt nachgedacht, diesen Heiligen Kreuzzug, den der Papst verkündet hat«, begann der Kaiser. »Es scheint Uns eine schwierige Aufgabe zu sein, Männer aus so vielen verschiedenen Ländern nach Jerusalem zu bringen.«

»Das ist uns Pflicht und Freude zugleich«, erwiderte Hugo vertrauensvoll. »Als gute Christenmenschen sind wir glücklich, Gottes Befehl folgen zu dürfen.«

»Natürlich«, stimmte ihm Alexios zu, »und es ist ausgesprochen lobenswert, daß so viele dem Ruf gefolgt sind – wirklich lobenswert, ja, aber trotzdem schwierig.«

»Die Entbehrungen, die wir ertragen müssen, sind unbedeutend im Vergleich zu dem Ruhm, der uns erwartet«, bemerkte Hugo. »Was sind schon irdische Leiden verglichen mit den Schätzen des Himmels?«

»Das ist wohl wahr«, antwortete der Kaiser. »Doch Wir haben die Macht, Euch einige dieser Leiden erträglicher zu machen. Die Frage des Nachschubs, besonders an Proviant, beschäftigt alle fähigen Feldherren. Soldaten und Tiere müssen schließlich ernährt und Waffen und Gerät in gutem Zustand gehalten werden. Unsere Lager sind voll mit Getreide und Öl, Wein und Fleisch und mit noch vielem anderem mehr. Das könnten Wir den Armeen zukommen lassen, die das Reichsgebiet durchqueren.«

»Das wäre ein Segen, mein Herr und Kaiser«, erwiderte Hugo, der erneut zutiefst beeindruckt von der schier unerschöpflichen Großzügigkeit des Kaisers war.

»Gut!« rief Alexios glücklich. »Wir werden Befehl geben, Versorgungsstationen entlang der Marschroute der Armee aufzubauen. Des weiteren müssen Vorkehrungen getroffen werden, damit Männer aus so vielen verschiedenen Ländern in Frieden miteinander leben und das gemeinsame Ziel nicht aus den Augen verlieren. So wie Wir die Last übernehmen, diese Armeen zu versorgen, werden Wir auch die Verantwortung nicht scheuen, unter ihnen für Einheit zu sorgen.« Der Kaiser blickte seinem Gast gelassen in die Augen. »Ist das nicht angemessen?«

»Vollkommen angemessen, mein Herr und Kaiser«, erwiderte Hugo, ohne zu zögern. »Ihr seid ein ausgesprochen weiser Mann.«

»Welch besseren Weg gibt es, all die verschiedenen Teile dieses uneinigen Ganzen zu vereinen«, fuhr Alexios fort, »und sie an ihr gemeinsames Ziel zu erinnern, als sie unter der Führung des einen zusammenzubinden, der die Last und die Verantwortung trägt?«

Hugo hatte nicht im geringsten etwas dagegen einzuwenden und nickte zustimmend.

»Deshalb werden Wir den Kreuzfahrern vorschlagen, einen Treueid abzulegen, durch den sie die Vorherrschaft des kaiserlichen Throns anerkennen«, schloß Alexios. Er richtete seine purpurne Robe mit seinen in der Schlacht gestählten Händen und blickte gnädig auf seinen Gast herab.

»Weiß der Kaiser schon, welche Form dieser Eid annehmen soll?«

Alexios preßte die Lippen aufeinander und neigte den Kopf zur Seite, als würde er in diesem Augenblick zum erstenmal darüber nachdenken. »Ein einfacher Treueid dürfte wohl genügen«, antwortete er in sachlichem Tonfall und fügte dann zufrieden hinzu: »Ja, das reicht.«

Bevor Hugo etwas darauf erwidern konnte, fuhr der Kaiser fort: »Natürlich werden es die Edlen sein, welche die Pilgerfahrt anführen und die vom Schutz und der Hilfe des Reiches am meisten profitieren, welche diesen Eid ablegen müssen, durch den sie sich der Befehlsgewalt des kaiserlichen Throns unterwerfen.«

Graf Hugo wußte, was man nun von ihm erwartete, und er kam der Aufforderung mit Freuden nach. »Darf ich Euch um eine Gunst bitten, mein Herr und Kaiser? Ich würde es als große Ehre betrachten, wenn Ihr mir gestatten würdet, den Eid als erster abzulegen.«

»Wie Ihr wünscht, Graf Hugo«, erwiderte der Kaiser. »Dann sollt Ihr diesen Eid leisten.«

Murdo kannte inzwischen jede Windung des schlammigen Pfads, der vom Hafen zur Kathedrale hinaufführte. Er folgte seinen eigenen Spuren nun schon zum sechstenmal innerhalb von sechs Wochen, und jede einzelne Pfütze besaß das gleiche vertraute, langweilige Aussehen. Ein kalter Regen prasselte hernieder, während er an der Seite seiner Mutter den Pfad entlangtrottete, und der graue, wolkenverhangene Himmel entsprach genau seiner Stimmung. Fünfmal hatten sie nun schon versucht, eine Audienz beim Bischof zu erhalten; aber selbst der Abt war so sehr mit unaufschiebbaren Pflichten beschäftigt, daß er keine Minute erübrigen konnte, um sich ihr Anliegen anzuhören.

Trotzdem war Frau Niamh noch immer fest entschlossen, die Hilfe der Kirche in Anspruch zu nehmen, um ihr rechtmäßiges Hab und Gut wiederzuerlangen. Man sagte, König Magnus und sein Sohn Prinz Sigurd seien gottesfürchtige Männer, tief im Glauben verwurzelt und großzügige Förderer der Kirche. Tatsächlich hatte der Bischof sie bei zwei ihrer Besuche nicht empfangen können, weil er mit dem jungen Prinzen in Klausur gegangen war, denn dieser bestand darauf, den Katechismus mit dem Oberhirten von Orkneyjar persönlich zu studieren.

»Wir werden erst wieder gehen«, schwor Niamh zum viertenmal, seit sie losmarschiert waren, »wenn wir mit Bischof Adalbert höchstpersönlich gesprochen haben und er sich unser Anliegen angehört hat.«

Murdo antwortete nicht darauf. Er hielt den Eid für ein leeres und sinnloses Versprechen. Fünfmal waren sie schon hierhergekommen, und fünfmal waren sie gescheitert. Er wußte nicht, warum dieser Besuch anders verlaufen sollte. Seiner Meinung nach ließ sich der Bischof verleugnen. Das überraschte ihn weder, noch ärgerte es ihn sonderlich. Seit langem schon glaubte er, daß die Kirche und deren Führer der Verdammnis anheimgefallen waren. Sie bestand nur aus gierigen und kriecherischen Klerikern, die den Glauben der Menschen ausnutzten, um sie auszuplündern. Seine Mutter – das wußte er – war jedoch weder sonderlich fromm noch leichtgläubig, und deshalb weigerten sich die Kirchenmänner, sie zu empfangen. Was Murdo nicht verstand, war die Tatsache, daß Frau Niamh mit solcher Vehemenz darauf beharrte, den Bischof in den Streit mit einzubeziehen.

Der Pfad stieg noch ein letztes Mal steil an, bevor er einen anderen Weg kreuzte, der zum Kloster und zur Kathedrale führte. Die großen Tore waren geschlossen, doch die kleinere Seitentür stand offen. Murdo und seine Mutter betraten das dämmrige Vestibül und blieben kurz stehen, bis sich ihre Augen an das trübe Licht gewöhnt hatten. Die großen Säulen reichten bis in die Dunkelheit unter der Decke hinauf; ihre breiten Basen wurden von flackernden Kerzen erhellt. Ein paar Mönche sangen in der Nähe des Altars, und ihre Stimmen hallten von der hohen, gewölbten Decke wider, was den Eindruck erweckte, als jammerten Engel hoch über den Köpfen der Gläubigen.

Bei ihren vorherigen Besuchen war Frau Niamh bei dem ersten Mönch vorstellig geworden, der ihnen über den Weg gelaufen war, und hatte ihn um eine Audienz beim Bischof gebeten. Jedesmal hatte man die Bitte den Regeln gemäß weitergeleitet, und die Bittsteller waren in den Kreuzgang vor dem Kapitelhaus geführt worden, wo der Bischof sich die weltlichen und geistigen Anliegen seiner Schäflein anzuhören pflegte. Dann hatte man sie angewiesen, dort zu warten, bis der Bischof bereit sei, sie zu empfangen.

Fünfmal hatten sie im Kreuzgang gesessen und gewartet, und fünfmal waren sie gegangen, ohne den schwer zu fassenden Kirchenmann auch nur von weitem gesehen zu haben. Die ersten drei Male war nach längerem Warten ein Mönch erschienen und hatte sie informiert, die anderen Besprechungen des Bischofs hätten unerwartet lange gedauert, und nun sei er nicht mehr in der Lage, sie noch zu empfangen, was man doch bitte entschuldigen möge. Dann hatte man sie in aller Freundlichkeit eingeladen, nächste Woche wiederzukommen; der Bischof hätte dann sicherlich Zeit für sie. Beim viertenmal hatte man sie nach erneutem langen Warten davon in Kenntnis gesetzt, daß Bischof Adalbert plötzlich in einer dringenden Angelegenheit weggerufen worden sei und daß er für mehrere Tage nicht zurückkehren würde. Dann, vergangene Woche, nachdem sie fast einen ganzen Tag lang gewartet hatten, waren sie gezwungen gewesen zu gehen, als die Glocken zur Vesper geläutet hatten und die Tore der Kathedrale für Besucher geschlossen worden waren. Diesmal hatte ihnen niemand eine Begründung dafür geliefert, warum der Bischof sie erneut nicht hatte empfangen können.

Nach jeder dieser Enttäuschungen bemerkte Murdo, wie seine Mutter ein wenig mehr von ihrer Kraft verlor. Es schmerzte ihn zu sehen, wie ihre Entschlossenheit ins Wanken geriet, und er beschloß, nicht zuzulassen, daß man sie auch noch ihrer Würde beraubte. Das Warten, schloß er, diente dazu, sie zu zermürben, bis sie schließlich weich genug sein würden, um alles zu akzeptieren, was der Bischof geruhen würde, ihnen aufzutischen.

Nun, hier waren sie, zum sechstenmal, und Murdo beschloß, daß es das letzte Mal sein würde.

Wie zuvor, so wurden sie auch diesmal von einem Mönch empfangen, der sie zum Kreuzgang führte und sie bat zu warten. Der Mönch forderte sie auf, sich zu setzen und deutete auf eine Holzbank; dann drehte er sich um, öffnete eine Tür und wollte hindurchgehen. Murdo jedoch sprang eilig herbei und hielt die Tür auf. »Ich glaube, wir haben lange genug gewartet«, sagte er zu dem Mönch.

»Bitte! Bitte! Dies ist ein heiliger Ort. Ihr könnt nicht erzwingen...«

Murdo schob die Tür noch ein Stück weiter auf. »Kommst du, Mutter?«

Nachdem sie ihren Widerwillen gegen dieses Vorgehen überwunden hatte, gesellte sich Niamh zu ihrem Sohn. »Ja, ich glaube, wir haben wirklich lange genug gewartet«, sagte sie dem Mönch. An ihren Sohn gewandt flüsterte sie: »Sei vorsichtig, Murdo«, und warf ihm einen warnenden Blick zu, als sie an ihm vorüberging.

Sie betraten eine lange, dunkle Zelle. Ein einzelnes schmales Fenster hoch in der Wand ließ nur wenig Licht herein; ansonsten erhellten nur einige wenige, in unregelmäßigen Abständen verstreute Kerzen den Raum. An einem großen Tisch unter dem Fenster arbeiteten fünf oder sechs Kleriker; kurz blickten sie auf, als die Besucher den Raum betraten, doch sofort wandten sie sich wieder ihrer Arbeit zu. Sie waren damit beschäftigt, Federkiele zu spitzen, und für Murdo hörte es sich an wie das Kratzen von Ratten in den dunklen Ecken einer Scheune. In seinen Augen besaßen die braungewandeten Kleriker mit ihren stoppeligen, halbgeschorenen Köpfen und den kleinen zusammengekniffenen Augen ohnehin eine gewisse Ähnlichkeit mit Ungeziefer.

»Wo ist der Bischof?« fragte Murdo, und seine Stimme hallte laut durch den Raum. »Wir wollen ihn sprechen. Jetzt!«

Der Mönch antwortete nicht, doch sein Blick schweifte zu einer von zwei Türen am anderen Ende des Raums. »Ist er dort drin?« fragte Murdo auf halbem Weg zur Tür. Er hob den Riegel und stieß sie auf, noch bevor der Mönch ihn davon abhalten konnte. Als er den dahinterliegenden Raum betrat, sah er einen Kirchenmann hinter einem mit Schriftrollen beladenen Tisch. Der Mann war über seine Arbeit gebeugt und blickte auf, als Murdo vor ihn trat.

»Ah, der junge Ranulfson, nicht wahr?« sagte Abt Gerardus mit ruhiger Stimme. Er wirkte weder überrascht noch besorgt.

Murdo runzelte die Stirn. Der kriecherische Abt war der Letzte, mit dem er sich im Augenblick unterhalten wollte. »Wir sind gekommen, um mit dem Bischof zu sprechen«, erklärte er dem Abt kalt. »Wo ist er?«

»Wir?« fragte der Abt und lächelte selbstgefällig.

»Meine Mutter und ich...«, begann Murdo und deutete hinter sich. Den aufgebrachten Mönch auf den Fersen betrat Frau Niamh den Raum.

»Es tut mir wirklich leid, Ehrwürden. Sie wollten nicht warten, und ich...«, begann der Mönch, doch der Abt brachte ihn mit einer knappen Geste zum Schweigen.

»Macht Euch keine Sorgen, Bruder Gerald«, sagte der Abt und stand auf. »Sie sind nun einmal hier; also werde ich mich um sie kümmern.«

»Es ist der Bischof, den wir sehen wollen«, wiederholte Murdo.

»Das kommt im Augenblick etwas ungelegen«, antwortete der Abt und blickte Murdo streng an. »Wenn Ihr vielleicht eine entsprechende Anfrage stellen würdet...«

»Wir kommen nun schon seit fünf Wochen hierher!« unterbrach ihn Murdo. »Jedesmal haben wir eine ›entsprechende Anfrage‹ gestellt, und jedesmal haben wir gewartet und gewartet und mußten schließlich gehen, ohne auch nur eine Menschenseele gesehen zu haben! Diesmal jedoch *werden* wir den Bischof sehen. Es ist mir egal, wie ›ungelegen‹ es im Augenblick auch sein mag!«

Dem Abt sträubten sich die Nackenhaare. Seine Augen verengten sich zu schmalen Schlitzen, und er funkelte den jungen Mann vor ihm mit unverhohlener Verachtung an.

»Abt Gerardus«, meldete sich Frau Niamh zu Wort und trat rasch einen Schritt vor, »ich bitte Euch, das schlechte Benehmen meines Sohnes zu entschuldigen. Vor lauter Ungeduld hat er sich wohl vergessen.«

»Selbstverständlich, Frau Niamh«, sagte der Abt und verbeugte sich knapp. Sofort verwandelte er sich wieder in einen gewöhnlichen, zurückhaltenden Kirchenmann. »Ich bin Euer Diener. Wie kann ich Euch behilflich sein?«

»Es ist, wie mein Sohn gesagt hat: Wir sind gekommen, um mit dem Bischof zu sprechen, und angesichts unserer früheren vergeblichen Versuche muß ich darauf bestehen, noch heute zu ihm geführt zu werden.«

»Dann fürchte ich, werde ich Euch erneut enttäuschen müssen«, antwortete der Abt und zuckte hilflos mit den Schultern, als wolle er damit sagen, die Angelegenheit läge in den Händen eines Höheren. »Ihr müßt wissen, daß der Bischof Anweisung gegeben hat, daß man ihn heute auf keinen Fall stören darf. Vielleicht kann ich Euch statt dessen helfen.«

»Zeigt uns, wo er ist«, verlangte Murdo. »Das wird uns am meisten helfen.«

Niamh legte ihrem Sohn die Hand auf den Arm und sagte: »Ruhig, Murdo. Halte Frieden. Vielleicht wird der Herr Abt sich für uns einsetzen, wenn wir ihm erklären, worum es geht.« Sie wandte sich an den Abt und wartete auf eine Bestätigung, doch der Mann lächelte nur schwach.

Murdo wünschte sich nichts sehnlicher, als dem Abt mit der Faust die grinsende Visage einzuschlagen; aber aus Rücksicht auf seine Mutter und zum Wohle von Hrafnbú hielt er sich zurück.

»Wie Ihr sicherlich wißt«, begann Frau Niamh und trat näher an den Tisch heran, »ist die Herrschaft über die Inseln von Jarl Erlend auf Prinz Sigurd, König Magnus von Norwegens Sohn, übergegangen.«

»Natürlich«, erwiderte Abt Gerardus. »Wir sind uns des Aufruhrs nur allzu gut bewußt, den das verursacht hat. Das ist genau der Grund, warum Ihr in den vergangenen Wochen solche Schwierigkeiten hattet, eine Audienz beim Bischof zu bekommen.«

»Als Folge davon«, fuhr Niamh fort, »hat man uns unser Land abgenommen. Zwei meiner Diener sind getötet worden, und wir selbst sind nur knapp mit dem Leben davongekommen.«

Der Abt preßte die Lippen aufeinander. Nach einer Weile sagte er: »Das ist sicherlich ausgesprochen beklagenswert; doch ich weiß nicht, was die Kirche in dieser Angelegenheit unternehmen kann.«

Niamh starrte ihn verblüfft an. »Diese Ungerechtigkeit muß so rasch wie möglich aus der Welt geschafft werden«, sagte sie. »Unser Gut ist uns abgenommen und an einen Mann mit Namen Orin Breitfuß gegeben worden, an einen Edelmann, der ein Berater von Prinz Sigurd sein soll. Der Bischof muß sich beim Prinzen für unser Recht einsetzen. Er muß die Rückgabe unserer Ländereien verlangen – unter Androhung der Exkommunikation, wenn es denn nicht anders geht.«

»Ich wünschte, wir würden solche Macht besitzen, wie Ihr sie uns zugesteht«, erklärte der Abt mit aufgesetzter Leidensmiene. »In Wahrheit besitzen wir jedoch keine solche Autorität. Der Bischof würde Euch das gleiche sagen.«

»Dann soll er uns das ins Gesicht sagen«, knurrte Murdo.

»Wenn das nur möglich wäre«, erwiderte der Abt.

»Weigert Ihr Euch, uns eine Audienz zu vermitteln?« verlangte Niamh zu wissen.

»Leider steht es nicht in meiner Macht, irgend etwas zu verweigern *oder* zu gestatten«, erklärte der Kirchenmann. »Es ist der Befehl des Bischofs. Dem müssen wir alle gehorchen.«

»Mein Gemahl befindet sich auf Pilgerfahrt«, erklärte Frau Niamh. »Er kämpft für die Kirche, und Ihr wollt mich ernsthaft glauben machen, daß der Bischof, der ihn dazu bewogen hat, das Kreuz zu nehmen, nicht die Zeit findet, sich um eine solch eklatante Verletzung des Friedens zu kümmern, den er selbst uns immer wieder gepredigt hat.«

»Ich wiederhole mich gerne noch einmal«, erwiderte der Abt. »Ihr überschätzt unsere Macht. Die Kirche besitzt nicht die Autorität, um die Einhaltung ...«

Der Abt hielt unvermittelt inne, als sich die Tür hinter ihm öffnete. Alle drehten sich um und sahen den Bischof höchstpersönlich aus seinem Audienzsaal treten. »Es ist schon gut, mein lieber Abt«, sagte Adalbert in freundlichem Tonfall. »Ich habe Stimmen gehört und beschlossen, meine Gebete kurz zu unterbrechen, um nachzusehen, ob ich vielleicht helfen kann.« Er lächelte wohlwollend und sagte an die Besucher gewandt: »Frau Niamh, es ist schön, Euch zu sehen. Sagt mir, meine Tochter, wie darf ich Euch behilflich sein?«

Während der Abt mürrisch die Stirn runzelte, trat Niamh vor den Bischof und berichtete ihm in aller Kürze vom Diebstahl ihres Landes und in welche Not sie das gestürzt hatte. Mit wachsendem Unglauben beobachtete Murdo, wie der Erzbischof mitfühlend nickte und schließlich erklärte: »Das ist wirklich ausgesprochen unangenehm. Ja, wirklich. Glaubt mir: Ich wünschte, wir könnten etwas dagegen tun.«

»Aber Ihr könntet Euch für uns einsetzen«, beharrte Niamh. »Ihr seid die einzige kirchliche Instanz auf ganz Orkneyjar. Man hat uns Schreckliches angetan. Unter Androhung der Exkommunikation könnt Ihr sie zwingen, uns das Land zurückzugeben, das sie gestohlen haben.«

Noch immer mitfühlend erwiderte der Bischof: »Edle Frau, das kann ich nicht.« Dann schien er seine Antwort noch einmal zu überdenken. Er hob den Finger und fragte: »Wie heißt der Mann, der die Herrschaft über Euren Besitz genommen hat?«

»Er ist einer von Prinz Sigurds Ratgebern, ein Edelmann mit Namen Orin.« Niamh blickte zur Bestätigung zu Murdo; dieser nickte höflich, obwohl sich zunehmend Mißtrauen in ihm regte.

Der Bischof schien einen Augenblick zu zögern, als erinnere ihn der Name an irgend etwas. »Herr Orin Breitfuß?«

»Genau der, ja«, antwortete Niamh. »Kennt Ihr ihn.«

»Leider ja«, seufzte der Bischof. »Ich wünschte, Ihr hättet irgendeinen anderen Namen genannt, nur nicht diesen. Habe ich diesen Mann nicht in eben diesem Raum hier zur Audienz empfangen, Gerardus?«

»Das habt Ihr in der Tat, ja«, antwortete der Abt, der nach Murdos Ansicht im Laufe des Gesprächs einen verdächtig selbstzufriedenen Gesichtsausdruck aufgesetzt hatte.

»Meine liebe Frau«, wandte sich der Bischof wieder an Niamh, »ich habe keinen Augenblick lang an Euch und der Rechtmäßigkeit Eures Anliegens gezweifelt.«

»Dann werdet Ihr uns helfen?«

»Ich habe Euch bereits gesagt, daß ich das tun würde, wenn ich denn könnte«, beteuerte Adalbert. »Aber Herr Orin ist dem König gefolgt und hat das Kreuz genommen.«

Plötzlich überkam Murdo eine große Furcht. Er hatte das Gefühl, als hätte ihm jemand ein Messer in den Leib gerammt und würde die Klinge nun langsam herumdrehen.

»Wie so viele von unseren Inseln, so ist auch er ein Pilger geworden«, fuhr der Bischof fort. »Angesichts der bevorstehenden Reise hat er vom Dekret des Papstes Gebrauch gemacht, was den Schutz seines Landes betrifft.«

Niamh starrte den Bischof fassungslos an. »Wollt Ihr damit etwa sagen...« Ihr fehlten die Worte.

»Die Heilige Mutter Kirche hat den Schutz seiner Ländereien übernommen«, erwiderte der Bischof. »Die entsprechenden Dokumente sind unterzeichnet worden und befinden sich nun auf dem

Weg nach Jorvik, wo man sie aufbewahren wird. Wie Ihr also seht, ist es zu spät.«

»Wann ist das geschehen?« fragte Niamh mit kalter Stimme.

»Vor zwei Tagen«, antwortete der Abt mit offensichtlicher Schadenfreude.

»Vor zwei Tagen!« schrie Murdo. »Vor zwei Tagen! Und das, obwohl Ihr gewußt habt, daß wir uns schon seit fünf Wochen um eine Audienz bemühen! Ihr habt es gewußt und nichts unternommen!«

»Beruhige dich, mein Sohn. Dein Zorn ist unangebracht. Wie du dir denken kannst, hat die Machtübernahme von Prinz Sigurd viele plötzliche und unerwartete Veränderungen mit sich gebracht. Wir haben von morgens bis abends ohne Unterlaß gearbeitet, um all die Bittsteller zufriedenzustellen, die uns gleich euch ihre Probleme vorgetragen haben, welche im Zuge der Absetzung des Jarls entstanden sind. Ich versichere dir, bis zu diesem Zeitpunkt haben wir nichts von eurer Not gewußt.«

»Hrafnbú gehört *uns*!« schrie Murdo; mit geballten Fäusten trat er auf den Bischof zu. »Es gehört uns, und Ihr habt es gewußt!«

»Ja!« schnappte Adalbert mit aufflackerndem Zorn. »Und ich habe versucht, deinen Vater zur Vernunft zu bringen, doch er weigerte sich. So sei es. Jetzt müßt ihr mit den Folgen seiner Dummheit leben.« Mit einem Blick auf Niamh fügte er rasch hinzu: »Es tut mir leid, daß ich so grob reden muß, gute Frau, aber ich kann nichts für euch tun.«

Abt Gerardus kam dem Bischof zu Hilfe. »Hätte Herr Ranulf nicht so gierig auf seine Einnahmen geschielt, unterstände das Gut schon längst unserer Herrschaft, und ihr hättet noch immer eine Heimat.«

Murdo stieß einen erstickten Schrei aus und stürzte auf den Abt zu, der rasch zurückwich.

»Murdo!« schrie seine Mutter. Ihre Stimme klang wie ein Peitschenhieb. Sie zog ihn zurück und sagte: »Komm, mein Sohn. Wir wollen diese braven Kirchenmänner nicht länger mit unseren unwichtigen Sorgen belästigen. Sie müssen sich auch noch um die anderen Schafe in ihrer Herde kümmern. Es scheint, als sei bereits die Zeit des Scherens gekommen.«

»Frau Niamh«, protestierte der Bischof, »ich fürchte, Ihr habt mich mißverstanden.«

»Habe ich das?« forderte sie ihn in scharfem Ton heraus. »›Gierig auf seine Einnahmen ... unter unserer Herrschaft |...‹« Sie hielt kurz inne. Ihre Augen funkelten. Als sie erneut das Wort ergriff, sprach sie leise, kaum hörbar. »Ich glaube, ich habe Euch nur allzu gut verstanden, stolzer Priester.«

Der Bischof runzelte die Stirn. »Bitte, Ihr müßt Euch in Geduld üben. Ohne Zweifel wird sich alles von selbst regeln, wenn die betreffenden Herren von ihrer Pilgerfahrt zurückgekehrt sind.«

»Was schlagt Ihr vor, sollen wir bis dahin tun?« verlangte Niamh zu wissen. »Sollen wir auf dem Marktplatz betteln gehen?«

»Der Konvent ist stets ...«, begann der Abt.

Doch Niamh hörte nicht länger zu. »Komm weg hier, Murdo. Hier gibt es keine Gerechtigkeit.«

Sie wandte den Kirchenmännern den Rücken zu und ging zur Tür. Murdo funkelte die Männer haßerfüllt an und fühlte den brennenden Schmerz machtlosen Zorns. »Ihr werdet den Tag noch verfluchen, an dem Ihr meinen Vater verleumdet und Euch gegen uns gestellt habt«, sagte er mit vor Wut zitternder Stimme. »Hört gut zu! Das schwört Euch Murdo Ranulfson!«

»Komm fort hier, Murdo«, rief seine Mutter von der Tür her. »Verschwende kein Wort mehr an diese da.«

Murdo funkelte die Kirchenmänner weiter an und trat einen Schritt rückwärts. »Ihr kennt den Wert eines Schwurs, der auf heiligem Boden geleistet worden ist. Erinnert Euch meiner Worte.«

Der Abt wollte etwas darauf erwidern, doch der Bischof bedeutete ihm zu schweigen, und Murdo und seine Mutter traten wieder hinaus in den Vorraum. Murdo sah den Tisch, an dem der Abt gesessen hatte – zwei andere Mönche hockten nun über dem Schriftstück, das Gerardus studiert hatte. Murdo schlenderte zum Tisch, griff nach dem Tintenfaß und schüttete die schwarze Tinte über das Pergament. Die Mönche kreischten erschrocken auf; einer warf die Hände über den Kopf, während der andere verzweifelt versuchte, das Manuskript zu retten, indem er die Tinte mit dem Ärmel abtupfte.

Murdo ließ seinem Zorn freien Lauf. Mit aller Kraft trat er gegen den Tisch. Das massive Möbel fiel mit lautem Krachen zu Boden; Pergamente flogen durch den Raum, und das Tintenfaß zerbarst.

Weitere Mönche, die den Tumult gehört hatten, stürmten in den Raum, sahen den umgestürzten Tisch und warfen sich auf Murdo. Er wich dem Angriff aus, doch einem von ihnen gelang es, ihn am Arm zu packen, und so fielen auch die anderen über ihn her.

»Schafft ihn raus hier!« rief der Abt von der Tür aus.

Die Mönche zogen Murdo auf die Beine und schleppten ihn fort.

»Laßt ihn los!« schrie Niamh und eilte ihrem Sohn zu Hilfe.

Einer der erregten Kirchenmänner drehte sich um und stieß sie beiseite. Als Murdo Niamh fallen sah, stützte er sich an den Armen der Mönche ab, die ihn umklammert hielten und trat mit beiden Füßen dem Unglücklichen ins Gesicht, der es gewagt hatte, seine Mutter anzurühren. Seine Füße trafen den Mann genau am Kinn. Der Kopf des Mönchs flog zurück, und der Mann fiel zu Boden wie ein gefällter Baum. Gleichzeitig brachte die Wucht von Murdos Tritt die anderen Mönche aus dem Gleichgewicht, und allesamt wurden sie umgeworfen und rissen den Jüngling mit sich.

»Schafft ihn hier raus!« schrie Abt Gerardus erneut. Seine Stimme klang rauh vor Zorn.

Die Mönche, die ihren Gefangenen trotz des Sturzes nicht losgelassen hatten, zerrten ihn wieder auf die Beine. Mit langen Schritten eilte der Abt herbei. »Du dummer, frecher ...« Er hob die Hand zum Schlag.

»Das reicht!« rief der Bischof. Adalbert stand in der Tür; sein Gesicht war grau, doch seine Haltung gefaßt. »Es reicht, sage ich. Das hier ist ein Gotteshaus, und dieses Benehmen ist beschämend.« Er deutete auf die Tür. »Frau Niamh, ich muß Euch bitten, diesen Ort augenblicklich zu verlassen.«

»Wir gehen«, erwiderte Niamh knapp. »Komm, Murdo.«

Murdo schüttelte den Griff der Mönche ab und gesellte sich zu seiner Mutter. »Ihr nennt das hier ein Gotteshaus«, zischte er, »aber ich sehe hier nur Diebe und Feiglinge.«

Die Mönche wollten sich erneut auf ihn stürzen, doch Niamh packte ihn am Arm und zog ihn fort. Eiligen Schrittes folgten sie ihren eigenen Spuren durchs Kloster und hielten erst an, als sie wieder auf dem schlammigen Pfad vor der Kathedrale standen.

»Das ist das reinste Schlangennest«, murmelte Murdo, der noch immer vor Zorn zitterte.

»Wir *werden* unser Land wiederbekommen. Mach dir darüber keine Sorgen«, versicherte ihm Niamh. »Wenn dein Vater wieder zurückkehrt, werden wir...«

»Und was sollen wir bis dahin tun?« unterbrach sie Murdo. »Was ist, wenn sie erst im Sommer wieder zurückkehren? Oder im Sommer danach? Wie lange sollen wir warten, bis wir das wieder zurückerhalten, was rechtmäßig unser ist?«

»Wir können auf Cnoc Carrach bleiben. Ragnhild hat angeboten...«

»*Du* bleibst auf Cnoc Carrach bei Ragnhild«, fiel Murdo ihr erneut ins Wort. »Ich werde nicht einen Tag länger warten – nicht solange unser Heim in den Händen von Dieben und habgierigen Priestern ist.«

Schweigend sah Niamh ihren Sohn einen Augenblick lang an. »Was hast du vor, Murdo?«

»Wenn wir vor Herrn Ranulfs Rückkehr nicht zurückfordern können, was unser ist, dann werde ich gehen und ihn zurückholen.«

»Nein«, widersprach ihm Niamh nachdrücklich. »Denk doch mal darüber nach, was du da sagst, mein Sohn. Du kannst nicht ins Heilige Land gehen.«

»Warum nicht? Alle anderen gehen doch auch – selbst Orin Breitfuß. Vielleicht schließe ich mich ja ihm an!«

In Wahrheit waren seine Gedanken eher verwirrt gewesen, doch nachdem er die Worte erst einmal ausgesprochen hatte, war ihm alles klargeworden. Es war so einfach. Murdo wußte genau, was er zu tun hatte.

Niamh sah die Entschlossenheit in den grauen Augen ihres Sohnes und erkannte darin die gleiche Sturheit wie bei ihrem Gemahl. »Nein, Murdo«, wiederholte sie. Dann drehte sie sich um und machte sich auf den Weg zum Hafen hinunter, wo Peder mit dem Boot wartete. »Ich will nichts mehr davon hören.«

Sie ging ungefähr ein Dutzend Schritte weit, doch als Murdo keinerlei Anstalten machte, ihr zu folgen, blieb sie stehen und drehte sich um. »Hör auf, dich wie ein kleines Kind zu benehmen.«

»Lebe wohl, Mutter.«

»Murdo, hör mir zu.« Sie ging wieder zu ihm zurück, und Murdo wußte, daß er gewonnen hatte. »Du kannst nicht gehen – jedenfalls nicht so. Das ist unmöglich.«

»Ich gehe aber.«

»Du brauchst Proviant und Geld. Du kannst nicht einfach so hinausziehen wie auf einen Jahrmarkt. Du mußt dich auf die Reise vorbereiten.«

Murdo erwiderte nichts darauf, sondern sah seine Mutter nur ausdruckslos an.

»Bitte«, fuhr Niamh fort, »komm zumindest mit mir zurück nach Cnoc Carrach, und wir werden dich angemessen für die Reise ausstatten.«

»Also gut«, stimmte ihr Murdo schließlich zu. »Aber wenn Orin Breitfuß nach Jerusalem absegelt, werde auch ich an Bord sein.«

Die Nacht lag schwer auf dem Haus und auf Murdos Seele. Er starrte in die Dunkelheit hinaus, denn seine endlos umherwirbelnden Gedanken ließen ihn keinen Schlaf finden. Er dachte über die bevorstehende Reise nach und über die Prüfungen, die ihn erwarteten, und wie er seinen Vater finden sollte. Niamh hatte ein ausführliches Schreiben an Ranulf verfaßt, in dem sie ihn inständig bat zurückzukehren; doch Murdo vermutete, daß der Feldzug ohnehin schon beendet sein würde, wenn er Jerusalem erreichte, und selbst falls nicht, so war er fest davon überzeugt, daß sein Vater und seine Brüder ihn ohne Zögern zurückbegleiten würden, um das Unrecht aus der Welt zu schaffen, daß ihnen in ihrer Abwesenheit widerfahren war.

Er dachte auch über die Hinterhältigkeit von Bischof Adalbert nach und über Abt Gerardus; er verfluchte sie aus tiefstem Herzen. Er dachte darüber nach, wie er einen Platz auf König Magnus' Schiff bekommen könnte, und am meisten dachte er an Ragna. Morgen würde er Cnoc Carrach verlassen, und er wußte nicht, wann er wieder zurückkehren würde. Nachdem er nun so viele Wochen in ihrer Nähe verbracht hatte, erschien ihm die bevorstehende Trennung unerträglich. Sie nicht mehr bei der Arbeit zu sehen und nicht mehr ihre Stimme beim Frühstück hören zu dürfen – daß er nicht bei ihr verweilen durfte, sah er als die größte Prüfung von allen an.

Wie als Antwort auf seine Gedanken hörte er das Knarren von Dielenbrettern vor seiner Tür, und nur einen Augenblick später hob sich der Riegel. Murdo setzte sich im Bett auf. Die Kerze war schon fast heruntergebrannt, dennoch griff er danach und stand auf. Da er ohnehin nicht schlafen konnte, hatte er sich auch nicht ausgezogen. Die Tür schwang auf, Ragna trat ins Zimmer und zog die Tür leise wieder zu.

»Ragna, was ...«, begann er.

Sie legte ihm den Finger auf die Lippen. »Schschsch! Nicht so laut. Jemand könnte uns hören.«

»Was tust du hier?«

»Willst du, daß ich wieder gehe?«

»Nein ... Nein.« Er blickte in ihre großen Augen, betrachtete ihr offenes Haar und das sanfte Schwellen ihres Busens unter dem Nachtgewand, und Verlangen keimte in ihm auf. »Bleib«, sagte er. »Ich kann ohnehin nicht schlafen.«

»Ebensowenig wie ich«, erwiderte sie. »Das ist unsere letzte Nacht, denn ab morgen bist du fort.«

»Ich werde wieder zurückkommen«, bemerkte er hoffnungsvoll.

»Ich weiß.« Unglücklich senkte sie den Kopf. »Aber dann wird alles anders sein. Du wirst wieder zurück nach Hrafnbú gehen, während ich hierbleiben werde, und ...«

»Nein«, sagte er und überraschte sich mit diesem Wort selbst. Ragna hob rasch den Kopf. Ihre Augen schimmerten im Kerzenlicht. »Wir werden zusammensein«, erklärte er.

»Glaubst du? Das würde mir gefallen, Murdo. Das würde mir sogar sehr gefallen.« Plötzlich verlegen ob ihrer eigenen Kühnheit, zögerte sie einen Augenblick und wandte den Blick ab. »Du mußt mich für verdorben halten«, sagte sie leise.

»Niemals«, widersprach ihr Murdo sanft. »Ich halte dich für ... für wunderschön.«

Sie lächelte wieder. »Ich habe dir etwas mitgebracht.« Aus

einer Falte ihres Kleides holte sie einen langen Dolch hervor und hielt ihn ins Kerzenlicht. »Er hat meiner Mutter gehört, aber sie hat ihn mir zum letzten Julfest geschenkt.«

Murdo nahm den Dolch und wog ihn in der Hand. Die Klinge war ungewöhnlich dünn, das Heft leicht. Es war die Waffe einer Frau, doch hervorragend gearbeitet: Die gerade Klinge war scharf und spitz wie der Zahn einer Schlange. Offensichtlich war die Waffe sehr teuer gewesen.

»Bist du sicher, daß du ihn mir geben willst?«

Ragna nickte. »Ich dachte, wenn du ihn in deinem Wams verbirgst, wird er dir helfen, dich zu schützen.«

»Danke.« Murdo betrachtete den Dolch noch einen Augenblick lang, bevor er schließlich wieder zu Ragna schaute. »Ich habe nichts für dich«, gestand er.

Sie legte ihre Hand auf die seine. »Ich habe alles, was ich will – oder zumindest werde ich das haben, wenn du wieder zurückkehrst. Versprich mir, daß du wieder zu mir zurückkehren wirst, Murdo.«

»Ich werde wieder zurückkehren, Ragna.«

»Versprich es«, beharrte sie auf ihrer Forderung.

Murdo nickte der jungen Frau ernst zu, die ihn mit ihren funkelnden Augen gefangenhielt. »Von ganzem Herzen verspreche ich dir: Ich werde wieder zu dir zurückkehren. Das schwört dir Murdo Ranulfson.«

Sie legte ihm die Hand auf den Hinterkopf, zog sein Gesicht näher zu sich heran und küßte ihn. Ihre Lippen waren warm, und Murdo wünschte, sie würden für immer auf den seinen liegen. Noch nie war ihm ein Abschied so schwergefallen wie dieser.

Nach einem Augenblick löste sich Ragna wieder von seinem Mund und drückte ihre Wange an die seine. »Ich werde auf dich warten, mein Geliebter«, flüsterte sie ihm ins Ohr. »Laß uns zu Gott beten, daß ich nicht allzu lange warten muß.«

Sie drehte sich um und ging wieder Richtung Tür. Dann warf sie einen letzten Blick über die Schulter zurück. Sie zögerte, und Murdo, dem das nicht entgangen war, trat vor und ergriff ihre Hand. »Bleib«, sagte er.

Sie schaute ihn mit großen Augen an und blickte dann zögernd zur Tür.

»Bitte«, sagte er und schluckte.

Sie warf sich ihm in die Arme. Gemeinsam fielen sie aufs Bett zurück, ihre Körper umeinander geschlungen und ihre Lippen den Mund des anderen suchend und gierig küssend. Murdos Hände glitten über Ragnas Leib, und er spürte das warme, willige Fleisch durch das dünne Nachthemd hindurch. Dann stieß er ein lautes Stöhnen aus und setzte sich unvermittelt auf.

Ragna rollte zur Seite. »Was stimmt nicht?«

»Nichts«, antwortete Murdo. »Warte.«

Er stieg aus dem Bett und ging zu der Truhe, in die er seinen Gürtel mitsamt der Börse gelegt hatte. Er nahm den Gürtel heraus, öffnete die Börse und holte die Pilgermünze hervor, die ihm der Kaufmann Dufnas für den Torzoll von Jerusalem gegeben hatte. Dann kehrte er wieder zum Bett zurück, zog Ragnas Dolch und drückte die scharfe Klinge in die kleine Silberscheibe.

Ragna hatte sich inzwischen hingekniet und beobachtete ihn. Ihr Herz schlug so schnell und hart, daß sie nicht mehr sprechen konnte.

Murdo legte den Dolch beiseite, nahm die Münze zwischen Daumen und Zeigefinger und bog sie mit aller Kraft durch, bis sie schließlich in der Mitte auseinanderbrach. Eine der Hälften reichte er Ragna mit den Worten: »So wie diese Münze entzwei gerissen ist, so sollen auch unsere Seelen entzwei gerissen sein, solange wir voneinander getrennt sind.«

Ragna nahm das Münzenstück, hielt es gegen Murdos Hälfte und vereinte so die beiden Teile wieder. »So wie dies hier wieder zusammengefügt wird, so sollen auch unsere Seelen wieder zusammengefügt werden.«

Dann legten sie die Hände über der Münze zusammen und sagten gemeinsam: »Von dieser Nacht an und bis in alle Ewigkeit.«

Murdo zog Ragna wieder zu sich heran, und sie küßten sich, um den Eid zu besiegeln. Ragna warf die Bettdecke beiseite und zog Murdo mit sich hinunter auf ihr Hochzeitsbett.

Dieses erste Mal, daß sie sich liebten, verflog für Murdo in einem wilden Rausch des Verlangens. Hinterher lagen sie sich keuchend in den Armen.

»Sie könnten...«, begann Murdo, als er wieder sprechen konnte. »Sie könnten unseren Schwur anzweifeln.«

»Schschsch«, flüsterte Ragna. »Vor den Augen Gottes haben wir einander versprochen und sind nun miteinander verbunden. Niemand vermag uns mehr zu trennen. Wenn du zurückkehrst, werden wir unseren Schwur vor dem Altar erneuern.«

»Ich werde nie wieder einen Fuß in die Kathedrale setzen.«

»Dann wird es eben in unserer Kapelle geschehen«, schlug Ragna vor.

»Also gut«, stimmte ihr Murdo zu, »in eurer Kapelle.« Er beugte sich vor, um Ragna ein weiteres Mal zu küssen. »Ich wünschte, ich müßte nicht gehen. Aber es ist schon bald Morgen, und...«

Sie legte ihm den Finger auf die Lippen. »Sprich nicht vom Abschied. Das ist unsere Hochzeitsnacht.« Mit diesen Worten setzte sie sich auf und zog das Nachthemd aus. Murdo sah die wunderbare Fülle ihres Busens und die geschmeidigen Rundungen ihrer Hüften, als sie sich vornüberbeugte, um die Kerze auszublasen. Dann war sie wieder an seiner Seite, küßte ihn, streichelte ihn und führte seine Hände auf eine Entdeckungsreise über ihren Körper. Das zweite Mal, das sie sich liebten, war langsamer und süßer, und Murdo wünschte, es würde niemals enden; aber es endete, und

Murdo zersprang das Herz vor Freude, daß die wunderschöne Ragna sich ihm hingegeben hatte.

Dann schliefen sie ein. Die Gesichter dicht beieinander atmeten sie den Atem des anderen ein, und ihre Körper teilten die Wärme.

Kurz vor Sonnenaufgang schlüpfte Ragna aus dem Bett und schlich sich aus dem Zimmer, und Murdo wußte, daß er niemals wieder ganz sein würde. Ein Teil von ihm würde immer bei Ragna bleiben.

Später, nach dem Frühstück, stiegen Niamh, Ragnhild und Ragna mit Murdo zur Bucht hinab. Peder und zwei von Herrn Brusis Männern warteten am Boot. Die Strahlen der Morgensonne hatten den Nebel der Nacht verbannt, und es versprach ein klarer Tag zu werden. »Wir haben guten Nordwind«, rief Peder, als Murdo und die anderen sich ihm näherten. »Es dürfte eine ruhige Fahrt nach Inbhir Ness werden.«

Niamh blieb mitten auf dem Weg stehen. »Du wirst umkehren, sobald es Schwierigkeiten gibt«, sagte sie.

»Ich werde tun, was ich dir gesagt habe.«

»Oder wenn du keinen Platz auf dem Schiff bekommen kannst.«

»Mutter«, antwortete Murdo sanft, aber entschlossen, »wir haben doch schon so oft darüber gesprochen. Ich bin kein Pilger. Ich werde nicht kämpfen. Ich will meinen Vater finden und ihn wieder nach Hause holen. Das ist alles.«

»Und deine Brüder«, fügte Niamh hinzu.

»Natürlich.« Murdo seufzte verzweifelt.

Niamh war jedoch noch nicht fertig. »Es ist nur, weil du doch der einzige bist, der mir geblieben ist. Wenn dir etwas zustoßen sollte, Murdo, dann weiß ich nicht, wie ...«

Verlegen, weil Ragna und ihre Mutter dieses Gespräch mit anhörten, drehte sich Murdo um und versicherte Niamh: »Mir wird schon nichts geschehen. Ich bin ja schließlich nicht allein. Immerhin werde ich mit einer großen Streitmacht reisen; da kann mir gar nichts passieren. Das verspreche ich dir.«

Sie setzten sich wieder in Bewegung. »Bevor du dich versiehst, werde ich wieder zu Hause sein«, sagte Murdo und versuchte damit, die traurige Stimmung zu vertreiben, die sich langsam um ihn herum ausbreitete. Nun, da der Augenblick des Abschieds gekommen war, verspürte er noch weit weniger Lust zu gehen als in den vergangenen Tagen. Nach der vergangenen Nacht mit Ragna wünschte er sich tatsächlich nichts sehnlicher, als in Orkneyjar zu bleiben und für immer an ihrer Seite zu sein.

Wenn er jedoch bleiben würde, dann würde es niemals dazu kommen. So wie Murdo die Dinge sah, konnte er nur ein gemeinsames Leben für sich und Ragna aufbauen, wenn Hrafnbú wieder in den Besitz der Familie überging, und damit dies geschah, mußte er seinen Vater finden und zurückbringen.

Zwar war sein Eifer inzwischen gedämpft, doch diese Gedanken mahnten ihn, daß hier weit mehr auf dem Spiel stand als nur die Wiedererlangung von gestohlenem Hab und Gut: Sein eigenes Glück war in Gefahr, solange Eindringlinge ihr Land beherrschten. Also bekräftigte Murdo im Geiste noch einmal seinen Entschluß und richtete den Blick aufs Meer hinaus.

Als sie den Kiesstrand erreichten, drehte Murdo sich noch einmal um, dankte Frau Ragnhild für ihre Fürsorge und Gastfreundschaft, die sie sowohl ihm als auch seiner Mutter erwiesen hatte, und er dankte ihr auch für die schönen neuen Kleider, die er trug – ein hübscher rotbrauner Wollumhang, eine robuste Hose aus dem gleichen Material und ein Wams aus gelbem Leinentuch sowie ein breiter Gürtel und weiche Lederstiefel. Schließlich dankte er ihr noch für das Geld, das sie ihm für die Reise gegeben hatte und versprach, es bei der nächsten Gelegenheit zurückzuzahlen.

»Es ist nicht mehr, als ich nicht auch für meine Blutsverwandten getan hätte«, erwiderte Frau Ragnhild. Die Art und Weise, wie sie das Wort ›Blutsverwandte‹ betonte – beziehungsweise, daß sie es überhaupt verwendete – und dabei leicht vorwurfsvoll die Augenbrauen hob, verriet Murdo, daß Ragna ihrer Mutter erzählt haben mußte, was vergangene Nacht zwischen ihnen geschehen war. »Deine Mutter und ich sind mehr als Schwestern«, fuhr Ragnhild fort. »Ich freue mich über ihre Gesellschaft, und das um so mehr, da die Männer fortgezogen sind. Wir sind hier in Sicherheit. Mach dir keine Sorgen. Paß du nur auf dich selbst auf, Murdo, und möge Gott dir eine rasche Rückkehr gewähren!«

Dann umarmte Murdo seine Mutter zum letztenmal, während Ragnhild und ihre Tochter ein wenig abseits standen und den beiden zuschauten. Nachdem Niamh sich von ihrem Sohn verabschiedet hatte, trat sie beiseite und machte Ragna Platz, die Murdo sittsam auf die Wange küßte. »Komm wieder zu mir zurück, Murdo«, flüsterte sie.

»Das werde ich«, murmelte er, und er verspürte das Verlangen, sie zu umarmen und ihren willigen Leib an den seinen zu drücken.

»Gott möge dir eine rasche Rückkehr gewähren, mein Leben«, segnete ihn auch Ragna und trat von ihm weg. Bevor er etwas darauf erwidern konnte, hatte sie sich bereits wieder zu ihrer Mutter gesellt. Es gab soviel, was er ihr sagen wollte, doch das war unmöglich, solange jedermann ihnen zuschaute. Also preßte er statt dessen schweigend die Hand auf den Dolch unter dem Wams und schwor ihr im Geiste ewige Liebe. Ragna bemerkte die Geste und antwortete ihm mit den Augen.

Nachdem er noch ein weiteres Mal versprochen hatte, so rasch wie möglich wieder zurückzukehren, watete Murdo ins Meer hinaus, wo Peder an den Riemen bereits auf ihn wartete. Er kletterte über die Reling und nahm seinen Platz am Bug ein, während die beiden Diener das Boot aufs Meer hinaus drehten und es vom Ufer abstießen. Murdo rief ein letztes Mal Lebewohl, als Peder an den

Riemen zog und das Boot in die Bucht hinausfuhr. Nicht einen Augenblick lang wandte er den Blick von den Gestalten am Ufer, die immer kleiner wurden, bis sie schließlich nur noch farbige Punkte inmitten der grauen Felsen der Bucht waren.

Schließlich rief ihm Peder zu, das Segel zu setzen, was Murdo auch tat. Als er sich anschließend wieder umdrehte, war die Bucht bereits hinter den Klippen verschwunden, und die Zurückgebliebenen waren nicht mehr zu sehen. Trotzdem hob Murdo noch einmal die Hand zu einem letzten Gruß, dann wandte er sich seiner Arbeit zu.

12. Januar 1899:
Edinburgh, Schottland

Ich bin im Jahre unseres Herrn 1856 geboren worden, in der kleinen, sauberen Industriestadt Witney in Oxfordshire, als Sohn von Eltern von gutem schottischem Blut. Mein Vater, der seine geliebten Highlands verlassen hatte, um unserer Familie im Wollhandel eine Existenz aufzubauen, hatte sein Geschäft schließlich auf eine solide Grundlage gestellt, engagierte einen Verwalter und kehrte wieder in den Norden zurück – in ›Gottes eigenes Land‹, wie er zu sagen pflegte.

So kam es, daß ich in der Mitte meines sechsten Lebensjahrs aus dem regen Treiben einer wohlhabenden Cotswold-Stadt mitsamt meiner Wurzeln herausgerissen und in eine primitive Hütte inmitten eines verregneten, farnbedeckten Hochmoors verpflanzt wurde, das – meiner damaligen Meinung nach – im abgelegensten Winkel Schottlands lag. Umgeben von Schafen und Stechginster begann ich meine Ausbildung an einer winzigen Dorfschule, wo ich meine Lehrer und Mitschüler nicht nur als ungehobelt oder geradezu als ungehörig empfand, sondern auch als unverständlich. Das erste Jahr meiner Schullaufbahn habe ich mit ständigen Weinkrämpfen verbracht, und nach jedem Tag habe ich mir geschworen, nie mehr in diese verfluchte Schule zurückzukehren.

Es war meine Großmutter, die mich in meiner kindlichen Not tröstete. »Ruhig, mein Jungchen«, pflegte sie immer zu sagen. »Alles wird wieder gut, wenn Gott will.« Sie hatte natürlich recht. Ich beendete die Schule und graduierte in St. Andrews nach einem Doppelstudium der Geschichte und der klassischen Literatur.

Da ich eine gewisse professionelle Faulheit der täglichen Routine eines hart arbeitenden Wollieferanten vorzog, wie es mein Vater war – und womit er es zu einem nicht unbeträchtlichen Wohlstand gebracht hatte –, unterschrieb ich rasch einen Kontrakt bei einem von Edinburghs angesehensten Anwälten. Daraufhin beschäftigte ich mich tagaus, tagein mit der freundlichen, doch langweiligen Arbeit, Verträge, Gutachten, Entwürfe und Gerichtsurteile für meine Vorgesetzten zu kopieren – eine wahre Plackerei. Nach ein paar Wochen in diesem Beruf, begann ich zu vermuten, daß das Leben, zu dem ich mich entschlossen hatte, doch nicht so ganz meinen Vorstellungen entsprach. Ich begann zu trinken – allerdings nur mäßig und nur in Gesellschaft meinesgleichen – und vergeudete meine Abende mit langen, sinnlosen Gesprächen, billigem Whisky und noch billigeren Zigarren in einem von Auld Reekie's vielen guten Pubs – was meinen lieben alten Vater zutiefst entsetzt hätte.

Doch ich war jung, ungebunden und voller Tatendrang. Meine Bedürfnisse waren einfach und leicht zu erfüllen. Einer meiner Schreiberkollegen und Mittrinker war, wie sich bald herausstellte, ein eingefleischter Wandersmann, dem es nichts ausmachte, mit nur einem Stock in der Hand und einem halben Sixpence in der Tasche über unbekannte Straßen zu dem ein oder anderen fernen Ziel zu marschieren. Er war ein wahrer ›Sohn des Farns‹ und rühmte sich des Namens Alisdair Angus McTavot. Ein hervorragender Kamerad, dieser Angus – den Namen Alisdair verabscheute er und bestand darauf, daß man ihn in seiner Gegenwart nicht benutzte. Angus McTavot besaß einen ansteckenden Enthusiasmus, und schon bald fand ich mich an den Wochenenden und während des wenigen Urlaubs auf den feuchten Straßen wieder und zog mit ihm von Ort zu Ort.

Vor so manchem Sturm haben wir in Kuhställen Schutz gesucht und darauf gewartet, daß der Regen nachlassen würde, und dabei ergab es sich, daß wir viel über unsere Familien gesprochen haben. Es stellte sich heraus, daß der McTavot-Clan Verbindungen zum längst vergessenen schottischen Adel besaß. Sein Vater war ein Baronet, was auch immer das besagen mag, und obwohl ein solcher Titel nicht länger Garantie für beachtliche Pfründe war, konnte man ihm immer noch ein Quentchen Prestige entnehmen. Wenn schon nichts anderes, so hatte Angus seinem adeligen Erbe zumindest eine gewisse Neigung zu Pomp und obskuren Traditionen zu verdanken. Häufig verwendete er altmodische Redeformen, und er besaß eine Schwäche für keltische Geschichte, besonders wenn sie mit seinem primitiven Adel in Verbindung stand.

Es war Angus, der mich in den Alten und Ehrenvollen Orden des Hochlandhirschen einführte – anderen als gewöhnlicher Gentlemen-Klub geläufig. In seiner Blütezeit besaß der Alte Hirsch, wie er liebevoll von den Eingeweihten genannt wurde, so illustre Mitglieder wie Cameron Brodie und Arthur Pitcairn Grant und zählte auch so berüchtigte Briganten wie Drummond ›Black‹ Douglas und Richter Buchanan zu den Seinen. Sir Walter Scott war Ehrenmitglied des Alten Hirschen, ebenso wie Kapitän Lawrie, der seinen Ruhm bei der Krakatau-Katastrophe begründet hatte. Obwohl noch immer sehr respektabel, hatte der Klub in den vergangenen Jahren an Glanz verloren und zog nicht mehr in gleichem Maße die Blaublüter und Patrizier an wie noch zu seiner Blütezeit – was, wie ich vermute, auch der Grund dafür war, warum man Angus und mich aufgenommen hat. Einige unserer Juristenbrüder waren ebenfalls Mitglied dort, und einem Klub anzugehören wurde allgemein als karrierefördernd betrachtet.

Im Alten Hirsch fand ich eine Zuflucht vor dem vergeudeten Leben eines Rauchers und Trinkers. Es war weitaus leichter, die Einladung zu einer Freitagabend-Sauferei mit den Worten abzulehnen: »Ich würde ja gerne, Jungs, aber ich muß in den Klub. Tut mir leid.«

So kam es, daß ich an einem verregneten Freitagabend allein im Rauchersalon des Klubs saß. Es war kurz nach acht, und die meisten anderen Mitglieder waren bei meiner Ankunft bereits zum Dinner gegangen, also hatte ich den Klub sozusagen ganz für mich allein. Ich genoß gerade einen frühreifen Malt, während ich auf den verspäteten Angus wartete, als ein großer, distinguiert wirkender Herr in einem schlichten, doch teuren Anzug sich in den Ledersessel mir gegenüber setzte. Er trug eine Zeitung bei sich, doch diese legte er gefaltet auf seinen Schoß, während er mich oberflächlich musterte.

Ich nahm an, daß er darauf wartete, daß ich mich vorstellte – das war etwas, was man üblicherweise von jüngeren Mitgliedern erwartete, um älteren Gelegenheit zu geben, den Neuling zu begutachten, bevor dieser offiziell eingeführt wurde. Aber bevor ich meinen Namen nennen konnte, sagte der Mann: »Bitte, entschuldigen Sie. Ich will Sie nicht stören. Aber sind Sie nicht der Freund des jungen McTavot?«

»Genau«, erwiderte ich. »Ich warte gerade auf ihn.«

»Ja«, sagte der Fremde, »er wird noch ein paar Minuten aufgehalten werden. Ich dachte, wir könnten vielleicht die Gelegenheit nutzen und uns ein wenig unterhalten.«

Das erregte meine Neugier, wie ich gestehen muß.

»Erlauben Sie«, sagte der Mann und bot mir eine Zigarre aus einem goldenen Zigarrenetui an.

Ich wählte eine der Panatelas des Fremden, dankte ihm und lehnte mich zurück.

»Ich vermute, sie kennen Angus, nicht wahr?« fragte ich und versuchte, so nonchalant wie möglich zu klingen.

»Ich kenne seinen Vater«, antwortete der Mann. »Ihren Vater kannte ich übrigens auch. Ein feiner, aufrechter Mann. Ich habe ihn sehr bewundert.« Er entzündete ein Streichholz, um es an seine Zigarre zu halten. »Ich muß Ihnen gestehen, daß ich ihn sehr vermisse.«

»Ich bitte um Verzeihung, Sir«, sagte ich, »aber ich glaube, Sie verwechseln mich mit jemandem. Sie müssen wissen, daß mein Vater noch immer lebt – jedenfalls war es noch so, als ich zum letztenmal bei ihm gewesen bin.«

Der Mann erstarrte; das Streichholz verharrte mitten in der Luft. Seine scharfen grauen Augen musterten mich von Kopf bis Fuß. »Bei Gott! William Murray lebt immer noch! Ich war doch auf seiner Beerdigung ... oder zumindest habe ich das geglaubt.«

Der Fehler wurde offenbar. »William war mein *Großvater*«, erklärte ich. »Mein Vater heißt Thomas.«

Der Mann sackte in seinen Sessel zurück, als hätte ihm jemand ins Gesicht geschlagen. Er löschte das Streichholz und starrte mich verwirrt und forschend an.

»Oh, das tut mir wirklich leid«, sagte er, nachdem er wieder zu sich gekommen war. »Ich scheine ein wenig durcheinander zu sein. Sie sind sein Enkel ... Natürlich! Natürlich sind Sie das. Bitte, verzeihen Sie mir. Ich fürchte, das ist die Last des Alters. Ich kann von Glück reden, wenn ich mich daran erinnere, in welchem Jahrhundert ich mich befinde, geschweige denn in welchem Jahr.«

»Ich bitte Sie, Sir«, erwiderte ich. »Das passiert mir ständig.«

Er entzündete ein weiteres Streichholz, hielt es an seine Zigarre und rauchte nachdenklich. »Thomas ... Ja, natürlich«, murmelte er zu sich selbst. »Wie dumm von mir.« Er reichte mir die Streichholzschachtel.

»Dann haben Sie also meinen Großvater gekannt.« Ich nahm ein Streichholz, entzündete es und beschäftigte mich mit Rauchen, um dem Fremden Gelegenheit zu geben, etwas darauf zu erwidern.

»Nicht halb so gut, wie ich gewollt hätte«, antwortete er schließlich. »Ich habe ihn ein- oder zweimal bei geschäftlichen und gesellschaftlichen Anlässen gesehen. William war der Freund eines Freundes, verstehen Sie?« Er hielt kurz inne, nahm einen kräftigen Zug von seiner Zigarre und fügte hinzu: »McTavot war mehr in meinem Gesichtskreis.«

»Ich verstehe.« Wir sprachen über die McTavots, und er fragte mich, wie Alisdair und ich uns kennengelernt hatten. Ich erklärte ihm, daß wir in derselben Anwaltskanzlei arbeiteten und daß Angus mich unter seine Fittiche genommen und mir Edinburgh gezeigt habe. »Wäre er nicht gewesen, hätte ich vermutlich nie vom Alten Hirsch gehört«, schloß ich meinen Bericht.

»Das ist wohl auch die beste Art, irgendwo eingeführt zu werden«, erwiderte der Gentleman freundlich. »Als Freunde von Freunden.«

In diesem Augenblick erschien Angus. Er war vollkommen durchnäßt, und als er sich ausschüttelte, verteilte er Regentropfen über die teuren Lederpolster. »Es tut mir wirklich schrecklich leid«, entschuldigte er sich. »Eine halbe Stunde lang habe ich versucht, eine Droschke zu bekommen. Offenbar rennen alle Kutscher in Deckung, sobald sich auch nur ein paar Regenwolken am Himmel zeigen. Ich bin durch und durch naß. Was ist das?« Er griff nach meinem Glas, schnupperte daran und leerte es mit einem Zug. »Woah!« keuchte er. »Jetzt geht's mir schon wieder besser.«

»Setzen Sie sich«, lud ihn der alte Gentleman ein. »Darf ich Ihnen etwas zu rauchen anbieten?«

»Vielen Dank.« Angus nahm eine der dünnen Zigarren, zündete sie an und sagte: »Wie ich sehe, habt ihr beiden euch kennengelernt. Gut.« Er rieb sich die Hände. »Ich bin verhungert.« An den alten Herrn gewandt sagte er: »Wir wollten gerade zum Dinner gehen. Wollen Sie sich uns nicht anschließen? Man hat mir gesagt, heute abend gäbe es Haggis.«

Der Gentleman stand auf. »Das ist sehr freundlich von Ihnen, aber ich fürchte, ich bin heute abend bereits verabredet. Ein andermal vielleicht.« Er wünschte uns beiden einen schönen Abend und ging davon, ruhig und selbstbewußt wie eine Katze, die gerade ihre Milch bekommen hatte.

»Was für ein seltsamer Mann«, bemerkte ich, nachdem er verschwunden war.

»Pembers?« fragte Angus. »Warum sagst du das?«

Ich berichtete ihm von dem Mißverständnis meinen Vater betreffend und wie sich die Sache aufgeklärt hatte. »Das Seltsame ist, daß ich das Gefühl hatte, er wußte *wirklich* nicht, in welchem Jahrhundert er sich befindet, wenn man das denn glauben kann. Einen Augenblick lang wirkte er vollkommen verloren. Und da war noch etwas anderes: Ich habe ihm nicht meinen Namen genannt – er hat ihn bereits gewußt.«

»So? Dein Name ist ja auch kein Geheimnis, oder?« entgegnete Angus, zog die Uhr aus der Tasche und warf einen raschen Blick darauf. »Irgend jemand im Klub wird ihn ihm verraten haben. Entspann dich. Pembers ist schon in Ordnung.«

»Pembers? Heißt er so? Er hat sich mir nicht vorgestellt.«

»Pemberton«, erklärte mir McTavot. »Er ist ein Freund der Familie seit ich weiß nicht wann. Ich kenne ihn schon mein ganzes Leben lang.«

Wir machten uns auf den Weg zum Speisesaal.

»Was tut Pemberton?« fragte ich.

»Du meinst, beruflich?« Angus zuckte mit den Schultern. »Ich vermute, er gehört zum alten Landadel. Warum fragst du?«

»Nur so.«

Wir betraten den großen, mit dunklem Holz verkleideten Speisesaal, und ich entdeckte viele bekannte Gesichter unter den Anwesenden, doch meine Aufmerksamkeit wurde sofort auf die Frauen in Abendkleidern gezogen, die überall verteilt an den Tischen saßen. Es war Ladies' Night – der Alte Hirsch bewirtete bisweilen Damen –, und infolgedessen waren weniger Tische frei als üblich, und auf den meisten standen brennende Kerzen. Ich entdeckte einen kleinen, freien Tisch in der Nähe der Anrichte und machte mich auf den Weg dorthin. Einige der älteren Mitglieder waren bereits beim Käse angelangt.

Ich wollte mich gerade setzen, als Angus meine Wahl begutachtete und erklärte: »Das ist nicht der richtige, fürchte ich. Das ist mit Sicherheit nicht der richtige. Laß uns den dort drüben nehmen.«

Er ging zu einem Nachbartisch, der für vier Personen gedeckt war und auf dem die Kerzen noch nicht brannten. Als Angus einen Stuhl heranzog, machte ich ihn darauf aufmerksam, daß dieser Tisch reserviert sei, wie man anhand der nicht entzündeten Kerzen erkennen könne.

»Das ist er, ja«, stimmte er mir zu und setzte sich. »Für uns.«

»Du hast einen Tisch für uns reserviert?«

»Das habe ich, ja. Ich habe eine Überraschung für dich.« Er spähte durch den Raum. »Ich hoffe, meine Überraschung ist nicht aufgehalten worden.«

»Du machst mich neugierig«, erwiderte ich. »Erzähl mir mehr.«

»Alles zu seiner Zeit.«

Ein Kellner in weißem Jackett erschien und informierte uns über die Speisekarte des heutigen Abends. Dann drehte er sich wieder um und überließ uns dem Studium der umfangreichen Weinkarte des Klubs.

»Da war noch etwas anderes, weißt du?« sagte ich und beugte mich verschwörerisch vor.

»Noch etwas? Wovon redest du überhaupt?«

»Du hast doch gesagt, du hättest eine halbe Stunde lang auf eine Droschke gewartet. Davon hätte doch sonst niemand wissen können, oder?«

»Zumindest nicht, wenn dieser jemand nicht bei mir gewesen wäre, nein.«

»Natürlich nicht«, bestätigte ich, »doch Pemberton wußte es. Und er wußte auch, daß ich auf dich gewartet habe.«

»Das wirst du ihm wohl gesagt haben.«

»Stimmt, aber er hat es gewußt. ›Sie sind doch der Freund des jungen McTavot, nicht wahr?‹ hat er gesagt, und ich habe ihm geantwortet, ich würde gerade auf dich warten.«

»Na und?«

»Und dann hat er mir gesagt, du würdest noch ein paar Minuten aufgehalten werden und daß wir uns in der Zwischenzeit genausogut unterhalten könnten.«

»Du hast ihm doch gesagt, daß du auf mich wartest; also war es nicht weiter schwer zu erraten, daß ich mich verspätet habe.«

»Nicht ›verspätet‹«, korrigierte ich ihn ernst, »›aufgehalten‹ – das war es, was er sagte. Ich hatte den Eindruck... nun, ich hatte den Eindruck, als hätte er irgendwie dafür gesorgt.«

»Unsinn«, schalt mich Angus. »Ich habe auf eine Droschke gewartet und versucht...«

»Ja? Was hast du versucht?«

»Das ist egal«, wich er mir aus. »Aber wie auch immer: Warum sollte Pemberton mich aufhalten wollen?«

»Damit er mit mir sprechen konnte.«

»Er kann mit dir sprechen, wann immer er will«, lachte Angus. »Das muß er nicht erst arrangieren. Du hast das alles wohl irgendwie in den falschen Hals bekommen.«

»Möglich«, gab ich zu, »doch ich verstehe nicht, warum...«

Bevor ich zu Ende sprechen konnte, stieß Angus seinen Stuhl zurück, sprang auf und strahlte wie ein Cherub. Ich drehte mich um, um zu sehen, was ihn derart erregt hatte, und erblickte zwei absolut umwerfende junge Frauen. Sie wurden vom Oberkellner hereingeführt, und bei ihrem Erscheinen ging ein Raunen durch die Anwesenden, und alle Köpfe drehten sich nach ihnen um: Die eine besaß dunkles Haar, war ausgesprochen schlank, und die andere mit ihren rötlichbraunen Haaren war ein wenig größer und üppiger geformt, und beide wirkten geradezu atemberaubend in ihren enganliegenden Satinkleidern. Mehr noch: Sie hielten genau auf Angus und mich zu.

Angus eilte der Dunkelhaarigen mit zwei Sprüngen entgegen, dankte dem Kellner und führte die Frau an unseren Tisch. »Libby, meine Liebe! Du siehst phantastisch aus.«

Das also war Libby. Ich hatte den Namen schon oft genug gehört – Angus schrieb ständig jemandem dieses Namens auf dem Kontinent –, aber ich hatte keine Ahnung, daß sie inzwischen von ihren Reisen zurückgekehrt war oder daß Angus jemanden von solch umwerfender Schönheit kannte. Er drehte sich zu mir um und sagte: »Darf ich dir meine Verlobte vorstellen, Elizabeth Gowan, und ihre Cousine, Caitlin Charmody.« Er lächelte, als die rothaarige Schönheit mir ihre Hand anbot. »Meine Damen, das hier ist mein ältester und bester Freund, Gordon Murray.«

Er sprach, als hätten wir uns schon in früheren Leben gekannt; aber wenn seine leichte Übertreibung mir die Gesellschaft dieser verführerischen Wesen sicherte, wer war ich dann, ihm zu widersprechen?

»Meine Damen, ich bin entzückt.« Ich ergriff die Hand der jungen Frau und berührte sie galant mit den Lippen. »Ich freue mich, Sie kennenzulernen, Miss Charmody.«

»Auch ich freue mich, Ihre Bekanntschaft zu machen, Mister Murray«, gurrte sie mit tiefer, melodischer Stimme.

»Wenn Sie erlauben.« Ich beugte mich vor und zog einen Stuhl zurück. Ihr edles Parfüm betäubte meine Sinne mit dem Duft exotischen Nektars, und augenblicklich fragte ich mich, was es wohl für ein Gefühl wäre, sie zu küssen. »Angus sagte, er hätte eine Überraschung für mich, und ich bin entzückt zu sehen, um was für eine Überraschung es sich dabei handelt.«

Ich fürchte, das waren vermutlich die letzten vernünftigen

Worte, die ich in dieser Nacht gesagt habe. Denn nach dem Erscheinen der Damen brachte uns der Kellner Champagner, und wir alle tranken auf die offizielle Verkündung von Angus' und Elizabeths Verlobung, sehr zum Amüsement der anderen anwesenden Klubmitglieder.

So verging der Abend mit Kerzenlicht, Wein und Gelächter. Als wir uns erhoben, um zu gehen, war der Speisesaal dunkel, denn alle anderen, einschließlich der Kellner, waren längst schon gegangen. Anschließend spazierten wir zu viert am Ufer entlang, und das – so glaube ich – über Stunden. Irgendwann wußte ich nicht mehr, was ich sagen sollte, doch die rothaarige Schönheit hing an meinen Lippen, und so redete ich weiter, nur um sie bei mir zu behalten, und mir graute vor dem Augenblick unseres Abschieds. Ich redete wie ein Idiot, um diese drohende Katastrophe herauszuzögern.

Doch der Abschied konnte nicht für immer aufgeschoben werden, und schließlich wünschten wir uns gegenseitig eine gute Nacht. Dann rief Angus eine Droschke für die Damen, bezahlte den Fahrer und schickte sie los. Ich stand auf der Straße und blickte der Liebe meines Lebens hinterher, die langsam im immer dichter werdenden Nebel verschwand. Ich hatte das Gefühl, als hätte man mich des Lebens selbst beraubt – oder zumindest des einzigen Lebens, das nach diesem Abend den Namen noch wert war. Um alles noch schlimmer zu machen, fiel mir plötzlich ein, daß ich sie hatte ziehen lassen, ohne vorher noch ein weiteres Treffen zu vereinbaren oder mir auch nur ihre Adresse zu sichern.

Angus, der auf einer Woge des Glücks und der Liebe schwamm, warf einen kurzen Blick auf mein Gesicht und sagte: »Schau nicht so griesgrämig drein, mein Freund. Du wirst sie schon wiedersehen.«

»Wann?« fragte ich. Meine Stimme klang wie ein armseliges Blöken.

»Morgen, würde ich sagen. Wir vier werden zum Sonntagspicknick nach Queen's Ferry gehen. Es ist schon alles arrangiert. Hast du das etwa vergessen?«

»Wir alle vier? Du meinst... Ich dachte, nur du und Lizzy...«

»Libby.«

»Wir alle vier? Wirklich? Ich dachte... Aber das ist ja phantastisch. Das ist großartig!«

»Beruhige dich.« Er legte mir die Hand auf den Arm. »Komm jetzt.« Angus machte sich auf den Weg die Straße hinunter. »Laß uns sehen, ob wir noch irgendwo eine von diesen verdammten Droschken bekommen können.«

So kam es, daß sich zwei der bedeutendsten Ereignisse in meinem Leben an ein und demselben Abend ereigneten. Zwei Treffen, die kurz hintereinander stattgefunden hatten – mit Pemberton und mit Miss Caitlin Charmody – und die den gesamten Verlauf meines Lebens verändern sollten, das erste nicht weniger als das zweite.

»Auf Befehl von Alexios, Oberstem Herrn des Heiligen Römischen Reiches, Auserwähltem des Himmels, Nachfolger der Apostel, wird angeordnet, daß Ihr die Stadt nicht mit Euren Armeen betreten dürft; doch es wird Euch gestattet, hier Euer Lager aufzuschlagen, und hier werdet Ihr warten, bis der Basileus Euch empfängt.« Niketas hielt kurz inne und blickte von dem Pergament auf, das er in Händen hielt. »Habt Ihr verstanden, was Euch vorgelesen worden ist?«

Gottfried, der Herzog von Bouillon, neigte den Kopf; doch sein Bruder Balduin erwiderte kühn: »Wie lange sollen wir warten?«

»Ihr werdet warten«, erklärte der Kommandant der Exkubiten geduldig, »bis der Basileus Euch zu sich ruft.«

»Hörst du das, Bruder?« wandte sich Balduin entrüstet an Gottfried. »Wir sollen hier draußen vor den Mauern warten wie ein Haufen Leprakranker!«

»Wartet, wie immer Ihr wollt«, erwiderte Niketas in gelassenem Tonfall, »aber warten werdet Ihr, und zwar bis der Basileus Eure Gesellschaft wünscht.«

»Das ist unerträglich!« schnaufte Balduin.

»So ist es befohlen worden«, schloß der Offizier. Er reichte das Dokument dem älteren der beiden Brüder, drehte sich um und stieg auf sein Pferd. Ausdruckslos beobachteten ihn dabei die Waräger des Kaisers; sie waren gleichermaßen darauf vorbereitet zu kämpfen wie sich zurückzuziehen.

»Nach allem, was wir auf dieser Reise erdulden mußten«, schäumte Balduin, »werden wir in dieses Lager gepfercht wie ein armseliger Haufen Bettler. Das ist eine Beleidigung!«

»Vielleicht hätten die christlichen Einwohner von Selymbria eine solche Beleidigung vorgezogen«, entgegnete Niketas in scharfem Tonfall.

»Das war ein Fehler«, gestand Gottfried. »Ein Fehler, den wir zutiefst bereuen.«

»Ich bin sicher, daß Selymbria sich freuen wird, das zu hören«, erklärte Niketas. »Ohne Zweifel werden die Überlebenden zu Euren Ehren ein Festmahl veranstalten. Ich wünschte nur, Eure Reue würde sich auch – sagen wir ›materiell‹ ausdrücken; die Waisen und Witwen könnten Mühe haben, genug Nahrung zum Feiern zu finden, wenn sie von Eurer Reue erfahren.«

»Komm sofort von dem Pferd herunter, du unverschämtes Arschloch!« brüllte Balduin. »Wir befehligen eine Armee von vierzigtausend Mann! Wir lassen uns nicht...«

»Oh, wir haben gesehen, wozu Eure ruhmreiche Armee fähig ist«, unterbrach ihn Niketas kalt, »als Ihr die Unschuldigen und Wehrlosen angegriffen habt. Falls Euch die Begrüßung des Kaisers zu grob erscheint, dann schlage ich vor, Ihr denkt einmal darüber nach, ob die Ermordung seiner Untertanen geeignet war, seine Freude ob Eures Erscheinens zu erwecken.«

Balduin stieß einen erstickten Schrei aus und sprang vor. Die Waräger senkten die Lanzen und bereiteten sich auf einen Angriff vor.

»Bitte, haltet Frieden!« meldete sich Gottfried zu Wort und hielt seinen Bruder zurück. An den Kommandanten der Palastwache gewandt sagte er: »Wir werden dem Befehl gehorchen. Bitte, überbringt Eurem Kaiser dieses Versprechen zusammen mit unseren besten Wünschen.«

Niketas zog die Zügel an, wendete sein Pferd und ritt, gefolgt von den Warägern, davon. Als sie das Soldatentor erreichten, galoppierten die Reiter eilig hindurch, und die schweren Flügel wurden hinter ihnen wieder geschlossen. Der Kommandant kehrte sofort zum Blachernenpalast zurück und wurde ohne Verzögerung in die kaiserlichen Privatgemächer geführt, wo der Basileus seine Rückkehr erwartete.

»Nun?« fragte Alexios. »Was hältst du von ihnen, Niketas?«

»Es sind Franken, Basileus«, erwiderte der Kommandant und zuckte mit den Schultern, »arrogante, ungebildete Hitzköpfe.«

»Haben sie den Angriff geleugnet?«

»Sie sagten, es sei ein Fehler gewesen, welchen sie zutiefst bedauerten.«

Alexios nickte nachdenklich. »Das ist zumindest etwas. Aber wie auch immer: Wir werden die Waräger ausschicken, um die Nachzügler einzusammeln und sie nach Konstantinopel zu eskortieren. Wir werden keine weiteren Angriffe auf Bürger und Eigentum des Reiches mehr dulden. Sorg dafür, Niketas.«

»Es wird geschehen, wie Ihr befehlt, Basileus.« Der Kommandant der Exkubiten bestätigte den Erhalt des Befehls mit einer Verbeugung. »Was die betrifft, die bereits eingetroffen sind, so habe ich ihnen befohlen, ihr Lager vor den Mauern aufzuschlagen, wie Ihr angeordnet habt. Wünscht Ihr, daß ich ihre Führer zu einer Audienz zu Euch bestelle?«

»Bald, Niketas, aber jetzt noch nicht«, antwortete Alexios. »Wenn ihre Hitzköpfe ein wenig ausgekühlt sind, werden sie vielleicht wieder ein wenig zu Verstand kommen. Sie sollen ruhig eine Weile über ihre Taten nachdenken. Deshalb werden Wir sie vorläufig warten lassen.«

»Und die Nahrungsmittel, Basileus?«

»Wir werden den Neuankömmlingen die gleichen Mittel zur Verfügung stellen wie Graf Hugo«, erwiderte der Kaiser ungeduldig. »Nicht mehr und nicht weniger.«

Niketas akzeptierte den Plan, doch stellte er seinen Nutzen in Frage. »Glaubt Ihr, daß dies ausreichen wird, Basileus?«

»Es ist mehr, als sie den Menschen von Selymbria gegeben haben«, antwortete Alexios in scharfem Ton.

»Verzeiht mir, Basileus, aber es sind wirklich sehr viele.«

»Wie viele, Niketas?«

»Die Kundschafter sagen ...«

»Wir wissen, was die Kundschafter sagen«, unterbrach ihn der Kaiser. »Wir haben dich gefragt, Niketas. Du hast sie gesehen; also was sagst du?«

»Vielleicht zwanzigtausend, und ständig kommen mehr.« Unwillig, die schlechte Nachricht weiterzugeben, hielt er kurz inne. »Die Herren der Franken prahlen mit der doppelten Zahl.«

»Vierzigtausend«, stöhnte Alexios und rechnete rasch durch, wieviel es ihn kosten würde, so viele Mäuler zu füttern.

»Und das sind nur die Soldaten«, fuhr Niketas fort. »Sie haben auch noch Frauen und Kinder mitgebracht.«

»Gott stehe uns bei«, seufzte Alexios. Diese Kreuzfahrer waren Wahnsinnige: Sie nahmen ihre Frauen und Kinder mit in den Krieg! Was war in sie gefahren? Daß sie hier ankamen, ohne auf die Gefahren vorbereitet zu sein, die sie erwarteten, das war schon dumm genug; aber daß sie überdies auch noch ihre Frauen und Kinder diesen Schrecken aussetzten, war vollkommen unverständlich.

Reumütig erinnerte sich Alexios an die ersten, die hier angekommen waren, und wie sie den höchsten Preis für ihre Torheit bezahlt hatten: Der Eremit Peter von Amiens und seine Bauernarmee waren von den Seldschuken vor den Toren von Antiochia niedergemetzelt worden. Von den sechzigtausend, die Konstantinopel verlassen hatten, waren nur siebentausend verschont und in die Sklaverei verschleppt worden; den Rest hatte man abgeschlachtet. An einem einzigen Nachmittag hatten dreiundfünfzigtausend fehlgeleitete Christenmenschen ihr Leben für die Dummheit des Bischofs von Rom geopfert. Das Ausmaß dieser Tragödie entzog sich Alexios' Vorstellungskraft.

»Gott stehe uns bei!« seufzte Alexios erneut. Dann beendete er die Audienz und überließ seinen Kommandanten dessen Pflichten.

Nachdem Niketas gegangen war, rief der Basileus nach seinem Kammerherrn. »Gerontios«, sagte er, als der Mann erschien, »bring Uns unseren Reitumhang und unsere Haube. Wenn Wir fort sind, kannst du den Magister Officiorum davon in Kenntnis setzen, daß Wir den Palast verlassen haben.«

»Wir Ihr befehlt, Basileus«, erwiderte der alte Diener. »Soll ich den Drungarios rufen, um dem Basileus aufzuwarten?«

»Nein«, antwortete Alexios, »Wir wünschen, heute alleine auszureiten.«

Mit der Frage nach seinem Reitumhang und seiner Haube pflegte der Kaiser seit langem auszudrücken, daß er den Palast ohne den üblichen Aufwand an Leibgardisten und Beratern zu verlassen wünschte. Das war etwas, was er häufig tat, besonders wenn er die wahre Stimmung des Volkes kennenlernen wollte. Alexios verkleidete sich nicht. Er hatte schon früh bemerkt, daß er sich ohne den ganzen Pomp, der ihn normalerweise umgab, vollkommen unerkannt auf den Straßen bewegen konnte. Mit seiner kräftigen Statur und dem unauffälligen Äußeren widmete ihm niemand sonderlich Aufmerksamkeit; wenn er in einfache Kleider gehüllt war, betrachtete ihn jeder als gewöhnlichen Bürger.

Nachdem er sein Staatsgewand ab- und den einfachen Umhang und die Haube eines Stallknechts angelegt hatte, verließ der Auserwählte des Himmels und Stellvertreter Gottes auf Erden eilig den Palast durch einen der verborgenen Ausgänge. Er schob den Riegel der niedrigen, schmalen Tür beiseite, duckte sich hindurch, eilte zwischen zwei hohen Mauern entlang und erreichte schließlich eine kleine, gewundene Straße voller verlassener Marktstände. Nachdem er auf die Straße hinausgetreten war, schaute er sich um, um sich zu vergewissern, daß ihn niemand bemerkt hatte, doch er sah nur zwei ausgemergelte Hunde, die in einem Müllhaufen wühlten.

Alexios zog die Haube tiefer ins Gesicht, ging raschen Schrittes die Straße entlang, bog um die nächste Ecke und verschwand auf dem dahinterliegenden Marktplatz, auf dem es von Menschen nur so wimmelte. Eine Zeitlang schlenderte er über den Markt und genoß die Gerüche und Geräusche. Einmal blieb er stehen, um einen Beutel Datteln von einem älteren Kaufmann zu erstehen; dann lenkte er seine Schritte zur Mauer des Theodosius.

Wie selbstverständlich bewegte sich Alexios inmitten seiner Untertanen, aß Datteln und überlegte, welche Sühne er von den Kreuzfahrern für die Zerstörung von Selymbria verlangen sollte. Diese arroganten Fürsten mußten zur Vernunft gebracht werden, und er würde dafür sorgen, daß der Gerechtigkeit Genüge getan würde, bevor sie wieder nach Hause zurückkehrten. Zunächst jedoch mußte er diese armseligen Potentaten einschätzen können, die es wagten, im Namen Gottes so ungehörig durch sein Reich zu reiten.

Als er die Mauer erreichte, wandte sich Alexios nach links und ging die breite Straße hinunter, die an den gesamten westlichen Verteidigungsanlagen vorbeilief. Zwischen Straße und Mauer hatten die Armen ihre Bretterhütten errichtet, einfache Verschläge, die gerade einmal dazu ausreichten, den Regen abzuhalten. Wie so viele in der Hauptstadt, so sah auch Alexios in diesem Umstand ein Symbol für den Zustand des Reiches: Die massiven Mauern standen für die starke Herrschaft des Gesetzes und den einen wahren Glauben der zivilisierten Menschheit, und die elenden Hütten waren das Symbol für das Leben jener Bürger, deren Überleben auf bemitleidenswerte Weise von der Stärke des Reiches abhing.

Dann und wann humpelte eine Elendsgestalt aus einer der Hütten, um zu betteln, und Alexios hatte stets eine Münze und ein

Wort des Trostes für jene übrig, die danach fragten. Als er schließlich keine Münzen mehr hatte, gab er den Armen seine Datteln.

Nach einer Weile erreichte er den großen Platz vor dem Goldenen Tor, dem letzten der alten Tore. Spätere Kaiser hatten vor der Mauer des Theodosius neue Verteidigungsanlagen errichten lassen, doch in diesem Teil Konstantinopels erhoben sich die alten über die neuen Mauern und kündeten von der ruhmreichen Vergangenheit der Stadt. Nachdem er das Tor durchquert hatte, fand sich Alexios im Viertel der Schmiede und Kunsthandwerker wieder, die ihrer Arbeit in einfachen Holzständen nachgingen, hinter denen sie zumeist mit ihren Familien in ein paar kleinen Zimmern wohnten. Den Geräuschen nach zu urteilen, arbeitete jeder einzelne Handwerker eifrig hinter einer Wand aus dem Rauch der Schmiedefeuer. Das Schlagen von Hämmern auf Metall, Holz und Stein und das Rufen der Männer, die einander um Werkzeuge oder Material baten, schwoll immer mehr zu einer Kakophonie an, nicht unähnlich jenem Getöse, das bei einer Schlacht herrschte.

Alexios mochte den Lärm und den Tumult; er schätzte Männer, die ihren Lebensunterhalt mit ihrer eigenen Hände Arbeit verdienen konnten. Häufig blieb er stehen, um das ein oder andere Produkt zu bewundern, doch niemals ließ er sich auf ein Gespräch ein, denn das hätte unweigerlich ein Feilschen über den Preis der Ware zur Folge gehabt, was er verabscheute.

Er hielt weiter auf sein Ziel zu und erreichte schließlich das Ende des Schmiedeviertels, wo er stehenblieb und zum erstenmal auf das Lager der Pilger blickte, die ihre Zelte weit jenseits der den Toren vorgelagerten Ebene aufgeschlagen hatten – bei der Ebene handelte es sich um einen Teil der alten Salzmarschen, die vor langer Zeit trockengelegt worden waren. Überall auf den Hängen, die das Goldene Horn umgaben, waren kleine, dunkle Zelte verteilt – eine unreine Flut, die drohte, sich ins Wasser des Bosporus zu ergießen. Der Rauch der Kochfeuer hing über dem Lager, so daß Alexios das Gefühl hatte, auf eine dunkle Bergkette zu blicken, die von grauen Gewitterwolken verhangen war. Diese finsteren Berge erstreckten sich, so weit das Auge reichte. Das waren Tausende – Zehntausende! Und den Berichten der Kundschafter und Spione zufolge war dies nur die erste von vielen Gruppen, die durch das Reich marschierten, und alle hielten sie auf die Hauptstadt zu.

Alexios ging näher heran. Von der äußeren Grenze des Lagers aus konnte er inmitten des Rauchs die Pferche kaum erkennen, in denen die Pferde der Franken standen. Doch obwohl er die Tiere nicht sehen konnte, so konnte er sie doch riechen – selbst auf diese Entfernung war der Geruch von Pferdedung unverkennbar. In größerer Nähe würde der Gestank geradezu überwältigend sein. Dennoch beschloß der Kaiser, sich die Sache näher anzuschauen, und so machte er sich auf den Weg über die Ebene; er wollte die verrückten Römer in Fleisch und Blut sehen.

Nicht, daß ihm der Anblick unvertraut gewesen wäre: In jungen Jahren hatte er eine seiner ersten Schlachten als Kaiser gegen eben diese Art Männer geschlagen. Über Jahre hinweg hatte er gegen den hinterlistigen Robert Guiscard gekämpft, bis der sture Herzog schließlich den Kampf aufgegeben hatte und nach kurzem Widerstand dem Fleckfieber erlegen war. Nach dem Tod des alten Herzogs hatten seine Söhne begonnen, sich untereinander um die Nachfolge zu streiten, und so hatte sich das Reich auf die Verteidigung seiner Nordgrenzen konzentrieren und sich der neuen, wachsenden Bedrohung im Osten stellen können, die von den Seldschuken ausging.

Nun waren die Römer – wie sie sich selber gerne bezeichneten – wieder zurückgekehrt, und die Tatsache, daß sie hier waren, um Alexios bei der Rückeroberung des Heiligen Landes zu helfen, freute ihn bei weitem nicht so sehr, wie man hätte erwarten können. In Robert Guiscard hatte er das wahre Gesicht des Westens gesehen, und er hatte guten Grund, dieses Gesicht zu hassen und zu verachten. Zum Wohle des Reiches jedoch durfte er nicht zulassen, daß diese Gefühle seine Verhandlungen mit den Anführern der Pilger beeinträchtigten. Er würde sie empfangen; er würde sie sogar willkommen heißen, doch er würde ihnen nicht glauben, und niemals, *niemals*, würde er ihnen vertrauen.

Als Alexios sich der ersten Reihe von Zelten näherte, bemerkte er eine beachtliche Zahl von Kaufleuten, die den Pilgern ihre Waren feilboten – alles von wertvollem Schmuck über Seidenstoffe, für die die Weber von Byzanz berühmt waren, bis hin zu Kohlsuppe, gekochten Eiern und Brot. Beim Näherkommen bemerkte er einen schrillen Unterton in den Stimmen der Kaufleute, und schon bald erkannte er, daß die Geschäfte offensichtlich nicht so liefen wie gewohnt. Als ihm mehrere Händler entgegenkamen, die mürrisch ihre noch immer mit Waren vollbeladenen Karren vor sich her schoben, grüßte Alexios einen von ihnen und fragte ihn, was denn los sei.

»Argh!« Der Kaufmann rollte mit den Augen. »Beim Licht des Himmels, diese Römer sind schlimmer als die Barbaren! Sie wollen alles, nur nicht zahlen. Man kann nicht mit ihnen reden. Ich bin fertig hier.«

Bevor der Kaiser etwas darauf erwidern konnte, verlangte der Mann zu wissen: »Halten sie uns etwa für Trottel, die ihre Waren verschenken? Seht Euch doch nur mal diese Melonen an!« Er nahm eine reife Frucht von dem ordentlichen Stapel auf seinem Karren. »Habt Ihr schon jemals so schöne Melonen gesehen? Und diese Aprikosen! Hier, versucht eine. Habt Ihr schon einmal solche Aprikosen gegessen?«

Nein, bestätigte der Kaiser dem Mann, er habe wirklich noch nie solch wunderbare Aprikosen gegessen.

»Natürlich nicht!« schrie der Händler. »Ich baue sie selbst an! Das sind Früchte, die der Tafel des Basileus höchstpersönlich würdig sind! Und was tun die da? Sie rümpfen ihre Nasen über mich!«

Der Mann nahm seinen Karren auf und machte sich wieder auf den Weg. »Theotikis ist mit denen fertig! Sollen sie sich meiner nur erinnern, wenn sie verhungern! Argh!«

Andere Händler brachten ähnliche Beschwerden vor: Die Römer besaßen Gold genug, doch sie weigerten sich, es auszugeben. Sie schienen zu glauben, daß ihnen außer dem Getreide und dem Wasser, mit dem der Kaiser sie versorgte, auch alles andere kostenlos zustand. Für die Kaufleute war das schon schlimm genug, doch noch schlimmer war die unerklärliche Verachtung der Römer gegenüber den Griechen. Die Beschimpfungen aus den Mündern der Gäste machten den Kaiser zunächst verlegen, dann verwunderten sie ihn. Bis zum letzten Mann schienen die lateinischen Ritter für ihre byzantinischen Brüder nichts als Verachtung übrig zu haben; sie schmähten und verfluchten sie im selben Atemzug, da sie nach ihren Waren verlangten.

»He, Schweinchen! Hier rüber!« riefen sie und grunzten. »Hierher, Schweinchen! Nennst du das etwa Brot, du Schwein! Dafür gebe ich dir noch nicht mal einen Scheißhaufen.«

Oder: »Was denn? Glaubst du etwa, ich rühre den Stoff noch an, nachdem du ihn mit deinen dreckigen Händen betatscht hast? Weg damit, du scheißefressender Köter!«

Diese Litanei von Beschimpfungen wurde stets wiederholt, wann immer mehrere Händler beisammen standen. Und wenn dieses Verhalten den Kaufleuten schon Sorgen bereitete, so empfand Alexios es sogar als ausgesprochen alarmierend. Vor ihm hatte eine riesige Armee ihr Lager aufgeschlagen, deren Kämpfer den gemeinsamen Glauben mit den Bürgern des Reiches nicht anerkannten und die sich zudem als ihren östlichen Brüdern überlegen betrachteten, so daß sie es nicht einmal für nötig hielten, die simplen Regeln des Anstands zu beachten.

Was der Obstverkäufer gesagt hatte, entsprach der Wahrheit: Diese Römer waren schlimmer als die Barbaren. Einen unwissenden Barbaren gelüstete es nur nach so viel, wie er mit eigenen Händen fortschleppen konnte. Diese Männer jedoch wollten die Welt – und wie es den Anschein hatte, glaubten sie bereits, sie zu besitzen. Alexios beschloß, daß ihnen diese Vorstellung so bald wie möglich ausgetrieben werden mußte. Ja, aber er mußte sie still und heimlich besiegen, ohne es zu offenen Auseinandersetzungen kommen zu lassen.

Alexios schlenderte am Rand des Lagers entlang und beobachtete die Ritter und Fußsoldaten. Beinahe ohne Ausnahme handelte es sich um ungewöhnlich große Männer: Sie besaßen breite Schultern, mächtige Bäuche und Hüften und starke Hände und Muskeln. Ihre Bewegungen waren kraftvoll und entschlossen, wenn auch ein wenig schwerfällig und nicht geschmeidig, wie man es von guten Kämpfern erwartet hätte. Ihre Haut war blaß, beinahe ohne jegliche Farbe, und besaß die Textur und Farbe von rohem Teig. Alexios gefiel die Vorstellung, daß selbst die leichteste Berührung dauerhafte Spuren in dem weichen Fleisch hinterlassen würde.

Die Gesichter der Römer waren breit mit dicken Lippen und großen Nasen; die Augen standen weit auseinander und wirkten unnatürlich klein unter den dichten Augenbrauen. Alexios konnte sich nicht vorstellen, wie irgendeine Frau einen solchen pferdegesichtigen Mann anziehend finden konnte. Doch am Schlimmsten von allem war ihr Haar: Sie trugen es lang! Wie Frauen! Und wie das Haar junger Frauen, so fiel auch den Römern das offene Haar in Locken bis weit über die Schultern; seltsamerweise waren sie aber bis auf den einen oder anderen Schnurrbart glattrasiert. Die Kombination aus langem Haar und glattem Kinn wirkte merkwürdig auf das byzantinische Auge; Alexios erschien die Mischung sogar ein wenig obszön – als hätten die Fremden verrückterweise darauf bestanden, das zu bedecken, was enthüllt werden mußte, und umgekehrt.

Die Kleidung der Kreuzfahrer war grob und schwer und dunkel

gefärbt. Die meisten trugen einen Umhang über einer knielangen Tunika, die an der Hüfte von einem breiten Ledergürtel gehalten wurde, in den sie ihre Messer steckten. Alexios bemerkte allerdings, daß einige wenige auch Umhänge aus teureren Stoffen besaßen, auf die Vierecke und Streifen in unterschiedlichen Farben gestickt waren – Rot und Grün, Gelb und Blau, Schwarz und Weiß. Aber egal ob Umhang, Tunika oder Hose, sämtliche Kleidungsstücke der Fremden waren für ein weit wechselhafteres Klima bestimmt als das, wohin sie ihre Reise geführt hatte – ganz zu schweigen von dem, das in den Ländern herrschte, die sie mit Gottes Hilfe erreichen wollten.

Ihre Füße steckten in schweren Lederstiefeln oder Schuhen im alten römischen Stil mit harten Sohlen und dicken Schnürbändern, die fast bis zum Knie hinaufreichten. Zumindest darin zeigten sie ein wenig Weisheit: Der Boden des Heiligen Landes war hart und trocken, mehr Stein als Erde, und ein Soldat, der nicht gehen oder laufen konnte, konnte auch nicht kämpfen. Zu viele gute Männer waren schon gestorben, weil ihr Schuhwerk den Marsch nicht ausgehalten hatte, geschweige denn die Schlacht, sinnierte Alexios; der Kaiser achtete sehr auf die Fußbekleidung seiner Soldaten.

Das Benehmen der Fremden entsprach genau dem, was Alexios erwartet hatte: hochmütig, unverschämt und unhöflich. Sie staksten voller unerträglichem Stolz durchs Lager, grüßten einander mit flegelhaften Gesten, und ihre Gespräche wurden oft durch lautes, ungezügeltes Lachen unterbrochen. Sie sprachen mit lauter Stimme und benahmen sich barsch – mit einem Wort: Sie waren primitiv. Sie verhielten sich, als seien sie nicht im mindesten zivilisiert und hätten nichts als Stroh im Kopf. Sie waren ungeladene Gäste in einem Land fern ihrer Heimat. Um der Liebe Christi willen, bedeutete ihnen das denn gar nichts?

Mit der Arroganz und dem Ehrgeiz ihrer Anführer hatte man rechnen müssen, aber die beiläufige Brutalität der einfachen Kämpfer war eine unerwartete und böse Überraschung. Alexios sah darin die häßliche Fratze einer bösen Macht – eine Sündhaftigkeit, die ihren Ursprung in einem Herzen aus Haß, Ignoranz und Gier hatte.

Nachdem er genug gesehen hatte, wandte sich der Kaiser ab und eilte in den Palast zurück, um seine Berater zu sich zu rufen und sich auf die bevorstehende Schlacht vorzubereiten. Als er schließlich durch die Geheimtür wieder in den Palast schlüpfte, hatte Alexios bereits seinen ersten Schlag geplant. Es würde den Feind in Form eines Geschenks treffen, hatte er beschlossen – oder besser noch: in Form vieler Geschenke. Je ausgefallener und teurer desto besser.

Der Kaiser ließ seine ungehörigen Besucher neun Tage lang warten; dann sandte er den Kommandanten der Exkubiten mit einer Vorladung hinaus. »Der Kaiser wird euch jetzt empfangen«, informierte Niketas Gottfried und Balduin mit eisiger Stimme. »Macht euch bereit. Morgen früh wird man euch eine Eskorte schicken, die euch zum Palast geleiten wird.«

Am nächsten Tag wurden Gottfried, Herzog von Bouillon, und Balduin von Boulogne, jeder mit einem Gefolge aus Edelleuten, in den großen Empfangssaal des Blachernenpalastes geführt. Die beiden Fürsten und ihr Gefolge schritten mit vor Staunen weit aufgerissenen Augen durch die Pracht des Palastes. Polierte, blaßgrüne Marmorböden erstreckten sich unter einer mit Gold verzierten Decke, die auf einem Wald aus grazilen Marmorpfeilern ruhte, die so rein und weiß waren, daß sie mit dem Licht des Mondes zu strahlen schienen.

Geführt vom Magister Officiorum, der würdevoll seinen elfenbeinernen Amtsstab in die Höhe hielt, passierten die Römer zwei riesige Tore aus poliertem Kupfer, die sich geräuschlos öffneten, um den Weg in einen Raum freizugeben, welcher alles an Pracht übertraf, was sie bisher gesehen hatten. Seltener blauer und grüner Marmor, der unter enormem Kostenaufwand aus den entlegensten Winkeln des Reiches herbeigeschafft worden war, zierte Wände und Boden und schimmerte im Licht Hunderter parfümierter Kerzen, die in goldenen Leuchtern überall im Raum verteilt waren.

Vor ihnen auf einer Empore aus Porphyr, gekleidet in seine purpurfarbenen Staatsgewänder, die goldene, mit Rubinen und Perlen verzierte Krone auf dem Haupt, saß Basileus Alexios Komnenos, Auserwählter des Himmels, Herrscher der gesamten Christenheit, Gottes Stellvertreter auf Erden und Nachfolger der Apostel. Wenn ihr erster Blick auf den mächtigsten lebenden Mann die Herren des Westens nicht beeindruckt hatte, so erregte sie der Anblick des Thrones aus purem Gold bis tief in ihre Seelen hinein. Auch bemerkten sie die beeindruckende Präsenz der in drei Reihen angetretenen warägischen Leibgarde des Kaisers, die mit Äxten und silbernen Schilden ausgestattet war und deren Helme mit Lapislazuli und deren Harnische mit Gold besetzt waren.

Gottfried und Balduin waren erstaunt, erregt, fasziniert und erfreut über alles, was sie sahen. Auch wenn sie dem Mann mit Gleichgültigkeit begegneten, so konnten sie doch weder seinen Reichtum ignorieren noch die Macht, die ihm zur Verfügung stand. Um es kurz zu machen: Beide stellten sich unabhängig voneinander vor, wie sie selbst in marmornen Palästen auf goldenen Thronen sitzend Hof hielten und sieben Fuß große Krieger in die Schlacht führten, deren Rüstungen allesamt mit kostbaren Edelsteinen verziert waren. Dies alles erschien ihnen dermaßen verlockend und angemessen für Männer von ihrem Rang, daß die Brüder keinen Grund sahen, warum sie einen solch erhabenen Status nicht eher früher als später erlangen sollten. Auch wenn sie jetzt vielleicht nur Besucher in einem Land von unermeßlichem Reichtum waren, so waren sie doch von königlichem Geblüt, und somit stand ihnen das gleiche zu wie allen Königen. Sie brauchten es sich nur zu nehmen.

Der Magister führte die Gruppe zum Thron, wo er dreimal den Stab auf den Boden stieß und verkündete: »Ich bringe vor Eure Majestät Eure ergebenen Diener Gottfried von Bouillon und Balduin von Boulogne und ihre Vasallen.«

Dann warf er sich zu Boden und bedeutete den verwirrten Edelleuten, sie sollten es ihm gleichtun. Alexios ließ sie einen langen Augenblick lang auf dem Boden liegen, bevor er die Hand hob und erklärte: »Ihr dürft Euch erheben.«

Die Fürsten gehorchten und blickten in kluge dunkle Augen in einem kühlen, berechnenden Gesicht. Gottfried, der ältere der beiden Brüder, sprach als erster. »Mein Herr und Kaiser«, sagte er in seinem besten Latein, »wir grüßen Euch im Namen unseres Herrn Jesus Christus. Möge er Euch segnen. Wir überbringen Euch auch die Grüße Seiner Heiligkeit, Papst Urban, der Euch bittet, Eure Brüder in Christi mit Wohlwollen aufzunehmen.«

»Wir nehmen Euren Gruß entgegen«, erwiderte Alexios, »und Wir sind bereit, Euch und allen unter Eurem Befehl Unsere Freundschaft anzubieten. Sicherlich habt Ihr bereits die Geschenke erhalten, die Wir Euch als Zeichen Unserer Freundschaft haben zukommen lassen, und jene, die Unserem Thron die Treue schwören, erwarten noch mehr.«

»Wir haben sie in der Tat erhalten, mein Herr und Kaiser«, antwortete Gottfried. »Unser Dank ist so grenzenlos wie Eure Großzügigkeit.«

Alexios neigte königlich den Kopf zur Seite. »Wir nehmen ebenfalls an, daß Ihr auch den Proviant erhalten habt, den Wir Euch für Eure Truppen geschickt haben.«

»Wir stehen in Eurer Schuld, mein Herr und Kaiser«, erwiderte der Herzog.

»Diese Schuld läßt sich leicht begleichen«, erklärte ihm der Kaiser. »Wir erwarten nur eines als Gegenleistung.«

»Mein Herr und Kaiser braucht uns nur seinen Wunsch zu nennen«, sagte Gottfried, »und wir werden ihn so schnell wie möglich in die Tat umsetzen.«

»Das freut Uns zu hören.« Der Kaiser hob die Hand, und ein schwarzgewandeter Beamter trat vor. Der Mann trug eine rote Haube so flach wie eine Maurerkelle und stellte sich neben den Thron. Nachdem er sich tief verbeugt hatte, reichte der Logothet dem Kaiser ein Pergament. Der Kaiser nahm das Dokument entgegen, entfaltete es und begann zu lesen.

Die beiden edlen Brüder hörten zu und wurden zunehmend nervös, denn das Dokument enthielt Verhaltensregeln, an die sie sich halten sollten, solange sie Gäste des Reiches waren. Als Alexios zu dem Treueid kam, den sie zu schwören hätten und durch den sie die Oberherrschaft des Kaisers über alle Herren des Westens anerkennen sollten, waren sie entsetzt.

»Mein Herr und Kaiser«, flehte Gottfried. »Es ist uns sehr unangenehm; aber wir haben bereits Kaiser Heinrich IV. den Treueid geleistet. Wir können unmöglich zwei Herren die Treue schwören. Daher muß ich Euch leider bitten, uns die Erfüllung dieser Bedingung zu erlassen.«

»Aber Wir werden sie Euch nicht erlassen, Gottfried von Bouillon«, erwiderte Alexios in ruhigem, doch mißbilligendem Tonfall. »So wie es nur einen Gott gibt, so gibt es auch nur ein Heiliges Römisches Reich, und Konstantinopel ist seine Hauptstadt. Es gibt nur einen höchsten Herrscher, jenen Herrscher, den Ihr vor Euch auf dem Thron seht; es gibt keinen zweiten. Es kümmert Uns nicht, was die Herren des Westens in ihren eigenen Ländern tun und lassen, aber wenn sie in die Hauptstadt des Reiches kommen, dann werden sie dem Herrn die Treue schwören, der sie mit Speis und Trank versorgt.«

Den Römern verschlug es die Sprache. Keiner von ihnen hatte ein solch ungebührliches Willkommen erwartet. Unter unsäglichen Strapazen waren sie neun Monate lang marschiert, um dem angeschlagenen Reich zur Hilfe zu eilen – und das nur, um als Dank für ihre edle Gesinnung einen Schlag ins Gesicht zu bekommen, und noch dazu aufgrund solch einer lächerlichen Kleinigkeit! Erwartete der Kaiser tatsächlich, daß sie dieses verabscheuungswürdige Dokument unterzeichneten?

»Kaiser Alexios«, sagte Gottfried schließlich ein wenig unsicher »wir können Eurer Aufforderung unmöglich nachkommen.«

»Weigert Ihr Euch etwa?« fragte der Kaiser.

»Nein, nein«, beeilte sich Gottfried zu antworten, »aber es ist uns einfach nicht möglich, dieses Dokument zu unterzeichnen.«

Nun fand auch Balduin seine Stimme wieder und fügte hinzu: »Unser Wort ist unsere Ehre, mein Herr und Kaiser, und dieses Wort ist gut genug für jeden Mann.«

Alexios sträubten sich die Nackenhaare. »Ehre? Wir werden nicht zulassen, daß dieses große Wort in Unserer Gegenwart in den Schmutz gezogen wird. Wir haben genug von Eurer Ehre gesehen, um zu wissen, daß Euer Wort, welches Ihr nur allzu leicht gebt, ebenso leicht wieder gebrochen wird, wenn es Euch paßt. Um es kurz zu machen: Wir glauben, daß es nichts gibt, was Ihr, sofern es nicht beschworen wurde, nicht sofort wieder vergessen würdet, wenn die Waagschale des Schicksals sich in eine andere Richtung neigt.«

Der Kaiser funkelte die beiden verwirrten Edelleute vor ihm wütend an und erklärte: »Wahrlich, Wir sagen Euch, Wir werden Eure Unterschriften auf diesem Pergament bekommen, oder Ihr werdet Jerusalem nie erreichen.«

Die beiden Brüder blickten einander hoffnungslos an, doch sie gaben nicht nach. Alexios beschloß, ihnen Zeit zu geben, die Entscheidung zu überdenken. »Geht jetzt«, sagte er müde. »Kehrt in Euer Lager zurück, und beratet Euch mit Euren Getreuen. Wir erwarten in zwei Tagen eine Antwort von Euch.«

Nach diesen Worten wurden die Herren Gottfried und Balduin aus dem Thronsaal geführt. Sie bewegten sich wie Verdammte, denn mit einem Mal schienen all die Reichtümer unendlich weit entfernt, von denen sie geträumt hatten. Niedergeschlagen und verwirrt wurden sie alsbald aus dem Palast geworfen und fanden sich in dem stinkenden Lager wieder, wo sie verzweifelt über den unerklärlichen Verrat der verschlagenen Griechen sinnierten.

So begann ein Krieg der Willenskraft, der über mehrere Wochen andauern sollte. Nachdem es die Pilger wiederholt abgelehnt hatten, den Treueid zu unterzeichnen, stellte der Kaiser schließlich die Nahrungsmittellieferungen ein. Von Zeit zu Zeit sandte der Kaiser Hugo von Vermandois als seinen persönlichen Abgesandten ins Lager der Kreuzfahrer, um die Herren des Westens davon zu überzeugen, das Dokument zu unterzeichnen, auf daß ihre Truppen endlich das Brot und den Wein genießen könnten, die in der Stadt auf sie warteten. Jedesmal lehnten sie den Eid ab, während sie verbittert beobachteten, wie ihre eigenen Vorräte nach und nach dahinschwanden.

Das erste Warnsignal, daß es an der Zeit war, die sturen Fürsten zur Aufgabe zu zwingen, erhielt Alexios, als eine Warägertruppe zurückkehrte, deren Aufgabe es gewesen war, verstreute Pilger zusammenzusuchen und vor die Hauptstadt zu bringen. Der Kommandant der Einheit suchte sofort den Drungarios auf und übergab ihm einen Brief vom Neffen des Kaisers, Johannes, dem Exarchen von Dyrrachion. Dalassenos dankte dem Mann und eilte zum Kaiser, den er mit seiner Familie ins Gebet vertieft in der Palastkapelle fand.

Leise betrat Dalassenos die Kapelle, ging zum Altar, kniete sich hinter seine Verwandten und wartete auf das Ende der Messe. Nachdem der Erzbischof die Liturgie beendet hatte, erhob sich die kaiserliche Familie und drehte sich um, um zu sehen, wer sich da zu ihnen gesellt hatte. »Dalassenos!« rief die Kaiserin. Irene, eine große und elegante Frau, lächelte gnädig und streckte ihrem Lieblingshöfling die Hand entgegen. »In den vergangenen Tagen haben wir dich nur selten gesehen. Ich hoffe, du wirst mit uns die Ostermesse feiern – und natürlich auch am anschließenden Festmahl teilnehmen.«

»Es wäre mir eine Freude, Basilissa«, erklärte Dalassenos und küßte die ihm angebotene Hand.

»Wenn du uns jetzt bitte entschuldigen würdest«, sagte Alexios. »Ich glaube, Dalassenos ist aus gutem Grund hierhergekommen.«

»All diese endlosen Besprechungen«, schimpfte Irene. »Wird das jemals enden? Kommt, Kinder«, sagte sie und sammelte ihren Nachwuchs ein, »eure Lehrer warten auf euch.«

Alexios verabschiedete sich von seiner Frau und seinen Kindern und wandte sich dann an Dalassenos. »Die Waräger sind zurückgekehrt. Ihr Patrikios hat das für Euch gebracht«, berichtete der Drungarios und reichte dem Kaiser den Brief.

Alexios brach das Siegel, entfaltete das Pergament und überflog den Inhalt. Dalassenos bemerkte eine Änderung im Gesichtsausdruck seines Verwandten und fragte: »Schlechte Nachrichten, Basileus?«

»Mindestens zwei weitere Kreuzfahrerheere haben unsere Grenzen überschritten. Sie befinden sich in eben diesem Augenblick auf dem Weg zur Hauptstadt«, antwortete Alexios. Er runzelte die Stirn und fügte hinzu: »Es scheint, als stünde eines dieser Heere unter dem Befehl unseres alten Feindes Bohemund von Tarent.«

»Der!« knurrte der Drungarios. »Ich dachte, wir hätten Guiscards mißratenen Sohn zum letztenmal gesehen.«

»Das habe ich auch gedacht, Vetter«, gestand der Kaiser.

»Und die andere Armee?« fragte der Drungarios.

»Sie steht unter dem Befehl eines Mannes mit Namen Raimund, Graf von Toulouse. An den Iden des März sind sie in Dyrrhachion gelandet, und Johannes hat sie rasch weitergeschickt. Sie können jeden Augenblick hier eintreffen.«

Dalassenos kämpfte gegen seinen wachsenden Zorn an. »Ich

werde das Thema der Petschenegen die Straßen bewachen lassen und ihnen befehlen, uns sofort Nachricht zukommen zu lassen, sobald sie die beiden Armeen entdecken. Das sollte uns genug Zeit geben, um...«

»Ich habe eine bessere Idee«, unterbrach ihn Alexios. »Befiehl ihnen, den Grafen und seine Männer augenblicklich in die Hauptstadt zu eskortieren. Ich will nicht, daß diese mörderischen Pilger noch weitere Städte plündern.«

»Es wird nach Eurem Willen geschehen, Basileus«, erwiderte der junge Offizier. »Nennt der Exarch eine Zahl, mit wie vielen wir rechnen müssen, und...?«

Bevor er weitersprechen konnte, erschien der Kommandant der Exkubiten in der Tür. Niketas hüstelte höflich, und als Alexios ihn zu sich winkte, sagte er: »Verzeiht mein Eindringen, Basileus, aber ich glaube, wir haben ein Problem. In einem der Märkte vor den Stadtmauern sind Unruhen ausgebrochen. Die Scholien haben sich der Situation angenommen, aber ich dachte, Ihr solltet es wissen. Außerdem scheint es, als würden die Römer ihr Lager näher ans Goldene Horn verlegen. Sie könnten sich auf einen Angriff auf die Stadt vorbereiten.«

Die Sorgenfalten auf der Stirn des Kaisers vertieften sich; er rieb sich mit der Hand übers Gesicht.

»Was haben sie nur vor?« fragte Dalassenos niemand besonderen und senkte verzweifelt den Blick.

Alexios atmete tief durch und erklärte Niketas: »Vielleicht geschieht gar nichts. Trotzdem müssen wir auf alles vorbereitet sein. Laß die Bogenschützen antreten, und schick die Waräger auf die Mauern.« An Dalassenos gewandt sagte er: »Ruf die Unsterblichen zusammen.«

»Wünscht Ihr, die Pilger anzugreifen, Basileus?« fragte Niketas.

»Nein«, entschied der Kaiser. »Jedenfalls noch nicht. Wenn sie auf die Tore vorrücken, befiehl den Bogenschützen über ihre Köpfe hinwegzuschießen. Geht jetzt. Beide. Wir werden uns auf der Mauer treffen.«

Der Kaiser erhob sich, verließ die Kapelle und eilte in seine Gemächer, wo er Gerontios befahl, er solle die Waffenträger rufen. »Wir werden diese streitsüchtigen Herren lehren, daß es ein Fehler ist, Krieg mit ihrem Kaiser anzufangen.«

Während seine Diener ihn für die Schlacht einkleideten, befahl Alexios dem Magister, den Logotheten des Symponos herbeizurufen. Kurz darauf erschien keuchend der alte Beamte mit dem Dokument, nach dem der Kaiser verlangt hatte. Alexios nahm ihm das Pergament ab, schnallte sich das Schwert um und machte sich eiligen Schrittes auf den Weg zur Mauer. Auf den Stufen zum Wehrgang kam ihm Niketas entgegen.

»Es gibt elf Tote, Basileus«, berichtete der Kommandant, »und siebenundzwanzig Verwundete.«

»Und unter den Bürgern? Wie viele?«

»Achtzehn, Basileus«, antwortete Niketas. »Drei Kaufleute, sechs Markthändler und ein oder zwei Handwerker; der Rest waren Frauen und Kinder.«

Nachdem er seinen Kommandanten wieder entlassen hatte, stieg der Kaiser die letzten Stufen zur Mauerkrone empor, wo ihn Dalassenos erwartete.

»Die Kämpfe dauern noch immer an, Basileus. Die Römer haben die Märkte geplündert, die ihrem Lager am nächsten lagen«, informierte ihn der Drungarios tōn poimōn. »Sie scheinen sich auf einen Sturm aufs Tor vorzubereiten.«

»Wo sind ihre Befehlshaber?« fragte Alexios und blickte auf die wirbelnde Masse der Bewaffneten hinab, die über die Torbrücke schwärmten. Wie so viele Barbaren vor ihnen, so glaubten auch diese Lateiner, daß sie das Reich zu Fall bringen konnten, indem sie die Tore von Konstantinopel niederrissen.

»Es scheint sich nicht um einen organisierten Angriff zu handeln, Basileus«, antwortete der junge Drungarios. »Tatsächlich scheint die Hauptstreitmacht sich sogar zurückzuziehen.« Er deutete auf den Fluß, an dessen Südufer Kreuzfahrer entlangmarschierten. Jenseits der alten Salzmarschen war auf ganzen Abschnitten kein einziges Römerzelt mehr zu sehen, und noch immer waren an vielen Stellen Männer damit beschäftigt, ihre Behausungen abzubauen. Die Pilgerarmee war auf dem Marsch.

»Sie könnten versuchen, sich in eine bessere Ausgangsposition für eine Belagerung zu bringen«, bemerkte Dalassenos. »Oder vielleicht wollen sie den Fluß überqueren und die Stadt von Osten her angreifen.«

»Von jenseits des Flusses?« Alexios schüttelte den Kopf. »Das ergibt keinen Sinn.«

»Wie dem auch sei«, erwiderte Dalassenos, »wir könnten die Streitmacht vor dem Tor besiegen, bevor die anderen den Angriff auch nur bemerken.«

In diesem Augenblick erschien im Laufschritt ein Stratege. »Die Bogenschützen sind bereit«, meldete er. »Sie erwarten Eure Befehle.«

Der Kaiser wandte sich vom Tor ab und blickte über die Schlägerei hinweg. Ein dichter Rauchschleier hing über dem Markt, wo der Streit seinen Ausgang genommen hatte. Auf dem Markt – oder auf dem, was von ihm übrig war – herrschte vollkommenes Chaos: Die hölzernen Stände der Markthändler waren zerschlagen worden, und die Bruchstücke lagen überall verteilt; zerstörte Waren waren in den Staub getrampelt worden. Hier und da humpelten Verwundete verloren durch die Verwüstung, und zwei oder drei Leichen lagen noch immer zwischen den Trümmern, um die sich bisher niemand gekümmert hatte, obwohl mehrere andere bereits auf Karren verladen worden waren, die man nun eiligst zu einer kleinen Kirche in der Nähe brachte.

»Soll ich den Befehl zum Angriff geben?«

»Laßt ein paarmal über ihre Köpfe hinwegschießen«, befahl Alexios. »Treibt sie vom Tor zurück.« Dann wandte er sich an die Exkubiten hinter ihm. »Wir brauchen ein Pferd, und bringt auch eins für den Drungarios. Gebt Uns Bescheid, wenn die Unsterblichen eingetroffen sind.«

»Basileus?« fragte der Drungarios ein wenig verwirrt. »Die Unsterblichen werden mit Leichtigkeit mit ihnen fertig. Es gibt keinen Grund, warum Ihr Euch persönlich in Gefahr begeben müßtet. Gestattet mir, Euch Bericht zu erstatten, wenn die Römer sich ergeben haben.«

»Nein, Dalassenos, ich will, daß die Römer mich sehen, wie ich meine Truppen in die Schlacht führe, damit sie wissen, wer es ist, der von ihnen den Treueid verlangt. Wir werden sie in ihrem eigenen Lager schlagen, und sie werden den Treueid unterzeichnen«, sagte er und drückte seinem Verwandten das Pergament in die Hand. Dann drehte er sich wieder zum Fluß um und blickte auf die langen Reihen der Kreuzfahrer, die über die Ufer marschierten, und schüttelte verwirrt den Kopf. »Das ist wirklich unangenehm. Ich wüßte nur allzu gerne, was sie vorhaben.«

Wenige Augenblicke später kam die Nachricht, daß die Unsterblichen eingetroffen seien und vor dem Tor warteten. Alexios und Dalassenos stiegen von der Mauer herunter, um sich der Elite des Reiches anzuschließen.

Unten angekommen, nahmen sie ihre Plätze an der Spitze der Truppen ein, und der Kaiser gab noch einige letzte Befehle; dann drehte er sich zur Mauer um, und winkte seinem Strategen, der daraufhin den Bogenschützen befahl, den Kampf zu eröffnen.

»Öffnet die Tore!« befahl Alexios.

Die Torleute setzten die schweren Winden in Gang. Ein lautes Stöhnen ertönte, als die riesigen Torflügel langsam auseinander schwangen.

Begleitet von seinem Drungarios tōn poimōn, einhundert berittenen Unsterblichen und fünfundsiebzig Warägern zu Fuß stürzte sich Alexios in den Kampf. Die Pilger, die von den Bogenschützen vom Tor zurückgetrieben worden waren, standen dicht gedrängt am anderen Ende der Brücke, jenseits des Trockengrabens vor der Mauer. Im selben Augenblick, da das Tor geöffnet wurde, stürmten sie geschlossen vor, doch nur um sofort wieder von den Berittenen zurückgeworfen zu werden.

Als die Pferde über die Brücke herandonnerten, hielten die Kreuzfahrer in ihrem Vormarsch inne. Wütende Kriegsschreie verwandelten sich in Rufe des Entsetzens, als die vordersten Reihen dem Druck von hinten nichts entgegensetzen konnten und erkennen mußten, daß ihnen die Flucht unmöglich war. Die wenigen Glücklichen am äußeren Rand des Mobs sprangen von der Brücke in den Graben, um den kaiserlichen Lanzen zu entkommen. Der Rest wurde niedergeritten, als die Reiter mit voller Wucht in die ungeordnete Masse der Kreuzfahrer hineinstießen.

Verwirrt und verzweifelt flohen die Pilger in Scharen vor dem kaiserlichen Angriff. Obwohl der Kaiser befohlen hatte, daß seine Truppen den Kampf nicht suchen sollten, konnten sie nicht anders, als die Flüchtenden niederzuhauen; denn die Pilger rannten in wilder Flucht hierhin und dorthin. Dennoch starben weit mehr unter den Füßen ihrer in Panik geratenen Kameraden als unter den Hufen und durch die Lanzen der kaiserlichen Reiterei.

Die Reiter schlugen eine breite Schneise durch die sich in alle Himmelsrichtungen verteilenden Kreuzfahrer und rückten rasch auf den Fluß vor und damit auf die offene Flanke des Kreuzfahrerheeres, das am Ufer entlangmarschierte. Als sie näher kamen, stellte sich ihnen eine geschlossene Gruppe von Verteidigern entgegen – vielleicht hundert eilig zusammengerufene Ritter und mehrere hundert Fußsoldaten –, die sich zu einer groben Schlachtreihe zwischen den kaiserlichen Truppen und den eigenen Leuten formierten. Zwar waren sie bereit zum Kampf, doch wirkten sie unentschlossen und unsicher, denn sie warteten darauf, was die Byzantiner als nächstes tun würden.

»Halt!« rief Alexios und zog die Zügel an. Sein Pferd stieg und blieb augenblicklich stehen, nur ungefähr ein Dutzend Schritt von der vordersten Reihe der Ritter entfernt. Augenblicklich eilte die Leibwache an Alexios' Seite, während die Unsterblichen sich zu Doppelreihen an den Flanken formierten, um sich den zögernden Rittern als unüberwindbare Mauer entgegenzustellen.

Alexios blickte am Schaft seiner Lanze entlang und legte dem vordersten Ritter die Spitze an die Kehle. »Ich bin Alexios, Herrscher des Heiligen Römischen Reiches. Verstehst du, was ich sage?« fragte er in einfachem Latein, so daß sein Gegenüber ihn selbst bei beschränkter Bildung nicht mißverstehen konnte.

»Ich verstehe«, erwiderte der aufsässige Ritter. Das Alter des Mannes und die Narbe in seinem Gesicht wiesen ihn als Veteran vieler Schlachten aus. Klugerweise machte er keinerlei Anstalten, nach dem Schwert zu greifen.

»Wer sind deine Herren?« verlangte Alexios zu wissen.

Der Pilger nickte zur Seite und deutete damit an, daß er den Kaiser zu den betreffenden Männern führen wolle. »Geh, und hol sie«, befahl der Kaiser. »Ich werde hier auf sie warten.«

Als er sah, daß die Griechen offenbar nicht an einem Kampf interessiert waren, nickte der Ritter einem seiner Nachbarn zu. Der zweite Ritter gab seinem Pferd die Sporen und ritt eilig davon. Es folgte ein langes, angespanntes Schweigen, während die einander gegenüberstehenden Truppen auf die Ankunft der Kreuzfahrerfürsten warteten und sich gegenseitig zornige Blicke zuwarfen.

Plötzlich entstand Unruhe in den hinteren Reihen der Ritter. Eine Gasse bildete sich zwischen ihnen, und Alexios sah eine Gruppe von Reitern, die sich ihm rasch näherte. Er wartete, bis sie in Reichweite seiner Stimme gekommen waren, dann sagte er: »So! Und jetzt sagt mir, wie die furchteinflößenden Händler sich gegen eure mächtigen Schwerter geschlagen haben. Haben ihre Kinder und Mütter eurem Angriff massiven Widerstand entgegengesetzt? Der Sieg ist euer! Oh, wie der Glanz des Ruhms auf eure edlen Schultern strahlt!«

Herzog Gottfried wirkte ehrlich verwirrt. Dennoch wollte er etwas darauf erwidern, doch Alexios fuhr fort: »Warum vergeltet ihr die Großmütigkeit des Reiches mit Verrat? Noch nicht einmal wilde Hunde beißen die Hand, die sie füttert.«

Alexios funkelte die versammelten Ritter an, die nervös auf ihren Sätteln hin und her rutschten und zu ihren Führern blickten, in der Erwartung, diese würden ihre Ehre gegen den unerklärlichen Zorn des Kaisers verteidigen. »Schande!« brüllte Alexios. »Das Blut der Unschuldigen schreit nach Gerechtigkeit. Wir verlangen von euch, daß ihr aus euren eigenen Taschen den Familien der Erschlagenen eine Entschädigung zahlt.«

»Mein Herr und Kaiser«, verteidigte sich Gottfried, »ich schwöre vor Gott und allen, die hier versammelt sind, das ich nicht weiß, wovon ihr sprecht.«

»Ignoranz steht Euch gut, mein Herr«, erwiderte Alexios in scharfem Tonfall. »Nun denn, ich will Euch erleuchten.« Dann berichtete er dem in Ungnade gefallenen Edelmann von dem Aufruhr und dem Angriff auf den Marktplatz und verlangte zu wissen: »Wo warst du, als deine Männer den Frieden und die Freundschaft zwischen unseren Völkern gebrochen haben?«

»Uns sind die Vorräte ausgegangen«, antwortete der Herzog und versuchte, sich herauszureden. »Die Leute waren hungrig – sie sind am Verhungern. Seit Wochen hatten sie nichts außer altem Brot.«

»Frische Vorräte warten auf deine Männer, wie du sehr wohl weißt«, erinnerte ihn der Kaiser. »Ihr müßt mir nur den Treueid schwören, und ihr bekommt soviel Proviant wie ihr wollt.« Nachdem er seinem Zorn Luft gemacht hatte, wandte sich Alexios dem eigentlichen Grund seines Hierseins zu. »Dieser Tag«, sagte er in versöhnlichem Tonfall, »ist der Tag, den Wir für die Unterzeichnung des Treueids bestimmt haben. Wir warten auf eure Anwort. Wie lautet sie?«

Gottfried blickte auf die kaiserlichen Truppen, die vor ihm aufmarschiert waren, und zögerte. Plötzlich stürmte Balduin von hinten heran. »Diese Forderung ist eine Beleidigung!« schrie er. »Ich sage, wir unterzeichnen nicht!«

Alexios blickte ihn leidenschaftslos an. »Gebt Uns eure Treue, oder gebt Uns euer Leben. Die Wahl liegt bei euch, meine Freunde, aber noch bevor dieser Tag zu Ende geht, werden Wir das eine oder das andere bekommen.«

»Zum Teufel mit deinem Eid!« kreischte Balduin und zog das Schwert. Mehrere der Ritter riefen ihm Mut zu. Überall wurden Schwerter aus den Scheiden gezogen.

»Sei ruhig, Balduin!« brüllte sein Bruder. »Steck dein Schwert weg. Wir werden der Aufforderung des Kaisers nachkommen.« An Alexios gewandt sagte er: »Der Angriff auf den Markt war unüberlegt. Bei meiner Ehre schwöre ich, daß jene, die ihn angeführt haben, bestraft werden.« Sein Blick wanderte unglücklich von Balduin zu einigen der Ritter in den vordersten Linien, die mit einem Mal sehr ruhig geworden waren. »Wir bedauern zutiefst die Zerstörung und die Verluste, und wie Ihr wünscht, werden wir entsprechende Entschädigung leisten.«

»Wir mahnen euch, großzügig zu sein«, sagte Alexios, »denn so wie ihr richtet, sollt auch ihr gerichtet werden.«

»So soll es sein«, erwiderte Gottfried. »Des weiteren stehen wir bereit, den Treueid zu unterzeichnen – wann immer und wo immer Ihr wünscht.«

»So soll es sein«, echote der Kaiser. »Wir wünschen, daß er hier und jetzt unterzeichnet werde.« Er streckte die Hand nach Dalassenos aus, der ihm daraufhin das Pergament gab, welches Alexios entfaltete. »Kommt her«, befahl er den Brüdern; sie stiegen vom Pferd und traten vor ihn.

»Lest es vor«, befahl der Kaiser.

Widerwillig las Gottfried den Eid und versprach, Alexios die Treue zu halten und seine oberste Autorität in allen Fragen anzuerkennen, die das Reich und seine Bewohner betrafen. Des weiteren schwor er, alles ehemalige Eigentum des Reiches – seien es Länder, Städte oder heilige Reliquien –, in deren Besitz die Kreuzfahrer während der Pilgerfahrt gelangen würden, der Obhut des Kaisers zu übergeben.

Nachdem Gottfried den Eid vorgelesen hatte, holte Dalassenos einen Federkiel und ein Faß mit roter Tinte hervor und gab beides dem Herzog.

Mit finstrem Blick tauchte Gottfried den Federkiel ins Tintenfaß und schrieb trotzig seinen Namen. Dann reichte er Dokument und Feder seinem Bruder und sagte: »Setz deinen Namen unter meinen, lieber Bruder, und wir wollen uns daran erinnern, daß wir hierhergekommen sind, um die Ungläubigen zu bekämpfen und nicht unsere Freunde.«

Beim letzten Wort schnaufte Balduin verächtlich, aber er unterschrieb und gab anschließend dem Kaiser das Dokument voller Zorn zurück. Alexios begutachtete die Unterschriften; dann reichte er das Dokument dem Drungarios zur Aufbewahrung.

»Der versprochene Proviant wird euch sofort zukommen«, informierte der Kaiser die beiden Fürsten. »In wenigen Tagen erwarten wir die Ankunft von Fürst Bohemund von Tarent, der ebenfalls den Treueid unterzeichnen wird. Wenn diese Formalität erledigt ist, werden wir uns alle gemeinsam treffen, um die Einzelheiten der Verschiffung eurer Männer, Pferde und Versorgungsgüter über den Bosporus zu besprechen.« Er hielt kurz inne, um den beiden Gelegenheit zu geben, die Bedeutung seiner Worte zu begreifen; dann fuhr er fort: »Da ihr nicht mehr lange in Konstantinopel weilen werdet, wünschen Wir, daß ihr Gelegenheit bekommt, die Schönheit und die Schätze der Stadt zu bewundern. Daher haben Wir angeordnet, daß man euch und eure Männer zu den schönsten Orten führen soll.«

»Ihr seid sehr freundlich, mein Herr und Kaiser«, erwiderte Gottfried und akzeptierte die Einladung als Friedensangebot. »Nichts würde uns mehr gefallen.«

Balduin runzelte die Stirn, doch dieses eine Mal hielt er den Mund.

»Damit ihr in einer solch großen und unbekannten Stadt nicht zu Schaden kommt, werden Wir euch eine Eskorte Unserer eigenen Leibwache als Führer zur Verfügung stellen. So braucht ihr nicht zu befürchten, euch zu verirren.«

»Ihr seid sehr rücksichtsvoll«, sagte Gottfried. »Wir danken Euch und sind begierig darauf, Euren weisen Rat zu hören.«

Der Herzog verneigte sich, woraufhin der Kaiser ihnen Lebewohl wünschte und den Drungarios tōn poimōn, zwei Strategen und fünfzig Waräger abstellte, um die Auszahlung der Entschädigungen zu beaufsichtigen und die Edelleute anschließend durch die Stadt zu führen. Dann kehrte er in den Blachernenpalast zurück, um sich auf die Begegnung mit dem streitsüchtigen Sohn seines alten Feindes vorzubereiten: Bohemund von Tarent.

Die Siedlung in Inbhir Ness war weit größer, als Murdo erwartet hatte, und weit schäbiger. Dicht aneinander gedrängte Hütten mit steilen Rieddächern neigten sich über schmale Gehwege, welche die Stadt in alle Richtungen durchzogen wie das Netz einer Spinne. Rauch von unzähligen Herdfeuern hing über dem Ort, so daß Inbhir Ness selbst bei strahlendstem Sonnenschein düster und wenig verlockend wirkte.

Die Flußmündung selbst war breit genug, doch nur eine Handvoll kleiner Boote und drei oder vier Schiffe lagen an ihren schlammigen Ufern. Abgesehen von dem Kloster auf den Hügeln hoch über der Förde wirkte der Ort alt, heruntergekommen und verlassen, was Murdo überraschte. Selbst im verschlafenen Kirkjuvágr herrschte mehr Geschäftigkeit als hier. Als er diesen Gedanken Peder gegenüber erwähnte, erwiderte der alte Seemann schlicht, er solle abwarten.

Sie fuhren durch einen gewundenen, engen Kanal in eine weitere, kleinere Förde, die bis weit ins Binnenland hineinreichte, und in einen kleinen Hafen, in dem es von Gefährten in allen möglichen Größen nur so wimmelte, daß selbst Peder Mühe hatte, das Boot ans Ufer zu bringen.

»Anlegen!« rief Murdo vom Bug her. »Anlegen!«

»O ja«, antwortete Peder. »Das werden wir auch – wenn ich denn einen geeigneten Platz finde.«

Die Reise war gut verlaufen. Sie hatten einen guten Wind gehabt, und die See war ruhig gewesen. Doch nach drei Tagen und zwei Nächten auf See war Murdo nicht mehr in der Stimmung zu warten; ihm war egal, wo sie anlegten, nur anlegen sollten sie.

»Dort! Siehst du das?« Er deutete auf eine schmale, aber stabil aussehende Mole. »Leg dort an!«

Peder blickte in die angegebene Richtung und runzelte die Stirn, aber er tat, wie ihm geheißen und wendete das Boot. »Hol das Segel ein«, rief er, »und geh an die Riemen. Wir werden das letzte Stück rudern.«

Murdo machte sich sofort an die Arbeit, und kurz darauf glitten sie zwischen den größeren Schiffen hindurch Richtung Land. Das Boot war kaum an die Erdmole gestoßen, als Murdo bereits aufs Trockene sprang. Peder warf ihm das Tau zu, das Murdo an einem für diesen Zweck bereitstehenden Baumstumpf befestigte.

»Renn nur los, Murdo, und sieh zu, daß du Orins Schiff findest«, sagte der alte Seemann und kletterte an Land. »Ich werde beim Boot bleiben.«

Murdo zögerte nicht, sondern rannte am Ufer entlang. Er umrundete die Bucht, musterte die Schiffe und versuchte, sich zu entscheiden, welches davon Herrn Orin gehören könnte. Schließlich erreichte er einen großen Platz, wo Hafen und Siedlung aufeinander trafen. Hierher wurden die Wagen und Karren der Händler bestellt, um ihre Waren abzuliefern, und hier trafen sich die Seeleute zum Reden und Trinken.

Ein Gasthof – der erste, den Murdo je gesehen hatte – erhob sich am Rand des schlammigen Platzes. Es handelte sich um ein niedriges, dunkles, verschachteltes Haus mit einem Berg von Fässern und Krügen vor dem Eingang. Als er den Gasthof erreichte, blieb Murdo stehen und atmete den köstlichen Duft gebratenen Fleisches ein, der aus der weit geöffneten Tür hinauswehte. Bei dem Geruch lief ihm das Wasser im Mund zusammen, und sein ausgehungerter Magen begann laut zu knurren. Während er den Blick noch immer über den Platz schweifen ließ, trat ein Mann mit Lederschürze aus dem Gasthof hinter ihm und griff nach einem der Krüge auf dem Fässerberg, nur wenige Schritte von Murdo entfernt.

»Ich bitte um Verzeihung«, sagte Murdo in seinem freundlichsten Tonfall. Der Mann warf ihm einen kurzen Blick zu und machte sich wieder auf den Weg zurück in den Gasthof. »Ich suche das Schiff von Orin Breitfuß. Könnt Ihr mir sagen, welches das ist?«

Der Mann grunzte, drehte sich aber nicht um. »Bin ich jetzt schon der Hafenmeister?« knurrte er. »Mach, daß du wegkommst!«

Murdo wunderte sich über die unerklärliche Grobheit des Mannes, doch er dachte nicht länger darüber nach, sondern machte sich auf die Suche nach besagtem Hafenmeister. Er setzte seinen Weg um den Platz herum fort, musterte jeden, der an ihm vorüberkam, doch fand er niemanden, der wie der Meister dieses Hafens und seiner Geschäfte aussah.

Insgesamt, schätzte er, befanden sich hundert oder mehr Männer auf dem Platz. Einige hatten sich zu dritt oder zu viert zusammengeschlossen, manche auch in größeren Gruppen, doch die meisten gingen alleine ihren Geschäften nach. Doch ob sie sich nun unterhielten, miteinander tranken oder Gott weiß was machten, sie waren allesamt so mit sich selbst beschäftigt, daß sie Murdo keinerlei Aufmerksamkeit schenkten, der scheinbar untätig über den Platz schlenderte, aber auf jedes Wort hörte, das gesprochen wurde, in der Hoffnung, anhand des Akzents die Nordmänner zu finden.

Als er wieder das Ufer erreichte – das an dieser Stelle mit Holzbohlen gesichert war, damit auch größere Schiffe anlegen konnten –, entdeckte Murdo eine Gruppe von sieben großen Männer, die sich laut unterhielten und Bier aus einem großen Krug tranken. Hinter ihnen waren acht weitere damit beschäftigt, einen kleinen Berg von Kisten und Ballen auf ein schmales Langschiff zu laden. Der Kiel des Schiffes lief in einen hohen Bug und in ein ebenso hohes Heck aus, und der Bug war zu einem Drachenkopf mit roten Augen und leuchtendweißen Zähnen geformt.

Die arbeitenden und trinkenden Männer waren in Leder und Wolle gekleidet, und sie hatten die Haare hinter dem Kopf zusammengebunden. Murdo verlangsamte seinen Schritt, um sie besser hören zu können, und der singende Akzent bestätigte, was er bereits vermutet hatte: Nordmänner, ohne Zweifel.

Er blieb einen Augenblick lang stehen, um sich zu überlegen, wie er sich ihnen am besten nähern sollte, als ihn einer der Männer bemerkte – ein muskulöser, barbrüstiger Seemann mit langem Zopf. »Du da!« knurrte der Mann. »Findest du hier vielleicht irgend etwas komisch?«

Der Akzent des Mannes war so ausgeprägt, daß Murdo die Worte zwar verstand, doch erst einen Augenblick später wurde ihm bewußt, was sie bedeuteten. »Verzeihung?« murmelte er.

»Bist du taub oder was?« fragte ein anderer, und alle drehten sich zu Murdo um.

»Bitte«, sagte Murdo, nahm all seinen Mut zusammen und trat näher. »Ich suche nach dem Schiff von Orin Breitfuß. Könntet ihr mir vielleicht sagen, wo es liegt?«

Die Männer blickten einander an, schienen jedoch nicht antworten zu wollen. Murdo wollte die Frage gerade wiederholen, als hinter ihm eine dröhnende Stimme erscholl. »Wer fragt nach Orin Breitfuß?«

»Ich«, erwiderte Murdo rasch. »Ich selbst.«

Er drehte sich um und sah einen stämmigen, stiernackigen Nordmann mit Armen so dick wie Schinken, die aus einer ärmellosen Tunika aus ungefärbtem Leder ragten. Seine rostfarbenen Hosen bestanden aus Segeltuch; die Beine der Hose hatte er bis zum Rand der hohen Stiefel hochgekrempelt. Die Stiefel wiederum waren aus Schweinsleder genäht, das allerdings kaum bearbeitet worden war, denn man konnte noch immer die Borsten des Tieres erkennen. Eine große Börse hing an einem breiten Gürtel aus dem gleichen Material. Der Bart des Mannes war lang und dunkel, und wie die meisten Seefahrer, so hatte auch er das lange Haar zurückgebunden. Eine breite Silberkette zierte seinen Hals und ein schwerer Goldring den Zeigefinger seiner linken Hand.

Die Augen, die Murdo betrachteten, waren klar und scharf. Gute, gerade Zähne funkelten weiß, als der Neuankömmling zu wissen verlangte: »Was hast du mit Breitfuß zu schaffen?«

Um nicht zuviel zu verraten, antwortete Murdo vorsichtig: »Man sagt, Herr Orin segele nach Jerusalem.«

»O ja, er geht mit dem König auf Pilgerfahrt.« Der Mann musterte Murdo von Kopf bis Fuß und das auf eine Art, als würde er den Wert eines Zugochsen abschätzen und sei mit dem Angebot nicht zufrieden. »Was geht dich das an, Junge?«

Der Mann war offen, entschied Murdo, aber nicht boshaft. »Ich habe ebenfalls geschworen, ins Heilige Land zu ziehen«, verkündete er kühn. »Ich bin gekommen, um ihn um einen Platz auf seinem Schiff zu bitten. Ich kenne mich mit Schiffen aus, und ich kann arbeiten. Außerdem besitze ich auch ein wenig Silber; also könnte ich für die Fahrt auch bezahlen.«

»Was du nicht alles kannst!« erwiderte der Mann, dessen Laune sich ein wenig gebessert zu haben schien.

»Ich wäre Euch wirklich dankbar, wenn Ihr mir sagen könntet, wo ich Herrn Orin finden kann – oder zumindest sein Schiff.«

Der dunkelhaarige Mann richtete sich zu seiner vollen Größe auf, und er war ungewöhnlich groß und seine Schultern breit und kräftig. »Du suchst Herrn Orin? Nun, dann bist du zum richtigen Ort gekommen«, erklärte er, »aber du kommst zu spät. Er ist vor zwei Tagen mit der Morgenflut hinausgesegelt.«

Murdo verließ der Mut. Plötzlich kam ihm alles sinnlos vor. Er dankte dem Mann, drehte sich um und machte sich wieder auf den Weg zurück zur Mole, wo Peder auf ihn wartete.

»Pilger!« rief der Mann ihm hinterher. »Wieviel Silber?«

Murdo drehte sich langsam um. Er war nicht sicher, ob er richtig verstanden hatte. »Was?«

»Du hast doch Silber«, sagte der Nordmann. »Wieviel?«

Unsicher, was er darauf antworten sollte, zögerte Murdo einen Augenblick lang. Der Seemann blickte ihn listig an und wartete auf eine Antwort. »Zehn – zehn Mark.«

»Bah!« sagte der Mann und winkte verächtlich ab. »Geh weg, du Lügner!«

»Nein, wartet!« protestierte Murdo. »Es ist wahr. Ich habe zehn Mark.«

»Laß sie mich sehen«, forderte ihn der Nordmann auf.

Wider besseres Wissen griff Murdo in sein Hemd und zog eine kleine Lederbörse hervor. Er wollte sie gerade öffnen, als der Nordmann sie ihm aus der Hand riß. »Laßt das!« schrie Murdo. »Gebt sie sofort wieder zurück!«

»Wenn wirklich zehn Mark da drin sind«, sagte der Seemann, »dann hast du nichts zu befürchten. Sind es aber mehr oder weniger, dann werde ich das Geld behalten und dir Lügner die Zunge herausschneiden.«

Innerlich vor Zorn kochend beobachtete Murdo, wie der Mann die Börse öffnete und den Inhalt in die Hand schüttete; dann zählte er die Münzen Stück für Stück in die Börse zurück.

»Zehn Mark«, bestätigte der Nordmann.

»Ich bin kein Lügner«, erklärte Murdo. »Und jetzt, gebt sie mir zurück.«

»Ich dachte, du wolltest nach Jerusalem«, sagte der Seemann, warf die Börse in die Höhe und fing sie wieder auf. »Zehn Mark genügen für die Fahrt.«

Wütend darüber, daß man ihn beraubt hatte, und angewidert von der Frechheit des Diebes erhob Murdo laut Protest.

»Bleib oder geh. Es ist deine Entscheidung, aber du mußt sie rasch treffen«, sagte der Nordmann. »Die *Skidbladnir* ist abfahrbereit, und die Gezeiten wechseln bald.«

Murdo betrachtete das Schiff: Es war ein gutes Schiff von der Art, wofür die Nordmänner berühmt waren – schlank und niedrig, leicht zu steuern und schnell; dreißig Krieger konnten darauf unterkommen. Von seinem Standpunkt aus konnte Murdo erkennen, daß viele Ruderbänke entfernt worden waren, um zusätzliche Ladung und eine mit Stoff überdachte Plattform hinter dem Mast unterbringen zu können.

Murdo traf eine Entscheidung. »Ich werde mit Euch gehen«, antwortete er. »Aber ich werde Euch nur fünf Mark geben.«

»Unmöglich«, erwiderte der Seemann. »Sieben, oder du bleibst hier.«

»Sechs«, konterte Murdo selbstbewußt.

Der Nordmann zögerte einen Augenblick lang und wog die Börse in seiner Hand.

»Die Flut zieht sich zurück, und Ihr legt ab«, erklärte Murdo. »Das ist das letzte Silber, das Ihr bis Jerusalem sehen werdet.«

»Du bist doch nicht so dumm, wie ich geglaubt habe«, sagte der Seemann und streckte die Hand aus. »Sechs Mark.«

Murdo ergriff die angebotene Hand. »Drei Mark jetzt und drei, wenn wir Jerusalem erreichen.«

»Abgemacht!« bestätigte der Nordmann. Er zählte drei Mark ab und warf die Börse zu Murdo zurück.

»Ich muß noch meine Sachen holen«, sagte Murdo. Rasch ließ er die Börse wieder im Hemd verschwinden und machte sich auf den Weg das Ufer hinunter.

»Einen Augenblick noch!« rief ihn der Seemann zurück. »Du wirst auf meinem Schiff segeln, und deshalb müssen wir vorher einiges klarstellen.«

»Also gut«, stimmte Murdo zu.

»Hör mir gut zu: Ich bin König Magnus' Mann, und ich werde

mich seiner Flotte anschließen, sobald wir den Hafen verlassen haben. Wenn du mir Ärger bereitest, wird es mir ein Vergnügen sein, dich von oben bis unten aufzuschlitzen«, erklärte der Seemann und klopfte auf das Heft des Messers in seinem Gürtel. »Halt dich von allem Ärger fern, und du wirst in mir einen äußerst angenehmen Gefährten finden.« Dann verschränkte er die Arme vor der Brust und fuhr fort: »Das ist es, was ich dir verspreche. Was versprichst du mir?«

»Ihr werdet niemals Grund haben, die Stimme gegen mich zu erheben, geschweige denn Eure Klinge«, erklärte Murdo ernst. »Ich werde Euch keinerlei Schwierigkeiten bereiten, und ich werde tun, was Ihr mir sagt. Das verspreche ich Euch.«

»Du bist schon in Ordnung, Junge!« Plötzlich grinste der riesige Mann, und Murdo fiel auf, daß dem Nordmann ein Schneidezahn fehlte und daß eine dünne, fast unsichtbare Narbe Lippen und Kinn durchschnitt, was seinem Lächeln einen seltsamen, doch freundlichen Ausdruck verlieh. Murdo erwiderte das Lächeln, und zum erstenmal seit vielen Tagen fühlte er sich wieder ein wenig besser.

»Ich bin Jon Reißzahn«, stellte sich der große Seemann vor und schlug Murdo mit einer riesigen Hand auf den Rücken, »und ich werde über dich wachen wie Odins Wolf.«

»Auch wenn Ihr mich Tag und Nacht beobachtet, werdet Ihr nichts finden, was Ihr nicht erwarten würdet«, erwiderte Murdo. »Ich beabsichtige, mich nützlich zu machen.«

»Dann fang gleich damit an«, sagte Jon Reißzahn, drehte sich zu den Männern am Ufer um und bellte Befehle. Dann wandte er sich wieder an Murdo und forderte ihn auf: »Nun, sieh zu, daß du fertig wirst, Junge! Die Flut zieht sich zurück, und wir fahren mit ihr.«

Murdo rannte am Ufer entlang zu Peder, der auf dem Baumstumpf saß und ein Tau flocht. Er grüßte den alten Seemann und erklärte eilig: »Der König ist bereits abgesegelt, aber einer seiner Männer liegt noch immer im Hafen. Das Schiff heißt *Skidbladnir*, und der Kapitän hat zugestimmt, mich mitzunehmen.«

Peder nickte. »Das ist ein guter Name für ein Schiff. Wann segelt ihr?«

»Mit der Flut«, antwortete Murdo.

»Dann heißt es jetzt wohl Lebewohl«, erwiderte Peder und stand auf. Er kletterte die Mole hinunter, stieg ins Boot und holte das Bündel, das Murdo zurückgelassen hatte. »Hier«, sagte er und reichte Murdo das Bündel hoch. »Ich werde auch mit der Flut hinausfahren. Stoßt mich ab, Herr Murdo, dann bin ich weg.«

Murdo löste das Tau vom Stumpf, rollte es rasch zusammen und warf es ins Boot. Dann stieg er die Mole hinunter und drückte mit der Schulter gegen den Bug, während Peder sich an die Riemen setzte. Murdo rief ein letztes Lebewohl und schaute dem alten Seemann zu, wie dieser das Boot mit kräftigen Ruderschlägen in Fahrt brachte und wendete.

»Sag meiner Mutter, daß die Reise gut begonnen hat!« rief ihm Murdo hinterher. »Paß gut auf sie auf, Peder! Sieh zu, daß sie sich nicht zuviel zumutet!«

»O ja!« versprach der alte Seemann. »Keine Angst! Achte du nur auf dich selbst, mein Junge!«

»Das werde ich!« antwortete Murdo. Er wollte den Blick nicht von Peder und dem Boot abwenden, bis beide außer Sichtweite waren.

Ein lauter, schriller Pfiff aus der Richtung von Jon Reißzahns Schiff zwang ihn jedoch, sich von dem Anblick loszureißen, und so nahm er sein Bündel und rannte zu der wartenden *Skidbladnir*. Vier Ruderer saßen in dem Langboot an langen Riemen und stießen vom Ufer ab, noch während Murdo über die Reling kletterte.

Er nahm seinen Platz auf der Ruderbank ein und löste einen der Ruderer ab. Rasch verfiel er in einen gleichmäßigen Rhythmus und beobachtete, wie Inbhir Ness langsam kleiner wurde, während das Schiff in die Flußmündung hinausglitt.

Einige Zeit später sah Murdo Peder erneut, als das Schiff das tiefere Wasser der Förde erreichte. Murdo rief über das Wasser, und er und der alte Seemann tauschten ein letztes Lebewohl aus, als das größere das kleinere Schiff überholte. Kurz darauf wendete die *Skidbladnir* und segelte Richtung Osten die Küste entlang, während das Orkney-Boot einen nördlichen Kurs einschlug. Ein gelbbraunes Segel am Horizont war das letzte, was Murdo von dem kleinen Boot und seinem einsamen Insassen sah. Dann drehte er sich zu dem drachenförmigen Bug um und blickte aufs Meer hinaus, das ihn in unbekannte Länder tragen würde – der erste neue Anblick von vielen, die ihn in den nächsten Tagen erwarteten.

Bohemund, hoch zu Roß auf seinem prächtigen graubraunen Hengst, hob die Hand und deutete auf das riesige Lager und die mächtigen Mauern, die darüber aufragten. »Schau, Tankred! So erscheint die Stadt auch in meiner Erinnerung.« Hinter den Mauern waren drei der sieben berühmten Hügel von Konstantinopel zu sehen, auf denen weiße Paläste im Licht der Mittagssonne funkelten. »Genau wie beim letztenmal, als ich sie gesehen habe.«

Tankred zügelte seine braune Stute und blickte auf die jubelnden Männer, die freudestrahlend auf die imposanten Mauern von Konstantinopel zueilten. »Wenn ich mich recht entsinne, war die Belagerung deines Vaters nicht von Erfolg gekrönt«, erwiderte er trocken und mit lauter Stimme, um die Jubelrufe der Soldaten zu übertönen.

»Leider, nein. Er ist mit den elenden Venetianern in Streit geraten, die glauben, ihnen würde das Meer gehören. Zwar hat er sie in die Flucht geschlagen, doch das hat ihn seine halbe Flotte gekostet. Konstantinopel hat er dann im Frühling erreicht.« Bohemund hielt inne und dachte an die alten Zeiten zurück.

»Am Ende ist er dem Fieber erlegen, stimmt das?«

Bohemund nickte, ohne den Blick von den schimmernden Hügeln abzuwenden. »Im Lager ist das Fleckfieber ausgebrochen. Ich bin auch krank geworden und nach Hause zurückgekehrt, um mich zu erholen. Am Ende war der Herzog gezwungen, die Belagerung abzubrechen. Er ist kurz darauf gestorben.«

»Eine Schande«, bemerkte Tankred. »Besonders, da es so viel zu gewinnen gab.«

»Ja«, stimmte ihm Bohemund zu, »und jetzt bin ich zurückgekehrt, um mir zu holen, was er sich nicht holen konnte. Komm, laß uns sehen, was dieser Kaiser Alexios für ein Mann ist.«

Gottfried und Balduin ritten den Neuankömmlingen entgegen, um sie zu begrüßen und führten sie zu den Zelten, wo man ein kleines Festmahl vorbereitet und drei Fässer Wein angeschlagen hatte, damit die Reisenden den Staub der byzantinischen Hügel aus den Kehlen spülen konnten. Die Fürsten und Grafen und ihre Edelleute aßen und tranken und prahlten mit Geschichten von ihren Reisen. Die beiden gräflichen Brüder unterhielten ihre edlen Gäste auf die bestmögliche Art und übertrafen sich gegenseitig mit Erzählungen von den Wundern, die sie in den vergangenen zwei Tagen in der Stadt gesehen hatten.

»Ihr habt ja keine Vorstellung von dem Reichtum, der in dieser Stadt angehäuft ist«, versicherte ihnen Balduin. »Es ist weit mehr, als ihr euch vorstellen könnt.«

»Das ist wahr«, bestätigte Gottfried, »und wenn Konstantinopels Reichtümer euren Appetit wecken, dann denkt nur einmal daran, was uns in Jerusalem erwartet.«

»Ich vermute, ihr habt Alexios bereits kennengelernt?« fragte Bohemund. O ja, erwiderten die Brüder voller Leidenschaft, sie hätten den Kaiser getroffen – zweimal: einmal in seinem Palast und einmal hier in eben diesem Lager. Sie kannten den Kaiser gut und achteten ihn sehr. »Erzählt mir von ihm«, forderte sie der Fürst von Tarent auf.

»Er ist ein hinterhältiger und verschlagener Hund«, erklärte Balduin im krassen Gegensatz zu den ersten Äußerungen seines Bruders. »Sein Reichtum ist unermeßlich, und doch verhält er sich selbst im Vergleich dazu wie ein armseliger Bettler. Er ist ein kleiner, schweinsäugiger Mann mit einer Haut wie ein Nubier.«

»Das mag ja sein, wie es will, aber er hat zugestimmt, uns mit Proviant zu versorgen«, stellte Gottfried wohlwollend klar. »Und das ist bei – wieviel? hunderttausend Mann und vierzigtausend Pferde? –, das ist kein leichtes Unterfangen. Er verlangt nichts dafür als Gegenleistung, außer daß man einen Treueid unterzeichnet, ihn als Kaiser anerkennt und zustimmt, alle eroberten Ländereien dem Reich zu übergeben.«

»Einen Treueid soll man unterzeichnen!« heulte Bohemund. »Bei meiner Seele, das werde ich nicht tun!«

Der Herzog zuckte mit den Schultern. »Das ist natürlich Eure Sache, Bohemund, mein lieber Freund. Aber die Vorteile, die man dadurch erhält, sind nicht unbeträchtlich.«

»Habt ihr beide ihn unterschrieben? Diesen Treueid, meine ich?«

»Das haben wir«, antwortete Gottfried, »und das bereitwillig.«

Balduin runzelte die Stirn, schwieg aber. Es gab keinen Grund, die unglückliche Rauferei auf dem Marktplatz zu erwähnen und den anschließenden Verlust von sechsundfünfzig Männern.

»Die Griechen sind berüchtigt für ihre verräterische Gesinnung«, bemerkte Bohemund. »Sicherlich steckt irgend etwas dahinter. Ich gehe lieber zum Teufel, bevor ich diesem schwarzen Hund von Kaiser den Treueid leiste.«

Gottfried funkelte Bohemund an, als wäre er es, der den Treueid verlangen würde, und nicht der Kaiser. Bohemund erwiderte den Blick.

»Es ist so heiß, und dabei haben wir erst April«, beschwerte sich Tankred und leerte seinen Becher. Dann streckte er die Hand mit dem Becher aus und befahl dem Mundschenk, ihn wieder zu füllen und dafür zu sorgen, daß der Krug nicht leer wurde. »Zumindest«, sagte er und hob den Becher an die Lippen, »ist der Wein des Kaisers besser als sein Ruf.«

Balduin und einige der Edelleute lachten und vertrieben so die Spannung, die in der Luft gelegen hatte.

»Die Falschheit der Griechen ist natürlich weithin bekannt«, schnaufte Gottfried gereizt. »Aber da wir höchstens noch ein, zwei Tage in Konstantinopel bleiben werden, sehe ich keinen Sinn darin, den Eid nicht zu unterzeichnen. Immerhin ist er der Kaiser.«

»Wir sind gerade erst angekommen«, erklärte Bohemund in herrischem Tonfall. »Ich habe nicht die Absicht, so bald wieder loszuziehen. Die Männer sind erschöpft, und die Pferde müssen sich ausruhen. Seit Avlona sind wir ohne Unterlaß marschiert. Es wird länger als nur ein, zwei Tage dauern, bis wir weiterreisen können.«

»Der Kaiser entwirft in eben diesem Augenblick einen Plan, wie er uns helfen kann, die Armeen über den Bosporus zu bringen. Auf der anderen Seite, bei Pelekanon, richtet man bereits ein Lager für uns ein«, informierte Gottfried die Neuankömmlinge und freute sich, als Bohemund unwillkürlich zusammenzuckte. »Unserer beider Armeen warten nun schon seit Wochen, und unsere Männer sind mehr als bereit, sich ins Heilige Land aufzumachen.«

»Vielleicht«, schlug Balduin vor, »könntet ihr den Kaiser dazu überreden, euch bleiben zu lassen, bis Graf Raimund und Herzog Robert angekommen sind.«

»Ich wundere mich, daß sie nicht schon längst hier sind« bemerkte Tankred. »Was zum Teufel kann sie aufgehalten haben?«

»Ah«, antwortete Gottfried, »wie ich gehört habe, haben sie auf Bitte des Papstes eine Weile in Rom verbracht. Offenbar verbietet sein Gesundheitszustand Urban, die Pilgerfahrt selbst zu unternehmen, obwohl er sie uns mit so glühenden Worten gepredigt hat. Also hat er einen Legaten ernannt, der den Kreuzzug an seiner Statt führen soll.«

Bohemund versteifte sich. »Kennen wir diesen Legaten?« fragte er mit leicht angespannt klingender Stimme.

»Nein«, gestand Gottfried. »Aber es heißt, er sei ein Kirchenmann – ein Bischof, glaube ich –, ehrenvoll und von allerbestem Ruf.«

»Nun«, erklärte Bohemund und entspannte sich wieder ein wenig, »solange er seine ehrenvolle Nase nicht in Angelegenheiten steckt, die ihn nichts angehen, habe ich nichts dagegen.« Er hob den Becher und rief: »Gott möge uns Erfolg bescheren, meine Herren!«

»Gott möge uns Erfolg bescheren!« erwiderten die versammelten Edelleute.

Dann tranken alle, und das Fest nahm fröhlich seinen Lauf – so fröhlich sogar, daß niemand etwas dagegen einzuwenden hatte, als ein Bote erschien und das sofortige Erscheinen Bohemunds vor dem Kaiser verlangte. Der Fürst gestattete, daß man ihn nur mit Tankred und acht seiner engsten Vertrauten an der Seite in den Blachernenpalast brachte.

Alexios empfing den Sohn seines ehemaligen Feindes im Salomonsaal des Blachernenpalastes, aus dem er vorher alle beweglichen Schätze und Möbelstücke hatte entfernen lassen. Was in der Eile nicht rausgeschafft werden konnte, war hinter den geschmackvollen, doch nicht übertrieben verzierten Wandteppichen aus Damast verborgen worden. Alexios wünschte, daß der Raum imposant, doch auch ein wenig asketisch wirkte, um die berüchtigte Gier seines Besuchers nicht zu wecken.

Für den Empfang legte der Kaiser sein prächtigstes Staatsgewand an, doch fügte er dem kaiserlichen Purpur noch Brustharnisch, Schwert, Dolch und Panzerhandschuhe hinzu: nicht die polierte Prunkrüstung, die er bei Feierlichkeiten trug, sondern die zerbeulte Kampfrüstung, mit der er in die Schlacht zu reiten pflegte. Alexios erinnerte sich und fürchtete Bohemunds außergewöhnliche Körpergröße, und er beabsichtigte, diesen Nachteil dadurch auszugleichen, daß er sich als Mann der Tat präsentierte. Aus demselben Grund befahl er auch, daß eine volle Abteilung Exkubiten in Kampfrüstungen anwesend sein sollte, die sie auf früheren

Feldzügen getragen hatten. Auf diese Art und Weise wollte er den Gast daran erinnern, daß er als Kaiser auch Oberbefehlshaber einer Armee war und daß er durchaus Erfahrungen im Krieg gesammelt hatte.

So kam es, daß, als die beiden Neuankömmlinge und ihre Vasallen den Saal betraten, sie einen Kaiser vorfanden, der vor seinem Thron stand und den Eindruck erweckte, als wolle er sich im nächsten Augenblick auf sein Pferd schwingen und in die Schlacht reiten. Sein Verhalten ebenso wie seine Umgebung sprachen für einen Herrscher, der sich seiner Fähigkeiten durchaus bewußt war, seine Gefühle im Zaum halten konnte und wahre Macht ausübte.

Bohemund jedoch schien für Alexios' Schau unempfänglich zu sein. Stets der arrogante Normannenfürst, schlenderte er über den Marmorboden, stellte sich vor den Thron und blickte Gottes Stellvertreter auf Erden unverwandt in die Augen.

»So, Bohemund, du bist also zurückgekehrt«, sagte der Kaiser, unfähig, ein heuchlerisches Willkommen über die Lippen zu bringen. »Du hast dir ja schon immer gewünscht, in den Palast hineinzukommen; nach so langer Zeit scheint es, als hättest du endlich dein Ziel erreicht – anders als bei deinem letzten Besuch.«

Bohemunds Lächeln war breit und echt. »Seid gegrüßt, Alexios! Gott ist Euch wohlgesonnen, hoffe ich.« Er schaute sich um und bewunderte die üppige Architektur; selbst all seiner Schätze beraubt, war der Salomonsaal weit prächtiger als jede königliche Halle, die er bisher gesehen hatte. »Wenn ich bedenke«, sagte er in freundlichem Tonfall, »daß ich mit Freundschaft erreicht habe, was den Waffen nicht gelungen ist...«

»Du nennst dich Freund. Erkennen wir da etwa einen kleinen Gesinnungswandel?« spottete Alexios.

»Hier stehe ich vor Euch, mein Herr und Kaiser, Euer ergebener Diener«, erwiderte Bohemund und breitete die Arme aus. Alexios bemerkte, wie groß diese Hände waren und wie kräftig diese Arme. »Ihr seht mich, wie ich bin.«

»Wir sehen dich in der Tat, Fürst Bohemund«, intonierte der Kaiser, »aber der Anblick löscht die Erinnerung an unsere letzte Begegnung nicht völlig aus.«

Noch während er die Worte sprach, versuchte Alexios abzuschätzen, ob und wenn ja, wie sehr sich der Mann wirklich verändert hatte. Die letzten zwölf Jahre hatten Roberts Sohn gutgetan. Aus dem großen, schlanken Jüngling war ein kräftiger Mann geworden; mit breiten Schultern und schmalen Hüften stand er auf langen, starken Beinen, und in seinen klaren blauen Augen zeigte sich nicht die geringste Spur von Sanftmut. Sowohl Kinn als auch Wangen waren glattrasiert, und im Gegensatz zu vielen anderen Franken trug er sein Haar nur schulterlang. Seine Bewegungen waren geschmeidig und voller Selbstvertrauen. Wäre nicht die unerträgliche Arroganz des Mannes gewesen, sein unbeugsamer Stolz und sein übertriebener Ehrgeiz, Alexios hätte in dem hochmütigen Fürsten tatsächlich einen Freund finden können.

»Aber das ist schon lange her, mein Herr und Kaiser«, erklärte Bohemund noch immer lächelnd. »Damals war ich nur ein Vasall im Dienste meines Vaters. Heute jedoch komme ich aus freien Stücken, um meiner Christenpflicht zu folgen, unseren gemeinsamen Feind zu vernichten und das Heilige Land unseres Herrn und Erlösers wieder in den Besitz von Gottes Gläubigen zu überführen.«

»Sei versichert, daß der Himmel bei dieser Aussicht jubiliert«, erwiderte Alexios und beschloß, möglichst schnell zum schwierigsten Teil der Audienz zu kommen. »Wir freuen uns stets, Männer mit solch edlen Zielen willkommen heißen und bei Uns aufnehmen zu dürfen. Aus diesem Grunde haben Wir ein kleines Geschenk vorbereiten lassen, um unseren freundschaftlichen Gefühlen Ausdruck zu verleihen.« Er winkte dem Magister Officiorum, der daraufhin vortrat, ein lackiertes Tablett in der Hand, auf dem zwei goldene Schüsseln voller Rubine und Saphire standen.

Alexios gestattete seinen Gästen, die Gaben eine Weile zu bestaunen; dann nickte er Theodosius, dem Logotheten des Symponos, zu. Der Beamte brachte das Dokument mit dem Treueid, auf dem bereits Hugos, Gottfrieds und Balduins Namen zu finden waren. Der Kaiser erklärte: »Damit wir alle brüderlich vereint werden, und ihr die Vorteile Unserer neugewonnenen Freundschaft in vollen Zügen genießen könnt, müßt ihr euch nur noch den anderen Pilgern in der Anerkennung unserer kaiserlichen Souveränität anschließen.«

Um seine Unabhängigkeit unter Beweis zu stellen und sich gleichzeitig das Wohlwollen des Kaisers zu sichern, sprach Tankred als erster. »Ich werde nur so lange zögern, wie es dauert, die Feder in die Tinte zu tauchen«, verkündete er und verneigte sich. Daraufhin entfaltete der Logothet das Pergament, legte es auf ein Schreibbrett mit Tinte und Feder und reichte das Ganze dem jungen Adeligen, der seine Unterschrift unter die Gottfrieds und Balduins setzte, während der Beamte das Brett festhielt.

»Eure Bereitwilligkeit beschämt mich, Tankred«, bemerkte Bohemund. »Aber ich werde meinen Namen so groß schreiben, daß mein Herr und Kaiser auf einen Blick sieht, wer es ist, der ihn in Freundschaft an seine Brust drückt.« Er griff nach der Feder, tauchte sie ins Tintenfaß und schrieb mit elegantem Schwung seinen Namen doppelt so groß wie die der anderen auf das Pergament. Dann steckte er die Feder wieder in ihre Halterung zurück und verneigte sich unterwürfig und noch immer lächelnd.

Der Kaiser, der nicht glauben konnte, wie leicht es gewesen war, Bohemund zur Unterschrift zu bewegen, sagte: »Komm, Niketas, überreiche Unseren verehrten Gästen die Geschenke.«

Tankred griff gierig nach der angebotenen Schüssel; das war die Reise nach Konstantinopel wirklich wert gewesen. Bohemund jedoch hob nicht einen Finger, sondern faltete die Hände vor der Brust und lächelte noch immer so wie seit dem Augenblick, da er vor den Thron getreten war. »Glaubt bitte nicht, daß ich Euer Geschenk nicht zu schätzen wüßte, mein Herr und Kaiser«, sagte er. »Wenn ich es ablehne, dann nicht aus Verachtung, sondern mehr aus Bescheidenheit.«

Alexios starrte den hochmütigen Fürsten an und versuchte sich vorzustellen, daß Bohemund sich tatsächlich einer Tugend verschrieben hatte – und dieser im besonderen. Sicherlich besaß er doch die gleichen unersättlichen Leidenschaften wie sein Vater, und der alte Robert Guiscard hatte in seinem ganzen Leben nie etwas abgelehnt.

»Hast du vielleicht ein anderes Geschenk im Sinn?« fragte der Kaiser schließlich.

»Ah, ins Schwarze getroffen, mein Herr und Kaiser«, erwiderte Bohemund. »Wie es das Schicksal will, wird auf dieser Pilgerfahrt leider auch die Kunst des Kriegers zum Tragen kommen. Mehr als Gold wünsche ich mir den kaiserlichen Segen für den glücklichen Verlauf unseres Unterfangens.«

»Unseren Segen«, echote Alexios, der eine Falle roch, doch nicht wußte, welcher Art sie war. »Natürlich, Fürst Bohemund, Wir werden zu Gott beten, euch bei eurem Unternehmen beizustehen – euch hier und all jenen, die Gottes Willen erfüllen. An welche Form des Segens hast du gedacht?«

Bohemunds Lächeln wurde breiter, und er entblößte eine Reihe strahlend weißer Zähne. »An einfache Worte«, antwortete der Fürst. »Einen Titel nur.«

»Und welchen Titel hast du im Sinn?« fragte der Kaiser, der immer mißtrauischer wurde.

»Wenn Ihr schon so fragt, dann würde ich gerne Oberster Feldherr der kaiserlichen Armeen unter dem Kreuz werden.« Bohemund sprach in demütigem Tonfall, als wäre das, was er gefordert hatte, vollkommen ohne Bedeutung und ihm soeben erst in den Sinn gekommen.

Der Kaiser jedoch wußte sofort, worauf der Mann hinauswollte. »Du bist ein kühner Intrigant, Bohemund. Jeder Mann, der das bezweifelt, wird es sicherlich bereuen.«

Vorsichtig musterte der verschlagene Fürst den Kaiser. »Verweigert Ihr mir meinen Wunsch?«

»Das tun Wir nicht«, antwortete Alexios und wählte seine Worte mit Bedacht. Er wußte genau, wie gefährlich es war, sich Bohemund in diesem Augenblick zu verweigern; gleichzeitig konnte er dem Mann jedoch auch nicht den Oberbefehl über das Kreuzfahrerheer anvertrauen. »Im Gegenteil, mein kühner Fürst, es erscheint Uns sogar ein durchaus angemessener Rang zu sein. Tatsächlich können Wir uns keinen fähigeren Führer für die Pilgerschar vorstellen. Doch es tut Uns leid, daß wir deinem Wunsch im Augenblick nicht entsprechen können. Du wirst verstehen, daß es Uns unmöglich ist, einen Edelmann dem anderen vorzuziehen, bevor nicht alle eingetroffen sind. Trotzdem sind Wir glücklich, dir versichern zu können, daß Wir dir den gewünschten Titel sofort verleihen werden, wenn die Zeit gekommen ist.«

Sehr zur Erleichterung des Kaisers akzeptierte Bohemund diese Antwort. »Ich überlasse Euch diese Entscheidung, mein Herr und Kaiser. Wenn die Zeit reif ist, werdet Ihr mich bereit finden, die Verantwortung zu übernehmen.«

»Wir können diesen Tag kaum erwarten«, erklärte der Kaiser und hätte sich am liebsten selbst umarmt, weil es ihm gelungen war, den schwierigen Bohemund so leicht auf die Knie zu zwingen. »Bis dahin bitte ich dich, die Schüssel anzunehmen, als Symbol für all die Schätze, die jene erwarten, die fest im Glauben sind«, dann fügte er betont hinzu: »und in ihrer Treue!«

Murdo blickte den weißhaarigen Mönch vor sich finster an. Warum mußten es ausgerechnet Priester sein, fragte er sich, und noch dazu so neugierige? »Ich hatte gehofft, mit König Magnus nach Jerusalem ziehen zu können«, murmelte er undeutlich, »aber ich habe sein Schiff nicht rechtzeitig gefunden.« Der Gedanke, das Schiff mit Kirchenmännern teilen zu müssen, ließ ihn verzweifeln – und das den ganzen Weg bis nach Jerusalem!

»Wie außerordentlich!« bemerkte der größte der drei Mönche. Ein wenig älter als die anderen, schien er der Anführer der kleinen Gruppe zu sein. Sein lockiges weißes Haar war dicht und kurzgeschnitten, was den Eindruck erweckte, als trüge er ein Vlies auf dem Kopf.

»Außerordentlich!« stimmten die beiden anderen zu und musterten Murdo mit wohlwollendem Interesse, so daß er eine Gänsehaut bekam.

»Uns ist genau dasselbe widerfahren«, berichtete der große Mönch. »Es hat länger gedauert, Inbhir Ness zu erreichen, als wir geglaubt haben. Wir sind zu spät abgereist und haben die Flotte des Königs nicht mehr rechtzeitig erreicht.« Die drei fuhren fort, sich darüber zu streiten, wie knapp sie das Boot versäumt hatten – waren es ein, zwei, drei oder mehr Tage gewesen? Sie konnten sich nicht einigen; doch andererseits schienen sie auch nicht im geringsten an einer Einigung interessiert zu sein.

Ohne Zweifel, dachte Murdo mißvergnügt, waren dies die ungewöhnlichsten Kirchenmänner, die er jemals gesehen hatte: Sie trugen lange Gewänder aus ungefärbter Wolle mit zerrissenen, verdreckten Säumen; die über den Rücken herabhängenden Kapuzen reichten fast bis auf den Boden, und die Ärmel der Gewänder waren seltsam weit. Die drei Mönche liefen barfuß, ihre Finger waren schmutzig, und sie stanken so stark nach Lammfett, daß Murdo es selbst auf größere Entfernung riechen konnte.

An der Seite trugen sie große, abgewetzte Lederranzen, und obwohl sie sich bereits seit geraumer Zeit auf hoher See befanden, hielt jeder von ihnen noch immer einen langen Wanderstab aus jungem Eberescheneholz in der Hand. Die Stirn der Mönche war von Ohr zu Ohr kahlrasiert mit Ausnahme eines schmalen Streifens unmittelbar über den Augenbrauen, was den Eindruck vermittelte, die Männer trügen eine Krone.

Trotz seiner Abneigung gegen Kirchenmänner konnte Murdo den Blick nicht von ihnen abwenden. Während er sie betrachtete, kam ihm der Gedanke, daß sie ihn an die alten Druiden erinnerten – an jene geheimnisvollen Gestalten, welche die Geschichten seiner Großmutter bevölkert hatten. »Die Druiden sind weise und mächtige Seher, Murdo, mein Junge«, hatte sie stets zu sagen gepflegt. »Sie wissen alles, was es zu wissen gibt, denn sie können durch den Schleier der Zeit hindurchsehen. Sie kennen die geheimen Wege, die über die Grenzen dieser Welt hinausführen, und so wie wir jederzeit nach Kirkjuvágr ziehen können, vermögen sie in der Anderswelt umherzustreifen.«

Sind das hier vielleicht Druiden, fragte sich Murdo. Aber dann bemerkte er die großen Holzkreuze, die sie an Lederbändern um den Hals trugen, und sagte sich, daß es sich bei den Männern womöglich doch um Priester handelte – allerdings von einer Art, die Murdo unbekannt war. Der erste Mönch war groß und langgliedrig; der zweite besaß ein auffallend schmales Gesicht und runde

Schultern, und der dritte zeichnete sich durch geringe Körpergröße, gepaart mit einem beachtlichen Leibesumfang, aus. Aufgrund dieser Merkmale in Verbindung mit den schmutzigen, zerlumpten Kleidern, den unförmigen Holzkreuzen und den lächerlichen Wanderstäben wirkten sie auf Murdo – wenn das denn möglich war – noch widerwärtiger als die gewöhnlichen Kleriker, die er kannte und verachtete. Wäre ein Misthaufen in der Nähe gewesen, so hätte Murdo sie frohen Herzens dort hineingestoßen.

Es war kurz nach Sonnenaufgang, und die Mannschaft schlief noch immer, mit Ausnahme des Steuermanns, eines dürren, grauhaarigen Kerls, der auf den Namen Gorm Weitseher hörte. Murdo war gerade erst aufgewacht und hatte sich von seinem Schlafplatz am Bug erhoben, als die drei aus dem Zelt hinter dem Mast getreten waren, wo sie allem Anschein nach ihren Rausch nach dem Genuß von zuviel Inbhir-Ness-Bier ausgeschlafen hatten. Anschließend waren sie von einer Seite des Schiffs zur anderen gehumpelt – und das nicht nur ein-, sondern dreimal –, wobei sie sich auf ihre langen Eschenholzstäbe gestützt und die Hände vor die Stirn gehoben hatten. Gleichzeitig hatten sie mit ihren hohen, dünnen Stimmen in einer Sprache gesungen, die Murdo nicht verstand.

Nachdem sie das Deck zum drittenmal überquert hatten, waren sie schließlich vor Murdo stehengeblieben, hatten ihn begrüßt und sich vorgestellt. Murdo hatte sie nicht zu Fragen ermutigt, doch den drei seltsamen Mönchen schien seine aufreizende Zurückhaltung egal zu sein.

»Vielleicht ist er unerwartet aufgehalten worden«, sagte der fette Mönch gerade. Er sprach Latein, allerdings mit einem merkwürdigen, singenden Akzent. »Das ist genau, was ich gesagt habe: ›Er ist aufgehalten worden‹ – Hab' ich das nicht gesagt?«

»Und ich habe darauf geantwortet: ›Ich fürchte, deine Hoffnung ist irregeleitet, Bruder.‹ Erinnerst du dich?« erwiderte der Dünne in ebenso seltsamem Tonfall. »Ruf dir bitte noch einmal ins

Gedächtnis zurück, daß der Hafenmeister uns klar und deutlich erklärt hat, daß er schon dort gewesen sei.«

»Ah, aber es hat dort keinen Hafen gegeben«, bemerkte der Große; auch er sprach mit einem singenden Akzent, wenn auch ein wenig anders als seine Brüder. »Es sei denn, man betrachtet diese Anhäufung primitiver Holzstege an der Flußmündung als solchen.«

»Natürlich hat es dort keinen richtigen Hafen gegeben«, erwiderte der schmalgesichtige Mönch. »Ich habe von dem Ort gesprochen, der den guten Leuten von Inbhir Ness als Hafen dient.«

»Wenn Inbhir Ness keinen Hafen besitzt, dann gibt es dort auch keinen Hafenmeister«, meldete sich der große Mönch erneut zu Wort. »Ergo könnte der Mann, mit dem du gesprochen hast, nicht die notwendige Autorität besessen haben, um deine Frage zufriedenstellend zu beantworten.«

»Da könnte etwas dran sein«, gestand der fette Priester. »Und doch empfinde ich es als meine Pflicht, euch darauf hinzuweisen, daß die Autorität des Mannes nie zur Diskussion gestanden hat. Es war mehr eine Frage seines persönlichen Scharfsinns. Jeder Mann mit einigermaßen Verstand...«

Verblüfft darüber, daß die Priester sich an jedes einzelne Wort ihres dümmlichen Streits von vor zwei Tagen erinnerten, schüttelte Murdo ungläubig den Kopf. »Aber wie hätten wir sonst nach Jerusalem gelangen sollen?« fragte der Mönch mit den runden Schultern. »Das war doch die eigentliche Frage, die sich uns gestellt hat, Brüder.«

»In der Tat«, sinnierte der große Mönch. »Hätte der Allerhöchste in seiner göttlichen Gnade nicht persönlich eingegriffen, dann würden wir vermutlich noch immer nach der Antwort auf diese Frage suchen.«

»Wir hätten auch zu Fuß gehen können«, bot der schmalgesichtige Mönch als Wahlmöglichkeit an. »Schon viele berühmte Menschen haben in der Vergangenheit eine solche Reise zu Fuß unternommen – und das sehr zum Wohle ihrer Seele. Immerhin«, fügte er hinzu, »ist auch unser Herr Jesus Christus auf diese Art und Weise durchs Land gezogen.«

»Wahrlich, wahrlich, mein Bruder«, stimmte ihm der ältere Mönch freundlich zu. »Welch wahres Wort.«

»Ich hätte nicht das geringste dagegen einzuwenden gehabt«, meldete sich der Fette wieder zu Wort. »Ich möchte nur zu bedenken geben, daß Jerusalem – jedenfalls nach allem, was man so hört – beachtlich weit weg von den grünen Ufern unserer Heimat liegt. Deshalb könnte eine Reise zu Fuß weit länger dauern, als wir vielleicht erwarten. Vermutlich hätte der Kreuzzug sein Ziel bereits erreicht, bevor wir im Heiligen Land eintreffen würden.«

»O weh, ich fürchte, du hast recht«, seufzte der Dünne, von dieser Vorstellung entmutigt.

Murdo, der des unsinnigen Geplappers allmählich überdrüssig wurde, beschloß, daß diese Mönche harmlos waren, wenn auch ein wenig langweilig. Er wollte sie gerade ihrer sinnlosen Debatte überlassen, als der Fette sich zu ihm umdrehte und ihn wohlwollend angrinste. »Seht her, meine Brüder! Ich fürchte, wir haben uns gehen lassen. Unser junger Freund hier ist nicht an solch belanglosen Gedankenspielen interessiert.« Der Mönch nickte anerkennend ob Murdos Geduld. »Wie Ihr, so befinden auch wir uns auf Pilgerfahrt. Es war vereinbart, daß wir uns König Magnus' Flotte anschließen und mit ihm ins Heilige Land segeln sollten.« Er lächelte freundlich und fuhr in verschwörerischem Tonfall fort: »Wir sollen ihm für die Dauer der Pilgerfahrt als Berater dienen – aber natürlich nur in geistigen Belangen.«

»Meine Brüder«, mischte sich der große Mönch plötzlich wieder ein, »dies ist ein außerordentlich glückliches Zusammentreffen, welches gebührend gefeiert werden will. Der Herr, unser Gott hat uns diesen jungen Mann geschickt, auf daß er uns auf dieser Reise begleite. Darauf wollen wir einen trinken!«

»Bier!« schrie der fette Mönch. »Wir brauchen Bier!«

»Du sprichst mir aus dem Herzen«, bemerkte der große Kirchenmann. »Ja, ja. Nachdem du und Fionn uns etwas Bier geholt haben, wollen wir gemeinsam die wunderbare Vorsehung des Allmächtigen preisen.«

Die beiden Mönche trotteten an der Reling entlang zum Zelt zurück. Kurz darauf erschienen sie wieder, jeder mit zwei Krügen schaumigem braunem Biers in den Händen.

»Gott zum Gruß, tapferer Wanderer!« rief der große Mönch und drückte Murdo einen Krug in die Hand. »Möge der Herr des Krieges gut zu dir sein; möge der Herr des Friedens dich segnen; und möge der Herr der Gnade dir die Erfüllung deiner Wünsche gewähren.« Dann hob er den anderen Krug zum Toast und rief: »*Sláinte!*«

»*Sláinte!*« echoten die anderen beiden Mönche und hoben ebenfalls ihre Krüge.

Murdo erkannte das Wort als Gälisch: eine Sprache, die noch in vielen der älteren Familien von Orkneyjar gesprochen wurde und die auch seine Mutter bisweilen verwendete, wann immer ihr andere Worte fehlten. Infolgedessen beherrschte Murdo sie gut genug, um sich verständlich machen zu können. »*Sláinte mor!*« erwiderte er, was die Kirchenmänner unwillkürlich lächeln und anerkennend nicken ließ.

»Ein Mann, der mit des Himmels eigener Sprache gesegnet ist!« erklärte der schmalgesichtige Mönch voller Leidenschaft. »Mein Name lautet Bruder Fionn mac Enda, zu Euren Diensten. Dürfte ich vielleicht fragen, wie man Euch ruft, mein Freund?«

»Ich bin Murdo Ranulfson von Dýrness auf Orkneyjar«, antwortete Murdo, richtete sich auf und straffte die Schultern, um sich dem Namen seines Vaters als würdig zu erweisen.

»Auf Euer Wohl, Murdo Ranulfson!« sagte der Mönch mit Namen Fionn, und alle drei hoben die Krüge an die Lippen und tranken geräuschvoll. Murdo folgte ihrem Beispiel, und einen Augenblick lang war jeder mit seinem Bier beschäftigt.

Als die Kirchenmänner die Krüge schließlich wieder absetzten, um Atem zu schöpfen, strahlte der Fette übers ganze Gesicht wie ein Cherub und verkündete: »Man nennt mich Emlyn ap Hygwyd, und ich freue mich, deine Bekanntschaft zu machen, Murdo Ranulfson. Ich hoffe, daß wir gute Freunde werden.«

Obwohl diese Aussicht angesichts der Feindschaft, die Murdo allen Kirchenmännern geschworen hatte, ausgesprochen unwahrscheinlich war, so hatte der rundliche Mönch doch mit solchem Ernst gesprochen, daß Murdo es nicht über sich brachte, ihm offen zu widersprechen.

»Wenn du gestattest, mein lieber Murdo«, fuhr Emlyn fort, »würde ich dir gerne unseren geschätzten Anführer vorstellen: Bruder Ronan mac Diarmuid.«

Demütig verneigte sich der große Mönch. »Führend nur an Jahren«, erwiderte er bescheiden, »nicht, wie ich dir versichern möchte, in Hingabe und Frömmigkeit unserem Herrn gegenüber.«

Murdo wiederholte die Namen der Mönche, woraufhin sie erneut tranken und anschließend das Bier als Gottesgabe priesen – was wiederum bedeutete, daß es ausgesprochen gottlos gewesen wäre, die Krüge nicht rasch zu leeren, um sie wieder aufzufüllen. Dementsprechend tranken sie zügig, und Emlyn und Fionn eilten davon, um neues Bier zu holen. Abermals kehrten sie rasch wieder zurück und lobten lautstark das Können und die Großzügigkeit des Bierbrauers.

Nachdem sie auch die zweiten Krüge mit kräftigen Schlucken geleert hatten, sagte Ronan: »Nun denn, wenn ich es wagen darf, so würde ich gerne meine Verwunderung darüber zum Ausdruck bringen, daß ein Mann in deinem zarten Alter alleine eine solche Pilgerfahrt unternimmt. Soviel Frömmigkeit und Eifer sind zwar sehr lobenswert, dennoch ist es erstaunlich.«

»Auf Orkneyjar haben viele das Kreuz genommen«, erklärte ihm Murdo rasch. »Mein Vater und meine Brüder sind bereits vor mir gegangen. Sie reisen gemeinsam mit Herzog Robert von der Normandie und vielen anderen Edelleuten. Ich will mich ihnen anschließen.«

»Ah, ja«, bemerkte der Mönch, als hätte Murdo ihm die Lösung eines uralten Rätsels verraten.

»Außerordentlich!« erklärten die beiden anderen.

Um weiteren Fragen aus dem Weg zu gehen, wechselte Murdo rasch das Thema. »Wie kommt es, daß ihr König Magnus folgt?«

»Wie es das Schicksal will«, antwortete Ronan, »liegt unsere Abtei auf dem Land, das Malcolm, Hochkönig der Skoten, vor einigen Jahren an König Magnus gegeben hat – nahe Thorsa. Kennst du es?«

Bevor Murdo etwas darauf erwidern konnte, mischte sich Fionn ein. »Als wir erfahren haben, daß der gute König das Kreuz genommen hat, haben wir darum gebeten, unseren Herrscher und Wohltäter auf der Pilgerfahrt ins Heilige Land begleiten zu dürfen.«

»Unser Bischof ist unserer Bitte gnädig nachgekommen«, erklärte Emlyn, »und anschließend hat man dafür gesorgt, daß wir uns König Magnus auf dem Weg nach Jerusalem anschließen können. Ich kann nur vermuten, daß irgendein unglücklicher Umstand dazwischengekommen sein muß; andernfalls wäre er sicherlich nicht ohne uns abgesegelt.«

»Wir sollten«, führte Ronan die Geschichte fort, »den König in allen Dingen beraten, die das Heilige Land und seine Umgebung betreffen; aber alle kriegerischen Fragen hätten wir natürlich dem König und seinem Gefolge überlassen.«

»Ich habe noch nie im Leben ein Schwert berührt«, verkündete Bruder Emlyn fröhlich. »Ich würde mir sicherlich eher selbst den Fuß abhacken, bevor ich auch nur auf einen Steinwurf an einen Sarazenen herangehen würde.«

»Das würde er in der Tat«, bestätigte Fionn. »Das würden wir alle. Wir besitzen nicht die geringste kriegerische Neigung.«

Murdo betrachtete diese Erklärung als armseliges Eingeständnis von Schwäche. Würde er unter einem solchen Makel leiden, wäre er sicherlich nicht so dumm, es irgendeiner Seele anzuvertrauen; auf jeden Fall aber würde er nicht damit prahlen wie diese geistig minderbemittelten Kirchenmänner – sie schienen sich sogar noch darüber zu freuen.

»Nun, ich vermute, daß der König bereits genug Kriegsleute in seinem Gefolge hat. Ohne Zweifel braucht er auch Priester«, erklärte Murdo, obwohl ihm ein Rätsel war, was man mit drei solch geschwätzigen Mönchen anfangen sollte – besonders, da seiner Meinung nach schon ein Priester einer zuviel war.

Dennoch hatte die Erwähnung von König Malcolm sein Interesse geweckt. Daß diese Mönche auf irgendeine Art und Weise mit der Familie seiner Mutter in Verbindung standen, faszinierte ihn. Was, fragte er sich, hatte der Hochkönig der Skoten mit dem König von Norwegen zu tun? Und warum sollte einer der beiden Ländereien an diese merkwürdige Sorte Priester vergeben? Offenbar steckte weit mehr dahinter, als es den Anschein hatte, und Murdo beschloß, es herauszufinden.

Die Sonne war ein kranker gelber Feuerball unmittelbar über dem Mast des Schiffes, als vor dem Bug der *Skidbladnir* die zerklüftete Küste einer Halbinsel auftauchte, die von den dort lebenden Angeln Andredeswald genannt wurde. »Dort werden wir anlegen, um uns mit Vorräten zu versorgen«, verkündete Jon Reißzahn.

Seit Tagen hatten sie sonniges Wetter und guter Wind begleitet, der das schlanke Schiff die Ostküste entlang über die ruhige See getrieben und Mannschaft und Passagiere rasch nach Süden geführt hatte. Von Zeit zu Zeit waren sie an Land gegangen, um ihre Wasserschläuche und Vorratsfässer aufzufüllen, doch nie hatten sie sich längere Zeit irgendwo aufgehalten, sondern waren stets sofort weitergezogen. Murdo, der begierig war, endlich das Heilige Land zu erreichen, gefiel es nicht, erneut anzuhalten – und das, zumal sich offenbar noch ausreichend Vorräte an Bord befanden.

Doch Jon wollte es nicht anders, und so wendeten sie Richtung Ufer. »Dofras ist der letzte gute Markt diesseits der Straße«, erklärte er. »Ich weiß nicht, wann wir das nächste Mal Gelegenheit haben werden, Proviant aufzunehmen. Es ist besser, wir decken uns jetzt mit allem Notwendigen ein.«

Die Mönche stimmten ihm zu. »Es könnte eine lange Reise werden«, bemerkte Emlyn zu Murdo.

»Wie lange?« fragte Murdo mißtrauisch.

»Ein Jahr, vielleicht auch länger – oder zumindest hat man mir das erzählt«, antwortete der Priester.

»Ein Jahr?« Kein Ort der Welt konnte so weit entfernt sein, als daß man ihn erst in einem Jahr erreichen konnte. Murdo war davon ausgegangen, daß die Reise höchstens noch ein paar Wochen dauern würde.

»O ja«, bestätigte Fionn. »Wenn wir den Winter über irgendwo ankern müssen, könnte es sogar noch länger dauern.«

Diese Kunde versetzte Murdo in eine derart düstere Stimmung, daß er jegliches Interesse daran verlor, in die Stadt zu gehen. Sofort nachdem das Schiff am Ufer angelegt hatte, huschten die Mönche in Richtung Markt davon, um die benötigten Vorräte zu besorgen. Jon, der ebenfalls keine Lust verspürte, die Siedlung zu besuchen, gestattete seinen Männern an Land zu gehen und sich ein wenig zu vergnügen. »Ich werde hierbleiben und aufs Schiff aufpassen«, sagte er ihnen. »Geht nur ohne mich, aber versucht, euch nicht allzu sehr zu betrinken.« Dann wandte er sich an Murdo und riet ihm: »Du solltest auch gehen. Wir werden für lange Zeit keinen vertrauten Ort mehr sehen oder anständiges Bier bekommen.«

»Ich habe den letzten vertrauten Ort schon lange hinter mir gelassen«, erklärte Murdo. »Und da ich auch keine Lust habe, hier ein Bier zu trinken, werde ich bei Euch bleiben.«

Jon zuckte mit den Schultern und begann eine gründliche Überprüfung seines Schiffes. Vom Bug bis zum Heck suchte er das Fahrzeug ab und hielt Ausschau nach allem, was auf einen Schaden hindeuten könnte. Da er am Rumpf nichts Auffälliges entdeckte, wandte er sich dem Mast und der Takelage zu.

Währenddessen kletterte Murdo über die Reling und watete ans Ufer. Der Strand war breit und flach, und die Siedlung lag ein gutes Stück vom Ufer entfernt im Schutze hoch aufragender weißer Klippen.

Eine Weile wanderte Murdo durch den Sand, während Jon Reißzahn die Außenseite der *Skidbladnir* auf Schwachstellen untersuchte. Dann und wann holte der große Nordmann tief Luft und tauchte am Rumpf des Schiffes hinunter, um die Planken auch unter der Wasserlinie auf Schäden zu überprüfen; meist jedoch erschien er nach verhältnismäßig kurzer Zeit wieder an der Oberfläche.

Murdo setzte sich auf einen kleinen Felsen, von wo aus er Jon beobachten konnte, dessen Vorsichtsmaßnahmen er durchaus zu würdigen wußte. Rasch hatte er die seemännischen Fähigkeiten des Nordmanns und seiner Mannschaft schätzen gelernt. Die Männer arbeiteten gut zusammen; nur selten kam es zu Meinungsverschiedenheiten. Jeder schien im voraus zu ahnen, was der andere von ihm erwartete, und so hatte Jon nur selten Grund, Befehle zu erteilen oder tadelnd die Stimme zu erheben. Murdo kannte sich gut genug in der Seefahrt aus, um zu wissen, daß sie bei weitem nicht so einfach war, wie es den Anschein hatte, wenn man Jon Reißzahn und seine Männer beobachtete. Er schloß daraus, daß Erfahrung der Grund für dieses hervorragende Zusammenspiel war; vermutlich segelte diese Mannschaft schon seit Jahren gemeinsam auf einem Schiff.

Der erste Abendstern erschien gerade am Himmel, als die Mönche und Seeleute wieder zurückkehrten. Sie wankten über den Strand und schleppten große Bierfässer, Getreidesäcke und noch manch anderen Packen heran, einschließlich einer ganzen geräucherten Schweinehälfte. Die Mönche hatten eine geradezu unglaubliche Menge an gewöhnlichen Nahrungsmitteln erworben – so viel sogar, daß Jon Reißzahn sich beschwerte, das Schiff würde bei all der Ladung viel zu tief im Wasser liegen und bei der ersten Welle untergehen.

Als Antwort darauf zuckten die Mönche jedoch lediglich mit den Schultern und erklärten, auf dem Markt habe es so viele Köstlichkeiten gegeben, daß sie einfach nicht hätten widerstehen können. Offenbar gehörte Selbstbeherrschung in den Augen dieser seltsamen Priester nicht zu den geistlichen Tugenden, sagte sich Murdo.

Aber wie auch immer: Die Vorräte wurden rasch verstaut, und nach einem trüben, langweiligen Tag am Ufer brannte Murdo darauf, das Segel wieder im Wind und den Drachenbug durch die Wellen pflügen zu sehen. Doch Jon Reißzahn steuerte auf eine gemütliche kleine Bucht nicht weit von der Siedlung zu, wo er für die Nacht Anker warf. »Hiernach werden wir tagelang kein Land mehr sehen«, entgegnete er, nachdem Murdo seiner Enttäuschung Ausdruck verliehen hatte. »Heute nacht werden wir noch einmal auf fester Erde schlafen. Genieße es, solange du noch kannst.«

Die Mönche schienen überaus erfreut zu sein, eine Nacht an Land verbringen zu dürfen, und alsbald machten sie sich daran, ein Feuer zu entfachen und das Abendessen zuzubereiten. Trotz seines anfänglichen Ärgers über den Landaufenthalt empfand Murdo das warme Abendessen als willkommene Abwechslung. Hungrig schaute er zu, während die Kirchenmänner ihre Vorräte auspackten und sich an die Arbeit machten, wobei sie mit dem Geschick eines königlichen Leibkochs zu Werke gingen. Die Seeleute waren erstaunt über die gekonnte Art, wie die Mönche das Essen bereiteten. Nachdem man das Schiff für die Nacht gesichert hatte, versammelte sich die ganze Mannschaft ums Lagerfeuer und verfolgte mit wachsender Bewunderung die erstaunliche Vorstellung der Kirchenmänner.

Verschiedene Zutaten wurden aus unterschiedlichen Päckchen hervorgezaubert und von geschickten Händen in Topf, Pfanne und auf Bratspieße verteilt. Die drei Mönche arbeiteten ausgesprochen effektiv, sprachen selten miteinander und führten Messer und Löffel mit der atemberaubenden Geschicklichkeit eines Jahrmarktgauklers. Die wachsende Achtung der Zuschauer für das Können der Mönche wurde noch von dem hervorragenden Bier verstärkt, das die drei Kirchenmänner verteilten – »um den inneren Menschen wieder zu stärken«, wie Bruder Emlyn erklärte.

Die Mönche bereiteten genug Speisen für hundert fußkranke Pilger zu: Erbspudding, frisches Gerstenbrot und in Milch gekochten Räucherfisch mit Butter und Zwiebeln. Über dem Feuer rösteten sie schmale Streifen Schweinefleisch, die sie von Zeit zu Zeit mit frischen Kräutern einrieben, und zu guter Letzt backten sie noch Äpfel in einem Sud aus Sahne und Honig.

Es handelte sich um gewöhnliche Speisen, doch kunstvoll zubereitet, und nach einer Schüssel Erbspudding und zwei Scheiben Schweinefleisch entdeckte Murdo eine Seite des Klosterlebens, die ihm bislang verborgen gewesen war. Priester erschienen ihm noch immer als Fluch und Plage – hinterlistig wie Schlangen und ebenso giftig –, aber diese drei Mönche hier gehörten offenkundig einer Art von Kirchenmännern an, von der er noch nie etwas gehört hatte. Er fragte sich, ob sie wohl noch mehr ungewöhnliche Talente besaßen.

Die Seeleute waren ebenfalls beeindruckt. Jon Reißzahn konnte sich nicht zurückhalten zu fragen: »Eßt ihr immer so gut in eurem Kloster?«

»Wir befinden uns auf Pilgerfahrt«, antwortete Ronan fröhlich. »Das Fasten ist Pilgern verboten.«

Als schließlich die letzte Schüssel saubergeleckt und der letzte Knochen weggeworfen worden war, stand der Mond hoch am Himmel, und die Sterne spiegelten sich auf dem glatten Wasser der kleinen Bucht. Fionn legte noch etwas Holz aufs Feuer; dann begannen die guten Brüder ein Streitgespräch über die Frage, ob die Seele eines Sünders schwerer sei als die eines Heiligen – schließlich habe erstere ja die Last ihrer Missetaten zu tragen. Es war ein gutwillig geführter Streit, und Murdo folgte den Reden der melodischen Stimmen, so gut er konnte, bis er, satt gegessen und zufrieden, derart müde wurde, daß er die Augen kaum noch aufhalten konnte. Er wickelte sich in seinen Umhang, und kurz darauf war er mit dem angenehmen Murmeln der Mönche im Ohr eingeschlafen und träumte von Ragna.

Am nächsten Morgen wurde Murdo noch vor Sonnenaufgang geweckt, indem ihm jemand einen Becher kalten Wassers ins Gesicht schüttete. Prustend sprang Murdo auf und schwang die Fäuste. »Immer mit der Ruhe«, sagte Jon, »und ich dachte, du seist begierig darauf, aufzubrechen.«

Murdo wischte sich das Wasser aus den Augen, und mit einem Knurren auf den Lippen gesellte er sich zu den anderen und half ihnen, die Wasserschläuche zu füllen. In der Zwischenzeit verstauten die gähnenden, sich kratzenden Mönche ihr Kochgeschirr, und kurze Zeit später gingen alle wieder an Bord, und die Seeleute ruderten das Schiff aufs offene Meer hinaus.

Murdo machte es sich mittschiffs zwischen den Getreidesäcken bequem und lehnte sich mit dem Rücken gegen den Mast. Er beobachtete, wie der Morgennebel über das Wasser wanderte und lauschte den Rufen der Vögel am Ufer. Anschließend mußte er wohl wieder eingeschlafen sein, denn das nächste, woran er sich erinnerte, war, daß er übers Deck rollte.

Verschlafen rappelte sich Murdo auf, griff nach der Reling und blickte zu den wolkenverhangenen grünen Hügeln, die inzwischen weit entfernt waren. Vor ihm lag das weite, offene Meer. Plötzlich blähte ein kräftiger Windstoß das Segel, und der Bug schnitt durch die Wellen, als Jon Reißzahn das Steuer herumriß und das Schiff auf einen neuen Kurs in den Wind brachte.

Eine plötzliche Erregung überkam Murdo. Irgendwo dort draußen waren sein Vater und seine Brüder, jenseits der grauen weiten See, und kämpften gegen die heimtückischen Sarazenen, und er, Murdo, würde sie finden und wieder zurückbringen. Es würde geschehen; es mußte geschehen. Er würde dafür sorgen, daß es geschah.

An den Papst und seine unzähligen Lakaien verschwendete er kaum einen Gedanken, ebenso wie an die heilige Pflicht zur Pilgerfahrt. Ob der Kreuzzug gelang oder nicht, war Murdo gleichgültig; nichts hätte ihn weniger interessieren können. Sein Herz war nur von einem einzigen Wunsch erfüllt: den Besitz der Familie wieder zurückzugewinnen. Sein Leben, seine Zukunft, sein Glück mit Ragna – *alles* hing von der Befreiung Hrafnbús ab. Und das bedeutete ihm mehr als alles Gold der Welt – und sicherlich weit mehr als der sinnlose Schutz einer Handvoll Kirchen und einiger verstaubter Reliquien, die niemand je zu Gesicht bekommen hatte.

»Du schaust recht finster drein für einen jungen Mann«, bemerkte Emlyn mit fröhlicher Stimme.

Murdo drehte sich um und beobachtete, wie der Mönch sich mit dem Rücken gegen die Reling lehnte. »Ich habe nachgedacht.« Er veränderte seine Position zwischen den Getreidesäcken, um den freundlichen Priester genauer betrachten zu können.

»Über den Kreuzzug, nicht wahr?«

Murdo hörte das Wort, doch einen Augenblick lang war er in Gedanken so weit entfernt, daß er nicht wußte, wovon der Kirchenmann sprach. »Nein, daran nicht«, antwortete er schließlich. »Ich habe über meinen Hof nachgedacht – über mein Zuhause meine ich.«

»Womöglich wünschst du dir, du hättest dein Zuhause nie verlassen?« vermutete der Mönch. »Ah, *fy enaid*«, seufzte er wehmütig. »Auch mich überkommt bisweilen die Sehnsucht, wenn ich an meine Heimat im gesegneten Dyfed denke.«

Murdo hatte noch nie von einem Ort dieses Namens gehört, und das sagte er auch.

»Du hast noch nie von Dyfed gehört?« rief Emlyn entsetzt. »Dabei ist es doch der schönste Platz auf Erden. Gott der Herr hat dieses wundervolle Land mit all seinen Gaben gesegnet, und unter dem weiten Himmelszelt gibt es niemanden, der glücklicher wäre als die Menschen von Dyfed. Wie sollten sie auch nicht glücklich sein? Das Land ist reich an Flüssen, Seen und Quellen aller Art, und alle sind sie voll frischen Wassers, mit dem man seinen Durst genußvoll stillen und aus dem man das beste Bier der Welt brauen kann.

Wahrlich, ich sage dir, das Wetter in Dyfed ist niemals rauh, und der Wind streicht so sanft über das Land hinweg wie der Atem einer Mutter über die Wange des geliebten Kindes. Die Luft ist stets warm und der Himmel so blau wie Lercheneier. Nie drohen Sturmwolken am Horizont, und nie verhüllen sie die strahlende Sonne, denn es regnet nur in der Nacht und auch dann nur sanft, um dem Land das nötige Wasser zu spenden. So wächst und gedeiht in Dyfed alles im Überfluß; wo man auch sät, man wird reiche Ernte einfahren. Überall ist das Gras grün und saftig, so daß das Vieh auf den Weiden wohlgenährt und rund ist.«

Der verzückte Mönch schluckte vernehmlich, bevor er fortfuhr, seine phantastische Heimat zu preisen. »Die Frauen von Dyfed sind der Inbegriff der Schönheit, und die Männer sind allesamt Barden und Krieger zugleich. Alle leben in Frieden und Harmonie miteinander; nie erhebt jemand die Stimme im Zorn. Die Männer verbringen ihre Tage damit, Lieder zu schreiben, um die sie selbst die Engel beneiden. Tatsächlich kommt es nicht selten vor, daß ein Barde vor seinem Herrn singt und noch in derselben Nacht ins Paradies gerufen wird, um den himmlischen Chören seine gesegneten Verse zu lehren.

Der Reichtum, den andere Völker so heiß begehren, wird von den Kymren verachtet. Gold und Silber sind nur für unsere Handwerker verlockend, die sich von ihnen versucht fühlen, ihr Werkzeug aufzunehmen, um ihre meisterliche Kunst auszuüben. Der Schmuck, den sie anfertigen, ziert die Hälse und Finger von Königen; selbst die Kinder besitzen bereits die Fähigkeit, prachtvolles Geschmeide zu fertigen. Und ... und ... «

Überwältigt von der Erinnerung fiel Emlyn in verzücktes Schweigen. Murdo musterte den Mann, und dachte erneut, wie seltsam diese Mönche waren. Waren sie wirklich Männer der Kirche, wie sie behaupteten? Falls ja, dann unterschied sich die Kirche, der sie dienten, deutlich von jener, die Murdo kannte.

»So wie du es beschreibst, scheint es sich in der Tat um ein sehr bemerkenswertes Land zu handeln«, sagte Murdo.

Emlyn nickte feierlich. »Ich spreche die Wahrheit: Nachdem Eden für Adams Volk verloren war, hat der Schöpfer in seiner Gnade ihm Ynys Prydein geschenkt, und Dyfed ist der schönste Fleck auf unserer geliebten Insel.«

»Wenn das wirklich so ist, dann frage ich mich, warum überhaupt je jemand dieses Land verläßt.«

»Oh, genau darin liegt unser Leid begründet«, antwortete der Mönch und schüttelte traurig den Kopf. »Denn die Kymren – so sie auch von unserem göttlichen Wohltäter mit den reichsten Gaben bedacht worden sind – leben auch in der ständigen Furcht, die Menschen anderer Gefilde könnten aus Neid über sie herfallen und ihnen das Herz ihres Glücks herausreißen. Daher hat der

Herr sie mit dem unwiderstehlichen *taithchwant* ausgestattet, auf daß sie vor lauter Freude über ihre herrliche Heimat nicht zu stolz werden.«

Emlyn sprach mit solch tief empfundener Sehnsucht, daß Murdo zutiefst berührt war. »Was ist dieses *tai*..., *taith*...?«

»*Taithchwant*«, wiederholte der Mönch. »Oh, es ist weniger ein Leiden, als vielmehr eine unerträgliche Last. Es ist eine Art Wanderlust, doch stärker noch als jedes Sehnen gewöhnlicher Sterblicher. Es ist eine nagende Ungewißheit, die einen Mann über die Grenzen des Paradieses hinaustreibt, um zu sehen, was sich hinter dem nächsten Hügel verbirgt; um zu entdecken, wo der Fluß endet oder wohin die Straße führt. Sicherlich gibt es kein stärkeres Gefühl, und nur eines läßt sich damit vergleichen.«

»Und was ist das?« fragte Murdo, der immer mehr von der Aufrichtigkeit des Mönches eingenommen war.

»Das ist das *hiraeth*«, antwortete der Mönch, »das Heimweh, das schmerzhafte Verlangen nach den grünen Hügeln unserer Heimat, eine unvergleichliche Sehnsucht nach dem Klang vertrauter Stimmen; ein gieriger Hunger, der nur von Speisen befriedigt werden kann, die auf dem Herd der Mutter zubereitet worden sind. Ach, das *hiraeth* ist ein quälendes Sehnen, so stark, daß es einem Mann die Tränen in die Augen treibt und ihn alles andere vergessen läßt – einschließlich des Lebens selbst.«

Er seufzte. »Verstehst du mich jetzt? Wir sind für immer gefangen zwischen den zwei stärksten Gefühlen, die ein Mensch empfinden kann, und so kommt es, daß wir niemals lange an einem Ort glücklich sein können.«

Murdo bestätigte, daß dies in der Tat ein großes Unglück sei, woraufhin der Mönch lächelte und sagte: »Gott ist gut. Er hat uns zu seinen Abgesandten berufen und uns mit allem Notwendigen ausgestattet, um sein reines, strahlendes Licht in eine Welt voller Dunkelheit zu tragen. Wir sind die Célé Dé«, verkündete er stolz,

»Diener des himmlischen Hochkönigs, der uns seine Gnade geschenkt hat.« Emlyn beugte sich zu Murdo hinab, als wolle er ihm ein Geheimnis anvertrauen; dementsprechend senkte er auch die Stimme. »Höre meine Worte: Wir sind die Hüter des Heiligen Lichts und die Wächter des Wahren Weges.«

Raimund von Saint-Gilles, Graf von Toulouse und der Provence, traf einen Tag vor dem geplanten Aufbruch von Bohemunds Armee in Konstantinopel ein.

Nach der Überwinterung in Rom, wo sich ihm der päpstliche Legat, der Bischof von Le Puy, angeschlossen hatte, hatte der Graf das adriatische Meer überquert und war mit seinem Heer nahe Dyrrhachion gelandet. Dann, angetrieben von dem ungeduldigen byzantinischen Statthalter, hatten Graf und Bischof den langen, unbequemen Marsch über die Berge Makedoniens in Angriff genommen.

Die Reise war angenehm ereignislos verlaufen; nur gelegentlich hatte die Disziplin der Männer ein wenig zu wünschen übriggelassen. Meist hatte es sich dabei um unglückliche Mißverständnisse gehandelt, die in der Plünderung und Zerstörung einiger byzantinischer Städte geendet hatten, und einmal war Bischof Adhemar kurzfristig von den Petschenegen festgesetzt worden, die der Kaiser geschickt hatte, um das Heer zu seinem Ziel zu geleiten. Nichtsdestotrotz waren die Kämpfer zwar erschöpft, aber guter Dinge und begierig darauf, die Wunder Konstantinopels zu sehen.

Als sie die Hauptstadt erreichten, trafen die Neuankömmlinge auf die Armeen Bohemunds und Tankreds, die vor der Westmauer ihr Lager aufgeschlagen hatten: eine gewaltige Zeltstadt erstreckte sich wie ein bunter Flickenteppich über die gesamte westliche

Ebene. Die ersten Reihen der ungeordnet hausenden Heerschar erblickten die sich nähernden Kameraden und eilten voll ausgelassener Freude auf sie zu. Unfähig, Ritter und Fußvolk im Zaum zu halten, gestatteten ihnen die Fürsten, sich zu ihren Mitpilgern zu gesellen, damit sie gemeinsam den erfolgreichen Abschluß des ersten Teils der Pilgerfahrt feiern konnten.

Nachdem sie ihre Diener angewiesen hatten, die fürstlichen Zelte aufzuschlagen und das Lager zu bereiten, ritten Raimund und Adhemar zu Bohemunds Enklave. Dort wurden sie von den Edelleuten aus dem Gefolge des Fürsten empfangen, die sie in Abwesenheit ihres Herrn willkommen hießen.

»Bohemund ist nicht hier?« fragte Raimund. »Drei Monate lang haben wir ununterbrochen im Sattel gesessen. Wir kommen vom Papst höchstpersönlich.«

»Mit allem Respekt, Herr«, erwiderte einer der Ritter, »wir haben nicht gewußt, daß Ihr heute eintreffen würdet.« Der Ritter, ein Verwandter Bohemunds mit Namen Reinhold von Salerno, deutete auf das Zelt des Fürsten. »Dennoch erwartet Euch ein Becher Wein. Wir werden gemeinsam trinken, während ...«

»Wo ist Bohemund?« unterbrach ihn Adhemar und runzelte die Stirn ob der gedankenlosen Nachlässigkeit des Fürsten.

»Er berät sich mit dem Kaiser, mein Herr Bischof«, antwortete Reinhold. »Der Fürst und seine Familie speisen heute zusammen mit Tankred und einigen anderen im Palast. Vor heute abend werden sie nicht zurückerwartet. Aber bitte, wartet hier und ruht Euch aus, bis Euer Lager aufgeschlagen ist.«

Verärgert über die glanzlose Begrüßung schnaufte Raimund verächtlich. »Wir werden uns erst ausruhen, nachdem wir siegreich durch die Tore von Jerusalem geritten sind – vorher nicht.«

»Hat sich etwa unser Herr Jesus Christus ausgeruht, als das Heil der Welt in Gefahr war?« verlangte Adhemar in scharfem Ton zu wissen.

»Bitte, verzeiht mir, meine Herren«, erwiderte Reinhold steif. »Ich scheine Eure höchst edlen Gefühle verletzt zu haben. Ich versichere Euch jedoch, daß es lediglich in meiner Absicht lag, Euch willkommen zu heißen.«

»Wir sehen, was der Fürst unter Willkommen versteht«, erklärte der Bischof. »Wir werden in unser Lager zurückkehren und Euch nicht länger belästigen.«

Mit diesen Worten machten sie wieder kehrt und ritten zu ihren Zelten zurück, die inzwischen ein wenig südöstlich von Bohemunds Lager aufgeschlagen worden waren. Bei ihrer Ankunft erwartete sie eine kaiserliche Abordnung, die sie unverzüglich zum Palast geleiten sollte.

Die Armeen von Hugo, Gottfried und Balduin waren endlich über den Bosporus gebracht worden, und Alexios war entschlossen, dafür zu sorgen, daß auch diese letzten Pilger so rasch wie möglich weiterzogen. Dementsprechend verschwendete er keine Sekunde, um auch bei Raimund dieselbe Taktik anzuwenden, die sich bereits bei Bohemund und Tankred bewährt hatte: Er bot dem Grafen von Toulouse teure Geschenke und Proviant für seine Männer an und versprach ihm die Kosten für die Überfahrt über den Bosporus zu übernehmen – als Gegenleistung für Raimunds und Adhemars Unterschrift unter dem Treueid.

Aber wo der unvorhersehbare Fürst von Tarent so bemerkenswert entgegenkommend und vernünftig gewesen war, legte der fromme Graf von Toulouse und der Provence eine Engstirnigkeit und Sturheit an den Tag, wie man sie ansonsten nur mit grauen, vierbeinigen Lasttieren in Verbindung brachte, und weigerte sich offen, jede Art von Dokument zu unterzeichnen, das seine ihm vom Papst gewährte Autorität in Frage stellte.

»Als der erste Edelmann, der das Kreuz genommen hat«, erklärte Raimund, »bin ich damit geehrt worden, meine Vollmacht aus den Händen von Papst Urban selbst zu erhalten. Daher muß ich respektvoll den Eid verweigern, den abzulegen Ihr mir vorschlagt.«

Bischof Adhemar, der Legat des Papstes, nickte weise und lächelte selbstgerecht. »Der Eid, den Ihr fordert, Kaiser Alexios, ist vollkommen unnötig«, erklärte er großmütig. »Ein Edelmann, der sich dem Kreuz unseres Erlösers verschworen hat, ist nicht länger irdischen Herrschern verantwortlich, sondern nur noch unserem Herrn und Gott allein.«

Beinahe sprachlos vor Zorn und Bestürzung und der unnachgiebigen Arroganz der Kreuzfahrer allmählich überdrüssig blickte Alexios von seinem Thron auf die aufsässigen Fürsten herab. Umgeben von seinem Drungarios tōn poimōn, zwei Beratern und einer Abteilung Warägern und ausgewählter Exkubiten bot der Kaiser der gesamten Christenheit auf seinem goldenen Thron einen imposanten Anblick. Dennoch gab sich Raimund vollkommen ungerührt.

»Sollen Wir das etwa so verstehen«, intonierte der Kaiser, »daß diese ›Vollmacht‹ euch davon abhält, die Autorität des kaiserlichen Throns anzuerkennen?«

»In keinster Weise, mein Herr und Kaiser«, erwiderte Raimund in freundlichem Tonfall. »Ich erkenne Eure Autorität in allen Fragen an, mit einer Ausnahme: der Führung der Pilgerfahrt. Wie ich Euch bereits gesagt habe, ist mir diese Ehre von Seiner Heiligkeit Papst Urban höchstpersönlich übertragen worden.«

»Wir müssen dich daran erinnern, Graf Raimund, daß auch Bischof Urban sein Amt nur dank Unserer Duldung innehat«, erwiderte der Kaiser und wandte sich von Raimund an Bischof Adhemar. »Alle Autorität des Patriarchen von Rom hat ihren Ursprung in diesem Thron. Daher widerspricht der Eid, den Wir von euch verlangen, weder der Vollmacht, die man euch verliehen hat, noch untergräbt er eure Autorität.«

Raimund, hager und groß, starrte unverwandt geradeaus, das Gesicht hart und ausdruckslos. »Wie dem auch sein mag, man erzählt sich im Lager, daß der Kaiser Bohemund von Tarent in einen hohen Rang erhoben habe. Man sagt, er solle Oberbefehlshaber der Kaiserlichen Armeen unter dem Kreuz werden.«

Endlich, dachte Alexios und seufzte innerlich. Das ist also der wahre Grund, warum der Fürst sich in seinem Stolz verletzt fühlt: Er ist eifersüchtig auf Bohemund.

»Selbst auf die Gefahr hin, den Zorn des Kaisers zu erregen«, bemerkte Adhemar, »möchte ich darauf hinweisen, daß der Fürst von Tarent weder den Auftrag noch den Segen Seiner Heiligkeit besitzt. Beides hat der Papst ausschließlich dem Grafen Raimund gewährt, und ich, der päpstliche Legat, habe die Autorität verliehen bekommen, in Fragen...«

»Diese Gerüchte, von denen ihr sprecht«, unterbrach Alexios die Ausführungen Adhemars, »gründen sich einzig und allein auf Bohemunds Ehrgeiz. Zwar entspricht es der Wahrheit, daß er um eine solche Stellung ersucht hat, doch Wir können dir versichern, Graf Raimund, daß Wir dem Wunsch nicht entsprochen haben.«

»Wie dem auch sein mag«, erklärte Raimund stur, »der Kreuzzug braucht einen Anführer. Da ich von jenem auserwählt worden bin, der als erster den Plan zu diesem heiligen Unterfangen ersonnen hat, sehe ich keinen Grund, die Autorität aufzugeben, die man mir verliehen hat.« Als er sah, daß dem Kaiser langsam das Blut in die Wangen stieg, beschloß der stolze Graf seine Erklärung ein wenig abzumildern. »Aber natürlich«, fügte er eilig hinzu, »könnte der Kaiser mich als seinen treuesten Vasallen betrachten, sollte er sich dazu entschließen, den Kreuzzug persönlich ins Heilige Land zu führen.«

»Unglücklicherweise beginnt dieses noble Unterfangen zu einem Zeitpunkt, der meine Teilnahme unmöglich macht«, erwiderte Alexios streng. »Da im Augenblick dringende Reichsangelegenheiten Unserer Aufmerksamkeit bedürfen, können Wir den Kreuzzug leider nicht persönlich anführen, so sehr Wir Uns das auch wünschen würden.«

»Dann bleibt mir keine andere Wahl«, sagte Raimund in einem Tonfall, als ergebe er sich schweren Herzens dem Unvermeidlichen. »Ich muß dem Befehl des Papstes gehorchen und die Führerschaft auf mich nehmen, mit der er mich beauftragt hat.«

Adhemars Lächeln wurde immer breiter. Er steckte die Hände in die weiten Ärmel seines Bischofsgewandes und hätte sich fast vor Wohlgefühl geschüttelt.

»Oh, Wir glauben, du bist da etwas voreilig, mein lieber Graf von Toulouse«, bemerkte Alexios. Langsam stand er auf und griff nach dem Pergament mit dem Treueid und den Unterschriften seiner vorherigen Gäste. »Vielleicht können Wir dir doch noch die ein oder andere Alternative aufzeigen. Hör zu: Schwöre Uns die Treue als deinem rechtmäßigen Souverän, oder halte weiter am Papst fest, und der Kreuzzug ist hier für dich zu Ende. Der Bischof von Rom dient diesem Thron, nicht umgekehrt, und Wir werden Unsere Autorität gegenüber allen wahren, die in seinem Schatten einherziehen. Führe den Kreuzzug, wenn du denn unbedingt willst, aber du wirst das nur aufgrund Unserer Gnade tun und mit Unserer Erlaubnis.«

Aus lauter Sturheit versteifte sich der ohnehin schon steife Raimund noch mehr. Der Kaiser sah, daß er die Angelegenheit weit genug getrieben hatte, und beschloß, dem starrköpfigen Grafen Gelegenheit zu geben, über das Angebot nachzudenken. »Morgen«, sagte Alexios, »werden die Armeen Bohemunds und Tankreds von der kaiserlichen Flotte über den Bosporus gebracht werden, um sich in Pelekanon den Heeren Hugos und Gottfrieds anzuschließen und anschließend den Marsch nach Jerusalem fortzusetzen.«

Er hielt kurz inne und blickte dem Grafen von Toulouse streng in die Augen. »Du jedoch wirst hierbleiben.«

»Wie lange werde ich warten müssen, mein Herr und Kaiser?«

Wurde der sture Ritter bereits weich? »Das hängt von dir ab«, antwortete Alexios. »Unterzeichne den Eid, und du wirst dich den anderen ohne weitere Verzögerung anschließen können. Verweigere dich deinem Kaiser, und du wirst warten. Denn ohne deine Unterschrift unter diesem Pergament« – er tippte mit dem Finger auf das Schriftstück – »wird man dir nicht gestatten, auch nur einen Schritt jenseits der Mauern dieser Stadt zu tun. Als Folge davon wird auch jede Autorität, die du jetzt vielleicht besitzt, einem anderen zufallen.«

Alexios entließ seine Gäste, die daraufhin sofort in ihr Lager zurückgebracht wurden, um über die Worte des Kaisers nachzudenken.

Nachdem sich die Türen des Salomonsaals wieder geschlossen hatten, trat der Oberbefehlshaber der Flotte an seinen Verwandten heran und fragte: »Glaubt Ihr, daß er unterzeichnen wird?«

»Wer weiß das schon?« antwortete der Kaiser. »Wir haben in unserer Zeit schon viele sture Menschen getroffen, Dalassenos, aber keinen hochmütigeren als Raimund von Toulouse. Er ist ein willensstarker Mann, der glaubt, Gott habe ihn auserkoren, diesen armseligen Heerhaufen zu Ruhm und Ehre zu führen. Er betrachtet es als hohe Ehre und wacht eifersüchtig über dieses vermeintliche Vorrecht.«

»Und nun fürchtet er, es zu verlieren«, sinnierte Dalassenos. »Das war sehr klug von Euch, Basileus.«

»Vielleicht«, stimmte ihm Alexios vorsichtig zu. »Wir werden sehen, was stärker ist: seine Furcht oder seine Eifersucht.«

Acht Tage lang hielt Graf Raimund von Toulouse an seinem Entschluß fest und weigerte sich, seine Unterschrift unter den Eid zu setzen, den der Kaiser von ihm verlangte. Statt dessen schaute er zu, wie die großen Transportschiffe der kaiserlichen Flotte endlos die dunklen Wasser des Bosporus durchpflügten, um die Armeen Bohemunds und Tankreds auf die andere Seite nach Pelekanon überzusetzen. Gleichzeitig liefen ständig Handelsschiffe in den Hafen der Hauptstadt ein, die Getreide, Öl, Wein, Vieh und andere Nahrungsmittel für die Kreuzfahrer brachten. Vom frühen Morgen bis in die Nacht hinein herrschte auf der engen Wasserstraße ein einziges Chaos. Bisweilen befanden sich so viele Schiffe und Boote auf dem Wasser, daß der Graf glaubte, ein Ritter hätte ohne Mühe über die Decks hinweg auf die andere Seite galoppieren können.

Tag für Tag strömten Tausende von Pilgern mit Pferden und Karren von den Hügeln zu den Anlegestellen am Goldenen Horn hinab. Die Pferde wurden stets als erste an Bord gebracht – eine mühselige Arbeit, welche die ohnehin schon langwierige Operation noch weiter verlangsamte –, und wenn die Tiere sicher untergebracht waren, nahm man die Karren und Wagen auseinander, um sie einfacher auf den Schiffen verstauen zu können, und zu guter Letzt verlud man die eigentliche Ausrüstung. Erst wenn auf einem Schiff kein Stauraum mehr vorhanden war, gestattete man Menschen, an Bord zu kommen – Ritter und Fußvolk zuerst, dann die anderen Pilger: Priester und andere Kirchenleute sowie die Frauen, Kinder und Diener der Kreuzfahrer.

Voll beladen konnte ein kaiserliches Transportschiff bis zu fünfzig Pferde, zwanzig Wagen und drei- bis vierhundert Menschen tragen. Der Kaiser hatte elf dieser großen Schiffe für die Operation bereitgestellt, und jedes dieser Schiffe konnte zweimal am Tag übersetzen. So kam es, daß die Zahl der Pilger am Ufer täglich kleiner wurde, während Graf Raimund und Bischof Adhemar tatenlos zuschauen mußten, und nach acht Tagen ging die Sonne schließlich über verlassenen Anlegestellen unter.

Am neunten Tag traf Robert, Herzog von der Normandie und Bruder des Wilhelm Rufus, des Königs von England, in Konstantinopel ein, in Begleitung seines Vetters, des Grafen Robert von Flandern, und seines Schwagers, des Grafen Stephan von Blois. Ihre vereinigte Streitmacht zählte mehr als vierzigtausend Mann, einschließlich einer kleinen Einheit, die von einem streitlustigen Kirchenmann geführt wurde, dem Bischof Odo von Bayeux.

Abgesehen von einigen Schwierigkeiten bei der Überquerung des adriatischen Meeres, die den unglücklichen Tod von vierhundert Mann zur Folge gehabt hatten, hatte sich die Reise nach Konstantinopel als ausgesprochen zufriedenstellender Beginn der Pilgerfahrt erwiesen, und die Neuankömmlinge waren begierig darauf, den Bosporus zu überqueren und dem gottlosen Feind entgegenzutreten. Wie die anderen vor ihnen, so wurden auch diese lateinischen Fürsten sofort zu einer Audienz vor den Kaiser befohlen. Anders jedoch als ihre Vorgänger schworen sie Alexios bereitwillig die Treue und versprachen, alles Land und alle Reliquien der kaiserlichen Herrschaft zu überantworten, die sie auf der Kreuzfahrt erobern würden.

Daß der Eid so rasch unterschrieben wurde, war in erster Linie Graf Stephan zu verdanken, der aufgrund seiner Selbstlosigkeit und Frömmigkeit hohes Ansehen unter den Römern genoß. Nachdem der Kaiser erst einmal herausgefunden hatte, wie hoch die Pilger den Grafen schätzten, verschwendete er keine Zeit und betraute den jungen Fürsten mit der Aufgabe, Raimund dazu zu bewegen, sich ebenfalls der kaiserlichen Autorität zu unterwerfen.

Der Graf von Blois hatte kaum die Feder wieder abgelegt, mit der er den Eid unterschrieben hatte, als der Kaiser bereits verkündete, wie sehr es ihn freue, daß diese Formalität so rasch erledigt worden sei und daß man nun dazu übergehen würde, Proviant unter den hungrigen Truppen der Neuankömmlinge zu verteilen; anschließend würde man sie dann ohne weitere Verzögerung nach Pelekanon übersetzen, wo sie auf die anderen Pilger treffen würden. Erleichtert und dankbar verlieh Herzog Robert seinem Wunsch Ausdruck, die Pilgerfahrt so rasch wie möglich wiederaufzunehmen, woraufhin der Kaiser bemerkte, daß der Graf von Toulouse sich unglücklicherweise nicht dem Kreuzzug anschließen könne.

Die lateinischen Fürsten blickten einander verwundert an. Graf Raimunds Heer war das größte und bestausgerüstetste der Kreuzfahrerheere, und sie zählten auf seine Führerschaft. »Aber, mein Herr und Kaiser, warum sollte Raimund zurückbleiben?« verlangte Stephan respektvoll zu wissen.

»Wir können nur vermuten, daß euer Freund beschlossen hat, den Kreuzzug aufzugeben«, antwortete Alexios.

»Wirklich?« fragte Robert Graf von Flandern.

»Zumindest scheint es so.«

»Verzeiht mir, mein Herr und Kaiser«, sagte der Herzog von der Normandie, »aber es fällt mir schwer, dies zu glauben. Es ist weithin bekannt, wie sehr der Graf von Toulouse auf diese Pilgerfahrt brennt. Tatsächlich steht seine Armee sogar in eben diesem Augenblick zum Abmarsch bereit. Es muß eine andere Erklärung geben. Ohne Zweifel ist irgend jemandem ein Fehler unterlaufen.«

»Niemandem ist ein Fehler unterlaufen«, versicherte ihm der Kaiser. »Das einzige, was ihn am Aufbruch hindert, ist der Eid, den ihr soeben unterzeichnet habt. Graf Raimund befindet sich nunmehr seit neun Tagen in Konstantinopel; jeden Tag haben Wir ihm das Dokument vorlegen lassen, und jeden Tag hat er sich geweigert, es zu unterzeichnen.« Alexios' Tonfall wurde hart. »Da er nicht ins Heilige Land weiterreisen kann, solange das Dokument nicht unterzeichnet ist, können Wir daraus nur schließen, daß er beschlossen hat, den Kreuzzug zu verlassen.«

Stephan runzelte besorgt die Stirn und nickte verständnisvoll. »Ich glaube, ich verstehe allmählich«, sagte er. »Vielleicht würde der Kaiser mir etwas Zeit gewähren, um Raimund umzustimmen. Mit Eurer Zustimmung, mein Herr und Kaiser, werde ich die Angelegenheit mit ihm besprechen.«

»Selbstverständlich. Sprich mit ihm«, sagte Alexios im Tonfall eines Mannes, der nicht mehr weiter wußte. »Wir beten zu Gott, daß du Erfolg haben wirst, und zwar rasch. Am Tag nach Ostern wird die Flotte damit beginnen, eure Truppen über den Bosporus zu transportieren, und bevor auch nur einem Soldaten die Überfahrt gestattet werden wird, muß der Eid unterzeichnet sein.«

»Aber Ostern ist bereits morgen!« stöhnte Stephan.

»Das stimmt«, bestätigte der Kaiser. »Wie ich sehe, beginnst du tatsächlich zu verstehen.«

»Wenn Ihr mich jetzt bitte entschuldigen würdet, mein Herr und Kaiser, dann werde ich ohne Verzögerung zu ihm eilen, um mit ihm zu sprechen.«

Bei Sonnenaufgang des zehnten Tages nach Raimunds Ankunft in Konstantinopel durchbrach das Läuten der Kirchenglocken die frühmorgendliche Stille und kündigte den Beginn der Osterfeierlichkeiten an. Die westlichen Edelleute und ihre Familien – denn alle außer Stephan hatten ihre Gemahlinnen und Kinder mitgebracht – waren eingeladen worden, die Ostermesse gemeinsam mit dem Kaiser und der Kaiserin auf der Galerie der Hagia Sophia zu feiern. Dort, inmitten der mit Gold beschlagenen Ikonen der heiligen Sophia und den prächtigen Mosaiken, die den auferstandenen Christus zeigten, konnten die Besucher die Pracht erahnen, die zu bewahren sie geschworen hatten. Nach dem Gottesdienst führte man die Pilger zurück in ihre trostlosen Lager, um über die Größe dessen nachzudenken, was sie gesehen hatten, während der Kaiser und seine Familie in den Palast zurückkehrten, wo sie den Rest des Tages feiern und beten würden.

Früh am nächsten Morgen begann die kaiserliche Flotte damit, die Armeen der Normandie und Flanderns über den Bosporus zu transportieren, wo sie sich den Streitkräften Hugos, Gottfrieds und Bohemunds anschließen sollten. Zehn Tage lang fuhren die mächtigen Schiffe über die enge Wasserstraße so stetig und kraftvoll wie die Flut. Ohne Unterbrechung wurde Ladung an Bord genommen, gelöscht und Kreuzfahrer mitsamt ihrem Kriegsgerät über den Bosporus verschifft; doch noch immer verweigerte der stolze Graf von Toulouse den Eid.

Nachdem das letzte Pferd und der letzte Mann über den Bosporus gebracht worden waren, gab der Kaiser den Befehl, die Flotte vom Ufer abzuziehen und in die Mitte der Wasserstraße zu verlegen, damit die erregten Franken nicht in Versuchung gerieten, die Schiffe mit Gewalt unter ihre Kontrolle zu bringen. Allerdings befahl er dem Flotten-Drungarios, die Schiffe in Sichtweite ankern zu lassen, um den sturen Raimund und seinen willfährigen Bischof stetig daran zu erinnern, wie wenig zwischen ihnen und ihrem Ziel – nämlich der Abreise – lag und wie rasch sie wieder auf dem Weg sein könnten.

Graf Stephan hatte seine Truppen mit den anderen vorausgeschickt und war zurückgeblieben, um dem Kaiser dabei zu helfen, den hochmütigen Raimund zu überreden: Er riet, lockte und appellierte ohne Unterlaß, und schließlich war ihm aufgrund seines gutmütigen Wesens Erfolg beschert, und es gelang ihm, den starrköpfigen Grafen von Toulouse zu erweichen. So kam es, daß drei Tage, nachdem das letzte Schiff den Bosporus überquert hatte, Raimund von Toulouse und Bischof Adhemar im Blachernenpalast erschienen und um eine Audienz beim Kaiser nachsuchten.

Gnädig ließ ihnen Alexios mitteilen, er würde sie so bald wie möglich empfangen; dann widmete er sich wieder gelassen den üblichen Tagesgeschäften: Er inspizierte die Palastwache und wanderte durch die kaiserlichen Ställe. Kurz blieb er beim Stallmeister stehen und beobachtete, wie dieser mit den Jährlingen verschiedene Gangarten trainierte. Anschließend nahm er an einer Messe teil, traf sich mit dem Magister Officiorum und den Quaestoren, um die kaiserlichen Pflichten für die folgende Woche zu besprechen, und aß schließlich zu Mittag. Nach dem Essen genoß er ein seltenes Nickerchen im Garten, und danach unterzeichnete er eine Reihe von Dokumenten die Beförderungen verdienter Offiziere betreffend und die daraus resultierenden Erhöhungen ihres Einkommens. Dazwischen hatte er dem Flotten-Drungarios den Befehl gegeben, die Truppenschiffe zum Eleutherios-Hafen zu verlegen, um den Kreuzfahrern den Eindruck zu vermitteln, die Flotte würde abrücken.

Nachdem Alexios all diese Pflichten erledigt hatte, rief er seinen Magister Officiorum zu sich, und da er nicht wußte, was er noch tun sollte, fragte er den Mann, ob er vielleicht irgend etwas vergessen habe. »Wenn Ihr gestattet, Basileus«, antwortete der Magister, »möchte ich darauf hinweisen, daß die lateinischen Fürsten noch immer darauf warten, vom Kaiser empfangen zu werden. Sie warten in eben diesem Augenblick im Vestibulum.«

»Ah, ja«, bemerkte Alexios gutgelaunt. »Haben sie lange gewartet?«

»Angemessen lange. Sie sind heute morgen eingetroffen.«

»Nun denn. Falls es nichts anderes mehr zu tun gibt, dann bitte sie herein. Wir werden sie jetzt empfangen.«

»Wie Ihr befehlt, Basileus.« Der Magister entfernte sich und bedeutete den Wachen, die Tür zu öffnen. Wenige Augenblicke später führte der Beamte zwei nervöse und unglückliche Edelleute und einen zornigen Bischof in den Saal.

Alexios begrüßte sie freundlich, als sie vor seinem Thron stehenblieben, und fragte sie, warum sie gekommen seien. Die beiden Fürsten blickten einander an; dann nickte Stephan, und Raimund antwortete: »Ich bin gekommen, um Euch die Treue zu schwören, mein Herr und Kaiser.«

»Das ist ja schön und gut«, erwiderte der Kaiser, »aber Wir fürchten, da kommst du zu spät.«

»Zu spät?« fragte Raimund und warf Stephan einen vorwurfsvollen Blick zu.

»Verzeiht mir, mein Herr und Kaiser«, meldete sich Stephan zu Wort. »Aber ich habe geglaubt, man würde uns gestatten, die Pilgerfahrt gemeinsam fortzusetzen, wenn es mir gelänge, Graf Raimund zur Unterzeichnung des Treueids zu überreden.«

»Dem ist auch so«, bestätigte der Kaiser. »Aber wie du dich vielleicht erinnerst, haben Wir gesagt, der Eid müsse unterzeichnet sein, bevor die Schiffe den Transport eingestellt haben.« An den Magister Officiorum gewandt, fragte der Kaiser: »Verhält es sich nicht so, wie Wir gesagt haben, Magister?«

Der Magister konsultierte die Wachstafel, auf der er alle offiziellen Verlautbarungen festzuhalten pflegte; dann erwiderte er: »Es verhält sich so, Basileus. Das ist genau, was Ihr gesagt habt.«

»Es tut Uns leid«, erklärte Alexios gelassen. »Wärt ihr doch nur früher zu Uns gekommen.«

»Wir haben den ganzen Tag lang gewartet!« schrie Bischof Adhemar, der sich nicht länger beherrschen konnte. »Das ist unerträglich!«

Alexios' Gesicht verhärtete sich. »Und doch werdet ihr es ertragen müssen. Graf Raimund hatte genug Zeit, um seine Meinung zu ändern. Oder habt ihr vielleicht geglaubt, die ganze Welt warte nur auf eure Entscheidung? Ich versichere euch: Die Welt wartet auf niemanden.«

»Ich bin bereit, den Treueid auf der Stelle abzulegen«, erklärte Raimund, dem das Blut in die Wangen stieg.

»Und Wir sagen dir, es ist zu spät.«

»Zu spät!« knurrte Raimund.

»Die Schiffe werden andernorts gebraucht. Um der Kreuzfahrt zu helfen, haben wir den Schutz unserer Provinzen vernachlässigt, doch dieser Zustand kann nicht ewig andauern.« Der Kaiser blickte den drei Männern vor ihm gelassen in die Augen. »Die Schiffe müssen instand gesetzt und für eine neue Aufgabe ausgerüstet werden. Jede weitere Verzögerung wäre zu kostspielig, als daß es sich lohnen würde, auch nur darüber nachzudenken.«

Sprachlos vor Wut und Enttäuschung blickte Raimund verbittert zum Kaiser empor. Adhemar holte Luft, um erneut das Wort zu ergreifen, doch der ruhige Stephan kam ihm zuvor.

»Wenn Ihr gestattet, mein Herr und Kaiser«, sagte Stephan rasch, »dann würde ich Euch gerne einen möglichen Ausweg aus dieser Situation vorschlagen.«

»Wenn du einen solchen Ausweg kennst«, erwiderte der Kaiser, »dann hören Wir dir gerne zu.«

»Falls man die Abfahrt der kaiserlichen Flotte noch um ein paar Tage verschieben könnte, könnten wir die Schiffe vielleicht anheuern, um unsere Armeen über den Bosporus zu bringen. Wir wären bereit, in Gold zu zahlen.«

Der Kaiser runzelte die Stirn. »Wir besitzen Gold genug. Uns mangelt es an Schiffen, um die kaiserlichen Gewässer zu sichern.« Er starrte auf die Lateiner herab und trommelte mit den Fingern auf der Armlehne seines Throns. »Aber das bringt mich auf einen anderen Gedanken«, fuhr Alexios langsam fort, als denke er nun zum erstenmal darüber nach.

»Ja, mein Herr und Kaiser?«

»Uns ist aufgefallen, daß Wir Unser Versprechen erfüllt haben, die Pilger zu versorgen und durch Unser Gebiet Richtung Heiliges Land zu geleiten, und all das haben Wir aus Unserer eigenen Tasche bezahlt. Und Wir haben es gern getan, dient es doch der Befreiung des Heiligen Landes und der Rückführung gestohlener Ländereien in die Obhut des Reiches.«

»Mit Gottes Hilfe«, erklärte Bischof Adhemar, »werden wir siegreich sein.«

»Wir beten für euren Sieg, mein Herr Bischof«, erwiderte der Kaiser. »Eingedenk dessen erscheint es Uns nur gerecht, euch einen kaiserlichen Abgesandten zur Seite zu stellen, der euch in allen Fragen beraten wird, welche die Wiedereingliederung verlorener Gebiete in den Reichsverbund betreffen.«

Stephan verstand sofort, was der Kaiser ihnen anbot, und bevor die anderen etwas darauf erwidern konnten, stimmte er freudig zu. »Natürlich würden wir einen kaiserlichen Abgesandten in unseren Reihen jederzeit willkommen heißen, der uns in allen Fragen mit Rat und Tat zur Seite steht, welche die Interessen des Reiches betreffen, als Gegenleistung für den Einsatz der kaiserlichen Flotte. Ich schäme mich, daß mir das nicht selbst eingefallen ist.«

Raimund versteifte sich. Ihm gefiel die Vorstellung nicht, daß ein kaiserliches Faktotum seine Nase in die Angelegenheiten der Kreuzfahrer stecken sollte.

»Gut.« Alexios winkte den Magister heran. »Wir nehmen euer Angebot an, die Überfahrt zu bezahlen und einen kaiserlichen Abgesandten in eure Reihen aufzunehmen.« Der Kaiser nahm das Dokument mit dem Treueid von dem Beamten entgegen, das alle anderen Kreuzfahrer bereits unterzeichnet hatten, und reichte es Raimund.

Der widerspenstige Graf hielt das Dokument in Händen, machte jedoch keinerlei Anstalten, es zu entfalten. Statt dessen blickte er hilflos zu Stephan.

»Mein Herr und Kaiser«, begann der Graf von Blois zögernd, »ich wollte Euch gerade vorschlagen, daß man Graf Raimund gestatten sollte, einen Eid nach seinen eigenen Vorstellungen abzulegen.«

Alexios starrte die beiden Fürsten an. Kannte ihre Unverschämtheit denn überhaupt keine Grenzen? Schließlich sagte er: »Eigentlich sollten Wir euch in Ketten binden und in den Bosporus werfen lassen; aber Wir sind neugierig zu erfahren, warum du glaubst, Raimund sollte diese besondere Gunst gewährt werden«, mit jedem Wort wurde seine Stimme lauter, »wenn alle anderen Fürsten einschließlich deiner selbst die Weisheit Unseres Ansinnens eingesehen haben. Erleuchte Uns, wenn du kannst.«

Nervös trat Stephan von einem Fuß auf den anderen. »Der Vorschlag liegt in der herausragenden Stellung begründet, die Graf Raimund als Führer der Pilger genießt. Bitte, gestattet mir, für ihn zu sprechen. Graf Raimund hat das Gefühl, seinen Eid vor dem Papst zu verraten, sollte er jetzt dem kaiserlichen Thron die Treue schwören.«

»Das haben Wir bereits gehört.« Alexios wischte den Einwand mit einer barschen Geste beiseite.

»Daher«, fuhr Stephan eilig fort, »habe ich angeregt, daß der Graf von Toulouse vielleicht das gleiche Versprechen ablegen könnte, mit dem seine Landsleute Höhergestellten Gefolgschaft geloben.«

Der Kaiser der gesamten Christenheit und Nachfolger der Apostel runzelte die Stirn, während er die verschiedenen Möglichkeiten abwog, die ihm nun blieben. Würde er den lästigen Grafen fortschicken, würde das nur weiteren Ärger für das Reich bedeuten – die Pilger hatten auf dem Marsch hierher bereits mehr als zweitausend Bürger getötet, bevor die Petschenegen dem Morden Einhalt geboten hatten. Andererseits würde das Problem sich vielleicht von selbst lösen, wenn man Raimund und seinem marodierenden Pilgermob gestatten würde weiterzuziehen – zumindest für kurze

Zeit oder vielleicht auch für immer, wenn die Seldschuken sie schlagen würden, was sehr wahrscheinlich war.

Sollten die Kreuzfahrer jedoch aufgrund irgendeines Wunders siegreich sein, wäre die Vernichtung der Seldschukenpest den Preis wert – auch wenn, so sinnierte Alexios düster, diese Möglichkeit angesichts der zerlumpten Haufen, die er in den vergangenen Wochen gesehen hatte, weiter entfernt war denn je. Im Augenblick schien ihm nichts anderes übrigzubleiben, als das Beste aus einem zunehmend schlechten Handel zu machen.

Der Kaiser betrachtete den großen, hageren Edelmann vor ihm. Sein harter, entschlossener Blick verriet, daß er sich noch nie freiwillig jemandem unterworfen und daß er sicherlich nicht die Absicht hatte, jetzt damit zu beginnen. So stellte Stephans Vorschlag das Maximum dessen dar, was der Kaiser bei dem stolzen und prinzipientreuen Grafen von Toulouse und der Provence erreichen konnte. Im Tonfall erschöpfter Schicksalsergebenheit nahm Alexios das Angebot an. »Was ist das für ein Gelübde, das seine Landleute ablegen?« fragte er und wünschte sich nichts sehnlicher, als diese Pilger ein für allemal loszuwerden.

»Wenn Ihr erlaubt, mein Herr und Kaiser«, meldete sich Raimund zu Wort und rezitierte ein wortreiches Gelübde, das darauf hinauslief, daß er versprach, den Kaiser zu ehren, sein Leben und seinen Rang zu respektieren und ihm niemals zu schaden oder ihn zu verletzen, sei es durch Worte oder durch Taten seitens des wackeren Grafen Raimund von Toulouse.

»Gelobst du auch die Rechte des Kaisers in allen Fragen zu ehren, welche die Rückführung von Land, Schätzen und Reliquien betreffen, die rechtmäßig dem Reich gehören?« verlangte Alexios zu wissen, nachdem der Graf geendet hatte.

»Das gelobe ich ebenfalls«, antwortete Raimund ernst.

»Und gelobst du dies beim ewigen Glück deiner Seele, das du verwirken wirst, solltest du dieses Versprechen brechen?«

Bischof Adhemar öffnete den Mund, um gegen diese Frage zu protestieren, doch Stephan hielt ihn davon ab, indem er den Arm des unangenehmen Kirchenmannes packte und kräftig zudrückte.

»So gelobe ich nach bestem Wissen und Gewissen, mein Herr und Kaiser«, antwortete Raimund bereitwillig und ohne Hinterlist.

»Dann akzeptieren Wir dein Gelübde als Ersatz für den Eid, den alle anderen christlichen Fürsten geschworen haben«, sagte der Kaiser, der sich den tadelnden Nebensatz nicht hatte versagen können. »Geht jetzt, und sammelt eure Männer. Wir werden den Flotten-Drungarios darüber in Kenntnis setzen, daß der Transport eures Heeres augenblicklich beginnen soll. Die Kosten betragen 20 Goldmark pro Schiff und Tag. Ihr werdet das Geld an die kaiserliche Schatzkammer abführen. Des weiteren werden Wir eine Abteilung Unsterblicher abstellen, die unter dem Kommando des Strategen Tatikios Unsere Interessen auf der Pilgerfahrt vertreten wird. Ihr werdet Unseren Abgesandten so ehrerbietig behandeln wie den Kaiser selbst. Habt ihr das verstanden?«

»Voll und ganz, mein Herr und Kaiser«, antwortete Raimund erleichtert darüber, daß die Angelegenheit endlich zur allgemeinen Zufriedenheit erledigt war.

»Dann wünschen Wir euch Gottes Segen und einen raschen Sieg über unseren gemeinsamen Feind«, sagte Alexios. »Zieht hin in Unserer Huld.«

»*Pax vobiscum*«, intonierten die lateinischen Fürsten.

Bevor sie sich vom Thron entfernten, sagte der Kaiser: »Laßt Uns euch noch eine letzte Warnung mit auf den Weg geben.«

»Selbstverständlich, mein Herr und Kaiser«, erwiderte Stephan glücklich. »Euer Rat ist uns stets willkommen.«

»Die Seldschuken sind hervorragende Kämpfer, und sie kennen keine Furcht«, erklärte Alexios, wieder ganz der listige Feldherr. »Sie kämpfen mit Bögen von den Rücken ihrer Pferde. Immer wieder werden sie Angriffe vortäuschen, um euch mit ihren endlosen

Pfeilsalven zu zermürben. Sie werden sich niemals einem direkten Kampf stellen. Laßt euch jedoch nicht dazu verleiten, dies für Feigheit zu halten, denn damit hat es nichts zu tun. Diese Taktik liegt ihnen einfach im Blut.

Daher raten Wir euch, augenblicklich gegen sie vorzurücken, wenn ihr angriffen werdet. Zwingt ihnen den Kampf Mann gegen Mann auf. Aller Wahrscheinlichkeit nach werden sie sich eher zurückziehen, als sich euch zu stellen. Sollten sie fliehen, dann dürft ihr sie jedoch auf keinen Fall verfolgen; ihre Pferde sind schneller als eure, so daß sie euch mit Leichtigkeit abhängen können. Auf gar keinen Fall dürft ihr zulassen, daß eure Berittenen vom Fußvolk getrennt werden. Die arabischen Völker sind allesamt geschickte Reiter, und sie können ihre Reihen in kürzester Zeit neu formieren. Nichts liegt ihnen besser, als sich überraschend den Verfolgern wieder entgegenzuwerfen oder die Reiter zu umgehen, um sich über das ungeschützte Fußvolk herzumachen. Außerdem sind sie Meister des Hinterhalts und der Täuschung.«

Er betrachtete die Franken vor ihm, und als er sah, daß seine Worte nur wenig Wirkung zeigten, schloß er seine Erklärung mit den Worten ab: »Wir raten euch, diese Worte nicht zu vergessen. Nur List kann die Seldschuken besiegen, nicht Tapferkeit.«

Raimund verzog verächtlich das Gesicht. »Wir hören Euren Rat, und wir danken Euch dafür; aber bei allem Respekt, mein Herr und Kaiser«, erwiderte er, »die Sarazenen werden den Stahl der Kreuzfahrer schon bald fürchten lernen. Mit Gott und der Wahrheit auf unserer Seite benötigen wir keine List.«

»Dann geht mit Gott, meine Freunde.« Der Kaiser entließ sie und blickte ihnen hinterher, während sie sich vom Thron zurückzogen.

Nachdem die beiden Fürsten und der Bischof gegangen waren, drehte sich Alexios zu seinem Verwandten um und fragte: »Was denkst du, Vetter?«

»Ich denke, daß die kaiserliche Schatzkammer schon bald von Pilgergold überquellen wird«, antwortete Dalassenos. »Aber warum habt Ihr die Schiffe fortgeschickt, nur um sie jetzt gegen Geld wieder zurückkehren zu lassen? Ich kann nicht glauben, daß Ihr nur die Transportkosten sparen wolltet.«

»Ach das«, erwiderte der Kaiser ein wenig überrascht. »Ich wollte ihnen nur unsere Macht demonstrieren und ihnen vor Augen führen, wie sehr sie vom Reich abhängig sind. Ob es ihnen nun gefällt oder nicht, sie sind auf uns angewiesen, wenn sie Jerusalem erobern wollen.«

»Ich verstehe«, erklärte der Drungarios. »Ich dachte, Ihr hättet aus einem anderen Grund so gehandelt: damit sie Euch ihr Gold geben, bevor es von den Seldschuken geplündert wird.«

»Du schätzt ihre Erfolgsaussichten offensichtlich sehr gering ein.«

»Ich bin im Gegenteil sehr optimistisch, Basileus«, versicherte ihm der Drungarios. »Wie sie es überhaupt bis hierher geschafft haben, ist mir ein Mysterium. Aber nach allem zu urteilen, was ich bis jetzt von den Seldschuken gesehen habe, werden diese Pilger nie einen Fuß nach Jerusalem hineinsetzen. Es ist, wie Ihr gesagt habt: Wenn Tapferkeit alleine reichen würde, dann hätten wir die Ungläubigen schon längst wieder vertrieben.«

Nachdenklich faltete Alexios die Hände und starrte nach vorne, als schaue er in eine dunkle, schreckliche Zukunft.

»Diese Männer – diese Heerführer – wissen nichts von dem, was sie erwartet«, erklärte der Drungarios. »Sie kennen das Land nicht; sie haben keinerlei Vorstellung von den Entfernungen oder der Art des Geländes. Es mangelt ihnen an jeglichem Verständnis für die Sarazenen. Keiner von ihnen hat je auch nur einen Seldschuken gesehen, geschweige denn gegen eine Armee von ihnen gekämpft. Zu behaupten, daß sie Jerusalem niemals erreichen werden, ist mehr als nur eine vage Vermutung. Da es ihnen nicht nur an Wissen, sondern auch an Ausrüstung und Nachschub mangelt, wage ich zu behaupten, daß die meisten von ihnen noch nicht einmal Antiochia sehen werden.«

»Ja«, stimmte ihm Alexios zu, »und das ist eine Schande. Ich bemitleide die einfachen Soldaten. Wie immer werden sie es sein, die für die Dummheit ihrer Führer bezahlen müssen, und der Preis wird in der Tat schrecklich sein.« Er hielt kurz inne, als hätte er Mühe, sich das ganze Ausmaß der bevorstehenden Katastrophe vorzustellen. »Und doch«, fuhr er einen Augenblick später fort, drehte sich wieder um und blickte zu Dalassenos. »Und doch besitzen sie trotz all ihrer Unzulänglichkeiten einen unberechenbaren Vorteil.«

»Und der wäre, Basileus?«

»Glauben«, antwortete der Kaiser. »Sie glauben, von Gott auserwählt worden zu sein, das Heilige Land und Jerusalem von den Ungläubigen zu befreien.«

»Ein Glaube, der in Unwissenheit wurzelt«, bemerkte der Drungarios. »Solche Art von Glauben ist nichts weiter als Dummheit.«

»Du vergißt, Dalassenos«, tadelte ihn der Kaiser, »daß Gott niemals auf die Weisheit der Menschen baut. Diese unwissenden und überheblichen Männer sind zutiefst davon überzeugt, erreichen zu können, wozu sie aufgebrochen sind. Ich frage dich, Vetter: Welche Weisheit vermag gegen solch erhabene Dummheit standzuhalten?«

Dalassenos nickte zustimmend. »Unglücklicherweise ist es weder Weisheit noch Torheit, der sie sich auf dem Schlachtfeld entgegenstellen müssen – es ist die versammelte Macht von Sultan Arslan und den Seldschuken-Emiren. Gott stehe ihnen bei.«

»Amen«, erwiderte Alexios. »Er ist der einzige, der ihnen jetzt noch helfen kann.«

Jon Reißzahn sprach oft über das Wetter. Alle zwei, drei Wochen bezeichnete er es sogar als Wunder. Es sei, so erklärte er, das beste Segelwetter, das er seit sieben Jahren erlebt habe – nein, seit zweimal sieben Jahren. Die Tage waren schön und lang und der Wind frisch und angenehm. »Das ist ein gutes Omen«, pflegte der große Nordmann häufig zu bemerken. »Wir werden ein Vermögen in Jerusalem machen.«

Dieses ›Vermögen‹ war ein weiterer Punkt, auf den Jon immer wieder zu sprechen kam. Zuerst nahm Murdo diese Bemerkungen als Zeichen, daß sie sich ihrem Ziel allmählich näherten. Jeden Tag wartete er darauf, daß einer der Seeleute lauthals verkündete, Jerusalem sei in Sicht, und jeder Tag endete damit, daß Murdo seine Augen an einem weiteren namenlosen Ufer an einer fremden Küste schloß. Doch obwohl er täglich enttäuscht wurde, erwachte Murdo jeden Morgen in der Hoffnung, heute sei der Tag, an dem das Heilige Land am Horizont erscheinen würde. Es konnte doch nicht mehr allzu weit entfernt sein, oder?

Aber als aus Tagen Wochen und aus Wochen Monate wurden und Jerusalem noch immer nicht am Horizont auftauchte, begann Murdo allmählich zu glauben, daß die Reise tatsächlich länger dauern würde, als er erwartet hatte. Gleichzeitig hielten alle an Bord Ausschau nach König Magnus' Flotte.

Die Schiffe des Königs tauchten jedoch ebensowenig auf wie Jerusalem. Zwar erschien von Zeit zu Zeit das ein oder andere Segel am Horizont, doch von der Flotte keine Spur. »Es sind fünfzehn Schiffe«, erklärte Jon. »Fünfzehn Schiffe können nicht so schnell segeln wie ein einzelnes. Wir werden sie schon finden.«

Die ganze Zeit über wurden das Wetter und das Wasser immer wärmer. Die graugrüne See des Nordens wich den grünblauen Wassern des Südens, und aus Frühling wurde Sommer und schließlich Herbst, während die *Skidbladnir* an fremden Küsten entlangfuhr. Sie passierten die Normandie und das Frankenland und dann Orte, von denen Murdo noch nie etwas gehört hatte: Navarra, León und Kastilien, Portugal – und so ging es immer weiter Richtung Süden.

Im Laufe der Reise entwickelte sich das tägliche Leben an Bord zur Gewohnheit, und nur gelegentlich bot sich den Reisenden die eine oder andere kleine Abwechslung. Die Art und Weise, wie die Seeleute die viele freie Zeit verbrachten – vor allem mit Geschichtenerzählen – verriet Murdo, daß Jon und seine Leute an derart lange Reisen in fremden, feindlichen Gewässern gewöhnt waren. Murdo lauschte ihren Gesprächen und lernte seine Mitpilger auf diese Art immer besser kennen.

Obwohl es sich bei der Besatzung bis auf den letzten Mann um Nordmänner handelte, erfuhr Murdo bald, daß alle schon seit Jahren keinen Fuß mehr in ihre Heimat gesetzt hatten. Fünf hatten in Irland gelebt: Fafnir, Sturli, Raefil, Nial und Oski; drei in Schottland: Olaf, Ymir und Digri; und zwei hatten die letzten Jahre in England und im Frankenland verbracht: Amund und Arnor. Sie alle, Jon Reißzahn eingeschlossen, hatten König Magnus auf verschiedenen Fahrten begleitet, und sie sprachen gut von ihm. Murdo war beeindruckt, wie groß der Respekt war, den die Männer ihrem König entgegenbrachten – selbst in seiner Abwesenheit.

Auch durchschaute er allmählich das komplizierte Netzwerk aus Verpflichtungen, das die Männer aneinander und ans Schiff band, welches sie für das beste in der gesamten königlichen Flotte hielten. Die *Skidbladnir*, so fand Murdo bald heraus, gehörte nicht Magnus, sondern Jon Reißzahn, der sie dem König unter der Voraussetzung für die Pilgerfahrt zur Verfügung gestellt hatte, alle Beute behalten zu dürfen, die sie unterwegs machen würden. Die Mannschaft und ihr Führer waren keine Vasallen; sie waren Reisige, die Magnus nur für die Dauer der Pilgerfahrt die Treue geschworen hatten.

Nachdem die Nordmänner herausgefunden hatten, daß dies Murdos erste Reise außerhalb der heimischen Gewässer war, begannen sie, ihm alles beizubringen, was sie über die Seefahrt wußten. Sie lehrten ihn, wie man ein Langschiff steuerte, wie man das Segel auftakelte und welche Sterne sich besonders zur Navigation eigneten. Und als Murdo sich als gelehriger Schüler erwies, gingen sie dazu über, ihn auch in anderen Dingen zu unterweisen: wie man auf zehn verschiedene Arten Fische fing; wie man Zeichen auf dem Wasser deutete, um Schwierigkeiten aus dem Weg zu gehen; wie man das Wetter anhand des Geruchs der Luft voraussagen konnte und wie er seine helle Haut vor der gleißend hellen Sonne schützen konnte.

Unglücklicherweise erteilten sie ihm diese letzte Lektion erst, nachdem Murdo ein Nickerchen unter der heißen Sonne des Südens gemacht hatte. Als er erwachte, war ihm lediglich übel, doch am Abend litt er Todesqualen. Er hatte das Gefühl, als hätte jemand glühende Kohlen über seine Schultern und seinen Rücken geschüttet. Er konnte noch nicht einmal seine eigene Kleidung ertragen, und bei jeder noch so kleinen Bewegung brach der Schmerz in Wellen über ihn herein.

Nachdem die Seeleute sich ausreichend über seine Not amüsiert hatten, bekamen sie Mitleid mit ihm und zeigten Murdo, wie er dem Sonnenbrand mit einer Paste aus Seetang beikommen und wie er sich anschließend vor weiteren Verbrennungen schützen konnte, bis sich seine Haut an die Sonne gewöhnt hatte.

Selten weit entfernt von der Küste, gingen sie so häufig wie notwendig an Land, um Wasser aufzunehmen. Aber nur vereinzelt schlugen sie am Ufer ihr Lager auf; meist zogen sie es vor, über Nacht in einer geschützten Bucht zu ankern. Die wenigen Male, da sie doch an Land schliefen, sorgte Jon Reißzahn dafür, daß sie möglichst weit von menschlichen Siedlungen entfernt ans Ufer gingen – er sagte, er traue den Bewohnern fremder Länder nicht. Einmal jedoch, als sie um Frischwasser zu holen an Land gingen, fanden sie sich in unmittelbarer Nähe eines kleinen Weilers wieder. Nach Sonnenuntergang zogen ein paar Männer noch einmal los, um Feuerholz zu sammeln und kehrten kurz darauf mit drei Schafen und einer Handvoll Gänseeier zurück.

Die Seeleute behaupteten, sie hätten die Schafe streunend in den Wäldern gefunden, aber Murdo bemerkte, daß einer der Männer eine tiefe Wunde am Bein hatte, die an einen Hundebiß erinnerte, und bei einem anderen prangte eine unerklärliche Beule auf der Stirn. Jon Reißzahn schien an weiteren Erklärungen nicht interessiert zu sein, und alle genossen mehrere Tage lang das frische Schaffleisch – einschließlich der drei Mönche, welche die ›gefundenen‹ Tiere zunächst mißbilligend beäugt hatten.

Während ein langweiliger Tag auf den anderen folgte, gewöhnte sich Murdo an das Schwanken des Schiffes, und er genoß es, unter dem klaren Nachthimmel zu schlafen und den unendlich über ihn wandernden Sternen. Wenn der Wind gut und die See ruhig war, ließ Jon das Schiff bisweilen auch nachts durch die Wellen gleiten, wobei er sich an den Sternen orientierte. Die Nordmänner wechselten sich am Steuer ab, und nach einer gewissen Zeit wurde Murdo erlaubt, sich auch als Steuermann zu versuchen. Obwohl das Schiff weit größer war als alles, worauf er bisher gesegelt war, entdeckte Murdo alsbald, daß hier die gleichen Fähigkeiten gefragt waren wie auf kleineren Booten, und er rühmte sich, das Segel stets im Wind und den Bug in den Wellen halten zu können.

Um etwas Abwechslung in die kargen Mahlzeiten aus Dörrfleisch und Haferbrei zu bringen, widmeten sich Murdo und die Mönche dem Fischfang. Wenn die Sonne als glühend roter Ball hinter dem Horizont versank, die Sterne am klaren Nachthimmel erschienen und frisch gefangene Makrelen über dem Feuer in dem kleinen Kohlenbecken brutzelten – das war der Teil des Tages, den Murdo am meisten mochte; denn dann pflegte er sich gegen einen der Getreidesäcke zu lehnen, seine Bierration mit den Mönchen zu trinken und den Gesprächen zu lauschen, welche die Kirchenmänner beim Kochen führten. Größtenteils waren diese Unterhaltungen vollkommen unsinnig – jedenfalls soweit es Murdo betraf. Sie diskutierten über die Rangfolge der fünf Sinne, ob Cherubim sich jemals zu Engeln entwickelten, ob der Mond voller Teufel sei und so weiter ...
Nach dem Essen ließ sich Emlyn häufig dazu überreden, eine Geschichte zu erzählen. Er besaß eine schöne, ausdrucksvolle Stimme und einen schier unerschöpflichen Schatz an Geschichten, von denen einige zwei, drei Nächte lang dauerten. Laut Emlyn handelte es sich dabei lediglich um alte Geschichten seines Volkes – von denen er einige im übrigen im Skriptorium seines Klosters niedergeschrieben hatte –, und alt waren sie zweifelsohne. Dennoch erzeugten sie eine seltsame Wirkung auf Murdo, der sich von ihnen magisch angezogen fühlte und auf eine Art von ihnen fasziniert war, daß er sich schämte, es offen auszusprechen.
Der Kymre erzählte sie gut, denn er paßte seine melodische Stimme stets den verschiedenen Stimmungen in den Geschichten an: Mal sprach er gedämpft von Furcht und Leid, mal zitternd von Zorn oder laut von großen Triumphen. Bisweilen sang Emlyn sogar, und das mutete noch weit eigentümlicher an, denn er sang die wunderschönsten Lieder in einer merkwürdigen Sprache; doch obwohl Murdo kein einziges Wort verstand, fühlte er sich allein durch die Melodie zutiefst gerührt.

Wenn ein solches Lied zu Ende war und Murdo fragte, wovon es gehandelt habe, gab Emlyn meist etwas zur Antwort wie: »Ah, das waren Rhiannons Vögel...«, oder: »Das war Branwens Trauergesang über den Tod ihres Kindes...«, oder: »Das war Llew Silberhands Triumph über die Cythrawl...«, und ja, bestätigte Murdo danach jedesmal, er habe die Vögel gehört und Branwens Trauer und Llews Freude empfunden.

Im Laufe der Monate riefen die Geschichten und Lieder in Murdo eine seltsame und starke Sehnsucht hervor – ein Verlangen nach etwas, das er nicht kannte. Es war ein Gefühl, als hätte man ihm gestattet, eine Kostprobe von einem unglaublich wohltuenden Elixier zu nehmen, nur um ihm den Becher sofort wieder von den Lippen zu reißen.

Gelegentlich fing Murdo in den Worten des Kymren das Echo von etwas auf, das auch aus dem Munde seiner Mutter hätte stammen können, und dann wiederum glaubte er, einen Ruf aus der Anderswelt gehört zu haben – eine Stimme, die über die Jahre hinweg zu ihm herüberhallte, ein ferner Schrei, leise wie ein Flüstern und so vertraulich wie ein Kuß –, und der Schock des Erkennens ließ ihm die Haare zu Berge stehen und sein Herz schneller schlagen.

Eines Nachts lauschte er Emlyn, wie dieser die Geschichte von Rhonabwy sang, und noch Tage danach fühlte er sich leer, doch sonderbar erregt. Eine innere Unruhe erfüllte ihn, und er war so nervös, daß Jon Reißzahn dies bemerkte und die Vermutung äußerte, auf dem Schiff werde es Murdo allmählich zu eng. »Das geht wieder vorbei«, versicherte ihm Jon. »Am besten, du denkst gar nicht darüber nach.« Doch Murdo wußte, daß seine Unruhe nichts mit der Enge des Schiffes zu tun hatte, sondern in der verrückten Welt begründet lag, die Emlyn mit seinen Geschichten heraufbeschwor.

Falls jemand anderes ähnlich empfand, dann erfuhr es Murdo zumindest nie. Seine eigenen Gefühle behielt er ebenfalls für sich;

er verbarg die Sehnsucht tief in seinem Inneren und schützte sie wie ein kostbares Juwel, damit sie ihm niemand stehlen konnte. Seine Arbeit verrichtete er wie jemand, der unter einer Krankheit litt, die sowohl Schmerzen als auch Verzückung verursachte; denn er ertrug die Qualen leichten Herzens, so süß war sein Leiden.

Tag für Tag segelten sie weiter nach Süden, immer weiter weg von den Murdo vertrauten Gestaden, und mit jedem Tag erschien ihm der Ort wirklicher, den Emlyn in seinen Liedern beschrieb, bis er schließlich zu so etwas wie einer zweiten Heimat wurde. Egal ob bei Tag oder bei Nacht, Murdo blickte hinaus auf das unendliche Meer und träumte von jenem magischen Ort, dem Reich der Sommersterne, von dem der rundgesichtige Mönch sang. Mehr und mehr hatte Murdo das Gefühl, dorthin zu gehören.

Eines Nachts erklärte Emlyn, daß er heute nicht bei Stimme sei, woraufhin die Nordmänner lautstark protestierten: »Singen! Singen! Wir wollen *Die Schlacht der Bäume* hören.«

»Ah, das ist wirklich eine schöne Geschichte – eine sehr schöne sogar. Vielleicht werde ich sie morgen für euch singen«, erwiderte Emlyn und sagte, er müsse sich ausruhen, bevor er sich einer solch tiefsinnigen Geschichte widmen könne.

Damit gaben sich die Seemänner zufrieden und wandten sich wieder ihrem Bier zu, während Murdo neben Emlyn kroch, der an der Reling saß und nach Westen starrte, wo die letzten violetten Sonnenstrahlen im Zwielicht verschwanden. Murdo machte es sich neben dem Mönch bequem, sagte aber nichts. Nach einer Weile seufzte Emlyn.

»Ist das das *hiraeth*?« fragte Murdo. »Das Heimweh?«

»Das weißt du doch«, antwortete der Mönch. »Und diesmal hat es mir das Herz gebrochen.«

Murdo nickte mitfühlend. Inzwischen empfand er etwas Ähnliches. Schweigend saßen sie beieinander, lauschten dem sanften Rauschen der Wellen und blickten in die immer dunkler werdende

Nacht hinaus. Nach einer Weile fragte Murdo: »Das wahre Licht – was ist das?«

Der Mönch drehte sich zu Murdo um. »Wo hast du davon gehört?«

»Du hast mir davon erzählt«, antwortete Murdo. »Du hast gesagt, ihr wärt die Hüter des wahren Lichts.«

»*Sanctus Clarus* – das *Heilige* Licht«, korrigierte ihn der Mönch. »Wir sind die Hüter des Heiligen Lichts, die Wächter des Wahren Weges.«

»Ja, genau das war's«, bestätigte Murdo. »Aber was bedeutet das?«

»Ah, nun«, antwortete Emlyn. »Das ist nichts, was wir jedem erzählen.« Er hielt kurz inne, und Murdo fürchtete bereits, er würde schweigen, doch dann fügte der Mönch hinzu: »Allerdings sehe ich keinen Grund, warum es uns schaden sollte, wenn du davon erfährst.« Er lehnte sich zurück und faltete die Hände vor dem Bierbauch. »Ich weiß nur nicht so recht, wo ich beginnen soll.«

Er dachte einen Augenblick lang nach, dann sagte er: »Lange bevor der heilige Padraic seine Hütte inmitten der wilden Stämme Eires errichtete, bevor der selige Colm Cille den Felsen von Hý für seine Abtei auswählte, hat die weise Bruderschaft von Britannien und Gallien das Heilige Licht bewahrt: die heiligen Lehren unseres Herrn Jesus Christus. Diese Lehren wurden von den Aposteln selbst bewahrt und über Generationen hinweg von einem priesterlichen Gläubigen an den nächsten weitergereicht.«

»Meinst du die Lehren der Kirche?« fragte Murdo enttäuscht. Er hatte auf eine bessere, eine erfreulichere Erklärung gehofft als diese.

»Nein«, antwortete Emlyn. »Zumindest nicht, was man in diesen dunklen Zeiten als solche bezeichnet.«

»Was dann ...?«

»Hör mir einfach zu, Junge. Hör zu, und lerne.«

Der Mönch atmete tief durch und fuhr fort: »Padraic war nicht der erste, der den Wahren Weg erkannt hat, nein, und er war auch nicht der letzte – bei weitem nicht. Aber er war ein unermüdlicher Diener des Heiligen Lichts, und er ...«

»Sind der Wahre Weg und das Heilige Licht dasselbe?« unterbrach ihn Murdo.

»Nein, das Heilige Licht ist das Wissen – das Wissen, das aus der Lehre entspringt. Der Wahre Weg ist die Anwendung, verstehst du? Die tägliche Anwendung dieses Wissens. Der erste ...«

»Warum hast du gesagt, es sei ein Geheimnis?«

»Was? Würdest du es bitte unterlassen, mich ständig zu unterbrechen« schnaufte Emlyn beleidigt. »Ich habe nicht gesagt, es sei ein Geheimnis. Ich habe gesagt, daß wir nicht häufig darüber sprechen – besonders nicht mit jenen, die nicht bereit sind, uns zuzuhören.«

»Ich habe doch nur ...«

»Wenn du jetzt vielleicht deine Zunge im Zaum halten könntest, wäre ich wohl in der Lage, dir eine befriedigende Erklärung zu geben.« Er schürzte die Lippen und schloß die Augen. Murdo wartete ungeduldig. Nach wenigen Augenblicken sagte der Mönch: »Es verhält sich folgendermaßen: Padraic war nicht der erste, und er war nicht allein. Wie ich bereits gesagt habe, gab es vor und nach ihm noch andere – Männer wie unseren Helden Colm Cille und den ehrenwerten Adamnan –, mutige Männer, die mit ihrer Treue die Flamme über lange, bittere Jahre hinweg am Leben erhielten.

Aber die Dunkelheit ist gierig. Sie ist unersättlich. Stets will sie mehr und mehr verschlingen, und je mehr sie verschlingt, desto größer wird sie, und je größer sie wird, um so mächtiger und hungriger wird sie. Es gibt nur eines, was stark genug ist, sich der alles verschlingenden Dunkelheit entgegenzustellen: das Heilige Licht. Tatsächlich ist es das mächtigste Ding auf Erden, und deshalb schützen wir es mit unserem Leben.«

Murdo konnte diese Behauptung nicht einfach so stehenlassen. »Wenn es wirklich so mächtig ist, wie du sagst, warum muß es dann beschützt werden?«

Emlyn schnalzte mißbilligend mit der Zunge. »Ts-ts-ts! Allein, daß du solch eine Frage stellst, beweist, wie wenig du von höheren Dingen verstehst. Dennoch bin ich nicht überrascht. Woher solltest du es auch besser wissen? Du hast dein gesamtes junges Leben im Irrtum verbracht. Du bist wie alle anderen auch in die Irre geführt worden; du hast dich verlaufen wie jene armen Schafe in der Nacht.«

»Die sind gestohlen worden«, stellte Murdo klar.

»Ja«, bestätigte Emlyn geistesabwesend, »ich vermute, du hast recht. Aber sie haben sich dennoch verirrt. Sag mir: Kann man den Schafen die Schuld geben, wenn ihre Hirten faul, blind und falsch sind? Könnte man die Schafe dazu bringen, das Wandern aufzugeben, brauchte man keine Hirten mehr.«

»Und wenn Schafe fliegen könnten«, fügte Murdo hinzu, »dann würden wir sie Vögel nennen.«

»Spotte nur, wenn du mußt«, erwiderte Emlyn. »Ich habe nichts anderes erwartet. Wir, die Célé Dé, sind an Spott gewöhnt. Immerhin ist Spott die Fluchtburg bedrohter Ignoranz.«

Murdo schämte sich ob dieses Tadels und entschuldigte sich für seinen Ausbruch. »All dieses Gerede von Schafen und Hirten ... Es wirkte einfach komisch auf mich. Bitte, erzähl mir vom Wahren Weg. Warum nennt ihr ihn so?«

»Weil er ein Weg *ist*«, antwortete der Mönch. »Es ist der Weg von Wahrheit und Verständnis, der uns zurück zum Anfang führt – zu jenem Tag, da der Herr die Zwölf zu seinen Dienern bestimmt hat. Von diesem Tag an sind die Lehren unseres Herrn in ununterbrochener Linie von einem Diener zum anderen weitergegeben worden.

Es steht geschrieben: ›O mein Volk, hört meine Lehren, lauscht meinen Worten. Ich werde in Gleichnissen sprechen, euch Verborgenes kundtun und euch Dinge vom Anbeginn der Schöpfung lehren.‹ Und dann: ›Als Jesus allein war, fragten ihn die Zwölf nach den Gleichnissen. Der Herr antwortete ihnen: Euch ist das Geheimnis des Himmels gegeben worden; aber jenen, die außerhalb stehen, wird alles in Gleichnissen kundgetan, auf daß sie stets sehen, doch niemals erkennen, stets hören, doch niemals verstehen.‹ So war es von Anfang an. Der Weg reicht ohne Unterbrechung zurück bis zu jenem Tag.«

»Aber was ist das für eine Lehre?« fragte Murdo. Er war fasziniert, doch inzwischen wurde er ob der vagen Erklärungen des Mönches immer ungeduldiger. »Das klingt mir nicht viel anders als das, was unser Bischof zu Hause sagt.«

»Und genau da irrst du dich. Denn im Gegensatz zu vielen unserer Brüder und Schwestern im Glauben sind wir nicht im Irrtum befangen. Doch die Lehren unseres Herrn können nur jemandem vermittelt werden, der bereit ist zu hören, und ich glaube nicht, daß du bereits so weit bist, sie zu empfangen.« Murdo öffnete den Mund, um dagegen zu protestieren, doch Emlyn fuhr rasch fort: »Trotzdem werde ich dir etwas davon erzählen, und vielleicht wird das den Keim der Weisheit in dir säen. Wie ich gesagt habe, ist die Dunkelheit gierig und heimtückisch. Selbst in jenen ersten Tagen versuchte sie bereits, alles zu verschlingen, was sie verschlingen konnte, doch die Gegenwart unseres Herrn hielt sie im Zaum.

Als er dann in den Himmel aufgefahren war, um dort seine ewige Herrschaft zu beginnen, machte sich die Große Dunkelheit auf die Suche nach den Schwachen und Unvorsichtigen; jene, die sie zerstörte, führte sie zuerst in die Irre. So kam es, daß die Dunkelheit ihre eigene Saat des Irrtums und der Verwirrung ausbrachte, während gleichzeitig der Glaube zu blühen und zu wachsen begann. Viele sind getäuscht worden und viele vernichtet.

Ach! Die heilige Kirche, die große Festung unseres Glaubens, ist zerbrochen, und ihre Bollwerke sind geschändet worden. Jene, die in ihren Mauern Schutz gesucht haben – sei es als Schaf oder Hirte«, Emlyn warf einen kurzen Blick auf Murdo, »Führer wie Gefolgsleute, vom höchsten Patriarchen bis zum niedrigsten Schreiber –, alle sind sie von der Dunkelheit befleckt, und alle sind sie des Heiligen Lichts beraubt. Die Augen ihrer Herzen sind verkümmert, und sie nehmen das Licht der Wahrheit nur noch als vagen Schimmer wahr – wenn überhaupt.

Du mußt verstehen, daß ich nicht um meiner selbst willen so rede. Glaubst du, ich genieße es, den Untergang meiner Brüder und Schwestern im Glauben mit ansehen zu müssen? Glaubst du, ich würde Freude daran finden, wie viele diese blinden Führer in die Irre leiten? Der Verlust geliebter Freunde und die Verschwendung von Seelen ist bitterer als alles, was ich kenne.

Doch noch nicht einmal um ihretwillen würde ich das aufgeben, was man mir anvertraut hat – selbst nicht, wenn es mir möglich wäre. Wir sind die Hüter des Heiligen Lichts; wir dienen Ihm und Ihm allein, der das Licht scheinen läßt. Solange wir leben, halten wir am Heiligen Licht fest und beschützen es vor der Dunkelheit bis zu jenem Tag, da unser Erlöser wiederkehren wird.«

Danach schwieg der Mönch, und nach einer Weile fragte Murdo: »Wie kommt es, daß ihr als einzige davon wißt?«

»Wir mögen vielleicht wenige sein«, erwiderte der Mönch, »aber nicht *so* wenige. Nein, wir sind nicht die einzigen – obwohl wir jedes Jahr weniger werden, das stimmt. Doch deine Frage ist gut: Warum wir und niemand sonst?

Ich glaube, Gott selbst hat die Célé Dé auserwählt, die Hüter des Lichts zu sein, weil wir uns in gewissen Dingen von unseren Brüdern unterscheiden. Der heilige Padraic pflegte zu sagen, Gott habe die Kelten auserwählt, um über den Wahren Weg zu wachen, weil wir am Rande der Welt leben – weit weg von den gnadenlosen Ränkespielen des Ostens.

Ich habe oft und lange über diese Worte nachgedacht, und ich glaube, der heilige Padraic hatte recht. Der Glaube wurde den einfachen Menschen unserer Welt zunächst vom Herrn selbst gelehrt. Schäfer und Bauer, Töpfer und Fischer – das waren die Auserwählten, die zuerst Gottes Wort haben lauschen dürfen. Erst sehr viel später ist der Glaube auch von den Königen und Fürsten dieser Welt angenommen worden – von den Hohen und Mächtigen, den Statthaltern und Herrschern der Völker.

Als Gott dann nach jemandem Ausschau hielt, der ihm als Hüter und Wächter dienen konnte, fiel sein Blick wie selbstverständlich auf die Kelten – auf ein Volk, das jenen ersten glich, welche die Lehre vernommen haben: einfache Leute, die fest mit dem Land und ihren Nächsten verbunden sind. Unsere Häuser sind Hütten aus Schlamm und Zweigen, die wir in die grünen geschützten Täler unserer Heimat bauen; wir leben nicht in goldenen Städten, in denen es von Fremden nur so wimmelt. Unsere Fürsten sind Männer unserer eigenen Sippe, von unserem eigenen Stamm, nicht Statthalter, die irgendein Kaiser in seinem weit entfernten Palast ernannt hat. In unserer Kirche drückt sich unser natürlicher Adel aus, der Adel eines Volkes, das nichts von religiöser Philosophie oder kirchlicher Hierarchie versteht, aber dessen Herz ob eines schönen Liedes vor Freude überquillt und das das Schimmern eines schneebedeckten Gipfels im Morgengrauen zu schätzen weiß.«

Murdo lief ein Schauder über den Rücken, während er den Worten des Mönches lauschte. Er hatte das Gefühl, plötzlich eine Wahrheit zu erkennen, die er schon lange gewußt, doch die auszusprechen er niemals gewagt hatte.

»So kam es«, fuhr Emlyn fort, »daß der Herr, unser Gott, den heiligen Funken auf die Kelten übertragen hat, und seitdem haben wir dafür gesorgt, daß das Feuer niemals verloschen ist. Denn wir sind vor allem ein schlaues und listiges Volk, das in allen Angelegenheiten des Herzens und der Seele eine große Hartnäckigkeit an den Tag legt. Zwar vermochte die Mutterkirche den Heimsuchungen der Großen Dunkelheit nicht zu entrinnen, doch verborgen vor den Augen der Welt und von allen Seiten von sich streitenden Barbaren umgeben, wurde ihr jüngster Ableger im Dienst des Lichts immer stärker. Der Rest der Kirche, die sich mit dem Namen unseres Herrn schmückt, mag in Verruf geraten sein und mit Intrigen und Skandalen der Macht nachjagen und in Schande versinken, aber wir, die wahren Célé Dé, bleiben standhaft und halten am Wahren Weg fest.«

Emlyn schwieg einen Augenblick lang. Dann seufzte er. »Ach, *fy enaid*«, sagte er, und seine Stimme verhallte in der Nacht. »Ich fürchte, ich habe schon zuviel gesagt.«

»Das stimmt nicht«, versicherte ihm Murdo. »Ich beginne allmählich zu verstehen ... glaube ich. Aber was, wenn ihr euch irrt? Was, wenn es weder ein Heiliges Licht noch einen Wahren Weg gibt?«

»Auch ich habe mich das bereits gefragt«, erwiderte der Kirchenmann nachdenklich. »Ich habe lange und hart darüber nachgedacht, und ich glaube, am Ende läuft alles auf folgendes hinaus: Wenn wir uns irren, was kann dann schlimmstenfalls geschehen? Nun, schlimmstenfalls sind wir nur eine Handvoll irregeleiteter Mönche, die sich einbilden, eine besondere Aufgabe zu haben – weiter nichts.«

Mit dieser Antwort machte sich der rundliche Mönch bei Murdo beliebter als mit allem, was er bisher gesagt hatte oder was er sonst hätte sagen können. Murdo hatte noch nie einen Kirchenmann kennengelernt, der auch nur den Hauch von Zweifel zugegeben hätte. Hier jedoch war ein Mönch, der nicht nur seine Zweifel eingestand, sondern auch die Möglichkeit einräumte, daß sie berechtigt sein könnten.

»Aber wenn wir recht haben, was dann?« fuhr Emlyn fort. »Dann liegt die Zukunft des Glaubens und der Menschheit in unseren Händen, und es ist unsere Aufgabe, beides zu beschützen. Wie du also siehst, bleibt es gleich, ob wir uns irren oder nicht – wir können unsere Pflicht auf keinen Fall verleugnen.«

»Ich verstehe«, erklärte Murdo. »Aber wenn niemand den Menschen den Wahren Weg weist, wie sollen sie dann je die Lehre empfangen? Und warum muß sie geheimgehalten werden?«

»In den Augen der Welt gehören wir weder zu den Hohen noch zu den Mächtigen; das ist sowohl ein Segen als auch ein Fluch«, antwortete der Mönch. »Unsere Waffen sind die Waffen der Schwachen: Schläue und Heimlichkeit. Beides besitzen wir im Überfluß und haben gelernt, damit umzugehen. Du darfst unsere Feinde nicht unterschätzen: Es sind viele, und sie sind mächtig – der Papst in Rom ist der Höchste unter ihnen. Seit nunmehr sechshundert Jahren versucht Rom, die Célé Dé zu vernichten, doch wir haben überlebt. Wir sind zwar nur wenige, aber genug, um unsere Arbeit auch in Zukunft fortsetzen zu können. Es ist die Heimlichkeit, die unser Überleben sichert, und daran halten wir fest.«

Murdo dachte einen Augenblick lang nach, dann fragte er: »Wenn Heimlichkeit für euch so wichtig ist, warum hast du mir dann das alles erzählt?«

»Ich habe dir soviel erzählt, wie ich jedem erzählen würde, der fragt und bereit ist zuzuhören. Die eigentliche Lehre ist das Geheimnis, nicht die Art ihrer Verbreitung oder ihr Zweck.«

Traurig betrachtete Murdo den Mönch. Was auch immer sonst sie sein mochten, die Célé Dé waren offenbar Verrückte: Sie streiften durch die Wildnis am Ende der Welt und hielten nach Trotteln Ausschau, denen sie ihre Geschichten erzählen konnten. Murdo mochte Emlyn, und der Mann tat ihm leid. Aber trotz allem machte ihn all dieses Gerede von Licht, Wegen, Geheimnissen und Lehren nervös und ungeduldig, und er bedauerte es, sich auf dieses unsinnige Gerede eingelassen zu haben. Auch kam er sich dumm vor, weil er sich – wenn auch nur kurz – von dem Mönch zu der

Hoffnung hatte verleiten lassen, in den Geschichten könne ein Körnchen Wahrheit stecken, daß es etwas geben könnte, das zu lernen und zu schützen sich lohnen würde.

Noch während er über diese Dinge nachdachte, erinnerte sich Murdo an sein eigenes kleines, schäbiges Geheimnis: daß er in Wirklichkeit überhaupt kein Kreuzfahrer war. Er hatte weder das Kreuz genommen noch die Absicht, für die Befreiung des Heiligen Landes zu kämpfen. Die Erinnerung daran milderte sein hartes Urteil über den seltsamen Mönch ein wenig. Da er sein eigenes Geheimnis als viel zu wertvoll erachtete, um es jemandem mitzuteilen, konnte er nachvollziehen, wie Emlyn sich fühlen mußte.

»Fünf Wochen, vielleicht sechs, aber auf keinen Fall mehr«, erklärte Graf Raimund von Toulouse zuversichtlich. »Die Entfernung zwischen den Städten ist nicht allzu groß, und der Weg ist gut markiert. Noch vor dem Sommer werden wir Jerusalem erreichen.«

»Aber die Führer sagen, die Straßen seien bestenfalls unsicher«, bemerkte Hugo. »Auch könnte der Feind die alten Versorgungsposten am Weg zerstört haben. Es könnte länger dauern, als wir vermuten.«

Nach der Eroberung von Nikaia hatten sich die lateinischen Fürsten in Graf Raimunds großem Zelt versammelt, um Wein zu trinken und die Karte zu studieren, die man für sie in Rom auf Geheiß des Papstes angefertigt hatte. Voller Freude über den leichten Sieg, den ihnen das Schicksal gewährt hatte, standen die Fürsten um die entrollte Ziegenhaut herum, die mit feinen Linien und kleinen, doch deutlich lesbaren Schriftzügen übersät war.

Seit den Tagen der Antike konnte man das Hochland von Anatolien auf drei verschiedenen Wegen überqueren. Jede dieser Routen bot dem Reisenden eine Reihe von Vorteilen ebenso wie Herausforderungen. Nach dem Erscheinen der Seldschuken hatte sich jedoch alles verändert: Heutzutage überwogen auf jeder Strecke die Nachteile die Vorteile bei weitem. Anatolien zu durchqueren war inzwischen vor allem eine Frage der Ausdauer geworden, denn selbst der gebildetste und erfahrenste Pilger vermochte nicht mehr zu sagen, auf welchem Weg man am ehesten Erfolg haben würde; da das Land nun schon seit über einer Generation nicht mehr zum Reich gehörte, wußte beispielsweise niemand mehr, in welchem Zustand sich die Straßen befanden. Auch vermochte niemand zu sagen, auf wen oder was die Pilger während der Reise stoßen würden und welche der alten Städte und Siedlungen überhaupt noch existierten. Wo befanden sich die Wasserstellen? Und wie stark war der Feind im Innern des Landes?

»Die Führer, auf deren Urteil Ihr so vertraut, sind allesamt Spione«, zischte Raimund, und sein hageres Gesicht verhärtete sich. »Spione im Dienst dieses elenden Feiglings von Kaiser. Es würde ihm nur allzu gut gefallen, wenn wir versagen, denn dann könnte er die Beute für sich allein beanspruchen. Habt Ihr vergessen, wie rasch er sich auf das eroberte Nikaia gestürzt hat? Er hatte es schon an sich gerissen, noch bevor das Blut auf den Straßen getrocknet war.«

»Auf den Straßen war kein Blut«, korrigierte ihn Stephan in sanftem Tonfall. »Außerdem hatten wir ohnehin schon beschlossen, ihm die Stadt zu übergeben, damit wir so rasch wie möglich weiterziehen können. Es wird Tag für Tag heißer, und wir müssen weiter. Der Sommer könnte uns mehr Leben kosten als der Feind.«

»Bah!« rief Raimund. »Ihr blökt wie ein Schaf! Meine Herren«, sagte er streng, »wir haben mit eigenen Augen gesehen, wie leicht die Sarazenen zu schlagen sind. Wären die Griechen auch nur halb so gute Kämpfer wie wir, hätten sie sie schon vor Jahren ins Meer getrieben.«

»Die Sarazenen sind einfach nur lästig«, erklärte Balduin in seinen Becher hinein, »weiter nichts.«

»Seldschuken«, erinnerte Stephan seine Mitpilger. »Es sind keine Sarazenen, sondern Seldschuken. Ich glaube, da besteht ein Unterschied.«

»Da besteht kein Unterschied«, knurrte Raimund.

»Dem stimme ich zu«, warf Bohemund gelassen ein. »Ramm ihnen das Schwert in den Bauch, und sie bluten; schlag ihnen den Kopf ab, und sie sterben.«

»Es sind allesamt Ungläubige, und wir werden sie ausrotten wie Ungeziefer.« Balduin ließ seinen Blick durchs Zelt schweifen, und die Fürsten nickten zustimmend. »Wir haben Nikaia ohne große Mühe eingenommen. Der Rest wird uns ebenso leicht in die Hände fallen.«

»Aber wenn die Führer sagen...«, begann Hugo erneut in dem verzweifelten Bemühen, daß man seine Sorgen ernst nahm.

»Hängt die Führer auf!« brüllte Raimund und schlug mit der Faust auf den Tisch. »Ich bin es leid, mir ständig ihr Gequatsche anzuhören. Diese intriganten Griechen sind Teil der Pläne dieses hinterlistigen Kaisers. Ich warne Euch, Vermandois: Ihr vertraut ihnen auf eigene Gefahr. Die Karten, die uns der Papst gegeben hat, sind mehr als ausreichend für die vor uns liegende Aufgabe. Um auf schnellstem Weg nach Jerusalem zu gelangen, müssen wir uns lediglich an die alte Militärstraße halten.«

Raimund richtete sich zu seiner vollen Größe auf, stemmte die Fäuste in die Hüften und funkelte seine Mitpilger über den Tisch hinweg an. »Auf nach Antiochia, sage ich, und möge der Teufel den Letzten holen!«

Am nächsten Tag machte sich die größte Streitmacht seit den goldenen Zeiten Roms auf den Weg über die zerstörte Straße. Gestaffelt marschierten die Kreuzfahrer auf, um den Staub der jeweils vorangehenden Kolonne aus dem Weg zu gehen; dann warfen sie einen letzten Blick auf die eroberte Stadt und wandten sich schließlich Richtung Jerusalem.

Nikaia war die erste richtige Bewährungsprobe für die Kreuzfahrer gewesen, und sie hatten sie bestanden. Daß sie den Sieg mit bemerkenswerter Leichtigkeit errungen hatten, schmälerte die Freude über den Erfolg nicht im mindesten, denn tatsächlich hatte der Sieg bis zur Kapitulation der Stadt in Frage gestanden – was hauptsächlich darin begründet lag, daß das Kreuzfahrerheer zu Beginn der Belagerung seine volle Stärke noch nicht erreicht hatte.

Die letzten Pilger – Herzog Robert, seine edlen Verwandten und ihre Armee aus englischen, normannischen, schottischen und flämischen Rittern – hatten sich dem Heerbann erst am Abend vor dem Fall von Nikaia angeschlossen. Wie die anderen vor ihnen, so hatten auch sie den Treueid in Konstantinopel abgelegt, waren von den kaiserlichen Schiffen über den Bosporus nach Pelekanon transportiert worden und waren von dort nach Nikomedeia marschiert, der letzten Stadt in Anatolien, die noch unter byzantinischer Herrschaft stand. Dort wurden sie bereits von einer Abteilung Unsterblicher unter dem Kommando des Strategen Tatikios erwartet, der vom Kaiser den Befehl erhalten hatte, die Pilger zu begleiten. Voller Ungeduld eilten die lateinischen Fürsten unter Führung der Byzantiner nach Nikaia, um sich dort dem Pilgerheer anzuschließen.

Obwohl die Ritter ständig auf der Hut waren und nach Feinden Ausschau hielten, entdeckten sie keine Spur der Ungläubigen. Dank der Führung des Tatikios und der Tatsache, daß die anderen Pilger vor ihnen hier entlanggezogen waren und alle Feinde vertrieben hatten, kamen sie rasch voran. Aber trotz des Fehlens jeglicher feindlicher Aktivitäten wurde Nikaia bereits einen Monat lang belagert, als die Nachzügler vor der Stadt eintrafen. Von Sultan Kilidsch Arslan zur Festung erklärt, versperrte Nikaia den Kreuzfahrern den Weg wie ein riesiger Fels. Ehe die Stadt nicht eingenommen war, konnten sie nicht weiter vorrücken. Allerdings lag Nikaia an einem See und war von hohen Mauern umgeben, die nur an wenigen Stellen von mächtigen, mit Eisen beschlagenen Toren durchbrochen wurden. Daher fiel es der Stadt leicht, den Angriffen der Kreuzfahrer zu widerstehen, und zunächst hatte es den Anschein, als würde die Belagerung ewig dauern.

Als die letzten Pilger jedoch in Sichtweite der belagerten Stadt kamen, erhob sich unter den auf den Mauern versammelten Kriegern des Feindes lautes Geschrei. Die frisch eingetroffenen Kreuzfahrer deuteten dieses Schreien als Ausdruck des Entsetzens seitens der feigen Seldschuken, die offenbar beim Anblick einer solchen Masse von edlen Rittern und tapferem Fußvolk die Furcht ergriffen hatte. Doch die Pilger konnten diese Vorstellung nur kurz genießen, denn alsbald mußten sie feststellen, daß die Verteidiger in Wahrheit jubelten, da Sultan Kilidsch Arslan in eben diesem Augenblick mit seinen Truppen am nördlichen Horizont erschienen war.

Rasch fanden die Kreuzfahrer heraus, daß Sultan Kilidsch Arslan von einem Raubzug zurückkehrte, aufgrund dessen er bei Ankunft der ersten Lateiner nicht in Nikaia gewesen war. Als er nun seine Hauptstadt von den Kreuzfahrern umzingelt sah, beschloß der Sultan, keinen Augenblick zu zögern und den Belagerungsring zu durchbrechen, um sein Volk zu befreien. Gleichzeitig sammelte Herzog Robert seine Ritter und bildete eine Schlachtreihe. Während er das Fußvolk zur Unterstützung zurückhielt, wartete er auf den Angriff der Seldschuken. Nach ein paar halbherzigen Vorstößen mußte der Sultan erkennen, daß die Invasoren nicht nachgeben würden, und da er selbst nur eine kleinere Truppe kommandierte, wie sie für einen Raubzug üblich war, beschloß er alsbald, den Angriff abzubrechen.

Beim ersten Anzeichen, daß der Feind sich zurückziehen würde, nahmen die Pilger die Verfolgung auf, und es gelang ihnen, ein paar Nachzügler niederzustrecken, bevor der Sultan und seine kleine Heerschar erneut in den Hügeln verschwanden.

Wundersamerweise kostete das erste Gefecht mit den Ungläubigen nur einen einzigen Christen das Leben – einem unglückseligen Fußkämpfer, den ein Pfeil in den Nacken getroffen hatte, welcher vorher vom Schild eines Ritters abgeprallt war. Roberts Kreuzfahrer dankten Gott für seine Gnade und schlossen sich den Belagerern an.

Graf Raimund war inzwischen ungeduldig geworden, und aus Furcht, der Sultan würde bald mit einer größeren Streitmacht wieder zurückkehren, hatte er Befehl gegeben, Belagerungstürme zu bauen, um mit deren Hilfe die Mauern zu überwinden.

Drei Tage lang wurde ununterbrochen an den Türmen gearbeitet. Der plötzlich neu entflammte Eifer der Eindringlinge beunruhigte die Bevölkerung von Nikaia. Tag für Tag beobachteten sie mit wachsendem Entsetzen, wie die Türme sich ihrer Vollendung näherten. Nachdem sie gesehen hatten, wie ihr Sultan von diesen seltsamen neuen Römern in die Flucht geschlagen worden war und da sie ein Gemetzel fürchteten, falls die Mauern mit Gewalt genommen würden, sandte der Emir von Nikaia im Schutze der Nacht einen Abgesandten ins feindliche Lager, um mit dem Befehlshaber der Byzantiner über die Einstellung der Kampfhandlungen zu verhandeln. Der Abgesandte verließ die Stadt durch ein Kanaltor auf der Seeseite und kehrte kurz darauf mit einer kaiserlichen Eskorte auf demselben Weg wieder zurück.

Als die Kreuzfahrer sich am nächsten Morgen wieder erhoben, um die Arbeit an den Belagerungstürmen fortzusetzen, wehte die kaiserliche Flagge über dem Tor. Wütend über diesen Verrat rief Raimund Tatikios in sein Zelt und verlangte eine Erklärung.

»Sie wollten sich ergeben«, erklärte der Stratege schlicht, »und da die Stadt vormals dem Basileus gehört hat, baten sie um kaiserlichen Schutz. Selbstverständlich habe ich entsprechende Vorkehrungen getroffen, eine Garnison in der Stadt zurückgelassen und die Verteidiger entwaffnet.«

»Das ist Verrat!« brüllte Raimund und sprang aus dem Stuhl.

»Welcher Art?« fragte der Stratege.

»Mir hätten sie sich ergeben müssen«, antwortete der Graf und schlug sich auf die Brust. »Die Belagerungstürme sind fast fertig. Wir sind bereit, die Stadt zu stürmen. Der Sieg gehört mir.«

Der listige Byzantiner blickte dem großen, schlanken Ritter in die Augen. »Ich verstehe Euren Zorn nicht«, erwiderte er. »Ich dachte, es wäre Sinn des Ganzen gewesen, die Stadt zu erobern und nicht, sie zu zerstören. Diplomatie ist dem Blutvergießen stets vorzuziehen.« Tatikios hielt kurz inne und musterte Raimund mit kaum verhohlener Verachtung. »Aber vielleicht hättet Ihr das Blutvergießen ja vorgezogen.«

»Raus hier!« kreischte Raimund und schlug mit der Faust auf den Tisch. »Raus!«

Der Stratege verneigte sich steif, machte auf dem Absatz kehrt und ging. Zurück blieb ein Graf von Toulouse, der vor Wut förmlich kochte, weil man ihn auf so schändliche Art um seinen Sieg betrogen hatte.

Alle Wut war jedoch rasch vergessen, als die lateinischen Fürsten gemeinsam die Kontrolle über die Stadt übernahmen und die Probleme ihnen rasch über den Kopf wuchsen, denn sie konnten sich nicht einigen, wie sie vorgehen sollten: Keiner wollte dem anderen die Eintreibung des Tributs anvertrauen, und noch nicht einmal über die Frage der Höhe der Zahlungen kam es zu einer Einigung. Auch vermochte niemand zu sagen, was sie denn mit Nikaia anfangen sollten, nun da sie die Stadt erobert hatten.

Daß die Stadt von jetzt an beschützt werden mußte, war offensichtlich; andernfalls wäre sie rasch wieder in die Hände von Sultan Kilidsch Arslan gefallen. Schließlich war sie die Hauptstadt der Seldschuken gewesen, und diese würden alles daransetzen, einen solch wertvollen strategischen Außenposten so schnell wie möglich wieder zurückzugewinnen. Auch war den Kreuzfahrern eine der Lieblingsfrauen des Sultans gemeinsam mit einigen seiner Kinder in die Hände gefallen, und Kilidsch Arslan würde ohne Zweifel versuchen, sie zu retten und sich an jenen zu rächen, die ihn gedemütigt hatten.

Herzog Gottfried sprach sich dafür aus, eine kleine Garnison zurückzulassen. »Zum Wohl jener, die weiterreisen, müssen wir die

Stadt sichern«, erklärte er. »Wir dürfen nicht zulassen, daß der Feind uns die Verbindung nach Konstantinopel abschneidet. Auch möchte ich es vermeiden, daß wir den ganzen Weg nach Jerusalem diese Sarazenenteufel auf den Fersen haben.«

Bischof Adhemar stimmte dem zu. »Als Zeichen seines Wohlgefallens hat uns Gott den ersten von vielen großen Siegen geschenkt. Es wäre respektlos von uns, würden wir nun einfach wegwerfen, was der Herr uns in seiner Großmut gegeben hat. Die Stadt muß an den Papst und die heilige Mutter Kirche übergeben werden.«

Bohemund und Tankred plagten andere Sorgen. »Die Rückeroberung des Heiligen Landes hat gerade erst begonnen«, belehrte Bohemund seine Gefährten. »In den kommenden Tagen werden wir jeden Kämpfer brauchen. Um die Stadt zu sichern, müßten wir eine beachtliche Truppe abstellen, und ich will auf keinen einzigen Mann verzichten.«

»Fürst Bohemund hat recht«, erklärte Hugo von Vermandois. »Unsere Kräfte bereits jetzt aufzuteilen, wo wir noch so weit von Jerusalem entfernt sind, wäre äußerst dumm.« Die Herren von Flandern und der Normandie stimmten dem ebenfalls zu, gemeinsam mit einigen anderen Edelleuten.

Dabei blieb es dann; eine richtige Entscheidung wurde nicht getroffen. Zwar war offensichtlich, daß irgendeine Form von Garnison in der Stadt eingerichtet werden mußte, wollten die Kreuzfahrer sie in ihrem Besitz behalten, doch ebenso offensichtlich wollte niemand zu diesem Zeitpunkt gute Kämpfer entbehren, wo das eigentliche Ziel der Pilgerfahrt noch so weit entfernt war. Auch war niemand bereit, zurückzubleiben und den anderen den Ruhm und die Beute zu überlassen, die es in den kommenden Schlachten zu gewinnen galt.

Dieses Patt dauerte einen Tag und eine Nacht lang an – bis Graf Stephan vorschlug, daß man einen Kurier nach Konstantinopel entsenden solle, um den Kaiser darüber zu unterrichten, daß Nikaia zurückerobert und dem Eid gemäß an das Reich übergeben worden sei.

»Es könnte sein«, erklärte Stephan, »daß die Byzantiner Truppen entbehren können, um die Stadt zu sichern. Wenn sie sich bereit erklären würden, sie zu besetzen, könnten wir unseren Weg fortsetzen.«

Der Vorschlag wurde sofort von allen akzeptiert, und noch bevor die Tinte auf dem Pergament getrocknet war, eilten Kuriere nach Konstantinopel. Anschließend richteten sich die lateinischen Fürsten in der Stadt ein. Da man zum Zweck der Belagerung bereits große Lager errichtet hatte, blieb der Großteil des Heeres vor den Mauern. Die Fürsten jedoch verlangten nach besseren Unterkünften für sich und ihre Familien, und so beschlagnahmten sie die besten Häuser der Stadt.

Der Kaiser wartete allerdings nicht auf die Ankunft der Kuriere. Er hatte sich bereits auf den Weg nach Nikaia gemacht, nachdem ihm seine Spione berichtet hatten, die Stadt stünde kurz vor der Kapitulation. Alexios landete einige Meilen südlich der Stadt in einer kleinen Bucht an der kleinasiatischen Küste und ritt mit zwei Abteilungen aus Opsikion und Anatolien im Gefolge die kurze Strecke landeinwärts, um die Übergabe Nikaias persönlich zu überwachen. Zur Überraschung der Kreuzfahrer traf der Kaiser just in dem Augenblick ein, da die Pilger eifrig darüber diskutierten, welchen der Paläste in der Stadt sie als ersten plündern sollten.

Während die lateinischen Fürsten sich darüber stritten, wie man sich am besten Nikaias Reichtum aneignen konnte, führte Tatikios seine Abteilung Unsterblicher in die verlassene Garnison und besetzte sie. Anschließend sicherte er das Tor und hieß die Leibgarde des Kaisers willkommen. Die Soldaten bezogen entlang der Hauptstraße Stellung, um dem Kaiser einen würdigen Empfang zu bereiten, während die Kreuzfahrer nichts weiter tun konnten, als verwundert zuzuschauen, wie Alexios als Triumphator durch die Tore der Stadt ritt.

Anschließend rief der Kaiser die Pilger zu sich, um sie zu ihrem Sieg zu beglückwünschen. »Das habt ihr gut gemacht, meine Freunde«, lobte er in freundlichem Tonfall. »Mit der Eroberung Nikaias habt ihr einen wertvollen Besitz für das Reich zurückgewonnen und Sultan Kilidsch Arslan seiner Hauptstadt beraubt. Seit langem schon plagt der Seldschuken-Fürst Konstantinopel, indem er unablässig gegen die Tore des Reiches anrennt. Doch nun ist alles anders. Der Sultan nennt nicht länger ein Haus sein Heim; ihm ist nichts weiter geblieben als sein Zelt, und mit Gottes Hilfe wird ihm eines Tages auch das abgenommen werden.«

Damit keine Unklarheit über seine Absichten herrsche, fügte Alexios hinzu: »Wir wollen, daß jeder hier anwesende Edelmann Unsere Dankbarkeit dafür bezeugt, daß diese Stadt wieder in den Schoß des Reiches zurückgeführt worden ist. Damit ihr euren Weg so rasch wie möglich fortsetzen könnt, werden Wir die Verwaltung Nikaias übernehmen, um euch von dieser Last zu befreien.«

Anschließend gewährte er der Sultanin, ihren Dienern und Kindern sicheres Geleit nach Konstantinopel, wo sie sich aufhalten könne, bis man sich mit Sultan Kilidsch Arslan darüber verständigt habe, wann und wo er seine Gattin wiederzusehen wünsche. Die westlichen Fürsten waren entsetzt ob dieses außergewöhnlichen Wohlwollens gegenüber dem Feind. Um die Kreuzfahrer durch diese Anordnung jedoch nicht langfristig zu verärgern, gab Alexios gleichzeitig Order, die Schatzkammer des Sultans zu öffnen und den Inhalt zu gleichen Teilen unter den Anführern der Pilger zu verteilen; des weiteren ließ er alles Getreide auf dem Markt der Stadt beschlagnahmen und zu dem vor den Toren lagernden Heer schaffen. Für sich selbst beanspruchte der Kaiser nichts – außer Nikaia.

Während der Kaiser sich darum kümmerte, die neugewonnene

Stadt wieder in einen Teil des byzantinischen Reiches zu verwandeln, setzten die Kreuzfahrer frohen Mutes ihren Weg ins Heilige Land fort. Dem Beschluß folgend, den sie in Raimunds Zelt getroffen hatten, brachen sie bereits einen Tag nach Ankunft des Kaisers auf, in der Hoffnung, den Kreuzzug schon bald erfolgreich beenden zu können – und zwar trotz der wiederholten Warnungen des Tatikios und der byzantinischen Führer, daß sie Sultan Kilidsch Arslan nicht zum letztenmal gesehen hätten.

In den folgenden Tagen durchquerten die Pilger mehrere verlassene Dörfer und Städte: Orte, die einst blühende Marktplätze und Handelsmetropolen gewesen waren. Die menschenleeren Hügel waren übersät von zerfallenen Bauernhöfen, und die gesamte Straße entlang waren die Häuser bis auf die Grundmauern niedergebrannt. Brunnen und Weinberge, Felder und Wälder – alles war zerstört. Brücken waren abgerissen und Zisternen und Dämme zerschmettert worden, so daß das lebenspendende Wasser im trockenen Erdreich versickerte. Die wenigen Flüsse, an denen die Pilger vorüberkamen, waren ausgetrocknet, und je tiefer sie ins Landesinnere vordrangen, desto trockener wurde es.

Nach nur fünf Tagen neigten sich die Wasservorräte des Heeres dem Ende zu, und man beschloß, die Pilgerschar in zwei Abteilungen aufzuteilen, um es den Versorgungseinheiten leichterzumachen, die ohnehin schon immer weitere Strecken zurücklegen mußten, um Futter für die Tiere und Wasser für alle herbeizuschaffen. Die erste dieser Abteilungen, die aus den Heeren Gottfrieds, Balduins, Hugos und sämtlichen Franken unter der Führung von Graf Raimund bestand, sollte nach Norden über die Straße weiterziehen, während die andere – die Armeen Roberts von Flandern, Stephans, Tankreds und Roberts von der Normandie, sowie der Rest der Engländer und Normannen – unter Bohemunds Führung sieben Meilen weiter südlich marschieren sollte.

So zogen sie durch die bithynischen Berge, und nur hier und da wurden sie von kleinen, aber wilden Gruppen seldschukischer Reiter angegriffen, die sich jedoch jedesmal mit Leichtigkeit in die Flucht schlagen ließen. Hinter den Bergen fand sich Bohemunds Abteilung auf einer weiten, hügeligen Hochebene wieder, in Sichtweite eines Flusses und nicht weit entfernt von der antiken, inzwischen jedoch zerstörten Stadt Dorylaion.

Beinahe wahnsinnig vor Durst strömten die Pilger in Scharen ans Flußufer, wankten ins Wasser und versanken bis zu den Knien im kühlen Schlamm. In dem Bemühen, so rasch wie möglich an die lebensrettende Flüssigkeit zu kommen, stießen sie einander beiseite, und einer kletterte über den anderen. Auch die Pferde stürzten sich in den Fluß, als sie das Wasser rochen, und tranken so viel sie konnten.

Nachdem die Pilger ihren Durst gestillt hatten, begannen sie, sämtliche Fässer und Trinkschläuche mit Frischwasser zu füllen. Schließlich gesellten sich die Älteren zu den Kindern, die bereits ausgelassen im Fluß badeten. Fröhlich planschten die sonnenverbrannten Pilger im kühlen Naß, und alsbald hallten die Ruinen der nahe gelegen Stadt von fröhlichem Lachen wider.

Da die Wiesen am Ufer in saftigem Grün erstrahlten – das erste gute Weideland, das die Kreuzfahrer seit Konstantinopel gesehen hatten –, ordnete Fürst Bohemund an, ein Lager aufzuschlagen. Die Kreuzfahrer trieben die Tiere auf die Weiden und genossen die erste angenehme Nacht seit langer Zeit. Nachdem sie am nächsten Morgen ein letztes Mal gebadet hatten, bereiteten sie sich widerwillig auf den Aufbruch vor.

Sie hatten sich gerade erst zum Abmarsch formiert, als Sultan Kilidsch Arslan mit dem versammelten Heerbann der Seldschuken am Horizont erschien und die Kreuzfahrer in Stücke hieb.

16. Januar 1899:
Edinburgh, Schottland

Caitlin und ich heirateten im Frühling des Jahres 1871. Nur wenige Wochen nach der Hochzeit von Angus und Libby gaben auch meine geliebte Cait und ich uns das Jawort und begannen gemeinsam ein langes, meist sonniges Leben. Natürlich sah ich Angus weiterhin in der Kanzlei, und dann und wann gingen wir auch in den Club, doch beide waren wir so sehr mit den Belangen unserer neu gegründeten Familien beschäftigt, daß uns keine Zeit mehr für unsere alten Junggesellenaktivitäten blieb.

An unserem zweiten Hochzeitstag trafen sich zwei verliebte Paare, die hoffnungsvoll in eine glückliche Zukunft blickten. Drei Monate später war Angus tot.

Wie so viele andere auch erlag er der Grippe-Epidemie, die in jenem Jahr ganz Europa heimsuchte. Ich wußte nichts von seiner Krankheit. Vage kann ich mich daran erinnern, daß er eines Freitags nicht zur Arbeit erschien, und auch am darauffolgenden Wochenende bekam ich ihn nicht zu Gesicht. Montag morgen war er dann gestorben; der Tod hatte ihn in den letzten Stunden der Nacht ereilt.

Ich war am Boden zerstört. Mein bester Freund war für immer von uns gegangen, und ich hatte noch nicht einmal Gelegenheit gehabt, mich von ihm zu verabschieden und ihm zu sagen, wieviel mir unsere Freundschaft bedeutet hatte. Nach der Beerdigung zogen Libby und das Kind – sie und Angus hatten eine ein Jahr alte

Tochter – zurück nach Perth, wo Libbys Eltern wohnten; obwohl sie und Caitlin sich weiterhin regelmäßig schrieben, wurde es nie wieder wie früher.

Ich erzähle das alles hier, weil ich glaube, daß Angus' Beerdigung einen Wendepunkt darstellte. Selbstverständlich nahm ich an der Beerdigung teil, und während ich den Nachruf verlas, blickte ich auf und entdeckte jemanden einsam und allein im hinteren Teil der Kapelle. Es war Pemberton. Im schwarzen Anzug und dunklen Mantel, den er wie einen Umhang über die Schultern gelegt hatte, stand er ernst und gefaßt in der Nähe des Eingangs, die Hände vor der Brust gefaltet und den Blick gesenkt.

Im selben Augenblick, da ich ihn bemerkte, hob er langsam den Kopf und blickte mich an; doch er schaute nicht zu mir herauf wie jemand, den man von der Kanzel herab anspricht – wie gesagt, verlas ich gerade den Nachruf –, sondern er... wie soll ich mich ausdrücken? Er hob die Augen und fixierte mich mit einem höchst außergewöhnlichen Blick. Obwohl er sich im hinteren Teil der Kapelle befand und ich auf der Kanzel, drang sein Blick tief in meine Seele ein und erfüllte mich mit einer derartigen Traurigkeit, daß ich gezwungen war, meine vorbereitete Rede augenblicklich abzubrechen. Ich fürchte, ich habe irgend etwas Unverständliches gemurmelt, um die Ansprache so rasch wie möglich zu beenden, und als ich mich anschließend wieder setzte, brach eine Welle der Trauer über mich herein.

Nach der Beerdigung – als ich mich wieder ein wenig gefangen hatte – hielt ich auf dem Leichenschmaus nach Pemberton Ausschau, doch er war nirgends zu sehen.

Sechs Monate später trafen wir uns erneut. Caitlin war mit unserem Sprößling – inzwischen hatten wir einen reizenden kleinen Engel mit Namen Annie – zur Sommerfrische ins Haus ihrer Tante gefahren. Ich kam leider nicht aus der Kanzlei heraus; also blieb ich daheim und sah zu, wie ich alleine zurechtkam. Während dieser

Zeit saß ich eines Abends im Rauchsalon des Clubs, las die Zeitung und wartete auf den Dinner-Gong, als ich bemerkte, daß mich jemand beobachtete. Ich hob den Kopf und sah Pemberton, der mir gegenüber saß und mich mit dem gleichen Blick betrachtete wie schon auf Angus' Beerdigung.

»Sind Sie heute abend allein?« fragte er höflich, doch ohne Einleitung.

»Mr. Pemberton«, erwiderte ich, »was für eine angenehme Überraschung. Ich habe Sie nicht kommen gehört. Ja, ich esse heute abend allein; meine Frau verbringt die nächsten vierzehn Tage auf dem Land. Da ich die Produkte meiner eigenen Kochkünste nicht mehr ertragen kann, habe ich beschlossen, dem Alten Hirsch einen Besuch abzustatten, um zu sehen, ob man hier immer noch so gutes Essen serviert wie früher.«

»Oh, das Essen ist so hervorragend wie eh und je; das kann ich Ihnen versichern«, entgegnete er. »Ich wäre erfreut, wenn Sie mir beim Dinner Gesellschaft leisten würden. Ich wollte ohnehin schon seit einiger Zeit mit Ihnen sprechen.«

»Das ist sehr freundlich von Ihnen, Sir. Es wäre mir eine Freude.«

In diesem Augenblick rief der große Gong die Mitglieder zum Essen, und der alte Gentleman stand auf. »Ich habe einen Tisch reservieren lassen. Hoffentlich macht es Ihnen nichts aus, wenn wir sofort hineingehen. Ich glaube, wir beide haben viel zu besprechen.«

Und wir beide sprachen in der Tat viel miteinander, das kann ich Ihnen versichern. Zunächst sprachen wir – wie nicht anders zu erwarten war – über den unerwartet frühen Tod des armen Angus; schließlich sagte Pemberton: »Ihr Nachruf auf Alisdair hat mich tief bewegt. Ich weiß, daß seine Eltern Ihnen für Ihre Freundschaft sehr dankbar sind.« Er hielt kurz inne; dann fügte er hinzu: »Ebenso wie ich.«

Anschließend wandten wir uns anderen Themen zu. Ich glaube, unser Gespräch deckte das gesamte Britische Empire und seine Probleme ab: Ägypten, den Sudan, Indien, Hongkong und ein gutes Dutzend andere Länder, an die ich mich nicht mehr erinnern kann. Pemberton schien sich für jeden dieser Orte zu interessieren und etwas darüber zu wissen, denn er sprach nicht wie ein beiläufiger Beobachter, sondern wie ein intimer Kenner dieser Länder, ihrer Politik, Kultur und Geschichte.

Vieles von dem, was er in jener Nacht sagte, fand ich unglaublich. Tatsächlich ging ich sogar in dem Glauben nach Hause, ich hätte mich mit einem Verrückten unterhalten – harmlos zwar, aber definitiv vollkommen verrückt.

In den folgenden Wochen und Monaten jedoch ertappte ich mich häufig dabei, wie ich mich seiner Worte, seiner Erläuterungen und Bemerkungen erinnerte, und nach und nach ergaben sie Sinn. Neugier überkam mich, und ich fragte mich, was er wohl sonst noch wußte.

Ich beschloß, Pemberton wiederzusehen. Da ich nicht wußte, wo ich ihn erreichen konnte, hinterließ ich eine Nachricht im Alten Hirsch, denn ich vermutete, daß er den Club weit häufiger besuchte als ich; bei einem seiner nächsten Besuche konnte der Portier ihm die Nachricht dann aushändigen. Tatsächlich erhielt ich innerhalb von vierzehn Tagen Antwort. Die Nachricht war auf teures, cremefarbenes Briefpapier geschrieben und lautete schlicht: »Freue mich darauf, Sie wiederzusehen. Wie wäre es mit Dinner am 16.? Mit freundlichen Grüßen, Pemberton.«

Da ich davon ausging, wir würden uns im Club treffen, erschien ich am entsprechenden Abend kurz vor acht und machte es mir in meinem üblichen Sessel bequem. Um halb neun, als ich bereits glaubte, die Nachricht mißverstanden zu haben, erschien Pemberton. Ohne nach rechts oder links zu schauen, marschierte er direkt auf mich zu, schüttelte mir die Hand, entschuldigte sich für die

Verspätung und führte mich in den Speisesaal, wo er wie bei unserem letzten Treffen einen Tisch reserviert hatte.

Die Themen unseres Gesprächs an diesem Abend waren nicht weniger weit gestreut als bei unserer vorherigen Unterhaltung, doch diesmal hörte ich ihm aufmerksam zu und versuchte, mir alles zu merken, was er dabei über sich selbst preisgab. Am Ende des Abends hatte ich viel über die maritime Erforschung Polynesiens gelernt sowie über die Philosophie der Renaissance in Frankreich, doch so gut wie nichts über meinen Gastgeber. Als wir uns voneinander verabschiedeten, ergriff er meine Hand, blickte mir in die Augen und sagte: »Ich frage mich, ob Sie vielleicht Lust hätten, zwei meiner besten Freunde kennenzulernen.«

Auf dieses Angebot war ich nicht vorbereitet, und offensichtlich war mir meine Überraschung anzumerken, denn Pemberton fügte hinzu: »Wie ich sehe, ist es Ihnen unangenehm. Bitte, verzeihen Sie mir. Es war nur so ein Gedanke.«

»Nein, nein«, protestierte ich. »Es wäre mir eine Ehre, Ihre Freunde kennenzulernen, Mr. Pemberton. Also, ich...«

»Pembers, bitte. Ich glaube, wir kennen uns jetzt schon lange genug, nicht wahr, Gordon?«

»Natürlich«, bestätigte ich. Ich hatte das Gefühl, daß er Vertrauen zu mir gefaßt hatte – ein Privileg, das er offenbar nicht leichtfertig vergab; dessen war ich sicher.

»Hervorragend«, sagte er. Schließlich verabredeten wir einen Zeitpunkt für unser nächstes Treffen und wünschten uns gegenseitig eine gute Nacht.

Auf dem Heimweg dachte ich in der Droschke darüber nach, was an diesem Abend geschehen war: sicherlich nichts Wichtiges. Ich war sogar ein wenig enttäuscht. Vermutlich hatte ich etwas Außergewöhnliches erwartet und mich statt dessen mit dem Gewöhnlichen zufriedengeben müssen. Auch das folgende Dinner mit Pembertons Freunden verlief wenig bemerkenswert. Bei den beiden handelte es sich um recht angenehme Gentlemen: Der eine war ein kleiner, gut gepolsterter Waliser mit Namen Evans, der andere ein schlanker, grauhaariger Kerl französischer Abstammung, der auf den Namen De Cardou hörte. Beide waren auf eine gewisse, freundliche Art Gentlemen vom alten Schlag, doch über sich selbst gaben auch sie nichts preis.

Ich andererseits erwies mich trotz aller Bemühungen als unfähig, irgend etwas von mir zu verheimlichen. Die Leichtigkeit, mit der sie mir jede Minute meiner Existenz entlockten – von meiner Kindheit bis zu meinem Alltag in der Kanzlei –, war erstaunlich. Das Endergebnis war, daß sie nun beinahe alles über mich wußten, während ich mir nach wie vor im unklaren über meine Gesprächspartner war. Nichtsdestotrotz schienen wir an jenem Abend gemeinsam ein unsichtbares Tor durchschritten zu haben, denn von diesem Tag an wurde mir Pembertons uneingeschränkte Aufmerksamkeit zuteil – oder genauer gesagt: Er schien mich zum Mittelpunkt seiner Aktivitäten bestimmt zu haben.

Ich gewann den Eindruck, als kenne er Gott und die Welt und als habe er mir auf die ein oder andere Art jedermanns Wohlwollen gesichert. In der Folge davon nahm unter anderem mein privates Vermögen unauffällig, aber stetig zu. Aufgrund eines Abschwungs im Wollhandel war ich nach dem Tod meines Vaters in die wenig beneidenswerte Position geraten, diverse Wechsel begleichen zu müssen. Während ich meine Schulden bisher zwar gewissenhaft, doch langsam getilgt hatte, veränderte sich meine Lage nach jenem Treffen mit Pemberton und seinen Freunden dramatisch, und alsbald eröffneten sich mir vollkommen neue Horizonte. Plötzlich wurde ich mit bemerkenswerter Geschwindigkeit befördert, was selbstverständlich auch eine beachtliche Verbesserung meiner finanziellen Lage mit sich brachte. Schließlich keimte in Caitlin und mir die Hoffnung auf, daß wir eines Tages vielleicht doch einen gewissen Grad an finanzieller Unabhängigkeit erreichen würden, um unsere Träume vom Reisen erfüllen zu können.

Zu jener Zeit war es auch, daß ich immer mehr das Gefühl verspürte, beobachtet zu werden. Bitte, mißverstehen Sie mich nicht. Es war kein unangenehmes Gefühl; auch fürchtete ich nicht, daß mir etwas Böses drohe. Ich kann Ihnen versichern, dem war nicht so – eher im Gegenteil: Ich fühlte mich beschützt. Es war, als würden unsichtbare Engel über mich, Caitlin und die Kinder – es sollten zwei werden – wachen, Engel, die jederzeit bereit waren, uns zu helfen und zu verteidigen.

Und ich irrte mich nicht. Allerdings sollte ich auch erst Jahre später erfahren, welch hohen Preis meine Beschützer für meine Sicherheit zahlen mußten.

In den folgenden Monaten und Jahren entwickelte sich die seltsame Freundschaft zwischen mir und Pemberton auf unvorhersehbare Art und Weise, besonders nachdem mir immer mehr zu Bewußtsein kam, daß er der Architekt meines unverhofften Glücks war. Daß mein Wohltäter ein Witwer war, der schon lange allein durchs Leben ging, fand ich eher durch Zufall heraus. Seitdem versuchte ich Pemberton für seine Menschenfreundlichkeit zu danken, indem ich ihn immer häufiger zu unseren Familienfesten einlud.

Um es kurz zu machen: Pemberton wurde alsbald ein fester Bestandteil unseres Haushalts. Zur Geburt unseres zweiten Kindes bat ich ihn, Pate zu werden. Begeistert nahm Pemberton an, und erschien zur Taufe mit einer Kiste Port und einem Silberlöffel, in den der Name des Kindes und ein Wappen eingraviert worden war.

»Das ist das Wappen der Murrays«, erklärte er, als Caitlin ihn danach fragte.

»Das Wappen der Murrays? Du hast mir ja gar nicht gesagt, daß du ein Aristokrat bist, Liebling«, erwiderte sie an mich gewandt.

»Glaub mir: Ich hatte ja keine Ahnung«, antwortete ich.

Pemberton wurde daraufhin ausgesprochen ernst. »Es mag Ihnen ja vielleicht seltsam erscheinen«, sagte er, »aber die Murrays sind einer der ältesten und ehrenhaftesten Clans in der langen Geschichte unseres streitlustigen Volkes.« Er drehte sich zu dem kleinen Alexander um, der auf Caitlins Armen ruhte, und fügte hinzu: »Du kannst stolz auf dein Erbe sein, mein Junge.« Dann runzelte er nachdenklich die Stirn, als suche er nach etwas im Nebel der Geschichte, legte dem Knaben die Hand auf die Stirn und erklärte: »Möge das Heilige Licht dir den Weg weisen, und mögest du niemals vom Wahren Weg abweichen.«

Sie mögen dies vielleicht für einen merkwürdigen Segen halten, doch ist er nicht merkwürdiger als vieles andere was Menschen zu solchen Gelegenheiten sagen, nur daß wir uns dieser Seltsamkeit zum entsprechenden Zeitpunkt nur selten bewußt werden. Als ich Pemberton häufiger traf und ihn somit besser kennenlernte, kam ich nicht umhin zu bemerken, daß er häufig fremdartige und verwirrende Prophezeiungen von sich gab.

Für gewöhnlich kamen diese Prophezeiungen wie folgt zustande: Ein Kommentar oder ein Thema in der Zeitung erregte Pembertons Aufmerksamkeit, und er traf daraufhin eine präzise Vorhersage bezüglich des Ausgangs des beschriebenen Ereignisses – falls dieser denn in Frage stand –, oder aber er wies auf die Folgen hin, welche dieses Ereignis nach sich ziehen würde. Mit der Zeit lernte ich, seine Bemerkungen ernst zu nehmen; denn auch wenn seine Vorhersagen bisweilen unlogisch erschienen, so trafen sie doch – bis auf wenige Ausnahmen – allesamt zu. Allerdings will ich nicht den Eindruck erwecken, daß Pemberton etwas von einem Wahrsager an sich hatte, wie man ihn auf jedem x-beliebigen Jahrmarkt findet; mit solcherlei Hokuspokus hatte er nichts zu tun. Tatsächlich stammt der Begriff ›Prophezeiungen‹ von mir; er selbst nannte sie stets ›Vorhersagen‹, womit er andeuten wollte, daß es sich lediglich um begründete Vermutungen handelte.

Auch wenn diese Vorhersagen vielleicht keiner Eingebung entsprangen, so waren sie sicherlich das Produkt eines geradezu unglaublichen Wissens und einer großen, wenn auch nicht grenzenlosen Intelligenz. Hinter dem förmlichen, eleganten, aber zurückhaltenden Verhalten des alten Mannes verbarg sich ein bemerkenswerter Intellekt, verbunden mit beachtlicher Macht und Ausstrahlung. Je näher ich Pemberton kennenlernte, desto mehr respektierte und vertraute ich ihm. Obwohl die Einzelheiten seiner Vergangenheit und selbst seines alltäglichen Lebens mir bestenfalls schattenhaft bekannt waren – beispielsweise erfuhr ich nie, wo er aufgewachsen und zur Schule gegangen war, oder woher sein enormes Vermögen stammte –, war vollkommen klar, daß es sich bei ihm um einen Menschen von tadellosem Charakter handelte.

Was auch immer er tat, ich habe ihn stets als freundlichen und rücksichtsvollen Mann erlebt. Zwar verfolgte er durchaus seine eigenen Ziele, doch begegnete er anderen ausnahmslos respektvoll, geduldig, großzügig und fair. Auch wenn er bisweilen als scharfer Richter der Welt und ihrer Fehler auftrat, so kam doch nie ein grausames oder verächtliches Wort über seine Lippen. Seine Fähigkeit und Bereitschaft, andere zu verstehen und ihnen zu vergeben, war nahezu unendlich – zumindest hatte ich stets diesen Eindruck.

Bitte verwechseln Sie diese Milde nicht mit Feigheit; damit hatte es ganz und gar nichts zu tun. Nichts in Pembertons Verhalten entsprang dem feigen Wunsch, Unannehmlichkeiten aus dem Weg zu gehen, geschweige denn der Angst vor Streit. Seine Überzeugungen standen häufig im Widerspruch zur öffentlichen Meinung, doch er hielt unbeirrt an seinen Anschauungen fest. Wenn ihn das in Konflikt mit der gesellschaftlichen Mehrheit brachte, dann war das eben so. Ich sah ihn niemals wanken. Während ich ihn immer besser kennenlernte, erkannte ich, daß Pemberton zur seltensten Art von Mensch gehörte: Er war ein guter Mann im besten Sinne des Wortes.

Das war auch der Grund, warum ich ohne zu zögern zustimmte, als er mich eines Abends fragte, ob ich nicht den Brüdern des Tempels beitreten wollte.

Wie so viele der Ereignisse, die mit Pemberton in Verbindung stehen, so fand auch dieses im Salon des Alten Hirschen statt. Der alte Gentleman hatte mich wieder einmal zu einem köstlichen Essen eingeladen, und wie gewöhnlich saßen wir hinterher bei einem Whisky und einer Zigarre beisammen, als er plötzlich sagte: »Gordon, mein Freund, ich habe Ihnen ein Angebot zu machen, das vielleicht die ein oder andere Überlegung wert wäre.«

»Ich würde mich freuen, es zu hören«, erwiderte ich gutgelaunt, und als ich sah, wie ernst er es meinte, fügte ich hinzu: »Bitte, fühlen Sie sich frei, mich zu fragen, was Sie wollen.«

»Ich kenne Sie nun schon viele Jahre, und ich glaube, auch Sie haben mich in dieser Zeit recht gut kennengelernt. Tatsächlich glaube ich sogar, daß sich eine gewisse Beziehung zwischen uns entwickelt hat.« Rasch versicherte ich ihm, wie wichtig unsere Freundschaft für mich sei, woraufhin er lächelte und sagte: »Dann bitte ich Sie um unserer Freundschaft willen: Bewahren Sie Stillschweigen über das, was ich Ihnen jetzt sagen werde. Werden Sie das tun?«

»Selbstverständlich.« Neugierig beugte ich mich vor. Ich hatte Pemberton noch nie so geheimnisvoll erlebt.

»Wie Sie vielleicht schon gemutmaßt haben, habe ich viele Verpflichtungen und Interessen, die meine Zeit in Anspruch nehmen. Eine davon würde ich Ihnen nun gerne ans Herz legen; denn wie ich Sie inzwischen kennengelernt habe, glaube ich, daß Sie sie recht anregend finden werden.« Er blickte mich an, um zu sehen, ob ich wünschte, daß er fortfahren solle.

»Bitte, reden Sie weiter. Ich höre zu.«

»Bei der Organisation, über die ich mit Ihnen sprechen möchte, handelt es sich um eine sehr private und äußerst exklusive Verbindung.«

Er sprach nun derart ernst, daß ich mich genötigt fühlte, die Stimmung ein wenig zu lockern. »Eine Geheimgesellschaft? Pemberton, Sie überraschen mich.«

»Eine Gesellschaft ohne Zweifel«, erwiderte er. »Geheim? Lassen Sie uns einfach sagen, in Zeiten wie diesen kann man nicht vorsichtig genug sein, was die Auswahl derjenigen betrifft, denen wir uns anvertrauen.«

»Bitte, verzeihen Sie mir, Pemberton, aber reden wir über eine Freimaurerloge?«

»Freimaurer?« Er wirkte ehrlich entsetzt. Kurz geriet sein Dekorum ins Wanken, und ich erhaschte einen Blick auf den wahren Pemberton. »Machen Sie das nicht lächerlich! Wir haben nichts mit diesem Hokuspokus zu tun – gar nichts, Gott sei Dank. Was mich betrifft, so sind Freimaurer nicht mehr als ein Haufen bemitleidenswerter kleiner Männer, die seltsames Zeug vor sich hin brabbeln und in den Schürzen ihrer Mütter umherstolzieren. Um offen zu sein: Freimaurer sind Priester einer längst toten Religion, welche die falschen Knochen verehren.«

»Ich verstehe.«

»Nein. Unsere Organisation ist weit entfernt von derlei Dingen. Auch wenn wir nicht weniger eifersüchtig über unsere Traditionen wachen als die Freimaurer, so wurzeln wir sozusagen doch in anderer Erde. Die Eingeweihten kennen unsere Verbindung als den Mildtätigen Orden, denn wir haben uns ganz und gar dem Vollbringen guter Taten verschrieben. Seit nunmehr vierzig Jahren bin ich Mitglied in diesem Orden, und wir halten stets nach integren Männern Ausschau, die von einer Verbindung wie der unseren profitieren könnten.« Er hielt kurz inne und lächelte. »Es wäre mir eine große Ehre, wenn ich Sie als neues Mitglied vorschlagen dürfte.«

»Mir wiederum wäre es eine große Ehre, ein solches Angebot annehmen zu dürfen«, erwiderte ich.

»Gut«, sagte Pemberton, der offensichtlich mit meiner Antwort zufrieden war. »Gut. Ich werde die notwendigen Vorbereitungen treffen. Sie werden in Kürze von mir hören.«

Einige Wochen später wurde ich in den Orden eingeführt und entdeckte eine Facette der Gesellschaft, die mir bis dahin entgangen war. Ich war überrascht, unter den Mitgliedern des Tempels XX – wie wir unseren örtlichen Versammlungsraum nannten – mehrere Bekannte zu finden: Männer, die ich aus meinem Beruf kannte und sogar zwei aktive Mitglieder unserer Pfarrgemeinde. In der Folge davon fühlte ich mich unter meinen neuen Brüdern von Beginn an heimisch und empfand die Verbindung als ausgesprochen anregend.

Getreu Pembertons Worten war das Vollbringen guter Taten ein vorrangiges Ziel des Mildtätigen Ordens: Man spendete Bücher für Bibliotheken, Rollstühle für Gelähmte, Medizin für Kranke, Kleidung für Armen- und Waisenhäuser und so weiter und so fort. Alles notwendige Taten, und die Empfänger waren auch angemessen dankbar, doch insgesamt wirkten die Aktivitäten des Ordens ein wenig schwerfällig. Wenn wir nicht gerade die Auslieferung von Spenden organisierten, wurden wir in den Traditionen und der Geschichte des Ordens unterwiesen oder diskutierten über gesellschaftliche Fragen.

Mein erster Eindruck war, daß der Mildtätige Orden der Brüder vom Tempel Salomons – wie er offiziell hieß – offenbar auf denselben Grundlagen beruhte wie die Freimaurerei. Wir trugen weiße Mönchskutten mit seltsamen Insignien und bekleideten unterschiedliche Grade in der Hierarchie, die man anhand der Farben von Gürtel und Kapuzen erkennen konnte. Außerdem verwendeten wir ähnlich den Freimaurern geheime Paßwörter, an denen wir uns gegenseitig erkannten, und wir lernten uralte Rituale, aus denen die geheimnisvollen Zeremonien bestanden, die wir bisweilen abhielten.

Trotz Pembertons beharrlichen Leugnens hatte ich den Eindruck, daß die Brüder des Tempels zumindest zum Teil als Antwort auf die Freimaurerbewegung gegründet worden waren, vielleicht sogar von ehemaligen Mitgliedern dieser weit bekannteren Geheimgesellschaft. Erst nach mehreren Jahren der Mitgliedschaft begann ich zu vermuten, daß unser Orden weit mehr war als nur eine Ansammlung abtrünniger Freimaurer, die in weißen Laken herumliefen und einander Bruder Novize, Bruder Prinzipal oder Bruder Praeceptor nannten.

Als ich von der Existenz der Bruderschaft erfuhr, war ich dennoch überrascht, wie ich gestehen muß. Allerdings vermute ich, daß ich mich von der harmlosen Natur der größeren, wohltätigen Organisation habe einlullen lassen. Sicherlich war die Vorstellung eines zweiten, im ersten verborgenen Ordens nichts Ungewöhnliches, doch in all der Zeit, da ich ein Mitglied des Mildtätigen Ordens gewesen war, hatte ich keinerlei Grund zu der Annahme gehabt, ich hätte nicht alles gesehen.

Nachdem ich jedoch von der Bruderschaft erfahren hatte, wurde mir der eigentliche Zweck des Mildtätigen Ordens augenblicklich klar: Er diente als eine Art ›Sieb‹, das dem älteren, weit geheimnisvolleren Bund vorangestellt war. Mit anderen Worten: Auch wenn der Mildtätige Orden seinen eigenen Zielen folgte, so war er in Wahrheit doch nur gegründet worden, um der Bruderschaft zu dienen.

Auch fand ich zu meiner großen Verwunderung heraus, daß nur jene von der Bruderschaft erfuhren, die das Glück hatten, als Mitglied ausgewählt zu werden. So kam es, daß ich weniger als vierzehn Tage, nachdem man mich in dieses Geheimnis eingeweiht hatte, um Mitternacht vor Allerheiligen auf dem Boden einer Krypta kniete, die heiligen Eide wiederholte, die man mir vorsagte, und die Klinge eines Schwertes küßte. Anschließend tauschte ich meine weiße Mönchsrobe gegen einen schwarzen, mit purpurroter Seide abgesetzten Umhang, und man überreichte mir einen Talisman: einen rußgeschwärzten Fingerknochen, der von der Hand eines der Gründer unseres Ordens stammte – eines schottischen Adeligen, der auf dem Scheiterhaufen gestorben war, weil er unsere Bruderschaft nicht hatte verraten wollen.

Drittes Buch

Ragna strich mit den Händen über ihren sanft gewölbten Bauch. Eine Zeitlang hatte sie ihre wachsende Fülle verbergen können, doch nun war das nicht länger möglich.

Schon bald würden die anderen Frauen in ihrer Umgebung bemerken, was sie Tailtiu, ihrer Dienerin, bereits gesagt hatte – das vorwitzige Mädchen mit den großen, neugierigen Augen hätte es ohnehin sofort bemerkt. Tatsächlich hatte Tailtiu die Wahrheit schon vermutet, bevor Ragna selbst sich ihrer Sache sicher gewesen war.

»Wenn du irgend jemandem etwas davon erzählst, Tailtiu«, hatte Ragna sie gewarnt, »werde ich dir höchstpersönlich die Zunge herausschneiden.«

Die Drohung beeindruckte die Dienerin nicht im mindesten. »Womit wollt Ihr das bewerkstelligen? Mit dem Messer, daß Ihr unserem Murdo gegeben habt?«

»Er ist nicht unser Murdo«, erwiderte Ragna streng. »Woher weißt du das mit dem Messer überhaupt?«

»Es ist nicht mehr in Eurer Truhe«, antwortete Tailtiu fröhlich. »Es ist verschwunden – ebenso wie Herr Murdo. Da ich nicht glaube, daß er es gestohlen hat, müßt Ihr es ihm gegeben haben. Und er hat Euch das Kind gegeben.«

»Jetzt hör mir mal gut zu, Tailtiu«, sagte Ragna und packte das Mädchen an den Schultern. »Niemand wird etwas davon erfahren, bis ich beschließe, es ihnen zu sagen.«

»Fürchtet Ihr, Eure Mutter könnte wütend auf Euch sein?«

»Ich schäme mich nicht für das, was ich getan habe«, erwiderte Ragna entschlossen. »Aber ich werde mich nicht wie ein lüsternes Weib behandeln lassen, über das jeder Wüstling in Kirkjuvágr sich das Maul zerreißt. Hast du das verstanden?«

»Ich mag ihn. Er ist ein freundlicher und guter Mann. Daß Ihr ihn auch liebt, sehe ich. Wird Euer Vater in eine Ehe einwilligen? Ich glaube, er würde einen guten Ehemann abgeben.«

»Tailtiu, ich meine, was ich sage.« Ragna schüttelte das Mädchen, um ihren Worten Nachdruck zu verleihen. »Ich werde deshalb keine Schande über mich kommen lassen. Hast du mich verstanden?«

»Ich habe verstanden, Herrin«, sagte Tailtiu. »Es wird unser Geheimnis bleiben.«

»Gut. Vergiß es nicht.«

Dieses Gespräch hatte nun schon vor mehreren Monaten stattgefunden, und entgegen aller Erwartung hatte die redselige Tailtiu den Mund gehalten, was den Zustand ihrer Herrin betraf; noch nicht einmal eine Andeutung war über ihre Lippen gekommen. Das hatte Ragna Gelegenheit gegeben zu warten und zu hoffen, und als endgültig kein Zweifel mehr an ihrer Schwangerschaft bestand, blieb ihr noch genug Zeit und Ruhe, sich darauf vorzubereiten, ihr Geheimnis kundzutun.

Zuerst wollte sie sich ihrer Mutter anvertrauen und dann Frau Niamh. Zu dritt würden sie dann entscheiden, was in bezug auf die bevorstehende Geburt zu tun war. Das, so schätzte Ragna, würde der schwierigste Teil werden. Die Taufe war kein Problem: Wenn die Zeit reif war, würden sie das Kind in der Hofkapelle taufen lassen. Dort konnte es auch in die Taufrolle eingetragen werden; ins Kirchenbuch von Orkneyjar würde man es ohnehin erst mit zwei Jahren aufnehmen. Bis dahin wäre Murdo mit Sicherheit wieder zurückgekehrt; sie beide wären verheiratet, und alles wäre gut. Niemand außerhalb der Familie und der Dienerschaft würde etwas von dem Kind erfahren, bis die Heirat formell vollzogen und von der Kirche anerkannt sein würde.

Während der langen Sommertage beschäftigte sich Ragna ausschließlich mit leichter Hausarbeit und wartete auf eine passende Gelegenheit, sich ihrer Mutter zu offenbaren. Diese Gelegenheit kam, als Frau Ragnhild eines Tages in den Kräutergarten hinausging, um Fenchel fürs Abendessen zu holen. Die untergehende Sonne warf lange Schatten über die ordentlichen Kräuterbeete, als Ragna sich ihrer Mutter näherte. Die Wärme des Tages und das honigfarbene Licht vermittelten Ragna ein Gefühl von Heiterkeit.

»Es war ein guter Sommer für die Pflanzen«, bemerkte ihre Mutter. »Der beste, an den ich mich erinnern kann.«

»Vielleicht deutet das auf einen milden Winter hin«, erwiderte Ragna.

»Winter!« Frau Ragnhild beugte sich vor, um eine verkümmerte Pflanze aus dem leuchtend grünen Beet zu rupfen. »Ich bitte dich. Der Sommer ist schon kurz genug, auch ohne daß du ihn wegredest. Als nächstes müssen wir uns auf die Ernte vorbereiten – und das bald.«

»Bis dahin werden unsere Männer sicherlich wieder zurück sein«, erklärte Ragna und pflückte ein wohlriechendes Blatt von einem nahen Ast, hielt es sich unter die Nase und drehte es zwischen den Fingern.

»Unsere Männer«, echote die Mutter. »Du redest wohl von Murdo. Ich kann mir nicht vorstellen, daß du auf diese Art von deinem Vater und deinen Brüdern sprechen würdest.«

»Ich vermisse ihn, Mutter«, sagte Ragna mit leiser Stimme.

»O ja«, seufzte Ragnhild. »Und ich vermisse deinen Vater. Es ist ein hartes Los, allein zurückbleiben zu müssen.«

»Es ist schön, daß Niamh bei uns ist. Was mit ihrem Land geschehen ist, tut mir leid, aber sie ist uns eine große Hilfe. Ich mag sie.«

»Das ist gut«, bemerkte Ragnhild geistesabwesend und widmete sich wieder dem Beet.

»Es scheint mir nur recht und billig zu sein«, fuhr Ragna fort, »daß eine Braut die Mutter ihres Bräutigams ehrt wie die eigene – und das ist nicht immer so einfach wie in diesem Fall, glaube ich.«

Die Sichel in Ragnhilds Hand verharrte nur einen Augenblick lang regungslos in der Luft, dann: schnipp, ein weiterer verkümmerter Ast. »All dieses Gerede von Braut und Bräutigam«, sinnierte Ragnhild. »Soll das etwa heißen, ich muß in diesem Haus demnächst mit einer Hochzeit rechnen?« Sie richtete sich auf und blickte ihrer Tochter in die Augen. »Oder hat die Hochzeit vielleicht schon stattgefunden?«

»Um die Wahrheit zu sagen: Das hat sie. Bevor er ging, haben wir uns einander versprochen.«

Ragnhild nickte und wandte sich wieder ihrer Arbeit zu. »Wäre es jemand anderes gewesen, hätte dein Vater ihn durch jede Straße von hier bis Jorvik geprügelt.« Sie hielt kurz inne. »Vielleicht tut er das auch jetzt noch, wer weiß?«

»Vater würde sich niemals gegen diese Verbindung stellen«, beharrte Ragna. Ein Hauch von Vorsicht lag in ihrer Stimme. »Er hat nie etwas gegen Murdo gesagt. Er würde uns seine Zustimmung nie verweigern.«

»Nein«, bestätigte Frau Ragnhild in deutlich sanfterem Tonfall. »Wie könnte er auch? Herr Ranulf ist ein Edelmann und ein langjähriger Freund der Familie. Dein Vater respektiert ihn und schätzt seine Freundschaft. Aber wie auch immer: Was geschehen ist, ist geschehen, und wir müssen das Beste daraus machen.« Erneut trennte die Sichel einen verkümmerten Zweig ab. »Das größte Problem stellt Bischof Adalbert dar. Er kann sich weigern, das Eheversprechen anzuerkennen, weißt du? Dann würden Eure Kinder der Verdammnis anheimfallen.«

»Wir haben noch Zeit.« Ragna senkte den Kopf. Die Tränen standen ihr in den Augen. »Zumindest bis zum Christfest.«

Erneut unterbrach Ragnhild die Arbeit und musterte nachdenklich ihre Tochter. Dann stellte sie den Korb ab und öffnete die Arme. Ragna warf sich ihrer Mutter an die Brust, und eine Zeitlang standen die beiden Frauen schweigend und eng umschlungen beieinander.

»O Ragna, wenn du doch nur gewartet hättest...« Ragnhild seufzte und ließ den Satz unvollendet.

»Er wird mir ein guter Mann sein, Mutter«, sagte Ragna nach einer Weile, schniefte und rieb sich die Tränen von den Wangen. »Er war immer so gut zu mir, und ich liebe ihn dafür – ich glaube, das habe ich immer schon. Wenn er wieder zurückkehrt, werden wir unseren Schwur in der Kapelle erneuern.«

»Und wenn er *nicht* zurückkehrt?«

»Mutter! Sag so etwas nie wieder!«

»Ich *sage* es aber. Meine Tochter, die Männer sind im Krieg. Du weißt genauso gut wie ich, daß Männer, die in den Krieg ziehen, nicht immer wieder nach Hause kommen. Von denen, die Heim und Familie verlassen, werden nur wenige wieder zurückkehren. Viele sterben im Kampf, und es gibt nichts, was wir dagegen tun könnten. Das ist zwar hart, aber es ist die Wahrheit.«

»Murdo ist nicht in den Kampf gezogen«, stellte Ragna klar. »Er will nur Herrn Ranulf finden und ihn wieder zurückbringen. Mit Krieg hat er nichts zu schaffen.«

»Das ist zumindest etwas«, gestand Frau Ragnhild. Ihr Blick war eine Mischung aus Mitleid und Zärtlichkeit. »O Ragna, wie sehr wünschte ich, daß für dich alles anders wäre.« Nach kurzem Schweigen fuhr sie fort: »Wir müssen es natürlich Niamh sagen; sie wird es so schnell wie möglich wissen wollen.«

»Ich habe gedacht, wir könnten es ihr vielleicht heute abend sagen«, erwiderte Ragna. »Ich werde es ohnehin nicht mehr lange vor ihr verbergen können.«

Zärtlich legte Frau Ragnhild ihrer Tochter die Hand auf den Kopf.

»Der Kreuzzug wird lange vor dem Winter beendet sein«, sagte Ragna und zwang sich, so überzeugt wie möglich zu klingen. »Die Männer werden schon bald wieder zurück sein, und wir werden heiraten können, noch bevor das Kind geboren wird.«

»Ich bete, daß du recht hast«, sagte Ragnhild und streichelte über das goldene Haar ihrer Tochter. »Ich bete, daß dein Murdo bald wieder zurückkommt. Ich bete, daß sie *alle* bald wieder zurückkommen ... heil und gesund.«

Nach dem Abendessen schlug Ragnhild vor, Niamh solle sie und ihre Tochter auf einen Abendspaziergang begleiten. »Diese wunderschönen Spätsommertage entschädigen einen für all die kalten, dunklen Winternächte«, bemerkte sie, während sie über den Pfad hinter dem Haus schlenderten.

Der Himmel schimmerte purpurrot im Licht der untergehenden Sonne, und nur wenige Wolken wanderten am Horizont entlang. Von Süden her wehte eine warme Brise über das Meer heran, und die ersten Sterne funkelten über den Hügeln jenseits der blühenden Felder.

»Das war schon immer die Jahreszeit, die ich am liebsten mochte«, stimmte ihr Niamh gelassen zu. »Das Vieh hat geworfen, und die Jungtiere wachsen langsam heran. Auch gefällt mir die Ruhe vor all der Arbeit während der Ernte.«

»Ragna hat gesagt, daß sie hoffe, die Männer wären vor der Ernte wieder daheim«, sagte Ragnhild.

»Das hoffe ich auch«, erwiderte Niamh. »Aber ich glaube, damit dürfen wir nicht rechnen. Was auch immer die nächsten Monate bringen werden, ich fürchte, wir werden es ohne unsere Männer überstehen müssen.«

Eine der Dienerinnen rief Frau Ragnhild just in diesem Augenblick zu sich, so daß Ragna und Niamh eine Weile allein waren. Schweigend wanderten sie ein Stück nebeneinander her und genossen die milde Abendluft. »Du warst heute abend sehr ruhig«, bemerkte Niamh nach einer Weile. »Das paßt so gar nicht zu dir. Fühlst du dich nicht wohl?«

»Ich fühle mich sogar sehr wohl«, antwortete Ragna. »Falls ich Euch zu ruhig erschienen bin, dann lag das daran, daß ich nach den richtigen Worten gesucht habe, um Euch zu sagen, was ich Euch sagen muß.«

»Mach deinem Herzen einfach Luft«, schlug Niamh vor und lächelte. »Ich glaube nicht, daß mir mißfallen wird, was du zu sagen hast.«

Ragna nickte. »Ihr seid sehr freundlich, Frau Niamh...«

»Nenn mich Nia«, unterbrach die Ältere. »Schließlich sind wir mittlerweile Freundinnen.«

»Das sind wir«, stimmte ihr Ragna zu, »und es ist eben diese Freundschaft, die ich zu verlieren fürchte.«

»Warum plagt dich solch ein Gedanke?« Niamh blieb stehen und drehte sich zu Ragna um. »Mein Herz, was stimmt nicht?«

Die junge Frau hob den Kopf. »Murdo und ich sind einander versprochen. Ich trage sein Kind unter dem Herzen.«

»Ich verstehe«, erwiderte Niamh leise.

Da sie keine weitere Reaktion zeigte, faßte Ragna Niamhs Worte als Tadel auf. »Ich nehme es dir nicht übel, daß du uns deinen Segen verweigerst«, sagte sie und senkte den Kopf. »Ohne Zweifel hast du gehofft, dein Sohn würde eine bessere Partie machen.«

Mit zwei Schritten stand Niamh neben Ragna und drückte die junge Frau an die Brust. »Du darfst so etwas nie wieder sagen«, mahnte sie voller Herzlichkeit. »Ach, Ragna... Ich könnte mir keine bessere Frau für meinen Murdo vorstellen. Ich habe ihm gegenüber nie ein Wort darüber verloren, doch tief in meinem Herzen habe ich gehofft, er würde eines Tages dasselbe in dir sehen, was ich in dir sehe.« Sie schob Ragna auf Armeslänge von sich. »Ich freue mich für dich – und für ihn auch. Traurig ist nur, daß ich um eure gemeinsame Zukunft fürchte ...«

»Wegen der Kirche? Daran habe ich schon gedacht. Wir können unseren Schwur ...«

Niamh schüttelte den Kopf. »Nein, die Kirche ist die geringste unserer Sorgen. Schlimmer ist, daß wir unsere Ländereien verloren haben, mein Kind. Murdo wird nichts besitzen, und das ist eine schlechte Grundlage für ein gemeinsames Leben.«

»Aber ihr werdet eure Ländereien wieder zurückerhalten«, erwiderte Ragna. »Wenn Herr Ranulf und deine Söhne zurückkehren, dann *werdet* ihr die Herrschaft über Hrafnbú wieder übernehmen. Das weiß ich.«

»Ich wünschte, ich wäre genauso fest davon überzeugt wie du. Die Wahrheit ist jedoch, daß vieles dagegen spricht, und selbst wenn Herr Ranulf jetzt hier wäre, könnte es noch schlecht ausgehen.« Niamh schwieg einen Augenblick lang. »Wir dürfen nicht allzu sehr hoffen, denn die Launen von Königen sind unberechenbar; sie denken an niemanden außer an sich selbst.«

»Wollt ihr, du und dein Mann, uns etwa die Heirat verbieten, nur weil es euch an Land mangelt?« fragte Ragna nicht unfreundlich.

»Mein Herz, ich will dir gar nichts verbieten«, antwortete Niamh. »Ich gönne dir die Welt und auch meinen geliebten Sohn. Und würde er hier vor dir stehen, würde Ranulf dir das gleiche sagen. Dein eigener Vater könnte die Dinge jedoch anders sehen. Er könnte eine Verbindung ohne Land als seiner einzigen Tochter unwürdig erachten; er könnte der Meinung sein, du könntest mit einem anderen glücklicher werden, und es wäre sein gutes Recht, so zu denken.«

»Ich will aber keinen anderen«, erklärte Ragna von plötzlichem Zorn erfüllt. »Ich werde den Vater meines Kindes heiraten, sonst niemanden. Lieber würde ich sterben.«

»Schschsch«, beruhigte sie Niamh. »Sprich nicht so, denn so zu sprechen bedeutet, die Aufmerksamkeit des Teufels zu erregen. Laß uns statt dessen beten, daß der Herr unser Gott dir deinen Herzenswunsch erfüllt.«

Ragna lächelte. »Trotz all der selbstsüchtigen Könige?«

»Natürlich«, bestätigte Niamh. »Trotz all der selbstsüchtigen Könige. Schließlich sind sie keine Engel, sondern Menschen aus Fleisch und Blut.«

Sie ergriff Ragnas Arm, und gemeinsam setzten sie ihren Weg fort. »Nun denn, wir müssen uns auf die Geburt des Kindes vorbereiten. Wir müssen Kleider nähen...«

»Warme Kleider«, ergänzte Ragna, »denn es wird mitten im Winter zur Welt kommen.«

Arm in Arm wanderten sie durch die Abenddämmerung und sprachen über die Vorbereitungen, die sie in den kommenden Monaten treffen mußten. In dieser Nacht ging Ragna mit einer Ruhe ins Bett, wie sie sie schon seit sehr, sehr langer Zeit nicht mehr verspürt hatte. Mit einem Gebet auf den Lippen schlief sie ein. »Herr der Heerscharen«, flüsterte sie, »sende deine siebzig Engel, um meinen Murdo zu beschützen, und bring ihn so schnell wie möglich wieder zu mir zurück. Wenn du nur dieses eine für mich tust, werde ich für immer deine treue Dienerin sein.«

Die *Skidbladnir* passierte die Säulen des Herkules und fuhr in die warmen blauen Wasser des Meeres, das die Mönche Mare Mediterraneum nannten. »Die See von Mittelerde?« fragte Murdo, der glaubte, sich verhört zu haben.

»Genau«, bestätigte Fionn. »Wir haben das Meer in der Mitte der Welt erreicht. Von allen Meeren dieser Welt ist dies das schönste. Es ist das friedlichste und ruhigste, und nirgends fängt man so viele Fische wie hier.«

Sofort wurde die Probe aufs Exempel gemacht, und im Laufe der folgenden Tage bestätigte sich die prahlerische Behauptung des Mönches immer mehr. In jeder Bucht, in der sie für die Nacht vor Anker gingen, fingen sie bemerkenswerte Mengen verschiedener wohlschmeckender Fische. Einige dieser Fische hatten weder die Mannschaft noch die Passagiere je gesehen; einmal fingen sie auch Krabben, die Murdo sehr genoß, denn sie erinnerten ihn an die Orkneys.

Kaum drei Wochen, nachdem sie das so friedliche Meer erreicht hatten, wechselte jedoch die Jahreszeit, und das gute Wetter hatte ein Ende. Von Tag zu Tag wurde es kälter, und der Wind frischte zusehends auf, woraufhin Jon Reißzahn beschloß, es sei an der Zeit, sich nach einem Liegeplatz für den Winter umzusehen. Von nun an suchten sie ständig die Küste nach einem geeigneten Hafen ab, und schließlich entschieden sie sich für eine kleine, ein Stück landeinwärts gelegene Stadt mit Namen Arles, eine befestigte Siedlung an der Südküste von Gallien im Königreich Burgund. Jon Reißzahn wählte die Stadt nicht zufällig aus. Größere Häfen wie Toulon oder Narbonne mied er mit der Begründung: »Zu viele Leute, zu viele Schiffe und zu viele Versuchungen für unvorsichtige Seefahrer.« Arles jedoch gefiel ihm, denn es war klein und ruhig; außerdem war das Leben hier weit billiger als an anderen Orten. Das kleine Arles lag ein Stück flußaufwärts, wenige Meilen vom Meer entfernt, doch es besaß eine ausreichend große Hafenbucht, die mehreren seetauglichen Schiffen Unterschlupf gewähren konnte, und tatsächlich hatten auch einige hier Schutz vor dem Winter und seinen Stürmen gesucht.

Die Mönche waren mit Jons Wahl zufrieden; sie waren froh, die kalten, verregneten Wintertage im Gebet und im Gespräch mit den örtlichen Klerikern in der Abtei von Sainte Trophime verbringen zu können. Diese großartigen Disputationen wurden durch die freizügige Anwendung des örtlichen Rotweins auf eine noch höhere Stufe gehoben, dem sowohl die ortsansässigen als auch die zugereisten Mönche mit Eifer zusprachen. Der Rest der Mannschaft verbrachte seine Zeit zwischen diversen Trinkhallen und Bordellen im Hafenviertel.

Auf Murdo lastete die aufgezwungene Ruhepause jedoch schwer; er entdeckte nur wenig in der Stadt, was ihn interessierte. Da er weder die Lust verspürte, die örtlichen Huren zu bereichern, noch, seinen Durst bei den ansässigen Brauern zu stillen, und da ihn auch eine gelehrte Debatte mit gallischen Mönchen nicht zu reizen vermochte, beschäftigte er sich statt dessen damit, über die Hügel hinter der Stadt und am Fluß entlangzuwandern. Dank des Winterregens schimmerten die Hügel in saftigem Grün, und Murdo mochte den Duft der niedrigen Sträucher, doch da die Hügel ansonsten nichts Bemerkenswertes zu bieten hatten, machte er sich schon bald daran, die alte Stadt zu erkunden.

Die Straßen von Arles waren eng, und die Häuser standen dicht beieinander. Sämtliche Fenster waren zum Schutz vor den kalten, feuchten Winden aus Nord und West geschlossen. Auch Murdo schlenderte nur durch die gewundenen Straßen, wenn die Sonne schien. Tatsächlich gab es einige ungewöhnliche Gebäude zu bestaunen. Manche waren noch von den Römern errichtet worden, wie ihm Bruder Fionn erklärte; den Rest hatten die Mauren erbaut. Die maurischen Gebäude wirkten besonders seltsam auf Murdo. Aufgrund ihrer weißen Wände, den hohen, schlanken Säulen, der zwiebelförmigen Torbögen, bauchigen Türme und schmalen Glasfenster erschienen sie Murdo wie Paläste aus einem Traum.

Der beeindruckendste dieser ›Paläste‹ war ein imposantes weißes Gebäude am Rand des Marktplatzes. Der Markt selbst war ein gottverlassener Ort, denn da es im Winter auch hier wie überall an Waren mangelte, verirrten sich nur wenige Menschen und Händler hierher. Tatsächlich tauchten nur dann und wann vereinzelt Kaufleute auf, die überdies nur Eier und Käse verkauften, so daß Murdo den Platz zumeist für sich allein hatte.

Auf einem seiner Streifzüge entdeckte er, daß es in der friedlichen kleinen Stadt auch einen Waffenschmied gab. Zwei andere Schmiede hatten sich ebenfalls in der Stadt niedergelassen, das wußte Murdo, doch sie stellten ausschließlich Geräte für die Bauern und den Hafen her. Der dritte Schmied jedoch arbeitete am anderen Ende der Stadt, weit weg vom Hafen und vom Markt. Murdo stolperte eines Tages über die Schmiede, als er die Stadtmauer umwandern wollte. Angezogen von mächtigen Rauchwolken und schweren Hammerschlägen hatte er eine niedrige, dunkle Behausung entdeckt, die in die alte Römermauer hineingebaut worden war. Einst war die Schmiede offenbar ein Torhaus gewesen, aber das Tor hatte man schon längst zugemauert. Das Haus – wenig mehr als eine überdachte Nische in der Mauer – diente nun einem

Mann als Unterkunft und Werkstatt, der sich mit der Herstellung von Waffen und Rüstungen seinen Lebensunterhalt verdiente.

In der Schmiede war es angenehm warm, und da der Schmied scheinbar nichts gegen Besucher einzuwenden hatte, blieb Murdo stehen und schaute dem Mann zu.

»Sieh an!« rief der Schmied dem großen jungen Mann zu, der in der Tür herumlungerte. »Dir gefällt wohl die Arbeit mit Eisen, wie? Vielleicht willst du ja auch mal Schmied werden.«

Murdo erklärte ihm, daß er ein Pilger sei, der sich mit Gleichgesinnten auf dem Weg ins Heilige Land befinde. »Unser Schiff überwintert hier«, sagte er. »Im Frühling segeln wir wieder weiter.«

»Ah, dann bist du also einer von dem Langschiff!« erwiderte der Schmied in grobem, aber deutlichem Latein. »Ich habe gehört, diese Nordmänner seien verdammt wilde Krieger. Sie haben auch gute Waffen – aber meine sind besser. Komm. Ich will dir etwas zeigen.« Er winkte Murdo in die Hütte hinein, die von dem großen Schmiedefeuer beherrscht wurde. Dann zog der Mann einen glühenden Eisenstab aus dem Kohlefeuer und sagte: »Das hier wird ein Schwert werden. Jetzt sieht es vielleicht noch nach wenig aus, aber bald...! Bald wird es in der Hand des Herrn von Avignon ruhen.«

Murdo erfuhr, daß der Schmied – ein offener, verschwitzter und rußgeschwärzter Mann mit Namen Bezu – zwei Lehrlinge besaß und daß diese zwei kaum ausreichten, um die aufgrund des päpstlichen Aufrufs gestiegene Nachfrage an Waffen und Rüstungen zu befriedigen. Bezu war auf der Suche nach einem dritten Mann, der ihm helfen konnte, der wachsenden Zahl von Bestellungen Herr zu werden. »Ein starker Junge wie du gibt einen guten Schmied ab. Ich könnte es dir beibringen. Wenn du willst, spreche ich auch mit deinem Vater; ich glaube, wir könnten uns einigen.«

Höflich lehnte Murdo das Angebot ab; dennoch wurde die Schmiede bald zu dem Ort, den er am häufigsten besuchte. Tatsächlich wurde Murdo zu solch einem vertrauten Anblick für Bezu und seine Lehrlinge, daß sie ihn eines Tages einluden, ihr Mittagessen aus Käse, Salzfleisch und Brot zu teilen; als Gegenleistung für diese Freundlichkeit half Murdo den Rest des Tages in der Schmiede aus. Am Abend erklärte Bezu, Murdo sei hier jederzeit willkommen, und wenn er wolle, könne er morgen wiederkommen und ihnen helfen und mit ihnen essen.

Dem stimmte Murdo gerne zu, und schon bald verbrachte er die meiste Zeit mit dem Schmied und seinen Lehrlingen. Gemeinsam arbeiteten sie im heißen Rauch des Schmiedefeuers und sprachen über dies und das. Murdo genoß die Gesellschaft der Schmiede ebenso sehr wie ihnen zuzusehen, wenn sie aus rotglühendem Eisen Schwertklingen, Speerspitzen und Schildbuckel formten. Bezu ließ Murdo am Blasebalg arbeiten, und als er sah, wie sehr der Jüngling die Arbeit genoß, fragte er ihn, ob er nicht lernen wolle, wie man einen Speer anfertigt.

»Zunächst mußt du das richtige Eisen auswählen«, erklärte Bezu und durchforstete einen Stapel schwarzer Metallstangen, die beinahe so lang waren wie Murdo groß. Das verblüffte Murdo, denn er hatte sich immer vorgestellt, eine Speerspitze würde aus einem kurzen, dicken Klumpen gefertigt.

»Ah, da irrst du dich, mein junger Murdo. Wir fertigen Speere im alten römischen Stil«, erklärte der Schmied. Er legte einen Finger an die Nase und fügte hinzu: »Dieses Geheimnis bewahrt meine Familie nun schon seit Generationen.«

»Und mir wirst du es verraten?« fragte Murdo, der sich von dem unerwarteten Vertrauen geschmeichelt fühlte, das Bezu ihm entgegenbrachte. »Warum?«

Bezu zuckte mit den Schultern. »Vielleicht wirst du deine Meinung ändern und bei mir bleiben, wenn ich es dir zeige.« Er lächelte. »Außerdem: Wozu ist ein Geheimnis gut, wenn man es nicht ab und an jemandem verraten kann?« Er beugte sich über den

Eisenstapel und zog einen geradezu unglaublich dünnen Stecken heraus. »Hier!« rief er und reichte Murdo das Eisen. »Das ist für dich!«

Murdo packte den kalten Stab aus rostigem Metall und musterte ihn zweifelnd. »Im Augenblick mag er ja nicht viel hermachen«, sagte der Schmied, »aber schon bald wird daraus ein Speer entstanden sein, der eines Fürsten würdig ist.«

Dann zeigte Bezu seinem neuen Schüler den langwierigen Prozeß, wie man aus dem dünnen Stück Eisen eine Waffe formte: Erst erhitzte er das Metall, hämmerte es flach, faltete es zu einem Viereck, rundete die obere Hälfte sorgfältig ab, und schließlich faltete er ein Drittel dieser Hälfte ein weiteres Mal und hämmerte sie wieder flach, bis nur noch in der Mitte eine leichte Erhebung blieb und sich eine kurze, blattförmige Spitze herausgebildet hatte. Murdo gefiel die Arbeit mit Eisen, doch er betrachtete das Werk des Schmiedes mehr als Kuriosität denn als Waffe. Sicherlich war ein Eisenspeer viel zu schwer, um geworfen zu werden, und die kurze Spitze konnte nicht mehr, als die Haut des Gegners nur anzuritzen.

»Warte bis der Stiel in den Holzschaft gesteckt wird«, erklärte Bezu und zeigte Murdo, wie man die Eisenstange in einem geschnitzten Heft aus Esche oder Eiche befestigte. »Siehst du? So kann sich die Spitze nicht aus dem Schaft lösen, und dank des Metallkerns ist der Schaft stabil wie Eisen. Wenn er fertig ist, hast du einen Speer, der nicht zerbrechen kann! Das ist die römische Art.«

So verbrachte Murdo die feuchten Wintermonate: Meist kam er schon recht früh in die Schmiede, arbeitete bis Sonnenuntergang, und oft verbrachte er sogar die Nächte neben dem Feuer. Wenn die Enge der Schmiede ihn mehr bedrückte denn wärmte, ging Murdo hinaus, setzte sich auf die alte römische Hafenmauer, wickelte sich in seinen Umhang und blickte über das flache Land hinaus aufs Meer. Regen oder Sonne – das machte keinen Unterschied für Murdo. Die kühlen Schauer, die Burgund im Winter plagten, waren verglichen mit den eisigen Winterstürmen auf Orkneyjar geradezu angenehm.

Wenn er so alleine am Hafen saß, dachte er – wie übrigens meistens – an Ragna und überlegte sich, was er bei ihrem Wiedersehen alles tun würde. Er stellte sich vor, wie er sie lieben, mit ihr ein Heim gründen und wie sie sich ein gemeinsames Leben aufbauen würden. Er dachte auch an Hrafnbú und stellte sich vor, wie er, sein Vater und seine Brüder es den Klauen des verräterischen Eindringlings Orin Breitfuß entreißen würden. Er dachte an seine Mutter, und er hoffte, daß es ihr gut ging und daß sie sich nicht allzu viel Sorgen um ihn machte. Zumindest tröstete ihn, daß sie bei Ragna war – an manch trübem Tag war dies sogar das einzige, was seine Gedanken wärmte.

Während sich das Rad der Zeit langsam Richtung Frühling drehte, wurde Murdo immer ungeduldiger, und er wünschte sich nichts sehnlicher, als so bald wie möglich wieder aufzubrechen. Tag für Tag beobachtete er, wie die tiefhängenden Wolken Richtung Süden zogen, und er fragte sich, wann Jon Reißzahn wohl seine Mannschaft wieder zusammenrufen und ablegen würde. Oft ging er zum Hafen hinunter, und beinahe bei jedem Besuch fand er den großen Nordmann und ein, zwei seiner Männer, die sich mit kleineren Arbeiten beschäftigten: Sie flochten Taue, flickten das Segel, reparierten die Ruder und so weiter. Murdo vermutete, daß sie sich schon bald wieder auf den Weg machen würden, doch wann immer er fragte, blickte der Herr des Schiffes in den Himmel, begutachtete den Wind und verkündete: »Heute nicht.« Dann pflegte Jon jedesmal den Kopf zu schütteln. »Vielleicht morgen. Du hast noch einen Tag auf dem Trockenen.«

Aber auch am nächsten Tag war die Antwort stets die gleiche. Als Murdo bereits glaubte, sie würden nie wieder ablegen, blickte Jon eines Tages erneut in den Himmel und deutete auf die nach Norden ziehenden Wolken. »Heute kaufen wir Vorräte. Morgen werden wir segeln.« Dann befahl er Murdo, die Tavernen und Bordelle abzusuchen und die Mannschaft zusammenzutrommeln.

Die Arbeit war rasch getan: Die meisten der Männer hatten ihr Silber ohnehin schon lange aufgebraucht und waren begierig darauf, die Reise fortzusetzen. Die frommen Brüder Ronan, Fionn und Emlyn jedoch mußte man förmlich aus dem Kloster loseisen; dann wurden sie zu den Händlern geschickt, um Proviant zu besorgen – diese Aufgabe fiel ihnen zu, weil kein noch so wortgewandter Kaufmann die gerissenen Kirchenmänner über den Tisch ziehen konnte.

Während die Mönche den notwendigen Proviant besorgten, arbeitete die Mannschaft daran, das Langschiff seetüchtig zu machen. Dank des milden Winters befand sich der Rumpf in gutem Zustand; kein Wasser war in Ritzen und Fugen gefroren und kein Sturm hatte Mast und Takelage beschädigt, so daß den Männern nichts weiter zu tun blieb, als das Deck zu schrubben und ein wenig aufzuräumen. Das Zelt wurde wieder auf der Plattform hinter dem Mast errichtet, und am Ende des Tages, als Fässer und Säcke mit Proviant eintrafen, war das Schiff bereit, in See zu stechen.

Zufrieden mit der Arbeit gewährte Jon Reißzahn seinen Männern einen letzten Landgang, und auch Murdo verließ das Schiff. Allerdings ging er nicht in die nahe gelegene Taverne, sondern zu Bezus Schmiede, um seinen Freunden Lebewohl zu sagen.

»Wenn du noch ein wenig länger bleiben würdest«, sagte Bezu, »könnten wir einen richtigen Waffenschmied aus dir machen.« Dann holte er den Speer hervor, an dem Murdo gearbeitet hatte und reichte ihn ihm mit den Worten: »Ich glaube, dort, wo du hingehst, wirst du ihn ganz gut gebrauchen können.«

»Aber ich besitze nichts, was ich dir dafür geben könnte.«

»Macht nichts«, erwiderte Bezu. »Er ist ein Geschenk.«

»Ich wollte ihn eigentlich noch fertigmachen«, sagte Murdo und betrachtete den blanken Stahlschaft. Auch wenn es sich um eine grobe Arbeit handelte und man die tödliche Wirkung der

Waffe kaum erahnen konnte, war Murdo stolz darauf. »Ich wünschte, ich hätte etwas, was ich dir geben könnte.«

»Nimm ihn, und schmiede ihn weiter«, sagte der Waffenschmied. »Und wenn man dich fragt, woher du eine solch gute und furchterregende Waffe hast, wirst du antworten, Bezu, der Meisterschmied von Arles, habe sie gemacht, und er würde jedem, der zu ihm kommt, einen ebenso guten Speer anfertigen. Einverstanden?«

»Einverstanden.« Murdo bedankte sich für das Geschenk und sagte Bezu und seinen Lehrlingen, in Orkneyjar seien sie jederzeit herzlich willkommen. Bezu begleitete ihn noch ein Stück die Straße hinunter; dann blickte der Schmied in den Himmel, blinzelte in die Abenddämmerung, wünschte Murdo eine gute Reise und eilte wieder zu seiner Hütte zurück. Anschließend lief Murdo ohne Umweg zum Hafen und ging an Bord.

»Was hast du denn da?« fragte Jon Reißzahn, als Murdo über die Reling kletterte.

»Das ist ein Speer. Ich arbeite noch daran«, antwortete Murdo und hielt dem Nordmann das Eisen entgegen, damit er es bewundern konnte.

»Ach, ein Speer«, kicherte Jon. »Das sieht mir aber gar nicht wie ein Speer aus. Bist du sicher, daß das nicht der Stab eines Schweinehirten ist?«

»Er ist noch nicht fertig«, erwiderte Murdo verärgert. »Man braucht noch Holz für den Schaft, und dann muß er noch geschärft werden.«

Der Seemann lachte. »Das hast du also die ganze Zeit über gemacht! Ich dachte schon, du hättest ein Mädchen in der Stadt.« Er deutete auf den Speer und sagte: »Wie das aussieht, solltest du das nächste Mal lieber dein Glück bei den Frauen versuchen.«

Um nicht noch mehr Spott zu ernten, zog sich Murdo an seinen üblichen Platz am Bug zurück und versteckte den unfertigen Speer unter der Schiffsreling, bevor irgend jemand anderes ihn zu Gesicht bekommen konnte.

Die Seeleute kehrten erst spät in der Nacht wieder zurück, doch Jon Reißzahn gönnte ihnen nur wenig Schlaf. Er weckte sie in den frühen Morgenstunden und gab Befehl zum Ablegen.

Das Langschiff wurde in die Bucht hinaus und dann den Fluß hinunter gerudert. Als sie die Flußmündung hinter sich gelassen hatten, setzten sie das Segel und drehten in den Wind. Sofort blähte sich das Segeltuch, und die *Skidbladnir* schnitt mit einer derart wilden Kraft durch die Wellen, als sei sie froh, endlich wieder frei zu sein.

Die Reise hatte wieder begonnen, ebenso wie die Suche nach König Magnus' Schiffen. Murdo war fest davon überzeugt, daß sie nun jeden Tag auf die Flotte des Königs treffen mußten – nur daß die Pilgerfahrt schon beendet und die Schiffe sich auf der Heimfahrt befinden würden.

Während sie langsam in südöstlicher Richtung die Küste entlangfuhren, hörten sie immer mehr Neuigkeiten über die Fortschritte der Kreuzfahrer. Die Genuesen, die mit ihren Schiffen die Pilgerheere versorgten, brachten Geschichten mit zurück, und diese Geschichten verbreiteten sich alsbald in allen Häfen, in denen die *Skidbladnir* anlegte.

Allerdings erhielten sie jedesmal ein Nein als Antwort, wenn sie nach der Flotte der Nordmänner fragten: Niemand hatte etwas von König Magnus und seinen Schiffen gehört oder gesehen. Ein winziges Stück Information erwies sich jedoch als nützlich. Vom Hafenmeister in Trapani erfuhren die Männer der *Skidbladnir*, daß die Kreuzfahrer keineswegs in Jerusalem seien, sondern sich auf dem Weg nach Antiochia befänden, einer nördlich des Heiligen Landes gelegenen Stadt. Mehr noch: Dieser Bericht war neu – nicht mehr als acht oder zehn Wochen alt.

»Antiochia!« rief Murdo, als man ihm die Neuigkeit mitteilte.

Er hatte den Namen bereits ein- oder zweimal gehört, dennoch hatte er nicht die geringste Ahnung, wo die Stadt wohl liegen mochte; für ihn stellte eine Fahrt dorthin lediglich eine unnötige Verzögerung dar. »Warum sollten sie dorthin fahren? Das ergibt keinen Sinn. Die Nachricht muß falsch sein.«

»Das ergibt durchaus einen Sinn«, widersprach ihm Ronan freundlich. »Antiochia ist eine große Stadt mit hervorragenden Verteidigungsanlagen. Jedes Heer, das über Land marschiert, muß erst an Antiochia vorbei, wenn es nach Jerusalem will. Tatsächlich haben die genuesischen Kaufleute, welche die Pilger mit Proviant versorgt haben, berichtet, das Kreuzfahrerheer liege just in diesem Augenblick vor den Mauern der Stadt.«

»Antiochia ist näher als Jerusalem«, bemerkte Fionn. »Ohne Zweifel werden wir dort auch König Magnus finden.«

Sie segelten weiter, und die Tage wurden immer länger. Die dunkelblaue See war voller kleiner und großer Fische, und das Wasser wurde zunehmend wärmer und die Inseln kleiner und zahlreicher. Auf Murdo, der die flachen grünen Inseln von Orkneyjar gewöhnt war, wirkten die Eilande des Mittelmeers wie riesige, scharfkantige Felsbrocken, an die sich nur hier und da verzweifelt ein paar Dornenbüsche klammerten. So war es auch nicht verwunderlich, daß er die trockenen Inseln mit ihren kleinen weißen Städten, die sich an die Hänge der wenigen grünen Hügel schmiegten, als wenig einladend empfand. Ihm erschien die Landschaft als geradezu unglaublich dürr, und die von Staub erfüllten Städte wirkten auf ihn verschlafen; er konnte sich nicht vorstellen, daß hier jemals etwas Bedeutendes geschehen war oder geschehen würde. Im Gegensatz zu den Mönchen, die es genossen, durch die winzigen, fliegenverseuchten Städte zu wandern und sich auf griechisch mit den Einwohnern zu unterhalten, betrachtete Murdo jede Sekunde, die sie an Land verbrachten, als verschwendet. Er konnte es kaum erwarten, nach Antiochia zu seinem Vater zu kommen.

Einige Wochen später erfuhren sie von einem Fischer in Kandia auf der Insel Kreta – der es von einem anderen Fischer gehört hatte und der wiederum von einem Olivenhändler –, daß die Schiffe der Nordmänner tatsächlich in diesen Gewässern gesichtet worden waren. Zwar war der Mann nicht sicher, aber er glaubte, die Flotte sei nach Zypern gesegelt.

Auf dem Weg dorthin hörten sie noch mehrere solcher Geschichten, und in Kyrenaia auf Zypern wurden die Berichte bestätigt. »Man sagt, vor zwei oder drei Wochen seien hier Langschiffe vorbeigekommen«, sagte Ronan. »Einer der Händler hat mir berichtet, er habe gehört, Nordmänner hätten einige Meilen von hier Proviant aufgenommen – in einem Ort mit Namen Korykos.«

Jon Reißzahn nickte. »Vor drei Wochen«, murmelte er nachdenklich, blickte in den wolkenlosen Himmel und strich sich über den Bart. »Dann werden sie sich wohl der Belagerung angeschlossen haben.«

»Das glaube ich auch«, stimmte ihm der Kirchenmann zu. »Der Kaufmann hat gesagt, Antiochia läge nur drei Tagesreisen von hier entfernt – vier, wenn der Wind schlecht ist.«

Als Murdo dies hörte, schlug sein Herz schneller. In drei oder vier Tagen würde er bei seinem Vater sein!

Dem Ziel so nahe! ... Murdo konnte sich kaum beherrschen, als Jon Reißzahn und Ronan den Kai hinunterwanderten, um den Kapitän des Kauffahrers nach dem kürzesten Weg nach Antiochia zu fragen. Nach einem längeren Gespräch kehrten sie wieder zurück, und Jon rief schon von weitem seinen Männern Befehle zu, die es sich auf der Mole bequem gemacht hatten. Um so rasch wie möglich wieder aufs Meer hinauszukommen, eilte Murdo hierhin und dorthin, half bei den Tauen, bereitete das Segel vor und legte die Ruder ein. In der Zwischenzeit ging Ronan in die Stadt, um seine Brüder vom Markt zu holen.

Rasch war die *Skidbladnir* abfahrbereit, und Murdo hatte sich schon freiwillig gemeldet, die Mönche suchen zu gehen, als die drei Kirchenmänner, beladen mit Weinschläuchen, Ziegenkäse und Oliven, am Kai erschienen und, so schnell es ihre Last erlaubte, herbeieilten. Nachdem alles verstaut war, nahm Murdo ein Ruder und half dabei, das Langschiff von der Mole abzustoßen; dann hockte er sich auf die Ruderbank und ruderte, als wolle er ganz alleine das Schiff aus dem Hafen bringen. Als sie schließlich die anderen Schiffe hinter sich gelassen hatten, gab Jon Reißzahn den Befehl zum Segelsetzen, und auch dabei ging Murdo den Seeleuten zur Hand.

Es dauerte eine Weile, bis genügend Wind aufkam, doch als sie erst einmal den Windschatten der Landzunge im Westen verlassen hatten, blähte sich das Segel, und der Drachenbug schnitt erneut durch die dunkelblauen Wellen. Schließlich wurden die Ruder eingeholt und befestigt, und Murdo ging zum Bug und blickte mit einer Erregung zum Horizont hinaus, wie er sie schon seit vielen, vielen Tagen nicht mehr verspürt hatte. Auf dem Weg nach vorne kam ihm Emlyn entgegen, der zum Zelt hinter dem Mast wollte, und in seiner Aufregung bemerkte Murdo laut: »In drei Tagen werden wir in Antiochia sein, und ich werde endlich meinen Vater finden.«

»Das habe ich gehört«, erwiderte Emlyn, blieb stehen und lehnte sich neben Murdo an die Reling. »Ich freue mich für dich. Es war eine lange Reise – eine gute Reise, aber lang.« Er hielt kurz inne und warf Murdo einen freundschaftlichen Blick zu. »Hast du dir schon überlegt, wie du deinen Vater und deine Brüder finden willst?«

»Das wird nicht sonderlich schwer sein«, antwortete Murdo zuversichtlich. »Sie reisen im Gefolge des Herzogs von der Normandie. Ich muß unter den Belagerern nur nach den Normannen suchen, und dort werde ich sie finden.«

An den Hügeln, die sich im purpurfarbenen Nebel aus dem Meer erhoben, war nirgends ein Hafen oder ein Landeplatz zu sehen, geschweige denn eine Stadt, die von hunderttausend Pilgern belagert wurde. Obwohl man Murdo erklärt hatte, Antiochia läge einige Meilen landeinwärts, hoffte er weiterhin, es zumindest von Ferne sehen zu können. Statt dessen jedoch erstreckte sich über den gesamten Horizont eine leere, zerklüftete Felsenküste – keine Stadt, kein Dorf, kein Bauernhof, nichts, was auch nur annähernd auf eine große, antike Stadt in der Nähe hingedeutet hätte. Auch den Hafen von Sankt Simeon hatten sie noch nicht entdeckt, von dem Ronan behauptet hatte, sie würden ihn an der Festlandküste finden.

Murdo verschränkte die Arme vor der Brust und starrte auf die felsige Küste. Irgendwo an diesen kahlen blaßgrauen Felsen und inmitten des staubbedeckten Gestrüpps war König Magnus an Land gegangen. Der beste Hafen, so hatte man Jon berichtet, sei die Stadt mit Namen Sankt Simeon; aber abgesehen von einem winzigen Fischerdorf, an dem sie vor wenigen Stunden vorbeigefahren waren, hatten sie keine Menschenseele gesehen.

Murdo kletterte über seine schlafenden Kameraden Richtung Ruder, um mit Sturli zu sprechen, der gerade Wache hatte. »Wir müssen vergangene Nacht vom Kurs abgekommen sein«, bemerkte Murdo verärgert. »Hier gibt es keinen Hafen.«

»Ja, ja«, stimmte ihm Sturli zu. »Allerdings glaube ich nicht, daß wir vom Kurs abgekommen sind.«

»Wir sollten den Hafen aber schon längst sehen«, erklärte Murdo und deutete auf die leeren Hügel, die inzwischen rosa im Licht der aufgehenden Sonne schimmerten. »Siehst du da vielleicht irgendwo eine Stadt?«

»Nein«, antwortete Sturli ungerührt. »Aber ich glaube trotzdem nicht, daß wir vom Kurs abgekommen sind.«

»Das müssen wir aber!« beharrte Murdo auf seiner Meinung.

»Das glaube ich nicht«, wiederholte Sturli zum drittenmal und schüttelte den Kopf. »Die Nacht war klar und voller Sterne. Ich weiß, wie man ein Schiff steuert. Vielleicht bist du es, der sich geirrt hat.«

Wütend und enttäuscht zugleich stapfte Murdo davon und ließ sich wieder auf seine Bank fallen. Er lehnte sich an die Reling und beobachtete, wie die langweilige Hügellandschaft immer näher rückte, und sein Geist ging auf Wanderschaft. Er dachte über die Reise nach. Alles in allem betrachtet hatte Emlyn recht: Es war eine gute Reise gewesen. Dennoch war bereits ein Jahr vergangen und noch immer keine Spur von Jerusalem! Es würde mindestens ein weiteres Jahr dauern, bis Murdo Ragna wiedersehen würde.

Dieser Gedanke war derart entmutigend, daß Murdo ihn rasch beiseite schob; statt dessen dachte er voller Vorfreude an den Tag des Triumphs, wenn Herr Ranulf und er den Schlupfwinkel des Bischofs stürmen und ihre Ländereien zurückfordern würden. Er stellte sich vor, wie der diebische alte Kirchenmann auf die Knie fiel und schluchzend um Gnade bettelte. Murdo spürte förmlich das Schwert in seiner Hand, das er dem feisten Bischof an die Kehle drücken wollte.

Diese Vorstellung tröstete ihn lange Zeit, während das Schiff wendete und langsam die Küste hinauffuhr. Einige Stunden später kamen sie an einem kleinen Gebirge vorbei, das bis ins Meer hineinragte, und plötzlich rief Sturli vom Ruder: »Die Schiffe des Königs!«

Murdo war augenblicklich auf den Beinen und starrte zur Küste hinaus, um einen ersten Blick auf die norwegische Flotte zu erhaschen. Er suchte die gesamte Küstenlinie ab, doch er sah nichts. »Wo?« verlangte er von Sturli zu wissen, der neben ihn an die Reling getreten war.

»Dort! Die Schiffe des Königs! Ich sehe sie!« rief Nial, der am Drachenbug hochgeklettert war. Er deutete auf eine Ansammlung leuchtend weißer Häuser in einer kleinen, von steilen Felsen umgebenen Bucht. Murdo kniff die Augen zusammen, und sah eine schwarze Masse im funkelnden Wasser unterhalb der kleinen Stadt. Aus dieser Masse ragten die Masten von Langschiffen wie unzählige Speere. Endlich, nach so langer Zeit, hatten sie die Flotte eingeholt. Wenn das dort wirklich Langschiffe waren, dann konnten auch die Nordmänner nicht weit entfernt sein.

Als die *Skidbladnir* in die Bucht fuhr, war Murdo bereit, es allein mit dem gesamten Heer der Sarazenen aufzunehmen. Er wartete nicht, bis der Bug gegen die kleine Steinmole am Ende des Dorfes prallte, sondern sprang ins flache Wasser und watete ans Ufer.

»Hier ist niemand!« rief er den anderen zu, die ihm folgten. Jon Reißzahn und die drei Mönche gingen als letzte an Land, und Murdo rannte zu ihnen. »Hier ist keine Menschenseele. Der Ort ist verlassen.«

Der große Nordmann ließ seinen Blick über die leeren Wege des ruhig daliegenden Dorfes schweifen; dann erwiderte er: »Das werden wir sehen.«

Gemeinsam gingen sie bis zu jener Stelle, wo die Hauptstraße des Dorfes in den Hafen mündete. Jon steckte zwei Finger in den Mund und stieß einen lauten, schrillen Pfiff aus. Zweimal pfiff er auf diese Art, und als der dritte Pfiff erscholl, öffnete sich die Tür eines nahe gelegenen Hauses, und ein großer, blonder Nordmann trat auf die Straße.

»Olvar Dreizeh!« rief Jon Reißzahn. »Endlich haben wir euch gefunden.«

»He, he«, erwiderte der Nordmann und rieb sich den Schlaf aus den Augen. »Dann bist du also endlich da, Jon Reißzahn. Was hat dich aufgehalten?«

»Wir können nicht schneller segeln, als der Wind erlaubt«, antwortete Jon.

»Ohne Zweifel hast du jede Stadt ausgeplündert, die du unterwegs gefunden hast«, entgegnete der Mann mit Namen Olvar und lächelte. »Zumindest erklärt das, warum du jetzt erst kommst.«

»Nein«, widersprach Jon fröhlich. »Wir haben Mönche bei uns«, er deutete auf Ronan, Fionn und Emlyn, »also war es uns leider versagt, auch nur eine einzige kleine Stadt zu überfallen.«

Drei weitere Nordmänner traten aus dem Haus und gingen sofort zum Ufer hinunter, um die Mannschaft der *Skidbladnir* lautstark willkommen zu heißen. »Seid nur ihr vier hier?« fragte Jon.

»Nein, nein«, antwortete Olvar. »Wir vier und noch sechs andere. Wir haben Lose gezogen, und die Verlierer mußten zurückbleiben, um die Schiffe zu bewachen. Der Rest hat sich der Belagerung angeschlossen.«

»Ist es weit bis zur Stadt?« fragte Ronan.

»Neun Meilen – vielleicht auch ein wenig mehr.« Olvar zuckte mit den Schultern. »Jedenfalls hat man mir das gesagt.«

»Was ist mit den Dörflern?« fragte Emlyn. »Sind sie uns wohlgesonnen?«

»Ich glaube schon. Die meisten von ihnen sind auf den Feldern in den Hügeln. Nur ein paar Alte sind zurückgeblieben, und die bleiben meist für sich; allerdings versorgen sie uns mit Eiern und Käse.«

»Hast du Sarazenen gesehen?« erkundigte sich Fionn neugierig und starrte auf die trockenen, von Sträuchern überwucherten Hügel hinter dem Dorf.

»Nein«, antwortete Olvar. »Die haben sich in den Bergen versteckt. Das hier unten sind Griechen.« An Jon gewandt sagte er: »Hast du Bier mitgebracht? Hier gibt's nur Wein, und wir haben Durst.«

Bedauernd erklärte Jon, daß auch sie kein Bier mehr hätten. Dann rief er einem seiner Männer zu, Waffen und Rüstungen an Land zu bringen, das Boot zu sichern und sich auf den Abmarsch vorzubereiten.

»Willst du nicht bleiben?« fragte Olvar, und ein Schatten der Enttäuschung huschte über sein helles Gesicht.

»Wir müssen Antiochia erreichen, bevor die Stadt eingenommen ist«, erwiderte Jon. »Sonst verlieren wir unseren Anteil an der Beute. Außerdem wartet der König auf seine Berater.«

Während die Waffen ausgeladen wurden, erschienen sechs weitere Nordmänner und begrüßten ihre Kameraden. Dann wurden die Waffen unter den Männern verteilt. Da Murdo es nicht gewohnt war, einen schweren Schild zu tragen, nahm er nur einen Speer; die Klinge war auf der Reise zwar ein wenig angerostet, doch die Schneide war noch immer scharf, und der Eschenschaft fest. Als sie bereit zum Aufbruch waren, führten die Schiffswachen sie zu einem Pfad hinter dem Dorf und zeigten ihnen, wohin sie gehen mußten. Jon und seine Mannschaft, die sich nun in eine Kriegerschar verwandelt hatten, verabschiedeten sich von ihren Landsleuten und versprachen ihnen, Bier aus Antiochia zu schicken, sobald die Stadt gefallen sei.

Begierig, so rasch wie möglich zu seinem Vater zu gelangen, reihte Murdo sich unmittelbar hinter Jon und Ronan ein, welche die kleine Gruppe anführten. Nach so vielen Monaten auf See war es ein komisches Gefühl, wieder festen Boden unter den Füßen zu haben; Murdo rechnete jeden Augenblick damit, daß die Erde sich heben würde, und unwillkürlich bereitete er sich auf eine Welle vor, die niemals kam. Während sie die ersten Hügel am Rand des Dorfes emporstiegen, fiel ihm der Geruch der Luft auf – schwer wie die Erde selbst, ein Gemisch aus hundert berauschenden Düften, von Lehm und Felsgestein bis zu Busch und Sommerblume.

Bereits am Morgen war es außergewöhnlich warm gewesen, und je tiefer die kleine Gruppe in die Hügel vordrang, desto wärmer wurde es. Schließlich bereute Murdo, daß er sich jemals über die Enge an Bord der *Skidbladnir* beschwert hatte, denn inzwischen sehnte er sich nach dem kühlen Seewind. Als sie den Gipfel des höchsten Hügels erreichten, warf er einen kurzen Blick zurück auf das glitzernde, ruhige Meer und die winzige Bucht mit dem ebenso winzigen Dorf, das kaum noch zu erkennen war. Dann legte Murdo den Speer über die Schulter, wandte sich nach Osten und schaute nicht mehr zurück.

Die Sonne stand unmittelbar über ihren Köpfen, als sie die Hügel über dem Flußtal erreichten. Den Kopf gesenkt blinzelte Murdo in das gleißend helle Licht, und er spürte, daß die Haut auf seinem Rücken allmählich zu glühen begann. Dort, wo die Sonnenstrahlen auf seinen Kopf trafen, hatte er das Gefühl, als stünden seine Haare in Flammen, und seine Fußsohlen brannten selbst durch die dicken Ledersohlen der Stiefel hindurch. Sein schweres Wams war schweißdurchtränkt und klebte und scheuerte an seiner Haut. Selbst die Mönche, die bisher eigentlich nie eine Reaktion auf das Wetter gezeigt hatten, zogen ihre langen Gewänder hoch und steckten die Säume in die Gürtel.

Der Marsch war außergewöhnlich anstrengend, doch verlief er vollkommen ereignislos. Die brennende syrische Sonne hatte gerade ihre lange Reise zum westlichen Horizont hinab begonnen, als die Männer, die Jon vorausgeschickt hatte, zurückriefen, ihr Ziel sei in Sichtweite. Gemeinsam mit dem Rest der Nordmänner und den

Mönchen nahm Murdo die Beine in die Hand und rannte den letzten Hügel hinauf. Dann endlich kam die Stadt in Sicht. Wie eine riesige Sturmwolke am Horizont erhob sie sich vor ihnen zu beiden Ufern des Orontes.

Bei dem Anblick blieben alle unvermittelt stehen.

Die Mönche hatten gesagt, Antiochia sei eine große Stadt, eine wichtige, eine prächtige Stadt – aber sie hatten keinen der Pilger auf das riesige Gebilde vorbereitet, das sich nun zu ihren Füßen erstreckte: Achtzig Fuß hohe Mauern, sechs Meilen lang, wurden von dreihundert Türmen bewacht, von denen einige zu einer Zitadelle gehörten, die sich auf einem Hügel im Osten befand. Die tiefer gelegenen Mauern erhoben sich senkrecht vom Ufer des langsam dahinfließenden Flusses, während die höher gelegenen Teile der Befestigungsanlagen aus dem Fels gehauen worden waren. Den höchsten Punkt nahm, wie gesagt, die Zitadelle ein; von dort aus genoß man zur einen Seite einen ungehinderten Blick zum Meer und auf der anderen bis zum Berg Tarsus.

Voller Ehrfurcht starrte Murdo mit offenem Mund auf die Stadt hinab. Antiochia war nicht nur die größte, am besten befestigte Stadt, die er je gesehen hatte – sie war auch die schönste. Mit ihren im Sonnenlicht funkelnden Wehrmauern und Türmen wirkte sie weniger wie eine Stadt, sondern vielmehr wie ein riesiges Juwel: ein gigantisches Schmuckstück aus reinstem Elfenbein, das sich an die schwarzen Berge schmiegte, ein enormer milchfarbener Mondstein, der im saftigen Grün des Flußtals ruhte und sanft im Dunst des heißen Sommertages schimmerte.

Entlang des Flusses erstreckten sich weite, aber unregelmäßige Acker- und Weideflächen; hier und da sah Murdo Männer, die mit Ochsen auf den Feldern arbeiteten. An beiden Ufern lief jeweils eine Straße entlang, die sich an einer Brücke vor dem Haupttor trafen. Nur wenige Menschen zogen über diese Straßen, einige mit Ochsenkarren, auf denen sie Waren in die Stadt brachten. In der

Luft über den Feldern und den hohen Mauern kreisten strahlend weiße Vögel.

Ein Hauch von Frieden und Ruhe lag über dem Tal, und noch während Murdo die phantastische Stadt bestaunte, verließ ihn der Mut. Er drehte sich nach rechts und links, ließ seinen Blick am Ufer entlang wandern, an den Mauern vorbei und über das breite Tal hinweg ... wenn auch nur zur Bestätigung für das, was er bereits wußte: Nirgends waren Zelte oder Pferche zu sehen, keine Belagerer und keine trotzigen Banner auf den Mauern. Die Kreuzfahrer waren verschwunden.

Murdo stand auf dem Gipfel des Hügels und blickte in ein ruhiges, leeres Tal, und er spürte Verzweiflung in sich aufkeimen. Die Pilger waren doch nicht nach Antiochia gezogen – oder falls doch, dann waren sie jetzt zumindest nicht mehr hier. Aber wie auch immer: Die Suche mußte fortgesetzt werden. Noch während Murdo von bitterster Enttäuschung niedergedrückt wurde, sagte Bruder Ronan: »Die Belagerung ist vorüber. Sie haben die Stadt eingenommen.«

Natürlich, dachte Murdo, sie haben die Stadt eingenommen! Sie sind alle innerhalb der Mauern.

Plötzlich konnte er es nicht mehr erwarten, ebenfalls dorthin zu gelangen. Nur wenige Herzschläge später rannten Murdo und die Nordmänner den Hügel hinab ins Tal. Allerdings dauerte es nicht lange, bis ihre Schritte vorsichtiger wurden. »Kommt mal her!« rief Fafnir, der ein Stück vorausgeeilt war. Murdo sah, wie sich der Seemann vorbeugte und ein zerbrochenes Schwert aus dem langen, trockenen Gras hob. Beinahe zur gleichen Zeit fand Sturli, der nur ein Dutzend Schritt von Fafnir entfernt war, einen halben Schild und den gesplitterten Schaft einer Lanze. »Es scheint, als hätte hier eine Schlacht stattgefunden«, verkündete Fafnir.

Sie setzten ihren Weg fort – wenn auch langsamer –, und je weiter sie kamen, desto mehr fanden sie: seltsam spitze, zerbeulte

Helme, leichte, ovale Lederschilde und Dutzende von Pfeilen, die meisten zerbrochen. Und inmitten all dieser Trümmer fanden sie die Überreste von Kriegern. Als Murdo sich bückte, um einen elegant geschwungenen Bogen aufzuheben, mußte er entdecken, daß die Waffe noch immer an der Hand hing, die sie zuletzt geführt hatte. Allerdings löste der Tote seinen Griff sofort. Plötzlich wurde sich Murdo eines beißenden Gestanks bewußt; dann bemerkte er vor sich einen wimmelnden Haufen von Maden, die in einer braunen Masse herumkrochen, und mit einem Schrei auf den Lippen sprang er zurück.

Die Leiche war schon so weit verrottet, daß sie nicht mehr wie ein Mensch aussah; Murdo hatte sie schlicht übersehen, als er sich gebückt hatte. Erst jetzt erkannte er, was da vor ihm lag, und beinahe im selben Augenblick bemerkte er überall Leichen. Sie hatten jenen Teil des Schlachtfeldes erreicht, wo die heftigsten Kämpfe getobt hatten und wo man die Toten einfach dort hatte liegen lassen, wo sie gefallen waren.

Einst teure, elegante Gewänder und Umhänge waren zu unansehnlichen Lumpen verkommen. Haut und Fleisch waren von der Sonne verdorrt und hart wie altes Leder. Viele der Leichen waren von Vögeln und anderen Tieren gefleddert worden, und häufig erspähte Murdo das matte Weiß von ausgeblichenen Knochen im hohen Gras. Einmal kletterte er über etwas hinweg, was er für den Oberkörper eines Mannes hielt, und dabei berührte sein Fuß – wie er glaubte – einen Stein. Der Stein rollte jedoch davon, und Murdo blickte in ein verwittertes, wurmzerfressenes Gesicht, dessen leere Augenhöhlen an ihm vorbei in den sonnenüberfluteten Himmel starrten.

Murdo bedeckte Nase und Mund mit der Hand und ging weiter; er blickte nicht länger nach rechts oder links. Nach einer Weile fiel ihm auf, daß er nirgends Pferdekadaver sah, und das verwunderte ihn. Er bezweifelte, daß die Schlacht nur von Fußvolk ausgefochten worden war, und somit hätten auch Pferde getötet werden müssen. Was war nur mit ihnen geschehen?

Als sie schließlich die Flußebene erreichten, überquerten sie auf dem Weg zum Stadttor mehrere Getreidefelder. Niemand stellte sich ihnen in den Weg, bis sie die große Brücke vor dem Tor erreichten, welche die beiden Uferstraßen miteinander verband. Sechs Wachen in weiten, hellen Umhängen – drei auf jeder Seite des mächtigen Tors – bemerkten die Waffen der Neuankömmlinge und hielten sie an. »Ihr da! Bleibt stehen!«

Murdo war überrascht, daß der dunkelhäutige Mann Latein gesprochen hatte. »Was habt ihr hier zu suchen?« verlangte der vorderste Wachsoldat zu wissen. Er trug eine lange Lanze mit flacher Spitze und ein Kurzschwert im Gürtel. Auch wenn es sich um einen ungewöhnlich großen Mann handelte, so war er doch dürr und wirkte kränklich; jene neben ihm sahen sogar noch weit weniger gesund aus. Murdo hatte den Eindruck, als hätte man diese Männer vom Krankenlager gezerrt und ihnen befohlen, hier Wache zu stehen.

Es war Ronan, der antwortete. »*Pax vobiscum!*« erklärte er wohlwollend und hob die Hände zum priesterlichen Segen. »Seid gegrüßt im Namen unseres Herrn Jesus Christus. Wir sind Pilger, mein Freund, auf dem Weg nach Jerusalem. Man hat uns gesagt, diese Stadt läge noch immer unter Belagerung, aber offensichtlich hat man sich geirrt.«

»Die Belagerung ist schon lange vorüber«, entgegnete der Soldat und musterte die Nordmänner mit müdem Mißtrauen. »Die Heere sind weitergezogen.«

»Ah, ja«, erwiderte Ronan und nickte verständnisvoll. »Wie ihr wohl selber seht, sind meine Brüder und ich Priester, und wir reisen in Begleitung von Vasallen König Magnus' von Norwegen, den wir hier zu treffen hoffen. Man hat uns gesagt, wir könnten ihn hier finden. Ich hoffe, dabei handelt es sich nicht schon wieder um einen Irrtum.«

»Ach, der«, sagte der Soldat und entspannte sich endlich ein wenig. »Der ist hier. Ihr dürft hineingehen.« Er winkte sie mit der Lanze durchs Tor.

»Du kennst ihn! Gut. Würdest du uns dann vielleicht sagen, wo wir den König finden können?« fragte Ronan hoffnungsvoll.

»Alle Fürsten sind in der Zitadelle untergebracht worden«, antwortete der Wachmann. »Mehr weiß ich nicht.«

Der alte Priester dankte dem Mann für seine Hilfe und gab ihm seinen Segen. Dann traten die Nordmänner zwischen den mächtigen, eisenbeschlagenen Torflügeln hindurch in den kühlen Schatten des riesigen Torturms.

Die Freude über die Erfrischung war jedoch nur von kurzer Dauer, denn nur wenige Sekunden später verließen sie den Schatten und betraten das glühendheiße Straßenpflaster. Die plötzlich wieder auftauchende Sonne blendete Murdo einen Augenblick lang, und er hob die Hände vor die Augen. Als er wieder richtig sehen konnte, fand er sich in der Mitte einer Straße wieder, wie er sie noch nie im Leben gesehen hatte.

So weit das Auge reichte, zierten hohe, elegante Säulen die Mitte und beide Ränder einer breiten, gut gepflegten Straße – mehr noch: Die Säulen waren über die Straße hinweg miteinander verbunden, so daß offene, geflochtene Dächer entstanden, an denen Weinranken emporwuchsen. Was diese Errungenschaft für die Einwohner bedeutete, erkannte Murdo sofort: Die Menschen waren nicht gezwungen, wie die Tiere und Karren den sonnenüberfluteten Hauptweg zu nehmen, sondern schritten unter den schattigen Arkaden einher, welche die Straßenränder überdachten.

Diese bemerkenswerten Kolonnaden erstreckten sich vom Fluß bis in die Berge hinauf, deren hohe, weit entfernte Gipfel am Südende der Stadt zu erkennen waren. Gerade wie eine Meßlatte lief die Straße an einem zerfallenen römischen Amphitheater vorbei, an einer riesigen Basilika und an einem mit gelbem Marmor verkleideten Palast. Es gab hier so viele Kirchen, daß Murdo binnen kurzem sowohl den Überblick als auch das Interesse daran verlor und sich statt dessen an den Palmen und Blumen erfreute, die überall in irdenen Krügen wuchsen.

Immer weiter gingen sie die Straße hinauf, vorbei an leuchtend weißen Häusern mit durchbrochenen Fenstern und schweren Bronzetüren. Aus Nischen hoch in den Wänden einiger der edleren Häuser blickten Statuen ernst auf die vorbeiziehenden Nordmänner herab. Vielleicht lag es an der Hitze des Tages, aber die Neuankömmlinge hatten die Straßen fast für sich allein. Abgesehen von ein paar Wasserhändlern, die Karren mit Tonkrügen umherschoben, war niemand zu sehen. Auch in den Nebenstraßen war es ungewöhnlich ruhig, und auf einem Marktplatz, an dem sie vorüberkamen, herrschte Grabesstille.

Über der ganzen Stadt hing eine traurige Trägheit, wie ein Totenbanner über einem Grabmal. Murdo hatte sich stets ausgemalt, daß es in einer Stadt von dieser Pracht und Größe Tag und Nacht von Menschen nur so wimmeln würde; nun jedoch überraschte ihn die Leere so sehr, daß er sich fragte, was wohl die Ursache dafür war. Wo waren alle? Und wo waren die Kreuzfahrer? Selbst wenn sämtliche Einwohner vertrieben worden wären, hätten die Straßen und Plätze von Pilgern überquellen müssen.

Wenn man jedoch vom gelegentlichen Knarren eines Wagenrads absah, herrschte in der Stadt Stille. Selbstverständlich fiel das auch den Nordmännern auf, und ihre gute Laune nahm nach und nach ab, je weiter sie die Straße hinaufgingen, bis schließlich niemand mehr ein Wort sagte und sie nervös an den stillen Häusern vorbeieilten.

Die breite Hauptstraße endete an der Zitadelle im oberen Teil der Stadt. Der letzte Anstieg zur Festung stellte das steilste Stück des Weges dar, und als sie endlich den Platz vor der Feste erreichten, waren die Seefahrer außer Atem. Auf der linken Seite des Platzes, unmittelbar unter der Festungsmauer, markierten vier große Tore die Ställe. Das erste Tor stand weit offen, und unter einem Baldachin aus Weinranken saßen fünf oder sechs Männer und dösten im Schatten vor sich hin.

Als die Neuankömmlinge sich ihnen näherten, stand einer der Männer auf und trat ein paar Schritte auf sie zu. Dann blieb er kurz stehen, rief etwas über die Schulter in den Stall hinein und ging den Seemännern weiter entgegen. Als sechs Männer kurz darauf aus dem Tor stolperten, hob der Mann die Hand, um die Nordmänner zum Stehen zu bringen. Das taten Jon und seine Leute dann auch und warteten.

Der Mann redete in einer Sprache auf sie ein, die keiner von ihnen verstand. Als er keine Antwort erhielt, wiederholte er seine Worte, diesmal jedoch auf Latein. »Was habt ihr hier zu suchen?« verlangte er zu wissen und legte die Hand auf das Messer in seinem Gürtel.

»Wir sind gekommen, um uns König Magnus von Norwegen anzuschließen«, antwortete Bruder Ronan mit klarer Stimme. »Können wir den König hier finden?«

Bevor der Mann etwas darauf erwidern konnte, drängte sich jemand hinter ihm nach vorne. »Jon Reißzahn!« rief der Mann in der Sprache der Nordmänner. »Dann hast du deinen alten Kadaver also doch noch hierhergeschleppt!«

»He, he!« erwiderte Jon fröhlich. »Da sind wir nun, und wer ist der erste, den wir treffen?« Er drehte sich zu seinen Gefährten um und verkündete: »Seht mal her! Wenn sie schon einen alten Schädelspalter wie Hakon Gabelbart am hellichten Tag auf die Straße lassen, dann weiß ich, daß wir an den richtigen Ort gekommen sind.«

Die beiden Männer klopften einander auf den Rücken und umarmten sich wie Verwandte. Dann begannen sie laut miteinander zu reden. Weitere Männer wankten aus dem Stall und gesellten sich zu ihnen; die Priester und einige der Seeleute schlossen sich

Jon an und begrüßten die anderen wie lange verloren geglaubte Verwandte. Murdo schaute dem Schauspiel lediglich zu, denn er war sich plötzlich bewußt geworden, daß der lange von ihm herbeigesehnte Augenblick nun endlich gekommen war und daß ihn mit einem Mal die ebenso lange gepflegte Entschlossenheit zu verlassen drohte.

»Kommt, meine verirrten Seewölfe!« rief der Mann mit Namen Hakon, und seine Stimme hallte wie ein Donnerschlag über den Platz. »Der König wird sich freuen, daß seine Priester und Piraten nun doch noch angekommen sind. Folgt mir!«

Er führte sie zur Stalltür, wo ihm auf der Schwelle ein weiterer Nordmann entgegentrat. Letzterer war groß und jung, und er trug braune Lederhosen und einen edlen, neuen Leinenwams. Sein Haar war lang und hell, sein Zopf dick.

Die beiden Männer tauschten kurz ein paar Worte aus, dann winkte der Mann mit Namen Hakon die Neuankömmlinge herein, während der Fremde beiseite trat und jeden aus Jons Gruppe persönlich begrüßte.

Murdo nahm seinen Platz hinter Oski und Ymir am Ende der Reihe ein. In der Hoffnung, nicht bemerkt zu werden, senkte er den Kopf und versuchte, an dem Fremden vorbeizuschlüpfen. Diese Hoffnung war jedoch vergebens, denn als er die Tür erreichte, sah ihn der junge Nordmann, legte ihm die Hand auf die Brust und zwang ihn so, stehenzubleiben. »Halt, mein Freund!« sagte er. »Wer ist denn der Mann mit dem mutigen Blick?« Er legte Murdo die Hand unters Kinn und hob es hoch, so daß er ihm ins Gesicht schauen konnte. »Wo haben die Seewölfe dich denn aufgefischt, Junge?«

Da ihm keine andere Wahl blieb, straffte Murdo die Schultern, hob den Kopf und blickte dem Mann unverwandt in die Augen. »Meine Name ist Murdo Ranulfson«, antwortete er rundheraus. »Ich bin mit den Priestern in Inbhir Ness an Bord gekommen.«

»Sieh mal einer an!« Der Mann musterte ihn von Kopf bis Fuß. »Warum hättest du so etwas tun sollen?«

Plötzlich erschien Bruder Ronan neben der Schulter des Nordmanns. »Unser Murdo hier hat das Kreuz genommen und will sich seinem Vater und seinen Brüdern anschließen, die sich ebenfalls auf dem Weg ins Heilige Land befinden.«

Der blonde Mann akzeptierte diese Erklärung mit einem knappen Nicken. »Was nennst du deine Heimat, Junge?«

»Orkneyjar, Herr«, antwortete Murdo und zuckte innerlich zusammen. Warum hatte er das nur gesagt?

»Orkneyjar!« wiederholte der Mann beeindruckt. »Auch ich besitze Ländereien auf den Dunklen Inseln. Es scheint, als seien wir Landsleute. Sei gegrüßt und willkommen, Murdo Mutauge.« Als Zeichen der Freundschaft streckte er ihm die Hand entgegen.

Murdo ergriff die angebotene Hand. Ob seines neuen Namens mußte er unwillkürlich grinsen: Murdo Mutauge. Das gefiel ihm.

»Wir Orkneykingar müssen aufeinander aufpassen, nicht wahr, mein Junge?«

»Allerdings«, stimmte ihm Murdo zu und vergaß alle Vorsicht.

»Solltest du irgendwann einmal in Schwierigkeiten stecken, dann ruf nur nach Orin Breitfuß, und bevor du dich versiehst, wirst du ein Schwert an deiner Seite finden.« Der Herr schlug ihm auf den Rücken und bat ihn herein, um den Willkommensbecher mit ihm zu leeren.

Murdo stolperte in die kühle Dunkelheit hinter der Tür. Er fühlte sich verloren und war verwirrt. Er hatte soeben die Freundschaft und den Schutz des von ihm meistgehaßten Mannes angenommen.

In der kurzen Zeit, da König Magnus hier residierte, war der Hauptraum des Zitadellenstalles in etwas verwandelt worden, was mehr einer Trinkhalle denn einer Scheune glich. Im Zentrum des großen Raumes waren sieben lange Tische aufgestellt worden mit jeweils einer Bank auf jeder Seite. Den Boden hatte man mit Stroh eingestreut, damit er den Kriegern als Schlafplatz dienen konnte.

Murdo saß allein am Ende eines der langen Tische und hatte den Kopf in die Hände gelegt; den Becher vor ihm hatte er nicht angerührt. Daß er soeben seinem schlimmsten Feind Freundschaft geschworen hatte, hatte Murdo in Zorn und Verzweiflung zugleich gestürzt. Es wäre ihm leichter gefallen, Orin Breitfuß zu hassen, wenn der Mann sich als schweinsäugiger, gieriger und buckliger Schläger erwiesen hätte, wie Murdo ihn sich so oft vorgestellt hatte. Daß Herr Orin ein freundlicher und liebenswürdiger Edelmann war – vielleicht sogar ehrenhaft und vertrauenswürdig –, würde es Murdo nur um so schwerer machen, wenn die Zeit kommen würde, ihn hintergehen zu müssen.

Auch ich besitze Ländereien auf Orkneyjar, hatte Orin gesagt. Murdo stöhnte ob seiner eigenen Dummheit. Warum hatte er daraus nicht sofort die richtigen Schlüsse gezogen? Er hatte gewußt, daß er dem Schlupfwinkel seines Feindes immer näher gekommen war. Tausendmal, seitdem er seine Heimat verlassen hatte, hatte er diesen Tag im Geist erlebt. Er hätte besser aufpassen müssen; er hätte bereit sein müssen. Dummer, dummer Junge! Oh, warum nur hatte er sich von dem liebenswerten Edelmann nur so um den Finger wickeln lassen?

Es bedurfte Murdos gesamter Sturheit und Willenskraft, um wenigstens einen Funken des alten Hasses wieder zu entfachen. Nur wenn er sich daran erinnerte, daß er schlußendlich bei jenen Männern war, die sich verschworen hatten, das Land seiner Familie zu stehlen und ihn seines Geburtsrechts zu berauben – nur wenn er sich an Ragna erinnerte und sich vorstellte, wie trostlos eine Zukunft ohne sie sein würde, nur dann war er in der Lage, seine feindseligen Gefühle wieder zum Leben zu erwecken.

Paß auf, Murdo! ermahnte er sich selbst. Diese Männer sind nicht deine Freunde. Sie haben dich und deine Familie beraubt. Laß dich nicht von ihrem freundlichen Verhalten täuschen. Sie würden dich vernichten, ohne auch nur mit der Wimper zu zucken. Schütze dich gegen sie! Bleib wachsam! Die Gelegenheit zur Rache wird kommen.

Dennoch fühlte er sich mißbraucht und sogar ein wenig hinters Licht geführt – als hätte man ihm etwas von beträchtlichem Wert angeboten, wohl wissend, daß er das Geschenk aus Prinzip ablehnen mußte. Mißgelaunt saß er allein in seiner Ecke und beobachtete, wie die anderen immer ausgelassener feierten. Er fühlte sich einsam und war wütend auf sich selbst und die Umstände, in denen er sich befand.

Die Tatsache, daß sein Vater und seine Brüder sich nicht mehr in Antiochia befanden, besserte auch nicht gerade seine Laune. Diese Hoffnung war bereits zerschlagen worden, als er den ersten Fuß in den Stall gesetzt hatte, denn just in diesem Augenblick hatte Jon Reißzahn gefragt: »Wo sind die ganzen Leute? Die Stadt ist vollkommen menschenleer.«

»Zumindest fast«, antwortete Orin. »Jene, die nicht in der

Schlacht getötet wurden, sind anschließend der Pest zum Opfer gefallen. Wir selbst waren zu diesem Zeitpunkt noch nicht hier. Belagerung und Pest waren längst vorüber, als wir hier eingetroffen sind, und die Pilger hatten sich bereits wieder auf den Weg gemacht.«

»Alle?« fragte Jon. »Wer hält denn jetzt die Stadt? König Magnus?«

»Nein«, erwiderte Orin, »sie gehört jemandem mit Namen Bohemund, einem fränkischen Fürsten.« Dann fuhr er fort zu erklären, wie sich die Kreuzfahrer nur ein, zwei Tage vor Ankunft der Nordmänner wieder auf den Weg nach Jerusalem gemacht hatten und wie dieser Bohemund König Magnus und seine Männer angeheuert hatte, um die Stadt zu bewachen.

Murdo hatte genug gehört. Er zog sich in den hintersten Winkel des Raumes zurück und starrte trübsinnig in seinen Becher, als sähe er dort das Ende der Welt. Abseits von den anderen versuchte er sich darauf vorzubereiten, jene zu verraten, die er seinem Eid getreu verraten mußte.

Als Bruder Emlyn seinen Freund alleine in der Ecke hocken sah, winkte er ihn zu sich heran. Murdo lehnte freundlich ab; er gab vor, von dem langen Marsch erschöpft zu sein und sich nur noch ausruhen zu wollen.

»Komm schon, Murdo!« rief Fionn und hob den Becher. »Ein kleines Schlückchen Wein, bevor du dich hinlegst.«

Murdo weigerte sich weiterhin. Er stellte den Speer neben die anderen Waffen an die Wand, zog sich in eine ruhige Ecke zurück und ließ sich dort zu Boden fallen. Dann schloß er die Augen und preßte die heißen Schultern gegen den kalten Stein – ein wunderbares Gefühl.

Eine Weile lag er so da und lauschte den fröhlichen Stimmen, die durch den Raum hallten, und wünschte sich, er könnte sich den Feiernden anschließen. Statt dessen jedoch verschränkte er die Arme vor der Brust und gab vor zu schlafen, während er gleichzeitig ob der bösen Streiche eines gleichgültigen Gottes mit den Zähnen knirschte – dieser Gott gab stets mit der einen Hand, nur um einem dafür mit der anderen etwas anderes zu entreißen.

Die Ungerechtigkeit dieser bittern Beobachtung beschäftigte Murdo, bis einer von König Magnus' Versorgungstrupps geräuschvoll den Stall betrat und seinen Tagesfang präsentierte: Säcke mit Gemüse und Fladenbrot. Unmittelbar nach ihnen erschienen die restlichen Gefolgsleute des Königs – insgesamt über zweihundert –, die von ihren Pflichten in der Unterstadt zurückkehrten. In der Unruhe, die ob der Neuankömmlinge entstand, schlüpfte Murdo aus dem Stall hinaus ins matte Licht des sterbenden Tages.

Obwohl die Sonne hinter einem trüben, weißen Dunstschleier im Westen verborgen war und lange Schatten über die Straßen fielen, stieg noch immer Hitze vom Pflaster und den umliegenden Gebäuden auf. Murdo wanderte durch eine derart enge Gasse, das er die Gebäude zu beiden Seiten gleichzeitig mit den Händen berühren konnte. Die Türen der Häuser waren nur über Steintreppen zu erreichen. An den Vorderseiten hatte man nun sämtliche Fenster geöffnet, denn schließlich gab es keine Sonne mehr, vor der man sich hätte schützen müssen. Aus den offenen Fenstern wehte der Duft von Blumen und frischem Essen auf die Straße; die seltsamen Ingredienzen der Bewohner von Antiochia erzeugten einen exotischen Duft, wie Murdo ihn noch nie gerochen hatte.

Bald hatte er das Ende der Gasse erreicht und trat auf einen Marktplatz hinaus – einen wie üblich verlassenen Marktplatz; ein ausgemergelter Hund, der den Müll durchwühlte, war der einzige Stadtbewohner, der sich zeigte. Der elende Hund huschte im selben Augenblick davon, als der Mensch erschien; mit gesenktem Kopf und eingekniffenen Schwanz rannte das Tier über den Platz. Dann hatte Murdo den Markt für sich allein.

Auf einer Seite wurde der Platz von einer Steinbrüstung begrenzt. Murdo ging dorthin, beugte sich vor und blickte auf das schier unendliche Gewirr der Dächer von Antiochia hinab: flache Gebilde, die in Terrassen bis zu den alles umschließenden Mauern am Fluß hinunterreichten.

Mit dem schwindenden Licht des Sonnenuntergangs wechselten die Farben der Häuser zu den sanfteren Tönen der Nacht, und plötzlich wirkte die Aussicht schon weit freundlicher. Auf den meisten Dächern konnte Murdo kleine Bäume und Sträucher erkennen, und selbst die kleinsten Behausungen besaßen eine von wildem Wein überwucherte Arkade, die den Bewohnern Schatten spendete. Auf vielen der flachen Dächer entdeckte Murdo auch Menschen, die der ein oder anderen Arbeit nachgingen – vielleicht wuschen sie ihre Kleider oder bereiteten das Abendessen vor –, und aus unzähligen Kohlenbecken stiegen silberne Rauchfäden in die immer noch warme Luft. Murdo hörte die Stimmen der Menschen – Rufe von Kindern, die durch die Straßen hallten, und irgendwo schrie ein Baby.

Wie mag es sein, fragte sich Murdo, so eng mit so vielen anderen Menschen zusammenzuleben? Welche Art Mensch baute Städte wie diese? Sehnten sie sich nie nach der Weite des Meeres oder des Himmels, oder nach der Freiheit der sanften Hügel, die sich bis zum Horizont erstreckten?

Murdo blickte über die Häuser hinweg. Unzählige Kuppeln erhoben sich zwischen den meist flachen Dächern. Neben einigen dieser Kuppeln standen seltsame runde Türme, deren Spitze von Standarten mit einer Sichel oder einem Halbmond geziert wurden. Auf vielen dieser Kuppeln waren allerdings auch Kreuze zu erkennen, was die dazugehörigen Gebäude als Kirchen auswies. Murdo begann die Kreuze zu zählen, doch rasch verlor er den Überblick und wandte seine Aufmerksamkeit statt dessen wieder den mächtigen Mauern mit ihren vielen Türmen und dem dahinterliegenden Land zu. Eine Handvoll Sterne funkelte unmittelbar über den Silhouetten der Berge im Norden. Im Westen lag das Meer, und im Osten floß der sanftmütige Orontes in seinem Bett.

Antiochia war keine Stadt, in der er freiwillig leben würde, entschied Murdo. Trotz ihrer Größe hatte er das Gefühl, von riesigen Mauern erdrückt zu werden. Auch die Enge zwischen den Häusern, Kirchen und anderen Gebäuden bedrückte ihn.

Plötzlich verlor er jedwede Lust an weiteren Erkundungen; also drehte er sich um und ging über den Platz zur Zitadelle zurück. Als er dort ankam, verschwand gerade das letzte Licht vom Himmel über ihm.

Ausgelassenes Gelächter hallte ihm aus den Ställen entgegen, und Murdo trat vorsichtig ein, in der Hoffnung, sich wieder unbemerkt in seine Ecke zurückziehen zu können. Die Hoffnung war jedoch vergebens, denn Orin Breitfuß entdeckte ihn und rief: »Komm, Murdo! Ich möchte, daß du unseren Herrn und König kennenlernst.«

Murdo atmete tief durch, drehte sich um und ging zu der Stelle, wo der König und sein Gefolge saßen. Jon Reißzahn saß zur Rechten des Königs und Orin Breitfuß zu dessen Linker. Die drei Mönche saßen neben Jon; sie waren froh, endlich wieder mit ihrem Wohltäter vereint zu sein. Den Rest der Plätze füllten Männer, die Murdo nicht kannte, doch ihn interessierte ohnehin nur der König.

Zwar war König Magnus weder so groß wie Orin noch so muskulös wie Jon; trotzdem besaß er eine Ausstrahlung, die jedermann Achtung abverlangte, der in seine Gegenwart trat, wenn nicht gar Respekt. Bart und Haar waren geflochten und die dunklen Zöpfe geölt, daß sie glänzten. Seine Augen waren blaß wie der Himmel seiner Heimat; Klugheit und Vorsicht lagen in ihnen. Magnus zeigte mit seinem Lächeln deutlich seinen guten Willen, und sein Verhalten war zugleich locker und würdevoll.

Während Murdo sich ihm näherte und versuchte, den König der Nordmänner einzuschätzen, hörte er Orin sagen: »Seht her, mein König. Ich stelle Euch jemanden aus Eurem eigenen Stamm vor: einen Orkneyingar mit Namen Murdo Mutauge.«

»So, so!« rief der König gutgelaunt. »Heil und willkommen, mein Freund. Wie kommt es, daß jemand in so jungen Jahren unter meinem Kriegsbanner dient?«

Murdo wurde von Jon Reißzahn aus der Verlegenheit befreit, dem König eine Erklärung abgeben zu müssen, denn der stämmige Nordmann kletterte plötzlich auf den Tisch und hob den Becher. »Höret! Höret!« rief er und schwenkte den Becher hin und her. »Heil dir, König Magnus!« erklärte er und schwor dem König seine Treue, während die Männer mit Fäusten und Messern auf den Tisch hämmerten. Die Neuankömmlinge tranken allesamt auf das Wohl des Königs, woraufhin die anderen sich nicht lumpen lassen wollten und ebenfalls ihren Eid dem König gegenüber erneuerten.

Murdo hatte jedoch nicht die Absicht, den Rest des Abends in Gesellschaft des Königs zu verbringen, also nutzte er die erstbeste Gelegenheit, um sich davonzustehlen. Schließlich fand er einen freien Platz an einem der Tische und setzte sich zwischen Digri und Arnor. Vor ihm standen ein Korb mit Brot und ein Kessel Suppe auf dem Tisch. Murdo griff nach einer leeren Schüssel, schöpfte eine Portion Suppe aus dem Kessel, nahm ein Stück Brot aus dem Korb und begann zu essen. Die Suppe war dünn und geschmacklos und das Brot trocken; dennoch war Murdo froh, nach dem langen Marsch etwas Warmes in den Bauch zu bekommen. Er aß zwei Schüsseln Suppe und drei Stück Brot, bevor er sich zum Schlafen in eine der Pferdeboxen zurückzog.

Er hatte gerade genug Stroh für ein Bett zusammengekratzt, als Emlyn mit einem Becher erschien und ihn Murdo in die Hand drückte. Der Wein war süß und angenehm kühl. Murdo trank einen kräftigen Schluck, dankte dem Priester und gab ihm den Becher wieder zurück, woraufhin Emlyn sich neben ihn setzte. »Ah, *mo croidh*«, seufzte er in seiner Muttersprache. »Ich glaube nicht, daß ich in diesem Land sehr alt werde. Die Heiligen seien meine Zeugen: Es ist so heiß!«

»Es würde dir nicht soviel ausmachen, wenn du nicht so fett wärst«, bemerkte Murdo rundheraus.

»Hast du gehört, worüber sie gesprochen haben?« fragte der Mönch und nippte an seinem Becher. »Sie sagen, hier sei ein Wunder geschehen.«

»Was für eine Art von Wunder?« Murdo trank einen weiteren Schluck.

»Es hatte wohl irgend etwas mit einem Erdbeben zu tun und der Entdeckung der heiligen Lanze«, antwortete der Priester. »Die Männer hier sagen, nur dadurch hätte man die Sarazenen besiegen können; doch da zu diesem Zeitpunkt noch keiner der Nordmänner hier gewesen ist, weiß niemand etwas Genaues.«

Diese Erklärung schien keine Antwort von Murdo zu erfordern, also schwieg er und trank. Soweit es ihn betraf, widerfuhren Wunder immer anderen, zu anderer Zeit und an anderem Ort.

»Auch scheint es«, fuhr der atemlose Mönch fort, »als sei der Patriarch von Antiochia wieder in sein Amt eingesetzt und die Kirche des heiligen Peter neu geweiht worden. Wir werden morgen dorthin gehen und die dortigen Priester zu dem Wunder befragen. Komm mit uns, Murdo. Sankt Peter ist eine sehr alte und ehrwürdige Kirche. Du solltest sie dir ansehen.«

Murdo zuckte mit den Schultern. »Ich habe auch früher schon alte Kirchen gesehen.« Er trank erneut.

»Antiochia, Murdo!« schrie der Mönch unvermittelt. »Dies ist die Stadt, wo die Anhänger unseres Herrn den Namen Christen annahmen. Stell dir das doch nur einmal vor! Hier haben der Apostel Paulus und der heilige Barnabas in den ersten Tagen unseres Glaubens gepredigt und gelehrt. Der heilige Petrus selbst ernannte den ersten Bischof der Stadt, und er war es auch, der befohlen hat, an eben jener Stelle eine Kirche zu errichten, wo der heilige Paulus den Griechen und Juden dieses Landes von unserem auferstandenen Herrn gepredigt hat. Diese Stadt ist ein sehr heiliger Ort.«

Murdo nickte, gab Emlyn den Becher zurück und lehnte sich mit dem Kopf gegen die kühle Wand. »Wie lange müssen wir hierbleiben?«

»Wer weiß das schon?« antwortete der Priester. »König Magnus hat eingewilligt, Fürst Bohemund bei der Verteidigung der Stadt zu helfen. Als Gegenleistung dafür hat er hunderttausend Mark in Silber erhalten und das hier«, mit einer weit ausholenden Geste deutete er auf den Raum, in dem sie sich befanden, »die ehemaligen Stallungen als Unterkunft für sein Gefolge. Die Gemächer des Königs befinden sich selbstverständlich in der Zitadelle und ...«

»Warum braucht dieser Fürst Bohemund die Hilfe des Königs?« unterbrach ihn Murdo. Er sah keinen Grund, warum sie nicht sofort ihren Weg nach Jerusalem fortsetzen sollten.

Der Mönch erklärte, daß Fürst Bohemund aufgrund einiger unglücklicher Umstände während des Feldzugs in Anatolien und Syrien nun auf die Hilfe von Söldnern angewiesen sei, um die frisch eroberte Stadt zu halten. Viele seiner eigenen Ritter und Fußtruppen waren dem Hunger, der Pest oder den Pfeilen der Seldschuken zum Opfer gefallen, so daß seine einst große Armee beachtlich zusammengeschrumpft war.

»Man sagt, mehr als zwanzigtausend Mann seien dem Fürsten aus Tarent gefolgt, doch nur neunhundert davon seien noch am Leben«, erklärte Emlyn und fügte hinzu, daß viele dieser neunhundert sich noch immer nicht von dem Fieber erholt hätten, das die Stadt nach dem Sieg der Kreuzfahrer heimgesucht hatte. Da demzufolge in Antiochia ein großer Mangel an Kämpfern herrschte, hatte der schlaue Fürst den verspäteten Nordmännern nicht nur eine große Summe Silber angeboten, sondern auch die beste Unterkunft und Verpflegung, die er hatte auftreiben können, um sich die vielgepriesene Kampfkraft der norwegischen Krieger zu sichern.

»Ich dachte, wenn wir wieder alle zusammen wären, würden wir weiter nach Jerusalem ziehen, um uns dem Pilgerheer anzuschließen.«

»Ich nehme an, das werden wir auch«, erwiderte Emlyn. »Aber alles zu seiner Zeit, Murdo. Für alles unter dem Himmel gibt es einen richtigen Zeitpunkt. Keine Angst: Früher oder später werden wir schon nach Jerusalem kommen. Doch jetzt sind wir erst einmal hier – genieße es!« Der Mönch hob den Becher und leerte ihn in einem Zug.

Murdo runzelte die Stirn. Die ganze Welt, so schien es, befand sich auf dem Weg nach Jerusalem, nur er war hier in Antiochia gestrandet. Er konnte es einfach nicht fassen.

»Der Becher ist ja schon wieder leer«, erklärte Emlyn, rappelte sich auf und wankte auf der Suche nach Wein davon.

»Genieße es«, murmelte Murdo verdrießlich und machte es sich im Stroh bequem.

Trotz des Lärms, den die feiernden Nordmänner verursachten, schlief Murdo aufgrund der Anstrengungen des Tages und dank des Weins bald tief und fest.

Früh am nächsten Morgen erwachte er wieder – gerade früh genug, um zu sehen, wie die drei Mönche das Quartier zur Morgenmesse verließen. Um nicht von ihnen eingeladen zu werden, sie zu begleiten, hielt er den Kopf gesenkt und die Augen geschlossen, bis sie verschwunden waren. Dann stand er auf und eilte davon; denn er wollte dem König, so gut es ging, aus dem Weg gehen, um Magnus nicht erklären zu müssen, was ihn hierhergeführt hatte.

Auf dem Weg hinaus schnappte er sich einen Rest Brot vom gestrigen Abendessen und ging kauend zu dem Platz, den er gestern bereits besucht hatte. Im Licht des Morgens wirkte die Stadt vollkommen anders als gestern abend – allerdings nicht besser. Im Gegensatz zur breiten Hauptstraße waren die Nebenstraßen keineswegs gepflastert, sondern bestanden aus festgestampfter Erde, und aufgewirbelter Staub verlieh den Häusern im unteren Teil eine einheitlich blasse, graugelbe Farbe.

Als Murdo an einem dieser Häuser vorüberkam, trat eine alte Frau mit einem Bündel Zweige aus der Tür und begann die Stufen vor dem Eingang zu fegen. Sie starrte Murdo hinterher, murmelte etwas vor sich hin und bekreuzigte sich mit dem Bündel Zweige in der Hand.

Obwohl die Sonne gerade erst aufgegangen war, spürte Murdo bereits die Hitze, die im Laufe des Tages noch erheblich zunehmen sollte. Das Tal jenseits der Mauer war hinter einem dichten, bläulichen Dunstschleier verborgen, und die weißglühende Sonne brannte aus einem bleichen Himmel herab. Inzwischen hatte er den Platz erreicht, wo er gestern abend gewesen war. Während er dort stand und auf die Stadt hinunterblickte, erschienen die ersten Händler, um ihre Stände aufzubauen. Murdo beobachtete, wie die Männer und Frauen ihrer Arbeit nachgingen, und alsbald fiel ihm ihre bewundernswerte Kleidung auf. Allesamt waren sie in wogende Gewänder gehüllt, die vom Hals bis zu den Füßen reichten und an der Hüfte von breiten Stoffgürteln zusammengehalten wurden; doch besonders beeindruckte Murdo die Farbenvielfalt: blutrot und blau gestreift, funkelndes Smaragdgrün, kräftiges Dottergelb, Dunkelbraun mit purpurnen Streifen durchwirkt mit Silberfäden, Elfenbeinweiß und Himmelblau, Rosen- und Scharlachrot, Gold und Indigoblau, das so dunkel war, daß man es fast als Schwarz hätte bezeichnen können.

Die außergewöhnliche Kleidung der Einheimischen machte Murdo bewußt, wie schäbig er selbst aussah. Er blickte an sich herunter: Sowohl Wams als auch Hose waren abgenutzt, an Ellbogen und Knien sogar durchgescheuert. Seine Stiefel und sein Gürtel befanden sich zwar noch in gutem Zustand, aber sein einst so gutaussehender rotbrauner Umhang war verblaßt, voller Flecken und ausgefranst.

Obwohl er nicht im Traum daran dachte, seine Kleidung den Einwohnern von Antiochia anzupassen, so kam er dennoch zu dem Schluß, daß er sich vielleicht ein neues Wams zulegen sollte, und so blieb er am Rande des Marktplatzes stehen, während immer mehr Händler eintrafen, ihre mit Tüchern vor der Sonne geschützten Stände aufschlugen und ihre Waren auf Tischen oder Grasmatten ausbreiteten. Viele der Händler besaßen Esel, die ihnen die Last abnahmen; manche jedoch trugen all ihre Waren in Körben auf dem eigenen Rücken. Murdo hatte noch nie zuvor einen Esel gesehen; er empfand die kleinen, zerzausten, pferdeähnlichen Kreaturen als reichlich verrückt, wenn auch als amüsant.

Während der Platz sich zunehmend füllte, schlenderte Murdo zwischen den Ständen hindurch, um sich die Waren genauer anzusehen. Sofort wurde er von einer Horde dunkelhäutiger Kinder angefallen, die an seinen Kleidern zerrten und in einer fremden, zirpenden Sprache auf ihn einredeten. Einige streckten ihm nur flehend die Hände entgegen, doch andere rieben sich die Bäuche und deuteten unmißverständlich auf ihre leeren Münder.

Da Murdo nicht die Absicht hatte, irgend jemandem etwas zu geben, ärgerte ihn das laute Betteln der Kinder, dennoch versuchte er, sich seiner Peiniger auf möglichst sanfte Art zu entledigen – ohne Erfolg. Der kleine Mob folgte ihm, klammerte sich an ihn, zerrte an ihm. Als er spürte, wie eine kleine Hand unter sein Hemd glitt und nach Ragnas Messer griff, wurde er wütend.

»Hau ab!« brüllte er, packte die Hand des diebischen Kindes und drückte derart fest zu, daß der Kleine augenblicklich das Messer losließ. »Haut alle ab!« Zornig stampfte er auf, und tatsächlich liefen die Kinder davon, doch nur um ihm von nun an in einigen Schritt Entfernung zu folgen. Zudem hatte sein Wutausbruch die Aufmerksamkeit einiger Kaufleute erregt, die offenbar glaubten, in ihm einen wohlhabenden Kunden gefunden zu haben. Einige verließen sogar ihre Stände, eilten herbei und redeten in ihrer seltsamen Sprache auf Murdo ein.

»Nein! Nein! Nein!« wiederholte er immer und immer wieder, ohne auch nur ein einziges Mal stehenzubleiben. Unglücklicherweise schienen die Kaufleute sich durch dieses Verhalten eher herausgefordert als abgeschreckt zu fühlen, denn sie riefen immer lauter und zerrten, schoben und zogen Murdo hierhin und dorthin.

Murdo konnte diesen Ansturm nicht länger ertragen. Verzweifelt bog er in die nächstgelegene Straße ein und rannte und rannte, um seinen Verfolgern zu entkommen. Als er schließlich sicher war, daß ihm niemand mehr folgte, blieb er stehen und schaute sich um – aber nur um festzustellen, daß er nicht nur sein Gefolge aus Bettlern und Kaufleuten verloren hatte, sondern auch seine Orientierung. Diese Umgebung war ihm vollkommen unbekannt. Er vermochte weder zu sagen, woher er gekommen war, noch wohin ihn welcher Weg führen würde.

Macht nichts, sagte er sich selbst, ich werde meine eigenen Spuren einfach bis zum Markt zurückverfolgen. Also drehte er sich um und machte sich auf den Rückweg, doch bald erreichte er eine Stelle, wo die schmale Straße sich teilte. Beide Wege hatten ihren Ursprung vor einem großen, ausgetrockneten Steinbrunnen, und beide Wege sahen für Murdo vollkommen gleich aus. Er hatte keine Ahnung, von wo er gekommen war. Willkürlich entschied er sich für den rechten Weg – sollte er nicht bald etwas finden, das ihm bekannt vorkam, konnte er schließlich immer noch umkehren und den anderen Weg versuchen. Doch die Straße wand sich hierhin und dorthin, und als er wieder umkehrte, mußte er feststellen, daß er sich abermals verlaufen hatte.

Dort, wo er einen Brunnen erwartet hatte, stand nun eine kleine, von einer Kuppel gekrönte Hütte, über deren Tür ein grobes Holzkreuz prangte. Murdo drehte sich um und blickte noch einmal den Weg hinunter. Alles wirkte so fremd. War er wirklich hier entlanggekommen? Plötzlich näherten sich ihm zwei Männer. Murdo grüßte sie in seinem besten Latein und fragte nach dem Weg zur Zitadelle. Die beiden Männer runzelten die Stirn und eilten weiter.

Angewidert – sowohl von seiner eigenen Dummheit als auch von Antiochias wenig hilfsbereiter Bevölkerung – machte Murdo abermals kehrt und ging auf demselben Weg zurück, den er gekommen war. Wieder wand sich die Straße hierhin und dorthin, und nach einer Weile stand Murdo erneut vor der kleinen Kapelle.

Inzwischen war er derart wütend, daß er den entgegengesetzten Weg beinahe hinunterrannte. Einige Zeit später hörte er etwas von dem er glaubte, es handele sich um das typische Geräusch eines Marktplatzes: das laute Stimmengewirr feilschender Händler und Kunden. Diesem Geräusch folgend bog er um eine Ecke, um zwei Ecken, lief eine Straße entlang, die ihm vage vertraut vorkam, und... wieder stand er vor der kleinen Kapelle.

Nur mit Mühe konnte Murdo die langsam in ihm aufkeimende Panik unterdrücken. Abermals drehte er sich in der Absicht um, die eigene Spur zurückzuverfolgen. Er hatte jedoch kaum fünf Schritte getan, als hinter ihm eine Glocke ertönte. Murdo blieb stehen und blickte über die Schulter zurück. Die kleine Holztür der Kapelle war inzwischen geöffnet worden, und irgendwie wirkte das Gotteshaus einladend auf Murdo, so daß er wieder kehrtmachte und hineinging.

Im Inneren der Kapelle war es ungewöhnlich dunkel. Nur durch ein kleines Fenster über dem Altar fiel ein wenig Licht herein. Murdo blieb unwillkürlich stehen und wartete darauf, daß sich seine Augen an die Dunkelheit gewöhnten.

»*Pax tecum*«, sagte eine freundliche Stimme.

»*Et cum spiritu tuo*«, antwortete Murdo, der froh war, endlich in einer Sprache angesprochen zu werden, die er verstand. Er blickte in den dunklen Innenraum, und ein Mann in einer weißen Mönchsrobe trat aus den Schatten hinter dem Altar hervor. Er winkte Murdo zu sich heran, der sich daraufhin zögernd ein paar Schritte vorwagte.

»Du bist neu in der Stadt«, bemerkte der Priester und trat näher.

»Ja«, bestätigte Murdo. »Wir sind gestern angekommen.«

Der Mann trat einen weiteren Schritt näher. Nun bemerkte Murdo, daß es sich um einen sehr jungen Mann handelte – soweit man das in der Dunkelheit überhaupt beurteilen konnte –, einen jungen Mann mit freundlichem Gesicht. Sein schwarzes Haar und sein ebenso schwarzer Bart waren kurz geschnitten und so lockig, daß Murdo sich an ein Lammvlies erinnert fühlte. Beim Lächeln enthüllte der Mann eine Reihe gerader, strahlend weißer Zähne. Seine dunklen Augen funkelten selbst in dem spärlichen Licht, das durch die Tür hereinfiel, und sein Blick war scharf und offen.

Der Mönch musterte Murdo einen Augenblick lang, dann fragte er: »Was führt dich hierher, mein Sohn? Welchen Wunsch kann ich dir erfüllen?«

Seltsamerweise war das erste, was Murdo als Antwort auf diese Frage einfiel, daß er sich nichts sehnlicher wünschte, als wieder daheim zu sein – in Orkneyjar, auf Hrafnbú, um dort mit Ragna und seiner Familie den Rest seines Lebens in Glück und Frieden zu verbringen. Vor seinem geistigen Auge sah er sich selbst inmitten geliebter Menschen in einem grünen Tal, umgeben von sanften Hügeln unter einem weiten, offenen, nordischen Himmel... Obwohl diese Vision nicht länger als einen Herzschlag dauerte, erzeugte sie eine solche Sehnsucht in ihm, daß es Murdo den Atem verschlug, und so starrte er den Priester nur sprachlos an.

»Hab keine Angst«, sagte der Mönch und hob beruhigend die Hand. »Hier bist du in Sicherheit. Sag mir, was du suchst?«

Murdo schluckte und fand die Sprache wieder. »Ich habe mich offenbar verlaufen«, erklärte er schlicht. »Ich versuche nun schon seit Stunden, wieder zur Zitadelle zurückzufinden.«

Der Priester lächelte. »Verzage nicht. Du bist deinem Ziel näher, als du glaubst.« Er trat näher. »Komm. Ich werde dir den Weg zeigen.«

Als sich der Mönch an Murdo vorbeischob, spürte dieser ein seltsames Gefühl auf der Haut – wie das Kribbeln, das ihn jedesmal überkam, wenn er auf dem Meer einen herannahenden Sturm beobachtete; ja, er glaubte sogar, die eisige, regennasse Luft zu riechen. Es war ein Gefühl, als hätte ihn ein Stück Heimat gestreift, ein Stück Heimat, das jedoch sofort wieder verschwunden war.

Der weißgewandete Mönch führte ihn wieder auf die Straße hinaus. Dort deutete er auf den rechten Weg und erklärte: »Wenn du dieser Straße folgst, wirst du an ihrem Ende auf einen Markt stoßen. Die Zitadelle liegt unmittelbar dahinter.«

Murdo nickte resigniert. Er hatte diesen Weg bereits ausprobiert – mindestens zweimal sogar –, und er war noch nicht einmal bis auf Rufweite an den Markt herangekommen. Dennoch bedankte er sich bei dem Mönch und machte sich auf den Weg.

»Vergiß nicht: Der Wahre Weg ist schmal, und nur wenige betreten ihn«, sagte der Mönch zum Abschied, und wahrlich, Blitze schienen aus diesen kühnen Augen zu schlagen. »Aber du gehörst zu den wenigen Auserwählten, denn das Heilige Licht weist dir den Weg. Geh mit Gott, mein Freund.«

Da er nicht in der Lage war zu verstehen, was der geheimnisvolle Priester soeben gesagt hatte, starrte Murdo ihn verblüfft an. Der Mönch segnete ihn mit dem Zeichen des Kreuzes und kehrte in die Kapelle zurück. Dann wurde die Tür wieder geschlossen, und verwirrt ob dieser seltsamen Begegnung ging Murdo weiter. Bevor er sich versah, hatte er das Ende der Straße erreicht und fand sich am Rand eines geschäftigen Marktplatzes wieder.

Er blieb stehen und blickte zurück. Die Entfernung war so gering, höchstens ein paar hundert Schritte … Einer plötzlichen Eingebung folgend ging er noch einmal zurück, und bald erreichte er wieder die ihm nun wohlvertraute Weggabelung. Allerdings war die Kapelle nirgends zu sehen. An ihrer Stelle stand wieder der ausgetrocknete Steinbrunnen.

Einen Augenblick lang blieb Murdo stehen, starrte in das leere Steinbecken und kämpfte gegen ein Gefühl der Übelkeit an, das sich langsam in ihm ausbreitete. Er konnte doch nicht schon wieder eine falsche Abzweigung genommen haben! Aber wo war die Kapelle?

Dann fiel sein Blick auf etwas, was seiner Aufmerksamkeit bisher entgangen war: eine Steintafel an der Wand über dem Becken. Ein Kreuz war darauf zu erkennen und daneben ein Speer und ein Pokal. Murdo betrachtete das Bild eine Weile; dann strich er mit den Fingern über das Relief. Erneut glaubte er, die kühle, regennasse Luft zu riechen, wie sie im hohen Norden einen Sturm ankündigte.

»Verzage nicht«, flüsterte er und wiederholte die Worte des weißgewandeten Mönchs, »du bist deinem Ziel näher, als du glaubst.« Dann übermannte ihn plötzlich die Seltsamkeit der Geschehnisse, und er rannte die Straße zum Markt zurück, drängte sich zwischen den Händlern hindurch, und er hörte erst wieder auf zu rennen, als er die Zitadelle erreichte.

Als Murdo die Zitadelle erreichte, herrschte dort ein wildes Durcheinander. Auf den Straßen vor der Festung wimmelte es von Männern, Pferden und Karren. Soldaten – meist Franken, ihrem Aussehen nach zu urteilen, aber auch eine beachtliche Zahl Nordmänner – eilten mit Waffen, Rüstzeug und Vorratspacken hierhin und dorthin. Karren wurden beladen, und Pferde wurden gesattelt; jeder schien jeden anzuschreien. Es dauerte eine Weile, bis sich Murdo einen Weg in die Stallungen gebahnt hatte.

»Da bist du ja!« rief Emlyn, als er Murdo in der Tür erblickte. »Ich habe dich schon überall gesucht.«

»Ich war auf dem Markt«, erklärte Murdo. Auf das Chaos um ihn herum deutend fragte er: »Werden wir angegriffen?«

»Magnus verlegt die Flotte nach Jaffa«, antwortete der Mönch rasch und setzte an, sich ebenfalls davonzumachen. »Wir bereiten uns allesamt darauf vor abzurücken.«

»Ich dachte, wir müßten hierbleiben, um bei der Verteidigung der Stadt zu helfen«, bemerkte Murdo. »Du hast doch gesagt...«

»Ja, ja«, unterbrach ihn Emlyn voller Ungeduld, »aber Fürst Bohemund ist nach Jerusalem gerufen worden.«

»Warum?«

»Die Belagerung hat begonnen. Die Befreiung der Heiligen Stadt steht unmittelbar bevor!« verkündete der Kirchenmann und hob die Hände zum Lobe Gottes. »Auf daß im Himmel und auf Erden Jubel herrsche!«

Entgegen seiner sonstigen Art lief Murdo ein Schauder der Erregung über den Rücken. Nach so langer Zeit ... Jerusalem!

»Wir brechen sofort auf«, erklärte der Mönch. »Über Land sind es zehn Tagesmärsche, doch mit dem Schiff dauert es nur fünf. Wenn wir uns beeilen, können wir die Flotte noch vor Sonnenuntergang erreichen und bereits heute abend Segel setzen. Ach, da ist ja Fionn!« Mit diesen Worten drehte Emlyn sich um und eilte zu seinem Mitbruder.

In Erinnerung an die Gluthitze auf dem langen Marsch vom Hafen hierher versuchte Murdo, sich, so gut es ging, auf die Rückkehr vorzubereiten. Er füllte eine große Suppenschüssel mit Wasser, trank sie leer, füllte sie erneut und leerte sie abermals. Dann gesellte er sich zu den anderen und half bei den Vorbereitungen für die Abreise.

Der Tumult an den Ställen löste sich rasch auf. Es dauerte nicht lange, und die Nordmänner marschierten lärmend die breite Kolonnadenstraße hinunter Richtung Tor.

Mit Magnus an der Spitze überquerte der norwegische Kriegshaufe die Brücke und zog hinaus ins Flußtal. Zunächst folgten die Männer der Hauptstraße, bis sie schließlich den Pfad erreichten, der sie vom Hafen von Sankt Simeon hierhergeführt hatte, und kurz darauf kletterten sie über die trockenen, staubbedeckten Hügel und ließen die Stadt hinter sich.

Als sie den Gipfel des ersten Hügels erreichten, blieb Murdo kurz stehen, um einen letzten Blick auf Antiochia zu werfen; er schaute über das Tal hinweg auf eine Stadt, deren mächtige Mauern weiß im Licht der Sommersonne schimmerten.

»Ja, das ist wirklich ein atemberaubender Anblick«, seufzte Emlyn, der neben ihn getreten war. »Ich wäre gerne noch ein paar Tage geblieben, um die Stadt besser kennenzulernen. Erinnere dich meiner Worte: Große Dinge gehen in dieser Stadt vor. Gott ist hier am Werke.«

»Habt ihr irgend etwas über dieses Wunder herausgefunden?« fragte Murdo mehr aus Neugier denn aus Interesse.

»Haben wir etwas herausgefunden?« echote Emlyn fröhlich. Schweißtropfen glitzerten auf seiner Stirn; sein Atem ging flach und schnell, doch sein Schritt war noch immer leicht und fest. Mit Hilfe seines langen Wanderstabes marschierte er entschlossen voran, und an seiner Seite baumelte wie üblich die Ledertasche. »Wir haben in der Tat von einem Wunder gehört, mein zweifelnder junger Freund. Mehr noch: Wir haben es von Männern gehört, die es mit eigenen Augen gesehen haben.«

»Was haben sie denn gesehen?« verlangte Murdo zu wissen.

»Sie sahen«, sagte der Mönch und hob die Augen gen Himmel, als könne er dort einen Blick auf das Wunder erhaschen. »Sie sahen die heilige Lanze.«

»Was für eine heilige Lanze?«

»Den Speer der Kreuzigung!« antwortete der Mönch bestürzt, denn solch eine Frage hatte er nicht erwartet. »Hast du etwa noch nie davon gehört?«

»Gehört schon«, erwiderte Murdo. Sein Tonfall deutete darauf hin, daß er eigentlich etwas Bemerkenswerteres erwartet hatte.

»Die heilige Lanze ist nicht mehr und nicht weniger als der Speer, der die Seite unseres Herrn durchbohrt hat, um vor der Welt und all seinen Feinden zu beweisen, daß Jesus, Gottes Sohn, wahrhaft tot war. Das ist die heilige Lanze, die ich meine – die allerheiligste Reliquie, die Gott der Herr uns gegeben hat«, intonierte Emlyn feierlich, »mit einer Ausnahme.«

»Und was wäre das?«

»Der Abendmahlskelch«, antwortete der Priester. »Er ist noch weit heiliger. Aber er ist schon vor langer Zeit verlorengegangen, und so bleibt uns nur die Lanze.«

»Also ist die Lanze nun doch die heiligste Reliquie«, bemerkte Murdo.

Emlyn ließ sich nicht dazu herab, näher auf diese Bemerkung einzugehen. »Die heilige Lanze war ebenfalls verloren – bis man sie vor wenigen Monaten gefunden hat.«

»Man hat sie gefunden?«

»Hab' ich dir das nicht gerade gesagt, Murdo?«

»Mir scheint, du sagst mir ziemlich wenig«, protestierte Murdo. »Zuerst sagst du, sie hätten sie nur gesehen, und jetzt haben sie sie gefunden. Was denn nun?«

Emlyn atmete tief durch. »Also noch mal von vorne.«

»Aber fang diesmal bitte wirklich am Anfang an«, ermahnte ihn Murdo.

»Ja, ja«, willigte der Mönch ein. »Einer der römischen Soldaten, die bei der Kreuzigung unseres Herrn anwesend waren, war ein Zenturio mit Namen Longinus. Da er den Befehl über die Henker hatte, gehörte es zu seinen Pflichten, dafür zu sorgen, daß die Kreuzigung gemäß den damals geltenden Gesetzen durchgeführt wurde. Wie wir wissen, ist unser Herr an einem Freitag hingerichtet worden, und die Schriftgelehrten und Pharisäer bestanden darauf, daß die Hinrichtung bis Sonnenuntergang abgeschlossen sein müsse, denn für gläubige Juden gilt es als Gotteslästerung, einen Verbrecher am Sabbat zu töten. Also erbot sich einer der römischen Soldaten, den Verurteilten die Beine zu brechen, um ihren Tod zu beschleunigen.«

Emlyn fand offenbar Gefallen an der Erzählung, denn er schmückte die Geschichte mehr und mehr aus, und wie so viele Male zuvor auf dem Schiff, so wurde Murdo auch diesmal von der Stimme des Mönchs verzaubert. Während der Priester von längst vergangenen Ereignissen berichtete, vermeinte Murdo, der sich durch Hitze und Staub in Richtung der Heiligen Stadt voranarbeitete, das Gefühl der Beklemmung förmlich zu spüren, das an jenem finsteren Tag geherrscht hatte. Zum erstenmal in seinem Leben war die Kreuzigungslegende für ihn mehr als nur eine Geschichte.

»Nun«, fuhr der Mönch fort, »so sagt man, sei es gewesen: Der Zenturio sieht, wie die Juden sich immer mehr aufregen, je mehr der Tag sich seinem Ende zuneigt. Um keinen Streit heraufzubeschwören, willigt er ein, dem Leiden der Verurteilten ein Ende zu bereiten und gibt die entsprechenden Befehle. ›Brecht ihnen die Beine‹, befiehlt er, und seiner Anordnung wird Folge geleistet, doch als der Soldat mit dem Hammer sich Jesus nähert, bemerkt er, daß unser Herr bereits tot ist. ›Wie kann das sein?‹ fragen sie. ›Es ist noch nicht genug Zeit verstrichen.‹ Der Tod am Kreuz ist kein schneller Tod, weißt du? Und er ist sehr schmerzvoll. Ich habe gehört, daß der Tod bisweilen Tage auf sich warten läßt – Tage voller Leiden, bevor die arme Kreatur ihren letzten Atem hinaushaucht.

›Berührt ihn nicht! Er ist bereits tot!‹ rufen einige. ›Nein!‹ widersprechen andere. ›Er hat nur das Bewußtsein verloren. Weckt ihn wieder auf, und ihr werdet sehen.‹

Die Menschen beginnen sich zu streiten. ›Habt ihr ihn denn nicht in seinem Todeskampf schreien gehört? Er ist tot.‹

›Nein, nein, er lebt. Brecht ihm die Beine. Tötet ihn!‹

Die blutige Hinrichtung dreier Männer reicht dem Pöbel nicht. Unter den Zuschauern kommt es zu einem Handgemenge. Um die Ordnung wiederherzustellen, beschließt Longinus, den Streitenden die Grundlage für ihren Streit zu entziehen. Er greift nach seinem Speer, tritt unter das Kreuz und befiehlt Ruhe. Dann stößt er den Speer nach oben! Nach oben! Nach oben zwischen die Rippen unseres Erlösers und in sein Herz hinein! Wasser und Blut sprudeln aus der Wunde. Nun weiß jedermann, daß der Sohn des lebendigen Gottes wahrhaft tot ist.«

Der rundgesichtige Priester schwieg einen Augenblick lang, und Murdo bemerkte, daß sie beide stehengeblieben waren und daß er selbst den Atem angehalten hatte, während er voller Spannung darauf wartete, daß der Mönch fortfuhr. Langsam atmete er wieder aus, und beide setzten sich wieder in Bewegung.

»Nun«, seufzte Emlyn, und ein Hauch von Traurigkeit mischte sich unter seine Stimme, »so nehmen sie unseren Herrn Jesus vom Kreuz und legen ihn in ein Grab, das einem Mann mit Namen Josef von Arimathäa gehört, einem reichen Kaufmann und geheimen Anhänger unseres Herrn. Doch die Feinde Gottes sind noch nicht zufrieden. Kaum daß der Leichnam ins Leichentuch gehüllt und davongetragen wurde, eilen die boshaften Pharisäer zum römischen Statthalter Pontius Pilatus. Diesem erklären sie: ›Dieser Mann, den Ihr habt hinrichten lassen – das dumme Volk glaubt, er sei ein großer Zauberer. Tatsächlich hat man ihn oft prahlen gehört, er würde eines Tages wieder von den Toten auferstehen.‹

Doch unterstützt Pilatus sie in ihren hinterlistigen Intrigen? Nein, das tut er nicht! Der Statthalter wünscht, in Ruhe zu Abend zu speisen. ›Ist das so?‹ erwidert er. ›Nun, wir werden sehen, was für ein Mann er war. Und nun, verschwindet! Ich will nichts mehr von euch hören.‹

Doch die Pharisäer lassen ihn nicht in Ruhe. ›So einfach ist das nicht‹, sagen sie. ›Wir wünschten, es wäre anders. Ihr müßt wissen, daß wir von einer Verschwörung seiner Anhänger erfahren haben, die planen, den Leichnam heute nacht aus dem Grab zu stehlen. Sollte ihnen das gelingen, wäre es ein Leichtes, damit zu prahlen, er sei von den Toten auferstanden. Denkt doch nur an all den Ärger, den das verursachen könnte.‹

›Sollen sie doch tun und lassen, was sie wollen‹, knurrt Pilatus, der allmählich wütend wird – sein schlechtes Gewissen hat ihm bereits eine Nacht voller böser Träume beschert. ›Was auch immer sie sagen mögen, wir werden es als Lüge entlarven, und das war es dann. Wir reden hier von Hirten und Fischern. Ihr macht mehr aus ihnen, als sie sind.‹

›Oh, wie vertrauensselig Ihr seid‹, wundern sich die hinterlistigen Pharisäer. ›Doch leider handelt es sich hierbei nicht nur um Hirten und Fischer, sondern um sehr gefährliche Männer, die vor nichts haltmachen. Mehr noch: Sie haben die Zuneigung des Pöbels. Stellt Euch doch nur einmal vor, was geschehen würde, wenn diese Verbrecher ihre Lügen unter dem Volk verbreiten. Unruhen wären die Folge – oder gar Schlimmeres. Wir denken nur an Euch und Eure Stellung, o mächtiger Statthalter. Selbstverständlich könnte das alles mit Leichtigkeit verhindert werden.‹

›Und was schlagt ihr vor?‹ fragt Pilatus.

›Postiert für einige Tage eine Kohorte eurer besten Männer rund um das Grab‹, raten ihm die verschlagenen Pharisäer. ›Die Verbrecher werden nicht wagen, etwas zu unternehmen, solange römische Legionäre die Gruft bewachen.‹

Pilatus blickt auf sein inzwischen kalt gewordenes Abendessen und trifft eine Entscheidung. ›Wenn ich meine Soldaten schicke, versprecht ihr mir dann, mich nie wieder mit euren armseligen Intrigen zu belästigen? Und versprecht ihr mir, zur Abwechslung auch einmal mich zu unterstützen, so wie ihr es umgekehrt immer von mir verlangt habt?‹

Die Juden geben sich bestürzt ob der Andeutung, sie seien nicht stets treue Diener des Reiches gewesen; dennoch stimmen sie Pilatus zu, und noch in derselben Stunde werden Soldaten ausgeschickt, um das Grab zu bewachen. Wie es der Zufall will, sind es dieselben Soldaten, die auch schon bei der Kreuzigung dabei waren. Longinus hat als Zenturio das Kommando, als plötzlich die Erde bebt, das Grab sich öffnet und unseren wiederauferstandenen Herrn freigibt.

Bald sollte die ganze Welt von der Auferstehung erfahren. Kann man die Sonne davon abhalten, aufzugehen? Longinus, der Zeuge der Ereignisse am Grab gewesen war, wird zu einem Gläubigen, und sein Bericht breitet sich wie ein Lauffeuer unter dem Heer der Mühseligen und Beladenen aus. Wann immer der Zenturio auf jemanden trifft, der an seiner Erzählung zweifelt, holt der treue Longinus seinen Speer hervor und sagt: ›Mit diesem Speer habe ich sein Herz durchbohrt. Zwei Tage später ist eben dieser Mann aus dem Grabe auferstanden. Ich war dabei. Ich habe es gesehen.‹

Viele Jahre ziehen ins Land, und schließlich errichtet man eine Kirche über dem Grab. Dort sollte auch Longinus' Speer eine immerwährende Heimstatt finden, auf daß die Pilger durch ihn die Ewige Wahrheit erkennen mögen. Doch dann fiel Jerusalem an die Sarazenen«, schloß Emlyn seinen Bericht, »und der Speer ging wie so viele andere Reliquien verloren.«

Begeistert von der Geschichte konnte Murdo nicht umhin zu fragen: »Und was ist nun aus dem Speer geworden?«

»Einige sagen, er sei nach Ägypten gebracht worden; andere wiederum behaupten, er sei irgendwie als Geschenk für den Kalifen nach Bagdad gelangt. Ich habe sogar sagen gehört, er sei zerstört worden – man hätte ihn eingeschmolzen, um Ketten für christliche Sklaven daraus zu schmieden. Doch niemand wußte es wirklich.«

»Wenn niemand wußte, was aus ihm geworden ist«, fragte Murdo mit einem Hauch von Zweifel in der Stimme, »woher wußten sie dann, daß sie ausgerechnet in Antiochia nach ihm suchen mußten?«

»Es wußte wirklich niemand«, versicherte ihm Emlyn. »Man mußte es ihnen erst zeigen.«

»Wer hat wem was gezeigt?« verlangte Murdo zu wissen. Sein altes Mißtrauen war wieder zum Leben erwacht. Wenn jemand den Kreuzfahrern den Aufenthaltsort der heiligen Lanze gezeigt hatte, dann mußte auch jemand davon gewußt haben.

»Nein, nein, nein«, protestierte der Mönch. »Du machst dir eine vollkommen falsche Vorstellung. Weißt du, es …?«

»Woher willst du das eigentlich so genau wissen?« unterbrach ihn Murdo. »Niemand von uns war dabei.«

»Schschsch!« tadelte ihn Emlyn. »Woher ich das weiß? Habe

ich dir das nicht bereits gesagt? Ich habe mit den Priestern gesprochen. Ich habe auch mit Männern gesprochen, die dabeigewesen sind – mit Männern, die an der Belagerung und Erstürmung der Stadt beteiligt waren. Ich habe gehört, was sie zu sagen hatten, und nun versuche ich, es dir wiederzugeben. Was ist so schwierig daran zu verstehen?«

Murdo grunzte verächtlich, widersprach aber nicht.

»Wenn Ihr gestattet, o Inbegriff der Weisheit, würde ich jetzt gerne fortfahren. So hat es sich zugetragen: Antiochia war gerade erst befreit, als der Feind versuchte, es zurückzuerobern. Ein Mann namens Kerbogha – der Seldschuken-Häuptling in dieser Gegend – sammelte seine Armee und die seiner Vasallen, und gemeinsam schlossen sie die Stadt ein. Vier Tage, nachdem sie als Sieger durch die Tore marschiert waren, waren unsere Kreuzfahrerbrüder Gefangene in der Stadt, die sie gerade erst vom Feind gesäubert hatten. Ihnen war noch nicht einmal genügend Zeit geblieben, die eigenen Mehl- und Wasservorräte aufzustocken, die durch die lange Belagerung aufgebraucht worden waren.

Keine Nahrung. Kaum Wasser. Die Pilger verhungerten, und Fieber breitete sich aus. Männer starben zu Dutzenden, und das Heer wurde von Tag zu Tag schwächer. Viele versammelten sich in den Kirchen und beteten um Gottes Erlösung. Drei Tage und Nächte beteten sie, und während dieser Nächte erschien einem einfachen Knecht aus Graf Raimunds Gefolge mit Namen Peter Bartholomäus wiederholt eine Gestalt, die ihn aufforderte, nach der heiligen Lanze zu suchen und sie den Rittern Christi zu übergeben.«

»Wer hat ihn dazu aufgefordert?« fragte Murdo, der plötzlich ein unangenehmes Gefühl im Bauch verspürte. »Hat man ihm denn auch gesagt, wo er suchen sollte?«

»Es scheint, als sei dem Mann im Traum ein ganz in Weiß gehüllter Priester erschienen – damals wußte er noch nicht, um wen es sich handelte –, und dieser weiße Priester sagte ihm, wenn die Kreuzfahrer die heilige Lanze vor sich in die Schlacht trügen, solle ihr Glaube belohnt werden und der Sieg ihnen gehören.«

Bei der Erwähnung des ›weißen Priesters‹ lief Murdo ein Schauder über den Rücken.

»Es scheint, als hätte Bruder Peter dem Grafen pflichtgemäß von seiner Vision berichtet«, fuhr Emlyn fort.

»Und dann haben sie mit der Suche begonnen?«

»Leider nein«, antwortete der Mönch. »Graf Raimund hat ihn ignoriert. Manche Menschen haben ständig Visionen, weißt du, und unglücklicherweise ist Peter Bartholomäus einer davon. Niemand hörte ihm zu, und je mehr er auf seiner Aussage beharrte, desto weniger glaubten ihm.«

»Wie dann ...?«

»Wenn du deine zügellose Zunge auch nur ein ganz klein wenig im Zaum halten könntest, werde ich es dir sagen«, unterbrach ihn der Priester tadelnd. »Wie es das Schicksal wollte, hatte zwei Nächte später ein weiterer Pilger die gleiche Vision – erst dann begannen sich die hohen Herren dafür zu interessieren. Dieser zweite Mann – ein Kaplan mit Namen Stephan von Valence, allen Aussagen nach ein Mann von großer Frömmigkeit und Demut – beschließt eines Tages die Nacht im Gebet in Sankt Peter zu verbringen, und siehe da ...! Mitten in der Nacht erscheint ihm ein unbekannter, in Weiß gekleideter Mönch. ›Grabe!‹ fordert ihn der weiße Mönch auf. ›Grabe und finde! O ihr Männer, ist euer Glauben so klein, daß ihr nicht wißt, daß euch der Sieg gewiß ist, wenn ihr nur die heilige Lanze vor euch in den Kampf tragt?‹

Wie kann er dies für sich behalten? Sofort eilt er zu seinem Fürsten und berichtet ihm, daß auch er den geheimnisvollen Priester in Weiß gesehen habe, welcher ihm erklärt habe, die Schlacht könne gewonnen werden, würden sie nur die heilige Lanze finden. Graf Raimund verlangt daraufhin zu wissen, wo sie suchen sollen.

›Sucht die heilige Lanze unter der Kirche von Sankt Peter. Dort werdet ihr sie finden.‹ So berichtet Stephan von Valence.

Also beginnen sie zu suchen. Aber können sie sie finden? Nein, können sie nicht. Sie suchen hier und dort, in jeder Nische und in jedem Grab, und schließlich sogar unter dem Boden. Drei Tage graben und suchen sie! Einige der Fürsten geben die Suche auf – sie hatten ohnehin nicht an die Visionen geglaubt. Und selbst der fromme Raimund wird der Suche müde und sagt, sie müßten die Suche abbrechen, denn die Männer verlasse der Mut. Er kehrt der Grabung den Rücken zu – sie gruben gerade unmittelbar unter dem Altar – und geht zur Tür. Raimund fühlt sich nicht wohl; er leidet unter dem Fieber. Als er die Schwelle erreicht, was hört er da?

›Hier ist sie! Wir haben sie gefunden!‹

Er dreht sich um und sieht Peter Bartholomäus im Loch stehen und auf seine Entdeckung deuten. Graf Hugo von Vermandois befindet sich ebenfalls vor Ort. Er springt in die Grube, und obwohl der Gegenstand noch in der Erde ruht, preßt er die Lippen auf die heilige Lanze. Dann hebt Bruder Peter den Speer empor.«

»Wie sieht die heilige Lanze aus?«

»Es ist ein römischer Speer«, antwortet der Mönch und wischt sich den Schweiß von der Stirn. »Jene, die ihn gesehen haben, beschreiben ihn als langes, dünnes, handgeschmiedetes Stück Eisen mit einer kurzen, schmalen Spitze. Vermutlich hat er einst in einem hölzernen Schaft gesteckt, und tatsächlich fanden sich am Ende des Speers noch Reste von Holz. Doch hauptsächlich hat nur das Eisen die Zeit überlebt.«

»Wo ist er jetzt?«

»Geduld, mein Junge«, ermahnte ihn der Mönch. »Alles zu seiner Zeit. Wo war ich?«

»Sie haben den Speer emporgehoben.«

»Ah, ja. Aber mit der Entdeckung der heiligen Lanze hat sich erst die Hälfte der Vision erfüllt; nun gilt es, den Angriff vorzubereiten. Noch in derselben Nacht kommen die Fürsten zusammen und entwerfen einen Schlachtplan. Im Morgengrauen des folgenden Tages reiten sie aus dem Tor und schlagen die Seldschuken in die Flucht. Vierzigtausend sind erschlagen worden, der Rest in alle Winde verstreut. Es war ein großartiger Sieg, ganz wie er in der Vision vorhergesagt worden war.«

Emlyn schluckte; sein fettes Kinn zitterte vor Erregung. »Stell dir das doch nur einmal vor, Murdo! Der wertvollste Schatz unseres Glaubens ist wiedergefunden worden, und nun zieht er uns voran nach Jerusalem, um die Wiedereroberung der Heiligen Stadt vorzubereiten. Die Niederlage unserer Feinde steht außer Zweifel. Wir werden die heilige Lanze auf ihren rechtmäßigen Platz im Grab unseres Herrn zurücklegen. Wer hätte sich so etwas vorzustellen gewagt, als wir unsere Reise begonnen haben?«

Murdo bestätigte, daß es sich in der Tat um ein Wunder gehandelt habe. »Aber was ist mit diesen Visionen?« fragte er. »Du hast gesagt, dieser Stephan und dieser Peter Bartholomäus hätten einen in Weiß gewandeten Priester gesehen, der zu ihnen gesprochen hat. Weiß man, wer der Mann war?«

»Hab' ich das nicht schon gesagt? Es war niemand anderes als der heilige Andreas, der Apostel und Bruder des heiligen Petrus, jener Andreas, der während seiner Missionarszeit unzählige Kirchen gegründet hat – einschließlich jener von Konstantinopel.«

»Der heilige Andreas...«, murmelte Murdo und fragte sich, ob er Emlyn sagen sollte, daß auch er einen weißgewandeten Priester gesehen hatte.

Aber nein, sagte er sich, jenes Treffen war kein nächtlicher Traum gewesen; es war am hellichten Tag geschehen. Verloren und verwirrt war er nur durch Zufall auf die kleine Kapelle gestoßen. Immerhin hatte er ja auch den Markt nicht wiederfinden können; was nahm es da Wunder, daß er die Kapelle ebenfalls nicht gefunden hatte, als er danach gesucht hatte? Die Straßen waren fremd und voll, die Stadt unbekannt und seltsam, und die Bettler und Kaufleute aufdringlich gewesen – er hatte einfach nicht darauf geachtet, wohin er gegangen war. Darin lag ja wohl kein Mysterium verborgen, oder?

»Du bist sehr still geworden, Murdo«, bemerkte Emlyn. »Bezweifelst du meine Geschichte auch jetzt noch?«

»Nein, nein«, antwortete Murdo rasch. »Ich habe nur nachgedacht. Bei Gott! Es ist aber auch wirklich heiß heute!« wechselte er das Thema. »Ich habe bereits das Gefühl, als würde ich auf glühenden Kohlen laufen, dabei sind wir erst vor kurzem losmarschiert.«

»In der Tat«, bestätigte Emlyn. »Ginge es hier nicht um Jerusalem, glaube ich nicht, daß ich diese Strapazen ertragen würde.«

Murdo schlug daraufhin vor, daß sie wohl besser ihre Kräfte schonen und von nun an schweigen sollten. In Wahrheit wünschte er sich jedoch nur ein wenig Ruhe, um über das nachzudenken, was er soeben gehört hatte. Mit gesenktem Kopf und gleichmäßigen Schritten marschierte er weiter. Der Mönch fiel nach und nach zurück, und Murdo war allein mit seinen Gedanken.

Als sie schließlich das kleine Fischerdorf an der Küste erreichten, hatte sich Murdo erfolgreich eingeredet, daß die Entdeckung der heiligen Lanze – egal wie sie auch zustande gekommen sein mochte – nichts mit ihm zu tun hatte. Für ihn zählte weiterhin nur, so rasch wie möglich seinen Vater zu finden.

Die Mönche folgten König Magnus auf dessen Schiff, und da niemand Murdo etwas Gegenteiliges gesagt hatte, folgte dieser den Mönchen. Nun wirklich ein Kreuzfahrer, ging er den anderen mit Eifer zur Hand. Er hockte sich auf eine Ruderbank, nahm den Riemen auf und ruderte mit aller Kraft, denn er konnte es nun nicht mehr erwarten, endlich Jerusalem zu erreichen.

Die Männer sprachen von heftigen Kämpfen und Schlachten, und Murdo hörte ihnen zu. Nach einer Weile kam er zu dem Schluß, daß die Pilger in zahlreichen Gefechten mit den Ungläubigen offenbar schwere Verluste erlitten haben mußten. Es hieß, weniger als die Hälfte der Pilger hätten bis hierher überlebt.

Murdo gestattete sich nicht, darüber nachzudenken, daß sein Vater zu den Toten gehören könnte. Statt dessen klammerte er sich an die Hoffnung, daß Herr Ranulf noch unter den Lebenden weilte; er mußte leben. Ich *werde* ihn finden, schwor sich Murdo mit jedem Ruderschlag. Ich werde ihn wieder nach Hause zurückbringen.

Die Nordmänner nutzten die Tage an Bord, um ihre Waffen und Rüstungen für den Kampf vorzubereiten. Sie schärften die Schwerter, Speerspitzen und Äxte, polierten die Ränder ihrer Schilde, ihre Kriegshelme und Harnische, und sie reparierten oder erneuerten sämtliches Lederzeug wie Halte- und Schulterriemen, Waffengehänge und Armbänder. Als König Magnus' Kriegshaufe – insgesamt vierhundert furchteinflößende Wikinger – schließlich den Hafen von Jaffa an der Küste von Palästina erreichte, glänzte und funkelte alles mit kampflustiger Wildheit.

Jaffa war erst vor kurzem von einer kleinen genuesischen Flotte erobert worden; auch jetzt noch unterstand die Stadt der Kontrolle Genuas. Zwar mußte Magnus den Genuesen eine beachtliche Summe zahlen, damit sie auf seine Schiffe achtgaben, doch andererseits mußte er deshalb auch keine Männer als Wache zurücklassen.

Die Nordmänner blieben nur kurz in Jaffa. Nachdem sie ihre Karren wieder zusammengebaut und Wasser und Proviant aufgenommen hatten, machten sie sich ohne Verzögerung auf den Weg zur Heiligen Stadt, die zwei Tagesmärsche weiter landeinwärts lag.

Sie waren noch einen halben Tagesmarsch von Jerusalem entfernt, als sie eine riesige schwarze Rauchsäule am Horizont erblickten. Am Mittag erreichten die Nordmänner die Stadt. Zu diesem Zeitpunkt war die Mauer im Nordwesten bereits durchbrochen worden, und die Plünderung der Heiligen Stadt hatte begonnen.

Jerusalems Mauern wurden am 15. Juli 1099 durchbrochen. Zu Beginn wurde der Kampf besonders erbittert geführt. Die Kreuzfahrer litten fürchterlich unter dem unablässigen Pfeilhagel und dem griechischen Feuer, das von den Wällen auf sie hinabgeschleudert wurde, während sie versuchten, den Graben am Fuß der Mauer zu füllen, damit man die Belagerungstürme heranführen konnte.

Einer der beiden Türme unterstand Gottfried. Trotz schwerster Verluste war es ihm schließlich gelungen, eine Brücke von seinem Turm auf die Mauer zu schlagen. Den ersten beiden Männern – zwei flämischen Brüdern –, die über die Brücke auf die Wälle eilten, gelang es irgendwie, lange genug auf den Beinen zu bleiben, um anderen Gelegenheit zu geben, ihnen zu folgen.

Gottfried stürzte sich nun ebenfalls ins Gefecht und führte ein weiteres Mal die heilige Lanze in die Schlacht. Ermutigt durch sein Beispiel strömten jetzt auch andere Ritter über die Brücke. Schon bald hatten die tapferen Kreuzfahrer sich einen Brückenkopf gesichert, und Gottfried befahl, Sturmleitern anzulegen, damit weitere Kämpfer auf die Mauer geholt werden konnten.

Während die Ritter sich hauend und stechend einen Weg zum Torturm bahnten, hielt Gottfried die heilige Lanze empor und rief den Männern Mut zu, die sich nun zu Hunderten an den Leitern drängten.

Inzwischen hatten die Ritter, welche als erste auf der Mauer gestanden hatten, das Tor erreicht, wo die Araber sich neu formiert hatten und wo sie sich den Eindringlingen nun tapfer entgegenstellten.

Doch immer mehr Kreuzfahrer strömten auf die Mauer; die Verteidiger wurden niedergemetzelt und das Tor aufgerissen, und so flutete schließlich die Hauptstreitmacht der Christen ungehindert in die Stadt.

Nachdem das erste Tor genommen war, hielten die Kreuzfahrer direkt auf die Zitadelle zu; dabei wurde ihnen nur wenig Widerstand entgegengesetzt. So kam es, daß sie den Davidsturm einschließen konnten, bevor Ifthikar al-Daula, der ägyptische Gouverneur, überhaupt wußte, daß sie in der Stadt waren. Dem Ägypter blieb keine Zeit, eine angemessene Verteidigung zu organisieren. Abgeschnitten von der Hauptstreitmacht der Verteidiger auf der Nordmauer stand ihm nur seine persönliche Leibgarde zur Verfügung, die sich zwar verzweifelt gegen die Christen zur Wehr setzte, doch sie war diesen zahlenmäßig weit unterlegen, und so mußte der Turm bald aufgegeben werden, und der Besatzung blieb nichts anderes übrig, als sich in den Schutz der Zitadelle zurückzuziehen.

Nachdem neben der West- auch die Nordmauer mitsamt ihren Toren gefallen war, formierten sich die arabisch-ägyptischen Verteidiger neu und eilten zum Tempelbezirk, um dort ihre letzte Bastion aufzubauen. Sie zogen sich in die el-Aksa-Moschee zurück, die nun dort stand, wo sich einst der große Tempel Salomons befunden hatte, unmittelbar neben dem Felsendom.

An der Spitze einer größeren Gruppe Ritter verfolgte Tankred die Araber auf den Tempelberg und ließ die Moschee sofort umstellen. Die Verteidiger kletterten auf das Dach der heiligen Stätte und schossen ihre Pfeile auf die nach oben gerichteten Gesichter ihrer Feinde ab.

Dies zeigte jedoch nur wenig Wirkung. Zwar ließen die Kreuzfahrer sich kurz zurückfallen, doch sie warteten nur, bis die Araber ihre Pfeile aufgebraucht hatten. Da es ihnen sowohl an Waffen als auch an Vorräten mangelte, um einer längeren Belagerung standzuhalten, unterwarfen sich die Verteidiger der Stadt der Gnade der christlichen Eroberer.

Tankred akzeptierte die Kapitulation der Ungläubigen und befahl, daß man sein Banner über dem Tempel hissen solle als Zeichen des Schutzes für jene, die hier Zuflucht suchten.

Gleichzeitig sandte der Gouverneur der Stadt, der noch immer mit ein paar Männern im Davidsturm ausharrte, eine Nachricht an Graf Raimund, in der er erklärte, er sei bereit, die Stadt zu übergeben, wenn ihm Raimund dafür als Gegenleistung sein Ehrenwort gebe und ihm und seinen Männern freien Abzug gewähre; außerdem wolle er ein beachtliches Lösegeld zahlen. Raimund akzeptierte dieses Angebot, und nachdem er das entsprechende Gold erhalten hatte, geleitete er Ifthikar und dessen Leibgarde persönlich aus der Stadt hinaus und zur Straße nach Askalon.

Mit dem Verschwinden des Gouverneurs kam jeglicher Widerstand zum Erliegen, und Jerusalem und seine Bürger waren ohne Schutz.

Zuerst vermuteten nur wenige, welche Gefahr ihnen nun drohte. Die Muslime hatten sich voller Angst in ihren Häusern verbarrikadiert, während die Juden sich weit weniger besorgt zeigten, auch wenn ihnen die fränkischen Eroberer nicht ganz geheuer waren. Die meisten christlichen Einwohner hatte der ägyptische Gouverneur im Vorfeld der Belagerung aus Sicherheitsgründen aus der Stadt schaffen lassen. Daß sich gerade die Juden kaum Sorgen machten, lag im übrigen darin begründet, daß dies hier immerhin ihre Stadt war – jeder Eroberer, von den Persern bis zu den Mohammedanern, hatte das stets anerkannt.

Dann begann das Schlachten.

Unfähig, Araber von Juden und Juden von Ägyptern zu unterscheiden, und unwillig, Frieden auszuhandeln, konnte die triumphierenden Pilger nur Blut befriedigen – besonders nach der langen, leidvollen Reise durch die Wüsten Syriens und Judäas, nach den Qualen, die sie vor den Toren Antiochias und andernorts erlitten hatten und nach all den Heimsuchungen wie Pest und Hunger, die in den drei Jahren, seit sie sich auf den Weg gemacht hatten, ihre ständigen Begleiter gewesen waren.

Durch die Tore im Norden und Westen strömten Kreuzfahrer in die Stadt, die bis jetzt noch an keinen Kämpfen in und um Jerusalem teilgenommen hatten. Sie rannten durch die Straßen, brachen in Häuser ein und überantworteten die Bewohner dem Schwert, bevor sie die Gebäude bis auf den letzten Raum ausplünderten. Die entsetzten Einwohner flohen vor diesem unerwarteten Angriff in den Südteil der Stadt, wohin die Invasoren bis jetzt noch nicht vorgedrungen waren. Dort hofften sie durch eines der Tore auf den Berg Zion entkommen zu können.

König Magnus und seine Nordmänner erreichten die Stadt just in dem Augenblick, als die Plünderungen im Nordteil ihren Höhepunkt erreicht hatten und begannen, sich nach Süden auszudehnen.

Schwitzend von dem langen Aufstieg hockte Murdo auf einem Hügel im Schatten eines Olivenbaums und blickte zur Heiligen Stadt hinüber, deren riesige Mauern steil aus dem Hinnom-Tal über die Lager der Kreuzfahrer emporragten, welche wie Flickenteppiche den Talboden bedeckten.

Von seinem Standort aus konnte Murdo fast den gesamten Lauf der Mauer, gleich einem riesigen steinernen Vorhang, mit einem Blick erfassen: nach Norden und Osten sich aufschwingend bis zu den fernen Höhen des Bergs Moriah, gen Sünden oberhalb des Bergs Zion in Richtung des abfallenden Kidrontals. Eine riesige, schmutzige, schwarze Rauchsäule stieg aus der Stadt empor, und ein stinkender, ekelhaft brauner Dunstschleier hatte sich über die Landschaft gelegt.

Das Jaffa-Tor stand weit offen, so daß ständig Kreuzfahrer in die Stadt hinein- und wieder hinausströmen konnten. Aus verschiedenen Vierteln hallten Rufe, Schreie und Schlachtenlärm herüber, gemischt mit einem unheimlichen Heulen, das mit dem Wind lauter und leiser wurde, der immer wieder heiße, trockene Luft auf die Hügel hinauswehte. Dank des dichten Rauchs wirkte die Sonne nur noch wie ein matter blutroter Feuerball, der die Stadt in ein gespenstisches Licht tauchte. Murdo nahm die Börse von seinem Gürtel und holte die kleine Pilgermünze hervor. Er betrachtete die Münze eine Weile, schalt sich für die Dummheit, sie die ganze Zeit über mitgeschleppt zu haben und warf sie schließlich weg. Er brauchte sie nicht mehr.

Überall um ihn herum scharrten die Nordmänner mit den stumpfen Seiten ihrer Speere im knochentrockenen Boden und prahlten damit, wieviel Beute sie machen und wie viele Feinde sie erschlagen würden. König Magnus war zwar ebenso wie alle anderen begierig darauf, sich seinen Teil der Beute zu sichern, dennoch nahm er sich Zeit, sich erst einmal umzusehen, um sich ein Bild von der Umgebung zu machen. Durch jahrelange Studien mit dem Heiligen Land vertraut, hatten die Mönche für den König eine einfache Zeichnung der Stadt angefertigt; Fionn hielt die grobe Karte, während Ronan die bemerkenswertesten Punkte der Stadt und ihrer Umgebung erläuterte.

Murdo ignorierte die geistlose Prahlerei um sich herum und konzentrierte sich statt dessen auf die Worte des alten Kirchenmannes.

»Vor uns befindet sich das Haupttor, das sogenannte Jaffa-Tor«, erklärte Ronan und deutete auf ein riesiges Gebilde auf der Westseite. »Dies hier ist der Davidsturm – eine der größeren Bastionen.« Der Finger wanderte zu einer Reihe von Kuppeln, die hoch über den Rest der Stadt hinausragten. »Das ist der Tempelbezirk auf dem Berg Moriah. Dort haben die Mohammedaner ihre Moschee errichtet.«

Bruder Ronan fuhr fort, dem König und seinen Gefolgsleuten weitere Besonderheiten der Umgebung zu erläutern, und Murdo rückte ein wenig näher heran, um ihm besser zuhören zu können. Vom alten Tempel sei nur noch wenig übriggeblieben, berichtete der Priester; die alten Mauern seien von den Römern eingerissen, von den Byzantinern wieder aufgebaut und von den Muslimen übernommen worden. Murdo erkannte deutlich die goldene Kuppel der Moschee und die langen Türme – sogenannte Minaretts, wie er inzwischen gelernt hatte –, die majestätisch über der Stadt in den Himmel ragten.

»Der Ölberg befindet sich auf der Südseite der Stadt«, fuhr Ronan fort. »Von hier aus können wir ihn nicht sehen.«

»Ich glaube aber, wir können Golgatha von hier sehen«, bemerkte Fionn und blickte von der Karte auf. »Es könnte der kleine Hügel dort drüben sein.« Er blinzelte in die entsprechende Richtung. »Oder vielleicht auch der daneben.«

»Die Grabeskirche befindet sich innerhalb der Mauern«, fügte Emlyn hilfsbereit hinzu. »Viele glauben, unser Herr sei ohnehin nie dort begraben worden, sondern in einem Gartengrab außerhalb der Stadt.« Nach Osten deutend fuhr er fort: »Ist das dort die Grabeskirche der heiligen Jungfrau? Wenn ja, dann müßte das Grab...«

»Aber du irrst dich, Bruder«, unterbrach ihn Fionn. »Das dort drüben auf dem Hügel ist die Kirche des heiligen Stephan. Die Grabeskirche der heiligen Jungfrau befindet sich auf dem Berg Zion.« Er deutete auf einen Felshaufen, der sich im Süden der Stadt erhob.

»Du hast natürlich recht«, stimmte ihm Emlyn gelassen zu. »Dennoch glaube ich, daß sich das Gartengrab zwischen hier und dieser Kirche dort drüben befindet. Mehr wollte ich mit alledem eigentlich gar nicht sagen.«

»Und dafür bin ich dir sehr dankbar«, meldete sich König Magnus zu Wort. »Ich fürchte, uns eilt die Zeit davon.« An Ronan gewandt sagte er: »Wenn ihr uns sonst nichts mehr zu sagen habt, werden wir uns jetzt in die Schlacht stürzen.«

»Ich habe Euch alles gesagt, was ich weiß«, erwiderte Ronan und nickte nachdenklich. »Ja, ich glaube, das war alles.«

König Magnus dankte seinen weisen Ratgebern und erklärte, er würde zum Tempelbezirk gehen. Sollte irgendwo noch gekämpft werden, dann sicherlich dort. Der König drehte sich um, hob das Schwert und rief: »Für Gott und Ruhm!« Dann führte er seine Männer in den Kampf.

Rasch marschierten sie den Hügel hinab und durchquerten das

schmale Tal. Als sie das Tor erreichten, zögerten sie nicht, sondern drangen sofort in die rauchgefüllte Stadt ein, um ihren Kameraden beim Plündern zur Hand zu gehen.

Murdo und die Mönche folgten den Kriegern dicht auf dem Fuß – jedenfalls bis zum Tor. Dort, inmitten der rein- und rausströmenden Kriegerhaufen, blieben die Mönche stehen.

»Wir werden vor den Mauern warten, bis die Stadt befreit ist. Wir können mehr von Nutzen sein, wenn wir uns um die Verwundeten kümmern«, erklärte Ronan. »Bleib bei uns, Murdo. Es scheint, als seien die Kämpfe fast vorüber. König Magnus wird deinen Speer heute nicht mehr brauchen; ich werde ihm sagen, du seist hiergeblieben, um uns zu helfen.«

»Mein Vater und meine Brüder sind hier irgendwo«, erwiderte Murdo. »Ich werde sie finden.«

»Warte nur ein ganz klein wenig länger«, bat ihn Emlyn. »Wir werden dir suchen helfen, wenn Jerusalem gewonnen ist.«

»Nein«, Murdo drehte sich entschlossen um, »ich habe lange genug gewartet. Ich werde sie jetzt finden.«

Die Mönche versuchten nicht länger, Murdo von seinem Vorhaben abzuhalten, sondern gaben ihm statt dessen ihren Segen. Die Hände zum Himmel erhoben sagte Ronan: »Herr im Himmel, schicke einen Engel über, unter, vor, hinter und neben unseren Freund; halte in allem deine schützende Hand über ihn und bring ihn in Frieden wieder zurück.« Dann schlug Ronan das Kreuz über Murdo und fügte hinzu: »Komm wieder zurück, wenn deine Suche beendet ist. Wir werden deiner in unseren Gebeten gedenken, bis wir uns wiedersehen.«

Murdo nickte knapp als Zeichen, daß er die Bitte des Mönchs erfüllen wollte, dann schloß er sich den Soldaten an, die durch das Tor in die Stadt strömten.

Das Tor glich mehr einem Tunnel denn einer Tür; im Durchgang war es dunkel, und überall war Rauch. Murdo atmete tief durch, verstärkte den Griff um seinen Speer und betrat die Stadt. Das Letzte, was er hörte, war Emlyns Stimme, der ihm zurief, vorsichtig zu sein.

Hinter dem Torturm trat Murdo wieder ins Freie. Leichen sowohl von Kreuzfahrern als auch von Ungläubigen lagen zerschmettert auf dem Straßenpflaster, wo sie nach dem Sturz von der Mauer aufgeschlagen waren. Das Blut dieser Unglücklichen war zu Pfützen zusammengelaufen, und unzählige blutrote Fußabdrücke zogen sich von hier aus in allen Richtungen in die Stadt hinein.

Verwirrt vom Anblick der Leichen am Tor ging Murdo einfach immer weiter geradeaus ... nur um plötzlich festzustellen, daß er niemanden in seiner Umgebung mehr kannte. Sofort machte er kehrt und drängte sich durch die Menge zum Tor zurück, doch als er dort ankam, waren die Nordmänner nirgends mehr zu sehen. Allerdings hörte er aus einer Straße zu seiner Linken Waffenklirren und Stimmengewirr. Murdo senkte den Kopf und rannte darauf zu.

Die Straße wand sich hierhin und dorthin und kreuzte eine andere Straße und noch eine. Murdo glaubte, seine Kameraden jeden Augenblick wiederfinden zu müssen; nur noch eine Biegung, dann würde er sie sehen. Aber je weiter er rannte, desto schwächer wurden die Geräusche.

Kurz blieb er stehen, um Atem zu schöpfen und schaute sich um. Die Straße war menschenleer. In den Häusern herrschte Totenstille. Murdo wußte nicht, ob er weitergehen oder auf demselben Weg wieder zurückkehren sollte, den er gekommen war.

Während er darüber nachdachte, ertönte ein Stück weiter die Straße hinauf ein mächtiges Krachen. Murdo eilte darauf zu, in der Hoffnung, daß er dort wenn schon nicht seine verlorenen Gefährten, so doch zumindest jemanden finden würde, der ihm den Weg zum Tempelberg zeigen konnte.

Wieder wand sich die Straße mehrere Male und wurde schließlich breiter; Bäume säumten den Weg nun zu beiden Seiten, und die Häuser waren deutlich größer und wirkten wohlhabender. Unmittelbar vor sich sah Murdo eine Gruppe Kreuzfahrer, die von einem Haus zum nächsten eilten, beziehungsweise von einer Straßenseite auf die andere. Raschen Schrittes ging er auf sie zu. Als er an dem ersten der feinen Häuser vorüberkam, hörte er über sich das Krachen von splitterndem Holz, und er blickte gerade noch rechtzeitig empor, um einer schweren Truhe auszuweichen, die irgend jemand aus dem Fenster geworfen hatte.

Mit lautem Knall landete die Truhe vor Murdos Füßen, unmittelbar gefolgt von einer zweiten, kleineren Kiste, die beim Aufprall auseinanderbrach und einen Haufen Silbermünzen freigab, welche daraufhin über das Pflaster rollten. »He!« rief eine Stimme aus einem der Fenster. Murdo blickte in das Gesicht eines Mannes, der ihn wütend anfunkelte. Der Soldat schrie etwas, und als Murdo nicht darauf reagierte, wiederholte er auf Latein: »Mach, daß du wegkommst! Das gehört uns!«

Murdo starrte noch immer zu dem Mann hinauf, als zwei Kreuzfahrer aus der Tür stürmten und die Silbermünzen mit beiden Händen in ihre Taschen stopften. Rasch gesellten sich zwei weitere zu ihnen, die sich der größeren Truhe annahmen. Sie hoben sie über die Köpfe und warfen sie auf die Straße – einmal, zweimal und auch noch ein drittes Mal, bis sie schließlich zerbrach und sich ihr Inhalt auf die Straße ergoß. Murdo sah das Glitzern von Silber und Gold, als Becher, Teller, Armbänder und Halsketten sich in alle möglichen Richtungen verteilten. Die Kreuzfahrer kreischten ob ihres Glückes fröhlich auf und machten sich sofort daran, die Beute in ihren Wämsen zu verstauen.

Nachdem sie alles eingesammelt hatten, schaute sich einer der Pilger schuldbewußt um, bemerkte, daß Murdo sie die ganze Zeit über beobachtet hatte und drehte sich zu ihm um. »Du!« brüllte er. »Ich habe dir doch gesagt, du sollst machen, daß du von hier verschwindest!« Unbeholfen wankte der Mann auf Murdo zu, doch dieser war bereits auf und davon.

Murdo wußte, daß die Nordmänner zum Tempelbezirk wollten, und dort würde er sie spätestens finden – und selbst wenn nicht, dann war es durchaus möglich, daß er dort seinen Vater und seine Brüder antreffen würde. Also eilte er weiter, folgte der Straße und hoffte, irgendwann einen Punkt zu erreichen, von wo aus er einen Blick auf den Tempelberg erhaschen konnte, um zu wissen, wohin er sich wenden mußte.

In den Seitenstraßen sah er immer wieder Beweise für die Greuel, die mit einer solchen Eroberung einhergingen: Rechts von sich erblickte er einmal vier Kreuzfahrer, die bis zu den Knien in weißgewandeten Leichen standen und mit ihren Speeren darin herumstocherten; in einer anderen Straße sah er zwei Ritter, die einen alten Mann festhielten, damit ein dritter Ritter ihn erschlagen konnte – der Mann schrie etwas auf Latein, als das Schwert ihn durchbohrte. Beide Male wandte sich Murdo rasch ab, und fortan blickte er nur noch geradeaus. Die Straße wand und wand sich immer weiter und wurde wieder schmaler, bis sie schließlich in einem geschlossenen Hof endete. Dort blieb Murdo stehen.

Hier hatte man Leichen auf zwei Stapel gehäuft, vier Mann breit und bis zu zehn hoch. Murdo starrte auf diese bizarren Gebilde aus menschlichen Körpern – manche waren so verstümmelt, daß sie kaum noch zu erkennen waren –; er konnte nicht verstehen, wie so etwas hatte möglich sein können. Nach kurzem Nachdenken kam er zu dem Schluß, daß die Unglücklichen entweder hier Zuflucht gesucht hatten oder von den Pilgern hierhergetrieben worden waren, wo man sie dann abgeschlachtet hatte. In ihrer Angst hatten die armen Seelen vermutlich versucht, die Leichen ihrer Kameraden emporzuklettern, um so zu entfliehen, doch vergebens: Die Kreuzfahrer hatten sie allesamt niedergestreckt, und der Leichenberg war stetig gewachsen.

Murdo spürte etwas Feuchtes, Klebriges unter seinen Stiefeln, und als er an sich herunterblickte, bemerkte er, daß er in einer Pfütze aus Blut stand, das langsam auf die Straße hinausfloß. Krank vor Ekel drehte er sich um und floh auf demselben Weg, den er gekommen war.

Als er erneut die breite Straße erreichte, versuchte er eine andere Abzweigung. Diesmal wählte er eine schmale Gasse zwischen zwei großen Häusern. Vor sich hörte er laute Rufe, und als er weiterging, entdeckte er, daß die Gasse auf einen überdachten Marktplatz führte. Murdo verstärkte den Griff um seinen Speer, sprang über die Leichen am Eingang und betrat den Suq, wie ein solcher Markt auf Arabisch hieß. Von irgendwoher inmitten des Labyrinths aus Ständen und Gängen hörte er die Jubelschreie der plündernden Sieger. Überall lagen zerschlagene und zertrampelte Waren; an manchen Stellen hatte man das, was man nicht fortschleppen konnte, einfach in Brand gesetzt.

Murdo blickte einen düsteren Gang hinunter und entdeckte an dessen Ende ein Licht. Der Gang war übersät mit etwas, was auf den ersten Blick Steine zu sein schienen. Bei genauerer Untersuchung stellte sich jedoch heraus, daß es sich hierbei um Brot handelte, das man auf den Boden geworfen und zertrampelt hatte. Murdo ging auf das Licht zu, doch er war kaum ein Dutzend Schritte weit gekommen, als er in einem leeren, zerstörten Stand einen kleinen Haufen Leichen entdeckte – vielleicht die einer Kaufmannsfamilie, die im Suq Schutz gesucht hatte.

Den Mann hatte man von oben bis unten aufgeschlitzt und mit seinem eigenen Gedärm erdrosselt. Zwei Frauen mit langen schwarzen Haaren – vermutlich Frau und Tochter des Händlers, vermutete Murdo –, hatte man zu Tode geprügelt; ihre Gesichter waren nicht mehr als menschlich zu erkennen. Einen kleinen Jungen und seinen Hund hatte man geköpft und die Köpfe ausgetauscht.

All das sah Murdo nur einen einzigen Augenblick lang, dennoch kam ihm die Galle hoch. Würgend wandte er sich ab. Er wankte ein paar Schritte nach vorne, dann blieb er stehen, stützte sich auf seinen Speer und übergab sich.

Schließlich raffte er sich wieder auf und wankte weiter – allerdings ohne noch einmal nach rechts oder links zu schauen –, bis er endlich das Licht am Ende des Ganges erreichte. Dort blieb Murdo erst einmal stehen, um Atem zu schöpfen und schaute sich um. Hier, in diesem Viertel, waren die Häuser größer und stabiler gebaut und die Bewohner offenbar wohlhabender. Auch schienen die Kämpfe hier noch im Gange zu sein. Ein hoher Schrei drang aus einem der Häuser, und ein Stück weiter die Straße hinauf schlugen Flammen aus den oberen Fenstern eines anderen. Die gepflasterte Straße war mit zerbrochenen Gegenständen übersät – Möbel, Fässer, Truhen, Küchengerät, Kleidung –, die man achtlos aus den Häusern hinausgeworfen hatte. Hoch über den Dächern entdeckte Murdo die Zinnen einer alles überragenden Mauer. Suchend blickte er an der Mauer entlang, und schließlich bemerkte er das Funkeln einer riesigen goldenen Kuppel.

Vorsichtig bewegte er sich durch das Trümmerfeld, ohne dabei jedoch den Blick von der Mauer zu wenden. Als er ein großes Steinhaus mit zwei Marmorsäulen vor dem Eingang erreichte, hörte er einen schrillen Entsetzensschrei, und augenblicklich blieb er wie angewurzelt stehen. Nur einen Augenblick später stürmte eine in Gelb gekleidete Frau vor ihm auf die Straße, die unter jedem Arm ein blasses Bündel trug. Unmittelbar hinter ihr folgten drei Pilger mit weißen Kreuzen auf den Mänteln und blutverschmierten Schwertern in den Händen. Einer der Männer packte die Frau an den Haaren und riß sie zurück. Die Bündel fielen auf die Straße, und Murdo erkannte, daß es sich um Babys handelte. Schreiend streckten die Kinder ihre winzigen Hände empor, während die Kreuzfahrer mit ihren Schwertern auf sie einhieben.

Die Frau schrie, warf sich ihren Angreifern an den Hals und flehte um Gnade. Dessen ungeachtet richteten die Pilger die Schwerter nun gegen sie. Wieder und wieder sausten die Schwerter herab und rissen tiefe Wunden in die Arme der Frau; eines der Schwerter fand den Nacken der Unglücklichen, und eine Fontäne von Blut ergoß sich auf die Straße. Kurz darauf hörte das Schreien auf, und Frau und Kinder rührten sich nicht mehr. Die drei Männer blickten zu Murdo; hämische Freude funkelte in ihren rußgeschwärzten Gesichtern.

Einer von ihnen rief Murdo etwas in einer Sprache zu, welche dieser nicht verstand, woraufhin Murdo auf Latein erklärte: »Ich will niemandem ein Leid antun. Ich suche nach meinem Vater.«

Die Pilger blickten einander an; dann traten zwei von ihnen auf Murdo zu. Der erste Kreuzfahrer sagte erneut etwas und deutete auf den jungen Nordmann – wieder und wieder zeigte er mit dem Finger auf ihn. Er schien etwas von ihm zu wollen, doch Murdo wußte nicht was. Die beiden anderen rückten nun wieder vor, die blutgetränkten Schwerter vor die Brust gehoben.

Murdo wiederholte seinen Satz auf Latein und wich langsam zurück. Die beiden Männer murmelten miteinander. Murdo trat einen weiteren Schritt zurück. Dabei stieß er mit dem Fuß gegen etwas und stürzte. Sofort drangen die drei Männer auf ihn ein.

Die beiden Vorderen erreichten ihn zuerst. Murdo lag auf dem Rücken und schlug mit dem Speer durch die Luft. Die Klinge traf auf Stahl, und einer der Pilger sprang mit einem Schrei auf den Lippen zurück, als ihm das Schwert aus der Hand gerissen wurde. Dann stieß Murdo mit dem Speer nach dem Gesicht des anderen Mannes, der jedoch auswich, was Murdo allerdings Zeit verschaffte, sich auf die Knie zu rollen.

Der Anführer der drei stieß einen lauten Schrei aus und setzte mit erhobenem Schwert zum Sturmangriff an – vielleicht erwartete er, daß der Jüngling den Schwanz einkneifen und davonrennen würde. Murdo blieb jedoch auf den Knien und richtete den Speer gegen den rasch näher kommenden Mann. Murdo spürte nicht, wie die Spitze in den Bauch des Angreifers eindrang, und sein Gegner vermutlich ebenfalls nicht – zumindest nicht sofort. Denn er kam noch einen weiteren Schritt näher und versuchte noch einen, bevor er an sich hinunterblickte und den aus seinem Leib ragenden Schaft bemerkte.

Ein Ausdruck der Verwirrung erschien auf seinem Gesicht. Er ließ das Schwert fallen, und seine Hände schlossen sich um den Speer. Dann drehte er sich zu seinen Kameraden um und stieß einen lauten Schrei aus. Er versuchte, den Speer herauszureißen, doch Murdo ließ nicht locker. Der Mann schrie erneut, aber diesmal endete der Schrei in Husten und Würgen, als sich ein Schwall dunklen Blutes aus seinem Mund ergoß.

Blut spuckend sackte der Mann auf die Knie und rang nach Atem. Trotz der Furcht, daß die beiden anderen ihn nun angreifen würden, hielt Murdo den Speer weiterhin fest umklammert. Die beiden anderen schauten einander jedoch nur verblüfft an. Plötzlich stieß der tödlich verwundete Kreuzfahrer ein leises Wimmern aus und fiel auf die Seite.

Murdo riß den Speer heraus und wandte sich den beiden überlebenden Pilgern zu. Er wartete nicht darauf, bis sie angriffen, sondern ging selbst zum Angriff über. Ohne zu zögern, flohen die beiden Männer und ließen ihren toten Kameraden zurück.

Murdo rannte ihnen hinterher, bis sie hinter dem nächstgelegenen Haus verschwanden. Da er sich von ihnen nicht in einen Hinterhalt locken lassen wollte, blieb Murdo stehen. Erst jetzt wurde ihm bewußt, daß er die ganze Zeit über aus Leibeskräften geschrien hatte.

Er kehrte zu dem Mann zurück, den er getötet hatte und betrachtete die Leiche einen Augenblick lang. Der Kreuzfahrer lag auf der Seite, das Gesicht auf der Straße; um den Mund herum hatte sich bereits eine Blutlache gebildet – aber nicht so viel Blut, dachte Murdo verbittert, wie diese Bastarde bei der Ermordung der Mutter und ihrer Kinder vergossen haben. Er bedauerte nicht, was er getan hatte. Er bedauerte nur, daß er es nicht schon früher getan hatte. Vielleicht wären die Frau und die Kinder noch am Leben, hätte er schneller gehandelt.

Doch andererseits: Vielleicht wäre er es dann gewesen, der jetzt mit einem Loch zwischen den Rippen und leeren Augen auf der Straße gelegen hätte. Ob dieses Gedankens zuckte er unwillkürlich zusammen und wandte sich ab. Dabei bemerkte er aus den Augenwinkeln heraus einen strahlenden weißen Fleck: Das Pilgerkreuz.

Jetzt wußte er auch, was der Mann von ihm gewollt hatte: Er besaß kein Pilgerkreuz. Da er überhaupt nichts bei sich trug, was ihn als Pilger auswies, hatten die Kreuzfahrer ihn für einen weiteren Ungläubigen gehalten, den es zu ermorden galt.

Murdo betrachtete den Umhang des Kreuzfahrers und das stolze weiße Kreuz, das auf die Schulter genäht worden war. Er zögerte nur einen Augenblick lang. Rasch traf er eine Entscheidung, da er fürchtete, die Kameraden des Toten könnten ihren Mut wiederfinden und jeden Augenblick wieder zurückkehren. Er bückte sich, setzte die Leiche auf und löste den Umhang von der Schulter des Toten.

Murdo zog den Umhang des toten Mannes über den Kopf. Das Ding war schweißdurchtränkt und stank. Dort, wo der Speer ein Loch gerissen hatte, war der untere Teil blutverschmiert. Mit dem Wams, das er wegen des Umhangs abgelegt hatte, versuchte Murdo, die betreffende Stelle so gut wie möglich zu säubern; dann wischte er sich die Hände ab, warf das verschmutzte Kleidungsstück weg und griff nach seinem Speer. Er blickte auf das weiße Kreuz, das nun auf seiner Schulter prangte. Nun würde ihn niemand mehr für einen Ungläubigen halten, dachte er und eilte weiter.

Die Straße beschrieb eine Biegung und stieg Richtung Tempelberg steil an. Murdo erreichte eine breite Durchfahrtsstraße und blieb stehen. Leichen blockierten den Weg. Überall lagen Leichen: Einige trugen das Weiß der Türken und Sarazenen, andere das Schwarz der Juden, alle jedoch lagen sie dicht an dicht, so daß die schwarzen Leichen die Schatten der weißen zu sein schienen.

Am anderen Ende der Straße konnte Murdo die Mauer erkennen, die den Tempelbezirk umgab und dessen großes Westtor. Das Tor stand offen. Die schweren Torflügel waren zersplittert und aus den Scharnieren gerissen. Plötzlich erscholl ein unheimliches Heulen und Schreien, das augenblicklich von dem lauten Ruf erstickt wurde: »*Deus vult!* Gott will es!«

Angezogen von diesen Geräuschen stolperte Murdo vorwärts

und suchte sich einen Weg durch die Leichenberge. Als er das Tor erreichte, blickte er hindurch und sah dahinter einen großen Platz, gefüllt mit Pilgern, die allesamt Gottes Zorn auf die Ungläubigen herabriefen. Im Zentrum des Platzes stand ein viereckiges Gebäude mit rundem Dach, und zur Rechten konnte Murdo ein weit größeres Gebäude mit einem hohen runden Turm und einer großen goldenen Kuppel erkennen. Ein fränkisches Banner flatterte auf der Spitze der Kuppel. Das war also das Gebäude, das die Mönche die el-Aksa-Moschee genannt hatten; dann mußte es sich bei dem kleineren der beiden Bauwerke um den Felsendom handeln.

Das Heulen und Schreien kam aus dem Inneren der Moschee. Murdo trat durchs Tor und auf den Platz hinaus. Mit jedem Schritt schlug sein Herz schneller, denn er hoffte, hier seinen Vater zu finden. Diese Hoffnung starb jedoch so schnell, wie sie geboren worden war, denn während er sich durch die Menge arbeitete, erkannte Murdo, wie sinnlos es war, hier irgend jemanden finden zu wollen. Es gab hier einfach viel zu viele Leute; überall herrschte Chaos, und es war zu laut. Selbst wenn sein Vater und seine Brüder sich hier befanden, in diesem Getümmel würde er sie niemals finden.

Als ihm diese Sinnlosigkeit bewußt wurde, geriet Murdos Entschlossenheit ins Wanken, und er blieb stehen. Benommen und verwirrt, mit den Rufen des kreischenden Mobs in den Ohren, drehte er sich um und bahnte sich einen Weg zurück – doch nur, um von einer neuen Welle Kreuzfahrer wieder nach vorne gespült zu werden. Er mußte darum kämpfen, nicht zu Boden zu stürzen, was ihm mit seinem Speer als Stütze zum Glück auch gelang, ansonsten wäre er vermutlich von der Menge zu Tode getrampelt worden.

Der Mob schien ausschließlich an der Moschee interessiert zu sein; alle Augen waren auf die goldene Kuppel gerichtet. Zunächst vermochte Murdo nicht zu erkennen, was es war, das die Aufmerksamkeit der Männer fesselte ... dann erhaschte er über die Köpfe der Menge hinweg einen Blick auf einen blaßgelben Flammenfinger, der die Wand der Moschee emporkroch; auch am Fuß des Minaretts schlugen Flammen in die Höhe.

Die Schreie aus dem Inneren des brennenden Gebäudes wurden immer lauter und verzweifelter. Murdo senkte den Kopf, und diesmal gelang es ihm mit Stößen und gelegentlichen Hieben und Tritten, sich einen Weg zurück zu bahnen. Schließlich erreichte er tatsächlich wieder den Rand des Platzes, und erschöpft quetschte er sich zwischen den letzten Kreuzfahrern hindurch.

Hinter ihm erscholl ein Kriegsschrei, und er blickte zurück. Die hohe schmale Tür der Moschee wurde knarrend geöffnet, und eine schwarze Rauchwolke quoll heraus. Eine große Gruppe Araber mit weißen Turbanen wankte aus dem brennenden Bauwerk und in die wartenden Lanzen und Schwerter der Kreuzfahrer.

Murdo drehte sich der Magen um, und er schüttelte sich vor Abscheu, als die Pilger auf die Unglücklichen eindrangen, die versuchten, dem Feuer zu entkommen. Einige hatten bewußt den Märtyrer- dem Flammentod vorgezogen und stürzten sich mit dem Ruf »*Allah ho akhbar!*« in die Schwerter ihrer Feinde. Andere jedoch krochen wimmernd auf allen vieren aus der Tür und flehten um Gnade. Aber es gab keine Gnade. Blut spritzte auf das Pflaster des Tempelplatzes. Unaufhörlich zischten die grausamen Klingen durch die Luft. Die Pilgersoldaten grölten vor Freude.

Die Flammen brannten immer höher und heißer. Von der Hitze zurückgetrieben, wich der Mob zurück, und Murdo wurde Richtung Tor geschoben. Auch er spürte die Hitze in seinem Rücken, als er versuchte, sich abermals aus der Menge zu lösen.

Als er endlich das Tor erreichte, warf er erneut einen Blick zurück und sah, daß die Menge nun einen weiten Kreis um das brennende Gebäude bildete. Dann sackte langsam und mit lautem Seufzen die goldene Kuppel in sich zusammen. Die Kreuzfahrer jubelten, als die Moschee über den Köpfen der unglückseligen Muslime einstürzte und Todesschreie die Luft erfüllten.

Murdo konnte es nicht länger ertragen und rannte auf demselben Weg zurück, den er gekommen war. Die goldene Kuppel der el-Aksa-Moschee brach nun endgültig mit einem derart lauten Krachen zusammen, daß es in sämtlichen Straßen in der Nähe widerhallte; doch Murdo blickte nicht mehr zurück.

Der Weg, über den er den Tempelbezirk erreicht hatte, fiel steil ab, und Murdo nahm mit jedem Schritt mehr Geschwindigkeit auf, bis er schließlich rannte. Er rannte, ohne nachzudenken; er wollte einfach nur weg von all diesen Grausamkeiten. Immer weiter rannte er; sein Atem ging zusehends schwerer, und außer dem Schlagen seines eigenen Herzens vermochte er nichts mehr zu hören. Seine Lungen brannten, und seine Seite schmerzte, dennoch rannte er weiter; er flog den Berg hinunter, so schnell ihn seine Beine trugen. Das *patt-patt-patt* seiner dahineilenden Füße auf dem ausgetretenen Pflaster der Stadt Jesu Christi verspottete ihn. Er hatte Angst, und er schämte sich dafür.

Die Straße wurde schmaler, bog scharf nach rechts ab, und Murdo folgte ihr. Inzwischen atmete er flach und schnell; außerdem schmeckte er Blut im Mund, doch noch immer rannte er weiter. Er bemerkte weder, daß die Straße plötzlich wieder anstieg, noch das erste weinrote Blutrinnsal, das auf das Pflaster floß. Er sah nur die dunklen Gesichter der schreienden, brennenden Araber vor seinem geistigen Auge.

Schließlich forderte der steile Anstieg seinen Tribut. Murdo verlangsamte seinen Schritt, kämpfte sich aber weiter voran. Plötzlich fiel ihm auf, daß die letzten paar Schritt von einem Platschen begleitet gewesen waren. Er tat einen weiteren Schritt, verlor den Halt und fiel nach vorne auf Hände und Knie. Sein Speer schlitterte über das blutverschmierte Pflaster.

Murdo sprang sofort wieder auf. Blut tropfte von seinen Händen, und seine Ärmel waren nun ebenso durchnäßt wie die Knie seiner Hose. Einen Augenblick lang stand er einfach da und starrte auf seine blutverschmierten Hände, und eine unheimliche Furcht überkam ihn. Sein leerer Magen verkrampfte sich. Aus dem Blutrinnsal war ein breiter Bach geworden, der schäumend den Weg hinunterlief, sich in leuchtend roten Pfützen sammelte und von dort wieder in alle Richtungen verteilte.

Um dem Schrecken endlich zu entkommen, floh Murdo in eine andere Straße. Aber es gab keine Rettung. Auch hier war das ausgetretene Pflaster bedeckt von stinkendem, klebendem Blut. Leichen waren ebenfalls zu sehen – Dutzende, Hunderte von Leichen. Ihre weißen und gelben Gewänder waren blutdurchtränkt und noch immer feucht. Murdo blickte stur geradeaus; er weigerte sich, das Blut zur Kenntnis zu nehmen.

Aber es gab soviel davon! Wo auch immer er hinblickte, überall war Blut und immer mehr Blut – Blut in solch ungeheuren, ekelerregenden Mengen, daß er es einfach nicht ignorieren konnte, und bald sah er nichts anderes mehr als Blut: Blut, das sich auf den Straßen sammelte; Blut, das noch warm und dunkel aus den Wunden der Sterbenden quoll, und Blut, das stinkend in der Sonne verrottete.

All dieses Blut! Großer Gott, erbarme dich!

Angewidert wandte sich Murdo abermals zur Flucht. Er verdrängte alle anderen Gedanken und rannte und rannte, bis er nicht mehr rennen konnte. Als er endlich stehenblieb und sich umsah, waren die Schatten lang geworden. Er stand auf einem leeren Platz. Leichen stapelten sich an Straßenmündungen und vor Haustüren – ganze Familien, die man in ihrem eigenen Heim ermordet hatte.

Murdo preßte die Faust in die Seite und überquerte den Platz. Dabei kam er an einem Gebäude vorbei, auf dessen Dach ein sechszackiger Stern prangte. Irgend jemand hatte die Worte ISV REGNI mit Blut über die Tür geschrieben. Die Worte ließen Murdo verwundert innehalten. Während er dort stand und die Schrift betrachtete, spürte er eine sanfte Berührung auf Gesicht und Haaren, und er blickte nach oben. Überall um ihn herum regnete Asche herab, als sei es Schnee.

Durstig, verschwitzt und der Erschöpfung nahe setzte er sich wieder in Bewegung. Je weiter er ging, desto dichter wurde der Aschenregen. Vor ihm füllte grauer Rauch die Straße, dennoch ging er weiter, und bald kam er an die qualmenden Überreste eines einst riesigen Gebäudes. Das Dach war eingefallen, und auch von den Wänden war nur wenig übriggeblieben; einige der größeren Stützbalken brannten noch immer, doch der Großteil der Flammen war bereits ausgegangen. Der Rauch stank nach verbranntem Fett; er brannte Murdo in den Augen und erzeugte einen fauligen Geschmack in seinem trockenen Mund.

Murdo fragte sich, was wohl der Grund für diesen seltsamen Rauch war; dann erkannte er, daß es sich bei dem, was er zunächst für verbranntes Holz gehalten hatte, in Wahrheit um verkohlte Leichen handelte. Mit leerem Blick starrte er auf die schwarze, ineinander verschlungene Masse verbrannter Leiber, deren Glieder vom Feuer bis zur Unkenntlichkeit verformt worden waren.

Die von den Kadavern ausgehende Hitze trocknete Murdos Haut aus, während gleichzeitig die Asche von Fleisch und Kleidung der Unglücklichen auf sein Haupt niederregnete. Noch immer nagte die Glut an den toten Knochen. Der Gestank von verbranntem Fett und Fleisch war überwältigend.

Als Murdo sich schließlich wieder abwandte, waren Augen und Lippen vollkommen ausgetrocknet. Ziellos wanderte er weiter. Der Himmel über ihm – wenn man ihn durch den Rauch denn überhaupt erkennen konnte – leuchtete rot im Licht der Abenddämmerung. Murdo fragte sich, wie es möglich war, daß die Sonne ihren Lauf einfach so fortsetzen konnte; was hier unten geschah, schien sie nicht im mindesten zu beeindrucken.

Dieser Gedanke beschäftigte ihn, bis er ein neues Viertel erreichte. Hier zierten hohe Kuppeln viele der Gebäude, auf denen wiederum große Holzkreuze angebracht waren. Offenbar hatte er eines der christlichen Viertel erreicht. Vielleicht, so hoffte er, war wenigstens dieses Viertel von den wütenden Pilgern verschont worden, und vielleicht konnte er hier sogar etwas Wasser finden. Er leckte sich über die trockenen Lippen und stolperte vorwärts.

Nach einer Weile fand er sich im Hof eines großen Hauses wieder. Neben dem Haus befand sich ein Wasserbecken, wie man es üblicherweise als Tränke für Tiere verwendete. Da er glaubte, dort einen Schluck Wasser bekommen zu können, ging Murdo darauf zu, und tatsächlich war das Becken auch bis zum Rand gefüllt – allerdings schwamm unmittelbar unter der Wasseroberfläche die Leiche eines ertränkten Kindes.

Murdo betrachtete den kleinen Leichnam, der ihn durch das Wasser hindurch anstarrte und dessen Mund ein lautloses Wort formte. Schwarzes Haar umrahmte das Köpfchen, und Blasen hatten sich unter dem kleinen Kinn und in den beiden weit aufgerissenen Augen festgesetzt.

Ob es sich um einen Jungen oder ein Mädchen handelte, vermochte Murdo nicht zu sagen, aber er staunte über die ruhige Gelassenheit in dem kleinen Gesicht. Wie war es nur möglich, daß das Kind trotz seines schrecklichen Todes noch soviel Frieden ausstrahlen konnte? Lange stand Murdo dort und betrachtete das Kind. Erst nach und nach wurde er sich der Rufe und des groben Gelächters bewußt, die von der anderen Seite des Hauses zu ihm herüberhallten. Vermutlich dauerte der Tumult schon eine Weile an, doch in Gedanken bei dem Kind, hatte Murdo dem keine Aufmerksamkeit geschenkt.

Nun jedoch ging er in die entsprechende Richtung und schaute nach: Fünf Pilger standen vor einer Mauer – zwei hielten ein Kind zwischen sich und zwei andere eine Frau, die rasend vor Zorn und

Angst war; der fünfte Pilger stand hinter der Frau mit dem Schwert in der Hand. Die Kleidung der Frau war zerrissen, und sie rief nach ihrem Baby, das sich schreiend im Griff der Kreuzfahrer wand. Ein Mann saß regungslos und mit gesenktem Kopf an der Wand; die Vorderseite seines Gewandes war eine einzige blutige Masse.

Die Soldaten mit dem Baby boten der Mutter ihr Kind an. Sie sagten etwas zu ihr, und sie versuchte, ihnen entgegenzukommen, konnte sich aber nicht aus dem Griff ihrer Peiniger lösen. Wieder hielten die Männer ihr das Baby entgegen, und wieder versuchte die Frau, sich zu lösen, und das Kind wurde wieder zurückgerissen. Diesmal jedoch drehten die Kreuzfahrer sich anschließend um und warfen das Kind mit dem Kopf voran gegen die Wand.

Tot glitt das Kind zu Boden.

Im selben Augenblick ließen die beiden anderen Schläger die Mutter los. Die Frau sprang sofort zu ihrem Kind; gleichzeitig jedoch schwang der Mann hinter ihr sein Schwert. Der Hieb traf sie genau im Nacken. Mitten im Lauf brach die Unglückliche zusammen, rollte noch ein Stück über den Boden und blieb schließlich zwischen den Beinen ihres toten Mannes liegen.

Das ekelerregende Gelächter der Mörder in den Ohren, drehte Murdo sich um und rannte davon. Diesmal lief er jedoch nicht weit, sondern verlangsamte seinen Schritt rasch wieder. Inzwischen bewegte er sich, als sei er in einem Traum gefangen: Er sah nichts, hörte nichts, fühlte nichts; er stolperte durch die Straßen, stürzte, raffte sich wieder auf und wankte weiter. Sein Herz war krank vor Abscheu und Scham.

Heute bin ich durch die Hölle gegangen, dachte er. Dieser Gedanke hallte immer und immer wieder durch seinen Kopf.

Einige Zeit später, lange nach Sonnenuntergang, erreichte er schließlich wieder das Jaffa-Tor, und Murdo Ranulfson verließ Jerusalem. Während er durch das große Tor hinauswankte, blieb er kurz stehen und entledigte sich des geliehenen Umhangs. Er zog das

Kleidungsstück über den Kopf und hielt es in die Höhe, um das weiße Kreuz darauf im blassen, rauchverschleierten Mondlicht zu betrachten.

Von Ekel übermannt knüllte er den Umhang zusammen und warf ihn in hohem Bogen weg. Dann zog er auch seine Hose und seine Stiefel aus und warf sie ebenfalls fort, bevor er die Heilige Stadt endgültig verließ.

In dieser Nacht schlief er nicht, sondern streunte durch das dunkle Tal außerhalb der Mauer. Rastlos in seiner Suche wanderte er von einem Lager zum anderen. Allerdings erinnerte sich Murdo schon lange nicht mehr daran, warum er suchte, oder was er zu finden hoffte.

Das Fieber wütete zwei Tage und Nächte, und als es schließlich seinen Griff lockerte, dämmerte im Osten ein trüber, windgepeitschter Tag. Niamh, welche die vergangenen Tage und Nächte ohne Unterlaß am Bett ihrer Freundin verbracht hatte, spürte plötzlich, wie die wilde Hitze die Hände unter ihren eigenen verließ. Sofort erwachte sie aus ihrem Halbschlaf, nahm das Tuch von Ragnhilds Stirn, tunkte es in die Schüssel, wrang es aus und legte es wieder zurück.

Bei der Berührung des kühlen Tuchs schlug Ragnhild die Augen auf. Ihre aufgesprungenen Lippen öffneten sich, und sie versuchte zu sprechen.

»Warte«, sagte Niamh sanft, und hob eine Schüssel mit Wasser an den Mund der kranken Frau. »Trink ein wenig. Das wird dir helfen.«

Ragnhild schluckte etwas Wasser und versuchte erneut zu sprechen. »Ragna...«, sagte sie. Ihre Stimme war nicht mehr als ein leises Krächzen.

»Sie ist nebenan. Ich werde sie holen.«

Niamh stand auf und eilte in den Nebenraum, wo Ragna auf einem Stuhl neben dem Kamin schlief. Als Niamh ihr die Hand auf die Schulter legte, wachte die junge Frau sofort auf. »Das Fieber ist fort, und sie fragt nach dir.«

Ragna rappelte sich auf und preßte die Hand in den Rücken, um sich geradehalten zu können. Niamh ergriff ihren Arm und führte sie zum Zimmer der Mutter.

»Geh nur hinein«, sagte Niamh. »Ich bin hier draußen, wenn du mich brauchst.«

Ragna nickte und trat durch die Tür. Das Feuer im Kamin in der Ecke war schon weit heruntergebrannt; es war kühl im Zimmer, doch da alle Fenster geschlossen waren, war die Luft abgestanden. Ragna ging zum Bett, ließ ihren unbeholfenen Leib langsam auf den Stuhl sinken und ergriff die Hand ihrer Mutter.

Ragnhild öffnete die Augen, sah ihre Tochter und lächelte schwach. »Ragna, mein Herz«, sagte sie so leise, daß man sie kaum verstehen konnte. »Ist das Baby schon da?«

»Noch nicht, Mutter«, antwortete die junge Frau, »aber bald. Es kann jetzt jeden Tag soweit sein. Du mußt dich ausruhen und rasch wieder gesund werden, damit du bei der Geburt dabeisein kannst.«

Frau Ragnhild nickte. Sie schloß wieder die Augen. »Ich bin so müde ... so unendlich müde.«

Ragna wartete, bis ihre Mutter wieder eingeschlafen war, erst dann stand sie auf. »Ich glaube, du hast recht«, sagte sie zu Niamh, nachdem sie wieder nach nebenan gegangen war. »Das Fieber ist fort. Sie schläft jetzt.«

Niamh legte Ragna die Hand auf die Wange. Die Haut fühlte sich kühl an. »Und wie fühlst *du* dich?«

»So schwer und unbeholfen wie ein alter Ochse«, antwortete Ragna und strich sich über den mächtigen Bauch. »Trotzdem«, fügte sie lächelnd hinzu, »fühle ich mich gut.«

»Zum Wohle des Kindes solltest du dich jetzt besser ausruhen.« Niamh ergriff Ragnas Ellbogen und führte die schwangere junge Frau hinaus. »Ich werde dafür sorgen, daß Tailtiu dir etwas zu essen bringt. Dann solltest du dich hinlegen.«

»Was ist mit dir, Nia? Wann ruhst du dich aus?«

»Mach dir keine Sorgen um mich«, erwiderte Niamh. »Schließlich bekomme ich ja kein Kind. Geh jetzt, und tu, was ich dir gesagt habe. Ich werde bei Ragni bleiben und dich wecken, wenn sie nach dir fragt.«

»Also gut«, willigte Ragna ein und gestattete, daß man sie ins Bett brachte.

Als sie ins Zimmer der kranken Frau zurückkehrte, legte Niamh etwas Feuerholz nach, um die Kälte zu vertreiben, und setzte sich wieder auf ihren Stuhl neben dem Bett. Sie schloß die Augen, faltete die Hände und begann, leise zu beten. Ragnhild murmelte im Schlaf, aber sie wachte nicht auf, und nachdem das Murmeln kurz darauf wieder aufhörte, stieß Niamh einen leisen Seufzer aus und betete weiter.

Sie unterbrach ihr Beten erst, als ihr plötzlich bewußt wurde, daß sie die ganze Zeit darauf wartete, daß Ragnhild atmete. »Heiliger Gott im Himmel, bitte, nein«, keuchte sie, doch Frau Ragnhild war bereits tot.

Am nächsten Tag beobachteten Niamh, Ragna und ein Dutzend von Cnoc Carrachs Pächtern, wie ein Priester Weihwasser auf die hölzerne Kiste sprenkelte, die Frau Ragnhilds sterbliche Überreste enthielt. Dann nahm der Priester das Weihrauchfaß und schwenkte es dreimal über dem Sarg, bevor er es in das Loch hinabließ, das man neben dem Altar gegraben hatte. Schließlich begann er zu singen, und bei jedem *Kyrie eleison* schwang er abermals das Rauchfaß.

Als er seine Gebete beendet hatte, stellte er das Weihrauchfaß auf den Altar und entfernte das Tuch vom Sarg. Dann rief er vier Landarbeiter mit Seilen herbei, die im hinteren Teil der Kapelle gewartet hatten. Zögernd näherten sich diese dem Altar, bekreuzigten sich steif und nahmen ihre Plätze zu beiden Seiten des Sarges ein. Die Seile zogen sie unter dem Sarg her, um ihn anheben und über das Loch tragen zu können, in das sie ihn dann langsam hinunterließen.

Würdevoll glitt der Sarg ins Grab, und alles war gut, bis einem der Männer das Seil aus der Hand rutschte. Der Sarg schlug mit solch einem endgültigen Knall auf dem Boden auf, daß Ragna, die sich bis dahin vorbildlich verhalten hatte, die Fassung verlor und augenblicklich zu weinen begann. Niamh nahm die junge Frau sofort in die Arme und streichelte ihr übers Haar, während der Priester erneut zu beten begann und seine Helfer das Grab zuschaufelten.

Niamh drückte Ragna so fest an die Brust, als wolle sie die schluchzende junge Frau ersticken. Wortlos wünschte sie ihrer alten Freundin ein letztes Lebewohl, während die Erde festgetreten und die Bodenplatte wieder zurückgelegt wurde. Mit einem dumpfen Schlag fiel die mächtige Steinplatte an ihren Platz, und Stille breitete sich in der Kapelle aus.

Der Priester ging, und auch die Pächter verließen leise das Gotteshaus, jedoch nicht, ohne Ragna im Vorübergehen ihr Beileid zuzumurmeln. Eng umschlungen blieben die beiden Frauen noch eine Weile hier und lauschten dem leisen Zischen der feuchten Kerzen. Dann, als hätten sie sich abgesprochen, drehten sie sich plötzlich gemeinsam um und gingen langsam aus der kleinen Kirche.

Ihre größte Trauer war kaum verflogen, als drei Tage später Ragnas Wehen einsetzten. Die ersten kamen mitten in der Nacht, und am Morgen stand fest, daß das Baby heute noch kommen würde. Zwei der erfahrensten alten Frauen auf dem Gut wurden herbeigerufen, um bei der Geburt zu helfen, und unter Niamhs Befehl begannen sie die junge Frau auf die bevorstehende Tortur vorzubereiten. Sie kleideten sie in ein weites Gewand und entfernten das Bettzeug, um es durch Lumpen und Stroh zu ersetzen.

Vier große Schüsseln wurden mit Wasser gefüllt, von denen zwei auf dem Herd erhitzt wurden, und ein Trank aus Kamille und Lavendel wurde angerührt, den man Ragna zu trinken gab und ihr anschließend auf Hand- und Fußgelenke rieb. Aus Gänsefett und

Rosenöl wurde eine Paste gemischt, die man auf Ragnas Rücken, Beinen und Hüfte verteilte. Und die ganze Zeit über erklärten die Frauen der werdenden Mutter, was sie erwartete und welche Rolle sie, die Helfer, bei der Geburt übernehmen würden.

Als die Wehen stärker und die Abstände immer kürzer wurden, hielten die Frauen Ragnas Hand und flüsterten ihr beruhigende Worte zu. Sie sagten ihr, wie schön das Kind sein würde und wie glücklich sie sich fühlen würde, wenn sie die Frucht ihres Leibes endlich in Händen hielte, mit der Gott in seiner Gnade sie gesegnet habe. Und als der Augenblick der Geburt kam, rückten die Frauen zusammen und stützten Ragnas Rücken und Beine, damit sie sich bei all den Anstrengungen nicht selbst verletzte.

Das Kind, ein Junge, wurde am Abend geboren, und alle Bewohner des Gutshauses versammelten sich in der Kapelle und dankten Gott für die sichere Ankunft des Knaben.

»Er ist wunderschön«, seufzte Ragna, als sie ihren Sohn zum erstenmal an die Brust legte.

»Murdo hat bei seiner Geburt genauso ausgesehen«, berichtete ihr Niamh. »Er hatte genauso lange Füße.« Sie griff nach der winzigen Hand und hob mit den Fingerspitzen den kleinen Finger des Kindes. »Auch seine Finger sind so lang wie die seines Vaters.«

»Ich wünschte, Murdo könnte ihn sehen«, sagte Ragna. »Er wäre so stolz, wenn er wüßte, daß er Vater eines Sohnes geworden ist.« Sie hielt kurz inne, als sich ein Hauch von Traurigkeit in ihre Stimme schlich. »Ein Leben hat Gott genommen, ein anderes gegeben. Ist das nicht seltsam?«

»Hast du schon entschieden, wie du ihn nennen willst?«

»Ich hatte gedacht, ich nenne ihn Murdo wie seinen Vater«, antwortete Ragna. »Aber nun, da ich ihn so sehe, glaube ich, es ist besser, wenn er einen eigenen Namen bekommt. Glaubst du, Murdo hat etwas dagegen, wenn ich ihm einen anderen Namen gebe als den seinen?«

»Ich glaube, Männer interessieren sich in Wirklichkeit weit weniger für solche Dinge, als sie bisweilen vorgeben.« Niamh drehte den kleinen Kopf mit den wenigen blonden Locken in ihre Richtung. »Eine Mutter weiß ohnehin viel besser, was gut für ihr Kind ist.«

»Dann werde ich ihn Eirik nennen«, erklärte Ragna.

»Ein guter Name«, sinnierte Niamh. »Ein Name von Kraft und Ansehen. Er gefällt mir!«

»Es ist der Name meines Urgroßvaters, des ersten Mannes unseres Volkes, der sich hat taufen lassen.« Ragna schaukelte das Kind in ihren Armen und flüsterte ihm zum erstenmal seinen Namen zu. »Eirik«, sagte sie. »Gefällt dir das, mein Liebling?«

Eine Weile redeten die beiden Frauen noch über dies und das, bis Ragna schließlich erschöpft von den Anstrengungen der Geburt einschlief. Niamh breitete eine Decke über die junge Mutter und ihren neugeborenen Sohn, dann legte sie sich neben sie. Sie schliefen gut und fest; nur wenn das Kind sich rührte, wachten sie auf.

Es war Ragna, die den Tumult auf dem Hof als erste hörte: laute Stimmen, Rufe sogar, bellende Hunde und Pferde, die durch die Mittwinterkälte trabten. Augenblicklich wachte sie auf. Niamh schlief weiter.

»Wach auf, Nia.« Sanft schüttelte sie die ältere Frau an der Schulter. »Dort draußen ist irgend jemand.« Noch während sie die Worte sprach, machte ihr Herz einen Sprung. »Wach auf! Die Männer! Ich glaube, die Männer sind wieder da!«

Niamh war sofort hellwach. »Was? Die Männer, sagst du?« Sie eilte zu dem einzelnen kleinen Fenster, rieb mit der Hand über die beschlagene Glasscheibe und spähte hinaus.

»Kannst du irgend etwas erkennen?« Ragna setzte sich aufgeregt auf und weckte das Baby, das sofort mit einer Stimme zu schreien begann, die nicht kräftiger war als das Zwitschern eines

Vogels. »Schschsch, mein Liebling«, beruhigte es die Mutter. »Alles ist gut.«

»Es ist noch dunkel«, berichtete Niamh. »Ich kann nicht sehen, wer dort ist. Sie haben Pferde. Es sind drei oder vier... glaube ich.«

»Sind sie es? Ist Murdo bei ihnen?«

»Ich weiß es nicht.«

Mit lautem Krachen wurde die Haustür aufgestoßen, und die Stimmen von draußen strömten ins Haus. Dann eilten schwere Schritte die Treppe hinauf. »Sie kommen hier herauf!«

Niamh bückte sich, nahm ein Schüreisen aus dem Ständer neben dem Kamin und stellte sich neben das Bett. Weitere Türen wurden aufgestoßen, und einen Herzschlag später öffnete sich auch die Tür zum Gemach der beiden Frauen, und der Kopf und die Schultern eines Mannes erschienen in der Öffnung. Niamh hob das Schüreisen.

Der Eindringling sah die Frauen und rief zu jemandem hinter ihm: »Hier sind sie! Ich habe sie gefunden!« Die Tür stand nun sperrangelweit offen, doch der Mann kam nicht herein.

Statt dessen trat er beiseite, und zwei andere gesellten sich zu ihm, von denen einer ein Priester in langem braunen Gewand und mit Kapuze war. Der erste Eindringling war ein großer blonder Ritter von edler Haltung. Gelassen betrachtete er die beiden Frauen. Sein Blick war fest, doch keineswegs bedrohlich. »Edle Frau«, sagte er und neigte den Kopf. Er blickte von Ragna zu Niamh, als sei er nicht sicher, wen von beiden er so ansprechen solle.

»Wer seid Ihr?« verlangte Niamh zu wissen, senkte das Schüreisen, legte es sich aber zur Warnung über die Brust.

»Ich bin Hakon Kol, Gefolgsmann Prinz Sigurds.«

»Was fällt Euch ein, den Frieden dieses Hauses zu stören?«

»Es tut mir leid, edle Frau«, antwortete der Krieger. »Wir kommen von Bischof Adalbert, welcher...« Nervös blickte er zu der jungen Frau im Bett, die ihr Kind an die Brust drückte, und ihn verließ der Mut. »Der ... Der Bischof hat ...«

Als der Priester sah, wie sein Abgesandter ins Wanken geriet, schob er den Ritter ungeduldig beiseite. »Der Bischof hat dieses Haus und alle seine Ländereien dem Schutz der Kirche unterstellt.« Von Niamh zu Ragna blickend fragte er: »Seid Ihr Herrn Brusis Tochter?«

»Ja, aber ...«

»Leugnet Ihr, daß Frau Ragnhild vor vier Tagen gestorben ist?«

»Ich leugne gar nichts«, erwiderte Ragna, und ihre Furcht wich Unglauben und Verwirrung. »Aber der Bischof weiß ganz genau, daß ...«

Der Priester zog ein zusammengerolltes Pergament aus dem Beutel an seinem Handgelenk. Er entrollte es und begann zu lesen: »Hiermit sei kund und zu wissen getan, daß zum Wohle der Bewirtschaftung dieser Ländereien Bischof Adalbert von Orkneyjar hiermit seinen Besitzanspruch geltend macht, den ihm Herr Brusi von Hrolfsey durch Unterzeichnung des päpstlichen Ablaßdekrets verliehen hat.«

»Wir sind uns dieses Dekrets durchaus bewußt«, erklärte Niamh wütend, »doch scheint uns der Zeitpunkt recht merkwürdig, den ihr gewählt habt, um uns daran zu erinnern.«

Der Kirchenmann ignorierte die Bemerkung und fuhr fort zu lesen: »Zum Schutze aller überlebenden Verwandten, Mündel, Abhängigen und Vasallen von Herrn Brusi hat der Bischof unter Wahrung seiner Rechte angeordnet, daß alle Bewohner dieser Insel unverzüglich von hier fortzuschaffen sind.«

»Zu unserem Schutz?« Niamh trat einen Schritt vor. »Sprich offen, Priester! Du willst uns unsere Heimat wegnehmen und uns in die Kälte hinauswerfen.«

Sorgfältig rollte der Priester das Pergament wieder zusammen und verstaute es in seinem Beutel. »Andernorts sind angemessene Vorkehrungen für Euch getroffen worden.«

»Mein Vater befindet sich auf Pilgerfahrt«, sagte Ragna, der es schwer fiel, die Ruhe zu bewahren. »Wenn er zurückkehrt, wird er wieder die Herrschaft über dieses Land übernehmen.«

Der Priester blickte ihr kalt in die Augen. »*Wenn* er zurückkehrt...«

»Das hier ist unsere Heimat«, flehte Ragna. »Wir haben jedes Recht hierzubleiben.«

»Der Bischof ist für Euer Wohl verantwortlich, und er ist bemüht, Euch zu beschützen.«

»Der Bischof ist nur bemüht, seinen eigenen Reichtum zu mehren.« Niamh trat einen weiteren Schritt vor. »Zu glauben, ihr könntet den unglücklichen Tod von Frau Ragnhild nutzen, um euren Diebstahl zu verschleiern. Schande! Schande über euch und all das andere Viperngezücht.«

Der Ritter trat nervös von einem Fuß auf den anderen, als wolle er damit zeigen, daß er nicht zu der besagten Gruppe gehöre.

»Ihr werdet von hier an einen Ort gebracht werden, wo man sich um Euch kümmern wird, bis die Veranlagung dieser Güter beendet ist.« Mit einer beiläufigen Geste forderte der Priester seinen inzwischen widerwilligen Henkersknecht dazu auf, seine Pflicht zu tun. »Schaff sie raus.«

Mit den Augen rollend und mehrfach für das Schreckliche um Verzeihung bittend, das er nun tun müsse, trat der Krieger einen Schritt vor. »Edle Frau«, murmelte er mit sanfter Stimme. »Bitte.« Flehend hob er die Hände.

Niamh rührte sich nicht; trotzig funkelte sie noch immer den Priester an.

»Schaff sie raus!« knurrte der Priester.

Der Krieger zögerte; sein Blick wurde immer düsterer. Der Priester bellte den Befehl erneut, doch wieder sträubte sich der Krieger.

Als er sah, wie man seine Befehle mißachtete, sprang der Priester vor. Grob packte er Niamh am Arm und versuchte, ihr das Schüreisen aus den Händen zu reißen. Als ihm dies trotz seiner größeren Kraft nicht gelingen wollte, hob er die Hand zum Schlag.

Als die Hand jedoch hinabflog, packte der Krieger das Handgelenk des Priesters und riß dessen Arm mit hartem Ruck zurück. Der Priester stieß einen leisen Schmerzensschrei aus und ließ Niamh augenblicklich los; nun war er es, der vergeblich versuchte, sich aus dem eisernen Griff eines Stärkeren zu befreien.

Der Krieger drehte dem Kirchenmann den Arm auf den Rücken. »Sie ist eine edle Frau!« sagte Hakon. Er sprach leise, doch die Drohung in seiner Stimme war unüberhörbar. »Vergiß das nicht.« Er schob den Priester beiseite.

Der Priester taumelte zurück. Er zitterte vor machtlosem Zorn. »Du wirst tun, was man dir sagt«, keuchte er und rieb sich das Handgelenk. »Du wirst deine Pflicht tun, oder der Bischof wird davon hören.«

»Ich bin Prinz Sigurds Mann, nicht der des Bischofs!« konterte der Ritter.

Der Priester drehte sich um und verließ fluchtartig den Raum. Einen Augenblick später konnte man ihn nach anderen rufen hören, die ihm helfen sollten, die Frauen zu entfernen.

Der Ritter drehte sich wieder zu Niamh um und streckte die Hand aus. »Bitte, edle Frau. Macht uns keinen Ärger, und ich werde dafür Sorge tragen, daß Euch kein Leid geschieht – weder Euch noch der jungen Frau und ihrem Kind.«

Niamh blickte zu Ragna, die noch immer das Kind an ihre Brust drückte. Schritte hallten durch die unteren Räume, als weitere Männer zur Treppe eilten. »Edle Frau?«

»Also gut«, gab Niamh nach und reichte das Schüreisen ihrem Eroberer. Dann trat sie ans Bett und legte die Arme um Ragna, die leise vor sich hin weinte. »Sei tapfer«, ermahnte sie sie sanft. »Wir können das nicht verhindern, aber wir müssen tun, was für das Kind das Beste ist.«

Drei weitere Männer stürmten mit gezogenen Schwertern in den Raum. Sie wollten sich sofort auf die Frauen stürzen, doch der Ritter streckte den Arm aus, als sie an ihm vorüber wollten. »Bleibt zurück!« warnte er. »Ich habe ihnen sicheres Geleit versprochen. Krümmt ihnen auch nur ein Haar, und ihr werdet euch mir gegenüber verantworten müssen. Habt ihr das verstanden?«

Verwirrt blickten die Männer von Hakon zu dem Priester.

»Habt ihr das verstanden?« verlangte der Ritter mit plötzlich lauter Stimme zu wissen.

Die Soldaten nickten, steckten die Schwerter weg und traten beiseite. Hakon drehte sich zu dem Priester um. »Geh, und bereite den Wagen vor. Ich werde die Frauen hinunterbringen, wenn sie fertig sind.«

»Du hast mir gar nichts zu befehlen!« protestierte der Priester.

Der Ritter ignorierte den Protest und bedeutete den anderen Bewaffneten, sie sollten den Raum verlassen – was sie auch eilig taten, denn sie waren froh, daß sie nicht das Schwert gegen ihren eigenen Anführer hatten erheben müssen. Der Priester folgte ihnen und rief ihnen hinterher, sie sollten gefälligst ihren Mut zusammennehmen und ihre Pflicht tun.

Nachdem die anderen gegangen waren, drehte sich auch der Ritter um. »Ich lasse Euch jetzt allein, damit Ihr Eure Sachen für die Reise zusammensuchen könnt«, sagte er und ging zur Tür.

»Wohin werden wir gebracht?« fragte Niamh.

»Ich weiß es nicht, edle Frau. Man hat mir sehr wenig gesagt, was diese Angelegenheit betrifft.«

»Ich verstehe.«

»Ich werde Eure Tür bewachen, damit niemand Euch stört«,

sagte er. »Packt Eure Sachen, und kommt raus, wenn Ihr fertig seid. Ich werde Euch zum Schiff bringen.«

»Danke, Hakon«, sagte Niamh. »Danke, daß Ihr uns geholfen habt.«

Der Ritter antwortete nicht darauf, sondern nickte nur knapp, als er die Tür hinter sich schloß und die beiden Frauen sich selbst überließ.

Ragna ließ den Kopf hängen und begann erneut zu weinen. »Komm, Tochter, spar dir die Tränen«, sagte Niamh mit fester Stimme. »Die Zeit des Weinens ist noch nicht gekommen. Ich brauche jetzt deine Hilfe.« Sie öffnete die schwere Holztruhe am Fuß des Bettes und machte sich daran, die Kleider herauszuholen. »Der Winterwind ist kalt, und vielleicht werden wir weit reisen müssen. Wir müssen sorgfältig überlegen, was wir für die kommenden Tage einpacken.«

Nachdem Niamh die Truhe geleert und Ragna überredet hatte, ihr zu helfen, begann sie, sie wieder mit all jenen Dingen zu füllen, die sie für die Reise brauchen würden. Als schließlich auch das erledigt war, half Niamh Ragna in ihre wärmsten Kleider und wickelte das Kind in Wintertücher. Schließlich zog sie sich selbst an, half Ragna auf die Beine und rief nach Hakon.

»Wir sind bereit«, meldete sie ihm, als er die Tür öffnete. Dann deutete sie auf die Truhe und sagte: »Ich wäre Euch dankbar, wenn Eure Männer uns die Truhe abnehmen könnten.«

»Selbstverständlich, edle Frau.«

Die beiden setzten sich Richtung Tür in Bewegung. Ragna, nach den Strapazen der Geburt noch unsicher auf den Beinen, geriet ins Wanken und taumelte zurück. Der Ritter war augenblicklich an ihrer Seite. »Wenn Ihr gestattet?« sagte er und streckte die Hand nach dem Kind aus.

Niamh nahm Ragna das Baby ab und reichte es dem Krieger, der sich daraufhin umdrehte und den Raum verließ. »Wartet«, sagte

Niamh. Sie holte das Schafsvlies vom Kaminsims, ging zu dem Ritter und wickelte die warme Wolle um das Kind. »Geht jetzt«, sagte sie. »Wir folgen Euch.«

Gemeinsam stiegen die beiden Frauen langsam die Treppe hinunter und nach draußen, wo ein Pferdewagen auf sie wartete. Ein wässeriges graues Licht am Horizont kündigte den nahen Morgen an, und ein paar Schneeflocken trieben mit dem Wind durch die Luft. Eine Gruppe von Pächtern stand im Hof; einer von ihnen blutete an Nase und Stirn. Manche der Frauen weinten. Einige wenige von ihnen riefen Ragna etwas zu, als sie in den Wagen stieg, doch da diese sich nicht in der Lage fühlte zu antworten, hob sie nur kurz die Hand für einen letzten Gruß.

Dann traten die beiden Männer mit der Truhe auf den Hof hinaus. Als sie das schwere Möbel auf den Wagen hievten, erschien der Priester an der Tür und befahl ihnen, damit aufzuhören. Er verlangte zu wissen, was sich in der Truhe befinde. »Öffnen!« ordnete er an. »Der Bischof hat angeordnet, daß nichts von diesem Ort entfernt werden darf.«

Hakon reichte Ragna das Kind und drehte sich zu dem Priester um. »Laß sie in Ruhe.«

»Sie könnten Wertgegenstände da drin haben.«

Der Ritter packte den Mönch am Kragen und zog ihn zu sich heran. »Du nimmst ihnen mitten im Winter das Dach über dem Kopf, Priester. Mißgönnst du ihnen jetzt auch noch die Kleider, die sie am Leib tragen?«

Der Priester wollte etwas darauf erwidern, besann sich dann jedoch eines Besseren und hielt den Mund. Hakon ließ den Mönch wieder los und rief den Männern mit der Truhe zu: »Auf den Wagen damit!« Dann nahm er das Pferd am Halfter und führte den Wagen vom Hof hinunter zu dem wartenden Schiff.

Murdo streunte ziellos um die Mauern von Jerusalem herum, ohne seine Umgebung auch nur zu bemerken. Die glühende Sonne verbrannte sein Fleisch, und die Dornen der Wüstensträucher schlugen blutende Wunden in seine nackten Beine. Nachdem er die Heilige Stadt verlassen hatte, hatte er sich auch der restlichen seiner blutverschmierten Kleider entledigt. Nur Messer und Gürtel hatte er behalten; beides trug er nun über der Schulter. Weder aß noch trank er irgend etwas, und er hielt auch nicht an, um sich auszuruhen, sondern er marschierte Tag und Nacht, während vor seinem geistigen Auge immer wieder die Bilder des schrecklichen Gemetzels vorüberzogen.

So fand ihn Bruder Emlyn dann zwei Tage später: nackt und verloren, an Beinen und Füßen blutend und die verbrannte Haut von Blasen übersät, wenn sie sich nicht schon wie an Schultern, Stirn und Lippen abgelöst hatte. Er war so benommen, daß er nicht mehr sprechen konnte.

»Murdo!« schrie der Priester und rannte auf ihn zu. »Oh, *fy enaid*, was haben sie dir angetan?«

Erleichtert und besorgt zugleich zog der fette Mönch seinen Umhang aus und legte ihn vorsichtig über Murdos sonnenverbrannte Schultern. »Komm, laß uns aus der Sonne gehen. Das Hospital liegt direkt hinter diesem Hügel. Es ist nicht weit. Kannst du gehen, oder soll ich dich tragen? O Murdo, was ist geschehen?

Nein, sag kein Wort. Wir können später immer noch reden. Spare deine Kräfte. Komm mit mir, mein Sohn. Du bist jetzt in Sicherheit. Ich werde mich um dich kümmern.«

Sanft, ganz sanft und vorsichtig drehte der gute Bruder Murdo herum und führte ihn an der Hand über den Hügel zu einem kleinen Olivenwäldchen, wo die Kreuzfahrerfürsten ein Lager für die Kranken und Verwundeten errichtet hatten. Dort, im Schatten der Olivenbäume, kümmerten sich Priester und Frauen – die Witwen und Ehefrauen der Pilger – um die Bedürftigen. Trotz der beruhigenden Gegenwart der Mönche vermittelten einem die Geräusche das Gefühl, als befinde man sich auf unruhiger See: das unablässige Stöhnen der Verwundeten, das Schreien und Wimmern der Sterbenden und das Kreischen der Wahnsinnigen, die von ihren Träumen immer wieder aus dem Schlaf gerissen wurden.

Emlyn führte den teilnahmslosen Murdo zu einem Platz am Rande des Lagers und setzte ihn unter die dichten Zweige eines kleinen Baumes. »Bleib hier, und beweg dich nicht«, wies er ihn an. »Ich werde dir etwas Wasser holen.«

Der Kirchenmann eilte davon und kehrte nur wenige Augenblicke später keuchend und prustend mit einer Kalebasse Wasser wieder zurück, die er Murdo an die Lippen hob. »Trink das. Öffne den Mund, und befeuchte deine Zunge.« Murdo tat, wie ihm geheißen. »Ja, so ist gut. Trink ein wenig.«

Das Wasser füllte seinen Mund, und er schluckte es hinunter; dann trank er in langen, gierigen Zügen. »Langsam, langsam«, warnte Emlyn und nahm ihm die Kalebasse wieder weg. »Laß dir Zeit, Junge. Es gibt hier genug davon.«

Murdo griff nach der Kalebasse und zog sie wieder an seinen Mund. »Die Sarazenen haben jeden Brunnen in mehreren Meilen Umkreis der Stadt vergiftet«, berichtete ihm Emlyn. »Bis gestern mußten wir das Wasser aus den judäischen Bergen und von noch weiter her holen. Jetzt bekommen wir es aus der Stadt; also trink, soviel du willst.«

Als Murdo die Kalebasse schließlich wieder von sich schob, hockte sich der Mönch auf die Fersen. »Du müßtest dich nur einmal ansehen, mein Freund. Was ist nur mit dir geschehen? Ronan und Fionn werden sich freuen zu hören, daß du wieder in Sicherheit bist. Wir haben uns schon Sorgen gemacht, als du nicht zurückgekehrt bist, nachdem die Stadt erobert war. Ich werde ihnen die freudige Nachricht überbringen, sobald sie wieder zurückkehren – sie beratschlagen sich nämlich gerade mit König Magnus. Mir hat man gestattet, auf die Suche nach dir zu gehen. Bist du verletzt?« Ohne auf eine Antwort zu warten, begann er Murdos Leib und Glieder zu untersuchen. »Ich sehe keine ernsthaften Verletzungen«, verkündete er schließlich, »außer daß du zu lange in der Sonne gewesen bist. Dagegen kann ich allerdings etwas tun, glaube ich.«

Emlyn legte die Kalebasse beiseite und eilte erneut davon. Murdo lehnte sich zurück und genoß den Schatten auf seinem sonnengeplagten Kopf. Plötzlich kam das Wasser, das er getrunken hatte, wieder hoch. Er spürte, wie es in seinem Magen zu brodeln begann und dann seinen Mund füllte. Er beugte sich vor, stützte sich auf die Hände und übergab sich. Sofort fühlte er sich besser. Er lehnte sich wieder zurück und schlief ein.

Obwohl er nur einen Augenblick lang eingenickt zu sein glaubte, lag der Olivenhain bereits in Schatten, als er wieder erwachte. Jenseits des Tales leuchteten die Mauern der Heiligen Stadt golden im Licht der untergehenden Sonne. Murdo lag eine Zeitlang einfach nur da. Er war unfähig, darüber nachzudenken, wo er sich befand oder was mit ihm geschehen war. Doch während er die schimmernden Wälle und die hohen dunklen Rauchsäulen dahinter betrachtete, kehrte der Schrecken wieder zu ihm zurück.

Sofort traten ihm die Tränen in die Augen, und Murdo weinte.

Erneut sah er das arme, ertränkte Kind, die hilflosen, ermordeten Babys, die verbrannten Juden in ihrem Tempel, und Tränen flossen seine Wangen hinab. Er schnappte nach Luft und versuchte, sich der Flut des Leids entgegenzustemmen, aber sie riß ihn mit sich fort, und er war machtlos dagegen. Sein Körper begann zu zittern, und er wurde von lautem Schluchzen geschüttelt, das tief aus seiner Kehle kam, als stamme es aus der schwarzen Grube seiner Seele selbst. Wellen von Trauer und Scham brachen über ihn herein, und er war nicht mehr als ein Stück Holz, das von jeder einzelnen dieser Wellen immer wieder unter Wasser gedrückt wurde. Er weinte und weinte und weinte, bis der Schlaf ihm wieder die Gnade des Vergessens gewährte.

Es war spät am nächsten Tag, als Murdo wieder erwachte und durch die Blätter des Olivenbaums in einen flachsfarbenen Himmel blickte. Er gähnte und fragte sich, wie lange er wohl geschlafen hatte. Einen Tag? Zwei? Er besaß eine vage Erinnerung daran, von Zeit zu Zeit geweckt worden zu sein, wenn ihm jemand gesüßtes Wasser eingeflößt hatte, doch er hatte kein Gefühl mehr, wieviel Zeit seit seiner Ankunft hier vergangen war. Während er darüber nachdachte, wurde er sich eines seltsamen Geräuschs bewußt, und er erkannte, daß es das gewesen war, was ihn geweckt hatte: ein dröhnendes, unablässiges Krächzen über seinem Kopf.

Als er den Blick gen Himmel richtete, erkannte er, daß das Krächzen von einer riesigen wirbelnden schwarzen Wolke über dem Tal stammte: Tausende und Abertausende von Krähen und Raben, und über ihnen kreisten Geier und Adler.

Voller Staunen betrachtete Murdo die sich endlos windende, kreischende Masse. Er folgte ihrem Flug hinab zu einem großen Hügel neben der Straße: Man hatte die Leichen der Opfer der Pilger vor der Nordmauer zu einem riesigen Berg aufgeschichtet. Vor lauter Aasfressern schien der Berg förmlich zu leben.

Murdo wandte sich von dem Anblick ab und setzte sich auf –

und zuckte unwillkürlich zusammen ob des stechenden Schmerzes in seiner verbrannten Haut. Er berührte seine Brust, und seine Finger waren sofort verklebt. Als er sich umschaute, bemerkte er, daß er auf einer Grasmatte lag – nackt mit Ausnahme einer dünnen Leinendecke. Sein Gürtel und sein Messer lagen neben ihm, zusammen mit Emlyns Umhang, den man sorgfältig gefaltet hatte, und einer Kalebasse mit Wasser, die er sofort ergriff und leerte.

Sein Rücken und seine Schultern fühlten sich an, als wäre er von wilden Pferden durch glühende Kohlen geschleppt worden. Ein nagender Schmerz plagte ihn im Bauch, und seine Augen und Lippen pochten. Aber erst als er versuchte aufzustehen, wurde er sich des höllischen Schmerzes in seinen Füßen bewußt. Wimmernd ließ er sich wieder zurückfallen. Seine Fußsohlen waren förmlich zerfetzt.

Er stöhnte, kniff ob des Schmerzes die Augen zusammen und atmete schnell und flach. Das weckte Emlyn, der hinter ihm auf der anderen Seite des Olivenbaums geschlafen hatte. »Murdo!« rief er und rollte sich auf die Knie. »Du bist wieder zu uns zurückgekehrt! Wie fühlst du dich?«

Bevor Murdo antworten konnte, fragte der Priester: »Hast du Hunger? Es gibt Brot und Suppe. Ich werde dir etwas holen.« Er rannte davon, bevor Murdo auch nur daran denken konnte, ihn davon abzuhalten.

Da er sich wegen der Schmerzen nicht wieder hinlegen konnte, stützte sich Murdo auf die Ellbogen und schaute zur Stadt hinüber. Die Schatten der Hügel erstreckten sich bereits über das ganze Tal, und die Hitze des Tages ließ allmählich nach. Murdo sah Männer und Karren auf den Straßen außerhalb der Mauer. Obwohl ihm nur allzu gut im Gedächtnis geblieben war, was er in Jerusalem gesehen hatte, so konnte er sich doch nicht daran erinnern, was geschehen war, nachdem er die Stadt verlassen hatte oder wie er in diesen Olivenhain gekommen war.

Darüber dachte er nach, bis Emlyn eine Weile später mit zwei Fladenbroten unter dem Arm und einer großen Holzschüssel in der Hand wieder zurückkehrte. »Die Pilger hier haben monatelang gehungert«, sagte er, »aber nun, da die Stadt befreit ist, gibt es jede Menge Nahrung.«

Ja, dachte Murdo. Und ich weiß auch warum: Die Toten essen wenig.

Der Mönch half Murdo, sich aufzusetzen und stellte ihm die Schüssel in den Schoß. Dann riß er ein Stück Brot ab und tunkte es in die Brühe. »Ronan und Fionn waren heute eine Weile hier. Sie haben mir geholfen, eine Salbe für deine Verbrennungen und Schnittwunden zuzubereiten.«

»Wo sind meine Kleider?« fragte Murdo mit einer Stimme, die so trocken und rauh klang wie der Sand der Wüste. Er griff nach dem Löffel und machte sich über das Essen her.

Emlyn schüttelte den Kopf. »Das weiß nur Gott allein«, antwortete er. »Ich habe dich so gefunden. Ich fürchtete, die Sarazenen hätten dir aufgelauert. Du warst von der Sonne benebelt, glaube ich, und konntest nicht sprechen.« Der Priester blickte ihn mit seinen großen, freundlichen Augen an. »Hat man dich angegriffen?«

Den Mund voll mit eingeweichtem Brot, schüttelte Murdo den Kopf.

»Einige von diesen Dingen, die sie sagen ... schreckliche Dinge ... Ich kann nicht ...« Der Mönch sprach nicht weiter und wandte sich ab.

Murdo blickte auf und sah, daß Emlyn die Tränen in den Augen standen.

Murdo schnürte es die Kehle zu, und auch ihm stiegen die Tränen wieder in die Augen. Er senkte den Kopf, und erneut begann er zu weinen. Große salzige Tränen fielen aus seinen Augen und in die Schüssel auf seinem Schoß; wieder schüttelte Schluchzen seinen

Körper, und er zitterte am ganzen Leib, als Kummer und Scham ihn von neuem übermannten.

Emlyn kniete sich neben ihn und nahm ihm die Schüssel ab; dann spürte Murdo, wie die Arme des Mönches ihn umschlangen. Emlyn drückte Murdo an seine Brust und flüsterte: »Laß es raus, Murdo. Laß alles raus. Gib es Gott, mein Sohn. Laß unseren guten Hirten dir deine Last abnehmen.«

Murdo gab sich dem Kummer hin. Wie zuvor war er machtlos gegen die Flut der Gefühle. Die Wellen der Reue trugen ihn hierhin und dorthin und schlugen ohne Erbarmen auf ihn ein.

Emlyn hielt ihn fest, streichelte ihm über den Kopf, und nach einer Weile begann er mit seiner sanften, murmelnden Stimme zu singen: »Der Herr ist mein Hirte, mir wird nichts mangeln. Er weidet mich auf einer grünen Aue und führt mich zum frischen Wasser. Er erquicket meine Seele. Er führt mich auf rechter Straße um seines Namens willen. Und ob ich schon wanderte im finstern Tal, fürchte ich kein Unglück; denn du bist bei mir, dein Stecken und Stab trösten mich ...«

Nachdem er den Psalm beendet hatte, begann der Mönch einen weiteren und noch einen – bis der Kummer schließlich weniger wurde.

Murdo wischte sich die letzten Tränen aus den Augen und über die verbrannten Wangen. Emlyn ließ ihn wieder los und griff nach der Kalebasse. Als er sah, daß sie leer war, ging er davon, um frisches Wasser zu holen, und als er zurückkehrte, saß Murdo mit der Schüssel auf dem Schoß am Baum und löffelte eifrig Brühe in sich hinein. Dankbar nahm er auch die Kalebasse entgegen und trank einen kräftigen Schluck.

Schweigend saßen Emlyn und Murdo bis zur Dämmerung beieinander und beobachteten, wie überall in den Lagern die Feuer entzündet wurden. Dann rollte sich Murdo mit Hilfe des Mönches auf die Seite, legte den Kopf auf die Hände und schloß die Augen.

Das letzte, was er hörte, war Emlyns Versprechen, bei ihm zu bleiben und über ihn zu wachen.

Zweimal erwachte Murdo während der Nacht vom Lärm seiner eigenen Schreie. Die Grausamkeiten, deren Zeuge er geworden war, verfolgten ihn bis in den Traum hinein, und er stellte sich vor, wie er selbst in der brennenden Moschee gefangen war oder mit einem Speer im Bauch um jeden Atemzug kämpfte. Jedesmal war Emlyn sofort an seiner Seite, um ihn zu trösten und ihn mit einem Psalm wieder in den Schlaf zu singen.

Am nächsten Morgen war Emlyn nirgends zu sehen, also schloß Murdo wieder die Augen und döste vor sich hin. Kurze Zeit später hörte er, wie jemand sich raschen Schrittes dem Baum näherte. Er hob den Kopf. »Emlyn?«

»Murdo, ich wollte dich eigentlich wecken.« Emlyns Stimme zitterte ein wenig. »Du mußt sofort mit mir kommen.«

»Warum? Was ist geschehen?«

»Fionn ist gerade gekommen. Es könnte sein, daß er deinen Vater gefunden hat.« Emlyn nahm seinen Umhang, schüttelte ihn aus und richtete Murdo daraus ein provisorisches Gewand. »Wir müssen uns beeilen.«

»Wo ist er?« fragte Murdo. Der rauhe Stoff scheuerte auf seiner Haut. »Ist es weit von hier?«

»Nicht weit. Fionn sucht gerade einen Esel für dich.«

»Ich kann gehen.« Murdo versuchte, sofort aufzustehen. Seine Haut war zwar verbrannt, doch es waren seine Füße, die ihm mehr als alles andere schmerzten: Zerschnitten und zerschunden, waren sie inzwischen geschwollen und konnten sein Gewicht nicht mehr tragen. »Au!« schrie er und setzte sich rasch wieder hin. »Nein, das tut zu weh.«

»Laß mich dir helfen.« Emlyn riß einige Streifen Stoff vom Saum des Umhangs und fertigte daraus Fußlappen.

»Kann mein Vater nicht hierherkommen?« fragte Murdo. Der

Gesichtsausdruck des Priesters verriet ihm, daß er das nicht konnte.
»Ist er verwundet?«

»Ich fürchte, das ist er«, bestätigte Emlyn.

»Wie schlimm?«

»Das weiß ich nicht.«

»Wie schlimm, Emlyn?«

»Ich weiß es wirklich nicht. Fionn hat es mir nicht gesagt. Er hat nur gesagt, wir sollten uns beeilen. Ronan ist bei ihm.«

Während Emlyn Murdos Füße umwickelte, erschien Fionn mit einem Esel. »Wir müssen uns beeilen, Murdo«, sagte Fionn. »Dein Vater – wenn es denn dein Vater ist – ist sehr krank. Bist du bereit? Leg deinen Arm um meine Schulter.«

Gemeinsam hoben ihn die beiden Priester sanft in die Höhe. Doch obwohl sein Gewicht auf den Schultern der Mönche ruhte, begleiteten schier unerträgliche Schmerzen die Bewegung. Murdo stöhnte und biß sich auf die Lippe, um nicht laut aufzuschreien. Schwarze Flecken tanzten vor seinen Augen, und der Schweiß brach ihm aus. Die Mönche trugen ihn die zwei Schritte zu dem Esel und hoben ihn auf dessen Rücken.

Fionn führte sie durch das Hospital den Hügel hinauf. Erneut war Murdo entsetzt von dem, was er sah: Überall lagen Männer auf dem Boden, und das Blut aus ihren Wunden färbte die Erde schwarz. Die Kämpfe waren nur kurz gewesen, doch heftig: Viele Soldaten hatten Hände und Arme verloren, und andere hatte tiefe Stich- und Schnittwunden davongetragen; die meisten jedoch waren von Pfeilen förmlich durchsiebt worden. Wie alle Araber, so tränkten auch die Ägypter ihre Pfeile mit Gift, so daß ihre Opfer unendliche Qualen erlitten, bevor sie starben.

Von all den Verwundeten, die Murdo sah, hatten nur einige wenige das Glück, auf einer Grasmatte oder Decke liegen zu können, und noch weit weniger lagen in Zelten. Als Folge davon versuchten viele, der Hitze zu entfliehen, indem sie sich aus ihren Schilden einen Sonnenschutz bauten oder ihre Umhänge über niedrig hängende Äste warfen, um sich so zumindest ein wenig Schatten zu verschaffen.

Einige der Verwundeten folgten Murdo mit schmerzerfüllten Augen, doch zumeist waren die Pilger viel zu sehr mit ihrem eigenen Todeskampf beschäftigt, als daß sie sich um irgend etwas anderes hätten kümmern können. Niemand sprach ein Wort, und abgesehen von dem ständigen Stöhnen und Keuchen war es im Krankenlager geradezu unnatürlich still.

Fionn führte sie zu einem kleinen Zelt nahe dem Gipfel des Hügels. Bei ihrer Ankunft trat Bruder Ronan aus dem Zelt. Sein Gesicht war ernst. »Gut«, sagte er. »Ich habe ihm gesagt, daß du kommst. Er will mit dir sprechen, Murdo. Bist du bereit?«

Murdo nickte, und die Mönche halfen ihm vom Esel herunter; dann humpelte er auf Emlyn gestützt ins Zelt. Der süßliche Geruch einer eiternden Wunde erfüllte die abgestandene Luft. Murdo würgte, während die guten Brüder ihn neben eine Pritsche setzten, die von einer groben Grasmatte bedeckt war. Auf diesem Bett lag ein Mann, den Murdo nicht kannte.

»Wir bleiben in der Nähe«, sagte Ronan, als die Mönche das Zelt verließen. »Du brauchst uns nur zu rufen, falls irgend etwas sein sollte.«

Murdo wollte ihnen erklären, sie hätten ihn zum falschen Mann gebracht, als der Körper neben ihm fragte: »Bist du das, Murdo?«

Murdo schaute sich den Mann noch einmal genauer an, und mit großem Entsetzen erkannte er in der ausgemergelten, elenden Gestalt auf der Pritsche seinen Vater. »Mein Herr?«

»Wie habe ich darum gebetet, daß einer meiner Söhne kommen möge«, sagte Ranulf. Seine Stimme klang rauh und gedämpft; tatsächlich war es wenig mehr als ein heiseres Krächzen. »Ich habe nicht gewußt, daß du es sein würdest, Murdo. Wie bist du hierhergekommen?«

»Ich habe nach dir gesucht«, antwortete Murdo. Sein Blick wanderte zu dem Stumpf an der rechten Seite seines Vaters. In blutige Lumpen gewickelt, reichte der Arm nur noch bis zum Ellbogen. Der Gestank der Wunde verriet Murdo, daß sie vereitert war. Verzweiflung übermannte ihn, und er hatte das Gefühl, als würde er in ein unendlich tiefes Loch fallen. »Ist es schlimm?«

»Schlimm genug...« Der Vater schloß die Augen und öffnete sie sofort wieder, plötzlich erregt. »Du mußt es hören!« sagte Ranulf und erhob sich von seiner Pritsche. Er packte seinen Sohn an der Schulter. Murdo zuckte ob des Schmerzes in seiner verbrannten Haut unwillkürlich zusammen. »Du mußt es hören und anderen erzählen, wie es wirklich war. Bring die Kunde zurück zu den Inseln! Sag ihnen, was geschehen ist!«

»Ich höre zu«, sagte Murdo und versuchte, seinen Vater wieder ein wenig zu beruhigen. »Sei ganz ruhig. Ich bin ja hier.«

Er versuchte, die Hand seines Vaters von der Schulter zu lösen, doch Ranulf ließ nicht locker, sondern drückte sogar noch fester zu. »Versprich es mir, Junge. Versprich mir, daß du es ihnen erzählen wirst.«

»Ich werde es ihnen erzählen«, erwiderte Murdo. Er drehte den Kopf, um nach den Priestern zu rufen, doch sein Vater ließ ihn bereits wieder los und fiel zurück auf die Pritsche. Sein Atem war flach und abgehackt. Er wirkte zu Tode erschöpft.

»Gut«, keuchte Ranulf. »Gut.« Mit dem Finger deutete er auf einen Wasserschlauch auf dem Boden neben der Pritsche.

Murdo griff danach, gab ihn seinem Vater und sah zu, wie dieser trank. Das Gesicht seines Vaters war von tiefen Furchen durchzogen, die Augen eingefallen und die Haut bleich und gelblich wie altes Leinen. Die hohe Stirn war wächsern und feucht; die Augen funkelten fiebrig. An dem einst so starken Kinn sprossen graue Haare, und die Lippen waren gesprungen und das Gesicht schmerzverzerrt.

Doch während Herr Ranulf trank, verschwanden viele der Falten; der Schmerz verlor seine Kraft und die fiebrigen Augen ihr Funkeln. Murdo vermutete, daß man irgendeine Art Droge unter das Wasser gemischt hatte. Nachdem er den Schlauch abgesetzt hatte, betrachtete Ranulf seinen Sohn eine Weile, und der Hauch eines Lächelns huschte über sein Gesicht. Er schien sich ein wenig besser zu fühlen. »Ich hätte niemals gedacht, dich wiederzusehen, Murdo; aber hier bist du nun.«

»Ja, mein Herr.«

»Ich freue mich darüber«, sagte Ranulf. Ein Krampf durchfuhr ihn, und er kämpfte dagegen an. Einen Augenblick später war der Schmerz verflogen, und Ranulf fuhr fort: »Hör mir jetzt gut zu. Du mußt ihnen... alles sagen.« Sein Tonfall wurde drängend. »Alles. Hörst du?«

»Ich höre«, antwortete Murdo und schluckte den Kloß in seinem Hals hinunter. »Und ich werde es ihnen sagen. Hab keine Angst.«

Sein Vater legte den Kopf zurück und schien seine Kräfte zu sammeln. Murdo wartete. Er beugte sich vor, um kein Wort zu versäumen, das über die Lippen seines Vaters kam, denn er fürchtete, es könnten seine letzten sein.

Einen Augenblick später begann Herr Ranulf zu sprechen.

»In Antiochia war es schlimm«, sagte Ranulf, »aber in Dorylaion war es schlimmer. Bei Gott, es war viel schlimmer.«

Murdo hatte noch nie von diesem Ort gehört, doch er versuchte, sich den Namen zu merken, indem er ihn mehrmals im Geiste wiederholte: *Dorylaion*.

»Herzog Roberts Armee war als letzte in Konstantinopel eingetroffen«, fuhr Ranulf fort, »und sie überquerte auch als letzte den Bosporus. Wir wurden so schnell auf die Schiffe verladen, daß wir kaum einen Blick auf die Goldene Stadt werfen konnten, und dann befanden wir uns auch schon wieder auf dem Marsch.

Nikaia lag bereits unter Belagerung, als wir dort ankamen, und einen Tag später fiel die Stadt, ohne daß wir etwas dazu beigetragen hätten. Nachdem er gesehen hatte, wie sein Herr, der Sultan Kilidsch Arslan, mit seinen Männern vor den Kreuzfahrern geflohen war, hatte der ungläubige Statthalter beschlossen aufzugeben. Wir sicherten die Stadt und gaben sie dem Kaiser zurück, wie wir geschworen hatten, denn alle wollten wir weiter nach Jerusalem.

Sie sagten uns, wir würden Jerusalem noch vor dem Sommer erreichen. Sechs Wochen, sagten sie. Heiliger Herr Jesus Christus, es hat ein Jahr gedauert!«

Der plötzliche Ausbruch hatte einen derart heftigen Hustenanfall zur Folge, daß Murdo seinen Vater bat, mit der Erzählung aufzuhören. »Hier, ruh dich ein wenig aus«, sagte er. »Du kannst mir später mehr erzählen.«

Ranulf weigerte sich. »Das geht vorbei«, erklärte er. »Das geht vorbei.« Er schluckte noch ein wenig von seinem Elixier und fuhr fort: »Das war also das. Wir verlassen also Nikaia und marschieren weiter. Was finden wir? Die Seldschuken haben alles zerstört: Dörfer, Städte, Bauernhöfe – alles verlassen. Ganze Wälder haben sie niedergebrannt und jede Wasserquelle vergiftet, egal ob Brunnen oder Oase. Wir haben keinen Fluß gesehen, der etwas anderes geführt hätte als Steine. Wahrlich, das ist ein gottverlassenes Land!

Es dauert nicht lange – nur ein paar Tage –, und unsere Wasservorräte sind dahin, denn wir können nirgends Frischwasser finden. Also wird beschlossen, das Heer in zwei Abteilungen aufzuteilen, die jede für sich allein verantwortlich ist. Wir ziehen Lose, und so wird eine Abteilung dem Befehl Raimunds unterstellt – dazugehören Gottfried, Balduin, Hugo und der Rest der Franken –, und diese Gruppe wird ihr Glück sieben Meilen nördlich der Straße versuchen.

Die andere Abteilung soll Fürst Bohemund führen – sie besteht aus dem Rest von uns –, und wir werden südlich der Straße marschieren. Wir kommen auch gut voran und treffen auf keinen Widerstand. Gott hilf uns, aber es ist so trocken! Wir haben Durst, und viele reden bereits davon, umzukehren. Die Fürsten treiben uns jedoch immer weiter, obwohl die Späher nach wie vor kein Wasser finden können, von Proviant ganz zu schweigen. Das Wenige, das sie dann und wann mitbringen, ist so rasch aufgebraucht, daß wir genauso gut hätten darauf verzichten können.

Wir kommen in die Berge – es sind nur kleine Berge, weder sonderlich steil noch hoch –, und dort ergeht es uns zumindest ein wenig besser. Die Luft ist hier nämlich nicht so heiß, und wir finden die ein oder andere Felsquelle, die nach der Regenzeit noch immer

Wasser führt. Es gibt auch Seldschuken in den Bergen, doch sie kommen mit ihren Pfeilen nicht an uns heran, also lassen sie uns in Ruhe.

Und dann weichen die Berge plötzlich einer Ebene, die so weit reicht, wie das Auge sehen kann. Diese Ebene ist voller Hügel und, Gott sei gepriesen, ein Fluß!

Nirgends sind Seldschuken zu sehen, also eilen wir so schnell wir können zum Fluß und erreichen schließlich die Ruinen von Dorylaion – ein riesiger Trümmerhaufen, also kein Grund, sich zu fürchten. Sobald Bohemund den Befehl gibt anzuhalten, strömen wir zum Fluß, um zu trinken und oh! das Wasser ist süß und gut. Wir wälzen uns wie Schweine darin und verbringen den Rest des Tages damit, unsere Schläuche und Fässer mit Frischwasser zu füllen. Dann treiben wir die Pferde zum Weiden auf die Uferwiesen und verbringen eine friedliche Nacht.«

Herr Ranulf hielt inne und schluckte. Schmerz zeigte sich in seinen Augen, als er fortfuhr: »Am nächsten Morgen brechen wir das Lager ab. Wir haben keine Spur von Raimunds Abteilung gesehen, aber er kann nicht sonderlich weit weg sein. Ohne Zweifel haben auch sie den Fluß entdeckt und sich erfrischt, wie wir es getan haben. Einer der Fürsten sagt: ›Wir sollten auf sie warten‹, woraufhin ein anderer vorschlägt: ›Wir sollten Kundschafter nach ihnen ausschicken.‹ Bohemund will nichts davon hören. Er will weiterziehen, bevor es zu heiß wird; also ziehen wir weiter.

Wir marschieren jetzt an den Ruinen der Stadt vorbei ... Die Sonne scheint uns genau in die Augen ... Sie ist gerade erst über die Hügel gekommen, und bei Gott, es ist bereits unglaublich heiß!

Herr Brusi reitet neben mir. Wir reden über dies und das. Torf und Skuli sind hinter uns, und Paul und Brusis Söhne sind nur einen Steinwurf von uns entfernt. Brusi hebt den Kopf und sagt: ›Was ist denn das da?‹

Wir blicken in die entsprechende Richtung und sehen vier

Kundschafter die Kolonne zurückgaloppieren. ›Der Feind kommt!‹ rufen sie. ›Er ist weniger als sechs Meilen entfernt!‹

Wir reiten dorthin, wo Bohemund und Tankred vom Pferd gestiegen sind. Die Herren von Flandern und der Normandie und all die anderen Edlen gesellen sich ebenfalls zu uns. Weniger als sechs Meilen! Uns wird noch nicht einmal genügend Zeit bleiben, uns richtig zu rüsten. Der tapfere Bohemund läßt sich nicht aus der Ruhe bringen. ›Wie viele?‹ fragt der Fürst von Tarent. Er ist stets bereit zum Kampf.

Die Kundschafter sind nervös. Sie wollen es nicht sagen. ›Es scheint der gesamte Heerbann des Sultans zu sein‹, sagt einer von ihnen schließlich, ohne dem Fürsten in die Augen zu blicken.

›Antworte mir!‹ verlangt Bohemund, und seine mächtige Stimme reißt sie aus ihrer Furcht. ›Wie viele?‹

›Sechzig- ... vielleicht siebzigtausend, Euer Gnaden‹, antwortet der Kundschafter. ›Vielleicht auch mehr.‹

Siebzigtausend! Wir trauen unseren Ohren kaum. Wir selbst besitzen vielleicht achtzehntausend Ritter und dreißigtausend Mann Fußvolk – der Rest sind Frauen, Kinder, Priester und Diener. Sultan Kilidsch Arslans Männer sind alle zu Pferd – die Sarazenen kennen kein Fußvolk, vergiß das nie.

Aber der Fürst ist nicht entsetzt. ›Reitet zu der anderen Kolonne‹, befiehlt er den Kundschaftern, ›und sagt Graf Raimund, daß wir uns hier den Seldschuken stellen werden. Er soll uns so schnell wie möglich zu Hilfe eilen. Macht, daß ihr wegkommt, bei Gott!‹

Die Kundschafter wenden die Pferde und galoppieren davon, während Bohemund seinem Standartenträger befiehlt, zu den Waffen zu rufen. Inzwischen beraten die Edlen die Schlachtaufstellung.

Das Feld ist nicht gut. Wir haben auf keiner Seite Schutz, doch nicht weit von uns beginnt ein Sumpfgebiet. ›Das Schilf wird uns die beste Deckung gewähren‹, sagt Bohemund. ›Dort werden wir unser Lager aufschlagen. Davor werden die Ritter ihre Linie bilden.‹

Der Fürst deutet auf eine kleine Erhebung ein Stück weiter vorne, wo das Lager sein wird. Die Erhebung befindet sich am Ausgang eines kleinen Tals, dessen Ränder aus einer kleinen Hügelkette bestehen, die das Marschland wie eine Schüssel umgibt. Der Himmel helfe uns, es ist ein armseliger Ort für eine Verteidigungsstellung, aber wir haben keine Zeit, nach einem besseren zu suchen.

›Die Seldschuken übertreffen uns an Zahl‹, erklärt uns der Fürst, ›aber nicht an Stärke. Ein Ritter in voller Rüstung ist soviel wert wie zehn von denen. Wir müssen nur warten, bis sie nahe genug herangekommen sind, dann werden wir sie vor den Spitzen unserer Lanzen in die Hügel zurücktreiben.‹

So ist es besprochen. Die Hörner geben Signal, und alle eilen davon, um die Schlachtreihe zu bilden. Überall beeilen sich Ritter, ihre Harnische und Kriegshauben anzulegen, streifen die Panzerhandschuhe über und gürten die Schwerter um. Dann werfen wir die Schilde über die Schulter, springen auf unsere Pferde und reiten auf unsere Positionen.

Die Schlachtreihe hat sich erst halb formiert, als die Armee des Sultans erscheint: hunderttausend Mann stark. Entweder haben die Kundschafter schlecht gezählt oder die Seldschuken haben Verstärkung aus nahe gelegenen Städten bekommen. Wir stellen uns auf, so gut wir können – Herr Brusi und seine Söhne, ich und meine und der Großteil der Skoten schließen sich Fürst Bohemund an –, aber die Schlachtreihe weist noch immer große Lücken auf. Wir packen unsere Lanzen und warten auf den Angriff. Aber er kommt nicht.

Wollte Gott, daß er doch gekommen wäre! Aber nein, Sultan Arslans Krieger greifen nicht an wie wahre Kämpfer. Statt dessen huschen sie in Schwärmen über das Feld und stechen uns wie Wespen. Sie stürmen vor, schießen ihre Pfeile ab und sind auch schon wieder verschwunden, nur um kurz darauf an anderer Stelle wieder aufzutauchen.

Doch wir bleiben standhaft. Wir schützen uns mit unseren Schilden. Die wenigen Pfeile, die ihren Weg daran vorbeifinden, prallen wirkungslos von unseren guten Kettenhemden ab. Wir halten unsere Stellung und lassen uns keine Angst einjagen. Sollen sie doch schwärmen, summen und stechen, wie sie wollen! Es schadet doch nichts!

Ah, aber es sind so viele, und dann und wann sackt einer von uns im Sattel zusammen und fällt. Häufiger noch wird ein Pferd unter dem Reiter getötet, und der unglückliche Ritter wird zu einem Teil des Fußvolks. Aber obwohl wir geduldig warten, greift der Feind nicht an.

Sicherlich können wir uns doch nicht ewig so malträtieren lassen. Es macht keinen Sinn, die Stellung zu halten, während sie uns Mann für Mann abschießen. So halten die Feldherrn nach einer gewissen Zeit erneut Rat. ›Sie wollen sich einfach nicht stellen!‹ brüllt Stephan in seinem Zorn. ›Wie, in Gottes heiligem Namen, soll man einen Feind bekämpfen, der sich nicht stellen will?‹

Nachdem er erst einmal einen Entschluß gefaßt hat, läßt sich Bohemund nicht mehr so leicht davon abbringen. ›Wir müssen nichts weiter tun, als zu warten, bis er dieser armseligen List überdrüssig wird und zum richtigen Angriff übergeht. Dann werden wir blutige Ernte unter ihnen halten.‹

›Und wie lange sollen wir noch warten?‹ kreischt Graf Robert. ›Wir halten unsere Stellung, und sie mähen uns mit ihren infernalischen Pfeilen nieder. Ich sage, wir greifen an!‹ Der Herzog von der Normandie stimmt ihm zu: ›Angreifen und die Hunde in alle Winde verstreuen, sage ich. Wir werden die Feiglinge auf der Flucht erschlagen!‹

›Bohemund hat den Befehl hier‹, ermahnt sie Tankred. Er sagt nur wenig, dieser Tankred, aber er ist genauso gerissen und zäh wie sein Vetter. ›Wenn der Fürst von Tarent sagt, wir warten, meine Herren, dann warten wir – und wenn es sein muß bis zum Tag des Jüngsten Gerichts.‹

Der wackere Fürst deutet auf die Schwärme der Ungläubigen. ›Seht dorthin! Seht, wie viele Männer der Sultan befehligt. Die würden uns bei lebendigem Leibe verschlingen. Wir müssen die Stellung halten, bis Raimunds Truppen zu uns stoßen. Dann werden wir angreifen, und keinen Augenblick früher.‹ Wütend läßt Bohemund seinen Blick über die versammelten Fürsten schweifen. Ihm gefällt die Lage ebenso wenig wie ihnen, aber was kann er tun?

Also kehren die Herren zu ihren Männern in die Schlachtreihe zurück. Brusi und ich teilen unseren Skoten und Orkneykingar mit, was der Fürst beschlossen hat, und wir alle richten uns auf ein längeres Warten ein, bis der Rest der Armee zu uns stößt und der eigentliche Kampf beginnen kann. Aber der Tag ist schon weit fortgeschritten: Es ist bereits nach Mittag, und noch immer keine Spur von Raimund. Wo sind sie? Nur wenige Meilen trennen uns voneinander. Was hat sie aufgehalten?

Inzwischen werden die seldschukischen Bogenschützen immer wagemutiger, und – obwohl das schwer zu sagen ist – mit jedem Angriff erscheinen mehr Ungläubige auf dem Schlachtfeld. Wir beginnen zu fürchten, daß der Feind Nachschub von einer noch weit größeren Armee erhält, von der wir bis jetzt noch nichts gesehen haben. Bohemund reitet ständig die Reihe auf und ab, mahnt uns durchzuhalten und spricht uns Mut zu.

Und die ganze Zeit über dringt der Feind auf uns ein: Er schwärmt und schwärmt und schwärmt wie Wespen oder Hornissen, die man aus ihrem Nest vertrieben hat und die immer und immer wieder zustechen. Wir halten stand. Der Tag vergeht, und noch immer ist nichts von Raimunds Armee zu sehen. Gnädiger Gott im Himmel! Wo sind sie? Warum lassen sie uns im Stich?«

Die Frage wurde zu einem qualvollen Schrei, als Ranulf, der die Schlacht in Gedanken noch einmal durchlebte, ein weiteres Mal von derselben Hoffnungslosigkeit erfüllt wurde, die an jenem schrecklichen Tag immer rascher um sich gegriffen hatte. Er versuchte, sich aufzurichten, doch die Bewegung hatte einen weiteren schmerzhaften Hustenanfall zur Folge. Murdo, der seinem Vater fasziniert zugehört hatte, griff nach dem Wasserschlauch und hielt ihn Herrn Ranulf an die Lippen. »Alles ist gut«, sagte er in dem Bemühen, seinen Vater wieder ein wenig zu beruhigen. »Es ist vorbei. Es gibt nichts mehr, wovor du dich fürchten müßtest.«

Ranulf trank einen kräftigen Schluck und stieß den Schlauch dann beiseite. »Ich blicke an der Schlachtreihe entlang«, sagte er und fiel wieder zurück auf die schweißdurchtränkte Pritsche. »Die Lücken in unseren Reihen sind jetzt größer. Die Schlachtreihe reißt auseinander. Die Männer drängen sich aneinander und versuchen sich gegenseitig mit den Schilden zu schützen – das ist das erste Zeichen, daß eine Armee die drohende Niederlage spürt, erinnere dich meiner Worte.

Bohemund reitet noch immer auf und ab und ruft den Rittern zu, sich neu zu formieren, als sich plötzlich ein lauter Schrei erhebt. Ich sehe, wie Bohemund sich im Sattel umdreht, also drehe auch ich mich um. Herzog Robert hat sich aus der Reihe gelöst und führt einen Angriff gegen den nächstbesten seldschukischen Schwarm. Herr Brusi und seine Söhne sind mit ihm geritten. Wir hatten geschworen, mit dem Fürsten gemeinsam standzuhalten, und dieser Trottel ist den normannischen Rittern in den Kampf gefolgt.

Aber halt! Sie haben den Feind überrascht. Die Seldschuken werden zu den eigenen Reihen zurückgeworfen – jene, die nachrücken, werden von den Fliehenden wieder zurückgetrieben. Sie sind vollkommen verwirrt. Die Seldschuken stieben in alle Richtungen auseinander, und es sieht aus, als würden die Ritter den Angriff siegreich zu Ende führen können. Nun drängen auch andere, man solle ihnen gestatten, sich dem Angriff anzuschließen.

Bohemund ist vorsichtig. Er fordert uns auf, die Stellung zu halten, doch niemand hört mehr auf ihn. Alle glauben, dies sei die Gelegenheit, auf die wir gewartet hätten, und sind begierig darauf, sie zu ergreifen, um dem Schlachten ein für allemal ein Ende zu bereiten.

Mit dem Ruf nach Gott und Ruhm geben sie ihren Rössern die Sporen und treiben sie zum Galopp. Die flämischen und englischen Truppen schließen sich dem Angriff an, rasch gefolgt von Stephan und Tankred und ihren Kämpfern. Selbst Bohemunds Ritter drängt es hinter den anderen her, doch der Fürst hält uns zurück. ›Bleibt standhaft, Männer!‹ schreit er und eilt wieder die Reihe entlang. ›Haltet die Stellung!‹

Jene von uns, die zurückbleiben müssen, rufen laut, man solle ihnen gestatten anzugreifen. Mehr als diese Bitte kann ich Torf und Skuli nicht bieten, denn auch sie sind begierig darauf, den Kampf zum Feind zu tragen. Alle schreien nach dem Angriff, doch der sture Fürst weigert sich. Er brüllt uns mit seiner lauten Stimme nieder und zwingt uns unter Androhung des Todes, ihm zu gehorchen. ›Ich werde jeden Mann bei lebendigem Leibe pfählen lassen, der es wagt, sich mir zu widersetzen!‹ bellt er und stellt sich in den Steigbügeln auf.

Also bleibt uns nichts anderes übrig, als die Stellung zu halten und zuzuschauen, wie unsere Kameraden den Feind in die Hügel verfolgen.« Ranulf hielt kurz inne und schluckte. Als er wieder das Wort ergriff, klang seine Stimme angespannt. ›Gott stehe uns bei, die Ritter reiten über den Hügel hinweg, und wir sind allein. Vier Herzschläge lang hören wir gar nichts... Plötzlich tauchen die Seldschuken wieder auf. Die verräterischen Hunde haben uns umgangen. Oh, ihre Pferde sind leichter und schneller. Die Seldschuken fegen wie der Wind über die Hügel und verschwinden oder erscheinen, ganz wie sie wollen.

Es dauert nur einen Augenblick, und die Angreifer sind umzingelt. Der Feind dringt von allen Seiten auf sie ein, und die Luft erbebt von seinem Kriegsschrei ›*Allah ho akhbar! Allah ho akhbar!*‹. Wir halten die Stellung und schauen zu, aber wir können nicht helfen. Ununterbrochen geht ein tödlicher, stählerner Regen aus Pfeilen auf unsere Kameraden nieder. Wir schauen zu, wie unsere Verwandten und Freunde aus den Sätteln fallen. Gott helfe uns, ihre Leichen bedecken schon den ganzen Hügel, und sie fallen immer noch!

Die Ritter versuchen, sich zu sammeln. Herzog Robert führt sie an, und sie stoßen immer und immer wieder in die wirbelnde Masse des Feindes hinein. Dann öffnet sich eine kleine Lücke in der seldschukischen Linie. Die Ritter versuchen durchzubrechen. Ich sehe, wie der Herzog kämpfend darauf zuhält, doch nur, um zu sehen, wie sich die Reihe wieder schließt, kurz bevor er sie erreicht. Dennoch treibt er den Keil weiter in diese Richtung. Zwei seldschukische Bogenschützen tauchen vor ihm auf; sie spannen die Bögen und schießen. Der erste Pfeil streift den Rand von Roberts Schild und fällt wirkungslos zu Boden; der zweite trifft ihn in die Brust, doch er reitet weiter.

Einer der Bogenschützen ist bereits wieder davongaloppiert, doch der Herzog erwischt den anderen im Rücken, als dieser sich ebenfalls zur Flucht wendet. Die Wucht des Schlages hebt den kleinen Seldschuken aus dem Sattel, und er stürzt mit einer Lanze im Rücken zu Boden. Der Herzog hat bereits das Schwert in der Hand, bevor der Mann die Erde berührt, und fünfzig Ritter drängen in die Bresche, die ihr tapferer Führer geschlagen hat.

Einen Herzschlag später strömen auch die anderen Kreuzfahrer hindurch, und der Feind kann ihre Flucht nicht verhindern. Die Ritter galoppieren zu der Schlachtreihe zurück, die Bohemund erfolgreich allein aufrechtgehalten hat. ›Schließt euch uns hier an‹, befiehlt der Fürst. ›Bildet eine neue Linie! Um Himmels willen, bildet eine neue Linie!‹

›Das sind wahre Teufel!‹ schreit der Herzog, als er sich den Pfeil aus dem Harnisch zieht. Noch immer kommen Ritter zurück und nehmen wieder ihre Plätze ein. Es sind weit weniger als zuvor. Ich schaue mich um, doch ich kann Herrn Brusi nirgends entdecken. Den anderen Gruppen ist es noch weit schlechter ergangen als Roberts. Tankred und Stephan waren auf dem Gipfel des Hügels gefangen und konnten sich nur mit Mühe einen Weg zurück bahnen. Auf dem Rückzug fallen überall um sie herum gute Männer und Pferde. Wenn ein Ritter erst einmal vom Pferd gefallen ist, stürzen die Seldschuken sich auf ihn und hauen ihn mit ihren dünnen Schwertern in Stücke – drei oder vier von ihnen hacken wie Schlächter, bis der Ritter tot ist.

Der Graf von Flandern und ein Großteil seiner Ritter sind umzingelt worden, und sie entkommen erst, als den Bogenschützen die Pfeile ausgehen und sie deshalb den Angriff abbrechen müssen. Bevor die Truppen des Sultans sie erneut einschließen können, sammeln die Flamen ihre Verwundeten ein und fliehen zurück zur Schlachtreihe, hinterlassen jedoch eine Spur aus Leichen. Es ist ein Gemetzel, bei Gott, und wir können nichts weiter tun, als dazustehen und zuzuschauen.

Der Fürst und die Edlen sind wütend; sie sind verzweifelt. ›Wo, um Christi Liebe willen, ist Raimund?‹ bellt Herzog Robert. Man muß ihn bis ins Lager des Sultans gehört haben.

›Vielleicht ist er auch angegriffen worden‹, sagt Stephan und reibt sich Schweiß und Blut aus den Augen. ›Vielleicht kann er uns nicht erreichen.‹

›Kehrt zu Euren Männern zurück!‹ brüllt Bohemund, der noch immer wütend ist, daß diese Trottel seine Schlachtreihe aufgebrochen haben. In ihrer Dummheit haben sie gute Männer in den Tod getrieben, und der Fürst hat keine Lust mehr, ihnen noch länger zuzuhören. ›Formiert Euch neu, und bildet eine Linie!‹

Aber die Edlen sind entmutigt. ›Wozu denn noch?‹ verlangt Herzog Robert zu wissen. ›Es gibt keine Linie mehr. Wir sind von allen Seiten umzingelt. Wir können nirgendwo mehr hin.‹

Bohemund bleibt hart. Er ist über die Maßen erregt. ›Ich sage, wir werden diese Linie halten, bis der Teufel selbst kommt und uns holt.‹

›Wir werden alle sterben!‹ schreit der Graf, und die anderen stimmen ihm zu.

›Dann betet‹, brüllt Bohemund, ›und sterbt zumindest als fromme Ritter des Kreuzes!‹

Sie funkeln ihn an und verfluchen seinen Namen, doch Bohemund beharrt auf seinem Entschluß. ›Kehrt zu Euren Männern zurück. Steigt ab, und führt die Pferde nach hinten. Schiebt die Schilde aneinander und schützt Euch mit Euren Lanzen.‹ An Stephan gewandt schreit er: ›Schickt Männer ins Lager, und sagt dem Fußvolk und den Frauen, sie sollen Wasser hierherbringen!‹

Nun, das war's dann für uns«, sagte Ranulf und trank einen weiteren Schluck von seinem mit Drogen versetzten Wasser. »Die Sonne wandert über den Himmel, und die Schlacht dauert an. Die Frauen und Fußkämpfer eilen vor und zurück, vor und zurück und bringen Schüsseln und Eimer mit Wasser. Die Seldschuken wirbeln, wo immer sie wollen, und erfüllen die glühende Luft mit dem Rauschen ihrer Pfeile und dem verhaßten ›*Allah ho akhbar! Allah ho akhbar!*‹ – Gott ist groß! Gott ist groß!

Dann, über den Triumphschreien der Ungläubigen und dem Donnern ihrer Pferde, höre ich ein Heulen, daß sich aus den Marschen hinter uns erhebt. Wir alle drehen uns um und sehen die Menschen aus dem Lager in unsere Richtung fliehen. Den Seldschuken ist es gelungen, das Fußvolk zu überwältigen, welches das Lager beschützte, und nun plündern sie Zelte und Wagen und schlachten Frauen und Kinder ab, die versuchen, durchs Schilf zu entkommen.

Ich sehe, wie zwei Seldschuken eine junge Frau von hinten über den Haufen reiten: Einer spaltet ihr den Schädel, und der andere reitet über sie hinweg. Jubelnd heulen sie auf, während sie sie ermorden; dann wenden sie und reiten in die wirbelnde Masse, um erneut zu töten.

Bohemund kocht vor Zorn. Er wird zum Berserker! Sieh ihn dir an! Einen trotzigen Schrei auf den Lippen, springt er aufs Pferd und ruft seinen Männern zu, sich zurückfallen zu lassen und das Lager zu schützen. Die anderen Ritter füllen die Lücke und halten die Linie. Bevor sein Befehl sich bis in die Flanken verbreitet hat, ist der Fürst bereits auf dem Weg ins Lager. Welch Unglück! Die anderen sehen das Zentrum der Schlachtreihe zusammenbrechen und ziehen sich zurück.

Oh, diese Dummköpfe! Diese Trottel! Mit einem Mal setzt sich die gesamte Armee in Bewegung. Kriegshaufe auf Kriegshaufe zieht sich zurück. Zu Dutzenden und Hunderten fallen sie zurück. Da niemand den Befehl gegeben hat, den Rückzug zu decken, wird daraus rasch eine wilde Flucht. Als die Seldschuken dies sehen, glauben sie, die Zeit für den Angriff sei gekommen. Sie ziehen die Schwerter und greifen an und reiten uns von hinten nieder. Todesschreie erfüllen die Luft.

Die Schlacht ist verloren. Das Ende des Kreuzzugs steht bevor.«

Herr Ranulf schwieg. Schwitzend legte er sich wieder zurück; durch die Anstrengungen der Erzählung war sein Atem noch flacher geworden. Murdo kniete an seiner Seite, beugte sich vor und bot ihm einen weiteren Schluck an. Als er einen Augenblick später wieder den Schlauch von den Lippen des Vaters nahm, fragte er mit einer Stimme, die vor den Schrecken der Schlacht geradezu schmächtig erschien: »Was ist dann geschehen?«

»Die Schlacht ist verloren«, sagte Ranulf nach einer Weile. Die Droge, die seine Schmerzen linderte, machte ihm die Zunge schwer. Wenn er sprach, schienen die Worte sich aus seiner tiefsten Seele emporquälen zu müssen; es hörte sich an, als halle seine Stimme aus einem Brunnen herauf. »Wir stehen noch auf unseren Beinen und schlagen das Zeichen des Kreuzes. Wir bereiten uns darauf vor zu sterben.

Doch Bohemund ist noch nicht geschlagen. Er kämpft sich durch die Flut der zurückweichenden Ritter und versucht, sie zur Umkehr, zum Kampf zu bewegen. Herzog Robert und Graf Stephan folgen seinem Beispiel: Sie sammeln, was von ihren Armeen übrig ist und nehmen ihren Platz an Bohemunds Seite ein.

Wir können kaum noch stehen. Unsere Schwerter liegen wie Blei in unseren Händen.

Der Sultan sieht den Sieg vor Augen.

Sie kommen auf uns zu. Zu Tausenden kommen sie. Zum erstenmal an diesem Tag sehen wir uns einem richtigen Angreifer gegenüber. Wir packen unsere Lanzen, stellen uns dem Angriff und machen guten Gebrauch von den Waffen in unseren Händen. Wir kämpfen um unser Leben!

Der Lärm ist ohrenbetäubend. Ich höre nichts außer einem Brüllen wie Donner. Gesichter schwimmen vor mir in einem Nebel aus Schweiß und Blut. Ich packe noch einmal meine Lanze, doch der Schaft ist zu schlüpfrig, und die Waffe entgleitet meinem Griff. Ich taste nach meinem Schwert... Gott helfe mir! Ich kann es nicht finden! Mein Schwert!

Hier! Ich habe es! Ich will es aus der Scheide ziehen, und spüre plötzlich einen stechenden Schmerz im Arm. Als ich nachschaue, sehe ich Blut aus einer Wunde über meinem Handgelenk sprudeln. Das Schwert des Ungläubigen ist schnell. Es schlägt erneut zu, bevor ich mich verteidigen kann. Ich sehe die gekrümmte Klinge aufblitzen und spüre erneut den Schmerz. Es dringt bis auf die Knochen.

Meine Finger wollen sich nicht um das Heft schließen. Ich schütze mich mit meinem Schild und warte auf den tödlichen Hieb.

Aber mein Angreifer ist verschwunden! Gott im Himmel, sie ziehen sich zurück. Ich schaue an unserer Schlachtreihe hinunter und sehe die Ungläubigen überall fliehen. Warum? Was hat das zu bedeuten?

Dort! Auf den Hügeln! Seht ihr sie? Sie kommen! Sie kommen! Raimund und die anderen Fürsten haben uns endlich gefunden. Gott sei gelobt! Wir sind gerettet!

Ich sehe Kreuzfahrer den Hügel dort hinunterstürmen. Wer ist das? Ist das Herzog Gottfried? Er ist es! Seine Kolonne ist als erste über den Kamm. An der Spitze seiner Armee reitend führt er seine Ritter gegen die überraschten Seldschuken.

Die anderen Fürsten folgen dichtauf. Graf Raimund überschreitet den Kamm zu Gottfrieds Linker, und Bischof Adhemar – der Bischof führt persönlich eine Truppe von fünfhundert Rittern – erscheint im Tal durch eine kleine Lücke zwischen zwei Hügeln. Plötzlich sehe ich sie uns von allen Seite zu Hilfe eilen.

Die überraschten Seldschuken wenden sich wie ein Mann zur Flucht, als sie der neuen Armee gewahr werden. Im einen Augenblick hängen sie noch an unserer Kehle und im nächsten befindet sich der gesamte Heerbann des Sultans in wilder Flucht. Ehre sei

Gott in der Höhe! Sie rennen sich vor lauter Eile gegenseitig über den Haufen!

Bohemund ergreift die Gelegenheit. Er hebt sein Schwert und stößt seinen Kriegsschrei aus. Dann stürmt er dem sich zurückziehenden Feind hinterher. Ich greife erneut nach meinem Schwert, schiebe meinen Schild über den rechten Arm und packe die Klinge mit der Linken. Das ist zwar ein seltsames Gefühl, bei Gott, aber es wird es tun.

Irgendwie setzen wir uns wieder in Bewegung und sammeln uns. Wir waten in den Mahlstrom und schlagen nach den feindlichen Reitern, die an uns vorübergaloppieren. Wir hauen sie aus den Sätteln und spießen sie auf unsere Lanzen. Blut fließt an unseren erhobenen Schwertern herunter, und die Hefte werden schlüpfrig in unseren Händen. Doch wir machen mit unserer Arbeit weiter, stechen und hauen, bis wir die Waffen nicht mehr länger halten können.

Als es niemanden mehr zu töten gibt, blicken wir auf. Der Feind ist vom Feld verschwunden. Gottfried, der den Angriff angeführt hat, übergibt seine Truppen an Balduin. ›Verfolge sie, und nimm blutige Rache‹, befiehlt er. ›Was auch immer geschehen mag, laß sie sich nicht neu formieren.‹ Und Balduin, den nach Blut gelüstet, jagt den Feind durchs Tal.«

Ranulf hielt kurz inne, um zu schlucken. Die Tränen standen ihm in den Augen, als er sich an das Gefühl der Erleichterung ob der unerwarteten Rettung erinnerte. Murdo blickte auf den Armstumpf seines Vaters und fühlte selbst ein wenig von dem dumpfen Entsetzen dieses Tages.

»Wir sehen nichts mehr. Der Rückzug führt die Schlacht aus unserem Blickfeld, und wir lassen uns auf den Boden fallen, um Atem zu schöpfen. Ob verwundet oder heil, wir alle krallen uns in die Erde und danken Gott dafür, überlebt zu haben.

Später berichtet man uns, daß die Jagd bis hinter die Hügel im

Osten führte, wo Sultan Kilidsch Arslan sein Lager aufgeschlagen hatte. So schnell war die Verfolgung, daß dem Sultan noch nicht einmal Zeit blieb, die Pferde zu wechseln, als die Kreuzfahrer bereits über ihm waren. Die Leibgarde des Sultans hielt lange genug stand, um ihrem Herrn die Flucht zu ermöglichen; dann flohen auch sie und ließen Zelte, Pferde und alle Schätze des Sultans zurück.

Du mußt wissen, daß die Türken ein Wandervolk sind. Sie vertrauen keinen Palästen oder Städten. Das ist ihre Art, und so haben wir unsere Beute bekommen: Wir haben sie davongejagt und ihnen alles abgenommen. Gott im Himmel, der Sultan besaß wirklich einen großen Schatz, und wir haben ihm alles, alles abgenommen.«

Ranulf begann erneut zu husten. Murdo schaute hilflos zu, wie Krämpfe den ausgelaugten Körper seines Vaters schüttelten. Ranulf hielt inne und legte die Fingerspitze auf die Lippen. Murdo griff erneut nach dem Wasserschlauch und gab seinem Vater zu trinken. »Ruh dich jetzt ein wenig aus«, schlug er vor. »Ich werde bei dir bleiben. Wir können später weiterreden.«

Aber Ranulf schien ihn nicht zu hören. »Der Schatz ist riesig«, fuhr er mit trockener, hohler Stimme fort. »Gold und Silber jenseits aller Vorstellungskraft. Balduin nimmt ihn sofort an sich. Die Schlacht ist vorbei ... Ich schaue mich um. Die Schreie hallen noch immer in meinen Ohren wider. Ich kann nichts hören außer dem Kriegslärm in meinem Kopf. Ich stolpere aufs Schlachtfeld hinaus.

Die Toten ... die Toten ... Heiliger Herr Jesus, hier sind mehr Tote als Lebende. Ich kann nirgends hingehen, ohne nicht über Leichen zu stolpern ... Ritter und Fußvolk ... Frauen und Kinder – die Körper zerfetzt, Blut und Innereien in den Dreck getrampelt ... Leichen ohne Kopf und Glieder ... Ich sehe einen aufgeschlitzten Priester und ein Baby mit Hufspuren auf dem Rücken ...«

»Vater, bitte«, flehte Murdo.

»Siebzigtausend!« schrie Ranulf und rappelte sich wieder auf. »Siebzigtausend an einem einzigen Tag! Das ist es, was sie gesagt haben. Zähl dazu die Frauen, Kinder, Priester und alten Männer – wer weiß, wie viele mehr? Siebzigtausend Ritter und Fußvolk sind in Dorylaion in den Tod gegangen. Mehr als zwanzigtausend sind verwundet worden, und von diesen haben sich viele nur noch ein paar Tage lang gequält, bevor auch sie gestorben sind.

Ich suchte nach Brusi und seinen Söhnen«, sagte er und ließ sich wieder zurückfallen. »Ich suchte die ganze Nacht über, aber ich habe sie nie wiedergesehen. Sie sind in Dorylaion mit all den anderen gestorben ... mit all den anderen. Ich habe sie nie gefunden.«

Die Luft im Zelt war stickig, und Murdo wünschte sich etwas frische Luft, doch er wagte nicht, seinen Vater jetzt zu verlassen. »Ruh dich nun etwas aus«, sagte er, »damit du bald wieder zu Kräften kommst.«

»Nein, mein Sohn.« Ranulf schüttelte langsam den Kopf. »Ich sterbe.«

Murdo blinzelte in dem Bemühen, die Tränen zurückzuhalten. »Vater, ich ...«, begann er, doch er konnte nicht weitersprechen, sonst hätte er tatsächlich angefangen zu weinen.

»Nein, nein«, beruhigte ihn Ranulf. »Ich bin mit allem fertig und bereit. Geh zu deiner Mutter. Sag ihr, wie ich gestorben bin.«

»Natürlich«, antwortete Murdo. »Ich werde es ihr sagen.«

»Welch eine Verschwendung! Eine Verschwendung!« krächzte Ranulf plötzlich und regte sich wieder auf. »Hochmütige Narren! Wir haben den Preis für unsere Dummheit bezahlt, bei Gott! Wir haben mit unserem Leben bezahlt!«

»Jetzt ist es vorbei«, sagte Murdo und versuchte wieder, seinen Vater zu beruhigen. »Das Kämpfen ist vorbei. Jerusalem ist erobert.«

Aber Ranulf wollte sich nicht beruhigen lassen. Er erhob sich erneut und griff nach Murdo. »Geh nach Hause. Finde deine Brüder, und geh nach Hause. Dieser Kampf ist nichts für uns.« Er packte Murdo an der Schulter. »Sag ihnen, was geschehen ist. Versprich mir das, mein Sohn.«

»Ich habe es dir bereits versprochen, erinnerst du dich?« erwiderte Murdo und wischte sich mit einer raschen Bewegung die Tränen aus den Augen.

»Das hast du also. Gut«, sagte Ranulf. »Dann hör mir jetzt zu. Es gibt da noch eine Sache. Ich übergebe dies deiner Obhut und der deiner Brüder.« Herr Ranulf ließ seinen Sohn los und fummelte am Rand seiner Pritsche herum. Mit letzter Kraft zog er die verschlissene Grasmatte weg.

Staunend riß Murdo Mund und Augen auf, denn dort unter dem sterbenden Mann lag ein wahrer Schatz aus Gold und Silber: ein wertvollerer, größerer und wunderbarerer Schatz, als Murdo ihn sich in seinen kühnsten Träumen je hätte vorstellen können.

Selbst im ockerfarbenen Halblicht des Zeltes blendete der Schatz. Murdo sog die glitzernden Gegenstände förmlich in sich auf: Becher und Pokale, Teller und Platten, Armreifen und Ringe, kleine, mit Juwelen besetzte Schmuckkästchen und Kelche, Halsketten, Diademe und noch vieles mehr, alles aus reinstem Gold und Silber. Dazwischen lagen überall Goldmünzen und Plaketten mit dem Bild des griechischen Kaisers. Letztere waren überdies mit feurigen Rubinen, glühenden Smaragden und strahlend weißen Perlen verziert. Murdo konnte der Versuchung nicht widerstehen. Er griff in den Haufen und zog einen Dolch mit goldenem Heft heraus, dessen Scheide mit Saphiren besetzt war – die Scheide allein war wertvoller als alles, was er je in seinem Leben berührt hatte.

Murdo hielt das Messer in Händen, als wäre es die zerbrechliche Seele seines Vaters, die man ihm jeden Augenblick entreißen konnte. Er hielt den Atem an und versuchte, sich vorzustellen, was ein solch unermeßlicher Reichtum bedeutete: Sicherlich war dieser Schatz weit mehr wert als alles, was Jarl Erlend je besessen hatte, und ohne Zweifel würde sogar manch ein König des Nordens in seinem ganzen Leben kein solches Vermögen anhäufen können; vermutlich war das, was in diesem Zelt lag, sogar wertvoller als alles, was König Magnus sein eigen nannte – einschließlich seiner Schiffe und Ländereien.

»Gehört das wirklich alles uns?« fragte Murdo schließlich, dem es noch immer schwerfiel zu begreifen, wie reich seine Familie mit einem Mal geworden war.

Ranulf hatte die Augen geschlossen und atmete schnell und rasselnd. Er deutete auf seinen Mund. Murdo griff nach dem Wasserschlauch und hielt ihn seinem Vater erneut an die Lippen. Der Herr von Hrafnbú trank nur einen einzigen kleinen Schluck, bevor er den Schlauch wieder von sich schob. »Noch vor Nikaia hatten wir beschlossen, daß alle Edlen den gleichen Anteil an der Beute erhalten sollten, um sie unter den Männern zu verteilen, wie sie es für angebracht hielten. Alle waren damit einverstanden. Niemand wußte, daß es so viel werden würde. Nikaia ... Dorylaion ... Antiochia ...« Er hustete. »Was du hier siehst, ist der Anteil, den ich für mich behalten habe. Nimm ihn, mein Sohn«, keuchte Ranulf. »Verwende ihn zum Wohle Hrafnbús.«

Bei dem Wort überkamen Murdo Gewissensbisse. Ihm fehlte der Mut, seinem Vater zu berichten, daß man ihnen Hrafnbú gestohlen hatte.

Einen Augenblick später öffnete Ranulf wieder die Augen und richtete sich auf. »Torf und Skuli ... Sie haben sich Balduin in Edessa angeschlossen. Sie waren nicht hier, als die Schlacht begonnen hat, aber du wirst sie finden können ...«

Murdo nickte. »Ich werde sie finden, Vater, und wir werden nach Dýrness zurückkehren.«

»Gut.« Ranulf schloß die Augen wieder und ließ sich auf die Matte zurückfallen. »Ich will mich ausruhen.«

»Ich werde bleiben.«

»Nein, mein Sohn. Es ist besser, du gehst.« Er hob die Hand, und Murdo ergriff sie mit beiden Händen. »Erinnere dich meiner Worte.«

»Ich werde sie nicht vergessen.« Murdo legte den Wasserschlauch unmittelbar neben seinen Vater, so daß dieser ihn sich jederzeit nehmen konnte; dann humpelte er unter Schmerzen zum Zeltausgang. »Ich bin draußen, falls du irgend etwas brauchst.«

Herrn Ranulfs Mund verzog sich zu einem geisterhaften Lächeln. »Ich bin froh, daß du gekommen bist, mein Sohn.«

Murdo nickte und schlug die Zeltklappe beiseite. Sofort trat Emlyn neben ihn, um ihn zu stützen. Ronan und Fionn, die in der Nähe saßen, standen auf und gingen ebenfalls zu ihm. »Er will jetzt etwas schlafen«, berichtete Murdo den Mönchen. »Ich habe ihm gesagt, ich würde in der Nähe bleiben.«

Die Priester halfen ihm, sich in den Schatten des Zeltes zu setzen. Dann ging Fionn davon, um eine Grasmatte zu holen, nachdem er Ronan gebeten hatte, für alle etwas zu essen und zu trinken zu besorgen. Emlyn setzte sich neben Murdo. Ob der Qualen seines jungen Freundes waren seine Augen voller Sorge und Mitgefühl.

Schweigend saßen sie beieinander, bis sie Schritte hörten. »Das wird Fionn sein«, sagte Emlyn und stand auf.

Doch es war nicht Fionn, sondern eine Frau. Als sie Murdo bemerkte, blieb sie abrupt stehen; dann entdeckte sie Emlyn und sagte: »Ah, Ihr seid es, Bruder. Es tut mir leid, daß es so lange gedauert hat.« Sie zog eine kleine Tonflasche aus der Tasche, die sie über der Schulter trug. »Ich habe ihm noch etwas von dem Trank gebracht.«

»Er schläft gerade«, berichtete ihr der Mönch. »Dies hier ist sein Sohn«, sagte er und deutete auf Murdo.

Die Frau blickte kurz zu Murdo und nickte knapp. »Dann werde ich den Trank nur neben ihn stellen, damit er ihn sich nehmen kann, wenn er wieder erwacht.« Sie öffnete die Zeltklappe und ging hinein.

»Genna kümmert sich um deinen Vater«, erklärte Emlyn und setzte sich wieder. »Ihr Gatte ist in Antiochia gefallen. Sie waren gemeinsam auf Pilgerfahrt und...« Er hielt inne, als Genna die Klappe öffnete.

»Ihr solltet besser einmal hereinkommen«, sagte sie schlicht.

Emlyn war sofort wieder auf den Beinen. Er trat zum Eingang und blickte hinein; dann senkte er den Kopf. Einen Augenblick später drehte er sich zu Murdo um.

Murdo konnte ihm vom Gesicht ablesen, was er als nächstes sagen würde. »Ist mein Vater tot?«

»Ja«, antwortete Emlyn. Er beugte sich vor, hob Murdo in die Höhe und half ihm ins Zelt.

In unveränderter Haltung lag Herr Ranulf auf seiner Pritsche; doch nun war sein Gesicht ruhig und entspannt, und sein Blick war der eines Mannes, der in einen friedlichen Himmel blickt. Seine Hände umklammerten noch immer den Wasserschlauch, nur daß dieser inzwischen leer war; er hatte ihn bis auf den letzten Tropfen geleert, und der schmerzstillende Trank hatte zum letztenmal seine Wirkung getan.

Lange Zeit stand Murdo einfach nur da und versuchte, Ordnung in den Sturm von Gefühlen zu bringen, der über ihn hereingebrochen war. Er fühlte sich verletzt und zugleich zornig und allein.

Emlyn trat an die Pritsche und schloß dem Herrn von Hrafnbú die Augen. Dann hielt er die Hand über den Leichnam und begann, leise zu singen. »Vater unser im Himmel, geheiligt werde dein Name, dein Reich komme, dein Wille geschehe, wie im Himmel also auch auf Erden. Führe uns nicht in Versuchung, sondern erlöse uns von dem Bösen...«

Murdo vernahm die Worte – er hatte sie schon unzählige Male gehört –, aber sie bedeuteten ihm nichts. Statt dessen bemerkte er, wie der Tod das Gesicht seines Vaters verändert und ihm das meiste von dem wiedergegeben hatte, was ihm von der tödlichen Wunde geraubt worden war. Seine Gesichtszüge, ausgemergelt und eingefallen durch Wochen des Hungers und die letzten Tage voller Schmerzen, hatten sich friedlich entspannt: Die Spannung um Augen und Mund hatte sich gelöst, und die Augenbrauen hatten sich ebenfalls wieder geglättet.

Genna nahm die Tonflasche und wandte sich ab. »Es tut mir leid«, sagte sie und ging eilig hinaus.

Einen Augenblick später erschienen Fionn und Ronan mit ernstem Gesicht. »Genna hat es uns bereits gesagt«, erklärte Ronan. Fionn trat zu Murdo und legte dem jungen Mann die Hand auf die Schulter. »Möge Gott dich segnen, mein Freund, und dir seine Gnade gewähren.«

»Brüder«, sagte Ronan, »laßt uns die Seele dieses Pilgers dem Herrn überantworten.«

Die drei stellten sich um die Pritsche herum auf: einer am Fußende, einer am Kopf und einer daneben. Dann hoben sie die Hände über den Leichnam und begannen, in einer Sprache zu singen, die Murdo unbekannt war. Er schaute zu und lauschte, denn er glaubte, seine Mutter würde jede Einzelheit wissen wollen – ohne Zweifel würde sie auch den Gesang erkennen.

Die Célé Dé wiederholten ihr Lied dreimal; dann legten sie Ranulfs Arme auf der Brust über Kreuz, streckten seine Glieder und begannen damit, seinen Körper für das Begräbnis vorzubereiten. Die Eile, mit der sie dabei vorgingen, beunruhigte Murdo. »Muß es wirklich schon so bald sein?«

»Wir wagen nicht, es noch länger hinauszuzögern«, antwortete Fionn und fügte hinzu: »Das liegt an der Hitze, weißt du?«

»Wir werden dafür sorgen, daß er ein ordentliches Begräbnis erhält«, versicherte ihm Ronan. »Emlyn wird bei dir bleiben, während Fionn und ich das Grab vorbereiten. Wenn wir fertig sind, kommen wir wieder, um den Leichnam zu holen.«

Emlyn setzte sich neben Murdo, und gemeinsam betrachteten sie den toten Herrn von Hrafnbú.

»Es war gut, daß du dich zumindest von ihm hast verabschieden können«, bemerkte der Mönch nach einer Weile. »Ich wünschte, wir hätten ihn früher gefunden.«

»Ihr habt ihn die ganze Zeit über gesucht?« wunderte sich Murdo.

»O ja, das haben wir«, bestätigte Emlyn. »In den Lagern hat man uns gesagt, daß Herzog Gottfrieds Männer die ersten auf der Mauer gewesen seien und daß Herzog Robert mit seinen Männern an seiner Seite gefochten habe. Dort, sagten sie, hätten die heftigsten Kämpfe stattgefunden, und jene ersten auf der Mauer hätten die volle Wucht des Gegenangriffs zu spüren bekommen und die größten Verluste erlitten. Also«, schloß der Mönch traurig, »haben wir schließlich hier gesucht.«

Nach diesen Worten herrschte eine Zeitlang Schweigen, und Murdos Gedanken wanderten wieder zu dem Schatz. »Emlyn«, sagte er, »es gibt da etwas, das ich dir zeigen muß.«

Der Kirchenmann blickte den jungen Mann neben sich an.

»Mein Vater war...«, begann Murdo, doch ihm fielen nicht die richtigen Worte ein. Statt dessen hob er einfach die Grasmatte hoch und enthüllte den Schatz.

Der Mönch starrte auf den Berg von Gold und Silber unter dem Toten. »Oh, *fy enaid*«, keuchte Emlyn. Er streckte die Hand aus und berührte eine goldene Schüssel. »Dann ist es also wahr... Wir haben Geschichten über phantastische Schätze gehört, doch ich habe niemals zu träumen gewagt...« Er zog die Hand zurück und betrachtete kopfschüttelnd die wertvollen Gegenstände.

»Es war sein Anteil an der Beute«, erklärte Murdo. »Er hat gesagt, ich solle ihn zum Wohle unseres Gutes verwenden.« Ihm versagte die Stimme; plötzlich überkam ihn ein derart starkes Heimweh, daß es ihm den Atem verschlug. »Ich will...«, sagte er und atmete tief durch. »Ich will wieder nach Hause zurückkehren, Emlyn.« Er senkte den Kopf, und seine Tränen fielen in den Staub.

Kurze Zeit später kehrten Fionn und Ronan wieder zurück und verkündeten, das Grab sei vorbereitet. Sie hatten auch ein leinenes Leichentuch mitgebracht; darin wickelten sie den Toten sorgfältig ein und banden es schließlich mit langen Stoffstreifen fest. Als sie anschließend den Leichnam aus dem Zelt tragen wollten, sagte Murdo: »Einer von uns muß hierbleiben.«

Ronan blickte ihn verwundert an, und Fionn wollte Protest erheben, doch Emlyn erklärte rasch: »Ich werde hierbleiben.«

»Aber warum?« verlangte Fionn zu wissen. »Dafür gibt es keinen Grund. Wir sind hier fertig, und das Zelt kann an jemand anderen gegeben werden. Es ist ...«

»Murdo hat seine Gründe«, unterbrach ihn Emlyn. »Geht ihr drei nur. Ich werde hier warten.«

»Werden wir diese Gründe auch erfahren?« fragte Ronan und blickte zu dem zögernden jungen Mann.

Murdo runzelte die Stirn und betrachtete den eingewickelten Leichnam seines Vaters. »Nun gut«, antwortete er. »Emlyn habe ich das Geheimnis bereits anvertraut; also werde ich es euch ebenfalls verraten – getan ist getan.«

Er hob die Grasmatte an und ließ Ronan und Fionn einen Blick auf den Schatz werfen. Die beiden Mönche staunten nicht weniger als Emlyn. Fionn griff in den Haufen hinein und zog einen goldenen Becher mit Rubinen am Rand heraus. »Das ist der Schatz eines Königs!« erklärte er.

»Das ist weniger ein Geheimnis als vielmehr eine Qual«, bemerkte Ronan in scharfem Tonfall. »Wenn du meinen Rat hören willst: Sieh zu, daß du ihn loswirst.«

»Was?« schrie Murdo. Der Vorschlag entsetzte ihn.

»Wahrlich«, betonte Ronan feierlich, »Reichtum wie dieser ist die Wurzel allen Übels.«

»Sicherlich meinst du die Liebe zu diesem Reichtum, welche die Wurzel allen Übels ist, Bruder«, wandte Emlyn ein, »nicht allein den Besitz.«

»Wahrlich ich sage euch: Es ist leichter, daß ein Kamel durchs Nadelöhr gehe«, erinnerte ihn Fionn, »als daß ein Reicher ins Reich Gottes komme.«

»In der Tat«, bestätigte Ronan und drehte sich zu Murdo um. »Solange du diese Reichtümer dein eigen nennst, droht deiner Seele das Höllenfeuer.«

»Er hat recht, Murdo«, räumte nun auch Emlyn ein. »Der Schatz wird nur ein Fluch für dich sein. Schon bald wird er beginnen, dein Leben und deine Seele zu vergiften, und wenn du nicht sehr, sehr stark bist, wird er dich am Ende töten.«

»Gib ihn weg«, drängte Ronan ernst. »Gib ihn als Almosen für die Armen. Entledige dich seiner, so schnell du kannst.«

»Ich werde ihn *nicht* weggeben«, widersprach Murdo. »Ich habe meinem Vater versprochen, ihn zum Wohle unseres Landes zu verwenden. Außerdem ist mein Bruder Torf-Einar nun der Herr von Dýrness; er ist es, der darüber zu entscheiden hat, was mit dem Schatz geschehen soll.«

»Sag ihm erst gar nichts davon«, erwiderte Ronan. »Laß das Geheimnis mit deinem Vater sterben.«

»Ich werde den Eid erfüllen, den ich geschworen habe«, erklärte Murdo, »und ich will nichts mehr davon hören. Ich habe euch den Schatz gezeigt, und nun verpflichte ich euch zum Schweigen. Sollte jemand davon erfahren, wird die Schuld auf euch fallen, und ich ...«

Ronan hob versöhnlich die Hand. »Halte Frieden, Murdo«, mahnte er in sanftem Tonfall. »Aus unserem Mund wird niemand etwas über den Schatz erfahren. Wir werden dein Geheimnis bewahren, solange du willst. Wir werden dir beistehen und alles in unseren Kräften Stehende tun, um dich zu beschützen.« Dann drehte er sich wieder zu dem Leichnam auf der Pritsche um und fuhr fort: »Aber bevor wir entscheiden, was das Beste für die Lebenden ist, müssen wir uns erst um die Toten kümmern. Bist du bereit, mein Sohn?«

Murdo nickte. Sein Zorn verschwand so schnell, wie er gekommen war, und erneut übermannte ihn die Trauer.

»Dann laßt uns mit der Beerdigung fortfahren«, sagte Ronan. »Emlyn wird bis zu unserer Rückkehr über den Schatz wachen. Kommt, es ist an der Zeit, unseren Bruder auf den Weg zu bringen.«

Gemeinsam hoben die Priester Herrn Ranulfs Leichnam von der Pritsche und trugen ihn zu dem Esel vor dem Zelt. Sie legten den schlaffen Körper über den Rücken des geduldigen Tieres, ließen Emlyn als Wache zurück und zogen in einer kleinen, wenn auch ein wenig merkwürdigen Prozession zur vorbereiteten Grabstätte. Ronan, der auch den Esel führte, ging an der Spitze, gefolgt von Fionn, der Murdo auf dem Rücken trug. Während des Marsches sangen die Priester leise einen Trauergesang auf gälisch; im hellen Tageslicht und in einem fremden Land wirkte der klagende Klang ihrer Stimmen seltsam und traurig.

Sie wanderten über den Hügel hinter dem Hospital in ein kleines Tal, wo die toten Kreuzfahrer bestattet wurden. Das gesamte Gebiet war mit kleinen, frischen Grabhügeln übersät – Hunderte und aber Hunderte von Gräbern, geziert von einfachen, sonnengebleichten Steinkreuzen. Viele Frauen und Priester arbeiteten hier: Sie hoben flache Gräber aus, die schon bald auf ewig die sterblichen Überreste von Vätern, Brüdern oder Oberherren aufnehmen würden. Immerhin, dachte Murdo verbittert, wird es meinem Vater nicht an Gefährten mangeln.

Vor einem flachen Loch in der trockenen Wüstenerde hielten sie an, und die Priester stellten das Singen ein. Murdo setzte sich auf einen Felsen und beobachtete, wie die Mönche den Leichnam seines Vaters vom Esel hoben und neben das Grab legten. »Willst du ein paar Worte sprechen, Murdo?« fragte Ronan.

Murdo schüttelte den Kopf. Ihm fiel nichts ein, was er hätte sagen sollen.

Ronan nickte Fionn zu, und die beiden Mönche schoben den Leichnam ins Grab. Sie begannen erneut zu singen – diesmal einen Psalm auf Latein. Fionn nahm eine Handvoll der trockenen Erde, reichte sie Murdo und bedeutete ihm, er solle sie auf den Toten werfen. Murdo stand auf, humpelte ein paar Schritte vor, kniete nieder und legte die Erde seinem Vater auf die Brust.

Dann begannen die Mönche noch immer singend, den Leichnam mit Erde zu bedecken, wozu sie die flachen Steine verwendeten, mit denen sie das Grab auch ausgehoben hatten. Sie arbeiteten sich von den Füßen nach oben vor, und als sie den Kopf erreichten, sagte Murdo: »Wartet.«

Er bückte sich nieder und schlug das Leichentuch zurück, um einen letzten Blick auf das Gesicht seines Vaters zu werfen. Herr Ranulf sah aus, als schliefe er. Seine Gesichtszüge hatten sich sichtbar entspannt; nach langem Leiden schien er nun endlich Frieden gefunden zu haben. Murdo betrachtete das Gesicht, das er sein ganzes Leben lang gekannt, geliebt und geachtet hatte. Nie wieder wird mein Vater die grünen Hügel von Orkneyjar sehen, dachte er traurig, und auch nicht die Freude in den Augen seines geliebten Eheweibs. Seine Gebeine werden für immer in fremder Erde liegen, weit weg von der Heimat seiner Väter.

Murdo hob die Finger an die Lippen und legte sie anschließend auf Herrn Ranulfs kalten Mund. »Lebewohl, Vater«, flüsterte er mit brechender Stimme.

Dann legte er das Leichentuch wieder zurück und schob mit bloßen Händen Erde über das Gesicht seines Vaters.

Nachdem das Grab geschlossen war, sammelten Murdo und die Mönche flache Steine in der Umgebung und legten sie in Form eines Kreuzes auf den Erdhaufen. Ronan, der am Kopf des Grabes kniete, sprach ein langes, nachdenkliches Gebet für die Seele eines Mannes, der auf Pilgerfahrt gestorben war. Murdo hörte zu, doch seine Gedanken gingen auf Wanderschaft, als er den Kopf hob und den Blick über das weite Feld frisch angelegter Gräber schweifen ließ. Es waren Hunderte, und dies waren nur die wenigen, die ihr Ziel überhaupt erreicht hatten. Murdo dachte an all die anderen, an die Tausende und Abertausende von Pilgern, die Hunger und Durst zum Opfer gefallen oder Hitze, Krankheit und Pfeilen und Schwertern der Feinde erlegen waren.

Sein Vater hatte von der Bösartigkeit der Wüste gesprochen, und Murdo fühlte den Zorn des Gerechten in seinem trauernden Herz. In diesem Augenblick schwor er sich, niemals in einem Land zu sterben, das nicht sein eigen war.

Nach den Gebeten und einem weiteren Psalm halfen die Mönche Murdo auf den Esel, und langsam kehrten sie wieder zu dem wartenden Emlyn zurück. Bis sie das Zelt erreichten, wahrten die Mönche ein respektvolles Schweigen; dann sagte Ronan: »So sehr ich es auch wünschen mag, wir dürfen nicht länger hier bleiben. Das Zelt wird gebraucht. Es wäre am besten, wenn wir so rasch wie möglich verschwinden würden, um nicht unnötig Aufmerksamkeit zu erregen.«

»Dann sollen sie das Zelt haben«, erklärte Murdo. »Es bedeutet mir nichts. Ich werde meine Brüder finden und ihnen berichten, was geschehen ist. Sie werden mir helfen, den Schatz zu beschützen.«

»Du wirst später noch genug Zeit haben, darüber nachzudenken, was du als nächstes tun willst«, erwiderte der Mönch. »Zunächst müssen wir uns darüber Gedanken machen, wie wir den Schatz verbergen, damit wir ihn bewegen können.«

»Wir werden einen Wagen brauchen – einen kleinen zumindest...«, begann Fionn.

Ronan rieb sich das Kinn. »Alle Wagen werden dazu benötigt, Wasser und Proviant in die Lager zu bringen. Es wird nicht leicht sein, einen zu finden, der nicht gerade in Gebrauch ist. Außerdem wird jeder Wagen, von dem man auch nur vermutet, er könne Schätze transportieren, das Ziel eines jeden Diebs im weiten Umkreis sein. Wir müssen das Gold vor neugierigen Blicken verbergen.«

Schweigend dachten die vier darüber nach, wie sie dies bewerkstelligen könnten. So sehr er sich auch bemühte, Murdo konnte sich nicht vorstellen, wie man den Schatz aus dem Zelt holen sollte, ohne daß noch im selben Augenblick alle Welt von dessen Existenz erfuhr. Vielleicht hatte Ronan doch recht: Er hatte den Schatz kaum in Besitz genommen, und schon war der Fluch des Goldes über ihn gekommen.

»Vielleicht sollten wir uns ein Kamel besorgen«, schlug Emlyn vor. »Die Wüstenbewohner benutzen sie als Lasttiere. Eines davon könnte sicherlich auch den Schatz tragen.«

»Und wie soll uns das helfen?« fragte Murdo. Er glaubte, Diebe könnten ein Kamel genausoleicht stehlen wie einen Wagen, und das sagte er auch.

»Nicht wenn sie glauben, es trüge Leichen!« erwiderte Emlyn. »Viele der edlen Familien von Jerusalem bestatten ihre Toten in Familiengräbern in der Wüste. Wir könnten uns als Leichenträger ausgeben und den Schatz so wegschaffen.«

Der Vorschlag erschien Murdo absurd und lächerlich, doch ihm fiel nichts Besseres ein. »Selbst wenn wir das tun wollten, woher sollen wir ein Kamel bekommen?«

»Überlaß das mir«, antwortete Ronan. »Jetzt müssen wir uns aber beeilen.« Er drehte sich zu Emlyn um. »Besorg noch ein paar Leichentücher. Dann bereitet ihr drei den Schatz vor, als wäre er ein Leichnam. Ich werde so rasch wie möglich wieder zurückkehren, und dann müßt ihr bereit sein.«

Nachdem die Leichen der früheren Einwohner der Stadt von den wenigen, elenden Überlebenden eingesammelt worden waren, stapelte man die Toten vor dem Säulen- und dem Jaffa-Tor zu großen Haufen, egal ob es sich um Ägypter, Syrer oder Türken handelte. Muslime, Juden und vereinzelt sogar ein paar Christen mischten sich im Tod, wie sie sich auch im Leben gemischt hatten. Kaum einen Tag hatten die Leichen in der sengenden Sonne gelegen, als sie zu quellen und zu platzen begannen, und giftige Dämpfe stiegen in die Luft und erfüllten die gesamte Stadt mit ihrem Gestank.

Besonders Graf Raimund war wegen des furchtbaren Geruchs erregt. In der Erwartung, alsbald von seinen dankbaren Gefährten den Ruf zu erhalten, die Königswürde der Heiligen Stadt anzunehmen, hatte er mit seinem Gefolge im Davidsturm, der Zitadelle der Stadt, Quartier bezogen. Somit residierte er in unmittelbarer Nähe des Jaffa-Tors, wo einer der großen Leichenberge aufgeschichtet worden war. Da der Wind vom Meer her wehte, trug er den Gestank die Mauern hinauf und durch die Fenster der Palastfestung. Und als wäre das alles noch nicht genug, lag das endlose und laute Kreischen und Krächzen der Aasvögel in der Luft.

»Verbrennt sie!« schrie Raimund schließlich. Er glaubte, an dem Gestank ersticken zu müssen, der den Raum erfüllte. »Verbrennt sie und zwar schnell!«

»Mein Herr Graf«, erwiderte der Kaplan, »ich bitte Euch, diesen Befehl zu überdenken. Der Rauch eines solchen Feuers wäre weit schlimmer als der Gestank.«

»Das ist mir egal«, schnappte Raimund wütend. »Zumindest wird es diese verfluchten Vögel zum Schweigen bringen! Nichts kann schlimmer sein, als Tag und Nacht diesen Leichenfledderern zuhören zu müssen. Verbrennt sie! Verbrennt sie alle, sage ich! Habt Ihr mich gehört, Aguilers?«

»Ich höre und gehorche, Euer Gnaden. Es wird getan werden.« Der Abt verneigte sich vor Raimunds Autorität und wünschte sich nicht zum erstenmal, daß Bischof Adhemar noch am Leben wäre. Er schickte sich an zu gehen, doch dann erinnerte er sich daran, warum er hergekommen war, und er drehte sich noch einmal um. »Verzeiht mir, Herr, ich wollte Euch lediglich davon in Kenntnis setzen, daß Graf Robert eingetroffen ist. Er wartet in Euren Privatgemächern.«

»Jetzt schon?« rief Raimund. »Gut, gut!« Er sprang aus dem Stuhl und schritt zur Tür, wo er gerade lange genug stehenblieb, um über die Schulter hinweg einen letzten Befehl zu erteilen. »Kümmert Euch um die Verbrennung, Abt! Ich will, daß man noch vor meiner Rückkehr damit beginnt.«

Seine langen Beine trugen Raimund rasch zu den inneren Gemächern, die er als Empfangs- und Warteräume für Abgesandte und seine Freunde bestimmt hatte. Der Graf hatte seinen Mitpilgern gegenüber durchblicken lassen, daß er sich nicht weigern würde, die Herrschaft über die Heilige Stadt zu übernehmen, sollte man ihn darum bitten; denn schließlich war er ja vom Papst persönlich zum Führer des Kreuzzugs bestimmt worden. Aus diesem Grund hatte er auch seinen wichtigsten Verbündeten in die Lager der anderen Fürsten geschickt, um herauszufinden, wie sie zu seiner baldigen Thronbesteigung standen.

Unglücklicherweise hatte das Fieber Raimunds eifrigsten und treuesten Verbündeten – Bischof Adhemar – dahingerafft, und die Grafen Hugo von Vermandois und Stephan von Blois hatten den

Kreuzzug nach Antiochia verlassen, wodurch es Raimund nun ein wenig an Mitstreitern mangelte, die sein Anliegen unterstützten. Also schenkte er seine Gunst nun anderen, und es war ihm gelungen, Robert, Graf von Flandern, auf seine Seite zu ziehen. Auch wenn sich jener am Anfang ein wenig gesträubt hatte, war Robert inzwischen Raimunds wichtigster Vertrauter geworden. Außerdem genoß Robert aufgrund seines außergewöhnlichen Mangels an persönlichem Ehrgeiz auch das Vertrauen der anderen Edelleute. In den vergangenen zwei Tagen war der Graf von Flandern von einem Lager zum anderen gewandert, hatte mit den verschiedenen Heerführern gesprochen, und nun besaß er eine recht gute Vorstellung davon, wie sehr jeder Fürst nach dem Thron strebte. Um Raimund diese Erkenntnisse mitzuteilen, war er nun hier. Er saß auf einem Stuhl, hatte die Hände vor dem Bauch gefaltet, die Beine ausgestreckt und die Augen geschlossen.

Als Graf Raimund in den Raum stürmte und seinen Freund schlafend fand, ging er zum Tisch und füllte zwei Becher mit Wein. Dann drehte er sich um und hielt Robert einen der Becher unter die Nase. »Das wird Euch wieder zum Leben erwecken, Flandern! Nehmt, und trinkt!«

Robert öffnete die Augen und nahm den Becher an. Er trank einen kräftigen Schluck des süßen, schweren Weins, dann sagte er: »Bei dem Gott, der mich erschaffen hat, Toulouse, in den Lagern herrscht eine mörderische Hitze.« Er trank erneut und hielt Raimund den Becher hin, damit dieser ihn wieder füllen konnte. »Wenigstens weht der Wind aus dem Westen und vertreibt den Gestank.«

»Ich habe Befehl gegeben, die Leichen zu verbrennen«, erwiderte Raimund, während er den Becher wieder auffüllte. »Aber sagt mir: Was habt Ihr erfahren?«

Robert trank und wischte sich mit dem Handrücken über den Mund. »Aaah, das löst die Zunge ein wenig.« Er blickte zu Raimund. »Und jetzt zum Wesentlichen.« Er stellte den Becher auf den Tisch. »Im Moment sieht es so aus: Jeder offene Widerstand gegen Eure Thronbesteigung hat sich aufgelöst wie Tau in der Wüstensonne. Bohemund wird sich ohne Zweifel mit Antiochia zufriedengeben. Gleiches gilt für Balduin in Edessa. Allerdings kann man nicht vollkommen ausschließen, daß sie nicht auch versuchen werden, Jerusalem für sich zu beanspruchen.«

»Sollen sie es nur versuchen!« schnaufte Raimund verächtlich. »Die feigen Hunde haben keinen Finger gekrümmt, um uns zu helfen, die Stadt einzunehmen. Es wird sehr, sehr lange dauern, bis einer von ihnen in dieser Stadt willkommen sein wird.«

»Das stimmt«, bestätigte Robert. »Auch die anderen Edlen sind der Meinung, daß die beiden keinen Anteil an der Beute erhalten sollten, denn schließlich haben sie die Pilgerfahrt ja nicht beendet. Keiner von ihnen würde Bohemund oder Balduin unterstützen, sollten sie Anspruch auf die Krone der Stadt erheben.« Er hob den Becher und trank einen weiteren kräftigen Schluck, bevor er seinen Bericht fortsetzte. »Also bleiben nur Robert von der Normandie und Gottfried von Bouillon.«

»Ja? Und wozu neigen die beiden?«

»Mein Vetter, der Herzog, trifft in eben diesem Augenblick Vorbereitungen für seine Rückkehr in die Normandie«, antwortete Robert, »und Gottfried hat ähnliche Absichten geäußert; seinem Bruder Eustachius geht es nicht sonderlich gut, und deshalb wünscht er, so bald wie möglich abzureisen.«

»Dann werde ich – so Gott will – nächste Woche um diese Zeit König sein«, sinnierte Raimund.

»Das habe ich nicht gesagt«, mahnte Robert.

»Aber Ihr habt doch behauptet, es gäbe keinen Widerstand.«

»Ich habe gesagt, es gäbe keinen *offenen* Widerstand«, korrigierte Robert. »Keiner der anderen Herren wird Euch herausfordern – das stimmt –, aber die Kirchenmänner unter uns sagen,

Bischof Arnulf von Rohes solle die Stadt für den Papst beanspruchen. Sie bestehen darauf, daß Jerusalem von der Kirche beherrscht werden soll, und seit Adhemars Tod gilt Arnulf als oberster Kirchenfürst unter den Pilgern.«

Raimund kniff die Augen zusammen. »Der Bischof ist ein guter und standfester Mann, das ist wahr«, gestand er und hob den Becher an den Mund, »und seine Predigten haben den Männern stets Mut gemacht – vor allem vor den Mauern dieser Stadt. Aber er befehligt keine Armee, und solange der Papst ihm kein Heer zur Verfügung stellt, weiß ich nicht, wie er Jerusalem beschützen, geschweige denn beherrschen will. Nein, das ist grotesk.« Er trank einen raschen Schluck; dann fragte er: »Unterstützen viele in den Lagern diesen aberwitzigen Vorschlag?«

»Einige schon, das läßt sich nicht verleugnen«, räumte der Herr von Flandern ein.

»Was ist mit dem Bischof? Hat er gesagt, ob er es begrüßen würde, auf den Thron berufen zu werden?«

»Unser Freund, Bischof Arnulf, behält seine Gedanken für sich«, antwortete Raimund. »Er hat lediglich verlauten lassen, es sei pure Eitelkeit, in jener Stadt König sein zu wollen, wo unser Erlöser einst geherrscht habe.«

»Blödsinn!«

»Dennoch teilen viele diesen Vorbehalt«, erklärte Robert. »Gottfried zum Beispiel stimmt dem voll und ganz zu.«

»Das ist doch Unsinn«, verkündete Raimund. »Ein Königreich braucht einen König. Indem ich den Thron von Jerusalem besteige, bestehle ich doch nicht unseren Herrn Jesus Christus – im Gegenteil: Ich würde diesem Thron wieder zu seiner rechtmäßigen Stellung verhelfen, die ihm so lange unter der Herrschaft der Ungläubigen verwehrt gewesen ist.«

»Vielleicht gibt es einen Weg, auch den Bischof davon zu überzeugen«, bemerkte Robert. Raimund lächelte und griff nach dem

Weinkrug. »Ihr seid mir ein wahrer Freund, Robert.« Er füllte beide Becher. »Aber nun sagt mir: Was wollt Ihr?«

»Ich bin zufrieden«, antwortete Robert. »Die Heilige Stadt wieder unter christlicher Herrschaft zu sehen reicht mir vollkommen aus. Ich besitze eigene Ländereien, die es gilt, meinem geizigen Bruder zu entreißen.«

»Aber ganz Jerusalem liegt uns zu Füßen. Ihr müßt doch auch etwas für Euch selbst wollen«, hakte Raimund nach.

»Was hätte ich mir jemals mehr wünschen sollen als den Erfolg der Pilgerfahrt? Und Gott sei gelobt, das habe ich erreicht.«

In diesem Augenblick klopfte es an der Tür, und der Abt von Aguilers trat ein. »Verzeiht mir, Herr, aber soeben ist ein Bote aus Jaffa eingetroffen. Er berichtet, daß sich ein Abgesandter des Kaisers Alexios auf dem Weg hierher befindet.«

Raimunds Laune verschlechterte sich spürbar. »Ach ja?«

»In eben diesem Augenblick«, bestätigte der Kaplan.

»Wann wird er hier erwartet?«

»Man hat mir gesagt: noch vor Sonnenuntergang.«

Der Graf von Toulouse überlegte kurz; dann ordnete er an: »Wenn er eintrifft, soll man ihn am Tor empfangen und sofort hierhergeleiten. Ich möchte, daß er während seines Aufenthalts in Jerusalem bei mir wohnt. Habt Ihr das verstanden?«

»Voll und ganz«, erwiderte der Kaplan.

»Gut. Dann sorgt dafür, daß man Gemächer für ihn vorbereitet«, befahl Raimund. »Gebt mir Bescheid, sobald er eintrifft, damit ich ihn persönlich willkommen heißen kann.«

Der Kaplan nickte knapp und zog sich wieder zurück. Nachdem der Priester verschwunden war, sagte Robert: »Das kommt unerwartet. Offenbar hat die Nachricht von unserem Sieg Konstantinopel ungewöhnlich schnell erreicht. Sie müssen die ganze Zeit über in der Nähe gewesen sein und den Ausgang der Schlacht abgewartet haben.«

»Ja.« Der Graf von Toulouse runzelte die Stirn und starrte in seinen Becher. »Ich will nicht so tun, als würde ich mich über die Ankunft des Griechen freuen. Tatsächlich wünschte ich, wir hätten die Frage der zukünftigen Hoheit über Jerusalem bereits vor seinem Eintreffen geklärt, doch dazu wird es zweifellos nicht mehr kommen; also bleibt uns nichts anderes übrig, als das Beste aus der Situation zu machen.«

Robert leerte seinen Becher und stand auf. »Ich bin müde. Falls Ihr keine weitere Verwendung mehr für mich habt, werde ich in mein Zelt zurückkehren und mich ein wenig ausruhen.«

»Aber ich bitte Euch, mein Freund«, erklärte Raimund. »Selbstverständlich könnt Ihr hierbleiben, um Euch bis zur Ankunft des Abgesandten auszuruhen.«

»Bei allem Respekt, Toulouse«, erwiderte Robert von Flandern, »vor den Mauern ist der Gestank weit weniger aufdringlich als hier. Ich glaube, es ist besser, wenn ich mich in mein eigenes Zelt zurückziehe.«

»Wie Ihr wünscht«, entgegnete der Graf. »Aber kehrt wieder zurück, wenn der Gesandte eintrifft. Dann werden wir gemeinsam speisen und uns anhören, welche Pläne der Kaiser für die Heilige Stadt hat.«

»Ihr seid sehr freundlich, Toulouse.« Robert nahm das Angebot mit einem knappen Nicken an. »Es wäre mir natürlich eine Ehre.«

Die feuerrote Sonne ging hinter den trockenen Hügeln Palästinas unter und verblaßte zu einem fauliggelben Ball. Dalassenos hielt kurz an, um einen Schluck Wasser zu trinken, während er auf die Heilige Stadt blickte. Der dichte schwarze Rauch, der in den Himmel stieg, erschien ihm wie lebendige Säulen, die ein diesiges Firmament stützten. Dalassenos hatte den Rauch schon fast den ganzen Tag über gesehen, und nun konnte er ihn auch riechen: Er stank nach verbranntem Fett und Fleisch, nach Haaren und Knochen. Zunächst hatte er befürchtet, die Stadt selbst stünde in Flammen, doch jetzt sah er, daß die Feuer vor den Mauern brannten, und er wußte sofort, um was es sich dabei handelte.

»Drungarios?« meldete sich sein Stratege.

»Ja, Theotikis?« erwiderte Dalassenos, ohne den Blick von den mächtigen Rauchsäulen abzuwenden.

»Ihr habt gestöhnt, Herr.«

»Habe ich das?«

»Ich habe mich nur gefragt, ob Ihr Euch vielleicht unwohl fühlt.«

Dalassenos antwortete nicht darauf, sondern nahm die Zügel auf und trieb sein Pferd wieder voran.

Kurze Zeit später erreichten der kaiserliche Gesandte und sein Gefolge aus Beamten, Beratern und Unsterblichen die Jaffa-Straße. Ohne Umwege ritten sie zum Tor, wo sie von Graf Raimunds Männern empfangen wurden, welche die Gesandtschaft zur Zitadelle führten.

Nachdem die Besucher den Festungspalast betreten hatten, hieß sie Raimund persönlich willkommen. Auch einige andere Frankenfürsten – einschließlich der Herzöge Robert von der Normandie und Gottfried von Bouillon – hatten inzwischen von der bevorstehenden Ankunft des Gesandten erfahren und waren erschienen, um das erste Gefecht des kommenden Feldzugs mitzuerleben.

»*Pax vobiscum*, Drungarios«, sagte Raimund und trat vor, als der Gesandte vom Pferd stieg. Der Graf begrüßte seinen Gast mit offenen Armen, und die beiden umarmten sich steif. »Ich nehme an, Ihr hattet eine ruhige Reise. Nun, da sich die Straße von Jaffa nach Jerusalem in unserer Hand befindet, haben die Reisenden es weitaus leichter.«

»In der Tat«, stimmte ihm Dalassenos zu. »Zwar war es auf der

Straße genauso heiß und trocken wie sonst, aber glücklicherweise war nirgends ein Türke zu sehen.«

»Gegen die Hitze vermögen wir leider nichts zu tun«, erwiderte Raimund. »Ohne Zweifel besitzt der Kaiser in dieser Hinsicht größeren Einfluß.« Er lachte laut über seinen eigenen Scherz, während die anderen Edlen lediglich höflich kicherten.

»Ohne Zweifel«, entgegnete Dalassenos.

»Kommt. Ihr seid sicherlich müde und durstig. Bitte erfrischt Euch, bevor wir uns zum Abendessen zusammensetzen.« Raimund befahl seinen Dienern, den Abgesandten des Kaisers und sein Gefolge in die Gemächer zu führen, die man für sie vorbereitet hatte.

»Das ist sehr rücksichtsvoll von Euch«, erklärte Dalassenos, »aber unnötig. Meine Männer und ich werden im Kloster des heiligen Johannes Quartier beziehen. Die Brüder bieten einfache, doch angemessene und gute Unterkunft. Dort werden wir uns wohler fühlen.«

Raimund verzog das Gesicht. »Ich fürchte, das wird nicht möglich sein.«

»Nein?« Dalassenos blickte dem Grafen unverwandt in die Augen. »Und warum nicht?«

»Bedauerlicherweise hat das Kloster während der Kämpfe ein wenig gelitten.«

Dalassenos' Gesichtszüge verhärteten sich. »Wollt Ihr damit etwa sagen, es ist zerstört worden?«

Raimund reagierte auf die Herausforderung des Gesandten mit einer Zurschaustellung frommer Reue. »Das Kloster ist der Zerstörung entgangen«, erklärte er, »doch leider hatten die Brüder nicht so viel Glück. Sie sind getötet worden.«

Bei diesen Worten kam Bewegung in die kaiserlichen Besucher. Sie redeten alle zugleich und verlangten zu wissen, was geschehen war. Dalassenos brachte sie mit einem Wort zum Schweigen; dann wandte er sich an den Grafen. »Sind alle getötet worden?«

»Leider ja – alle«, gestand Raimund.

»In Gottes Namen, warum?« Ein Schatten des Zorns huschte über Dalassenos' Gesicht. »Das waren Christen, Mann! Priester! Mönche!«

Raimund senkte den Kopf und straffte die Schultern als Reaktion auf den Zorn des Gesandten. Er bereute wirklich zutiefst, daß seine Mitpilger die gesamte Bevölkerung der Heiligen Stadt ausgerottet hatten, doch er wußte nicht, was er jetzt noch deswegen unternehmen sollte. Ihm blieb keine andere Wahl, als sich dem kaiserlichen Zorn zu stellen. »Wir hatten geglaubt, sämtliche Christen seien der Stadt verwiesen worden. Daß einigen wenigen gestattet worden war zu bleiben, haben wir nicht gewußt. Es handelt sich wirklich um einen äußerst bedauernswerten Vorfall.«

»Bedauernswert?« heulte Theotikis und drängte sich vor. »Ihr schlachtet Priester ab und nennt es einen ... einen ›bedauernswerten Vorfall‹?« Er richtete sich zu seiner vollen Größe auf und spie vor den lateinischen Fürsten auf den Boden. »Barbaren!«

Die fränkischen Herren gerieten bei dieser offenen Respektlosigkeit nun ihrerseits in Zorn und schrien die Byzantiner an. Einige wenige stießen sogar Flüche aus und ballten die Fäuste.

»Es reicht!« knurrte Dalassenos, der sich rasch wieder gefangen hatte. An Raimund gewandt erklärte er: »Wir werden unser Lager vor den Mauern aufschlagen. Im Namen von Kaiser Alexios verlange ich, daß Ihr und die anderen lateinischen Fürsten Euch morgen versammelt, damit wir diese Angelegenheit besprechen können sowie auch alle anderen Fragen, die sich aus der Eroberung der Stadt ergeben.«

Die Stirn noch immer in Falten gelegt, begegnete Raimund dem Zorn des Gesandten mit hartem Blick. »Wie Ihr wünscht«, murmelte er.

Die kaiserliche Gesandtschaft zog sich zur Kirche der Heiligen Jungfrau auf dem Berg Zion südlich der Mauern zurück, wo sie ihr

Lager aufschlug. Raimund und einige der Frankenfürsten versammelten sich in der Zitadelle, in der sie bei einem gemeinsamen Umtrunk über die morgige Zusammenkunft diskutierten. Verwirrt darüber, daß die Griechen ihre Gastfreundschaft abgelehnt hatten, ertränkten sie ihre Verärgerung im süßen, schweren Wein ihres neueroberten Reiches, und im Laufe der Nacht schwor einer nach dem anderen, sich für das respektlose Verhalten der Byzantiner zu rächen.

Die Griechen wiederum verbrachten die Nacht mit den Mönchen auf dem Berg Zion und beteten für die Seelen ihrer ermordeten Brüder und für die aller anderen Christen, welche die Kreuzfahrer im Laufe der Pilgerfahrt erschlagen hatten. Nach dem Gebet zog sich der Gesandte in eine Zelle zurück, welche die Mönche für ihn vorbereitet hatten.

Dalassenos konnte kaum schlafen, denn er sorgte sich über die heimtückische Ignoranz und die Brutalität der lateinischen Pilger; er fürchtete sich vor dem kommenden Tag und vor den Forderungen, die er im Namen des Kaisers stellen mußte. Die Herren des Westens hatten sich als eine aufsässige und wenig vertrauenswürdige Gesellschaft erwiesen – nicht besser als die Ungläubigen.

Bei der Vorstellung, was Alexios tun würde, sollte er erfahren, was in Jerusalem geschehen war, schauderte Dalassenos innerlich. Es wäre für alle das Beste, wenn es ihm gelingen würde, die Kreuzfahrer davon zu überzeugen, die Heilige Stadt der Herrschaft des Kaisers zu unterstellen, und das so rasch wie möglich – morgen wäre kaum zu früh dafür.

Dalassenos war gerade erst eingeschlafen, als er durch die Ankunft mehrerer Mönche geweckt wurde, die auf dem Kirchengrund um eine Unterkunft für die Nacht nachsuchten. Das ist seltsam, dachte er, denn die Nacht war schon fast vorüber, und den Stimmen nach handelte es sich um römische Priester, allerdings von einer Art, wie er sie noch nie zuvor gesehen hatte. Er öffnete die

Zellentür, blickte hinaus, und da sah er sie: Drei Mönche und ein großer, besorgt wirkender Jüngling wurden über den Innenhof geführt. Der junge Mann zuckte unwillkürlich zusammen, als er Dalassenos' Gesicht in der Tür entdeckte, doch alle vier eilten rasch weiter, und der Drungarios legte sich wieder hin und versuchte einzuschlafen.

Während Raimund sich mit dem kaiserlichen Gesandten am Palasttor traf, waren Murdo und die Mönche eifrig damit beschäftigt, den Schatz so zu verstauen, daß die Bündel wie eingewickelte Leichen wirkten. Zunächst banden sie die einzelnen Gegenstände mit den Tüchern und Bändern zusammen, die Fionn besorgt hatte; dann stopften sie die Zwischenräume mit Stroh und Gras aus, bis das Ganze ungefähr die Form eines menschlichen Körpers besaß, und schließlich wickelten sie alles in Leichentücher.

Sie arbeiteten rasch. Auf Fionns Drängen hin zog Murdo widerwillig sechs Goldmünzen aus dem Schatzhaufen. »Du stiehlst es doch nicht, Murdo«, belehrte ihn der Mönch. »Du verwendest nur einige der ersten Früchte, um die Ernte zu sichern.«

Nachdem der letzte Knoten festgezogen war, schleppten sie die Bündel eilig aus dem Zelt, um keinen Verdacht zu erregen. Zu guter Letzt holte Murdo noch das Schwert, den Schild und den Harnisch seines Vaters, bevor sie das Zelt endgültig verließen, damit ein anderer verwundeter Pilger hierhergebracht werden konnte. Schließlich setzten sich Murdo und die beiden Mönche unter einen nahe gelegenen Olivenbaum und warteten auf Ronans Rückkehr.

»Was hält ihn nur auf?« fragte Murdo. Er warf einen besorgten Blick auf die unförmigen Bündel. Insgesamt waren es vier: drei größere, die man für Erwachsene hätte halten können, und ein kleineres von der Größe eines Kindes. Überall im Lager gingen Mönche und Frauen ihrer Arbeit nach und kümmerten sich um die Sterbenden und Verwundeten. Niemand schien die kleine Gruppe zu bemerken, die unter dem Baum wartete; Murdo blieb dennoch wachsam, denn er fürchtete, jeden Augenblick würde man ihr Spiel durchschauen.

Die unheilvolle Sonne wanderte über das Himmelsgewölbe, um schließlich in einem blutroten Dunst unterzugehen, und Ronan erschien noch immer nicht. »Ich vermute, Kamele sind nicht so leicht zu besorgen wie Pferde oder Esel«, meinte Fionn. »Ronan mac Diarmuid wird uns schon nicht im Stich lassen. Hab Vertrauen, Murdo.«

»Gott wandert stets durch das Chaos, um seine Wunder zu vollbringen«, fügte Emlyn philosophisch hinzu. »Vertraue nicht auf die Taten der Menschen, sondern auf den Allmächtigen, dessen Pläne für die Ewigkeit sind und dessen Werke die Zeiten überdauern.«

Trotz der wiederholten Versuche der beiden Priester, Murdo zu beruhigen, wurde seine Nervosität nicht geringer. Selbst nach Sonnenuntergang fand er keine Ruhe, obwohl er dankbar dafür war, daß die Hitze merklich nachgelassen hatte. Der Mond spendete mehr als genug Licht, um einem Dieb die Arbeit zu ermöglichen, während die Sterne hinter einem Rauchschleier glühten wie die Augen lauernder Wölfe im Licht eines Lagerfeuers.

Murdo rieb sich mit der Hand übers Gesicht, um die Müdigkeit zu vertreiben. Er war hungrig und erschöpft, und ihn schmerzte der ganze Körper. Doch weder der Hunger noch die verbrannte Haut oder die wunden Füße machten ihm etwas aus: Das alles waren nur geringfügige Beschwerden im Vergleich zu dem stechenden, nagenden Schmerz in seinem Herzen. Er vermißte seinen Vater, und er vermißte seine Heimat. Er sehnte sich nach den grünen Inseln von Orkneyjar, nach dem kühlen Nordwind auf seinem Gesicht, und er sehnte sich nach Ragna, danach, sie endlich wieder in den Armen zu halten. Er wünschte sich, daß dieser unglückselige Tag endlich vorübergehen würde.

Fionn stieß ihn sanft mit dem Ellbogen an. »Da kommt jemand«, flüsterte er.

Murdo setzte sich auf. »Wo?«

»Dort unten.« Fionn deutete auf den Pfad hinunter, der sich über den Talboden wand. Eine graue Gestalt schritt über den von Bäumen beschatteten Pfad, doch sie war noch zu weit entfernt, als daß man sie deutlich hätte erkennen können. Als sie näher kam, spaltete sich die Gestalt in zwei Teile auf. Die große Gestalt besaß lange Beine und einen Buckel, während es sich bei der kleineren eindeutig um einen Menschen handelte.

»Das ist Ronan«, verkündete Fionn nach einer Weile. »Ich habe dir doch gesagt, daß er uns nicht im Stich lassen wird.« Er stand rasch auf und fuhr fort: »Er wird nicht wissen, wo er uns finden kann. Ich werde ihn holen.«

Murdo beobachtete, wie der Mönch zwischen den Bäumen hindurch den Hügel hinuntereilte. Schließlich erreichte Fionn den älteren Priester, woraufhin beide sich umdrehten und zu den Wartenden hinaufstiegen. Das Tier, das sie mit sich führten, schien mit jedem Schritt unförmiger zu werden; tatsächlich handelte es sich bei diesem sogenannten Kamel um ein weit größeres Tier, als Murdo erwartet hatte – und es stank fürchterlich nach ranzigem Mist.

Das Kamel war eine der abstoßendsten Kreaturen, die Murdo je gesehen hatte. Das Tier war gänzlich von einem matten, räudigen Fell bedeckt, das ihm in Fetzen vom Leibe hing. Die großen, faulen Augen schienen förmlich aus dem kleinen, flachen Kopf hervorzuquellen, der das Ende eines langen, unförmigen Halses bildete, während der große Buckel – den man ›Höcker‹ nannte, wie Murdo später erfahren sollte – wie ein verwitterter Berg über einem aufgeblähten Bauch thronte. Das Ding schlurfte mit seinen riesigen Füßen anstatt zu gehen, und wenn es sich hinlegte, faltete es sich seltsam zusammen – was es übrigens sofort tat, nachdem Ronan aufhörte, an den Zügeln zu ziehen.

»Wir müssen uns beeilen«, sagte Ronan. Dann holte er ein Bündel von dem jochförmigen Traggestell auf dem Rücken des Kamels und reichte es Murdo. »Ich habe dir etwas zum Anziehen mitgebracht.«

»Wir haben den ganzen Tag lang gewartet«, sagte Murdo und nahm die Kleider entgegen.

»Ich habe es für das Beste gehalten, bis nach Sonnenuntergang zu warten«, erwiderte der Mönch, »wenn ich sicher sein konnte, daß niemand das Tier benötigen würde.«

»Du hast es gestohlen?«

»Ich habe es mir ausgeliehen«, berichtigte ihn Ronan. »Wie heißt es doch in der Heiligen Schrift? ›Als sie nun in die Nähe Jerusalems kamen, nach Betfage an den Ölberg, sandte Jesus zwei Jünger voraus und sprach zu ihnen: Geht hin in das Dorf, das vor euch liegt, und gleich werdet ihr eine Eselin angebunden finden und ein Füllen bei ihr; bindet sie los und führt sie zu mir! Und wenn euch jemand etwas sagen wird, so sprecht: Der Herr bedarf ihrer. Sogleich wird er sie euch überlassen.‹ Esel oder Kamel: Ich habe also nur dem Befehl unseres Herrn gehorcht.« Der Priester blickte in den Himmel, um abzuschätzen, wie spät es war. »Dennoch wäre es besser für uns, wenn der Besitzer das Tier am Morgen dort finden würde, wo er es zurückgelassen hat.«

»Aber ich will nach Edessa, um meine Brüder zu suchen«, erklärte Murdo.

»Was das betrifft, habe ich eine bessere Idee«, erwiderte Ronan. »Aber jetzt wirst du dich erst einmal anziehen, während meine Brüder und ich uns um das Gepäck kümmern.«

Der Priester eilte wieder davon, und ließ einen verwirrten Murdo zurück. Rasch entledigte sich Murdo Emlyns Umhang und zog die Kleider an, die Ronan ihm gebracht hatte: eine Hose mit einem breiten Stoffgürtel und ein weites Wams aus feinem, leichtem Stoff, ähnlich den wallenden Mänteln, welche die Menschen in dieser Gegend bevorzugten. Stiefel oder Schuhe hatte der Mönch nicht mitgebracht, doch Murdo hätte sie ohnehin nicht tragen können. Während er sich anzog, waren die anderen eifrig damit beschäftigt, den Schatz zu verladen.

Die Arbeit war bald erledigt, und Ronan lief wieder zu Murdo, der gerade den Gürtel anlegte. »Komm, wir werden dir aufs Kamel helfen.«

Mißtrauisch musterte Murdo die klapprige Kreatur. »Ich kann gehen«, erklärte er.

»Deine Sturheit gereicht dir nicht zum Vorteil«, erwiderte Ronan bestimmt. »Du wirst reiten und keine Widerrede.«

Gemeinsam hoben Emlyn und Fionn den jungen Mann auf den vorderen Teil des Traggestells, der einem Sattel ähnelte. Dort hockte Murdo: Seine Beine hingen rechts und links neben dem Hals des Ungetüms herunter, und hinter ihm hatte man zu beiden Seiten den Schatz befestigt.

Ronan trat vor das Kamel und sagte mit lauter Stimme: »*Hat! Hat!*« Das seltsame Wort riß das Tier aus seinem Schlaf, das daraufhin den Kopf zurückwarf und schwankend aufstand. Ronan zog an den Zügeln, und die Kreatur stieß ein fürchterliches Blöken aus. »*Hat!*« wiederholte Ronan streng. Das Kamel blökte erneut; dann drehte es sich um und machte sich langsam auf den Weg den Hügel hinab zum Pfad. Murdo hielt sich mit beiden Händen an dem hölzernen Sattelknopf fest, während das Tier behäbig vorwärts schlurfte; dabei schwankte es so sehr, daß sein widerwilliger Reiter jeden Augenblick fürchtete herunterzufallen.

Sie erreichten den Pfad und wandten sich Richtung Stadt. »Wirst du mir jetzt sagen, wohin wir eigentlich gehen?« fragte Murdo, der sich inzwischen einigermaßen an das Schwanken gewöhnt hatte.

»Gerne«, antwortete Ronan. »Während ich mich in der Umgebung der Stadt umgesehen habe, habe ich von einem nahe gelegenen Kloster erfahren. Es liegt außerhalb der Mauern; daher ist es der Zerstörung entgangen. Ich glaube, die guten Brüder dort werden uns helfen.«

»Ein Kloster«, murrte Murdo. Er hatte das Gefühl, vom Regen in die Traufe zu kommen. »Wie könnte man uns dort schon helfen?«

»*Catacumbae*«, antwortete Ronan.

Murdo erkannte das Wort als Latein, doch er konnte sich nicht an die Bedeutung erinnern, und so fragte er nach.

»Im Osten«, erklärte der alte Mönch, »werden die Toten häufig in unterirdischen Kammern bestattet. Dort können wir auch unser Geheimnis begraben, und die guten Brüder werden darüber wachen.«

Murdo war keineswegs davon überzeugt. Nichts lag ihm ferner, als den Schatz in der Obhut eines Klosters voller diebischer Priester zurückzulassen. Niedergeschlagen lehnte er sich gegen den Kamelhöcker und hielt in den Schatten nach Räubern Ausschau.

Bald kreuzte der Pfad einen breiteren Weg, der die kleine Gruppe zur Straße nach Süden führte, und kurz darauf wanderten Murdo und die drei Mönche unter den Schatten der Stadtmauer entlang. Vor dem Jaffa-Tor passierten sie einen großen, schwelenden Scheiterhaufen. Funken stoben von den glühenden Scheiten gen Himmel. Bereits aus der Entfernung spürte Murdo die Hitze auf seinem Gesicht, und inmitten der Glut sah er menschliche Schädel – Hunderte aufeinander getürmte Schädel, und alle starrten sie ihn voller Bosheit aus ihren leeren Augenhöhlen an. Murdo stellte sich vor, daß die Hitze, die er spürte, dem Zorn der Schädel über den brutalen Verlust ihres Lebens entsprang. Schließlich hielt er ihrem Blick nicht länger stand und wandte sich ab.

Verstohlen setzte die kleine Gruppe ihren Weg entlang der Westmauer in Richtung der zerklüfteten Hänge des Berges Zion im Hinnomtal fort. Als sie die Südwestecke der Mauer erreichten, teilte sich der Weg ein weiteres Mal: Die Hauptstraße führte weiter Richtung Bethlehem und Hebron, während die andere sich nach Osten, den Berg hinauf, wand.

Als sie sich dem heiligen Berg näherten, sah Murdo das blasse Schimmern weißgetünchter Häuser, deren größtes von einer Kuppel gekrönt wurde, auf der ein Kreuz thronte. Einen Augenblick später hielten sie an. »Da ist jemand auf der Straße«, sagte Ronan mit leiser Stimme. Er deutete nach vorne zu einer Stelle, wo der Weg nach links den Berg hinauf abbog. »Ich glaube, sie kommen auf uns zu.«

»Wir sollten die Straße verlassen, bis sie vorüber sind«, schlug Murdo vor und sah sich um. Unglücklicherweise war der Hang mit Ausnahme von ein paar Dornenbüschen vollkommen kahl. Nirgends gab es einen Ort, wo sie sich hätten verstecken können.

Auch die Mönche bemerkten dies. »Wir werden auf Gottes Schutz vertrauen müssen«, erklärte Ronan. »Kommt, Brüder, laßt uns den Herrn um seine Hilfe bitten.« Sofort begannen die drei mit einem leisen Bittgesang, während Murdo weiter nach einem Versteckplatz Ausschau hielt.

Inzwischen waren die Fremden ein gutes Stück näher gekommen, und als sie das Kamel und die vier Männer erblickten, eilten sie darauf zu. Kurz darauf konnte Murdo erkennen, daß es sich insgesamt um acht oder zehn Männer handelte – einige trugen Schwerter, andere Spieße –, und der Art nach zu urteilen, wie sie sich bewegten, waren die meisten von ihnen betrunken. Murdo bereitete sich auf die unvermeidliche Konfrontation vor.

Der vorderste Krieger rief etwas – vermutlich verlangte er von den Mönchen, anzuhalten.

Einige seiner Gefährten beeilten sich, den Weg zu versperren, obwohl das Kamel bereits stehengeblieben war.

Die Priester rührten sich nicht, sondern fuhren mit ihren Gebeten fort, bis die Männer sie umstellt hatten. »*Pax vobiscum*«, grüßte

Ronan schließlich höflich. »Es ist schon spät, und Ihr seid noch nicht zu Bett gegangen?« fragte er in gutem Latein. »Oder wollt Ihr die Hitze des Tages meiden und habt Euch deshalb schon so zeitig auf den Weg gemacht?«

Einige der Krieger blickten einander an und zuckten mit den Schultern, während andere Worte in einer Sprache austauschten, die Murdo nicht verstand. Mittlerweile war ihm aufgefallen, daß vier der Männer schwere Ledertaschen auf dem Rücken trugen, die sie nun auf den Boden stellten. Murdo ahnte, was die Taschen enthielten – Beute –, und er wußte, daß die Männer keinen Augenblick lang zögern würden, ihm den Schatz zu rauben. Er blickte an seinem Bein hinunter und sah, daß das Schwert seines Vaters aus einem der mit Tüchern umwickelten Bündel ragte – eine rasche Bewegung, und es läge in seiner Hand...

»Spricht einer von Euch Latein?« erkundigte sich Ronan.

Die Männer murmelten drohend, traten nervös von einem Fuß auf den anderen und legten die Hände auf die Waffen. Als niemand Anstalten machte zu antworten, wiederholte der Priester seine Frage auf gälisch. Er wollte sie gerade noch ein drittes Mal wiederholen, als einer der Männer vortrat. »Ich spreche ein wenig Latein«, sagte der Mann und musterte den Priester kalt von Kopf bis Fuß. Als er seine Aufmerksamkeit dem Kamel zuwandte, blickte Murdo in ein hartes, kampferprobtes Gesicht; Mißtrauen stand darin geschrieben, und der Mann verzog die Lippen zu einem verächtlichen Lächeln. »Was habt ihr da?«

Ronan deutete auf die Bündel und antwortete: »Unser lieber Bruder, Herr Ranulf von Orkneyjar, ist den Wunden erlegen, die er bei der Eroberung der Heiligen Stadt erlitten hat.«

Der Mann runzelte die Stirn. »Und die anderen?«

»Herr Ranulf besaß drei Söhne«, erklärte Ronan. »Alle waren sie Pilger wie ihr. Wir befinden uns auf dem Weg zur Kirche der Heiligen Jungfrau. Wißt Ihr zufällig, wo sie ist?«

»Nein«, knurrte der Mann. Er rief etwas seinem Gefährten zu, der dem Kamel am nächsten stand. Der Krieger antwortete und blickte mißtrauisch zu Murdo empor. Dann trat er neben das Tier und stocherte mit der Unterseite seines Speers auf den Bündeln herum. Nur mit Mühe konnte Murdo sich zurückhalten, das Schwert zu ziehen und auf den Mann einzuschlagen.

»Warum schleicht ihr durch die Nacht, wenn ihr nichts zu verbergen habt?« fragte der Soldat, der Latein sprach.

»Weil es am Tage zu heiß ist, und in der Sonne beginnen die Leichen schnell zu riechen«, erklärte der alte Mönch. »Wir wollten unserem Gefährten diese letzte Demütigung ersparen.« Er streckte die Hand als Geste der Freundschaft aus und fügte hinzu: »Für Euch würden wir nicht weniger tun, mein Freund – für Euch und für Eure Männer.«

»Sehen wir für dich etwa aus, als seien wir tot, Priester«, spottete der Krieger.

»Gelobt sei Gott für die Gnade, die er Euch erwiesen hat«, erwiderte Ronan. »Ich bete, daß er Euch auch eine glückliche Heimkehr gewähren möge.«

Emlyn meldete sich zu Wort. »Vielleicht wollt Ihr uns zur Kirche begleiten. Wir könnten Euch die Beichte abnehmen und für Euch beten, und ...«

»Verzeih mir, Bruder«, unterbrach ihn Fionn. »Ich möchte dich nur darauf hinweisen, daß der Papst bereits im voraus die Absolution für alle Sünden erteilt hat, die auf der Kreuzfahrt begangen werden. Bei diesen Männern handelt es sich offenbar um Pilger wie wir, und daher bedürfen sie keiner Absolution und somit auch keiner Beichte.«

»In deinen Worten liegt Wahrheit, Bruder«, gestand Emlyn ihm gnädig zu. »Aber wie du gesagt hast, galt das Dekret des Papstes nur für die Dauer der Pilgerfahrt. Da der Kreuzzug nun beendet ist, glaube ich, hat auch das Dekret seine Gültigkeit verloren.«

Unsicher, welche Schlüsse sie aus diesem Disput ziehen sollten, traten die Männer nervös von einem Fuß auf den anderen. Murdo konnte es einfach nicht fassen, daß seine Gefährten ausgerechnet diesen Augenblick gewählt hatten, um ein theologisches Streitgespräch zu beginnen.

»Brüder«, sagte Ronan im Tonfall eines Lehrmeisters, der einen übereifrigen Schüler zurechtweist, »dies hier ist weder der geeignete Ort noch der richtige Zeitpunkt für einen solchen Disput. Diese tapferen Krieger hier müssen sich um ihre Angelegenheiten kümmern.«

»Natürlich«, stimmte ihm Fionn zu. »Ich sage: Sollen sie ihres Weges ziehen. Es besteht kein Grund, sie noch länger aufzuhalten.«

»Soll ich etwa glauben, was ich da höre?« beschwerte sich Emlyn. Er deutete vorwurfsvoll auf den ihnen am nächsten stehenden Krieger. »Soweit wir wissen, sind ihre Seelen in just dieser Nacht in Gefahr, in die Hölle hinabzufahren. Warum sollten wir ein solch unnötiges Risiko eingehen? Ich sage: Laßt uns ihnen die Beichte abnehmen!«

Bei diesen Worten wichen die Kreuzfahrer einen Schritt zurück; plötzlich hatten sie es sehr eilig, von hier zu verschwinden.

»Wir haben jetzt keine Zeit dafür«, murmelte der Soldat, der für die Gruppe sprach. »Wir befinden uns auf dem Weg zum Lager im Tal. Unser Herr wartet auf uns.«

»Die Kirche ist nicht weit von hier entfernt«, bot Ronan hilfsbereit an. »Der Gottesdienst wird nicht lange dauern, und Ihr könntet Euren Weg alsbald wieder fortsetzen.«

Die Männer wichen einen weiteren Schritt zurück; drei von ihnen, die es nicht abwarten konnten, die aufdringlichen Priester loszuwerden, lösten sich bereits aus der Gruppe.

»Ich habe Euch doch gesagt, wir haben Wichtigeres zu tun«, murrte der Krieger.

»Was kann wichtiger sein als das Seelenheil eines Menschen?« verlangte Emlyn zu wissen.

»Unser Seelenheil geht dich nichts an, Priester«, knurrte der Kreuzfahrer. »Zieht eures Weges.«

Ronan willigte ungnädig ein. »Kommt, meine Brüder, wir werden hier nicht gebraucht.« Er zog am Zügel, woraufhin das Kamel sich schwankend wieder in Bewegung setzte und Murdo beinahe aus dem Sattel warf.

Die Soldaten wichen zur Seite und beobachteten, wie die Priester und das Kamel in der Nacht verschwanden. Emlyn drehte sich um und hielt den Männern eine letzte Predigt. »Erinnert Euch stets daran, meine Freunde, daß keine Sünde so groß ist, als daß Gott sie Euch nicht verzeihen würde. Unser himmlischer Vater heißt jeden willkommen, der wahre Reue zeigt.«

»Jetzt geht endlich!« schnappte der Soldat gereizt. Er bedeutete seinen Gefährten, sich ebenfalls wieder in Bewegung zu setzen und fügte murmelnd hinzu: »Verflucht seien alle Priester!«

Die Mönche begannen erneut zu singen und setzten ihren Weg fort. Sie waren erst wenige Schritte gegangen, als Murdo es wagte, einen Blick über die Schulter zurückzuwerfen – die Soldaten rannten so schnell sie konnten die Straße hinunter. »Sie verschwinden«, sagte er und bemerkte im selben Augenblick, daß er den Atem angehalten hatte.

»Natürlich«, erwiderte Ronan. »Schafe dieser Art sind nur selten begierig darauf, geschoren zu werden.«

Als sie die Kirche der Heiligen Jungfrau erreichten, entdeckten sie zu ihrem Entsetzen, daß das gesamte Kirchengelände von Körpern übersät war. Überall um die Kirche herum lagen Menschen in Gruppen beisammen. Einige wenige waren in Mäntel gehüllt, aber die meisten lagen dort auf der nackten Erde, wo sie Platz gefunden hatten. Zunächst glaubte Murdo, daß das Gemetzel außerhalb der Stadtmauern seine Fortsetzung gefunden hatte, doch dann sah er, daß diese hier mehr Glück gehabt hatten als ihre Mitbewohner: Sie waren nicht tot, sie schliefen nur.

Murdo ließ seinen Blick über die Menschenmasse schweifen. Mohammedaner und Juden lagen hier Seite an Seite und hier und dort sogar ein vereinzelter Christ. Sie alle hatten hier Schutz vor dem Sturm des Todes gesucht, der ihre Stadt heimgesucht hatte – hier, an diesem Ort, der ihnen an jenem verhaßten Tag als einziger sicherer Hafen erschienen sein mußte.

Murdo sah sogar ganze Familien, die inmitten der wenigen Habseligkeiten ruhten, die sie vor der Zerstörungswut der Pilger hatten retten können. Angesichts ihres Verlustes empfand er eine unheimliche Leere in seinem Herzen, und er erkannte, wie wenig ihn von diesen Menschen trennte. Alle Menschen fliehen vor dem Tod, dachte er trübsinnig. Einigen gelingt die Flucht, anderen nicht; doch am Ende trifft es jeden.

Ein schmaler Pfad wand sich durch die Masse der Flüchtlinge zum Klostertor. Vorsichtig führten die Mönche das Kamel zwischen den Schlafenden hindurch, und schließlich erreichten sie unmittelbar hinter der Kuppelkirche den Klostereingang. Das hölzerne Tor war verschlossen und verriegelt, doch an einem der Torpfosten hing eine Glocke.

Emlyn läutete. Einige der Schlafenden wurden von dem Geräusch geweckt. Knarrend öffnete sich eine kleinere Tür, und ein rundes, dunkles Gesicht erschien in der Öffnung. »Wer stört den Frieden dieses Ortes?«

»Verzeiht uns, Bruder«, antwortete Ronan. »Wir würden Euch nicht belästigen, wenn wir uns in keiner wirklichen Notlage befänden. Wie Ihr sehen könnt, sind auch wir Priester, und wir ersuchen Euch um Eure Hilfe und bitten um Einlaß. Wir wünschen, so schnell wie möglich mit dem Abt zu sprechen.«

Der Mönch musterte sie von Kopf bis Fuß; dann sagte er: »Es tut mir leid, doch der Abt hält Vigil, und ich werde ihn nicht in seinen

Gebeten stören. Ihr müßt bis nach der Terz warten, wenn der Abt für gewöhnlich seine Gäste begrüßt, doch selbst dann kann ich Euch nicht garantieren, daß er Euch empfangen wird.« Der Pförtner hielt kurz inne, bevor er hinzufügte: »Die letzten Tage waren für uns alle sehr schwierig.«

»Ich verstehe«, erwiderte Ronan in sachlichem Tonfall. »Wenn dies wirklich alles ist, worauf wir hoffen dürfen, dann werden wir uns fügen. Aber vielleicht gestattet Ihr uns, im Inneren zu warten.«

»Ich muß Euch leider erneut enttäuschen«, entgegnete der Mönch. »Aufgrund der unerwarteten Ankunft des kaiserlichen Abgesandten ist unser Gästehaus bis auf die letzte Zelle besetzt. Selbst der Hof ist überfüllt. Wie Ihr sehen könnt, gibt es weder im Inneren noch vor den Toren Platz für Euch.«

»Wir wollen die Ordnung dieses Ortes auf keinen Fall stören«, versicherte ihm Ronan. »Wir verlangen nur einen Ort, wo wir uns hinsetzen und warten können – mehr nicht.«

»Nun gut«, gab der Mönch nach, »ich werde Euch hereinlassen.«

»Wir danken Euch, Bruder. Möge Gott Euch segnen.«

Die kleine Tür wurde geschlossen, und sie warteten. Murdo glaubte bereits, der Mönch habe seine Meinung doch noch geändert, als er von der anderen Seite des Tores ein kratzendes Geräusch vernahm, und einen Augenblick später schwangen die Torflügel auseinander, um ihnen Einlaß zu gewähren. Sie führten das Kamel in den Hof, und das Tor wurde wieder geschlossen.

Der Innenhof war ein Quadrat aus festgestampfter Erde, das auf drei Seiten von verschiedenen Gebäuden begrenzt wurde und auf der vierten von einem langen Zellenflügel. Kerzenlicht leuchtete aus Fenstern und Türen einiger Zellen und aus der winzigen Hofkapelle. Auch der Hof war von schlafenden Menschen übersät, nur hatten hier die Mönche für Ordnung gesorgt und die Flüchtlinge in jeweils vier Reihen zu beiden Seiten des Hauptwegs angeordnet.

»Ich werde Euch in die Ställe führen. Dort werdet Ihr vielleicht noch einen Platz finden, wo Ihr Euch hinsetzen und warten könnt. Hier entlang, bitte.«

Sie gingen zwischen den Schlafenden hindurch und erreichten schließlich ein niedriges Gebäude, in dem sich ein Ständer an den anderen reihte. In sämtlichen Ständern waren Pferde, doch da der Platz im Inneren der Stallungen bei weitem nicht für die anwesenden Tiere ausreiche, hatte man einige von ihnen davor anbinden müssen. »Wie Ihr seht«, sagte der Pförtner, »sind selbst die Ställe überfüllt; aber Ihr dürft dennoch hier warten.«

In diesem Augenblick trat eine große, weißgewandete Gestalt aus der Kapelle und machte sich auf den Weg über den Hof. Als sie die Neuankömmlinge und ihr Kamel bemerkte, blieb die Gestalt stehen und rief: »Thaddäus? Stimmt etwas nicht?«

Der Mönch drehte sich um. »Nein, Herr Abt. Es tut mir leid, wenn wir Eure Gebete gestört haben sollten. Ich wollte diese Besucher gerade in den Ställen einquartieren.«

»Noch mehr Gäste?« fragte der Abt und kam auf sie zu. »Heute nacht können wir uns wahrlich nicht über mangelnden Besuch beklagen.« Als er die Neuankömmlinge erreichte, lächelte er und breitete freundlich die Arme aus. »Seid gegrüßt, meine Freunde. Wie ich sehe, haben wir heute das Glück, Mitglieder unseres eigenen Ordens aus fernen Landen empfangen zu dürfen. Ihr seid hier willkommen. Ich bin Philipp, der Abt dieses Klosters. Seid Ihr von weither gepilgert?«

»Wir kommen aus dem Land der Skoten am Ende der Welt, wo wir in unserem Kloster die Felder des Herrn bestellen. Wie es der Zufall will, so bin auch ich der Abt unseres kleinen, aber feinen Ordens.«

»In der Tat!« rief Abt Philipp offensichtlich beeindruckt. »Wir müssen uns morgen unbedingt zusammensetzen und unsere Unterhaltung fortsetzen. Ich wüßte nur allzu gerne, wie die Kirche ihre Angelegenheiten in der barbarischen Wildnis regelt, von der Ihr sprecht.« Er lächelte und verneigte sich knapp vor den guten Brüdern. »Aber Ihr seid müde, und ich will Euch nicht länger aufhalten. Falls es nichts mehr gibt, was ich für Euch tun kann, wird Euch Bruder Thaddäus einen Ruheplatz zuweisen.«

»Zeit und Umstände sind gegen uns, ich weiß«, sagte Ronan rasch. »Und ich würde Euch nicht behelligen, wenn unsere Not nicht groß wäre; aber wir haben eine Arbeit begonnen, von der wir nicht abzulassen wagen, bevor sie nicht beendet ist.« Er deutete auf die mit Leichentüchern umwickelten Bündel und bat den Abt, selbst einen Blick darauf zu werfen.

»Ah, ich verstehe«, sagte der Abt. Ein sorgenvoller Unterton schlich sich in seine Stimme. »Sind dies Priester?«

»Nein, Herr Abt«, antwortete Ronan. Er winkte dem Mann, sich mit ihm ein Stück von der Gruppe zu entfernen. Kurz flüsterten sie ernst miteinander, und als sie wieder zu den anderen zurückkehrten, blickte der Abt zu Murdo hinauf, der vollkommen regungslos auf dem Kamel hockte. »Möge Gott dich segnen, mein Freund. Möge die Liebe unseres Herrn dich in deiner Trauer trösten.«

Murdo antwortete nicht, sondern nickte nur als Zeichen, daß er die Beileidswünsche des Abtes akzeptierte.

»Bruder Thaddäus«, wandte sich der Abt an den Pförtner, »öffne die Krypta, und führe unsere Freunde in die Katakomben.«

»Aber, Herr Abt, wir können doch nicht...«, widersprach der Mönch.

»Bitte, die Nacht ist schon fast vorüber«, unterbrach ihn Abt Philipp. »Tu, was ich dir sage. Zu gottgegebener Zeit wird dir alles klarwerden.«

»Vielen Dank, Herr Abt«, sagte Ronan. »So Gott will, werden wir beide in den kommenden Tagen sicherlich Gelegenheit finden, uns zusammenzusetzen und miteinander zu reden.«

»Ich blicke diesem Tag mit großer Vorfreude entgegen«, erwiderte der Abt, sprach einen Segen über die Gäste und kehrte wieder zu seiner Arbeit zurück.

Bruder Thaddäus war zwar offenbar nicht gerade erfreut über die Einmischung des Abtes, dennoch erfüllte er dessen Befehl so gut er konnte, wenn auch ein wenig übereifrig. »Die Krypta befindet sich in dieser Richtung«, sagte er. »Benötigt Ihr Hilfe mit den Toten? Falls ja, dann werde ich noch einige Brüder herbeirufen.«

»Vielen Dank, Bruder, aber nein«, lehnte Ronan das Angebot ab. »Ich fürchte, wir haben die Ruhe Eurer Gemeinschaft schon viel zu lange gestört. Dies ist unsere Arbeit; wir werden die Last auf uns nehmen und beenden, was wir begonnen haben.«

»Wie Ihr wünscht«, sagte der Mönch und setzte sich in Bewegung. »Zu den Katakomben hier entlang.«

Fionn zog am Zügel, und das Kamel sackte mit lautem Blöken zu Boden. Anschließend half Emlyn Murdo aus dem Sattel und stützte ihn auf dem Weg an den Schlafenden und den nunmehr dunklen Zellen vorbei in Richtung Kapelle. Als sie an der letzten Zelle vorüberkamen, erregte eine Bewegung in der Dunkelheit Murdos Aufmerksamkeit. Er drehte sich um und erschrak, denn in der Zellentür stand ein dunkelhäutiger Mann mit kurzen schwarzen Haaren.

Der Mann war groß und von königlicher Erscheinung, und er trug weder die Kleider eines Mönchs, noch besaß er eine entsprechende Haltung. Kurz musterte er die Vorbeiziehenden, doch da offenbar nichts sein Interesse erregte, drehte er sich wieder um und verschwand in den Schatten der abgedunkelten Zelle. Murdo wandte seine Aufmerksamkeit wieder der bevorstehenden Aufgabe zu.

Bruder Thaddäus führte die nächtlichen Besucher an der Kapelle vorbei zur Küche und zum Refektorium. In beiden Gebäuden war es um diese Zeit still und dunkel. Hinter der Küche befanden sich zwei große Öfen, deren Form Murdo an riesige Bienenstöcke erinnerte. Die Öfen waren noch immer warm von der Arbeit des Tages, und Murdo spürte ihre Hitze auf seiner empfindlichen Haut, als sie zwischen ihnen hindurchgingen. Thaddäus führte sie zu einem kleinen Steingebäude, das eine Art Schrein zu sein schien, den man in die Mauer hineingebaut hatte, welche das Kloster von der Kirche der Heiligen Jungfrau trennte.

»Wartet hier einen Augenblick«, sagte der Pförtner und verschwand im Innern des Schreins. Als er zurückkehrte, hielt er zwei Fackeln in der Hand, die er in der Glut des nächstgelegenen Ofens entzündete. Dann reichte er eine der Fackeln Ronan und bedeutete den Besuchern, ihm in den Schrein zu folgen.

Das Innere bestand aus einem einzigen kahlen, fensterlosen Raum, und Murdo erkannte alsbald den Grund dafür: In Wahrheit handelte es sich nämlich nicht um einen Schrein, sondern um den Eingang zu einer unterirdischen Kammer. Eine breite Steintreppe führte in die Dunkelheit hinab. Thaddäus wies die Gäste an, auf ihre Köpfe achtzugeben, dann stieg er die Stufen hinab.

Auf Emlyns Arm gestützt humpelte Murdo auf seinen wunden Füßen Fionn hinterher, während Ronan mit der zweiten Fackel das

Schlußlicht bildete. Die Stufen führten tiefer und immer tiefer in den Fels hinein, bis sie schließlich in einer großen Kammer endeten, die aus dem Heiligen Berg selbst herausgehauen worden war. Hunderte kleiner und großer Nischen waren aus der Wand gebrochen worden. In vielen von ihnen sah Murdo graue Knochenhaufen, die im flackernden Licht der Fackeln zu einem schattenhaften Leben zu erwachen schienen. Am anderen Ende der Kammer befand sich eine niedrige Tür, deren steinerne Pfosten und Sturz eine schwarze Leere umrahmten.

»Der Eingang zu den Katakomben«, erklärte Thaddäus und führte sie weiter.

Ein kalter Luftzug wehte über die Männer hinweg, als sie sich in einen schmalen Gang duckten, der an einer kleinen Treppe endete. Die Decke des Gangs war schwarz vom Ruß der Fackeln. Tief gebückt stieg Murdo die Stufen hinab und fand sich schließlich in einem langen, unterirdischen Stollen wieder. Reihe um Reihe, Stufe um Stufe waren tiefe Hohlräume aus dem Fels gehauen worden. Einige hatte man mit Schutt versiegelt, doch die meisten waren offen, so daß man deutlich sehen konnte, was – oder besser wer – sich darin befand: vertrocknete staubgraue Leichen, deren von pergamentartiger Haut überzogene Knochen aus den verwitterten Überresten von Leichentüchern ragten.

Bruder Thaddäus führte die Gäste durch den Stollen, durch eine Tür und in einen weiteren Stollen gleich dem ersten, den sie ebenfalls durchquerten. So ging es weiter, bis sie schließlich einen vierten Stollen erreichten. Auch dieser letzte unterschied sich kaum von den anderen mit einer Ausnahme: Er war noch nicht ganz fertig, denn an seinem Ende standen Leitern und lagen Werkzeuge inmitten von Schutt vor halboffenen Nischen. Auf allem lag eine dicke Staubschicht, was darauf schließen ließ, daß schon seit Jahren niemand mehr hier gearbeitet hatte.

Als sie die leeren Nischen erreichten, sagte Thaddäus: »Ich

glaube, diese hier werden Eurem Zweck genügen.« Dann bot er erneut an: »Wenn Ihr es wünscht, werde ich einige Brüder rufen, um Euch mit den Toten zu helfen.«

»Das ist sehr rücksichtsvoll von Euch, Bruder«, erwiderte Ronan, »aber wir haben Eure Nachtruhe schon viel zu lange gestört. Wir werden diese Arbeit selbst erledigen.«

»Es ist Eure Entscheidung«, erklärte Thaddäus, offenkundig erleichtert darüber, daß sein Angebot abgelehnt worden war.

Er führte sie auf demselben Weg zurück, den sie gekommen waren, und als sie das Ende des ersten Stollens erreichten, gab Ronan die Fackel an Murdo mit den Worten: »Vielleicht wäre es besser, wenn du hier unten warten würdest, um uns den Weg zu erhellen.«

Murdo nahm die Fackel entgegen und blickte seinen Gefährten hinterher, während diese die Treppe zur Krypta emporstiegen. Rasch verhallten ihre Schritte, und Murdo war allein in der Stille der Katakomben. Eine Zeitlang blieb er an Ort und Stelle stehen und schaute sich um; dann fiel sein Blick auf eine Grabnische, an deren Seite eine Inschrift in den Fels gemeißelt worden war. Er hielt die Fackel näher an die Nische heran und erkannte die Schrift als Griechisch. Als er daraufhin die anderen Gräber untersuchte, entdeckte er, daß auch die meisten anderen mit griechischen Inschriften verziert waren; doch er fand auch einige wenige mit lateinischen Schriftzeichen. Auf einem von diesen konnte er den Namen des Toten und das Todesjahr entziffern: *Marcus Patacus... Anno Domini 692.*

Hier lag ein Mann, der vor mehr als vierhundert Jahren gelebt hatte! Murdo vermochte sich eine solche Zeitspanne kaum vorzustellen, aber die Entdeckung entfachte in ihm den Wunsch, ein weiteres solches Grab zu finden, das womöglich noch älter war. Also humpelte er durch den Stollen und hielt die Fackel an jede Inschrift, an der er vorüberkam. Als er das Ende des Stollens erreichte, drehte er sich um und betrat einen ihm unbekannten Raum. Der

Raum war riesig; unzählige Säulen stützten die hohe, gewölbte Decke. Wie in den anderen Räumen, so befanden sich auch hier überall Nischen, in denen Hunderte von Toten ruhten. Allerdings gab es hier auch einige prächtig verzierte Gräber – manche in der Wand, andere mitten im Raum. In die meisten dieser Gräber hatte man Bilder von Frauen und Männern in fließenden Gewändern eingemeißelt, Menschen mit ernsten, würdevollen Gesichtern.

Murdo untersuchte gerade das sechste oder siebte dieser Gräber, als er im angrenzenden Raum Schritte hörte, und er erinnerte sich daran, daß er eigentlich auf die anderen hätte warten sollen. Rasch drehte er sich um und humpelte auf demselben Weg zurück, den er gekommen war. Als er die Tür erreichte, sah er Fackellicht im angrenzenden Stollen.

»Ich bin hier!« rief er und schlurfte so schnell ihn seine wunden Füße trugen zurück Richtung Treppe. Er duckte sich durch die Tür hindurch, doch anstatt seinen Gefährten stand er einem großen, dunkelhaarigen Mönch in weißem Gewand gegenüber. Der Mönch trug eine Fackel, die so hell brannte, das sie fast den gesamten Stollen ausleuchtete. »Oh!« sagte Murdo überrascht. »Ich dachte... Ich wollte nur...«

Murdos Erklärung verhallte im Nichts, als er den Priester erkannte. »Ihr!« keuchte er. Seine Gedanken kehrten zu jenem Tag in Antiochia zurück, als er auf seiner Suche nach dem Marktplatz und der Zitadelle die kleine Kapelle gefunden hatte.

»Ihr wart in Antiochia«, sagte er. »Ich habe Euch dort gesehen – in der Kapelle. Ihr habt mir den Weg gewiesen.«

»Und hast du den Weg gefunden?« fragte der weiße Priester.

»Das habe ich«, antwortete Murdo. Das Atmen bereitete ihm Mühe, denn die Luft schien mit einem Mal schwerer geworden zu sein. Er starrte den Mönch an und bemerkte, daß das Licht der Fackel unerklärlicherweise keine Schatten warf. »Seid Ihr derjenige, den man Andreas nennt?«

Der Priester betrachtete ihn mit seinen irritierend funkelnden, dunklen Augen. »Der bin ich«, antwortete er und legte den Kopf zur Seite, als lausche er auf irgend etwas. Nach einer Weile sagte er: »Die Nacht ist fast vorüber, und die Zeit läuft uns davon. Willst du mir dienen, Bruder?«

Murdo schluckte. »Verzeiht mir, Herr«, erwiderte er, »aber ich fürchte, ich muß Euch enttäuschen, denn ich habe nicht die Absicht, Mönch zu werden.«

Der Priester lachte lauthals auf, und seine Stimme hallte durch die Kammer. Murdo empfand es als seltsam, ein solch fröhliches Geräusch im Reich der Toten zu hören. Er schaute sich rasch um, als fürchte er, ein derart plötzlicher Angriff der Freude könnte die Toten zu neuem Leben erwecken.

»Ich habe genug Mönche, mein Freund«, erklärte der Priester. »Aber ich brauche auch Könige.«

»Ich bin kein König«, erwiderte Murdo, »und ich werde auch nie einer sein. Ich bin nichts weiter als ein Bauer.«

»Ein Bauer ohne Hof?« sinnierte Andreas. »Das ist neu. Doch andererseits scheint im Augenblick die gesamte Welt kopfzustehen.« Er betrachtete Murdo mit durchdringendem Blick. »Sag mir: Wenn der König die Felder des Bauern an sich reißt, warum sollte der Bauer dann nicht den Thron des Königs besteigen?«

Murdo trat nervös von einem Fuß auf den anderen.

»Alles, was du besitzt, ist dir aus gutem Grund gegeben worden, Bruder. Ich frage dich erneut: Willst du mir dienen?«

Die Frage hing im Raum und verlangte nach einer Antwort. »Ich werde tun, was ich kann«, erwiderte Murdo schließlich.

»Wenn alle Menschen soviel tun würden«, erklärte der Mönch, »dann wäre das mehr als genug.« Er hob die Hand, um sie Murdo auf die Schulter zu legen. Aus Furcht vor seinem Sonnenbrand zuckte Murdo unwillkürlich zusammen, doch die Berührung war so sanft, daß sie keinerlei Schmerzen verursachte. Statt dessen hatte Murdo das Gefühl, von einer großen, erhabenen Macht festgehalten zu werden – mehr noch: Er spürte eine leidenschaftliche Entschlossenheit im Griff des Priesters. Unfähig, sich zu bewegen oder zu sprechen, blieb Murdo nichts anderes übrig als zuzuhören und zu beobachten.

»Errichte mir ein Reich, Bruder.« Andreas' Blick drängte ihn zu akzeptieren, was er soeben gehört hatte, zwang ihn zu glauben. »Errichte ein Reich, in dem meine Schafe in Frieden weiden können«, fuhr der Mönch fort, »und errichte es weit, weit weg vom Ehrgeiz kleingeistiger Menschen und ihrem Streben nach Macht und Reichtum. Mache es zu einem Königreich, wo die Menschen in Frieden dem Wahren Weg folgen können, und wo das Heilige Licht den Suchenden den Weg weist.«

Bevor Murdo sich eine Antwort auf diese außergewöhnliche Bitte überlegen konnte, rief eine Stimme vom Eingang der Katakomben her: »Murdo! Bist du da! Wir brauchen die Fackel!«

»Ronan!« keuchte Murdo. »Das hatte ich ja ganz vergessen.« Er drehte sich in Richtung des Geräuschs um und bemerkte überrascht, daß er sich wieder bewegen konnte. Dann ging er zwei Schritte, hielt inne und blickte zurück.

Der Priester war verschwunden, und der Stollen wurde nur noch von Murdos Fackel erhellt. Das strahlende Licht der Vision hatte sich in Nichts aufgelöst.

Murdo eilte davon; so schnell er konnte, rannte er den Stollen hinunter zum Eingang, wo Ronan mit einer Fackel wartete.

»Es tut mir leid«, erklärte Murdo rasch. »Ich habe mir einige der Gräber angeschaut.«

»Geh voraus«, sagte Ronan. »Unsere Freunde wollen endlich ihre Ruhe finden.«

Bei diesen Worten blickte Murdo an Ronan vorbei und entdeckte eine Reihe von Mönchen, welche die gesamte Treppe bis zur Krypta hinaufreichte. Alle trugen sie Bündel in Menschenform. Als Ronan Murdos verzweifelten Blick bemerkte, beugte er sich zu ihm hinüber. »Der Abt hat darauf bestanden«, flüsterte er. »Ich konnte nicht ablehnen. Zumindest werden wir auf diese Art vor Sonnenaufgang mit der Arbeit fertig sein.«

Er richtete sich wieder auf und rief den Männern hinter ihm zu: »Wir sind soweit! Folgt uns!« Und an Murdo gewandt fügte er hinzu: »Geh. Ich werde am Schluß folgen.«

Murdo folgte ihren eigenen Spuren im Staub und führte die Mönche in den Stollen, den sie für die ›Toten‹ ausgewählt hatten. Es gefiel ihm nicht, daß sich so viele Fremde in seine Angelegenheiten gemischt hatten, doch mit ihrer Hilfe wurde der eingewickelte Schatz rasch auf mehrere Nischen verteilt. Nachdem sie die Mönche wieder hinaufgeschickt hatten, vergewisserten sich Murdo und Ronan, daß niemand den Schatz als solchen erkennen konnte. Ronan hatte sich bereits abgewendet, als schließlich auch Murdo mit allem zufrieden war und sich von dem alten Priester fortführen ließ.

»Komm«, drängte Ronan. »Die Sonne geht bald auf, und wir müssen das Kamel seinem Besitzer zurückbringen.«

Sie stiegen aus den Katakomben hinaus ins graue Licht der rasch weichenden Nacht. Oben angelangt, holten sie das Kamel und verließen das Kloster wieder. Erst nachdem sie die Straße erreicht hatten, bemerkte Emlyn, wie sicher und kräftig Murdo voranschritt.

»Sieh dich einmal an!« rief er aus. »Du rennst ja!«

Murdo gestand, daß es in der Tat so aussah; er konnte zwar nicht erklären warum, aber seine Füße schmerzten nicht länger, und seine sonnenverbrannte Haut reagierte nicht mehr mit Schmerzen auf Berührungen. »Ich fühle mich wirklich merklich besser«, räumte er ein.

»Oh, noch einmal jung sein«, seufzte Ronan, der neben Murdo mit dem widerspenstigen Kamel kämpfte.

Als sie schließlich wieder die Straße zum Jaffa-Tor erreichten, wendete Ronan das Tier Richtung Westen und stieg zu einem kleinen Weiler in den Hügeln hinauf. Murdo glich seine Geschwindigkeit der des älteren Mönchs an.

»Bist du wirklich ein Abt?« fragte er.

»Ja«, bestätigte Ronan, »aber in unserer Bruderschaft sind solche Ränge nicht so wichtig, als daß wir allzuviel darum geben würden.«

»Was hast du den Priestern erzählt?«

»Welchen Priestern?«

»Denen im Kloster. Sie wollten uns doch zuerst nicht gestatten, ihre Katakomben zu benutzen; doch dann hast du mit dem Abt gesprochen. Was hast du ihm gesagt, daß er seine Meinung so rasch geändert hat?«

»Die Wahrheit, Murdo«, antwortete Ronan. »Ich habe ihm einfach nur die Wahrheit gesagt – das zeitigt, wie ich finde, im allgemeinen die besten Ergebnisse.«

»Du hast ihm von dem Schatz erzählt?« schrie Murdo und blieb abrupt stehen.

»Beruhige dich«, erwiderte der Priester. »Zeig ein wenig Vertrauen, mein Sohn. Wie hätte ich ihm etwas Derartiges sagen können, wo ich dir doch geschworen habe, dein Geheimnis für mich zu behalten? Nein. Ich habe ihm nur gesagt, in den Bündeln befänden sich die Überreste einer wohlhabenden Familie und daß ich darauf vertrauen würde, daß du als einziger Überlebender dieser Familie, dem Kloster eine angemessene Spende zukommen lassen würdest, wenn sie sie sicher aufbewahren würden, bis du sie in deine Heimat überführen könntest.« Ronan lächelte. »War das etwa falsch?«

Murdo schüttelte den Kopf ob der Dreistigkeit des Priesters. »Nein«, gestand er, »es war nicht falsch.«

Vor dem ersten Haus des Weilers fanden sie einen Pfosten, an dem sie das Kamel festbanden. Sie waren gerade damit fertig, als ein Bauer in der Haustür erschien. Er schrie sie an, woraufhin Ronan sich umdrehte und mit dem Mann in dessen Sprache redete.

Einen kräftigen Holzstab in den Händen trat der Mann auf den Hof hinaus. Ronan ergriff erneut das Wort und deutete auf Murdo. Der Bauer blieb stehen und musterte die Männer mit kaltem Blick; dann antwortete er mit harter, rauher Stimme.

»Was sagt er?« fragte Murdo.

»Ich habe ihm erzählt, wir hätten uns sein Tier nur ausgeliehen und es nun zurückgebracht. Er glaubt mir aber nicht; er denkt, wir wollten es stehlen.«

»Frag ihn, ob Diebe für die Dinge bezahlen, die sie sich nehmen«, wies ihn Murdo an.

Ronan gehorchte und übersetzte die Antwort des Bauern. »Er sagt, die Kreuzfahrer hätten ihm alles andere bereits abgenommen, und zwar ohne zu bezahlen. Er will wissen, warum er ausgerechnet uns glauben sollte?«

Murdo griff in seinen Gürtel und holte eine Goldmünze hervor. Unter den abwartenden Blicken der Mönche trat er vor und drückte dem Bauern die Münze in die offene Hand. »Sag ihm: Wir sind keine Diebe.«

Der Mann betrachtete die Münze; die Hand schloß er nicht. Dann wandte er sich an Ronan, der seinen Gefährten übersetzte: »Auch unser Freund hier ist kein Dieb. Er sagt, das sei zuviel dafür, daß wir sein Kamel nur ausgeliehen hätten; er sagt, er könne es nicht annehmen.«

»Sag ihm, er soll sie behalten«, instruierte Murdo den alten Mönch. »Wir wollen nichts weiter von ihm, sondern nur in Frieden unseres Weges ziehen.«

Ronan sprach erneut in der seltsamen Sprache, woraufhin ein Lächeln über das Gesicht des Bauern huschte und die Münze verschwand. Dann ergoß sich plötzlich ein wahrer Redeschwall aus dem Mund des Mannes, und er ergriff Murdos Hand und küßte sie.

»Er sagt, daß er dir sehr dankbar sei«, erklärte Ronan, »und daß du dir das Tier jederzeit wieder ausleihen könntest – oder sein Haus, seine Scheune oder alles, was er besitzt, sei es klein oder groß. Wir brauchten nur zu ihm zu kommen und er würde es uns mit Freuden geben.«

Im Osten leuchtete der Himmel bereits im ersten Sonnenlicht, als die Gefährten den Hügel hinunterwanderten. Hungrig und erschöpft wünschte Murdo sich nur, möglichst bald einen kühlen Ort zum Schlafen zu finden, bevor sie sich dem stellen würden, was auch immer jetzt vor ihnen liegen mochte.

»Ich vermute, König Magnus wird sich fragen, wo wir so lange gewesen sind«, sagte Emlyn und trat neben Murdo.

»Vermutlich«, stimmte ihm Murdo zu. Bei all dem Durcheinander der letzten Tage hatte er den König und seinen Kriegshaufen, zu dem auch er gehörte, vollkommen vergessen. »Glaubst du, er wird wütend sein?«

»Er hat genug mit seinen eigenen Angelegenheiten zu tun gehabt«, erwiderte der Priester gelassen. »Er wird uns wohl kaum vermißt haben.«

»Der Bauer«, fragte Murdo, »welche Sprache hat er gesprochen?«

»Aramäisch«, antwortete der Mönch, »eine sehr, sehr alte Sprache. Es war die Sprache unseres Herrn Jesus Christus. Hier in der Gegend wird sie noch von vielen gesprochen. Überrascht es dich, daß Ronan sie beherrscht?«

Murdo zuckte mit den Schultern. »Ich weiß nicht, was man Priestern lehrt.«

»Mein Freund«, tadelte ihn Emlyn freundlich, »du solltest doch inzwischen wissen, daß du jene, die dem Wahren Weg folgen, nicht mit anderen Priestern vergleichen kannst.«

21. Januar 1899:
Edinburgh, Schottland

Wenn ich jetzt darüber nachdenke, so bin ich davon überzeugt, daß man mich ausgewählt hat, um Angus zu ersetzen. Indem ich dies sage, will ich den Wert meiner Wahl nicht schmälern oder in Frage stellen, ob ich der Ehre würdig gewesen bin, in die Bruderschaft berufen zu werden. Ich will damit lediglich zum Ausdruck bringen, daß ich – hätte Angus gelebt – aller Wahrscheinlichkeit nach erst gar nicht gefragt worden wäre, dem Mildtätigen Orden beizutreten.

Es ist eine einfache Wahrheit, daß Pemberton Angus' Freund war, nicht meiner. Ich glaube, der alte Gentleman hatte ihn schon Jahre umworben und sich um ihn gekümmert, und ich bezweifele nicht, daß Angus im Laufe der Zeit ein wertvolles Mitglied der Bruderschaft geworden wäre. Zumindest weiß ich, daß ich Angus' grenzenlose Leidenschaft vermißt habe, seine gelassene Art, seinen Scharfsinn und seine Treue. Aber das Leben ist selten vorhersehbar; häufig macht das Schicksal selbst die besten Pläne zunichte. Angus war von uns gegangen, und ich war zurückgeblieben.

Auf eine gewisse Art könnte man sagen, sein Geburtsrecht sei durch unsere Freundschaft auf mich übergegangen. Nach seinem Tod machte sich die Bruderschaft erneut auf die Suche; ich vermute, daß es nicht lange gedauert hat, bis sie mich aufgrund unserer engen Beziehung als Nachfolger in Betracht gezogen haben. Aber vielleicht irre ich mich auch, und es steckt weit mehr hinter meiner Wahl, als ich vermute.

Doch wie dem auch sein mag: In der Nacht meiner Initiation kehrte ich mit meinem Umhang und dem verkohlten Fingerknochen nach Hause zurück, und ich wußte ohne den geringsten Zweifel, daß sich mein Leben erneut in dramatischer Weise verändert hatte – eine Veränderung, deren Auswirkungen ich mir nicht im entferntesten vorzustellen vermochte, doch die ich im Laufe der Zeit zweifellos entdecken würde.

Tatsächlich sollte es Jahre dauern, bis ich das ganze Ausmaß der Interessen und Aktivitäten der Bruderschaft in aller Welt überblicken konnte, und es dauerte noch viele weitere Jahre, bis ich sie verstand. Auch habe ich damals noch nicht erkannt, daß ich nicht das Ende des Weges erreicht, sondern lediglich den ersten zaghaften Schritt einer langen Reise getan hatte – einer Pilgerfahrt von schier unglaublicher Dauer.

Trotz alledem kehrte ich in jener Nacht zu Cait und den Kindern zurück, und ich fühlte mich, als hätte ich ein Faß glühenden Pechs getrunken. Ich brannte mit einer Erregung, die ich nicht eindämmen konnte. Ich konnte nicht schlafen. Statt dessen lief ich von der Halle zum Speicher hinauf und wieder zurück und murmelte ständig Gebete und Gesänge vor mich hin, an die ich mich nur halb erinnerte. Das war alles, was ich tun konnte, um mich davon abzuhalten, auf die Straße hinauszurennen und aus vollem Hals zu schreien. Im einen Augenblick lachte ich lauthals auf und im nächsten brach ich in Tränen aus – das eine Gefühl kam ebenso überraschend wie das andere.

Alles, woran ich mich erinnere, ist, daß irgend etwas während der Initiation geschehen ist, etwas Aufrichtiges und Seltenes, etwas Ungewöhnliches, geradezu einmalig – vielleicht ist ›heilig‹ das geeignete Wort, um meine Gefühle bezüglich des Rituals zu beschreiben. Denn als ich niederkniete, um das Schwert zu küssen und den Umhang umgelegt zu bekommen, hatte ich, Gott sei mein Zeuge, wirklich das Gefühl, den Mantel eines Kreuzfahrers empfangen zu haben. Ich fühlte mich, als wäre ich einer Gemeinschaft beigetreten, die durch die Jahrhunderte bis zu jenen einfachen Rittern zurückreichte, die als erste das Kreuz genommen und geschworen hatten, Kämpfer Christi zu werden. Ich hatte mich ihnen angeschlossen, und nun konnte ich die Welt nicht länger mit denselben Augen betrachten.

In diesem heiligen Augenblick erhaschte ich einen ersten flüchtigen Blick auf das Opfer, das man von mir verlangte. Ich sah die Last, die ich würde tragen müssen, und ich akzeptierte sie, ohne zu zögern. Ich war nun soweit gekommen, und sich jetzt abzuwenden, wäre nicht nur ein Zeugnis von Feigheit gewesen, sondern auch Verrat an mir selbst und meinen Brüdern. Wenn schon so viele vor mir der Bruderschaft alles gegeben hatten, wie hätte ich mich dann weigern können? Wie hätte ich mein Leben höher als das ihre einschätzen und mich immer noch einen ehrenhaften Mann nennen können?

Das war unmöglich. Ich durfte das Vertrauen nicht enttäuschen, das jene in mich gesetzt hatten, die mich über Jahre hinweg beschützt und gefördert hatten. So ergriff ich die blanke Klinge mit meinen Händen und küßte das Heft des Schwertes – die alte Geste der Ritter, die das Kreuz genommen hatten –, und indem ich dies tat, nahm ich meinen Platz inmitten der ehrenvollen Ritter vergangener Zeiten ein.

Nachdem ich Umhang und Talisman empfangen hatte, war ich zum Ersten Grad aufgestiegen. Allerdings habe ich damals selbstverständlich noch nicht gewußt, daß es galt, sechs weitere Grade in der Bruderschaft zu erreichen; jeder einzelne dieser Grade war ein Geheimnis für sich, und erst, wenn man einem Grad angehörte, erfuhr man von dessen Existenz. Rückblickend und mit dem nötigen Abstand betrachtet kann ich sagen, daß nicht mehr als die Hälfte der Mitglieder der Bruderschaft auch nur vom zweiten Grad wußten.

Ich möchte jedoch betonen, daß diese Art der Geheimhaltung nicht dazu diente, eine Elite zu schaffen – wie es leider häufig der Fall ist –, sondern sie sollte das Leben jener schützen, die durch ihr Wissen in Gefahr gerieten. Jede weitere Initiation brachte neue Offenbarungen mit sich und barg somit auch größere Risiken. Ohne melodramatisch werden zu wollen – wie die Lohnschreiber von Groschenheften –, so ist es doch eine Tatsache, daß die Bruderschaft eine geradezu unermeßliche Zahl von Feinden besitzt, und es ist nur logisch, daß niemand ein Geheimnis verraten kann, das er nicht kennt.

Mein erstes Jahr als Neueingeweihter bestand größtenteils aus umfangreichen Studien. Ich lernte viel über die Aktivitäten unseres Ordens und die subtile Art, wie er seinen Einfluß zur Geltung brachte. Ich lernte die Überlieferungen und Lehren des Tempels kennen und einige seiner Geheimnisse. Unglücklicherweise lag es in der Natur dieser Geheimnisse, daß wir weder unsere ganze Macht nutzen noch den natürlichen Lauf der Dinge ändern konnten.

Wir konnten die mannigfachen Menschheits- und Naturkatastrophen nur beobachten; tatenlos mußten wir mit ansehen, wie sie Tod und Verwüstung über die Erde brachten. So begann ich die heldenhafte Geduld der Heiligen zu lernen. Danebenstehen und zuschauen, während die gleichen schrecklichen Fehler immer und immer wieder begangen werden – und stets auf Kosten jener, die es sich am wenigsten leisten können –, das war beinahe mehr, als ich ertragen konnte. Oft zog ich mich ob der zügellosen Unmenschlichkeit um mich herum vor der Welt zurück.

Ich schaute zu und lernte, und nach und nach meisterte ich die geheimnisvolle Geschichte unseres Ordens. Die Jahre vergingen, und Annie und Alex wuchsen heran, gingen zur Schule, und schließlich verließen sie das Nest, um eigene Familien zu gründen. Cait und ich lebten weiterhin glücklich miteinander, freuten uns auf unsere Enkelkinder, die schon bald kommen sollten, und genossen erneut das gemächliche Leben in trauter Zweisamkeit.

In der Zwischenzeit stieg ich im Orden auf, wechselte von einer unbekannten Stufe in die nächste, bis ich schließlich den sechsten Grad erreichte, von dem ich irrigerweise glaubte, er sei der letzte. Auf jedem Abschnitt dieser Reise begleiteten mich immer weniger Gefährten. Als Neuling im Mildtätigen Orden lernte ich beispielsweise, daß es mehr als siebzigtausend Mitglieder gab, in Tempeln überall auf der Welt. Bei der Aufnahme in die Bruderschaft erfuhr ich, daß nur siebenhundert weitere Brüder des ersten Grades existierten; im zweiten Grad verringerte sich diese Zahl dann auf zweihundert und so weiter und so fort.

Mit jeder Stufe, die ich auf der unsichtbaren Leiter erklomm, wurde die Zahl meiner gleichrangigen Brüder entsprechend kleiner. Als ich den sechsten Grad erreichte, waren es nicht mehr als sechzig.

Der Grund dafür ist wieder einmal der Selbstschutz. Je kleiner die Zahl der Menschen, die ein Geheimnis kennen, desto größer die Sicherheit. Bis vor drei Wochen hatte ich mir jedoch noch nicht einmal vorzustellen gewagt, welche Geheimnisse der höchste Grad barg; alles, was ich bisher kennengelernt hatte, war nicht im geringsten damit zu vergleichen. Damit will ich zum Ausdruck bringen, daß das, was ich vor wenigen Nächten im Inneren Tempel gesehen habe, die Geheimniskrämerei unserer Verbindung mehr als gerechtfertigt – und dies meine ich vollkommen ernst.

Wie dann, mögen Sie fragen, ist es möglich, daß ein Mann, der an die Gerechtigkeit seiner Sache glaubt und die äußerste Notwendigkeit anerkennt, ihre Geheimnisse zu wahren – wie ist es möglich, daß ein solcher Mann die vertraulichsten aller Informationen enthüllt? Wie ist es möglich, daß ein Mann die Geheimnisse preisgibt, die er mit seinem Leben zu schützen geschworen hat?

Gestatten Sie mir, mich zu wiederholen: Ich würde lieber tausend Tode sterben, als die Bruderschaft zu verraten oder ihre große Arbeit zu gefährden.

Warum dann dieses Dokument? Die Antwort ist die, daß ich als jüngstes Mitglied des Inneren Tempels den bemerkenswerten Methoden gegenüber besonders aufgeschlossen bin, mit denen das Wissen verbreitet wird, welches ich vor kurzem erhalten habe; daher hat man mir die Aufgabe erteilt, die Entwicklung des Ordens von seinen Anfängen bis heute aufzuschreiben.

Es gibt zwei Gründe für diese Aufgabe: Zum einen lerne ich die Mysterien schneller zu verstehen, die man mir anvertraut hat, wenn ich sie zu Papier bringe. Zum anderen hat der Innere Tempel in seiner Weisheit vorhergesehen, daß einst der Tag kommen wird, da dem, was wir nun so geheimhalten, besser gedient sein wird, wenn man es vor aller Welt verkündet. Eines Tages – so sagen sie – wird man ein Geheimnis nur bewahren können, indem man es lauthals von den Dächern schreit.

Falls Ihnen dies als lächerliches Paradox erscheinen sollte, so kann ich Ihnen nur sagen, daß die außerordentlichen Umstände, die ein solch extremes Vorgehen notwendig machen, unaufhaltsam näher rücken. Auch wenn wir das ganze Ausmaß dieser Ereignisse nicht verstehen, so kann ich Ihnen versichern, daß der Tag nicht fern ist, da die gesamte Welt im Schmelztiegel des Krieges auf die Probe gestellt werden wird.

Durch Gottes Wille und durch seine Hand werden wir dem Feuer vielleicht entkommen können. Aber falls wir vernichtet werden sollten, dann werden diese Aufzeichnungen alles sein, was noch von unserem illustren Orden übriggeblieben ist, und sie werden an jene fallen, die nach uns kommen, um unser Großes Werk weiterzuführen.

So kam es, daß ich schon in den ersten Tagen nach meiner Initiation zum siebten Grad mit meiner Arbeit begann. Ich muß gestehen, daß ich in Eile geschrieben habe, denn ich wollte die strahlenden Bilder der Vision festhalten, solange sie mir noch vor Augen waren. Da mir die Vorstellung zuwider war, der Traum könne verblassen, und da ich nicht warten wollte, bis die Zeit meine Erinnerung trübt, habe ich mich in meinem Arbeitszimmer im obersten Stock unseres Hauses eingeschlossen, und seitdem habe ich mich nicht von dort weggerührt außer für gelegentliche Mahlzeiten.

Meine liebe Caitlin fürchtet bereits, ich leide an einer geistigen Verwirrung. »Ich bin weit davon entfernt«, erkläre ich ihr. »Im Gegenteil: Ich versuche, die letzten Überreste meines Verstandes zu bewahren.« Und das ist die Wahrheit. Ich fürchte wirklich, sollte ich meine Arbeit auch nur einen Tag unterbrechen, wird mich das Chaos in meinem Geist überwältigen. Solange ich arbeite, ergibt das seltsame Doppelleben Sinn, das ich führe, und falls ich mich einmal in diesen Seiten verlieren sollte, dann nur, um mich sofort wiederzufinden.

Somit bleibt mir keine andere Wahl. Ich wage nicht aufzuhören, bevor meine Arbeit nicht beendet ist.

Und das Ende ist in Sicht.

Falls meine armselige Chronik in der Zukunft Leser finden sollte, so möchte ich, daß sie wissen, daß ich mich bemüht habe, in allen Belangen die Wahrheit zu berichten. Aller Ruhm gebührt jenen, deren Geschichte ich hier erzähle. Alle Fehler sind meine Schuld.

Es ist die Geschichte des Sanctus Clarus, ja, aber es ist auch die Geschichte der Männer und Frauen, die das Heilige Licht über die Zeiten hinweg am Brennen gehalten haben. Ich bitte Sie, sich daran zu erinnern, daß dies unsere Fehler aufwiegt. Schließlich sind wir nur aus Fleisch und Blut und keine Engel.

Viertes Buch

Bohemund von Tarent, Fürst von Antiochia, erschien in Jerusalem mit zweihundert Rittern. Er verschwendete keine Zeit, sondern quartierte sich in dem Palast ein, der noch vor kurzem dem Kommandanten der Leibwache Ifthikar al-Daulas gehört hatte. Das große Haus mit den zahlreichen Säulen und polierten Steinböden wurde rasch in Waffenkammer und Stall verwandelt. Der weitläufige Hof und die Gärten wurden den Pferden des Fürsten übergeben, damit sie ihren Durst in den weißen Marmorbrunnen stillen konnten.

König Magnus gesellte sich rasch zu seinem selbstgewählten Herrn, und gemeinsam begannen die beiden, Intrigen zu schmieden, wie sie sich einen angemessenen Anteil vom gerade erst befreiten Reichtum der Heiligen Stadt sichern konnten. Zu diesem Zweck ließ Bohemund verbreiten, daß er jedermanns Anspruch auf den Thron unterstützen würde, der bereit sei, ihm einen entsprechenden Anteil an der Beute zu gewähren.

Die Fürsten und Edelleute, welche die Stadt mit Blut und Schweiß erobert hatten, waren alles andere als begeistert von den Absichten des zu spät Gekommenen, und sie widerstanden allen Versuchen, ihre Meinung zu ändern. Beide Seiten waren gleichermaßen erzürnt, und harte Worte wurden gewechselt. Die Spannung zwischen den Franken wuchs stetig, während sie gleichzeitig voller Erwartung dem Fürstenrat entgegenschauten.

Murdo und die Mönche erfuhren all das, als sie sich wieder dem Kriegshaufen des Königs anschlossen. Nach ihrem nächtlichen Besuch im Kloster der heiligen Jungfrau hatte es sie mehr als einen Tag gekostet, die Nordmänner zu finden. Das ursprüngliche Lager der Norweger war verlassen, und niemand in der Nähe hatte den Bewegungen König Magnus' Beachtung geschenkt. Trotz Murdos Widerwillen, in die Stadt zurückzukehren, war ihnen keine andere Wahl geblieben, als ihre Suche innerhalb der Mauern fortzusetzen.

In den Straßen, die sie durchquerten, herrschte eine unheimliche Stille. Die Häuser waren verlassen und zum größten Teil ebenfalls still – außer dort, wo noch immer Plünderer am Werke waren: Möbel, Kleidung und Wertgegenstände der Ermordeten wurden aus den oberen Fenstern auf die Straße geworfen, wo man sie leichter einsammeln und davonkarren konnte. Der Tempelberg war in eine gigantische Schatzkammer verwandelt worden, wo man die Beute hortete, bis man sie zu gleichen Teilen an die Pilger verteilen konnte.

Das Straßenpflaster war noch immer von dunklen Flecken verunstaltet, und der Gestank war überwältigend. Überall schwirrten riesige Fliegenschwärme durch die Straßen und in die Häuser; doch zu Murdos Erleichterung lagen weit weniger Leichen in den Gassen und Höfen herum, als er befürchtet hatte. Alles in allem sahen sie nur fünf mit Toten gefüllte Wagen, die sich langsam in Richtung der Scheiterhaufen vor den Toren bewegten; man hatte die Ermordeten bemerkenswert rasch beseitigt.

Einmal trafen Murdo und seine Gefährten auf eine größere Gruppe Mönche, die damit beschäftigt waren, einige der kleineren Kapellen der Stadt neu einzuweihen, welche unter der muslimischen Herrschaft zu anderen Zwecken mißbraucht worden waren. Als sie den die Mönche begleitenden Bischof nach dem Weg fragten, erfuhren sie, daß Bohemund den Palast von Ifthikars Gardekommandeur übernommen und sich dort einquartiert hatte. »Wo Bohemund ist«, erklärte Ronan, »da ist unser König nicht weit.«

Kurze Zeit später erreichten sie den Palast: ein schönes, imposantes Gebäude, das die anderen Pilgerfürsten jedoch aufgrund seiner Vorgeschichte als Haus eines Ungläubigen für sich als ungeeignet betrachteten. Bohemund kannte keine derartige Skrupel; bei seinem kurzen Aufenthalt in Antiochia hatte er Geschmack an arabischem Luxus gefunden. Murdo und die Mönche entdeckten die Nordmänner in den Gemächern, die noch vor kurzem vom Leibarzt und den Beratern des ägyptischen Gouverneurs bewohnt worden waren.

Erschöpft von den Aktivitäten der vergangenen Nacht suchte sich Murdo eine ruhige Ecke und schlief sofort ein. Einige Zeit später wurde er geweckt, als König Magnus, der bei ihrer Ankunft abwesend gewesen war, in Bohemunds Palast zurückkehrte. Während der König mit seinem Lehnsherrn und Wohltäter zu Abend speiste, saßen seine Männer in der eilig umgestalteten Halle des einstigen Beraterflügels beisammen und besprachen die Ereignisse des Tages.

»Erinnert euch meiner Worte: Es wird zum Kampf kommen. Das Schwert wird entscheiden, wer sich die Krone aufs Haupt setzen darf.« Herr Orin trank einen kräftigen Schluck Wein.

»Ja, ja«, stimmte ihm Jon Reißzahn zu. »Aber es ist nicht Bohemunds Schuld, daß er nicht rechtzeitig hier war. Es ist ein langer Weg von Antiochia nach Jerusalem. Hätte die Belagerung länger gedauert, hätte er vermutlich als erster das Tor durchschritten.«

Ein zustimmendes Raunen ging durch die Zuhörer. Mehr als einer hob seinen Becher und trank auf die einzigartige Tapferkeit des Fürsten.

»Es ist nicht sein Mut, den ich in Frage stelle«, erklärte Magnus' Steuermann, ein Mann mit Namen Sven Pferdezügel. »Es ist sein Recht, einen Anteil von einer Beute zu verlangen, die er nicht selbst errungen hat. Läge die Entscheidung bei mir, glaube ich nicht, daß ich so ohne weiteres mit ihm teilen würde.«

Die Nordmänner protestierten mit lautem Grunzen gegen diese

Bemerkung; doch nicht weil Sven Pferdezügel die Unwahrheit gesagt hatte, sondern weil sie um ihren eigenen Anteil fürchteten, sollten die anderen Fürsten sich weiterhin Bohemunds Forderungen widersetzen. Indem er sich auf Bohemunds Seite geschlagen hatte, war König Magnus nun auf Gedeih und Verderb an das Schicksal des Fürsten gebunden. Die Nordmänner hatten aus der Eroberung von Jerusalem nur wenig für sich selbst herausschlagen können, und sie gierten nach mehr. An Bohemunds Seite glaubten sie am ehesten einen Anteil an dem gewaltigen Schatz bekommen zu können, den die Frankenfürsten bald unter sich aufteilen würden.

»Die Kämpfe haben nur einen Tag lang gedauert«, bemerkte Tolf Krummnase. »Die meisten von Bohemunds Männern sind noch nicht einmal dazu gekommen, das Schwert zu ziehen. Trotzdem verlangen sie ihren vollen Anteil. Außerdem haben wir bereits soviel Beute eingeheimst wie alle anderen auch ...«

»Und so viele Leichen!« knurrte Sven und rümpfte die Nase, denn der unerträgliche Gestank war ihm noch allzugut in Erinnerung. Jeder im Raum teilte diese Gefühle.

Den Diskussionen des folgenden Tages folgten der König und seine Reisigen mit großer Aufmerksamkeit. Jede Finte und jeder Gegenstoß in dem Kampf aus großspurigem Gehabe und Täuschungsmanövern wurde im Gedächtnis behalten und am Abend über einem Becher palästinensischen Weins besprochen. Auch Murdo lauschte den Gesprächen, doch erregten sie ihn bei weitem nicht so sehr wie seine Gefährten. Er besaß bereits ein Vermögen an Beute, und er war weder am Kreuzzug noch an dessen Führern interessiert. Die Fürsten und ihre endlosen Streitereien um Rang und Macht interessierten ihn nicht; ihm waren sie alle gleichgültig – mit einer Ausnahme: Balduin. Wann immer sein Name erwähnt wurde, rückte Murdo näher heran, um nichts zu versäumen.

Seine Brüder befanden sich bei Graf Balduin – das wußte er –, und Murdo war begierig darauf, sie so bald wie möglich wiederzusehen. Aus diesem Grund lauschte er auf alles, was gesagt wurde, und so erfuhr er auch, daß Balduin der Bruder von Herzog Gottfried von Bouillon war. Gottfried wiederum schien ein wahrhaft frommer Mensch zu sein und ein wilder Kämpfer – schließlich war er es gewesen, der als erster die Mauern Jerusalems erstürmt hatte; vor allem seiner Furchtlosigkeit war es zu verdanken, daß die Stadt so rasch gefallen war.

Sein jüngerer Bruder Balduin wurde inzwischen jedoch weit weniger geachtet, da er seinen Pilgerschwur nicht erfüllt, sondern es vorgezogen hatte, die Herrschaft über Edessa anzutreten, eine Stadt, die mehrere Tagesreisen nördlich von Jerusalem lag. Den Großteil des nächsten Tages verbrachte Murdo damit, sich zu überlegen, wie er am besten dorthin gelangen könnte, um seine Brüder zu finden, als die Nachricht eintraf, Balduin und seine Kriegsschar hätten vor den Toren der Stadt ihr Lager auf dem Ölberg aufgeschlagen. Er verschwendete keine Zeit und eilte sofort davon, um Emlyn zu suchen.

»Meine Brüder sind hier«, sagte er, nachdem er den Mönch gefunden hatte. »Ich muß sie finden.«

»Die Sonne wird bald untergehen«, erwiderte der Mönch. »Vielleicht solltest du lieber bis morgen warten.«

Murdo wollte noch nicht einmal über eine Verzögerung nachdenken. »Ich gehe jetzt«, beharrte er auf seinem Entschluß. »Wenn ich mich beeile, bin ich bei Sonnenuntergang wieder zurück.«

»Ich werde dich begleiten«, sagte Emlyn. »Aber warte wenigstens, bis ich dem König Bescheid gegeben habe.«

Emlyn eilte davon und kehrte kurz darauf mit einem Stab für sich selbst und einem Speer für Murdo wieder zurück; außerdem hatte er auch noch einen Wasserschlauch besorgt, den sie sich teilen konnten. Dann verließen sie den Palast und marschierten durch die Straßen der Stadt Richtung Jaffa-Tor. Da sie erst so spät aufgebrochen waren, hielt es Emlyn für das Beste, sich außerhalb der Mauern einen Weg zum Ölberg zu suchen, anstatt im Dunkeln durch ein Labyrinth unbekannter Straßen zu wandern. Also verließen sie Jerusalem Richtung Westen und bogen auf die Straße ein, welche die gesamte Stadt umspannte. Häufig kamen sie an Abzweigungen vorüber, die nach Bethlehem, Hebron oder zu anderen Orten führten, und immer wieder erblickten sie kleine Weiler, deren von Dornen- oder Kaktushecken umgebenen, weißgetünchten Häuser im Licht der Abendsonne leuchteten.

Die Hitze des Tages lockerte allmählich ihren Griff um das Land, obwohl im Westen die Sonne noch immer als flammend roter Ball über dem Horizont stand. Die Luft war warm und windstill und erfüllt von einem trockenen, holzigen Duft, der von den Büschen am Straßenrand zu stammen schien. Die Straße war fast vollkommen verlassen: Nur gelegentlich trafen die beiden Wanderer auf einen Arbeiter oder Bauern, die das Paar beim Anblick von Murdos Speer sofort als Franken erkannten und ihm eilig aus dem Weg gingen. Murdo und Emlyn marschierten mit der Stadtmauer zur Linken, und ihr Blick war auf die mit Olivenbäumen bepflanzten Hügel vor ihnen gerichtet. Das Licht der untergehenden Sonne verlieh den Hängen der Hügel eine purpurne Farbe, und die knorrigen Stämme der Olivenbäume wirkten blaßblau, die Blätter schwarz.

Schweigend setzten Murdo und Emlyn ihren Weg fort. Murdo dachte über die Ereignisse der vergangenen zwei Tage nach. Er dachte an die mitternächtliche Flucht zum Kloster und an seine Vision des heiligen Andreas in den Katakomben. *Errichte mir ein Reich*, hatte die Erscheinung verlangt. *Ich werde tun, was ich kann*, hatte Murdo versprochen. Seine Wangen glühten vor Scham, als ihn die Erkenntnis niederdrückte, wie unwürdig er dieser Aufgabe war – die Last war wie ein gewaltiger Berg, der sich auf seiner Seele niedergelassen hatte.

Es dauerte nicht lange, und die beiden Wanderer erreichten die Stelle, wo sie vor zwei Nächten die Soldaten getroffen hatten.

»Stimmt es, was du diesen Männern in jener Nacht gesagt hast?« fragte Murdo und versuchte, so gleichgültig wie möglich zu klingen.

»Über das Dekret des Papstes betreffs der Absolution?« Emlyn blickte ihn von der Seite her an. »Nun«, seufzte er, »jedenfalls empfinde ich es so. Unsere lateinischen Brüder sehen es ohne Zweifel anders, aber die Soldaten gestern haben nicht gewußt, daß wir nicht denselben Orden angehören wie die anderen Pilgerpriester. Männer wie diese suchen selten geistigen Beistand. Die Schuldigen sind bestenfalls widerwillige Schafe.«

»Heißt das, daß du mit dem päpstlichen Dekret nicht einverstanden bist?«

»Du und ich, wir sind Freunde, also werde ich offen zu dir sein«, erwiderte Emlyn. Er hielt kurz inne und blickte in den Himmel; als er wieder das Wort ergriff, klang seine Stimme vorwurfsvoll und verachtend. »Der Papst ist ein Narr, der glaubt, Sünde und Vergebung seien Waren, die man auf dem Marktplatz der menschlichen Seelen verschachern könne. Die Sünden, die hier begangen wurden, werden den Geist zerfressen wie alle anderen auch, und da sie nicht gebeichtet werden, werden sie die Herzen bis in alle Ewigkeit vergiften.«

Diese Worte erzeugten ein seltsames Gefühl in Murdo; er hörte die Wahrheit in ihnen, und er fühlte sich dazu gedrängt, seinen Anteil an den Schrecknissen jenes Tages zu bekennen. Vor seinem geistigen Auge sah er den rauchverhangenen Himmel, die begehrlichen Blicke der Kreuzfahrer und die verstümmelten Leichen in den Straßen. Er spürte, wie die Erinnerung an das, was er an diesem Tag gesehen hatte, ihn zu ersticken drohte, und er wußte, daß er diese Last nicht sein ganzes Leben lang auf den Schultern tragen wollte.

»Ich bin so schuldig wie alle anderen auch«, erklärte Murdo.

»Ja?« Emlyns Stimme klang sanft, doch eindringlich.

»Ich habe Unrecht getan«, sagte Murdo und beschrieb mit brechender Stimme das Blutbad und die Verwüstung, deren Zeuge er in der Heiligen Stadt geworden war: die verbrannten Tempel voller verkohlter Leichen, die Straßen voller Blut und verstümmelter Körper, das arme, ertränkte Kind, das wahnsinnige Abschlachten unschuldiger Menschen. Er berichtete seinem Freund, wie er auf die drei Pilger getroffen war, welche die Frau und ihre Kinder gejagt hatten, und wie sich die Kreuzfahrer gegen ihn gewandt hatten. »Sie hätten auch mich getötet, doch sie waren unvorsichtig, und ich war schneller. Ich habe den Anführer getötet, und die anderen sind davongerannt.« Dann beschrieb er, wie er dem toten Kreuzfahrer den Mantel abgenommen und sich selbst umgelegt hatte. »Ich hatte Angst«, beschloß er seinen Bericht. »Ich wollte nur so rasch wie möglich fort von dort. Ich schwöre dir bei meinem Leben: Ich wollte ihn nicht töten. Aber er hat mich angegriffen, und bevor ich mich versah, hatte der Speer ihn durchbohrt. In Wahrheit hätte ich es vermeiden können, ihn zu töten, doch es war mir egal. Er ist auf der Straße gestorben, und ich fürchtete, die anderen würden wieder zurückkehren. Ich nahm sein Kreuz, damit mich niemand mehr angreifen würde.«

»Ich verstehe«, erwiderte Emlyn nach kurzem Nachdenken. »Du hast nur getötet, um dich selbst zu schützen. Du hast aus Furcht gehandelt, weiter nichts. Hätte der Mann dir die Möglichkeit gegeben, dann hättest du dich womöglich anders verhalten, habe ich recht?«

Murdo nickte.

»Das ist nur eine kleine Sünde, wenn überhaupt«, erklärte der Priester. »Du hast nur so gehandelt, um dein eigenes Leben zu verteidigen. Das ist wohl kaum verdammenswert.«

»Es war mir egal!« betonte Murdo verzweifelt. »Hätte ich rascher gehandelt, wären die Frau und ihr Kind vielleicht noch am Leben. Ich stand jedoch einfach nur daneben und habe zugesehen. Ich hatte Angst!«

»Furcht ist die große Schwäche von Adams Rasse, soviel ist sicher«, entgegnete der Mönch. »Zwar stimmt es, daß Furcht uns manchmal zur Sünde treibt, doch sie ist keine Sünde an sich.«

»Ich habe genau gewußt, was ich tat«, konterte Murdo. »Deshalb habe ich auch das Kreuz des Pilgers an mich genommen. Diese Frau ist gestorben, als sie versucht hat, ihr Kind zu beschützen, doch als sich die Schwerter gegen mich richteten, wurde ich zum Feigling. Ich hätte in dem Versuch sterben müssen, sie zu verteidigen – statt dessen habe ich den Umhang eines toten Mannes gestohlen, um fliehen zu können.«

»Ich glaube, ich beginne langsam zu verstehen«, erklärte Emlyn. »Vielleicht hättest du die Frau und ihr Kind wirklich retten können, wie du behauptest. Wenn schon nichts anderes, so glaubst du, hättest du zumindest auf das Mittel der Täuschung verzichten müssen. Du hättest nicht zulassen dürfen, daß all das Böse und die Missetaten dich überwältigen, deren Zeuge du geworden bist. Richtig?«

»Das stimmt«, bestätigte Murdo, der sich von Augenblick zu Augenblick schlechter fühlte.

»Du bist ein Mann von großer Redlichkeit, mein Freund«, bemerkte Emlyn. »Du verlangst von dir selbst dasselbe wie von anderen.« Als Murdo ihn daraufhin unsicher anblickte, fuhr er fort: »Auch das ist die Wahrheit, das weiß ich. Sonst würdest du nicht so empfinden. Du glaubst, du hättest der Wahrheit treu bleiben müssen, die du in deinem Herzen trägst, anstatt deine Ehre der großen Lüge um dich herum zu opfern. Es sind die Dinge, die du nicht getan hast, wofür du verdammt bist – zumindest in deinem eigenen Herzen.«

Murdo stimmte dem Urteil des Priesters voll und ganz zu, und er spürte erneut die ganze Last seines Versagens. Seine Kehle war wie zugeschnürt, und ihm versagte die Stimme.

»Hör mir jetzt gut zu, Murdo. Ich bin ein Priester, und ich bin dein Freund«, erklärte Emlyn, »und ich werde tun, was jeder Freund tun würde: Ich werde dich aus der Grube holen, in die du gestürzt bist. Und ich werde tun, was nur ein Priester tun kann: Ich werde dich von deiner Schuld erlösen und dich wieder auf den Wahren Weg und zum Heiligen Licht führen.«

»Bitte«, flehte Murdo, und Hoffnung keimte in ihm auf. Vor nur einem Augenblick hatte er sich vollkommen verloren und aller Tugend beraubt gefühlt, und es war ihm unmöglich erschienen, jemals von seiner Schuld erlöst zu werden. »Sag mir, was ich tun muß. Nimm mir die Beichte ab, Emlyn.«

»Wie du willst«, stimmte der Mönch zu. Er blieb stehen, ergriff Murdos Arm und drehte ihn herum. »Knie nieder, und senke den Kopf.«

Die Straße war vollkommen menschenleer; niemand war zu sehen. Murdo tat, wie ihm geheißen, senkte den Kopf und verschränkte die Arme vor der Brust.

Emlyn legte ihm die Hand auf die Schulter und betete in Murdos Namen um Vergebung. Dann fragte er: »Murdo, widersagst du dem Bösem?«

»Ich widersage dem Bösen«, antwortete Murdo aus tiefster Überzeugung.

»Glaubst du an unseren Herrn Jesus Christus?«

»Ich glaube an unseren Herrn Jesus Christus.«

»Bereust du deine Sünden?«

»Ich bereue meine Sünden.« In diesem Augenblick wünschte sich Murdo nichts sehnlicher, als all seine Schuld ein für allemal loszuwerden und einen neuen Anfang machen zu können.

»Gott segne dich, Murdo«, sagte Emlyn. Dann legte er Murdo die Hand auf den Kopf und sprach den Segen.

*»Mögen der Große König und Jesus, sein Heiliger Sohn,
Und der Geist aller Heilung
Dich schützen und bewahren und bei dir sein alle Tage;
Mögen sie dir den Weg bereiten und dich führen
Auf der Höhe, im Tal, übers Feld,
Bei jedem Schritt in der stürmischen Welt, den du gehst.«*

Schließlich klatschte der Priester in die Hände und sagte: »Steh auf, Murdo Ranulfson, und frohlocke! Deine Sünden sind dir vergeben, und niemand erinnert sich ihrer. Du kannst deinen Lebensweg mit reiner Seele fortsetzen.«

Als Murdo sich wieder aufrichtete, hatte er das Gefühl, als falle ihm eine gewaltige Last von den Schultern. Er spürte eine Leichtigkeit in seinem Herzen, die er schon beinahe vergessen hatte; er empfand eine tiefe, innere Ruhe, und zum erstenmal seit sehr, sehr langer Zeit war er wieder in Frieden mit sich selbst.

Voller Staunen betrachtete er den Mönch, der vor ihm stand. »Wie hast du das gemacht?« fragte Murdo, verwirrt von der Intensität seiner Gefühle.

Emlyn sah ihn neugierig an. »Ich vermute, man hat dir noch nie richtig die Beichte abgenommen. Oh, es ist ein wunderbares Gefühl, habe ich nicht recht?«

Murdo stimmte dem aus tiefstem Herzen zu. Noch nie hatte ein anderer Priester etwas mit ihm gemacht, was eine solch nachhaltige und tiefgreifende Wirkung gezeigt hatte. Murdo kam der Gedanke, daß er gerade zum erstenmal in seinem Leben vielleicht etwas wahrhaft Heiliges berührt hatte – egal wie flüchtig diese Berührung auch gewesen sein mochte –, und das Ergebnis war geradezu unglaublich. Sein Geist sprudelte über vor Freude und Erleichterung. Er hatte das Gefühl, als könne er mit einem einzigen Wort Berge versetzen oder den Mond vom Himmel holen; er fühlte sich in der Lage, mit einem einzigen Aufstampfen ganze

Heerscharen von Feinden in ihre dunklen Höhlen zurückzutreiben.

Sie setzten ihren Weg fort, doch Murdo war es nicht länger zufrieden zu gehen: Er wollte rennen. Er wollte fliegen!

»Komm schon, Emlyn!« rief er und lief einige Schritte voraus. »Meine Brüder warten! Beeil dich! Wir sind bald da! Schneller!«

»Ich beeile mich doch schon«, erklärte der Mönch und behielt sein gemächliches Tempo bei. »Geduld ist auch eine Tugend, weißt du?«

Sie durchquerten das Tal unterhalb der Stadtmauern von Jerusalem. Als der Weg sich schließlich die Hügel hinaufwand, war auch Murdo davon überzeugt, es sei besser, langsamer zu gehen. »Wenn du von Anfang an nicht an das Dekret des Papstes geglaubt hast, warum bist du dann nach Jerusalem gekommen?« fragte er und gesellte sich wieder zu seinem Freund. »Wenn nicht für den Kreuzzug, warum hast du dann die Pilgerfahrt angetreten?«

»Es gibt so viele Gründe für eine Pilgerfahrt, wie es Wege und Pilger gibt«, antwortete Emlyn.

Damit gab sich Murdo nicht zufrieden. »Und was war dein Grund?«

Emlyn schürzte die Lippen. »Man hat ...« Er zögerte einen Augenblick lang. »Man hat uns befohlen, nach Jerusalem zu gehen.«

»War es König Magnus, der euch das befohlen hat?« fragte Murdo.

»Nein«, antwortete Emlyn. »Man hat es uns in einer Vision befohlen. König Magnus' Ruf kam später.«

Murdo blickte zu dem Mönch, um sich zu vergewissern, daß er richtig verstanden hatte. »Was war das für eine Vision?«

»Eine recht gewöhnliche, glaube ich«, erklärte der Mönch. »Man hat uns befohlen, hierherzukommen und zu warten, bis Gott uns sagt, was wir tun sollen.«

»Und?« hakte Murdo nach. »Hat Gott es euch gesagt?«

»Das hat er«, antwortete Emlyn. »Was wir in Antiochia erfahren haben, hat unsere Vision bestätigt.« Er betrachtete damit die Angelegenheit offenbar als erledigt, doch Murdo machte die Zurückhaltung seines Freundes äußerst ungeduldig.

»Du hast gesagt, du seist mein Freund«, erinnerte er ihn. »Ich habe dir die tiefsten Geheimnisse meiner Seele anvertraut. Ich werde dich nicht hintergehen.«

»Man hat uns befohlen, die Lanze zu retten.«

Die Antwort war so weit entfernt von dem, was Murdo erwartet hatte, daß er beinahe vor Überraschung gestolpert wäre. »Die heilige Lanze?« fragte er nach, als gäbe es noch eine andere.

»Genau die«, antwortete der Mönch. »Man hat uns befohlen, die Reliquie vor jenen zu retten, die sie mit ihrer Blasphemie beflecken.«

»Wer hat euch gesagt, daß ihr das tun sollt?« erkundigte sich Murdo, obwohl er die Antwort bereits ahnte.

»Der heilige Andreas«, antwortete Emlyn und erklärte, daß Ronan der einzige gewesen sei, der den Heiligen gesehen habe. »Wie ich gesagt habe, war es in einer Vision. Fionn und ich vertrauen auf Ronans Urteil in solchen Angelegenheiten. Bruder Ronan ist ein frommer und demütiger Mann.«

»Das bezweifele ich nicht«, erwiderte Murdo. Sein Herz brannte. Sollte er Emlyn sagen, daß auch er den geheimnisvollen Heiligen getroffen hatte?

Bevor er jedoch den Mut dazu aufbringen konnte, rief der Mönch: »Da! Auf dem Hügel! Ich sehe Balduins Lager!«

Der Graf von Edessa hatte sein Lager an den Hängen des Ölbergs und sein eigenes Zelt auf dem Gipfel errichtet. Auf allen Seiten brannten Lagerfeuer, im Westen bis hinunter ins Kidrontal vor den hoch aufragenden Mauern der Heiligen Stadt. Da die Nacht warm war, hielten die Soldaten die Feuer klein; sie dienten lediglich als Lichtquelle, um die Gesichter der Männer zu erhellen, die sich um die Feuer herum versammelt hatten, miteinander redeten, aßen und den dunklen Wein des Heiligen Landes tranken.

Balduin hatte vierhundert Ritter und Fußkämpfer mitgebracht – alle, die er hatte entbehren können, ohne die Verteidigung von Edessa zu vernachlässigen. Sie waren kurz nach Mittag in Jerusalem eingetroffen, und Balduin war sofort in die Stadt geeilt, um sich mit seinem Bruder Gottfried zu beraten, während seine Edelleute sich um die Errichtung des Lagers kümmerten. Wie üblich hatten sich die verschiedenen Gruppen – Franken, Skoten, Flamen, Normannen und andere – mit ihren Verwandten und Landsleuten zusammengetan und ihre Zelte um ein, zwei Feuer herum errichtet. So fiel es Murdo und Emlyn nicht sonderlich schwer, die Männer von den Dunklen Inseln zu finden.

»*Pax vobiscum*, Freunde«, sagte Murdo und trat auf die erste Gruppe von Kriegern zu, auf die sie trafen. »Wir suchen die Söhne von Herrn Ranulf von Orkneyjar. Könnt ihr uns sagen, wo wir sie finden können?«

Seine Frage brachte ihm ein paar gemurmelte Vorschläge und viel Schulterzucken ein, doch keine genaue Antwort. Murdo dankte den Männern und ging weiter. Bei der nächsten Gruppe wurde er freundlicher empfangen, und dort erhielt er die Auskunft, daß die Orkney-Männer vermutlich bei den Dänen zu finden seien – obwohl niemand gesehen hatte, daß sie in Jerusalem eingetroffen waren. Sie könnten Gott weiß wo lagern, sagten die Männer, warum sie es denn noch nicht bei den Pferdepferchen versucht hätten?

Murdo und Emlyn gingen zu einem weiteren Lagerfeuer ein Stück den Hang hinauf, und dort erklärte man ihnen, die Dänen würden in der Nähe des Gipfels lagern. »Sie sind nicht weit von den Zelten des Grafen entfernt«, sagte einer der Ritter. »Zumindest habe ich sie kurz vor Sonnenuntergang noch dort gesehen.«

Da die Zelte des Grafen sich in unmittelbarer Nähe befanden, beschlossen die beiden Freunde, die Aussage des Mannes sofort zu überprüfen. Sie stiegen den Hügel hinauf und erreichten kurz darauf das gräfliche Lager: eine Gruppe mehrerer großer Zelte, vor denen die Standarte des Grafen und zweier weiterer Edelleute wehten, deren mit Gold und Silber durchwirkter Stoff im Licht der Lagerfeuer funkelte.

»*Pax vobiscum*, Freunde ...«, begann Murdo erneut, doch hielt er sofort inne, als zwei große Krieger sich von ihren Plätzen erhoben.

»Geht weiter! Wir brauchen heute nacht keine Priester«, sagte einer der Männer.

»Torf?« Der Krieger, dessen Gesicht halb im Schatten lag, blickte zu Murdo. »Torf-Einar«, sagte Murdo und trat ins Licht. »Ich bin es. Murdo.«

Der Mann starrte ihn an; langsam zeigten sich erste Anzeichen des Erkennens auf seinem Gesicht. »Murdo?« fragte er verblüfft. »Bist du das wirklich?«

»Torf, ich ...«

»Gott helfe uns, es ist Murdo!« rief eine andere Stimme, und ein dritter Mann stand auf.

»Skuli!« rief Murdo und eilte zu seinen Brüdern.

Torf versetzte ihm zum Willkommen einen kräftigen Schlag auf den Rücken und rief den anderen am Feuer zu: »Seht her! Unser Bruder ist gekommen, sich uns anzuschließen!«

»Murdo, was tust du hier?« fragte Skuli und klopfte ihm fröhlich auf die Schulter. »Wie hast du uns gefunden?«

»Sieh ihn dir an«, unterbrach ihn Torf. »Er ist schon fast so groß wie ich. Ich hätte dich fast nicht erkannt. Wie bist du hierhergekommen?«

»Skuli ... Torf ...«, erwiderte Murdo und schüttelte den Kopf. »Ich bin so froh, daß ich euch gefunden habe. Geht es euch gut?«

»Wann bist du angekommen?« fragte Skuli. »Bist du schon länger hier?«

»Was gibt es Neues von zu Hause?« mischte sich Torf wieder ein. »Vater ist in Jerusalem. Weißt du das?«

»Hast du ihn gesehen?« fragte Skuli. »Wir haben ihn in Ma'arra verlassen.«

»Wo ist Paul?« verlangte Murdo zu wissen und schaute sich um. »Ist er hier bei euch?«

Torfs Lächeln verschwand. »Paul hat es nicht bis nach Edessa geschafft«, antwortete er. »In Antiochia hat ihn das Fieber befallen; dort ist er auch gestorben. Damals haben wir dann entschieden, uns Graf Balduin anzuschließen.«

»Wer ist der Priester?« fragte Skuli, um die Stimmung wieder ein wenig aufzuheitern. Er drehte sich zu Emlyn um, der auf der anderen Seite des Lagerfeuers wartete.

»Das ist mein Freund, Bruder Emlyn«, antwortete Murdo. »Wir sind gemeinsam hierhergereist.«

»Murdo und ein Priester zusammen auf Pilgerfahrt!« johlte Skuli. »Das hätte ich niemals für möglich gehalten. Sag mir jetzt nur nicht, daß auch du die Gelübde abgelegt hast, Murdo. Du haßt doch die Priester, noch mehr als Torf.«

»Nein«, lachte Murdo, »das würde ich niemals tun. Es gibt noch zwei weitere – sie sind die Berater von König Magnus. Sie haben mir gestattet, mich ihnen anzuschließen.«

»König Magnus ist auch hier?« fragte Torf. »Wie viele Männer hat er mitgebracht?«

»Eine ganze Menge«, antwortete Murdo. »Insgesamt fast vierhundert.«

»Dann sollte er sich Balduin anschließen«, sagte Torf. »Der Graf bezahlt seine Männer gut.«

Nun meldete sich Emlyn zu Wort. »Vielleicht gibt es hier irgendwo einen Ort, wo wir uns ungestört unterhalten können. Ihr habt euch viel zu erzählen, und ich könnte nach dem langen Marsch etwas zu trinken vertragen.«

»Ja! Ja, natürlich«, stimmte ihm Torf zu. »Hier entlang. Dort drüben ist ein Baum. Skuli, besorg uns einen Krug und einen Becher.« An Murdo und den Priester gewandt erklärte er: »Es ist allerdings nur Wein. Bier gibt es in dieser Gegend nicht, aber inzwischen haben wir uns daran gewöhnt.«

»Auch ich habe mittlerweile Geschmack an Wein gefunden«, bemerkte der fette Mönch. »Er ist immerhin flüssig und läuft gut die Kehle hinab.«

Torf lachte lauthals auf und führte sie zu einem knorrigen Olivenbaum ein paar Schritte weit entfernt. Von hier aus konnte man über das Tal hinweg in die Stadt blicken: Sie wirkte im Mondlicht bleich wie Knochen und war still wie ein Grab. Der Anblick rief Murdo wieder den Zweck seines Hierseins ins Gedächtnis zurück.

Sie setzten sich unter die Äste. Emlyn lehnte sich gegen den Stamm, und Torf ließ sich auf einem Stück Gras zwischen den Wurzeln nieder, während Murdo sich mit gekreuzten Beinen seinem

Bruder gegenüber setzte. Er war plötzlich ungewöhnlich still geworden. All die Dinge, die er zu sagen hatte, drängten gleichzeitig an die Oberfläche; doch wo sollte er anfangen? Wovon sollte er seinen Brüdern als erstes berichten? Es gab soviel zu sagen, daß er kein Wort herausbrachte. Statt dessen starrte er seinen Bruder an und wünschte sich, Torf würde auch ohne Worte verstehen, welch große Not ihn über das Meer hierhergeführt hatte.

»Wie gefällt dir Jerusalem?« fragte Torf nach einer Weile. »Man sagt, es sei eine großartige Schlacht gewesen. Wo warst du, als die Stadt gefallen ist?«

»Wir waren hier«, antwortete Murdo. Da er sich nicht an diesen Tag erinnern wollte, wechselte er rasch das Thema. »Ist es weit bis Edessa?«

»O ja, weit genug«, erwiderte Torf-Einar. »Bis hierher haben wir zehn Tage gebraucht. Hätte die Belagerung länger gedauert, hätten wir vielleicht noch in die Schlacht eingreifen können. Vor vier Tagen haben wir erfahren, daß die Stadt gefallen ist.«

»Man sagt, es gäbe dort jede Menge Beute«, bemerkte Skuli, als er sich wieder zu ihnen gesellte. Er füllte den Becher, den er mitgebracht hatte, und reichte ihn dem Priester.

»*Sláinte!*« sagte Emlyn und hob den Becher. Er trank einen kräftigen Schluck und reichte das Gefäß Murdo, der ebenfalls daraus trank und es dann an Torf weitergab; dieser leerte ihn und gab den Becher an Skuli zurück, damit er ihn wieder auffüllen konnte.

»Murdo«, sagte Skuli und schüttelte ungläubig den Kopf, »du bist der letzte Mensch, den ich hier erwartet hätte. Wie kommt unsere Frau Mutter mit dem Hof zurecht? Muß sie sich jetzt etwa ganz allein darum kümmern?«

Murdo wollte die gute Stimmung nicht mit schlechten Nachrichten verderben; dennoch beschloß er, nicht länger zu warten. »Das ist der Grund, warum ich hierhergekommen bin«, erklärte er. »Hrafnbú ist verloren.«

»Verloren?« fragte Skuli über den Rand des Bechers hinweg. »Hrafnbú ist nicht mehr? Murdo, wie konntest du zulassen...?«

Torf hob die Hand, um seinem Bruder Schweigen zu gebieten.

»Das ist erst die Hälfte«, fuhr Murdo fort. »Vater ist tot. Er ist vor zwei Tagen gestorben. Ich war bei ihm.«

Dieser letzten Erklärung folgte ein langes Schweigen. Schließlich forderte Torf: »Sag uns, was geschehen ist.«

»Er war verwundet. Emlyn hier und die anderen Mönche – sie haben ihn in einem Zelt gefunden«, sagte Murdo und berichtete, wie Herr Ranulf gestorben war und wie sie ihn im Tal vor den Mauern der Heiligen Stadt begraben hatten. Torf und Skuli hörten schweigend zu; mal runzelten sie die Stirn, dann wieder schüttelten sie die Köpfe. Schließlich erzählte Murdo, daß er nach Jerusalem gekommen sei, um ihren Vater nach Hause zu holen, damit er das Gut wieder zurückfordern konnte.

»Du bist jetzt der Herr von Hrafnbú«, schloß Murdo und nickte Torf-Einar zu. »Nun ist es an dir, nach Orkneyjar zurückzukehren, und unseren Anspruch geltend zu machen.«

Torf rieb sich nachdenklich das Kinn. »Es tut mir leid, daß dir solches Unglück widerfahren ist«, sagte er schließlich, »aber ich kehre nicht zurück.«

»In Jaffa können wir ein Schiff bekommen«, erklärte Murdo. »Ich weiß, daß viele Edelleute sich bereits wieder auf den Weg zurück in die Heimat machen; einer von ihnen wird uns sicherlich mitnehmen. Wir können sofort aufbrechen, und...«

»Murdo!« unterbrach ihn Torf mit lauter Stimme. »Ich habe gesagt, ich gehe nicht zurück nach Orkneyjar. Skuli und ich haben Graf Balduin die Treue geschworen. Wir werden hierbleiben und für ihn kämpfen.«

»Aber der Kreuzzug ist vorbei«, erwiderte Murdo und versuchte, seinen Bruder zu verstehen. »Wir können wieder nach Hause.«

»Der Graf hat die Herrschaft über Edessa übernommen«, erklärte ihm Torf. »Er hat sie zur ersten Stadt eines großen Reiches gemacht, und er hat allen, die bei ihm bleiben, versprochen, sie mit Gold und Ländereien zu belohnen. Dies ist ein reiches Land, und wir beabsichtigen, uns unseren Teil davon zu nehmen.«

»Er hat recht, Murdo. Bald werden wir so viel Beute beisammen haben, daß wir selbst zu Grafen werden«, fügte Skuli hinzu. »Wir werden unser eigenes Reich besitzen mit Palästen, Pferden und unermeßlichen Schätzen. Balduin hat es geschafft und Bohemund, und wir werden es auch schaffen.«

»Wir besitzen Land auf den Dunklen Inseln«, protestierte Murdo mit schwacher Stimme. »Auch dort gibt es genug Reichtum für uns, den wir nur zurückfordern müssen. Ich weiß, wer jetzt über unser Land herrscht: Er ist einer von König Magnus' Männern, und er ist hier in Jerusalem. Wir könnten ...«

»Was wir auf den Inseln besaßen ist nichts«, erklärte Torf unverblümt. »Verglichen mit dem Reichtum des Ostens sind wir die reinsten Bettler. Hrafnbú mag vielleicht verloren sein, aber es ist es nicht wert, dafür zu kämpfen. Und es ist es bestimmt nicht wert, den ganzen weiten Weg nach Orkneyjar zurückzureisen, nur um es einem Narren von Nordmann abzujagen, der es unbedingt haben will. Soll er es doch haben, sage ich. Hier gibt es viel, viel mehr; wir müssen es uns nur nehmen.«

»Du solltest bei uns bleiben, Murdo«, schlug Skuli vor. »Wir werden alle Könige sein.«

Murdo starrte die beiden Männer vor ihm an. Waren das wirklich seine Brüder? Wie konnten sie nur so reden? Die Nachricht vom Tod ihres Vaters hatte ihnen noch nicht einmal einen Seufzer des Bedauerns entlockt, und der Verlust ihres Landes erregte nur ihren Spott.

»Könige!« höhnte Murdo. »Kein König würde sich weigern, für sein Land und sein Volk zu kämpfen. Ihr wollt Schätze? Ich besitze Schätze und Gold genug für uns alle. Herr Ranulf hat seinen Anteil an der Beute aufbewahrt, und nun habe ich ihn. Wir können nach Hause zurückkehren und das Gold dazu verwenden, unser Land zurückzugewinnen.«

»Mach du das, Murdo«, sagte Torf. »Nimm, was immer Ranulf aufgespart hat, und kehre nach Hause zurück.«

»Wir wissen vom Schatz unseres Vaters«, sagte Skuli. »Ein wenig Gold und Silber – wir haben ihn gesehen. Ich werde dir die Wahrheit sagen, Murdo: Es gibt Männer hier – keine Fürsten, sondern Kämpfer wie wir –, die in einer Schlacht mehr Schätze angehäuft haben, als der Jarl von Orkneyjar je in seinem Leben gesehen hat. Auch wir besitzen Gold und Silber, und wir beabsichtigen, uns noch mehr davon zu holen.«

»Nimm dir Hrafnbú, wenn es das ist, was du willst«, sagte Torf. »Während du dir deinen Lebensunterhalt auf einem Felsen im Meer zusammenkratzt, werde ich Graf von Tyros und Sidon sein. Denk darüber nach, wenn du durch den Schweinemist auf deinem geliebten Bú watest.«

Murdo schüttelte verzweifelt den Kopf. Für seine Heimat und seine Familie war er von einem Ende der Welt zum anderen gereist, und das nur, um gesagt zu bekommen, daß er ein Narr gewesen sei.

Wut, Enttäuschung und das Gefühl, gedemütigt worden zu sein, rangen in seinem Herzen um die Vorherrschaft. Der Zorn gewann, und Murdo stand langsam auf, die Fäuste geballt, um seine Wut im Zaum zu halten. »Ich habe genug gehört«, sagte er und biß die Zähne so fest zusammen, daß ihn der Kiefer schmerzte.

Er funkelte seine Brüder an: den verschmitzten und überheblichen Skuli und den spöttisch dreinblickenden Torf. Im Mondschein wirkten ihre Gesichter ungewöhnlich blaß – wie die der Leichen, die Murdo in den Straßen von Jerusalem gesehen hatte. In diesem Augenblick hatte er wirklich das Gefühl, in die Gesichter von Toten zu blicken – von Menschen, die er niemals wiedersehen würde.

»Ich habe getan, was man von mir verlangt hat«, sagte er. »Jetzt werde ich den Schatz nehmen und nach Hause zurückkehren.«

»Nimm ihn nur«, erwiderte Torf erregt. »Und nimm auch das Gut. Herr von Hrafnbú – ich gebe dir den Titel, denn er ist keinen Furz wert. Hör mir gut zu: Wir haben dir die Möglichkeit gegeben, etwas aus dir zu machen. Wenn du das nicht begreifen kannst, dann verdienst du es nicht besser.«

»Bleib bei uns, Murdo«, bot ihm Skuli erneut an. »Balduin wird dich in seinen Kriegshaufen aufnehmen. Schon bald werden wir alle unsere eigenen Ländereien besitzen, und dich werden wir zu einem Herzog machen.«

»Ich will nichts von euch«, antwortete Murdo. Enttäuschung und Bedauern lagen in seiner Stimme. »Lebt wohl...« Die Worte ließen ihn zögern, dann fuhr er fort: »*Brüder*... wir werden uns nie wiedersehen.« An Emlyn gewandt sagte er: »Wir haben getan, was zu tun wir hierhergekommen sind. Jetzt laß uns wieder gehen.«

Er kehrte seinen Brüdern den Rücken zu und machte sich auf den Weg den Berg hinab.

»Murdo!« rief ihm Skuli flehend hinterher. »Verbringe wenigstens diese Nacht mit uns. Wir werden reden, und morgen früh wirst du die Dinge anders sehen.«

Als Murdo nicht antwortete, stand Skuli auf und eilte ihm hinterher. »Warte! Hör mir zu! Murdo, warte!«

»Laß ihn gehen, Skuli«, sagte Torf. »Er war schon immer ein kleiner Feigling.« Und Murdo rief er zu: »Hau nur ab, du kleiner Feigling! Lauf nach Hause zu Mutter, wie du es immer getan hast!«

Die Worte waren verachtungswürdig; einst hätten sie sicherlich geschmerzt, doch nun bewirkten sie gar nichts. Murdo empfand nur Mitleid für den Mann, der sie gesprochen hatte.

Emlyn ging neben ihm, sagte aber nichts. Schweigend stiegen sie ins Tal hinab, wo sie wieder auf die Straße einbogen. Schwarz und beeindruckend ragte Jerusalems Stadtmauer über ihnen auf, und obwohl der Mond inzwischen verblaßt war, leuchtete der Himmel im Licht der Sterne.

»Das ist ja nicht sonderlich gut gelaufen«, bemerkte der Mönch, nachdem sie sich wieder auf den Weg um die Südmauer herum gemacht hatten.

»Nein«, bestätigte Murdo, »es ist nicht gut gelaufen.«

»Was wirst du jetzt tun?«

»Ich werde tun, was ich gesagt habe.«

»Nach Hause zurückkehren und deinen Hof zurückfordern?«

»Ja.«

»Du hast gesagt, der Mann, der jetzt über eure Güter herrscht, befindet sich in Jerusalem«, bemerkte Emlyn. »Stimmt das?«

»Das stimmt«, murmelte Murdo. Nachdem er gerade erst seine Brüder an die Habgier verloren hatte, war er nicht in der Stimmung, sich über die Einzelheiten seines Grolls zu unterhalten.

»Wer ist es?« erkundigte sich der Mönch.

»Was hat das für eine Bedeutung?« schnappte Murdo.

»Das weiß Gott allein«, erwiderte Emlyn in freundlichem Tonfall. »Ich habe mir nur gedacht, wenn ich mehr über diese Angelegenheit wüßte, könnte ich dir vielleicht helfen.«

»Niemand kann mir helfen«, erklärte Murdo. »Das ist einzig und allein meine Sache.«

Emlyn verzichtete auf weitere Fragen, und abermals schweigend setzten sie ihren Weg fort – was Murdo bei weitem vorzog. Als sie schließlich das Jaffa-Tor erreichten, hatte er beschlossen, den Treueid auflösen zu lassen, den er König Magnus gegenüber geleistet hatte, denn es sollte kein böses Blut zwischen ihm und dem König herrschen. Falls nötig, wollte er sich sogar freikaufen. Dann würde er in das Kloster auf dem Berg Zion zurückkehren, den Schatz holen und nach Jaffa eilen, wo er sich auf dem erstbesten Schiff eine Passage besorgen würde, welches das Heilige Land Richtung Westen verließ.

Was er tun würde, wenn er wieder auf Orkneyjar war? Das wußte er noch nicht. Doch an Bord des Schiffes würde er genug Zeit haben, darüber nachzudenken, und er war sicher, daß er eine Antwort finden würde, lange bevor sie die nebelverhangenen Hügel von Orkneyjar erreichen würden.

Die Herren des Westens trafen sich am nächsten Tag in der Grabeskirche, um Rat zu halten. Dort, in der kleinen Kirche, die über dem Felsengrab errichtet worden war, wo man Jesus nach seiner Hinrichtung durch die Römer bestattet hatte, trafen sich die Führer des Kreuzzugs, um zu entscheiden, wer die Stadt für die Christenheit beschützen und halten sollte.

Mehrere große Tische waren vor dem Altar der Kirche aneinander gestellt worden, so daß sie eine einzige lange Tafel bildeten, an der die Kreuzfahrerfürsten und ihr Gefolge Platz nehmen konnten. Die Kirche war nicht groß; an der Tafel gab es nur Platz für etwa sechzig Mann, so daß die übrigen zweihundert hinter ihren jeweiligen Fürsten stehen mußten. Neugierige füllten das Vestibül, und im Hof hatten sich weitere Menschen versammelt, die allesamt angestrengt darauf lauschten, was im Innern der Kirche gesprochen wurde.

Raimund von Toulouse, begleitet von seinem Kaplan, dem Abt von Aguilers, Graf Robert von Flandern und verschiedene andere Edelleute und ihr Gefolge nahmen ihre Plätze am Kopf des Tisches ein. Als nächstes erschienen Gottfried und sein Bruder Balduin und nahmen zur Rechten Raimunds Platz, wodurch Bohemund und seinen Männern nichts anderes übrigblieb, als sich links neben dem Grafen von Toulouse niederzulassen. Robert, Herzog von der Normandie, erschien als letzter und gesellte sich zur Gruppe des Bischofs von Bayeux und seinen Kaplänen und Beratern am unteren Ende des Tisches. Daß er dadurch Raimund unmittelbar gegenübersaß, machte ihm nichts aus, denn seine Männer bereiteten schon den Aufbruch vor, und nächste Woche um diese Zeit würde er sich bereits auf der Heimreise befinden, egal was auch immer auf dieser Versammlung entschieden werden mochte.

»Gott segne Euch alle und erweise Euch seine Gnade«, begann Raimund. Er faltete die langen Hände und ließ seinen Blick über die Versammelten schweifen. »Dank der Gnade unseres Herrn treffen wir uns am heutigen Tag am Grab unseres Erlösers, um darüber zu entscheiden, wer von uns den Thron von Jerusalem besteigen soll. Aus diesem Grund habe ich den Abt gebeten, ein Gebet als Dank für unseren Sieg zu sprechen und den Herrn, unseren Gott, zu bitten, er möge uns mit seiner Weisheit bei den vor uns liegenden Beratungen zur Seite stehen.« Er winkte seinem Kaplan aufzustehen und sagte: »Mein Herr Abt, wir warten auf Euch.«

Dann schob Graf Raimund den Stuhl zurück und kniete auf dem steinernen Fußboden nieder. Als erster folgte Gottfried seinem Beispiel – aus echter Frömmigkeit, denn so pflegte er stets zu beten –, und da die anderen nicht für weniger fromm gehalten werden wollten, schoben alle ihre Stühle und Bänke zurück und knieten nieder, während der Abt sich dem Altar zuwandte, die Arme ausbreitete und zu beten begann.

Gnädigerweise ließ es der Abt bei einem guten halben Dutzend sorgfältig ausgewählter Gebete bewenden; dann sprach er den Segen und gestattete der Versammlung, wieder Platz zu nehmen. Anschließend eröffnete Raimund die Versammlung mit einer unverblümten, aber wahrheitsgemäßen Lagebeschreibung.

»Meine Herren«, sagte er, »der Tod von Bischof Adhemar hat eine ganz besondere Frage aufgeworfen: Wer soll in der Heiligen Stadt regieren? Adhemar war nicht nur unser Freund, er war auch der Legat des Papstes, und als solcher der wahrscheinlichste Kandidat für den Thron von Jerusalem. Wir mögen unseres Freundes und seiner weisen Führung beraubt sein, aber unsere Sache wird von jenen Männern weiterverfolgt, die heute um diesen Tisch versammelt sind.«

Abermals ließ er seinen Blick über die Anwesenden schweifen, bevor er fortfuhr: »Der Thron von Jerusalem muß besetzt werden, und nun ist es an uns zu entscheiden, wer ihn besteigen soll. Die Herrschaft über das Heilige Land darf nicht leichtfertig vergeben werden«, warnte er mit ernster Stimme, »denn der Mann, der in der Stadt unseres Herrn Jesus Christus herrschen will, muß untadelig, aufrecht und in der Lage sein, die heiligen Stätten vor den Feinden unseres Glaubens zu verteidigen.«

Zufrieden nickte der Graf sich selbst zu. Er hatte das Problem auf den Tisch gebracht, und nun war es an den anderen, ihre Meinung darüber kundzutun. Er setzte sich wieder und blickte zu Robert von Flandern, der sich mannhaft anschickte, als erster seine Pflicht zu erfüllen. »Meine Herren, verehrte Gefährten«, sagte er und erhob sich von seinem Platz am Kopf des Tisches, »bitte gestattet mir zu sprechen. Ich werde Eure Aufmerksamkeit nur kurz in Anspruch nehmen.«

»Sprecht! Sprecht!« antworteten die Fürsten. »Sprecht, Mann! Sagt, was Ihr zu sagen habt!«

»Vielen Dank.« Der Graf verneigte sich als Zeichen, daß er dem Willen der Versammlung nachkommen wollte. »Wie Ihr alle wißt, habe ich persönlich keinerlei Interesse, die Heilige Stadt zu regieren. In eben diesem Augenblick plane ich bereits meine schnellstmögliche Rückkehr in die Heimat...«

»Ja, ja«, murmelten die Edlen. »Macht voran, Mann.«

»Deshalb«, fuhr der Graf fort, ohne eine Reaktion auf die Ungeduld der anderen zu zeigen, »bin ich ausschließlich daran interessiert, daß diese Stadt – diese Stadt, deren Freiheit wir alle mit einem hohen Preis bezahlt haben, mit einem Preis, den wir...«

»Voran, voran«, murrten die Stimmen.

»... mit einem Preis, den wir alle mit selbstloser – nein, den wir alle mit großem Opfermut getragen haben. Tag für Tag haben wir ihn bezahlt und zwar nicht nur mit den weltlichen Gütern, mit denen uns Gott in seiner Gnade ausgestattet hat, sondern auch mit dem Leben unserer Verwandten, unserer Freunde und der Krieger, die uns gefolgt sind ...«

»Um Himmels willen, kommt endlich zur Sache!« rief ein Edelmann aus Bohemunds Gefolge.

Robert funkelte den Mann kalt an und fuhr fort: »Mein einziges Interesse besteht darin, diese Stadt unter der Führung und dem Schutz eines fähigen Herrschers zu sehen, sowohl in weltlicher als auch in geistlicher Hinsicht, denn nur so kann die Sicherheit der Einwohner gewährleistet werden und die der unzähligen Pilger, die unseren Spuren folgen werden ...«

»Hört! Hört!« brüllten Bohemunds Verbündete; einige trommelten mit der flachen Hand auf den Tisch.

»Meine Herren!« meldete sich Graf Raimund mit lauter Stimme zu Wort und beugte sich vor. »Ein solches Verhalten geziemt sich nicht. Wir sind hier, um den nächsten König von Jerusalem zu wählen.«

»Wir sind hier, um die Beute aufzuteilen!« rief eine Stimme aus Balduins Gefolge.

»Alles zu seiner Zeit, mein Freund«, erwiderte Raimund in herrischem Tonfall. »Jene, die nur an weltlichen Reichtümern interessiert sind, werden ihre Belohnung bekommen, aber zunächst werden wir uns mit höheren Fragen beschäftigen.« Er nickte Robert zustimmend zu und sagte: »Ich bitte Euch, mein Freund: Fahrt fort. Wir hören.«

Robert, der durch die ständigen Unterbrechungen allmählich nervös geworden war, beschloß, seine Ausführungen abzukürzen und eilte entschlossen auf das Ende seiner Rede zu. »Daher empfinde ich es als ausgesprochen angemessen, daß wir an jenem Ort zusammengekommen sind, wo unser Herr aus dem Grabe auferstanden ist, um hier die Auferstehung der Heiligen Stadt in die Wege zu leiten, auf daß sie von diesem Tag an...«

»Der König! Der König!« rief einer von Bohemunds Männern. »Wer soll König sein?«

»Ruhe, alle miteinander!« brüllte einer aus Gottfrieds Lager. »Oder das wird noch den ganzen Tag dauern!«

Robert wußte inzwischen nicht mehr, was er eigentlich hatte sagen wollen, und so trat er eilig den Rückzug an. »Daher glaube ich, daß wir keinen besseren Mann für den Thron von Jerusalem finden können als Raimund, Graf von Toulouse und der Provence.« Er setzte sich rasch, doch es dauerte einen Augenblick lang, bis die restliche Versammlung begriff, daß er in der Tat aufgehört hatte.

Der Herzog von der Normandie nutzte die Gelegenheit. »Freunde und Gefährten, als Krieger und als Edelmann, sei es auf dem Schlachtfeld oder bei Hofe, unterwerfe ich mich niemandem, der nicht meinen Respekt besitzt; und bei Gott, dieser Respekt muß redlich verdient sein. Ich sage: Herzog Gottfried hat sich meinen höchsten Respekt verdient und den aller Kreuzfahrer. Daher sollte er König werden.«

»Hört! Hört!« riefen die Freunde und Berater des Herzogs. »Es ist Gottes Wille!«

Bischof Arnulf, der Kaplan des Herzogs, schloß sich der Forderung an. »Der Mann, der als erster auf der Mauer war und als erster seinen Fuß in die Heilige Stadt gesetzt hat – sollte nicht dieser Mann auch der Herrscher der Stadt sein? Was sagt Ihr, Gottfried?«

Der Herzog von Bouillon schaute ernst drein. Er stand auf und blickte mit frommen Augen zum Altar. Nach einem kurzen Augenblick bekreuzigte er sich und wandte sich wieder der Versammlung zu. »Voller Demut höre ich, daß Ihr mich dieser großen Ehre für würdig erachtet. Doch ob man nun mir die Herrschaft über die

Stadt zuspricht oder einem anderen, ich glaube, diese edle Versammlung sollte beschließen, daß der Thron von Jerusalem bis zur Rückkehr unseres Herrn Jesus Christus verwaist bleibt. Brüder, es stünde uns gut an, jenen Tag voller Demut und Freude zu erwarten. Bis zur Rückkehr unseres Herrn wäre ich geehrt, diese Stadt für ihn halten zu dürfen, doch kein weltlicher Herrscher sollte sich dort eine goldene Krone aufs Haupt setzen, wo unser Erlöser eine Dornenkrone getragen hat!«

Besorgt über die Geschwindigkeit, mit der ihm die Krone entglitt, stürzte sich Raimund wieder ins Gefecht. »Gut gesagt, mein Freund!« rief er mit lauter Stimme. »Ihr sprecht mir aus der Seele. Gestattet mir daher vorzuschlagen, daß der Herrscher über die Heilige Stadt einen angemessen demütigen Titel annehmen sollte.«

Dieser Vorschlag fand die Zustimmung aller anwesenden Fürsten, die ihr Einverständnis so laut kundtaten, daß sich Raimund ein leichtes, inneres Lächeln über sein Geschick gestattete, mit dem er den Verlauf der Versammlung wieder zu seinen Gunsten verändert hatte.

Doch er hatte nicht mit Bohemund gerechnet. »Meine Herren! Meine geschätzten, ehrenhaften Gefährten! Wir haben auf unserer Pilgerfahrt so manche Gefahr gemeistert und sie nun zu einem glücklichen Ende geführt. Jetzt bleibt uns nur noch, einen ehrenhaften Herrscher zu wählen und die Schätze aufzuteilen, die uns Gott in seiner Gnade zum Wohle unserer Männer und zum Schutz der Heiligen Stadt in die Hände gelegt hat.«

Gebannt hingen die Versammelten an Bohemunds Lippen. Was hatte der gerissene Fürst vor?

»Ich spreche nicht für mich selbst«, fuhr Bohemund fort, »sondern für jene, die in dieser Versammlung keine Stimme haben, die aber ebenso viel Schweiß und Blut geopfert haben wie alle hier. Könnten wir in diesem Augenblick ihre Stimmen hören, würden sie uns ohne Zweifel sagen, daß der Herrscher von Jerusalem ein gerechter, weiser und großzügiger Mann sein müsse. Sie würden sagen, daß es die erste Pflicht dieses Herrschers sei, die Beute aufzuteilen. Daher werde ich den Mann, der diese schwere Bürde auf sich nimmt, ohne Vorbehalt unterstützen.«

Der Fürst setzte sich wieder. Er wünschte, Tankred wäre an seiner Seite; mit Unterstützung seines Vetters wäre es ihm leichtgefallen, die Waagschale zu seinen Gunsten zu neigen. Doch auch jetzt besaß er einen Verbündeten, der ebensosehr wie er an einer gerechten Aufteilung der Beute interessiert war: König Magnus. Der Wikingerfürst hatte sich bereits erhoben, noch bevor die Versammelten Bohemunds Worte verarbeiten konnten.

»Meine Herren, Freunde und Waffenbrüder«, begann der König in einfachem Latein. »Viele hier kennen mich nicht, doch wie Ihr, so habe auch ich das Kreuz genommen, und wie Ihr, so habe auch ich mancher Gefahr getrotzt, um das Heilige Land von den Ungläubigen zu befreien. Ich stimme mit Bohemund überein: Wir müssen jemanden wählen, der jene belohnt, deren Blut und Kraft die Eroberung der heiligen Stätten ermöglicht hat – egal ob sie nun auf den Mauern gekämpft haben oder nicht.«

Begleitet von lauten Rufen der Zustimmung nahm Magnus wieder Platz. Sehr zu Raimunds Verdruß gefiel den Edelleuten die offene Art des Barbarenfürsten und seine unverschämte Forderung, den zu spät Gekommenen einen Anteil an der Beute zu gewähren.

»Der Fürst und sein Lehnsmann haben recht, wenn sie uns an die Pflicht erinnern, nicht jene zu vergessen, von denen wir abhängen«, sagte Raimund in dem verzweifelten Versuch, den Schaden an seiner Kampagne zu mindern. »Auch ich sage, wir sollten sie in Ehren halten. Aber ich frage Euch: Wäre es nicht ungerecht gegenüber den Männern, die ihr Blut auf den Mauern vergossen haben, wenn wir sie genauso behandeln würden wie jene, die nicht hier waren und die allein durch ihre Abwesenheit die Last anderer vergrößert haben?«

Noch bevor seine Worte verhallt waren, war Magnus bereits

wieder aufgesprungen. »Bitte, mein Herr, ich will nicht despektierlich wirken, aber dort, wo ich herkomme, sind die Menschen simplere Kost gewöhnt. Wollt Ihr damit etwa sagen, Ihr beabsichtigt, Euch nicht mehr an die Abmachung zu halten, die Beute zu gleichen Teilen aufzuteilen? An eine Abmachung, der jeder hier an diesem Tisch zugestimmt hat?«

Alle Augen richteten sich auf Raimund. Die Wangen des Grafen glühten rot vor Zorn und Verzweiflung. Bohemund genoß Raimunds Verunsicherung. In der kurzen Zeit, da er den König von Norwegen kannte, hatte Bohemund zunehmend Gefallen an seinem neuen Vasallen gefunden. Da er selbst nordisches Blut in den Adern hatte, verstand er die Nordmänner und ihre offene, natürliche Art. Von all seinen Söldnern schätzte er ihre Tapferkeit und ihr Können am meisten. Es waren Männer, auf die er sich verlassen konnte, solange es nur etwas zu gewinnen galt – ein Charakterzug, den Bohemund von ganzem Herzen guthieß.

So kam es, daß zwei Fragen wie Sturmwolken in der Luft hingen, die jeden Augenblick zusammenstoßen und ihre Blitze gen Boden schleudern konnten.

König Magnus hatte Graf Raimund gezwungen, sich dazu zu äußern, wie er beabsichtige, die Beute aufzuteilen, und gleichzeitig die Versammlung wissen lassen, wie er selbst in dieser Angelegenheit dachte. Raimund wiederum, der die Abmachung ausgesprochen eng deutete, hatte jedermann zu verstehen gegeben, daß er die Beute lediglich unter jenen aufzuteilen gedachte, die vor den Mauern von Jerusalem gekämpft hatten.

Nun war es an dem anderen Bewerber, seine Meinung zu diesem Thema zum Ausdruck zu bringen. Bischof Arnulf meldete sich zu Wort. »Verzeiht mir, meine Herren, daß ich spreche, obwohl ich schweigen sollte. Aber da ich vorhin Gottfried von Bouillon meine Unterstützung gewährt habe, würde ich gerne wissen, wie er sich zu diesen Fragen stellt.«

»Ja! Ja!« riefen die Versammelten. »Was sagt Ihr, Gottfried? Steht auf, Mann!«

Der Herzog von Bouillon erhob sich und lächelte die Edelleute an – auch Raimund, um ihm zu zeigen, daß er ihm nichts nachtrage. »Erneut möchte ich betonen, wie geehrt ich mich fühle, daß Ihr, meine Gefährten, mich für würdig erachtet, die wichtigste Herrschaft der gesamten Christenheit anzutreten. Daher möchte ich Euch versichern, daß ich auch die unschätzbaren Verdienste jener anerkenne, die ohne eigene Schuld zur Befreiung der Heiligen Stadt zu spät gekommen sind. Aus Dankbarkeit für die Einigkeit, die uns in dieser Sache verbunden hat, erachte ich es als nur gerecht, dieselbe Einigkeit auch bei der Verteilung der Beute zu zeigen.«

Er verneigte sich knapp vor dem Bischof und setzte sich wieder. Überall erhoben die Edlen ihre Stimmen als Zeichen der Zustimmung. Jedem der hier Versammelten war mit einem Mal klargeworden, daß Bohemund und Balduin unmöglich von der Entscheidung über den Thron von Jerusalem ausgeschlossen werden konnten. Beide Fürsten hatten deutlich ihre Freude über die rasche Eroberung der Stadt betont und es zutiefst bedauert, nicht rechtzeitig eingetroffen zu sein, um ihre Gefährten dabei zu unterstützen, Jerusalem den Ungläubigen zu entreißen; und natürlich sah keiner von beiden einen Grund, warum sie als anerkannte Führer des Kreuzzugs von der Aufteilung der Beute ausgeschlossen werden sollten.

Stur setzte sich Raimund weiterhin dagegen zur Wehr, den zu spät Gekommenen einen Anteil an der Beute zu gewähren, und er wurde nicht müde zu betonen, daß sie ihn ja auch nicht verdient hätten, da sie an der Eroberung der Stadt nicht beteiligt gewesen seien. Doch sehr zu seiner Überraschung sicherte ihm das keineswegs die Unterstützung der anderen Edelleute. Verglichen mit Gottfrieds Großzügigkeit wirkte Raimund habgierig und selbstsüchtig.

In einem letzten verzweifelten Versuch, die Unterstützung der

Unentschlossenen zu gewinnen, schlug Raimund einen Kompromiß vor: Zunächst sollten die Verluste jener ausgeglichen werden, welche die Stadt erobert hatten; dann könne man den Rest der Beute zu gleichen Teilen unter allen Anwesenden verteilen, wie es in Konstantinopel abgemacht worden war.

An jedem anderen Tag hätte man diesen Vorschlag vielleicht als weise Entscheidung eines großen Herrschers betrachtet, doch nun war es bereits zu spät. Aufgestachelt von Gottfrieds Befürwortern waren die Fürsten und Edlen begierig, die Sache zu einem Ende zu bringen, und allein die Vorstellung, um jede Goldmünze feilschen zu müssen, erfüllte sie mit Widerwillen. Raimunds kluger Vorschlag wurde als Herabsetzung von Gottfrieds Großzügigkeit betrachtet.

Balduin, der fühlte, daß der geeignete Augenblick gekommen war, erhob sich inmitten des Lärms der Versammelten, die lautstark ihre Zustimmung zu Gottfrieds Plan bekundeten. »Meine geschätzten Herren und Mitchristen!« rief er und hämmerte mit dem Heft seines Dolches auf den Tisch. »Es freut mich, daß Ihr meinen Bruder so hoch schätzt. Daher empfehle ich Euch, unseren Gefährten und Freund zum Herrscher auszurufen, Herzog Gottfried von Bouillon.« Er ließ seinen Blick über die Versammlung schweifen. »Was sagt Ihr, meine Herren?« Er deutete auf seinen Bruder. »Ich sage: König Gottfried!«

Die Kirche bebte unter dem frenetischen Jubel der versammelten Fürsten. Mit Händen und Dolchen trommelten die Edelleute auf den Tisch, und einige rissen die Schwerter aus den Scheiden und hielten sie in die Luft. Sie jubelten und riefen Gottfrieds Namen, und jene, die ihm am nächsten saßen, standen auf und priesen ihn als König.

Wohlwollend lächelnd wartete Gottfried ab, bis der Lärm abgeebbt war; dann erklärte er: »Euer Lob rührt mich zutiefst, und vor dieser herrschaftlichen Versammlung erkläre ich, daß ich die Aufgabe auf mich nehmen werde, die Ihr mir angetragen habt, und mit Gottes Hilfe und unter seiner Führung werde ich sie nach bestem Wissen und Gewissen erfüllen.«

Erneut brandete Jubel auf. »Gott will es!« schrien sie. »Gottfried ist König! Gott will es!«

Als der Lärm ein weiteres Mal verhallte, sagte der neue Herrscher von Jerusalem: »Daß in der Stadt des Königs der Könige ein Sterblicher einen solchen Titel trägt, ist unangemessen. Daher bitte ich Euch: Verleiht mir keinen Rang, den anzunehmen kein Sterblicher wagen darf. Wenn ich hier herrschen soll«, er richtete seinen frommen Blick auf den Altar, »dann laßt mich herrschen als Advocatus Sancti Sepulchri!«

Von allen Dingen, die er hätte sagen können, war dies das Beste, und die Versammlung brachte ihm nur um so größere Bewunderung entgegen. Im Handstreich hatte Gottfried den verbliebenen Widerstand hinweggefegt und das Feld gesäubert. »Heil Gottfried, Verteidiger des Heiligen Grabes!« riefen sie, und die Kirche erbebte erneut unter ihrem Jubel.

Da jedermann damit beschäftigt war, Gottfried hochleben zu lassen, bemerkte niemand die Ankunft einer kleinen Gruppe von Kriegern in voller Rüstung: Arm- und Beinschienen waren mit Mustern verziert; lange weiße Roßschweife schmückten die Helme; schimmernde Schuppenpanzer schützten ihre Körper, und allesamt trugen sie lange, zweischneidige Stoßlanzen. Sie wurden von einem Mann geführt, der ähnlich gerüstet war; nur der Helm fehlte, und sein Harnisch war mit Gold beschlagen, und er trug einen purpurnen Umhang.

Das plötzliche Erscheinen der fremden Krieger ließ die Herren des Westens verstummen. Wie ein Mann drehten sie sich um und blickten erstaunt auf die Erscheinung in ihrer Mitte. Einige zogen die Schwerter und bereiteten sich darauf vor zu kämpfen; andere wiederum mahnten ihre Gefährten zur Ruhe. Lediglich ein oder zwei der Pilgerfürsten erkannten die Gestalt an der Spitze der Eindringlinge. Gottfried war einer von ihnen.

»Friede und Willkommen!« rief er und streckte dem jungen Offizier des Kaisers und seinen Warägern die Hand entgegen. »Ich grüße Euch, Drungarios Dalassenos. Euer Erscheinen kommt etwas unerwartet.«

Der Drungarios verneigte sich steif – zuerst vor dem Altar, dann vor den Frankenfürsten. »Im Namen von Alexios, Nachfolger der Apostel, Stellvertreter Gottes auf Erden und Herrscher des Heiligen Römischen Reiches, überbringe ich Euch Grüße und Glückwünsche zu Eurem überwältigenden Sieg.« Das schwache Lächeln verschwand aus seinem Gesicht, als er ohne Umschweife auf den Grund seines Hierseins zu sprechen kam. »Der Kaiser hat mich gesandt, um Euch für Euren Erfolg zu loben und um die Rückführung der Heiligen Stadt in den Reichsverbund vorzubereiten.«

Jerusalems neuer Herrscher starrte den Eindringling verblüfft an. Die Stadt an den Kaiser übergeben? Gottfried sah, wie ihm die gerade erst verliehene Würde wieder entrissen wurde. Er hatte sein Amt noch nicht einmal angetreten, und schon wurde er vom Kaiser abgesetzt.

Dalassenos nutzte den Überraschungsvorteil und fuhr fort: »Selbstverständlich wird der Kaiser Euch und Eure Truppen angemessen entlohnen für die Schätze, die Ihr zurückerobert habt. Als Zeichen seiner Dankbarkeit und seines guten Willens hat er ein Dekret erlassen, daß alle Ausgaben seiner Vasallen, die zur Rückeroberung der Heiligen Stadt notwendig waren, aus der kaiserlichen Schatzkammer gedeckt werden sollen. Mehr noch: Kaiser Alexios hat mir freie Hand gegeben, was die Belohnung betrifft, die jene erwartet, welche ihn bei der Wiedererrichtung der kaiserlichen Herrschaft unterstützen.«

Nachdem der Drungarios geendet hatte, ging ein Geräusch um den Tisch herum, das dem wütenden Knurren eines Hundes ähnelte. Eine unheimliche Spannung lag über dem Raum, während die versammelten Fürsten Luft holten, um den unverschämten Eindringling niederzuschreien. Doch bevor es dazu kommen konnte, erhob sich Graf Raimund, der sich besser als alle anderen an den Eid erinnerte, den sie dem Kaiser geschworen hatten. »Wenn Ihr gestattet, Herzog Gottfried, würde ich gerne darauf antworten.«

»Ich bitte Euch: Sprecht, Herr«, erwiderte Gottfried froh um jede Hilfe.

»Mein Herr Drungarios«, begann Raimund in kaltem Tonfall, »es ist nur recht und billig, daß Ihr uns die Achtung des Kaisers übermittelt. Nun, da der Kreuzzug ein glückliches Ende gefunden hat, ist es ebenfalls recht, daß wir uns unserer Verpflichtungen erinnern und der Hilfe, die uns der Kaiser gewährt hat.« Der großgewachsene fränkische Fürst breitete die Arme aus und fuhr fort: »Ich weiß, ich spreche für jeden in diesem Raum, wenn ich sage, daß wir dem Kaiser für seine Hilfe auf ewig dankbar sind. Wahrlich: Ohne seine Rücksichtnahme und Unterstützung hätten wir den Kreuzzug niemals beenden können.«

»Hört! Hört!« knurrten einige der anderen Edelleute.

»Dennoch«, fuhr Raimund fort, »erkläre ich vor dieser Versammlung, daß wir Euer Ansinnen leider ablehnen müssen. Wir, die wir die Stadt gewonnen haben, werden in ihr herrschen und ihren Schutz übernehmen.« Der Graf richtete sich zu seiner vollen Größe auf. »Um es kurz zu machen, Herr: Die Stadt wird nicht an das Reich übergeben.«

Dalassenos versteifte sich. Der Augenblick war gekommen, den er mehr als alles andere gefürchtet hatte. »Ich werde Euch das nur ein einziges Mal fragen: Weigert Ihr Euch, Euren Eid zu erfüllen?«

Die Fürsten am Tisch bereiteten sich auf den unvermeidlichen Zusammenstoß vor. Treueid hin oder her, sie hatten weder die Absicht, Jerusalem aufzugeben, noch Antiochia, Edessa oder irgendeine der anderen Städte, die sie den Seldschuken, Sarazenen oder

Arabern abgerungen hatten; einige trauerten sogar noch immer Nikaia nach, das an Alexios übergeben worden war. Sie hatten die Heilige Stadt gewonnen – der Kaiser hatte damit gar nichts zu tun –, und sie wollten verflucht sein, wenn sie sie ihm ohne Kampf überlassen würden.

Doch Raimund war gerissen. »Wie viele hier werden bestätigen können, wäre ich der erste, der den Eid erfüllt, den wir vor dem kaiserlichen Thron in Konstantinopel geschworen haben«, sagte er; »doch ich fürchte, ich muß Euch um Verzeihung bitten, Drungarios, denn ich fühle mich verpflichtet, Euch darauf hinzuweisen, daß Jerusalem dem Kaiser niemals gehört hat.«

Ein Schatten huschte über Dalassenos' Gesicht. »Wollt Ihr Eure verabscheuungswürdige Habgier etwa hinter einem solch durchsichtigen Schleier verbergen? Die Oberhoheit über die Heilige Stadt fiel schon seit jeher in den Aufgabenbereich der Kirche, und daher ist der Kaiser als Oberhaupt dieser Kirche auch der rechtmäßige Herrscher von Jerusalem. Jeder Versuch, dem Reich die Kontrolle über die Heilige Stadt vorzuenthalten, wird als kriegerischer Akt gegen die Kirche betrachtet werden.«

Gottfried nahm Raimunds Argument wie ein Banner auf und stürzte sich ins Gefecht. »Wir alle sind dem Kaiser äußerst dankbar für die großzügige Unterstützung, die er unserer Sache gewährt hat. Wie alle meine Brüder hier, so erinnere auch ich mich sehr wohl daran, daß wir geschworen haben, sämtliche Städte und Güter an Konstantinopel zu übergeben, die einst ein Teil des Reiches waren. Doch Raimund hat recht: Jerusalem fiel niemals unter die Jurisdiktion des Reiches – außer zu Zeiten des alten römischen Reiches, da Rom und Konstantinopel eins waren –; daher dürft Ihr nicht erwarten, daß wir Euch etwas zurückgeben, das Ihr niemals verloren habt.«

Dalassenos wußte, daß die Kreuzfahrer niemals freiwillig ihren Preis aufgeben würden; in Antiochia und Edessa hatten sie bereits bewiesen, daß sie nichts hergeben würden außer unter Anwendung von Gewalt. Als Drungarios tōn poimōn konnte Dalassenos den lateinischen Fürsten jederzeit den Krieg erklären, doch dadurch würde er das Reich in die unmögliche Situation zwingen, gegen die Heilige Stadt ziehen zu müssen. Wie sollte der Kaiser der gesamten Christenheit es rechtfertigen, daß er gegen die Verteidiger seiner eigenen Kirche kämpfte? So wünschenswert ein solcher Krieg auch sein mochte, er war unmöglich, und Dalassenos wußte das.

Nachdem er sich eingestanden hatte, daß er das Feld würde räumen müssen, verschoß er den letzten Pfeil, der ihm in seinem Köcher geblieben war. »Ich werde den Kaiser von Eurer Entscheidung in Kenntnis setzen«, erklärte Dalassenos in der schwachen Hoffnung, die verhaltene Drohung würde die Kreuzfahrer in ihrem Entschluß wanken lassen. »Ohne Zweifel wird er sich freuen zu hören, daß Ihr die Buchstaben unserer Abmachung anerkennt, wenn auch nicht ihren Geist. Und da Ihr offenbar soviel Wert auf Genauigkeit legt, nehme ich an, daß Ihr bereits Maßnahmen in die Wege geleitet habt, um einen bestimmten wertvollen Gegenstand wieder in den Besitz des Reiches zu überführen.«

Die Fürsten blickten einander schuldbewußt an. Es war an Gottfried als neuem Herrscher Jerusalems herauszufinden, von welchem Gegenstand der Abgesandte des Kaisers sprach. »Falls wir irgend etwas genommen haben sollten, das uns nicht gehört«, erwiderte er großmütig, »dann versichere ich Euch, werden wir es sofort zurückgeben.« Balduin funkelte ihn zornig an, doch Gottfried fuhr unbeeindruckt fort: »Sagt uns nur, von welchem Gegenstand Ihr sprecht, und wir werden ihn Euch mit Freuden übergeben.«

Dalassenos lächelte. In vielerlei Hinsicht waren diese Kreuzfahrer wie kleine Kinder. »Wißt Ihr es denn nicht?« fragte er. »Dabei ist es doch in jedermanns Mund. Tatsächlich sprechen alle Christen von Jerusalem bis Konstantinopel nur noch von der heiligen Lanze.«

Nach ihrer triumphalen Rückkehr aus dem Rat hatten sich Bohemund, König Magnus und ihre Edlen und Berater in die Privatgemächer des Fürsten zurückgezogen. Wie der Rest von Magnus' Kriegshaufen, so wartete auch Murdo voller Erwartung auf die Rückkehr des Königs von den Beratungen; und wie der Rest der Männer, so wurde auch er immer unruhiger und langweilte sich. Doch im Gegensatz zu den anderen war er nicht im geringsten am Ergebnis der Beratungen interessiert. Er wartete lediglich auf den König, um ihn um Auflösung seines Treueids zu bitten, weil er mit Magnus' Segen und mit reinem Gewissen nach Hause zurückkehren wollte.

Zuerst verbreiteten sich die unterschiedlichsten Gerüchte mit rasender Schnelligkeit. Es hieß, die Beute solle zu gleichen Teilen aufgeteilt werden; andere wiederum behaupteten, gar nichts solle geteilt werden. Die Fürsten hatten einen König gewählt; die Fürsten hatten keinen König gewählt. Der Kaiser war an der Spitze von zehntausend Warägern im Heiligen Land angekommen; der Kaiser stand bereits vor den Toren! Der Kaiser verlangte die Stadt und alle Beute; die Fürsten bereiteten sich auf den Krieg vor ...

Die Stunden vergingen, und als keine weiteren Nachrichten nach außen drangen, hörten die Spekulationen schließlich auf, und die Männer wurden zunehmend mürrisch und gereizt. Die Nordmänner stöhnten und beklagten sich nun offen, und ihre anfangs gute, erwartungsvolle Stimmung verschlechterte sich mehr und mehr. Murdo dachte darüber nach, ob er der Stimmung entfliehen sollte, indem er einfach hinausginge, doch es war zu heiß, um durch die Straßen zu wandern, und außerdem stank es in der Stadt noch immer wie die Pest. Dann dachte er daran, durchs Tor ins Tal hinauszugehen, aber er fürchtete, sollte er zu lange fortbleiben, könnte er die Gelegenheit versäumen, den König zu sprechen.

»Sie haben sich weder etwas zu essen noch zu trinken bringen lassen«, bemerkte Fionn. »Also werden wir nicht mehr sehr viel länger warten müssen.«

»Ich zumindest habe vom Warten die Nase voll«, erklärte Murdo und sprang unvermittelt auf. »Ich gehe.«

»Bleib aber in der Nähe«, riet ihm der Mönch. »Ich werde dich rufen, wenn die Beratungen beendet sind.«

»Leb wohl«, erwiderte Murdo, der sich bereits auf dem Weg befand.

Er verließ den Hof, eilte den von Säulen gesäumten Korridor zum Ausgang entlang und trat hinaus auf die Straße. Kurz bevor er das Jaffa-Tor erreichte, holte ihn Bruder Emlyn ein. »Murdo! Warte!« rief der dicke Mönch. Murdo blieb stehen, und Emlyn gesellte sich zu ihm. »Ich habe gesehen, wie du den Palast verlassen hast. Wo gehst du hin?«

»Ich will die Sachen meines Vaters holen, und dann gehe ich nach Hause.«

»Wenn der Rat erst einmal eine Entscheidung gefällt hat, werden wir alle nach Hause gehen. Es kann sich höchstens noch um ein paar Tage handeln – glaube ich –, und dann ...«

»Ich habe keinen Grund, auch nur einen Tag länger zu bleiben«, unterbrach ihn Murdo in scharfem Tonfall. »Ich habe getan, wozu ich hierhergekommen bin. Jetzt kann ich diesen Ort für immer verlassen.«

»Deine Brüder ...«

»Sie sind nicht länger meine Brüder«, erklärte Murdo verbittert.

»Ich wollte sagen, daß deine Brüder dich sehr schlecht behandelt haben; aber das ist noch lange kein Grund...«

»Torf und Skuli haben sich entschieden und ich mich auch. Tatsächlich haben sie mir sogar einen großen Dienst erwiesen. Ich weiß jetzt, daß ich in dieser Angelegenheit allein bin. Also gut. So hat auch alles angefangen, und so werde ich auch weitermachen.«

»Sprich nicht so«, tadelte ihn der Mönch in sanftem Tonfall. »Komm mit mir zurück, und wir werden mit dem König sprechen. Es wäre gut, wenn du ihm gestatten würdest, dich von dem Eid zu entbinden.«

Murdo setzte sich wieder in Bewegung. Emlyn folgte ihm. »Du kannst ja zurückgehen, wenn du willst«, erwiderte Murdo. »Mich wirst du nicht dazu überreden.«

»Wie willst du denn überhaupt nach Orkneyjar kommen?«

»Viele Kreuzfahrer verlassen bereits die Stadt. In Jaffa werde ich schon ein Schiff finden, das mich mitnimmt.« Als der Mönch ihn fragte, was er tun wolle, wenn niemand einen freien Platz habe, antwortete er: »Dann werde ich mir eben ein Schiff kaufen. So oder so, ich will so schnell wie möglich weg von hier.«

»Dann werde ich dich begleiten«, erklärte der Mönch.

»Du bist einer der Berater des Königs; du kannst ihn nicht einfach so verlassen.«

»Ach ja?« bemerkte Emlyn. »Mein Eid hält mich also davon ab, deiner dich aber nicht – oder wie soll ich das verstehen? Erkläre mir das bitte.«

Murdo seufzte. »Was soll ich also tun?«

»Komm mit mir zurück, und bitte den König, dich von deinem Eid zu entbinden, wie es sich gehört. Gib ihm die Möglichkeit, dir seinen Segen zu geben.«

»Und falls er sich weigert?«

»Das ist seine Entscheidung. Er ist der König, und du bist sein Lehnsmann«, antwortete Emlyn. Er ergriff Murdos Arm und drehte den dickköpfigen jungen Mann herum. »Jetzt komm schon, und rechne nicht immer mit dem Schlimmsten. Magnus ist ein vernünftiger Mann und ein ausgesprochen wohlwollender Herr, wenn du ihm nur Gelegenheit gibst, das zu beweisen.«

Murdo kehrte in den Palast zurück und zu dem schier endlosen Warten. Gegen Mittag erschienen die Fürsten wieder und verkündeten, daß sie fest davon überzeugt seien, daß man ihren berechtigten Forderungen schon bald nachkommen würde. Sie sprachen von ihrem neuerlichen Eifer, einander zu unterstützen, und von der festen Absicht, sich für die außergewöhnlichen Dienste ihrer Kämpfer erkenntlich zu zeigen. Anschließend zog sich Bohemund mit seinen Edelleuten wieder in seine Gemächer zurück und überließ Magnus seinen Männern.

Es folgte eine weitere Zeit des Wartens, während der der König die Fragen erregter Nordmänner beantwortete und ihre Ängste zerstreute. Schließlich war Murdo an der Reihe. Mit Emlyn an seiner Seite trat er vor den König und sagte: »Mein Herr und König, ich erbitte Eure Gunst und Eure Nachsicht.«

»Sprich offen, mein Freund«, forderte ihn Magnus freundlich auf. »Aber ich bitte dich: Sprich rasch, denn ich muß schon bald wieder zu Bohemund, damit wir unsere Beratungen fortsetzen können.«

In knappen Worten erklärte Murdo seinen Wunsch, so rasch wie möglich wieder nach Hause zurückzukehren. Er bat den König, ihn von dem Treueid zu entbinden, versprach ihm aber gleichzeitig weiterhin Treue und Freundschaft, woraufhin Magnus antwortete: »Auch ich teile deinen Wunsch, wieder nach Hause zurückzukehren. Aber ich bitte dich, mir noch ein wenig mehr von deiner Geduld zu borgen. Wir werden Jerusalem schon bald alle gemeinsam verlassen, und wir werden als reiche Männer gehen.«

Als er dies hörte, ließ Murdo alle Hoffnung sinken. Die Vorstellung, auch nur einen Tag länger in Jerusalem bleiben zu müssen, erfüllte ihn mit Furcht. Er raffte all seinen Mut zusammen und sagte: »Verzeiht mir, Herr Magnus, aber ich bin gerne bereit, Euch meinen Anteil an der Beute zu geben, wenn Ihr mir nur gestattet, bereits jetzt nach Jaffa aufzubrechen.«

Magnus dachte kurz darüber nach. »Dein Angebot führt mich in Versuchung«, gestand er ein. »Doch ich wäre ein schlechter Herr, wenn ich darauf eingehen würde. Die Straße zwischen hier und Jaffa ist nicht sicher, und ich kann keinen Mann entbehren, dich zu begleiten. Daher fürchte ich, wirst du bleiben und deinen gerechten Anteil an der Beute annehmen müssen, den Fürst Bohemund und ich in eben diesem Augenblick aushandeln.«

Der König drehte sich um und machte sich davon. In einem letzten verzweifelten Versuch bemühte sich Murdo, den König doch noch umzustimmen. »Falls ich jemanden finden sollte, der mich begleitet, mein Herr und König, würdet Ihr dann zustimmen?«

Magnus schüttelte abschätzig den Kopf. »Falls du jemanden finden solltest, der freiwillig seinen Anteil an der Beute aufgibt, dann darfst du mit meinem Segen von dannen ziehen.« Er kicherte freudlos. »Aber wie ich meine Männer kenne, wirst du noch versuchen, einen von ihnen dazu zu überreden, wenn wir bereits in Jaffa Segel setzen.«

»Ich werde ihn begleiten«, meldete sich Emlyn zu Wort und trat vor.

Magnus runzelte die Stirn.

»Wenn Ihr gestattet, Herr«, fügte der Mönch rasch hinzu, »dann könnte ich ihn bis Jaffa begleiten und Euch dort erwarten. Das wäre kein Problem für mich, denn schließlich erhalte ich als Priester ohnehin keinen Anteil.«

»Also gut«, stimmte Magnus ungeduldig zu. »So soll es sein. Ich beuge mich dem Urteil meines weisen Ratgebers. Geht mit meinem Segen. Möge Gott euch auf eurer Reise beschützen. Wenn ihr mich jetzt bitte entschuldigen würdet? Der Herr von Tarent wartet auf mich.«

Nachdem der König und seine Edelleute verschwunden waren, sagte Emlyn: »Komm. Wir sagen Ronan und Fionn Bescheid und verabschieden uns von ihnen. Dann machen wir uns auf den Weg.«

Sie fanden Ronan, der sich gerade darauf vorbereitete, sich König Magnus anzuschließen, um ihn bei den Beratungen zu unterstützen, und Murdo sagte ihm Lebewohl. »Wieso Lebewohl?« fragte Ronan. »Soll das etwa heißen, daß du uns verläßt?«

»Ja, das tue ich«, antwortete Murdo in entschlossenem Tonfall. Er erklärte den Handel, den er mit König Magnus gemacht hatte, und berichtete von Emlyns Angebot, ihn bis Jaffa zu begleiten. »Der gute Bruder wird dafür sorgen, daß ich einen Platz auf einem Schiff bekomme, aber ich würde leichteren Herzens davonziehen, wenn ich auch deinen Segen hätte.«

»Darum brauchst du mich doch nicht zu bitten, Murdo, mein Herz«, erwiderte Ronan. Liebevoll betrachtete er Murdo. »Wenn ich wüßte, daß ich dich irgendwie von deinem Entschluß abbringen könnte, würde ich dir raten zu bleiben. Aber ich fürchte, das wäre reine Zeitverschwendung.« Er hob die Hand über den Kopf des jungen Mannes und sagte: »Der Herr unser Gott segne dich und bewahre dich vor allem Übel und erweise dir seine Gnade. Das Licht seines Angesichts scheine über dir und gewähre dir Frieden, wohin du auch gehst.«

Dann umarmte er Murdo, wünschte ihm Lebewohl und fragte: »Hast du schon Jon Reißzahn von deinem Entschluß erzählt?«

»Sag du den anderen für mich Lebewohl«, bat Murdo. »Er ist im Augenblick sowieso nicht hier.«

»Dann finde ihn, Murdo«, forderte ihn Ronan auf. »Er wird dir eine gute Reise wünschen wollen.«

»Sag ihm, ich wäre ihm sehr dankbar für seine Fürsorge, und falls er jemals nach Orkneyjar kommen sollte, wird immer ein Krug guten braunen Biers auf ihn warten.«

Die Hitze, die aus der Erde emporstieg, traf die Gesichter der Wanderer wie ein Luftstoß aus einem glühenden Ofen, während sie den schattigen Tunnel des Tors durchquerten. Die Sonne war eine grellgelbe Scheibe in einem von Hitze und Staub blassen, diesigen Himmel. Riesige schwarze Schwärme von Aasvögeln kreisten noch immer in der windstillen Luft über der Stadt; ihr Krächzen und Kreischen hallte von oben herab durch die toten Straßen.

Nachdem sie das Tor durchschritten hatten, bog Murdo sofort auf die Straße nach Hebron ein, die zum Berg Zion und zur Kirche der Heiligen Jungfrau führte. »Wie willst du die Sachen deines Vaters aufs Schiff bekommen?« fragte Emlyn.

»Das wirst du schon sehen«, antwortete Murdo. Mehr wollte er nicht sagen.

Kurze Zeit später kamen sie in Sichtweite des kleinen Weilers, wo Ronan sich das Kamel ausgeborgt hatte. Murdo verließ die Straße und marschierte auf den Hof zu. »Glaubst du, der Mann wird dir sein Kamel geben?« fragte Emlyn.

»Das wird er, wenn er das Gold sieht.«

Sie gingen weiter in Richtung der kleinen, weißgetünchten Lehmhäuser. Als sie den Hof betraten, erschien ein dürrer brauner Hund an der Hausecke und begann lauthals zu bellen. Nur einen Augenblick später trat der Bauer schreiend aus der Tür. Als er sah, wer da vor seinem Haus stand, eilte er herbei, ergriff Murdos Hand und küßte sie, wobei er unablässig in der seltsamen Sprache des Heiligen Landes plapperte.

»Was sagt er?« verlangte Murdo zu wissen.

Emlyn blickte zu dem Bauern und schüttelte den Kopf. »Er

spricht, wie du weißt, Aramäisch. Ronan beherrscht diese Sprache, ich nicht.«

Murdo rollte mit den Augen. Er entzog dem Bauern die Hand, griff in seinen Gürtel und holte eine goldene byzantinische Münze hervor. Dann deutete er auf das Kamel, das neben dem Pfosten im Hof kniete. Der Bauer begann erneut zu plappern, deutete ebenfalls auf das Tier und nickte begeistert. Anschließend drehte er sich um und rief etwas ins Haus hinein, woraufhin seine Frau erschien. Sie warf einen schüchternen Seitenblick auf Murdo und huschte zu dem Kamel. Dort angekommen griff sie nach einem Stock, der an dem Pfosten lehnte, schlug das Tier auf die Schulter, schnalzte mit der Zunge und zischte irgend etwas. Gemächlich erhob sich die häßliche Kreatur, und während die Frau die Zügel losband, redete der Bauer unablässig auf Murdo ein, der nur nickte und lächelte.

Nachdem sie ihre Aufgabe beendet hatte, gesellte sich die Frau zu ihrem Mann und küßte Murdo ebenfalls die Hand, der daraufhin eine weitere Goldmünze aus seinem Gürtel zog und ihr gab. Sie schnappte sich die Münze und ließ sie in einer Falte ihres Gewandes verschwinden, beinahe noch bevor ihr Mann etwas davon bemerkt hatte. Bei all dem Glück, das unerwarteterweise über ihn hereingebrochen war, riß der Bauer erschrocken die Augen auf und begann leidenschaftlicher denn je auf Murdo einzureden.

Nur mit Mühe gelang es Murdo, sich der Verehrung des Bauern und seiner Frau zu entziehen. Schließlich machte er sich jedoch auf den Weg und führte sein neu erstandenes Lasttier hinter sich her. Obwohl er genau wußte, daß der Mann ihn nicht verstand, rief er ihm noch ein letztes Lebewohl zu, als er und Emlyn den Hof verließen.

»Ich frage mich, ob sie wissen, daß sie ihr Kamel nie wiedersehen werden?« sinnierte Emlyn, während sie den Hügel wieder zur Straße hinunterstiegen.

»Deshalb habe ich ihnen ja auch die zweite Münze gegeben«, erwiderte Murdo.

»Das habe ich mir gedacht«, erklärte Emlyn und nickte anerkennend.

»Sieh mal dort drüben«, sagte Murdo und deutete auf die weiter unten liegende Straße, auf der gerade eine Gruppe von Rittern vorbeizog. »Ob das wohl bedeutet, daß die Beratungen endlich ein Ende gefunden haben?«

»Wer ist das? Kannst du das erkennen?« fragte Emlyn und blinzelte mit den Augen. »Ist das Balduin?«

»Nein, nicht Balduin«, antwortete Murdo. »Ich weiß nicht, wer das ist.«

Die Reiter waren außer Sichtweite verschwunden, lange bevor Murdo und sein Gefährte wieder die Straße erreichten, und auch als sie den steilen Hang des heiligen Berges emporkletterten, sahen sie nirgends eine Spur der Ritter. Oben angekommen marschierten sie an der Kirche vorbei und zwischen den Flüchtlingen hindurch zum Klostertor. Dieses stand weit offen, und im Hof wimmelte es von Pferden und Bewaffneten. Murdo zögerte nicht; er ging hinein, bevor ihn jemand aufhalten konnte.

Er und Emlyn hatten jedoch gerade erst zwei Schritte über die Schwelle getan, als ihnen ein verwirrter Pförtner entgegeneilte. »Es tut mir leid«, sagte der Mönch, »aber es darf niemand hinein. Auf Befehl des Kaisers werden die Tore für die Nacht geschlossen.«

»Bitte«, sagte Emlyn. »Wir werden niemanden stören. Wir wünschen nur, die weltlichen Überreste der Familie dieses Mannes aus den Katakomben zu holen; dann machen wir uns sofort wieder auf den Weg.«

Der Pförtner runzelte die Stirn. »Es ist der Befehl des Kaisers!« erklärte er mit lauter Stimme und versuchte, sie hinauszudrängen.

»Ihr habt uns nicht das Tor geöffnet«, erklärte Murdo. »Es stand weit offen, und wir sind hereingekommen. Wenn jemand fragt, dann könnt Ihr ihm ja sagen, wir seien schon drin gewesen.«

»Das wage ich nicht!« kreischte der Mann. »Der Kaiser ...!«

»Ist der Kaiser hier?« fragte Emlyn und ließ seinen Blick über den Hof schweifen.

»Nein, aber der Drungarios tōn poimōn, der persönliche Abgesandte des Kaisers«, klärte ihn der besorgte Pförtner auf. »Er ist soeben vom Rat in der Grabeskirche zurückgekehrt. Ihr müßt sofort gehen. Bitte, es wird mich den Kopf kosten, sollte jemand herausfinden, daß Ihr hereingekommen seid.« Er packte Murdo am Ärmel, als beabsichtige er, ihn hinauszuzerren.

Murdos Hand schoß vor und ergriff das Handgelenk des Mannes. »Ich werde die weltlichen Überreste meines Vaters aus den Katakomben holen«, sagte er und schob sein Gesicht unmittelbar vor das des Pförtners. »Und wenn ich das getan habe, werde ich sofort wieder von hier verschwinden. Du kannst uns helfen, oder du kannst gehen und uns in Ruhe lassen.«

Der Pförtner erbleichte und blickte hilfesuchend zu seinem Mitbruder Emlyn. »Ihr seht, wie es ist«, sagte Emlyn. »Es wird nur einen Augenblick lang dauern. Niemand wird uns bemerken.«

Der Pförtner gab schließlich nach. »Gott sei mir gnädig«, murmelte er und wedelte mit der Hand. »Geht ... Geht ... Und beeilt Euch!«

In den Schatten am Rand des Hofes eilten Murdo und Emlyn an den Soldaten vorbei. Auf einer Seite des Hofs, umgeben von einer Gruppe Krieger in glänzenden Rüstungen, bemerkte Murdo den Abt und den dunkelhäutigen Mann, den er in jener Nacht gesehen hatte, da sie den Schatz hier versteckt hatten. Als Murdo und Emlyn an ihnen vorbeihuschten, blickte der Mann auf und starrte Murdo an; Murdo wußte, daß er erkannt worden war. Der Mann wandte seine Aufmerksamkeit jedoch sofort wieder dem Abt zu, der gerade etwas sagte, und Murdo und Emlyn setzten ihren Weg Richtung Küche und Refektorium fort.

Dort angekommen, duckte sich Murdo durch die Tür, nahm eine Fackel aus der Halterung an der Wand und entzündete sie am Ofenfeuer; dann stiegen die beiden Freunde in die Dunkelheit der Katakomben hinab.

Unter der Erde war die Luft angenehm kühl. Murdo erreichte die unterste Treppenstufe, und der Geruch von Trockenschimmel und Staub wehte ihm entgegen. Im flackernden Licht der Fackel sah er die Spuren ihres letzten Besuchs auf dem Boden, und diesen folgte er durch die Stollen, bis er schließlich den Ort erreichte, wo der Schatz ruhte.

Murdo bemerkte sofort den Schild seines Vaters, der unterhalb einer der Nischen lag, wo sie den Schatz verborgen hatten; er bückte sich nieder, und da er nichts sah, steckte er die Fackel in die Nische. Das mit Leichentüchern umwickelte Bündel war noch immer dort, zusammen mit Schwert, Gürtel und Harnisch. Rasch überprüfte Murdo auch die anderen Nischen: Alles war unverändert. Als er bemerkte, daß er die Luft angehalten hatte, stieß er einen langen, erleichterten Seufzer aus. »Alles in Ordnung«, berichtete er Emlyn. »Es ist alles noch da.«

»Was habe ich dir gesagt?« erwiderte der Mönch. »Es gibt keinen sicheren Ort für deinen Schatz als solche Katakomben.«

»Das werde ich mir merken«, sagte Murdo und zog das erste Bündel aus der Nische.

Sie arbeiteten rasch und still, zogen ein Bündel nach dem anderen heraus, trugen sie hintereinander die Treppe hinauf und banden sie an das Traggestell des Kamels. Zu guter Letzt holte Murdo noch Schwert, Schild, Gürtel und Harnisch seines Vaters und verstaute sie ebenfalls. Zufrieden, daß sein Schatz in Sicherheit war, führte Murdo das Kamel wieder auf den Hof hinaus.

Inzwischen herrschte bereits weit weniger Unruhe als noch zuvor. Eilig überquerten die beiden Gefährten den Hof. Niemand bemerkte sie, mit Ausnahme des Pförtners, der sichtlich erleichtert war, sie zu sehen. Als sie sich ihm näherten, öffnete er sofort das Tor. »Beeilt Euch! Beeilt Euch!« drängte er und winkte sie hindurch.

Wenige Schritte hinter dem Tor blieb Murdo stehen. »Nicht anhalten!« rief der Pförtner und winkte ihnen weiterzugehen. »Verschwindet! Niemand weiß, daß Ihr hiergewesen seid. Geht, bevor Euch noch jemand sieht.«

Murdo flüsterte Emlyn zu: »Sprich mit ihm. Beschäftige ihn einen Augenblick.« Er schob seinen Freund Richtung Pförtner. »Sorg dafür, daß er woanders hinschaut.«

Emlyn beeilte sich, Murdos Aufforderung nachzukommen. »Vielen Dank, Bruder«, sagte er, ergriff den Arm des Mannes und drehte ihn herum. »Ihr habt uns wahrlich einen großen Dienst erwiesen, und wir sind Euch für Eure Freundlichkeit sehr dankbar.« Er führte den Mann zurück zum Tor. »Habt keine Furcht, Ihr werdet uns nie wiedersehen.«

»Der Befehl stammt nicht von mir, versteht Ihr?« sagte der besorgte Kirchenmann. »Es ist der Abgesandte des Kaisers. Wir müssen tun, was er sagt, und ...«

»Darüber bin ich mir vollkommen im klaren«, unterbrach ihn Emlyn. »Seid versichert, daß wir keinen Groll gegen Euch hegen.«

»Im Gegenteil«, sagte Murdo und trat neben die beiden, »ich möchte dies dem Kloster als Zeichen unserer Dankbarkeit übergeben.« Mit diesen Worten drückte er dem verblüfften Pförtner eine goldene Schüssel in die Hand.

»Was ist das?« winselte der Pförtner. Er starrte auf die Schüssel, als eröffne sie ihm eine ganze Welt neuer Schwierigkeiten.

»Ein Geschenk«, erklärte Murdo. »Ich möchte, daß Ihr es dem Abt bringt und ihm sagt, dies sei mein Dank dafür, daß er uns für kurze Zeit Zugang zu den Katakomben gewährt hat. Werdet Ihr das tun?«

»Er wird es noch vor der Vesper in Händen halten«, antwortete der Pförtner erleichtert, daß sich die Angelegenheit so rasch und ohne Probleme erledigt hatte.

»Dann werden wir Euch nicht länger belästigen. Komm, Bruder«, sagte Murdo an Emlyn gewandt. »Laß uns unsere Reise fortsetzen.«

Sie ließen den verwirrten Pförtner mit der goldenen Schüssel in der Hand vor dem Tor zurück und machten sich an der Kirche vorbei auf den Weg den Berg hinab. Murdo blickte über das Tal hinweg zur Heiligen Stadt, die inzwischen rot im Zwielicht schimmerte, und zum erstenmal, seit er seine Heimat verlassen hatte, hatte er das Gefühl, sein Ziel erreicht zu haben.

Sie stiegen ins Tal hinunter und wanderten einmal mehr im Schatten der Mauer. Als sie die Jaffa-Straße erreichten, warf Murdo einen letzten Blick auf den Davidsturm; dann kehrte er Jerusalem den Rücken zu und richtete den Blick gen Westen. »Wir werden uns neben der Straße einen Schlafplatz suchen«, sagte er. »Hast du Hunger?«

»Ein wenig Brot und Wein käme mir schon sehr gelegen«, antwortete Emlyn; »aber im Augenblick bin ich noch recht zufrieden.«

»Vielleicht können wir von einem Bauern etwas zu essen und zu trinken kaufen«, bemerkte Murdo. »Aber hoffentlich finden wir zumindest etwas Wasser.«

»Falls nicht, dann werden wir eben fasten wie wahre Pilger ... bis wir Jaffa erreichen«, erklärte Emlyn gut gelaunt.

Nach einer Weile bog die Straße Richtung Norden ab, und die beiden Wanderer konnten die Lagerfeuer der Kreuzfahrer auf den Hügeln und im Tal nördlich der Stadt sehen. Der Himmel war nun beinahe völlig schwarz, und die ersten Sterne funkelten am Firmament. Die Straße führte steil in die Hügel hinauf, bevor sie ihren langen Abstieg zum Meer begann. Nachdem Emlyn und Murdo erst einmal das Tal hinter sich gelassen hatten, wurde es merklich kühler, und sie spürten eine leichte, angenehme Brise auf der Haut. Ja, und es ist auch ein gutes Gefühl, wieder auf dem Weg zu sein, dachte Murdo. Es ist ein gutes Gefühl, wieder nach Hause zu gehen.

»Das war sehr unbesonnen von dir, Gottfried«, bemerkte Balduin und hielt seinen Becher in die Höhe, damit man ihn wieder füllen konnte. »Wie konntest du nur versprechen, dem Kaiser einen Schatz zu übergeben, ohne zu wissen, um was es sich handelt?«

»Wäre es dir lieber gewesen, er hätte Jerusalem genommen?« erwiderte Gottfried mürrisch und funkelte seinen Bruder und die Edelleute an, die mit ihm zusammensaßen. Der Tag hatte mit einem überwältigenden Sieg begonnen und war in einer unvorstellbaren Katastrophe geendet. Bei seinem ersten Akt als Herrscher der Heiligen Stadt war es ihm gelungen, die heiligste aller Reliquien zu verlieren.

Die Herren des Westens waren wütend auf ihn und schrien nach Blut. Einige von ihnen weigerten sich sogar offen, den Eid zu erfüllen, den sie dem Kaiser gegenüber geleistet hatten, und forderten statt dessen, Byzanz den Krieg zu erklären. Die Tatsache, daß die Zahl der kaiserlichen Truppen die der arg dezimierten Pilgerheere inzwischen bei weitem überstieg, war offenbar noch niemandem aufgefallen.

Jerusalem war erobert. Die berauschenden Tage, die dem Fall der Stadt gefolgt waren, wichen Tagen des nüchternen Nachdenkens – zumindest für Gottfried von Bouillon, den Verteidiger des Heiligen Grabes, wenn schon für niemand anderen. In der kurzen Zeit seit seinem glorreichem Aufstieg und der unmittelbar folgenden grausamen Ernüchterung hatte Gottfried immer und immer wieder über seine wenig beneidenswerte Position nachgedacht. Die Herren des Westens hatten die Heilige Stadt befreit, doch der Preis war fürchterlich gewesen. Außerdem würden viele der Kreuzfahrer schon bald wieder in ihre Heimat zurückkehren, und dann wäre er allein und von Scharen listiger, erbarmungsloser Feinde umzingelt: Türken und Sarazenen, soviel stand fest, und vermutlich auch Syrer und Armenier, die, obwohl Christen, immer und immer wieder unter den Pilgern gelitten hatten. Alle diese Feinde kannten das Land, und sie waren weit weniger empfindlich gegenüber der Hitze als Gottfrieds kriegsmüdes Heer.

Gottfried war sich der traurigen Wahrheit nur allzu bewußt: Die Kreuzfahrer würden schon bald auf die Hilfe des Kaisers angewiesen sein. Enge Beziehungen zu Alexios waren die einzige Möglichkeit, an Unterstützung zu kommen. Wenn er nicht noch eine göttliche Eingebung haben würde – noch diese Nacht! –, würde Gottfried morgen Jerusalems wertvollsten Schatz als Zeichen des Friedens an den Abgesandten des Kaisers übergeben und Alexios' Oberhoheit anerkennen müssen. Allein die Vorstellung reichte aus, daß er sich unbehaglich wand. Er würde zum Gespött der gesamten Christenheit werden – der Herr von Jerusalem: ein Vasall der Griechen!

»Oh, schau nicht so trübsinnig drein, Bruder«, sagte Balduin über den Rand seines Bechers hinweg. »Die Nacht ist noch jung. Es wird uns schon noch etwas einfallen.«

»Das sagst du«, schnaufte Gottfried. »Du kannst morgen zurück nach Edessa reiten und deine Herrschaft in Prunk und Pracht antreten. In der Zwischenzeit beginnt meine Schmach und meine Schande – und das nur, weil ich dem Kaiser die heilige Lanze übergeben muß!«

Das ständige Jammern seines Bruders langweilte Balduin allmählich. Er trank einen weiteren Schluck und sagte: »Dann gib die

Herrschaft doch an jemand anderen. Gib sie an Bohemund, oder besser noch: Gib sie an Sultan Arslan. Ha!«

Gottfried starrte seinen jüngeren Bruder an. »Du bist ein Arsch, Balduin – schlimmer noch: Du bist ein betrunkener Arsch. Wenn das das Beste ist, was dir einfällt, dann geh wieder nach Edessa. Ich werde mich der Demütigung alleine stellen.«

»Jetzt hör aber mal zu ...« Balduin versuchte aufzustehen, doch er mußte feststellen, daß seine Beine bei weitem nicht mehr so standfest waren, wie er gedacht hatte. »Ich habe nur versucht, dir zu helfen. Wenn du das nicht begreifst, dann hast du diese Demümü ... diese De-mü-ti-gung verdient.« Er rief nach dem Diener, der in der Nähe stand. »Wein, du Faulpelz! Mehr Wein!«

»Du hast schon genug gehabt, Bruder«, sagte Gottfried, stellte seinen Becher ab und stand auf. »Ich gehe zu Bett. Du solltest das gleiche tun.«

»Großartig«, murmelte Balduin. »Der Kaiser klatscht in die Hände, und du schreist ›Donner!‹. Nun, wenn ich an deiner Stelle wäre, dann würde ich das Ding von hier wegschaffen. Soll Alexios sie sich doch von jemand anderem holen.«

Gottfried wünschte seinem volltrunkenen Bruder und den anderen anwesenden Edelleuten eine gute Nacht, überließ sie dem Wein und ging in sein Schlafgemach. Nachdem er seinen Leibdiener entlassen hatte, legte er sich ins Bett, doch er fand keine Ruhe. Also stand er wieder auf, ging zum Fenster und öffnete es, um etwas frische Luft hereinzulassen. Er blickte hinaus: Über den Olivenhainen war eben der Mond aufgegangen, und die Jaffa-Straße wand sich wie ein silberner Fluß auf die Stadt zu, während man im Norden die Lager der Kreuzfahrer als große schwarze Flächen erkennen konnte. In wenigen Tagen würden die Pilger verschwunden sein, und ihre Lager wären nur noch eine weitere abscheuliche Erinnerung in der langen, turbulenten Geschichte dieser alten Stadt.

Du Narr, dachte Gottfried. War er soweit gekommen, hatte er soviel riskiert, nur um am Ende zu einer Zielscheibe des Spotts zu werden? Die Last seines Versagens drückte ihn nieder, und so kniete er sich vor das Fenster und begann zu beten. Lange Zeit verharrte er in dieser Stellung, und als er sich schließlich wieder erhob, war ihm leichter ums Herz geworden. Er würde die Schande als ihm von Gott auferlegte Buße für die Fehler ertragen, die er auf der Pilgerfahrt begangen hatte.

Mit diesem Gedanken im Kopf legte er sich erneut aufs Bett. Die Nacht war schon weit fortgeschritten, als ihn die Müdigkeit schließlich übermannte, und auch dann war es nur ein leichter, unruhiger Schlaf. Er erwachte vom Krächzen der Krähen auf den Dächern unter seinem offenen Fenster, und Balduins letzte Worte aus der vergangenen Nacht fielen ihm wieder ein: Soll Alexios sie sich doch von jemand anderem holen!

Zum erstenmal seit dem katastrophalen Ausgang der Versammlung in der Grabeskirche sah Gottfried einen Hoffnungsschimmer am Horizont: Wenn er die heilige Lanze schon aufgeben mußte, dann sollte zumindest ein anderer sie bewahren als der Kaiser. Aber wer?

Die Antwort hallte durch Gottfrieds Geist mit der Macht eines Schlachtrufs. Er spürte eine Erregung in seinem Blut wie sonst nur auf dem Schlachtfeld. In einem einzigen winzigen Augenblick hatte der vollständige Plan in ihm Gestalt angenommen. Jeder Hauch eines Zweifels war von einer Sekunde auf die andere wie weggefegt: Es gab nur einen Mann auf der ganzen weiten Welt, der in der Lage war, sich der Forderung des Kaisers zu widersetzen. Wenn irgend jemand die heilige Lanze für die Kreuzfahrer aufbewahren konnte, dann Papst Urban. Sollte Alexios doch den Papst um die heilige Lanze bitten!

Gottfried sprang aus dem Bett, wie ein Löwe, der zum Angriff übergeht. Sein Kopf war voll mit Dingen, die es nun zu erledigen galt. Zuallererst mußte er den Gesandten hinhalten. Er brauchte Zeit, wenn sein Plan auch nur die geringste Aussicht auf Erfolg haben sollte.

Gottfried stürmte aus dem Schlafgemach und rief: »Balduin! Wo ist mein Bruder?« Er packte den im Vorraum schlafenden Diener an den Schultern und schüttelte ihn. »Such meinen Bruder, und bring ihn zu mir! Ich will ihn sofort sehen!« Dann eilte er in die Palastkapelle, um seine Morgengebete zu verrichten. Anschließend würde er sofort nach dem Abt schicken und seinen Plan in die Tat umsetzen.

Murdo und Emlyn hatten eine kurze Nacht neben der Straße verbracht, ohne zu schlafen. Noch vor Sonnenaufgang machten sie sich bereits wieder auf den Weg. Als die Sonne über den Hügeln hinter ihnen erschien, blickten sie die Straße hinunter, die sich über eine Reihe langer, flacher Hänge zum Meer hinunterwand. Verstreut liegende Bauernhöfe standen an den Hängen, und als die Sonne die ersten Schatten warf, machten sich Emlyn und Murdo zum nächstgelegenen dieser Höfe auf, in der Hoffnung, dort etwas Wasser bekommen zu können und vielleicht auch eine Handvoll Futter für das Kamel.

Als sie den staubigen Hof erreichten, war Emlyn bereits schweißüberströmt. Da niemand hierzusein schien, gingen die beiden Wanderer zum Brunnen und ließen einen ledernen Wasserschlauch in das dunkle, kühle Loch hinab. Zunächst fürchtete Murdo, der Brunnen sei ausgetrocknet; doch als sie kurz darauf den Schlauch wieder nach oben zogen, war er zur Hälfte mit schlammbraunem Wasser gefüllt, welches Murdo in einen in der Nähe stehenden Trog goß, damit das Kamel davon trinken konnte. Murdo wiederholte diesen Vorgang; dann ließ er den Schlauch ein drittes Mal hinab, zog ihn wieder hoch und bot Emlyn den ersten Schluck an. Der Mönch schniefte und nahm zwei Schluck. »Ich habe schon Schlimmeres getrunken«, erklärte er und wischte sich mit dem Ärmel über den Mund. »Es wird uns zumindest auf den Beinen halten, bis wir etwas Besseres auftreiben können.«

»Wie auch immer: Wir brauchen mehr Wasserschläuche«, erwiderte Murdo und blickte zu dem Bauernhaus aus Lehmziegeln. Fliegen summten durch den Hof, doch ansonsten war es vollkommen still. »Ich frage mich, ob das Haus verlassen ist.«

»Das werden wir bald herausfinden«, sagte Emlyn und ging auf das Haus zu.

Eine schmutzige, zerrissene Decke hing vor dem Eingang. Emlyn schlug sie beiseite und rief mit lauter Stimme: »Im Namen unseres Herrn Jesus Christus, ich bitte Euch: Kommt heraus und begrüßt zwei müde Pilger!« Er wartete; dann rief er erneut. Als er abermals keine Antwort erhielt, drehte er sich wieder zu Murdo um. »Ich glaube, es ist niemand hier.«

Murdo band das Kamel an den Trog und überquerte den Hof mit schnellen Schritten, während Emlyn einen Blick in das Haus warf. »Leer«, sagte er, als Murdo sich neben ihn in den Eingang drängte.

Murdo ließ seinen Blick durch den einzigen Raum schweifen. Seine Augen gewöhnten sich rasch an das dämmrige Licht im Inneren des Hauses. Ein kleiner, niedriger Tisch und ein dreibeiniger Stuhl standen neben der Tür, und in der Mitte des Raums befand sich ein Herd. Murdo legte die Hand auf die Asche: Sie war kalt. Es war nicht mehr festzustellen, vor wie langer Zeit dieser Ort verlassen worden war. Neben dem Herd befand sich eine Sammlung von Tontöpfen und -krügen in verschiedenen Größen, allesamt rissig und schwarz vom Feuer. Außer diesen Dingen war der Raum vollkommen leer; höchstwahrscheinlich hatten der Bauer und seine Familie alles von Wert mitgenommen.

»Sieh mal hier!« rief Emlyn und deutete auf einen kleinen groben Stoffsack, der an einem hölzernen Haken an der Wand hing. Der Mönch ging zu dem Sack und schaute hinein. »Gott sei gelobt, denn er hilft den Seinen in der Not!«

»Was ist das?« fragte Murdo ungeduldig. Das leere Haus machte ihn nervös; es gefiel ihm hier nicht, und er wollte sich so rasch wie möglich wieder auf den Weg machen.

»Korn«, antwortete der Mönch. Er griff in den Sack, und holte eine Handvoll heraus, die er in seiner Tasche verschwinden ließ. »Genug für das Kamel, und für uns ist auch noch genug da, wenn wir nichts Besseres finden.«

»Gut«, sagte Murdo. »Wir werden auch ein paar von diesen Krügen hier mitnehmen – für Wasser.« Er sammelte einige der Tongefäße ein, ging zum Brunnen und begann sie zu füllen. In der Zwischenzeit band Emlyn die mit Korn gefüllte Tasche an das Traggestell des Kamels; dann holte er die Krüge von Murdo ab, verstaute sie ebenfalls auf dem Kamel, und schließlich erschien Murdo mit dem gefüllten Wasserschlauch und hängte ihn um den Sattelknopf.

»Wir sollten uns wieder auf den Weg machen, bevor es zu heiß wird«, sagte Murdo, nachdem alles verstaut war. Er blickte in den Himmel, der im Osten bereits weiß von der kommenden Hitze des Tages schimmerte. »Wir können später eine Pause einlegen und uns ausruhen.«

Sie verließen den Bauernhof, und ein wenig erfrischt setzten sie ihre Reise fort. Das Land war ruhig: Es waren weder Menschen auf den Feldern zu sehen, noch vermochten die beiden Wanderer in der Nähe der Häuser irgendwelche Bewegungen zu erkennen. Murdo glaubte sich daran zu erinnern, hier Bauern, Frauen, Kinder, Hunde und Vieh gesehen zu haben, als er vor einigen Tagen über diese Hügel nach Jerusalem gezogen war.

Sie wanderten den ganzen Morgen hindurch, und als die Sonne zu heiß wurde, suchten sie sich einen Olivenbaum neben der Straße und ruhten sich in seinem Schatten aus. Sie tranken aus einem der Krüge, und Emlyn gab dem Kamel eine Handvoll Korn. Murdo döste vor sich hin, als er plötzlich Emlyns Hand auf seinem Arm spürte. »Hörst du das? Da kommt jemand.«

Im selben Augenblick vernahm Murdo das Klappern von Hufen auf der Straße und war sofort hellwach. Die Reiter würden sie schon bald erreicht haben, und so kauerten sie sich in die Schatten des Baums und beobachteten, wie Soldaten in zwei Reihen an ihnen vorbeigaloppierten.

»Die haben es aber eilig«, bemerkte Emlyn.

»Das ist der Abgesandte des Kaisers«, erwiderte Murdo, als er die ungewöhnlichen Rüstungen der Reiter bemerkte. »Sie müssen sich gerade auf den Aufbruch vorbereitet haben, als wir in der Abtei waren.«

Die Soldaten ritten weiter, und erneut senkte sich Stille über das Land. Murdo und Emlyn streckten sich unter dem Baum aus und schliefen die Hitze des Tages hindurch. Erst als die Sonne tief im Westen stand, setzten sie ihren Weg fort.

Emlyn sang ein Lied zum Lob von Licht und Wärme und sprach anschließend ein Bittgebet für Wanderer. Als er damit fertig war, fragte Murdo: »Wie seid ihr in die Dienste von König Magnus gekommen?«

»Nun«, antwortete Emlyn, »das ist eines unserer Geheimnisse.«

»Noch ein Geheimnis?« spottete Murdo. »Es ist ja geradezu ein Wunder, daß du überhaupt über irgend etwas sprichst.«

»Die Célé Dé sind mit der Zeit ein Geheimorden geworden, das ist wahr«, gestand Emlyn. »Glaub mir: Das war nicht immer so. Aber jetzt ist Geheimhaltung unser bester Schutz. Deshalb haben wir auch König Magnus ausgewählt.«

»Ihr habt ihn ausgewählt?« Murdo lachte spöttisch auf. »Dann gleicht Magnus keinem König, von dem ich jemals gehört habe.«

»Wir brauchten einen Beschützer und einen Wohltäter«, erklärte der Mönch und ignorierte Murdos Hohn. »Wir sind nur wenige, und die Macht des Antichrists ist groß. Entweder mußten wir selbst zum Schwert greifen oder jemanden finden, der uns verteidigt. König Magnus war der mächtigste Herrscher des Nordens, also...«

»Warte mal. Was war das? Der Antichrist? Was, in Gottes Namen, ist das?«

»Du würdest besser daran tun, dieses Wort nur leise auszusprechen«, warnte Emlyn. »Die Célé Dé wissen, daß sich in jedem Zeitalter ein mächtiger, böser Geist erhebt, um seinen sündigen Willen den Menschen aufzuzwingen. Häufig sucht dieser böse Geist Zuflucht in der Kirche selbst, wo er mit seiner Schlechtigkeit den größten Schaden anrichten und die armen Seelen Unschuldiger verderben kann; wenn dies geschieht, nennen wir es den Antichrist – das Gegenteil von Christus. Was auch immer unser Erlöser sein mag, der Antichrist ist das genaue Gegenteil.«

»Und wer ist nun dieser Antichrist?«

»Es ist selten nur eine Person«, erwiderte Emlyn. »Manchmal aber vielleicht schon. Meistens jedoch gleicht er mehr einer Krankheit, einer Pest, die den Leib Christi befällt und versucht, ihn zu zerstören.«

»Wenn dem so ist, welchen Nutzen hat dann ein König, egal wie viele Schwerter und Männer ihm zur Verfügung stehen?«

»Oh«, bemerkte Emlyn rasch, »du darfst mich nicht mißverstehen. Der Antichrist mag ja vielleicht ein Geist sein, wenn auch ein unheiliger, aber die Macht ist außerordentlich, die er über jene in seinen Diensten hat. In letzter Konsequenz muß der Antichrist mit Schwert und Feuer bekämpft werden.«

Murdo betrachtete den Mönch neben sich – stämmige Beine stampften rhythmisch den Weg entlang; das rote Gesicht troff von Schweiß. Wie so oft, wenn er mit dem bescheidenen Kirchenmann sprach, so hatte das Gespräch auch diesmal eine unerwartete Wendung genommen. Murdo fühlte sich wie ein Fischer, der tatenlos zusehen muß, wie die sicher geglaubte Beute plötzlich mit einem letzten Glitzern der silbernen Schuppen in den unergründlichen

Tiefen des Wassers verschwindet. »Erzähl mir vom Wahren Weg«, forderte er den Mönch auf.

»Ich habe dir schon alles gesagt, was ich dir sagen kann. Wenn du mehr erfahren willst, dann mußt du ein Célé Dé werden«, erwiderte der Mönch.

»Aus mir wird niemals ein Mönch«, erklärte Murdo und winkte verächtlich ab.

»Habe ich irgend etwas davon gesagt, daß du Priester werden sollst? Die meisten Célé Dé sind Priester, das ist wahr. Die meisten, aber nicht alle.«

Das erregte Murdos Interesse. Er fragte, was er tun müsse, um ein Célé Dé zu werden. Emlyn antwortete: »Du solltest besser fragen, was du tun mußt, *nachdem* du dich uns angeschlossen hast.«

»Heißt das, du willst es mir nicht sagen?«

»Das heißt«, erwiderte der Mönch, »daß du gut daran tätest, darüber nachzudenken, welchen Preis es kostet, dem Wahren Weg zu folgen.«

»Wie soll ich denn wissen, welchen Preis es kostet«, beschwerte sich Murdo, »wenn mir niemand sagt, was der Preis ist? Wer sind die Célé Dé überhaupt, daß sie jedermann mit solchem Mißtrauen begegnen?«

Emlyn seufzte müde, als wäre gerade ein schlafender Hund erwacht, um erneut nach ihm zu schnappen. »Seit den Zeiten König Oswys – jenes armen umnachteten Mannes, der sich von seiner bösartigen Frau und diesem gierigen sächsischen Bischof hat leiten lassen –, seitdem mußten wir fortwährend Roms Beleidigungen ertragen. Die Célé Dé, die länger in diesem Land waren als jeder Sachse, wurden überall von den hinterhältigen Lakaien des Papstes gejagt, und schließlich hat man uns in die Wildnis hinausgetrieben.« Der Priester verschränkte die Arme vor der Brust.

»Wir, die wir die Lehren des Herrn als erste zu den Heiden trugen, werden von jenen geschmäht und getadelt, die aus unseren

Händen die Erlösung empfangen haben.« Emlyns Stimme wurde immer lauter. »Wir, die wir mit unseren erlauchten Brüdern an der Festtafel sitzen sollten, sind gezwungen, im Hof mit den Aussätzigen und Übeltätern zu stehen! Das allmächtige Rom stopft sich in den Reichen der Könige mit allem voll, was es in seine gierigen Finger bekommen kann, doch uns verweigert man selbst den bescheidendsten Anteil. Nachdem wir Licht und Leben zu jenen gebracht haben, die solange in Tod und Dunkelheit lebten, hat man uns zu Wanderern gemacht und zu Ausgestoßenen – selbst in jenen Ländern, wo man einst beim Klang des Namens Célé Dé vor Freude gesungen hat.«

Murdo starrte den Mönch verwundert an. Er wußte, daß gewisse Spannungen zwischen Rom und den Célé Dé existierten, doch er hatte noch nie gehört, daß sich einer der guten Brüder so vehement darüber beschwert hatte. »Das ist also der Grund, warum ihr König Magnus als euren Beschützer ausgewählt habt«, sagte Murdo und dachte darüber nach, was Emlyn zu Anfang gesagt hatte.

Als Emlyn Luft holte, um etwas darauf zu erwidern, hallte ein Donnern durch die Luft, als braue sich in der Ferne ein Sturm zusammen. Sowohl er als auch Murdo drehten sich unwillkürlich um und blickten die Straße zurück. Im selben Augenblick erscholl das Donnern erneut, diesmal lauter.

»Noch mehr Krieger, vermute ich«, sagte Emlyn. »Es scheint, als werden wir auf dieser Straße niemals allein sein.«

Das Donnern von Hufen rollte unaufhaltsam auf sie zu. Es klang beunruhigend. »Sie kommen rasch näher«, bemerkte Murdo, »und es sind viele.«

»Vielleicht werden wir auf dem Weg doch noch ein wenig Gesellschaft haben.«

»Nein«, widersprach Murdo und schaute sich nach einem Ort um, der ihnen Zuflucht bieten könnte. »Machen wir, daß wir von der Straße kommen.« Ein Stück weiter lief die Straße durch die

Überreste eines Zedern- und Pinienwaldes, aber bis dorthin würden sie es nicht mehr rechtzeitig schaffen, und der letzte Bauernhof, an dem sie vorübergekommen waren, war bereits so weit weg, daß er nicht mehr zu sehen war. Abgesehen von Felsbrocken in verschiedenen Größen und dem für Palästina typischen gelegentlichen Olivenbaum oder Dornenbusch war das Land um sie herum vollkommen kahl.

»Dort drüben...« Murdo deutete auf einen Dornenbusch, der inmitten eines Haufens von Felsbrocken wuchs; gemeinsam ragten Busch und Felsen aus der Landschaft heraus. Wenn sie das Kamel dazu bewegen könnten, sich hinzuknien, wäre es ihnen möglich, sich dort zu verstecken.

Murdo packte das Halfter des Kamels und trieb das Tier auf den Felshaufen zu. Sie hatten die Straße jedoch gerade erst verlassen, als das Kamel den Kopf zurückriß und unvermittelt stehenblieb. Murdo zerrte am Halfter, doch das Tier weigerte sich hartnäckig weiterzugehen.

»Sie kommen!« rief Emlyn. »Ich kann sie sehen!«

Murdo wirbelte herum. Die Reiter erschienen gerade über der Hügelkuppe, doch sie waren noch zu weit entfernt, als daß man sie hätte zählen können; es hätten sechs oder sechzehn sein können, Murdo wußte es nicht.

»Hilf mir!« rief Murdo seinem Freund zu und zog erneut am Halfter. Emlyn eilte zur Korntasche und steckte beide Hände hinein. Dann hielt er das Korn dem Kamel unter die Nase, und tatsächlich gelang es ihm, das Tier dazu zu bewegen, einige Schritte vorwärts zu gehen. Doch die Gelegenheit war vorüber. Die Reiter waren schon viel zu nahe herangekommen.

Es waren weder sechs noch sechzehn – es waren mehr als sechzig –, und es handelte sich auch weder um Kreuzfahrer noch um Unsterbliche. Murdo bemerkte die weißen Turbane auf den Köpfen der Reiter und verzweifelte. »Türken!«

Der Felshaufen war weniger als ein paar Dutzend Schritt entfernt, aber es war zu spät. Denn obwohl Murdo und Emlyn ihn noch rechtzeitig hätten erreichen können; das faule Tier bewegte sich keinen Schritt von der Stelle.

»Laß es!« sagte Emlyn.

»Nein!« schrie Murdo trotzig. »Sie werden mich schon töten müssen, wenn sie den Schatz haben wollen.«

»Genau das werden sie auch tun und noch dazu, ohne vorher darüber nachzudenken.« Der Mönch zerrte an Murdos Arm. »Komm weg von hier, Murdo.«

»Nein!« Murdo ging um das Kamel herum und griff nach dem Schwert seines Vaters. »Versteck dich hinter den Felsen. Ich werde sie aufhalten und ...«

»Murdo, hör auf damit!« brüllte Emlyn. In seiner Stimme lag eine Kraft und Entschlossenheit, wie Murdo sie noch nie zuvor bei dem Mönch gehört hatte. »Denk nach! Das ist es nicht wert, mein Sohn.«

»Es ist mein Leben!« fauchte Murdo. »Du weißt nicht, was dieser Schatz für mich bedeutet.« Er zog das Schwert und nahm den Schild vom Sattelknopf.

Emlyn trat neben ihn und packte ihn mit hartem Griff am Arm. »Nein, Murdo«, sagte er in bestimmtem Tonfall. »Glaub ja nicht, daß du sie besiegen könntest. Steck das Schwert wieder weg.«

»Es ist unser einziger Schutz«, widersprach Murdo und legte den Schwertgürtel an.

»Hör mir jetzt genau zu. Wir haben nicht viel Zeit. Ich kann dich beschützen«, sagte der Mönch. »Ich kann uns beide beschützen, aber nur, wenn keine Waffen im Spiel sind.«

Emlyn sprach mit einem Selbstvertrauen, das Murdos Entschluß ins Wanken brachte. Er wog das Schwert in der Hand und spürte sein beruhigendes Gewicht. Dann blickte er zu den heranstürmenden Türken. Es waren inzwischen bereits weit mehr als hundert, und noch immer erschienen weitere auf der Hügelkuppe.

»Du hast mir in vielen kleinen Dingen bereits vertraut. Wirst du mir auch jetzt vertrauen?« fragte Emlyn. »Wirst du tun, worum ich dich bitte?«

Den Blick noch immer auf den herannahenden Feind gerichtet dachte Murdo, daß er im günstigsten Falle, drei-, viermal würde zuschlagen können, bevor ihn die Türken mit ihren Lanzen niederstrecken würden.

»Was muß ich tun?« fragte Murdo.

»Stell dich neben mich«, antwortete Emlyn, »und halte dich an meinem Umhang fest.«

Obwohl dies für ihn keinen Sinn ergab, tat Murdo, wie ihm geheißen. »Und jetzt gib mir dein Schwert«, befahl der Mönch.

Murdo zögerte.

»Hast du nicht gehört, Murdo? Wir brauchen es nicht. Du mußt mir jetzt vertrauen.«

Emlyn ergriff das Schwert mit beiden Händen, schloß die Augen und sprach ein paar Worte, die wie ein Gebet klangen; dann begann er mit der Schwertspitze einen Kreis in die ausgetrocknete Erde zu zeichnen. Murdo beobachtete, wie die Türken heranstürmten. Der Mönch schloß den Kreis, der nun ihn und Murdo umschloß; schließlich hob er den Arm und warf das Schwert in hohem Bogen weg. Die Waffe drehte sich einmal um die eigene Achse und landete mit einem dumpfen Knall ein Dutzend Schritte entfernt im Staub.

»Was tust du? Sie sind fast da!« beschwerte sich Murdo. Er konnte die Furcht in seiner Stimme nicht länger verbergen.

»Das ist ein *caim*«, erklärte der Mönch, »ein mächtiges Symbol.«

»Ein Symbol!« Murdo kreischte beinahe. Er hätte es besser wissen müssen, als einem Priester zu vertrauen. Warum hatte er Emlyn nur das Schwert gegeben?

»Es stellt die alles umfassende Gegenwart und die schützende Hand Gottes dar. Jetzt laß nur nicht meinen Umhang los, und tritt nicht aus dem Kreis. Hast du das verstanden?«

Murdo nickte.

»Unser Herr Jesus Christus hat gesagt: ›Wo auch immer zwei oder drei in meinem Namen versammelt sind, bin ich mitten unter ihnen.‹« Emlyn schloß die Augen und hob die Hände mit den Handtellern nach oben und begann zu singen.

Die Seldschuken hatten sie nun fast erreicht. Murdo konnte den Schweiß auf den Flanken der Pferde sehen und die dunklen, unfreundlichen Augen der Reiter. Es kostete ihn all seinen Mut, doch auch er schloß die Augen, und er hörte zu, als Bruder Emlyn sagte: »In Jesu heiligem Namen beschwöre ich den Schutz der Drei auf mich herab. Ich stehe im Kreis der Macht des Königs der Könige und lege mein Leben, meinen Geist und meine Seele in seine sorgenden Hände. Mein lieber Herr Jesus, mein Erlöser, befreie mich aus dieser Gefahr. Wenn die Feinde sich um mich versammeln, verberge mich in deiner Hand.«

Nachdem die Beschwörung beendet war, öffneten die beiden die Augen und sahen, wie die Feinde an ihnen vorüberritten. Die Hufe der Pferde wirbelten dichte graue Staubwolken auf, während die Reiter nur eine Lanzenlänge entfernt an Murdo und Emlyn vorbeigaloppierten. Mit geblähten Nüstern rannten die Pferde so schnell sie konnten; ihre Reiter hatten die dunklen Augen stur geradeaus gerichtet und blickten weder rechts noch links.

Immer mehr kamen die Straße entlang, und Murdo und der Priester standen vollkommen regungslos in ihrem Schutzkreis und schauten zu. Murdo krallte sich in Emlyns Umhang. Er fürchtete, die Reiter würden sie jeden Augenblick entdecken und anhalten; aber die Türken ritten achtlos an ihnen vorüber.

Schließlich war der letzte der feindlichen Krieger vorbei, und Murdo ließ Emlyns Umhang los und drehte sich um, um nach dem

Kamel zu sehen. Während er sich rasch umschaute, wich Unglaube der Sorge. Er konnte das Kamel nirgends sehen; die elende Kreatur war verschwunden.

»Das Kamel ist weg.« Murdos Kopf wirbelte hierhin und dorthin in der Hoffnung, irgendwo eine Spur des Tiers zu entdecken.

»Rühr dich nicht«, zischte der Mönch und ergriff Murdos Arm, um ihn an Ort und Stelle festzuhalten.

Noch während er sprach, erschien eine weitere Gruppe von Seldschuken auf der Straße. Murdo drehte sich in die entsprechende Richtung um und sah, daß sich plötzlich eine kleinere Gruppe aus der Hauptmacht löste, die Straße verließ und unmittelbar vor ihm und Emlyn zum Stehen kam. Der vorderste Seldschuke sagte etwas, und zwanzig Lanzen wurden gesenkt.

Die Augen der Türken glitzerten schwarz und hart wie Schiefersplitter. Die Pferde schlugen mit den Köpfen; ihre Mäuler und Flanken waren weiß von Schweiß, und ihre dünnen, zerbrechlich wirkenden Beine scharrten unablässig im Staub. Hinter diesen Türken sah Murdo, wie die Hauptmacht der Seldschuken vorbeigaloppierte; er sah den Silberbeschlag an den Halftern und Sätteln der Pferde und das Funkeln der goldenen Dolche in den breiten Stoffgürteln der Reiter. Auch sah er das Aufblitzen elfenbeinfarbener Zähne hinter den dichten schwarzen Bärten und die schneeweißen Turbane über den bronzefarbenen Gesichtern.

Der Anführer der Krieger sagte etwas, und Murdo beobachtete, wie der Mund des Mannes unverständliche Worte formte; Speichel troff von seinen Lippen, und jeder Tropfen schillerte wie eine Staubflocke im Sonnenlicht. Verächtlich und drohend streckte der Mann das Kinn vor.

All das sah Murdo mit schrecklicher Klarheit – einer Klarheit, die von dem fürchterlichen Pochen in seinen Ohren noch verschlimmert wurde. Das Rauschen des Blutes in seinen Adern erfüllte seinen Kopf mit einem Donnern, das alle anderen Geräusche übertönte. Sein Mund war trocken und klebrig. Seine Kopfhaut juckte, und sein Herz raste und sprang in seiner Brust wie ein gefangenes Tier, das versuchte, sich zu befreien. Seine Beine zitterten, doch gleichzeitig drängten ihn seine Muskeln zu rennen, zu fliehen. Es kostete Murdo sein letztes Gran Mut, im Kreis des *caim* zu bleiben.

Der Anführer sprach erneut; dann stieß er die Lanze vor, und die Spitze berührte Murdos Hals. Er spürte, wie geschärfter Stahl in sein Fleisch schnitt, doch er zuckte nicht zurück. Er stellte sich der Klinge und wünschte sich ein rasches Ende. Seine letzten Gedanken sollten Ragna gelten, und so versuchte er, ihr Bild in seinen Gedanken heraufzubeschwören; doch zu seinem großen Entsetzen konnte er sich nicht mehr daran erinnern, wie sie aussah.

Das paßt, dachte er voller Abscheu. Sein Leben war von Priestern zugrunde gerichtet worden, und nun würde er sterben, weil er einem vertraut hatte. Und dies trotz seines Entschlusses, niemals wieder einem Kirchenmann zu vertrauen! Das bedeutete seinen sicheren Untergang.

Schweiß lief Murdos Wangen und Stirn hinab. Mach ein Ende, dachte er. Töte mich, und zieh deines Weges.

Der Seldschukenführer sprach erneut. Murdo atmete tief durch, um sich auf den Todesstoß vorzubereiten, als Emlyn neben ihm langsam die Hand hob, als wolle er den Mann grüßen.

»*La ilaha illa 'llah*«, sagte der Priester. Er sprach klar und langsam, und die Wirkung seiner Worte war überwältigend.

Die Seldschuken starrten den Mönch an. »*La ilaha illa 'llah*«, wiederholte der Anführer die seltsamen Worte. Die Lanzenspitze löste sich sofort von Murdos Kehle, und der Anführer der Feinde rief seinen Männern etwas zu.

Die Türken wendeten daraufhin ihre Pferde, und ohne sich noch einmal umzudrehen, folgten die Reiter den anderen die Straße hinunter. Der Anführer jedoch blickte ein letztes Mal über die Schulter zurück zu Murdo und dem Mönch und rief: »*Muhammadun rasulu 'llah!*« Dann gab er seinem Pferd die Sporen und galoppierte seinen Männern hinterher.

Murdo beobachtete mit einer Mischung aus Erleichterung und

Verwirrung, wie sich die zwanzig Seldschuken wieder der Hauptmacht anschlossen. Den vielen Standarten und Bannern nach zu urteilen, welche die Krieger mit sich führten, handelte es sich bei den Reitern um einen hohen Fürsten mit seiner Leibgarde. Insgesamt mußten es zweihundert oder mehr sein, jeder auf einem weißen Pferd mit schwarzer Schabracke und schwarzem Zaumzeug. Jeder der Krieger trug einen spitzen, mit langem Roßschweif verzierten Helm unter dem Turban und einen kleinen, runden Schild mit silbernem Rand. Einige der Krieger führten Packpferde mit Kisten und Truhen hinter sich her. Murdo stand sprachlos daneben und beobachtete, wie Reihe um Reihe die Straße hinunterzog und hinter der nächsten Hügelkuppe verschwand.

Nachdem auch die letzten Seldschuken verschwunden waren, atmete Murdo tief durch und schickte sich an, aus dem *caim* zu treten. »Warte«, mahnte ihn Emlyn.

Murdo blickte auf den Kreis hinunter, den sein Freund in den Staub gezeichnet hatte. Emlyn kniete nieder, faltete die Hände und sprach ein leises Gebet; dann legte er die Hand auf den Kreis und wischte ein kleines Stück weg: Der *caim* war durchbrochen. »Jetzt können wir gehen.«

Sie traten aus dem zerbrochenen Ring, und Murdo hatte das Gefühl, als erwache er aus einem Traum. Emlyn wiederum hob die Hände gen Himmel und sang eine Lobeshymne auf Gottes endlose Gnade und Macht. »Wir leben, Murdo!« rief er schließlich. »Frohlocke, und preise den Herrn!«

»Du hast gesagt, du würdest uns beschützen«, erklärte Murdo, »und das hast du auch.«

»Ich habe nichts weiter getan, als Gott anzurufen«, korrigierte ihn der Priester in sanftem Tonfall. »Es war unser Herr, der uns aus der Hand des Feindes gerettet hat.«

»Was hast du zu ihm gesagt?« fragte Murdo. »Zu dem türkischen Häuptling, meine ich.«

»*La ilaha illa 'llah*«, wiederholte der Mönch. »Das sind die einzigen arabischen Worte, die ich kenne. Sie bedeuten: ›Es gibt keinen Gott außer Gott‹, und das ist der einzige Punkt, wo Christen und Mohammedaner übereinstimmen. Ich habe sie von unseren Brüdern in Arles gelernt. Du solltest dich über unser Glück freuen, Murdo. Es war Gottes Wunsch, daß wir noch ein wenig länger im Reich der Lebenden weilen sollen. Wir sind verschont worden! Halleluja!«

Murdo nickte. Er versuchte noch immer zu verstehen, was geschehen war. Hatte der verzauberte Kreis – der *caim* – sie gerettet? Oder hatten die Türken einfach nur Besseres zu tun gehabt? Vielleicht hatten sie es als unter ihrer Würde betrachtet, einem halbverrückten Mönch und einem zerlumpten, unbewaffneten Jüngling das Leben zu nehmen. Vielleicht steckte jedoch auch mehr dahinter als das.

»Wir sind aus der Hand des Todes errettet worden«, fuhr Emlyn fort. Sein Gesicht glühte förmlich vor Freude. »Unser guter Hirte hat uns durchs Tal der Schatten geführt. Er hat uns eine große Gnade erwiesen und seine Gunst geschenkt. Heute ist der Tag, den Herrn zu preisen und zu frohlocken.«

»Ich frohlocke doch«, erklärte Murdo und drehte sich wieder um, um nach dem Kamel zu suchen.

Schließlich fanden sie das faule Tier am Boden liegend im Schatten des Felshaufens, hinter den sie hatten fliehen wollen, als die Türken erschienen waren. Das Kamel schlief, die Augen geschlossen, den Kopf hoch erhoben. Mit seinem sandfarbenen Fell paßte es hervorragend in diese Gegend – das war wohl auch der Grund, dachte Murdo, warum er es beim erstenmal nicht gesehen hatte.

Murdo packte die Zügel und zog daran, um die Kreatur zu wecken. Erst dann bemerkte er, daß sie kein Wasser mehr hatten; das ungeschickte Tier hatte jeden einzelnen Tropfen verschüttet, als es sich schwankend niedergelegt hatte, denn leider hatten sie in dem Bauernhaus keine Pfropfen oder Deckel für die Krüge gefunden.

»Wir haben kein Wasser mehr«, sagte Murdo und deutete auf die Krüge, als sich der dicke Mönch zu ihm gesellte. »Kennst du dafür auch einen Zauber?«

Emlyn runzelte mißbilligend die Stirn. »O du Kleingläubiger!«

Murdo verzichtete auf weitere Bemerkungen. Emlyn trat zu ihm und packte ebenfalls die Zügel. Mit vereinten Kräften gelang es ihnen, das widerspenstige Tier zum Aufstehen zu bewegen. Das Kamel blökte protestierend, als es sich auf seine seltsame Art erhob. Anschließend führte Emlyn das Tier auf die Straße zurück. Murdo ging neben ihm; allerdings hielt er kurz an, um das Schwert aufzuheben.

Sie setzten ihren Weg fort – der Priester pries noch immer den Herrn, doch Murdo war noch genauso nachdenklich wie zuvor. Als die Sonne den Horizont berührte, erreichten sie die Kuppe, hinter der die Türken verschwunden waren.

Nun glaubte Murdo auch den Grund zu kennen, warum ihnen niemand auf der Straße begegnet war und warum sämtliche Höfe und Weiler in der Gegend verlassen waren: Höchstwahrscheinlich waren die Seldschuken schon geraume Zeit hier unterwegs und hatten die Menschen aus ihren Häusern vertrieben.

Nachdem sie die Hügelkuppe erreicht hatten, hielten sie an, um auf der anderen Seite hinunterzublicken. Im Licht der untergehenden Sonne sahen sie, wie die Straße ihren Weg über die Hügel zum Meer fortsetzte, das inzwischen als silberner Streif am Horizont zu erkennen war. Zu ihrer Linken, noch sehr weit weg, aber deutlich erkennbar, war ein weit matteres Schimmern zu sehen: Jaffa. Einen Augenblick lang blieben sie stehen und blickten zu ihrem Ziel.

»Es sieht so aus, als wollten sie auch nach Jaffa«, bemerkte Emlyn und deutete auf die Staubwolke, die den Standort der Seldschuken anzeigte.

»Das vermute ich auch«, stimmte ihm Murdo zu.

»Vielleicht sollten wir lieber wieder nach Jerusalem zurückkehren«, schlug der Mönch vor.

»Wir können nicht wieder nach Jerusalem zurück«, sagte Murdo. »Wir haben kein Wasser. Jaffa ist näher. Bis dorthin schaffen wir es vielleicht noch.«

»Aber wenn es in Jaffa zu Kämpfen kommen sollte...«

»Wir haben keine andere Wahl«, unterbrach ihn Murdo und setzte sich wieder in Bewegung.

Die Sonne ging unter, und Zwielicht legte sich über das Land. Zum erstenmal, seit sie Jerusalem verlassen hatten, knurrte Murdo der Magen. Sein Mund war trocken, und seine Zunge klebte am Gaumen; er wünschte, er hätte mehr getrunken, als er noch Gelegenheit dazu gehabt hatte.

Die Luft kühlte rasch ab, als das letzte Glimmen des Zwielichts im Osten verschwand und die Nacht sich herabsenkte. Die beiden Wanderer setzten ihre Reise fort, bis die Müdigkeit sie schließlich übermannte und sie sich einen Platz neben der Straße suchten, wo sie sich ausruhen konnten. Sie banden das Kamel an einen Felsen, ohne es abzuladen; dann richteten sie sich für die Nacht ein. Erschöpft von den Anstrengungen des Tages legte Murdo seinen Kopf auf einen Stein und sank in einen tiefen, traumlosen Schlaf, aus dem er erst durch das ferne Donnern von Hufen geweckt wurde.

Einen Augenblick lang lag Murdo regungslos da und lauschte auf das Geräusch, das durch den Boden und den Stein hallte, auf dem er lag. Das Donnern wurde ständig lauter, und er wußte, daß die Reiter nicht mehr weit entfernt waren. Rasch stand er auf und schaute sich um; der Himmel leuchtete im ersten Morgenlicht. Die Sonne war bereits aufgegangen, doch von ihrem Standpunkt aus, konnten sie sie noch nicht sehen.

Murdo bückte sich, packte Emlyn an den Schultern und schüttelte ihn. Der Kirchenmann wachte erschrocken auf. »Wie? Was?«

»Reiter«, sagte Murdo. »Wir sollten außer Sichtweite verschwinden, bevor sie uns sehen.« Er blickte den langen Hang hinauf und entdeckte einen kleinen Felsvorsprung, hinter dem sie sich verbergen konnten. Sie ließen das Kamel schlafen, eilten den Hügel hinauf, legten sich auf den Bauch und warteten. Es dauerte nicht lange, bis die ersten Reiter in Sichtweite kamen. »Wer sind sie? Kannst du es erkennen?« fragte Emlyn.

»Nein, sie sind noch zu weit entfernt, und das Licht ist nicht gut.«

Hinter den Felsen verborgen warteten sie weiter. Deutlich war nun das Klimpern von Zaumzeug zu hören – ein leises Klingeln unter dem Donnern der Hufe. Die Reiter näherten sich in schnellem, doch maßvollem Tempo; sie schienen weder jemanden zu verfolgen noch vor jemanden zu fliehen. Murdo hob den Kopf und blickte zur Straße. In diesem Augenblick erschien die Sonne über der Kuppe, sandte ihre Strahlen den Hang hinunter und beleuchtete die Reiter.

»Kreuzfahrer!« rief Murdo. »Emlyn, sieh nur! Wir sind gerettet!« Er sprang auf, stieß einen lauten Schrei aus und wedelte mit den Armen. »Hierher! Hierher!«

Doch ob die Reiter ihn nun sahen oder nicht, zumindest zeigten sie keinerlei Interesse an ihm. Nicht einer von ihnen verringerte seine Geschwindigkeit. Die ganze Abteilung – vielleicht hundert Ritter – setzte unverwandt ihren Weg nach Jaffa fort.

»Sie sehen uns nicht«, sagte Emlyn. »Wir müssen sie vor den Türken warnen! Murdo, beeil dich! Lauf los, und sag es ihnen!«

So rasch der Untergrund es erlaubte, rannte Murdo zur Straße, wo er stehenblieb, erneut mit den Armen winkte und den Kreuzfahrern zurief anzuhalten. Außer einem kurzen Blick des ein oder anderen Reiters bewirkte er nichts. Emlyn holte ihn ein, baute sich neben ihm auf und begann ebenfalls zu schreien. Vielleicht nur weil sie zu zweit waren und weil so weit entfernt von jeglicher Zivilisation nur selten Menschen zu finden waren, gelang es ihnen tatsächlich, die Aufmerksamkeit des letzten Ritters zu erregen. Der Mann wendete sein Pferd, blickte abfällig auf die beiden herab und verlangte zu wissen, was ihnen einfiele, Männer im Dienste des Verteidigers des Heiligen Grabes aufzuhalten.

»Wir wollen Euch warnen«, antwortete Emlyn rasch. »Wir haben Seldschuken auf der Straße gesehen.«

»Es gibt immer Türken in dieser Gegend«, schnaufte der Ritter. »Das sind Plünderer, nichts weiter.«

»Das waren mehr als nur Plünderer«, erklärte der Mönch.

»Bist du ein Feldherr, daß du solche Dinge weißt?« fragte der Kreuzfahrer. Er nahm die Zügel auf und schickte sich an, seinem Pferd die Sporen zu geben.

»Er sagt die Wahrheit«, mischte sich Murdo ein. »Es waren Türken – Hunderte von ihnen –, und sie waren gestern auf dieser Straße. Wir haben sie beide gesehen. Sie ritten in Richtung Jaffa.«

»Habt ihr gesehen, wie sie in die Stadt geritten sind?« verlangte der Ritter zu wissen.

»Nein«, antwortete Murdo und deutete in die Richtung, aus der sie gekommen waren, »wir sind auf dem Weg von ...«

»Armselige Bettler«, schnaufte der Ritter. »Macht, daß ihr wegkommt!« Er schlug die Zügel gegen den Hals des Pferdes, und das Tier sprang davon.

»Wartet!« rief ihm Murdo hinterher. »Wir brauchen Wasser – nur einen Schluck. Wir haben unser Was ...«

»Trinkt Pisse!« rief der Ritter und ritt davon, um sich wieder zu seinen Gefährten zu gesellen.

Durstig und enttäuscht machten sich Murdo und Emlyn daran, das Kamel zu wecken, und nach mehreren Versuchen gelang es ihnen auch, die widerspenstige Kreatur dazu zu überreden, sich auf seine großen, platten Füße zu erheben. Dann machten sie sich wieder auf den Weg und folgten der Staubwolke der Kreuzfahrer.

Während sie abermals die Straße entlangwanderten, sang Emlyn leise Gebete auf gälisch, um sich zu beschäftigen. Murdo hörte ihm zu, und hier und da erkannte er sogar ein Wort. Die vertraute Sprache erinnerte ihn an seine Mutter. Er fragte sich, wie sie wohl die Nachricht vom Tod ihres Gatten aufnehmen würde und von der Weigerung ihrer Söhne, nach Hause zurückzukehren und für die Rückgabe ihres Landes zu kämpfen. Er fragte sich, wie es Ragna in der Zwischenzeit ergangen war, und was sie gerade tat. Ob sie ihn ebenso sehr vermißte wie er sie, und ob sie einander je wiedersehen würden? Nicht zum erstenmal schwor er sich, sie nie mehr zu verlassen, sollte er je wieder nach Hause zurückkehren.

Die Sonne nahm an Kraft zu, während sie in den Himmel stieg, und bald wich die angenehme Morgenwärme einem glühendheißen Feuer, das die trockenen Hügel und Felsen förmlich zum Brennen brachte, während sich ein irritierendes Flimmern über die Täler legte. Als die beiden Wanderer nicht mehr weiter konnten, blieben sie stehen und hielten nach einem schattigen Platz Ausschau, um sich auszuruhen. Es gab keinen Baum in der Nähe; lediglich ein einzelner großer Dornenbusch spendete ein wenig Schatten.

Murdo führte das Kamel zu dem Busch, schlug ihm vorsichtig mit einem Stock vors Bein, und das Tier kniete nieder. Als nächstes zog Murdo sein schweißdurchtränktes Wams aus und legte es über den Busch. Schließlich ließ er sich in den knochentrockenen Staub neben Emlyn nieder, und die beiden ruhten sich in den Schatten von Wams, stinkendem Kamel und Busch aus. Es war zu heiß, um zu reden oder nachzudenken, und allmählich machte sich der Wassermangel bemerkbar. Murdos Mund fühlte sich so trocken an wie die Steine, auf denen er lag, und seine Zunge war auf die doppelte Größe angeschwollen; seine Lippen waren spröde, und seine Augäpfel waren so ausgetrocknet wie Zunder.

Er schloß die brennenden Augen und legte den Kopf auf den Arm. Einen Augenblick später hörte er Emlyns sanftes Atmen: Der Mönch war eingeschlafen.

Murdo jedoch konnte nicht einschlafen, so sehr er sich auch bemühte. Seine Gedanken kehrten immer wieder zu jenem schrecklichen Augenblick zurück, da er geglaubt hatte, die Türken würden ihn töten, während er sich wie ein kleines Kind an Emlyns Umhang geklammert hatte. Erneut spürte er die Lanzenspitze an seiner Kehle und hörte den Krieger sagen: »Errichte mir ein Reich, Bruder!«

Die Stimme klang so klar und lebensecht, daß Murdo unwillkürlich die Augen aufriß und sich umschaute. Natürlich war niemand zu sehen, und Emlyn schlief noch immer, also wußte er, daß er geträumt haben mußte. Aber obwohl die Stimme nur Einbildung gewesen war, so waren die Worte doch die des heiligen Andreas gewesen, und Murdo hatte dem Heiligen versprochen zu tun, was er konnte. Vielleicht, so hoffte Murdo, konnte derselbe Gott, der den Kreis im Staub beschützt hatte, ihm helfen, sicher nach Hause zu kommen.

»Bring mich nur nach Hause, und ich werde dir dein Reich schaffen«, sagte Murdo. »Ich werde es direkt neben meinem eigenen errichten.«

Sein Murmeln weckte Emlyn, der verschlafen die Augen öffnete. »Hast du etwas gesagt?« fragte er gähnend.

»Nein«, flüsterte Murdo. »Schlaf weiter.«

Der Mönch gähnte erneut und schloß die Augen. »Das sieht wie Rauch aus«, sagte er und schlief sofort wieder ein.

Murdo lag einen Augenblick lang einfach nur da, bevor ihm auffiel, was Emlyn da gerade gesagt hatte. Er drehte den Kopf und blickte in die Richtung, in die Emlyn geschaut hatte. Er sah trockenes, sonnenverbranntes Land voller Staub unter einem vor Hitze flimmernden Himmel. Ein dünner dunkelgrauer Faden stieg in die wolkenlosen Höhen empor. Ja, dachte Murdo, das sah wirklich wie

Rauch aus. Aber was sollte an einem solch gottverlassenen Ort denn brennen?

Er hob den Kopf und schaute genauer hin. Der Faden befand sich im Westen; er war ein wenig dicker und dunkler geworden. Das war Jaffa!

Murdo erhob sich auf die Knie und beschattete seine Augen mit der Hand. Die Sonne hatte bereits ihren Abstieg begonnen; ihr machtvolles Licht ließ den Faden fast unsichtbar erscheinen. Mühsam rappelte sich Murdo auf und beschloß, nur ein paar Schritte den Hang hinaufzugehen, um besser sehen zu können; doch er stellte fest, daß er bis zur Straße zurücklaufen mußte, wollte er bis zum Horizont schauen.

Ein rascher Blick bestätigte seinen Verdacht: Der Rauch kam aus der ummauerten Stadt.

Murdo eilte zurück zum Busch, nahm sein Wams von den Zweigen und zog es wieder an. Dann kniete er nieder und rüttelte Emlyn wach. »Du hattest recht mit dem Rauch«, berichtete ihm Murdo. »Jaffa brennt.«

»Dort wird wohl gekämpft«, bemerkte der Mönch verschlafen.

»Vielleicht«, räumte Murdo ein. »Es ist noch zu weit weg, um das mit Bestimmtheit sagen zu können.«

»Ich hoffe, die Schiffe sind nicht in Gefahr.«

»Die Schiffe!« Bisher war Murdo noch nie in den Sinn gekommen, daß auch die Schiffe bei einem Kampf gefährdet sein könnten. Was, wenn die Türken den Hafen angegriffen hatten? »Beeil dich!«

»Murdo, warte!« rief ihm Emlyn hinterher. Der Mönch rappelte sich mühsam auf, eilte davon, erinnerte sich an das Kamel und kehrte wieder um, um es loszubinden.

Die kurze Rast hatte bei weitem nicht ausgereicht, um sich zu erholen; dennoch machten sich die beiden Wanderer in der Hitze des Tages wieder auf den Weg. Das war Wahnsinn, dachte Murdo;

selbst wenn er die Kämpfenden rechtzeitig erreichen würde – was sollte er tun?

»Langsamer, Murdo«, rief Emlyn und folgte ihm auf die Straße. Das Kamel zog er hinter sich her.

Murdo ignorierte den Mönch. Er senkte den Kopf als Schutz vor der Sonne und ging raschen Schrittes voran. Obwohl er durstiger war denn je, hielt er den Mund geschlossen und konzentrierte sich darauf, einen Fuß vor den anderen zu setzen. Wie lange dies so ging, vermochte er nicht zu sagen; für ihn schien die Zeit stehengeblieben zu sein. Dieser merkwürdige Zustand hielt an, bis er Emlyn sagen hörte: »Murdo! Schau! Ich kann den Hafen sehen!«

Murdo hob den Kopf und stellte erstaunt fest, wie weit sie gekommen waren. Die Stadt lag am Ufer unter ihnen, und ihre weißen Häuser schimmerten golden im Licht der untergehenden Sonne, während das Meer sich zu beiden Seiten als silbrige Fläche bis zum Horizont erstreckte. In der Nähe des Stadttors stiegen schwarze Rauchsäulen in den Himmel empor, dort, wo vor den Mauern die Schlacht noch immer tobte; doch unberührt von den Kämpfen lagen die Schiffe sicher im Hafen vor Anker.

»Kannst du erkennen, wer das dort unten ist?« fragte Emlyn, trat neben Murdo und hockte sich in den Staub der Straße.

»Nein«, antwortete Murdo, »wir sind noch zu weit weg. Ich vermute, daß sind Gottfrieds Männer – die, die vorhin an uns vorbeigeritten sind. Ohne Zweifel haben die Türken sie erwartet.«

Mit diesen Worten setzte er sich wieder in Bewegung.

»Murdo! Um der Liebe Gottes willen, Mann, kannst du nicht einmal einen Augenblick lang stehenbleiben, damit ich wieder zu Atem komme?«

»Du kannst später Atem holen«, rief Murdo über die Schulter zurück. »Wir müssen dort hinunter.«

»Murdo! Bleib stehen!« schrie der Mönch. »Wir können den Ausgang der Schlacht genauso gut hier abwarten.«

Murdo eilte jedoch unbeeindruckt weiter in Richtung Stadt. Hinter sich hörte er Emlyn rufen: »Murdo, wenn du dein Leben auch nur ein ganz klein wenig zu schätzen weißt, dann geh nicht dort hinunter!«

Murdo blieb stehen und blickte auf die weite Ebene vor den Toren. Emlyn hatte recht: Es gab nichts, was er dort unten hätte tun können – außer sterben. Also kehrte er wieder zu dem wartenden Priester zurück, nahm ihm die Kamelzügel aus der Hand und führte das Tier zu einem weiteren Busch neben der Straße, wo sie sich niederließen, zur Stadt hinunterblickten und den Ausgang der Schlacht abwarteten.

Von ihrem hohen Aussichtspunkt aus beobachteten sie, wie der Tumult auf der Ebene allmählich nachließ, woraufhin sich die größere von der kleinen Masse löste und sich um die Stadt herum davonmachte, bis sie schließlich an der Küste entlang verschwand. Murdo stand langsam auf. »Es ist vorbei. Die Türken sind weg.«

Er und Emlyn setzten ihren Weg den Hügel hinab fort. Als sie schließlich die Ebene erreichten, betrat eine weitere Heerschar das Schlachtfeld: Die Einwohner Jaffas strömten aus dem Tor. Murdo und der Mönch hielten sich am Rand des Schlachtfeldes und eilten ihnen entgegen. Bald stießen sie auf die ersten Leichen: Kreuzfahrer, die von Seldschukenpfeilen niedergestreckt worden waren. Mehr Pferde als Männer lagen hier, und viele der Tiere lebten noch und scharrten im Todeskampf mit den Hufen im Staub.

Je näher sie dem Zentrum der Schlacht kamen, desto dichter wurde das Leichenfeld. Sie stießen auf den Leichnam eines Ritters, der unter sein Pferd gefallen war. Die Hand des Reiters hielt noch immer das Schwert. Murdo blieb kurz stehen und betrachtete den Unglücklichen; dann blickte er zu dem Wasserschlauch am Sattel des toten Pferdes.

»Er hat keine Verwendung mehr dafür«, sagte Emlyn, »und kümmern tut es ihn auch nicht mehr.«

Murdo nickte, bückte sich rasch und löste die Schnur, die den Schlauch am Sattel hielt. Eilig entfernte er den Pfropfen und hielt den Schlauch an den Mund. Kühl und angenehm strömte das Wasser über seine ausgetrocknete Zunge und die Kehle hinunter. Er trank in gierigen Zügen, und nur widerwillig setzte er den Schlauch wieder ab und reichte ihn Emlyn.

Sie teilten sich das Wasser, bis der Schlauch leer war, woraufhin Emlyn ihn wieder an seinen Platz zurücklegte. Dann schlug er ein Kreuz über dem gefallenen Krieger und sprach ein Totengebet. Das Wasser hatte die Lebensgeister der beiden Wanderer geweckt, und so setzten sie ihren Weg ins Zentrum der Schlacht fort, wo die heftigsten Kämpfe stattgefunden hatten. Immer mehr Tote bedeckten den Boden, und der Staub war schwarz von Blut. Obwohl Murdo und Emlyn genau hinsahen, entdeckten sie nirgends Verwundete. Die meisten der Toten wiesen sowohl Schwert- als auch Pfeilwunden auf. »Sie haben sie mit Pfeilen niedergestreckt und ihnen dann mit dem Schwert den Rest gegeben«, bemerkte Murdo mit harter Stimme. »Der Feind hat keine Gnade gekannt.«

»Das ist wegen Jerusalem«, erklärte Emlyn. Traurig blickte er auf das Gemetzel, und seine runden Schultern wurden vom Gewicht des schrecklichen Anblicks niedergedrückt. »Jetzt beginnt die Zeit der Rache, in der der Tod regiert und das Böse sich über die Welt ergießt.«

Bei diesen Worten sah Murdo vor seinem geistigen Auge erneut das fürchterliche Blutbad in der Heiligen Stadt, jenen Sturm aus Haß, Gier und Mordlust, der die prächtige Stadt in ein Leichenhaus verwandelt hatte. Er sah sich selbst, wie er durch die blutige Verwüstung wanderte, ängstlich, verloren und allein, während über ihm im rauchverhangenen Himmel der uralte Feind mit ledernen Schwingen entlangflog und sich an dem Schlachten und dem Chaos ergötzte.

Nun schaute sich Murdo um, und er sah dieselbe grausige Zerstörung und hörte dasselbe dämonische Lachen wie in den Mauern der Heiligen Stadt. Was in Jerusalem begonnen worden war, würde noch tausend Jahre andauern, dachte er; Krieg und Rache würden niemals ein Ende finden. Diese Toten hier waren die ersten einer verfluchten Rasse, deren Zahl schon bald die der Sterne übersteigen würde.

Errichte mir ein Reich, hatte der heilige Andreas gesagt. *Errichte ein Reich, in dem meine Schafe in Frieden weiden können, und errichte es weit, weit weg vom Ehrgeiz kleingeistiger Menschen und ihrem Streben nach Macht und Reichtum. Mache es zu einem Königreich, wo die Menschen in Frieden dem Wahren Weg folgen können, und wo das Heilige Licht den Suchenden den Weg weist.*

Als Murdo nun auf dieses Totenfeld blickte, ließ die Erinnerung an die Worte des Geistermönchs sein Herz schneller schlagen: *Alles, was du besitzt, ist dir aus gutem Grund gegeben worden, Bruder. Ich frage dich erneut*, sagte die Stimme aus den Katakomben. *Willst du mir dienen?*

Murdo hatte versprochen zu tun, was er konnte. Als er nun auf diese sinnlose, mutwillige Verschwendung von Leben blickte im Dienste einer machtlüsternen Gier und eines unstillbaren Ehrgeizes, da wußte Murdo, wußte ohne jeden Zweifel, was es war, worum Andreas ihn gebeten hatte.

Ich werde tun, was ich kann, hatte er in den Katakomben gelobt. Nein, beschloß er jetzt, ich werde mehr tun. Ich werde eine Zuflucht aus dem Sturm des Todes und der Zerstörung errichten. Ich werde ein Reich erschaffen, wo das Heilige Licht den Menschen als Leuchtfeuer die Richtung in der schrecklichen Dunkelheit weist.

Als Emlyn ihn berührte, zuckte Murdo erschrocken zusammen. »Was hast du da gerade gesagt? Es klang wie das Sanctus Clarus. Fühlst du dich wohl, Murdo?«

Der junge Mann nickte.

»Wir sollten sehen, ob wir etwas tun können«, sagte der Mönch und ging weiter. Murdo folgte ihm und zog das Kamel hinter sich her. Im Herzen und in Gedanken wußte er mit aller Klarheit, daß er nicht ohne Grund in eben diesem Augenblick an diesen Ort gerufen worden war.

Murdo und Emlyn suchten sich einen Weg zwischen den Leichen hindurch und erreichten schließlich jene Stelle, wo die Kreuzfahrer sich zum letzten Gefecht gestellt hatten. Hier stapelten sich die Toten, und nur noch wenige Pferde waren zu sehen. Die pferdelosen Ritter waren keine Gegner für die berittenen Seldschuken gewesen. Pfeile ragten aus jedem Körper; die meisten waren gleich mehrfach getroffen worden.

Hier war es auch, daß die Einwohner von Jaffa ihre Arbeit begonnen hatten. Ein Teil von ihnen entfernte Harnische und Sättel von Pferden, während andere den Tieren die Haut abzogen und sie an Ort und Stelle schlachteten. Die roten, rohen Kadaver glitzerten im harschen Sonnenlicht, und der ranzige Gestank der Eingeweide mischte sich mit dem süßen Geruch des Blutes. Ein Stück weiter entfernt trennten Bürger Kreuzfahrer von Türken. Die Seldschuken wurden einfach auf einen Haufen geworfen; die Christen jedoch legte man in ordentlichen Reihen auf den Boden. Männer und Frauen gingen an diesen Reihen entlang und nahmen den Toten sämtliche Wertsachen, Waffen und jedes noch intakte Kleidungsstück ab.

Diese Dinge wurden dann zu wartenden Wagen getragen, wo sie unter dem wachsamen Blick eines großen Mannes mit schwarzem Hut und langem Stab verladen wurden, vor dessen Füßen ein Haufen kleinerer Wertsachen lag.

Da dieser Mann, den anderen Befehle zu erteilen schien, gingen Murdo und Emlyn zu ihm, um soviel wie möglich über die Schlacht in Erfahrung zu bringen. Emlyn grüßte höflich, woraufhin der Mann sich zu ihnen herumdrehte und die Stirn runzelte. »Was wollt ihr?« fragte er und betrachtete mißtrauisch das Kamel.

»Wir haben die Schlacht beobachtet«, antwortete Emlyn. »Wir waren auf dem Weg nach Jaffa und haben gesehen...«

Schwarzhut wandte sich ab und schrie einen Mann an, der in einem der Karren stand. »Auf diesen nur die Waffen!« brüllte er. »Wie oft muß ich dir das denn noch sagen?«

Er drehte sich wieder zu dem Priester um und sagte: »Es war eigentlich gar keine richtige Schlacht. Die Türken haben auf sie gewartet.« Er deutete auf die Wertgegenstände zu seinen Füßen. »Habt ihr irgend etwas zu verkaufen?«

»Wir haben Rauch gesehen«, sagte Murdo. »Ist die Stadt auch angegriffen worden?«

»O ja, sie haben versucht, die Tore in Brand zu stecken«, antwortete der Kaufmann. »Das war nun schon das dritte Mal in diesem Monat. Aber wir haben die Feuer gelöscht.« Erneut brüllte er seinen Helfer im Wagen an; dann sagte er: »Wenn ihr schon hier herumsteht, dann könnt ihr euch genauso gut nützlich machen. Ich bezahle gutes Silber für ihre Sachen.«

»Was ist mit den Verwundeten?« fragte Emlyn.

Der Kaufmann zuckte mit den Schultern. »Falls ihr welche findet, könnt ihr ihnen die letzte Ölung geben.«

Aus dem Wagen hallte das Klirren von Stahl. »Paß auf damit!« brüllte der Kaufmann. »Soll ich etwa zerbrochene Klingen verkaufen?«

Eine Frau näherte sich dem Kaufmann; sie hielt einen Gürtel mit Silberschnalle in der Hand – den Schwertgürtel eines Ritters. Der Mann nahm den Gürtel entgegen, musterte ihn und warf ihn auf den Haufen vor seinen Füßen. Dann griff er in die Börse an seiner Seite, holte eine Handvoll Münzen heraus und zählte der Frau einige davon in die Hand. Sie verneigte sich und huschte davon, um so rasch wie möglich ihre Arbeit wiederaufzunehmen.

Murdo und Emlyn schritten zwischen den Gefallenen hindurch und suchten nach jenen, die vielleicht noch gerettet werden konnten. Sie waren noch nicht weit gegangen, als sie ein leises, gequältes Stöhnen hörten.

»Dort drüben«, sagte Emlyn und rannte in Richtung des Geräuschs. Murdo band das Kamel rasch an den Sattelknopf eines toten Pferdes und löste den Wasserschlauch vom Sattel des toten Tiers; dann gesellte er sich zu dem Priester, der neben einem Ritter kniete. In Brust und Hüfte des Mannes steckten zwei Pfeile.

Der Verwundete stemmte sich auf die Ellbogen auf, als Murdo dem Priester den Wasserschlauch reichte. »Türken...«, keuchte der Mann.

»Ruht Euch aus, mein Freund«, sagte Emlyn in sanftem Tonfall. Er zog den Pfropfen aus dem Schlauch und bot dem Verwundeten das Wasser an. »Trinkt ein wenig. Das wird Euch helfen.«

Der Ritter, ein hellblonder Normanne, griff unbeholfen nach dem Schlauch und hielt ihn sich an den Mund. Er trank, und das Wasser lief ihm aus dem Mund über die Brust, wo es sich mit dem Blut aus der Wunde mischte. Er trank so rasch, daß er sich verschluckte. Er hustete. Wasser spritzte aus seinem Mund, und er fiel zurück.

Der Mönch griff sofort nach dem Wasserschlauch und steckte den Pfropfen wieder hinein. »Wir müssen die Pfeile herausholen, Murdo«, sagte er. »Gib mir dein Messer.«

»Die Seldschuken haben uns angegriffen... Sie haben sie geraubt...«, sagte der Ritter. Er packte Emlyns Gewand und riß den Mönch nach vorne. »Sie haben uns aufgelauert...« Vor lauter Schmerzen verzog er das Gesicht und biß die Zähne zusammen. »Sagt Herzog Gottfried... Sie haben sie genommen!«

»Ruhig«, beschwichtigte ihn Emlyn. »Ruhig jetzt. Wir werden Eure Wunden bald verbunden haben.«

Bevor Murdo fragen konnte, wovon der Mann gesprochen hatte, schloß der Ritter die Augen und verlor das Bewußtsein. Emlyn beugte sich über das Gesicht des Verwundeten. »Er schläft«, erklärte er einen Augenblick später. Dann drehte er sich besorgt zu Murdo um und sagte: »Es wird bald dunkel werden. Wir müssen uns beeilen.«

Mit Hilfe des Messers öffnete der Mönch das Wams des Mannes, um die Wunde offenzulegen. Der Pfeil war unmittelbar unter der linken Schulter in die Brust gedrungen. »Der hier hat Glück gehabt«, bemerkte Emlyn.

Er schüttete ein wenig Wasser auf die Wunde, um das Blut wegzuwaschen. Dann preßte er behutsam die Messerspitze in die Haut neben der Wunde. Der Ritter stöhnte, wachte aber nicht auf.

»Pack den Pfeil so fest du kannst«, befahl Emlyn. Murdo tat, wie ihm geheißen, und der Mönch fuhr fort: »Auf mein Kommando mußt du mit aller Kraft an dem Pfeil ziehen. Bist du bereit?«

Murdo packte den Pfeil mit beiden Händen. »Ja.«

»Zieh!«

Murdo riß an dem Geschoß, und Emlyn drückte die Schulter des Verwundeten mit seiner freien Hand herunter, während er gleichzeitig das Messer drehte, und der Pfeil kam heraus. Der Arm des Mannes zuckte kurz; dann lag er wieder regungslos da.

»Das hast du gut gemacht«, keuchte Murdo und warf den Pfeil beiseite.

Der Mönch reichte ihm das Messer. »Schneide ein paar Streifen aus seinem Umhang heraus, und wir können ihn verbinden«, sagte er und schüttete erneut Wasser auf die Wunde. Dann holte er einen kleinen Beutel aus seiner Tasche, in dem sich ein gelbes Pulver befand, von dem er eine Fingerspitze auf die Schulter träufelte, bevor er die Stoffstreifen entgegennahm, die Murdo ihm reichte, und die Wunde verband.

Nachdem das erledigt war, wandte Emlyn seine Aufmerksamkeit der Wunde in der Hüfte des Mannes zu und entfernte auch diesen Pfeil mit derselben Geschicklichkeit, die Murdo bereits bei der ersten Wunde in Erstaunen versetzt hatte. Zweimal an diesem ereignisreichen Tag hatte der Mönch ihn überrascht; er fragte sich, welche Fähigkeiten der Priester noch besaß, von denen er nichts wußte.

Sie waren gerade dabei, die Hüftwunde zu verbinden, als sie von den Hügeln im Osten her das Donnern von Hufen vernahmen. In der Erwartung, heranstürmende Seldschuken zu sehen, drehte sich Murdo in Richtung des Geräuschs um. Doch statt Türken sah er im gelben Licht der untergehenden Sonne zwei lange Kolonnen von Rittern herangaloppieren.

»Wer ist das?« fragte Emlyn, stand auf und stellte sich neben Murdo. »Die Banner – kannst du sie erkennen?«

»Schwarz und Gelb, glaube ich«, antwortete Murdo.

»Schwarz und Gelb ... Das ist Fürst Bohemund«, sagte Emlyn.

Die Kreuzfahrer umritten das Schlachtfeld und erreichten schließlich jene Stelle, wo sich ihre Gefährten zum letzten Kampf gestellt hatten. Dort hielten sie an, und viele Ritter stiegen ab und liefen zwischen ihren toten Kameraden umher. In der Zwischenzeit ritten die Anführer zu dem Kaufmann mit dem schwarzen Hut, der die Leichenfledderer befehligte.

»Bleib bei ihm«, sagte Murdo zu Emlyn. »Ich will wissen, was dort gesprochen wird.«

»Seid gegrüßt, Freunde!« rief ein großer, breitschultriger Mann dem Kaufmann und seinen Gehilfen gerade zu, als Murdo sich ihnen näherte. Der polierte Helm und Harnisch des Ritters schimmerte golden im Licht der Abenddämmerung. Sein langes blondes Haar quoll unter dem Helm hervor, und seine kräftigen Muskeln waren gespannt, während er versuchte, sein Pferd ruhig zu halten. Die gelassene, befehlsgewohnte Art des Mannes verriet Murdo, daß dies Bohemund persönlich sein mußte.

»Ich sehe keine Überlebenden von Herrn Gottfrieds Abteilung.« Er betrachtete die kleine Versammlung mit ernsten dunklen Augen. »Ich bitte Euch: Sagt mir, daß ich mich irre.«

Der Kaufmann nahm es auf sich, für alle zu antworten. »Leider habt Ihr recht, mein Fürst. Die Türken haben ihnen einen Hinterhalt gelegt. Ihr Sieg war vollständig; es gab keine Überlebenden.«

»Wenn Ihr gesehen habt, wie sie den Hinterhalt gelegt haben«, sagte der Mann an Bohemunds Seite, »dann frage ich mich, warum Ihr keine Männer aus der Stadt geschickt habt, um Gottfrieds Leuten zur Hilfe zu eilen.«

»Sie hatten Feuer ans Tor gelegt«, erwiderte der Kaufmann. »Was hätten wir denn tun sollen?«

»Besitzt die Stadt keine anderen Tore?« verlangte der Ritter wütend zu wissen.

Bohemund hob die Hand und gebot Schweigen. »Laßt es gut sein, Bayard. Getan ist getan.« Er deutete auf den Wagen, in den die Waffen verladen wurden. »Geht, und seht nach, was sie gefunden haben.« Der Ritter ritt zum Wagen, und während er die Stadtbewohner befragte, wandte sich der Fürst ein weiteres Mal an den Kaufmann. »Diese Männer kamen aus Jerusalem. Muß ich davon ausgehen, daß sie die Stadt gar nicht erst erreicht haben?«

»Leider ja, mein Fürst, sie haben sie nicht erreicht«, bestätigte Schwarzhut. »Unglücklicherweise wurden sie angegriffen, bevor sie sich in den Schutz der Mauern flüchten konnten.«

Der Fürst von Tarent nickte und schaute sich um. Als er Murdo erblickte, sagte er: »Du da. Hast du es genauso gesehen?« In der Frage lag weder Mißtrauen noch Vorwurf. Gnädig blickte Bohemund auf den jungen Mann herab; in der Abenddämmerung schimmerte sein Gesicht rötlich.

»Wir haben den Kampf nur aus der Ferne gesehen«, antwortete Murdo und deutete auf die Hügel im Osten. »Als wir hier ankamen, war die Schlacht bereits vorüber. Aber es gibt da...«, begann er in der Absicht, dem Fürsten zu berichten, daß es doch einen Überlebenden gab.

Aber bevor er weitersprechen konnte, kehrte der Ritter mit Namen Bayard von der Inspektion der Wagen zurück.

»Sie ist nicht unter den Waffen«, berichtete er und zügelte sein Pferd. »Vermutlich haben die Türken sie mitgenommen. Sie können noch nicht weit gekommen sein. Wir könnten sie immer noch einholen.«

Bohemund wandte seine Aufmerksamkeit den Männern zu, die zwischen den Toten suchten. Er rief sie zu sich und fragte: »Habt ihr sie gefunden?«

»Nein, Herr«, antwortete der ihm am nächsten stehende Krieger; die anderen äußerten sich ebenso.

»Geht wieder zu euren Pferden«, befahl Bohemund. »Kommt, Bayard. Wir werden herausfinden, wohin sich die verfluchten Seldschuken zurückgezogen haben.« Er dankte dem Kaufmann und den Stadtbewohnern für ihre Hilfe, wendete das Pferd und ritt davon. Innerhalb weniger Augenblicke schloß sich ihm die gesamte Heerschar an. Vorbei an den Mauern der Stadt galoppierten sie nach Süden die Küste entlang.

Murdo kehrte wieder zu Emlyn zurück. Der Mönch hatte seinen Umhang über den Verwundeten gelegt, und nun saß er neben ihm und betete. Als Murdo sich ihm näherte, hob er den Kopf. »Was hast du erfahren?«

»Du hattest recht: Es war Bohemund«, bestätigte der junge Mann. »Sie suchen nach irgend etwas. Sie haben gesagt, der Trupp, dem die Türken aufgelauert haben, hätte zu Gottfried gehört und daß...« Murdo hielt inne und blickte auf den verwundeten Ritter. »Ich weiß, was es ist, das sie suchen.«

»Nun?« fragte der Mönch.

»Er hat versucht, es uns zu sagen«, erwiderte Murdo und deutete auf den Bewußtlosen. »›Sie‹, deren Verschwinden wir Gottfried berichten sollten, ist die heilige Lanze.«

»Sie haben die heilige Lanze verloren«, murmelte Emlyn verbittert. »Diese verfluchten Narren! Blind und dumm – jeder einzelne von ihnen. Vom König bis zum einfachen Fußkämpfer, nicht einer ist unter ihnen, der auch nur ein Gran Verstand sein eigen nennen dürfte. Wenn man sie alle in einen Sack stecken und draufhauen würde, würde man immer den Richtigen treffen. O mein Gott!«

Einst hätte ein solcher Wutausbruch des sonst so sanften Mönches Murdo beunruhigt, doch jetzt nicht. Er wußte genau, wie der Mönch sich fühlte; er empfand genauso.

Emlyn sank auf die Knie und reckte die geballten Fäuste gen Himmel.

»Sie haben deinen Namen in einen Fluch verwandelt, oh Herr, mein Gott!« schrie er. »Sie lästern dich durch ihre Taten. Wer wird deine Ehre jetzt wiederherstellen, o mein König? Wer wird die Schlechtigkeit der Mächtigen hinwegfegen?«

Murdo hörte diese Worte und fühlte Zorn in seinem Herzen. Er antwortete: »Ich werde es tun.«

Die Hände noch immer erhoben blickte Emlyn zu seinem Freund. »Murdo?« Als er das seltsame Funkeln und die feste Entschlossenheit in den Augen des jungen Mannes sah, sagte er: »Du hast die Vision auch gesehen.«

»Das habe ich«, bestätigte Murdo. »Du hast von Fluch und Blasphemie gesprochen. Man hat euch doch aufgetragen, die heilige Reliquie vor jenen zu retten, die ...«

»... die sie mit ihrer Blasphemie beflecken, ja, aber ...«, begann der Mönch.

»Ich werde sie suchen«, unterbrach ihn Murdo. Sein Selbstvertrauen wuchs von Augenblick zu Augenblick. »Es ist nicht recht, daß sie eine heilige Reliquie benutzen, um mit ihrer Hilfe um Macht und Rang zu schachern. So oder so: Ich werde sie zurückbringen.«

Der Priester stand rasch auf und stellte sich vor ihn. »Hör mir zu, Murdo: Einmal in seinem Leben wird der Mensch vor die Wahl gestellt, dem Wahren Weg zu folgen oder sich von ihm abzuwenden«, sagte Emlyn im selben Tonfall, den er auch für die Geschichten verwendete, die Murdo stets so bewegt hatten. »Diese Zeit ist für dich jetzt gekommen, Murdo. Es beginnt hier und jetzt. Du könntest alles verlieren, wonach du in deinem Leben gestrebt hast – sogar das Leben selbst; aber wenn du deine Entscheidung erst einmal getroffen hast, gibt es kein Zurück mehr. Hast du das verstanden?«

Murdo nickte. In diesem Augenblick sah er den Weg genau vor sich. Er hatte den ersten Schritt einer Reise getan, die sein ganzes Leben lang dauern würde, und zum erstenmal in seinem Leben fühlte er sich wahrhaft frei. »Ich werde gehen«, wiederholte er.

»Gib mir dein Schwert«, forderte Emlyn. »Die Menschen greifen auch in geistigen Schlachten stets zu den Waffen. Sie vergessen, was es wirklich ist, das sie aufrecht hält und ihnen die Erlösung bringt. Statt dessen vertrauen sie auf ihre eigene Kraft und versagen. Ich will nicht, daß dir das gleiche widerfährt.«

Murdo zögerte.

»Sieh dich doch nur einmal um«, sagte der Mönch und deutete auf das von Leichen übersäte Feld. »Gottfrieds beste Krieger vermochten die Lanze nicht zu verteidigen. Warum glaubst du, daß ausgerechnet deine Klinge einen Unterschied machen würde?« Er streckte die Hand nach der Waffe aus. »Diese Schlacht wird nicht durch Geschick mit dem Schwert entschieden werden, sondern durch die Kraft des Glaubens und Gottes Willen.«

Murdo schnallte das Schwert ab und reichte es Emlyn. »Du hast recht«, stimmte er zu. »Außerdem würde es mich nur behindern.«

»Gott segne dich, Murdo, und er möge seine Engel senden, dich zu schützen und sicher wieder zurückzubringen.«

Murdo dankte dem Mönch, umarmte ihn und sagte: »Wenn du erst einmal in der Stadt bist, geh zum Hafen. Finde Jon Reißzahns Schiff, und warte dort auf mich. Ich werde zu dir kommen, so schnell ich kann.«

Dann trank Murdo etwas Wasser und füllte den Schlauch mit Hilfe anderer nach, die er sich zwischen den Toten zusammensuchte. In der Zwischenzeit durchsuchte Emlyn die Satteltasche des Verwundeten, bis er schließlich einen Streifen Dörrfleisch und etwas hartes Brot gefunden hatte. Dann band er noch den Umhang eines in der Nähe liegenden toten Ritters vom Sattel los und kehrte wieder zu Murdo zurück. »Ich glaube, das wirst du heute nacht gebrauchen können«, sagte der Priester und reichte ihm den Umhang. »Und nimm auch dieses Brot und das Fleisch mit.«

Murdo warf sich den Wasserschlauch über die Schulter und zog den Umhang an. »Ich komme sobald wie möglich wieder zurück«, wiederholte er und nahm Brot und Fleisch aus den Händen des Mönchs entgegen. Als er in den Himmel blickte, sah er, daß im Osten bereits die Sterne funkelten. »Es verspricht eine klare Nacht zu werden, und der Mond scheint hell. Ich werde den Weg gut sehen können. Aber du solltest dich auch beeilen, bevor die Tore für die Nacht geschlossen werden.«

Er setzte sich in Bewegung und folgte der Richtung, die Bohemund und seine Männer eingeschlagen hatten. »Hab keine Furcht!« rief ihm Emlyn hinterher. »Gott selbst geht an deiner Seite.«

»Paß auf, daß du das Kamel nicht verlierst!« rief Murdo zurück und hob zum Abschied die Hand.

Dann richtete er den Blick gen Süden, wo grasbewachsene Dünen am Ufer entlangführten. Von dort aus hatten die Seldschuken die Kreuzfahrer angegriffen, und dorthin waren sie auch wieder verschwunden. Irgendwo in diesen Dünen, dachte Murdo, würde er die heilige Lanze finden.

Als Murdo den Rand der Sanddünen erreichte, machte sich zum erstenmal die Müdigkeit in seinen Knochen bemerkbar. Er hielt gerade lange genug an, um Atem zu holen und einen Schluck Wasser zu trinken, bevor er auf die erste Düne hinaufstieg, um einen besseren Blick auf die Umgebung zu haben. Trockenes, zähes Seegras überwucherte die Kuppe der Düne, und Murdo mußte sich einen Weg durch die hohen Halme bahnen, um die andere Seite sehen zu können.

Da der Mond vor kurzem über den Hügeln aufgegangen war, konnte Murdo weit in die Bucht hinaussehen. Unmittelbar vor ihm, nicht mehr als drei Meilen entfernt, erhoben sich die Mauern von Jaffa. Zu seiner Rechten befanden sich weitere Dünen, zwischen denen sich kleine Täler Richtung Meer öffneten. Zu seiner Linken, in etwas größerer Entfernung, sah er die Küstenlinie hinter der Stadt als silbernen Streifen am Horizont.

Noch während er sich umschaute, vernahm er die unverkennbaren Geräusche einer Schlacht weit im Süden. So, dachte er. Bohemund hat die Seldschuken also gefunden. Bevor er länger darüber nachdenken konnte, hatten sich seine Füße bereits in Richtung des Kampfes in Bewegung gesetzt.

In gemächlichem Trott durchquerte er die Dünen und lauschte auf jedes Geräusch. Zwar wäre es leichter gewesen, unmittelbar am Ufer entlangzugehen, doch er glaubte, dort könne man ihn allzuleicht entdecken; also beschloß Murdo sich so nahe wie möglich an den Dünen zu halten, wo er sich im Notfall verstecken konnte und nicht zu leicht zu fangen wäre. Nach einer Weile erreichte er eine Stelle, wo die Küste scharf nach rechts abbog. Da er nicht hinter die Biegung blicken konnte, stieg er die nächste Düne hinauf, um zu sehen, was ihn auf der anderen Seite erwartete.

Schon bevor er den Kamm erreichte, wußte er, was er finden würde: Mit jedem Schritt, den er höher stieg, wurde der Kampfeslärm lauter.

Vor ihm erstreckte sich ein langer, flacher Strand. Auf halber Strecke zwischen dem glitzernden Wasser und den Sanddünen erblickte er eine wirbelnde Masse von Menschen und Pferden; dort fand die Schlacht statt. Das Klirren der Schwerter hallte von den Dünen wider und erzeugte den Eindruck, als finde der Kampf in jedem Loch und jedem Winkel der Küste statt.

Unsicher, was er als nächstes tun sollte, hockte sich Murdo in das lange Seegras, um zu beobachten und zu warten. Plötzlich bemerkte er eine Bewegung im Sand unterhalb der Düne: Eine Gruppe von Reitern floh aus dem Kampf und kam genau auf ihn zu. Dem Glitzern des Mondlichts auf ihren von Roßschweifen gezierten Helmen nach zu urteilen und aufgrund der ungewöhnlichen Schnelligkeit ihrer Pferde kam Murdo zu dem Schluß, daß es sich um Türken handeln mußte. Er legte sich bäuchlings in den Sand und hielt den Atem an.

Die feindlichen Krieger galoppierten vorbei und verschwanden in den kleinen Tälern zwischen den Dünen – nur gut zweihundert Schritt von Murdos Versteck entfernt. Wieder verlegte sich Murdo aufs Beobachten und Warten, und als die Türken nicht wieder auftauchten, beschloß er nachzusehen, was sie trieben.

Langsam schlich er über den Sand. Alle paar Schritte blieb er stehen und lauschte, bis er schließlich jene Stelle erreichte, wo die Feinde verschwunden waren. Dort hielt er an. Unten im Tal konnte er eine große dunkle Masse erkennen, die sich in den Schatten verborgen hatte. Kein Geräusch ging von ihr aus; nichts rührte sich.

Die Seldschuken sind ein Wandervolk, hatte sein Vater gesagt. *Sie leben in Zelten und führen ihre Schätze stets mit sich – selbst in die Schlacht.*

Mehr als ein Dutzend Pferde standen unmittelbar unter ihm, und Murdo glaubte zunächst, die Krieger seien rasch abgestiegen und hätten sie dort angebunden; doch als er genauer hinschaute, bemerkte er, daß die Männer noch immer in den Sätteln saßen. Die Türken hatten ihm den Rücken zugekehrt, und allesamt schienen sie die Schlacht zu beobachten, die noch immer auf dem Strand tobte.

Murdo blickte zu der schwarzen Masse in der Mitte des Tals, wo auch die Ersatzpferde standen, und er wußte, daß er das Schatzzelt des Seldschukenführers gefunden hatte.

Nachdem er sich vergewissert hatte, daß niemand in unmittelbarer Nähe lauerte, ließ sich Murdo die Düne hinuntergleiten. Rasch eilte er zum Zelt – wobei er sorgfältig darauf achtete, das Mondlicht zu meiden –, und schließlich erreichte er den Schatten des seltsam geformten Gebildes. Das Zelt wirkte wie ein großer schwarzer Flügel, der über dem Sand schwebte; sein Eingang war gerade groß genug, um einem einzelnen Mann Zugang zu gewähren.

Vorsichtig trat Murdo an die Öffnung und spähte hinein. Zwar konnte er in der Dunkelheit nur wenig erkennen, doch das gesamte Zelt schien mit Kisten und Truhen verschiedener Größe gefüllt zu sein. Murdo blieb kurz stehen und lauschte; dann ging er hinein und wäre beinahe über eine Truhe gestürzt, die unmittelbar hinter dem Eingang stand. Die Truhe war groß und mit einer eisernen Kette verschlossen, die leise rasselte, als Murdo dagegen stieß.

Nachdem seine Augen sich an die Dunkelheit gewöhnt hatten, vermochte er einige Gegenstände in dem Zelt zu erkennen: Stoffballen, mehrere Krüge, Schüsseln und Schatullen. Er begann, jede

Truhe, Kiste und Schatulle abzutasten, und schließlich fand er eine, die nicht verschlossen war und griff hinein.

Seine Finger schlossen sich um eine beachtliche Menge Münzen. Er nahm eine Handvoll davon heraus und hielt sie sich vors Gesicht. Es handelte sich um byzantinische Goldmünzen; die Truhe quoll förmlich davon über.

Schließlich begann er angestrengt, nach der heiligen Lanze zu suchen. Die Seldschuken hatten ihre Beute in aller Eile in dieses Zelt gebracht; es herrschte ein einziges Durcheinander. Stolpernd und kriechend suchte sich Murdo einen Weg zwischen den Truhen und Kisten hindurch und betete, daß er die Lanze erkennen würde, wenn er sie fand. Sein Ziel war ein willkürlich zusammengeworfener Haufen an der Rückwand des Zeltes: die Beute, welche die Türken den Kreuzfahrern vor Jaffa entrissen hatten. Neue Hoffnung keimte in ihm auf, als er den Haufen erreichte und damit begann, Langschwerter und Plattenharnische herauszuziehen.

Daß plötzlich Stimmen vor dem Zelt ertönten, überraschte Murdo.

Seine Gedanken überschlugen sich. Rasch duckte er sich nieder, blickte zum Eingang und sah vor dem Zelt zwei dunkle Gestalten zu Pferd. Murdo quetschte sich näher an die Rückwand heran und hoffte entgegen aller Wahrscheinlichkeit, daß sie nicht hereinkommen würden.

Doch während er sich immer weiter vom Eingang zurückzog, stieg einer der Männer aus dem Sattel, trat ins Zelt, griff sich eine Kiste und eilte wieder hinaus.

Murdo verließ der Mut. Die Türken hatten damit begonnen, den Schatz zu verladen, um ihn abzutransportieren. Verzweifelt suchte er nach einer Fluchtmöglichkeit, während er immer weiter zurückwich.

Hintereinander betraten vier weitere Krieger das Zelt und trugen Kisten und Truhen hinaus zu den wartenden Packpferden.

Während die Männer die Kisten auf den Traggestellen befestigten, herrschte im Zelt kurz Ruhe.

Murdo erkannte, was dies bedeutete: Von den ungefähr zwanzig Männern, die den Schatz bewachten, waren nur sechs abgestellt worden, ihn zu verladen. Der Menge der Kisten und Truhen nach zu urteilen, würde es geraume Zeit dauern, bis sie damit fertig sein würden. Murdo faßte wieder Mut; ihm blieb noch immer genug Zeit zum Suchen.

Die Krieger kehrten zurück und holten weitere Truhen. Murdo zählte mit, und als der sechste das Zelt wieder verlassen hatte, setzte er sich in Bewegung. Er tastete im Dunkeln seine Umgebung ab und griff nach verschiedenen Gegenständen – Becher und Schüsseln, gefüllte Geldbeutel, Seidenkleider, Banner, kleine, mit Edelsteinen besetzte Duftkästchen –; doch jeden einzelnen von ihnen stellte er sofort wieder ab. Gleichzeitig lauschte er die ganze Zeit über auf die Türken, die sich vor dem Zelt unterhielten, und versuchte, am Klang ihrer Stimmen zu erkennen, wann sie wieder ins Zelt zurückkehren würden.

Als die Krieger zum drittenmal das Zelt betraten, hörte Murdo ihre Schritte rechtzeitig genug, um sich verstecken zu können; doch beim viertenmal hatte ihn nichts vorher gewarnt. Er war gerade dabei, sich auf den Knien zur Mitte des Zelts vorzutasten, als ein Türke im Eingang erschien.

Murdo erstarrte und hoffte, daß der Mann ihn im Dunkeln nicht sehen würde. Der Krieger bückte sich, hob eine Kiste hoch und ging wieder hinaus. Rasch ließ sich Murdo hinter einer Truhe zu Boden gleiten, um sich zu verstecken, bevor der nächste Mann hereinkam. Während er sich fallen ließ, stieß er mit dem Ellbogen gegen einen langen dünnen Gegenstand, der auf der Truhe neben ihm lag. Das Ding rutschte herunter und schlug mit dumpfem Knall auf eine kleine Kiste. Murdos Hand schoß vor und packte den Stab, bevor er noch mehr Lärm verursachen konnte.

Der dünne Gegenstand war in ein leuchtend weißes Tuch gewickelt und fühlte sich kalt und hart an. Sein Gewicht war so vertraut, daß Murdo wußte, daß er die heilige Lanze gefunden hatte, auch ohne daß er sie auspackte. Im selben Augenblick hörten die Türken vor dem Zelt auf zu sprechen. Murdos Herz setzte einen Schlag lang aus. Hatten sie ihn gehört?

Einer der Männer rief etwas, und Murdo drückte die Reliquie an die Brust und wich wieder langsam zurück. Unablässig beobachtete er den Eingang; dann sah er ein Flackern vor dem Zelt: Fackeln.

Ihm blieb keine Zeit mehr. Die Lanze fest umklammert rollte er sich an die Zeltwand. Der dicke Stoff war an den Ecken mit in den Boden gerammten Stangen gesichert, doch dank des sandigen Untergrunds, gelang es Murdo ohne Mühe, eine der Stangen zu lockern und unter der Plane hindurch ins Freie zu kriechen.

Er fand sich zwischen dem Zelt und dem Fuß der Düne wieder. Ein rascher Blick zum Talausgang bestätigte ihm, was er bereits vermutet hatte: Ein Dutzend oder mehr Türken zu Pferd standen dort Wache; sechs weitere beluden die Packpferde vor dem Zelt, und einer von ihnen hielt eine Fackel in der Hand.

Murdo atmete tief durch und drückte sich in die Schatten am Fuß der Düne. Es kostete ihn all seinen Mut, regungslos liegenzubleiben, während der Türke mit der Fackel das Zelt durchsuchte – nur die dicke Zeltbahn bewahrte ihn vor der Entdeckung.

Nach einer raschen Inspektion verließ der Mann das Zelt wieder, warf die Fackel in den Sand und rief nach seinen Gefährten. Erneut machten sich die sechs daran, Schätze nach draußen zu tragen. Als der letzte Mann sich ins Zelt duckte, wandte sich Murdo zur Flucht.

Sorgfältig darauf bedacht, immer im Schatten zu bleiben und das Zelt zwischen sich und den Türken zu haben, huschte Murdo am Fuß der Düne entlang. Er rannte leichtfüßig und leise, und als er schließlich das Ende des kleinen Tals erreichte, kauerte er sich nieder, um zu warten. Er beobachtete, wie die Krieger sechs weitere Truhen hinaustrugen. Schließlich banden sie drei der Pferde wieder los und führten sie zu den anderen.

Als sie sich erneut dem Zelt zuwandten, befand sich Murdo bereits wieder auf dem Weg. Er hatte die Gelegenheit genutzt, war ins Licht hinausgetreten und eilte auf die gegenüberliegende Seite des kleinen Tals zu. Er hatte jedoch kaum zehn Schritte getan, als einer der Türken hinter ihm einen Schrei ausstieß.

Murdo machte mitten im Schritt kehrt und rannte in die Schatten zurück. Als er diesmal den Fuß der Düne erreichte, zögerte er keinen Augenblick, sondern kletterte den dunklen Hang hinauf. Weitere Rufe erschollen aus dem Zelt, und zwei Türken zu Pferd nahmen die Verfolgung auf. Murdo hatte gerade die Dünenkuppe erreicht, als der erste Reiter begann, den Hang hinaufzugaloppieren. Murdo sah das Funkeln von Stahl im Mondlicht, sprang über die Kuppe und rutschte auf der anderen Seite hinunter.

Auf halbem Wege den Hang hinab änderte er seine Richtung und rannte zu einer Falte im Sand, wo sich zwei benachbarte Dünen trafen. Dort legte er sich in ein hohes Büschel Seegras, verbarg die Lanze unter seinem Körper und beobachtete, wie sein Verfolger über die Kuppe stürmte und nur wenige Schritt von ihm entfernt vorüberritt.

Als der Mann den Fuß des Hangs erreichte, gab er seinem Pferd die Sporen und galoppierte in Richtung Talausgang. Murdo blickte ihm hinterher, und in diesem Augenblick verließ ihn die Furcht. Das ist nur ein weiteres Spiel, dachte er. Hase und Jäger: das Spiel, das er so oft mit seinen Brüdern auf Orkneyjar gespielt hatte.

Murdo wartete, bis auch noch der zweite Verfolger an ihm vorbeigeeilt war; dann huschte er flink wie ein Hase zur Dünenkuppe hinauf und versteckte sich dort abermals in einem Büschel hohen Seegrases. Vorsichtig löste er einen langen Faden aus dem Saum seines Umhangs, bis er schließlich die gewünschte Länge besaß, dann riß er ihn ab. Anschließend wickelte er das eine Ende des Fadens um seinen Finger und das andere um einen der kräftigen Grashalme. Nachdem dies getan war, kroch er so leise wie möglich zum Talausgang und legte gleichzeitig den Faden aus. Nach ein paar Schritten hielt er kurz an, band den Faden an einen weiteren Halm und schlich wieder weiter.

Als schließlich das Ende des Fadens erreicht war, legte sich Murdo flach auf den Boden und wartete. Kurz darauf erschien einer der Wachen zu Fuß am Talausgang. Murdo wartete, bis der Mann an ihm vorübergegangen war, dann riß er an dem Faden.

Das Gras raschelte. Der Türke wirbelte herum. Im Mondlicht sah Murdo das Gesicht des Mannes, als dieser den Mund öffnete und laut nach seinen Gefährten rief; dann eilte er zu der Stelle, wo das Gras geraschelt hatte.

Murdo ließ ihn die halbe Strecke zurücklegen, dann zog er abermals an dem Faden. Erneut stieß der Türke einen Schrei aus. Mehrere andere beantworteten seinen Ruf und eilten herbei. Sicherheitshalber riß Murdo noch ein letztes Mal an dem Faden, und nachdem zwei Männer zu Fuß an ihm vorbeigelaufen waren, ließ er sich auf der anderen Seite der Düne hinunterrollen.

Der Mann zu Pferd galoppierte bereits davon, als Murdo hinter ihm am Fuß der Düne anlangte. Der Reiter war kaum verschwunden, da kletterte Murdo bereits die nächste Düne empor und war entkommen. Er arbeitete sich nach Osten vor, weg von der Küste, und nachdem er sich davon überzeugt hatte, daß er nicht mehr verfolgt wurde, machte er kehrt und folgte den Dünenkämmen nach Norden.

Als er die letzte Düne erreichte, hielt er an. Von hier aus konnte er die gesamte Ebene vor der Stadt überblicken, wo die erste Schlacht stattgefunden hatte. Die noch immer unbestatteten Leichen der gefallenen Ritter und die geschlachteten Kadaver ihrer Pferde waren im hellen Mondlicht als kleine schwarze Flecken zu erkennen. Unglücklicherweise bot die Ebene keinerlei Deckungsmöglichkeiten. Jeder Verfolger wäre in der Lage, Murdo zu entdecken, lange bevor dieser sich zwischen den Toten hätte verstecken können.

Die bis zum Meer reichende Südmauer der Stadt lag Murdo wesentlich näher als das Schlachtfeld. Auch sie strahlte hell im Mondlicht – abgesehen von einem schmalen Streifen, der im Schatten eines der Türme lag. Zwar gab es auch zwischen Dünen und Mauer keine Deckung, doch der Weg war nur kurz. Falls es Murdo gelingen sollte, die Mauer zu erreichen, könnte er sich dort zumindest im Schatten des Turms verbergen, bis der Mond untergegangen war.

Murdo warf einen letzten Blick zurück, dann machte er sich auf den Weg den langen flachen Hang hinunter und eilte über die offene Ebene Richtung Mauer. Er rannte mit gesenktem Kopf und kämpfte gegen das Verlangen an zurückzublicken. Es ist besser, wenn ich nicht weiß, daß sie mir auf den Fersen sind, dachte er; er hätte sowieso nichts dagegen unternehmen können.

Die Mauer war weiter entfernt, als es den Anschein gehabt hatte. Murdo erreichte den Turm mit brennenden Lungen. Erschöpft taumelte er in den Schatten, ließ sich mit dem Rücken gegen die Mauer fallen, sank in der schützenden Dunkelheit zu Boden und blickte zu den Dünen zurück, die er soeben verlassen hatte. Er sah jedoch niemanden, und während er am Fuß der Mauer hockte und seine Kräfte wieder sammelte, glaubte er allmählich, seine Verfolger abgeschüttelt zu haben.

Er blickte auf das lange, dünne, mit Tüchern umwickelte Stück Eisen in seiner Hand und beschloß, einen Blick auf den Preis zu werfen, für den er sein Leben riskiert hatte. Er setzte sich mit gekreuzten Beinen auf, legte die Lanze auf die Knie und löste die goldene Kordel, welche die Seide zusammenhielt. Dann schlug er ein Stück des Stoffes zurück.

Soweit er im Dunkeln erkennen konnte, handelte es sich bei der heiligen Lanze um ein einfaches Stück Eisen, von Rost befleckt und ein wenig krumm. Trotz ihres hohen Alters wirkte die einfache Waffe noch immer einsatzbereit. Sicher, sie hatte ihren hölzernen Schaft und die Bindungen verloren – alles, was übriggeblieben war, waren der eigentliche Speer mitsamt Spitze –, dennoch schien es nicht unmöglich, sie zu reparieren. Es handelte sich einfach nur um einen alten eisernen Wurfspeer, und noch dazu um einen ausgesprochen gewöhnlichen.

Vorsichtig legte Murdo das Seidentuch wieder zurück und sicherte es mit der goldenen Kordel. Anschließend lehnte er sich wieder gegen die Mauer. Er war müde und hungrig, und er wünschte sich, weit, weit weg von diesem trostlosen Wüstenland zu sein. Gott, dachte er, ich will nach Hause.

Er schloß die Augen, um sich kurz auszuruhen, doch als er wieder erwachte, stellte er fest, daß die Nacht schon weit fortgeschritten war. Rasch schaute er sich um. Alles war ruhig. Der Mond war untergegangen, und dem Aussehen des Himmels im Osten nach zu urteilen, war der Morgen nicht mehr fern.

Langsam erhob sich Murdo und wanderte steif an der Mauer entlang, wobei er die Lanze als Wanderstab benutzte. Seine übermüdeten Muskeln schmerzten ebenso wie sein Rücken, und er hatte Hunger und Durst. Er fragte sich, wie es wohl Emlyn in der Zwischenzeit ergangen war und ob der Mönch, wie vereinbart, im Hafen auf ihn wartete.

Murdo ließ den Turm hinter sich und machte sich an der Westmauer entlang auf den Weg zum Haupttor. Die Ebene, wo gestern die Schlacht stattgefunden hatte, lag noch immer in Dunkelheit, doch Murdo glaubte, Gestalten erkennen zu können, die sich über das Schlachtfeld bewegten. Die Leichenfledderer gehen ja früh an die Arbeit, dachte er.

Während er sich an der Mauer entlangschleppte, wich die

Nacht allmählich dem Morgen. Am Tor angekommen huschte er rasch um den Turm herum – doch nur um die riesigen Torflügel geschlossen zu finden. Sie waren schwarz vom Feuer des Vortages, und die Torleute hatten sie noch nicht geöffnet.

Murdo drehte sich um, blickte erneut auf das Schlachtfeld hinaus und sah, daß er sich geirrt hatte: Die Gestalten, die er in der Dunkelheit für Leichenfledderer gehalten hatte, waren in Wahrheit Ritter mitsamt ihren Pferden, die sich langsam zwischen den Toten hindurchbewegten. Sie schienen nach irgend etwas zu suchen ...

Sie suchen die heilige Lanze, erinnerte sich Murdo.

Rasch wich er zu einem der großen Torpfosten zurück, preßte sich gegen die mächtigen Steinblöcke und hoffte, daß man ihn noch nicht bemerkt hatte. Wäre er erst einmal in der Stadt, würde ihn niemand mehr einfangen können. Wenn er nur vermeiden konnte, bis zur Öffnung der Tore entdeckt zu werden ...

Murdo hockte sich in eine Ecke neben dem Torpfosten, machte sich so klein wie möglich und wartete. Die Lanze legte er neben sich, und nicht einen Augenblick lang wandte er den Blick von den Rittern auf der Ebene. Während er sie beobachtete, hörte er auf einmal das Klirren von Zaumzeug; das Geräusch schien von der Mauer her zu kommen. Verstohlen beugte er sich vor und blickte die Stadtmauer hinunter. Drei Reiter näherten sich ihm in schnellem Trab. Sie hielten aufs Tor zu.

Es war bereits zu spät, sich noch woanders zu verstecken, und Murdo konnte ihnen unmöglich davonrennen. Er würde sich der Situation stellen müssen. Rasch schob er etwas Staub über die Lanze und hoffte, die Reiter würden sie übersehen.

Kurz darauf erschienen die Reiter vor dem Tor und fanden einen jungen Mann, der dösend am Torpfosten lehnte.

»Du da!« rief einer der Reiter.

Murdo hob den Kopf und betrachtete die Männer mit verschlafenem Blick. Alle drei waren Ritter, und der Qualität ihrer Umhänge und Rüstungen nach zu urteilen, handelte es sich zumindest bei einem von ihnen um einen Edelmann. »Seid gegrüßt, Ihr Herren«, erwiderte Murdo. »*Pax vobiscum.*«

»Was tust du hier?« verlangte der zweite Ritter zu wissen, der den Befehl über die anderen zu haben schien.

»Ich bin zu spät nach Hause gekommen«, erklärte Murdo. »Das Tor war bereits geschlossen.«

»Du hast die ganze Nacht allein vor den Stadtmauern verbracht?« hakte der Ritter mißtrauisch nach.

»O ja, das habe ich«, antwortete Murdo und setzte sein ehrlichstes Gesicht auf. »Jetzt warte ich, bis das Tor wieder geöffnet wird.«

Die Augen des Reiters wurden zu schmalen Schlitzen. »Warum bist du zu spät nach Hause gekommen?«

Murdo zögerte. »Ich habe mir die Schlacht angeschaut«, antwortete er schließlich und beschloß, soviel von der Wahrheit preiszugeben, wie er wagen durfte.

»Welche Schlacht?« verlangte der vorderste der Reiter zu wissen. Er funkelte Murdo an, und alle drei legten die Stirn in Falten.

»Die da draußen«, antwortete Murdo und deutete Richtung Süden. »Bohemunds Männer haben die Seldschuken gestellt, die Gottfrieds Abteilung niedergemetzelt haben.«

»Bohemund ist hier?« fragte der dritte Ritter. »Woher weißt du das?«

»Ich habe ihn gesehen«, antwortete Murdo. »Ich dachte, Ihr würdet auch zu seinem Heerbann gehören. Wie ich sehe, habe ich mich geirrt.«

»Wir kommen aus dem Lager von Graf Balduin«, erklärte der Edelmann.

»Was will Bohemund hier?« verlangte einer der anderen Ritter zu wissen.

»Das weiß ich nicht«, erwiderte Murdo und versuchte, hilfsbereit und unwissend zugleich zu klingen. Der vorwurfsvolle Unterton in der Stimme des Ritters kümmerte ihn nicht.

In just diesem Augenblick ertönte ein Kratzen und Scharren hinter dem Tor, dem ein lautes Klirren und Rasseln folgte. Murdo vermutete, daß die Torleute gerade die Riegel zurückschoben. Jetzt mußte er die Ritter nur noch so lange beschäftigen, bis das Tor weit genug geöffnet war, daß er hindurchschlüpfen konnte.

»Die erste Schlacht habe ich auch gesehen«, berichtete Murdo und deutete auf die Ebene hinaus. »Die Türken haben den Rittern einen Hinterhalt gelegt und alle getötet. Es war ein schrecklicher Kampf. Die Kreuzfahrer haben tapfer gefochten, doch die Türken waren in der Überzahl, und sie ...«

Während Murdo auf den Ritter zur Linken des Edelmannes einredete, beugte sich dieser zu seinem Gefährten hinüber und flüsterte: »Schau! Er hat sie, bei Gott!«

Murdo sah, wie der Blick des Edelmannes zu der Lanze hinter ihm wanderte.

»Was hast du da, Dieb?« schrie der Ritter.

Ein lautes Klirren erscholl hinter dem Tor, und irgend jemand rief etwas. Murdo wich langsam einen Schritt zurück.

»Bleib, wo du bist!«

Ein Knarren ertönte vom Tor her. Murdo warf einen raschen Blick zur Seite und entdeckte eine kleine Tür in dem großen Tor. Er trat einen halben Schritt darauf zu, weg von der Lanze.

»Bleib stehen!« brüllte der Ritter, reichte dem Mann neben sich die Zügel und schickte sich an abzusteigen.

Murdo wartete, bis der Ritter sein Bein über den Sattel geschwungen hatte, dann sprang er vor, wedelte mit den Armen unmittelbar vor den Augen des Pferdes und schrie: »He! Heja!«

Das erschreckte Tier warf den Kopf zurück und bäumte sich auf, so daß der Ritter aus dem Sattel geworfen wurde, einen Fuß noch immer im Steigbügel. Die anderen beiden Pferde scheuten ebenfalls. Murdo sprang zurück, schnappte sich die Lanze und rannte zu der kleinen Tür, die inzwischen halb geöffnet war. Hinter sich hörte er ein Zischen, als die Ritter die Schwerter zogen, dann warf er sich mit der Schulter gegen die Tür. Der Tormann auf der anderen Seite wurde zu Boden gestoßen, und Murdo war in der Stadt.

Er rannte, so schnell er konnte und hielt auf die nächste Straße zu.

Nur einen Augenblick später erschien der erste Ritter in der Tür. »Bleib stehen, du Dieb!« schrie er in den stillen Morgen hinein. »Dieb! Dieb! Haltet den Dieb!«

Die Sonne im Rücken, rannte Murdo durch die engen, gewundenen Straßen von Jaffa Richtung Hafen. Dann und wann blieb er kurz stehen und hielt nach Verfolgern Ausschau; doch weder sah noch hörte er etwas von ihnen, und nach und nach hatte er das Gefühl, sie abgehängt zu haben.

Während er rannte, bemerkte er, daß immer mehr Menschen die Straßen bevölkerten und ihren Morgengeschäften nachgingen. Um nicht unnötig Aufmerksamkeit zu erregen, verlangsamte er sein Tempo zu einem entschlossenen Schritt und überquerte einen Marktplatz, wo die ersten Händler gerade ihre Stände aufbauten. Nachdem er den Markt hinter sich gelassen hatte, bog er in eine schmale Straße ein, wo sich ein Laden an den anderen reihte; aus den offenen Fenstern und Türen war das Hämmern von Kupferschmieden zu hören. Einige der Handwerker riefen ihm etwas auf griechisch zu, als er an ihnen vorübereilte, doch Murdo ignorierte sie und ging weiter.

Der plötzliche Anblick der Bucht ließ ihn innehalten. Rasch wich er in den Schatten einer Säule zurück, um sich erst einmal umzusehen. Zwischen den Dutzenden von Schiffen, die im Hafenbecken ankerten – zum größten Teil Genuesen und Venetianer, aber auch ein paar Griechen – lagen kleine Fischerboote im ruhigen Wasser. Hier und dort lungerten Kreuzfahrer auf der Mole herum, die ohne Zweifel auf Schiffe warteten, die sie nach Hause bringen würden.

Am anderen Ende der Mole sah Murdo die beeindruckende kaiserliche Galeere, deren hohe gelbe Masten mit den eingerollten roten Segeln die Schiffe in der Nachbarschaft bei weitem überragten: König Magnus' Wikingerflotte. Murdo hielt unter den geschwungenen Drachenköpfen nach jenem Ausschau, den er am besten kannte, und er fand ihn auch rasch: Die *Skidbladnir* war das zweite Schiff neben der kaiserlichen Galeere.

Murdo verließ sein Versteck und machte sich auf den Weg zur Mole, wo er so rasch und unauffällig wie möglich auf König Magnus' Langschiffe zuhielt. Er zwang sich dazu, so ruhig wie möglich zu erscheinen – wie ein weiterer heimwehkranker Pilger. Als er sich der Flotte der Nordmänner näherte, erblickte er mehrere Gestalten, die er sofort erkannte: Männer, die zurückgelassen worden waren, um die Schiffe zu bewachen. Er hatte das erste freundliche Schiff beinahe erreicht, als hinter ihm der gefürchtete Schrei ertönte: »Da ist er! Schnappt ihn euch! Haltet den Dieb! Du da! Halte ihn fest!«

Zwei Männer, die sich auf einer Planke zur Ruhe gelegt hatten, sprangen sofort auf, als Murdo an ihnen vorüberrannte. Sie versuchten, ihn zu packen, und tatsächlich bekam einer von ihnen Murdos Ärmel zu fassen und riß ihn herum. Doch Murdo war darauf vorbereitet. Noch während er herumgewirbelt wurde, hieb er mit der heiligen Lanze auf den Unterarm des Mannes. Der Mann schrie, ließ los und wich mit einem Fluch auf den Lippen zurück, während Murdo davoneilte.

Der junge Mann senkte den Kopf und rannte auf Jon Reißzahns Schiff zu, und bevor irgend jemand ihn einholen konnte, war er bereits über die Reling gesprungen und auf Deck. Sofort stürzte er zum Bug und suchte nach dem, was er dort versteckt hatte. Als er es nicht fand, übermannte ihn Panik. Hatte es jemand gefunden? Hatte jemand sein Werk gestohlen?

Die Schreie auf der Mole wurden immer lauter. Seine Verfolger würden schon bald über ihm sein. Murdo schluckte seine Furcht hinunter und suchte erneut.

Seine Hand berührte kaltes Eisen. Er packte das Metall und zog den Speer, den er in Arles geschmiedet hatte, aus seinem Versteck. Aufgrund der salzigen Seeluft und der langen Lagerung war die Waffe inzwischen von einer dünnen Rostschicht überzogen. Sie wirkt weit älter, als sie ist, dachte Murdo, und das ist gut so.

Als er hinter sich auf dem Deck Schritte vernahm, drehte er sich um und blickte in das vertraute Gesicht von Jons Steuermann. »Gorm!« rief er. »Halte sie vom Schiff fern!«

Ohne ein Wort wirbelte der Steuermann herum, riß einen Speer aus der Halterung und richtete ihn gegen den ersten der heraneilenden Verfolger. Da die Männer unwillig waren, sich schon so früh am Morgen einer solchen Herausforderung zu stellen, zögerten sie zunächst und ließen sich schließlich sogar ein Stück zurückfallen.

Schnell, schnell flogen Murdos Hände über die goldene Kordel und das Seidentuch und entfernten sie von der heiligen Lanze – und ebenso schnell wickelten sie den Speer aus Arles darin ein. Murdo hörte deutlich die Stimmen, die von der Mole zum Schiff herüberriefen. Sie riefen ihm zu, herauszukommen und sich zu zeigen. Auch hörte Murdo das Klappern von Hufen, und er wußte, daß er seine Verfolger nicht mehr länger würde hinhalten können. Also verknotete er die letzte Kordel, legte die entblößte heilige Lanze vorsichtig aufs Deck, atmete tief durch und stand auf, um sich seinem Schicksal zu stellen.

Auf der Mole hatte sich inzwischen eine beachtliche Menschenmenge versammelt. Die Ritter, welche die Verfolgung begonnen hatten, standen ebenfalls dort. Sie hatten die Schwerter gezogen und starrten Murdo feindselig an. Bei seinem Erscheinen waren die Rufe zunächst verstummt; nun jedoch begann der Lärm von neuem.

Ruhig und gelassen hob Murdo die Hände – um Ruhe zu gebieten, und um zu zeigen, daß er unbewaffnet war. »Bitte!« rief er. »Im Namen unseres Herrn Jesus Christus, ich bitte euch, laßt mich sprechen!«

»Ruhe!« brüllte der vorderste der Ritter. Als sich daraufhin Schweigen über die Menge senkte, fragte er: »Was hast du zu sagen, Dieb?«

»Wer ist Euer Herr?« fragte Murdo. Er wußte es, doch er wollte, daß auch die Umstehenden es erfuhren.

»Wir sind Graf Balduins Männer«, antwortete der Edelmann. »Wir verlangen, daß du zurückgibst, was rechtmäßig ihm gehört.«

»Was ist es, das ich von Graf Balduin gestohlen haben soll?«

Der Edelmann ließ seinen Blick über die Menge schweifen, bevor er antwortete. Offenbar gefiel ihm ganz und gar nicht, in welche Richtung sich das Gespräch entwickelte. Plötzlich riß er die Hand hoch, deutete auf Murdo und schrie: »Er hat die heilige Lanze gestohlen!«

Ein erstauntes Raunen ging durch die am Ufer versammelte Menge. Die Lanze Christi! Hier? Wie konnte das sein?

»Ich habe gar nichts von Euch gestohlen«, erwiderte Murdo unverblümt. »Was ich habe, habe ich mir nicht von Euch, sondern von den Seldschuken geholt.«

»Lügner!« schrie der Ritter. »Ergreift ihn!«

Angestachelt von den leidenschaftlichen Anklagen des Ritters und begierig darauf, selbst ein Teil dieses so interessanten Streits zu werden, drängte die Menge vorwärts in Richtung Schiff. Murdo bückte sich rasch, griff nach dem Speer und hob ihn über den Kopf. »Halt!« rief er.

Verwirrt ob des plötzlichen Auftauchens der vermeintlichen Reliquie blieb die Menge stehen.

»Bleibt, wo ihr seid«, warnte Murdo. »Wenn auch nur einer von euch einen Schritt weitergeht, werde ich die Lanze ins Meer werfen.«

»Tu's doch!« forderte ihn der Ritter heraus. »Wir werden sie schon wiederfinden.«

»Vielleicht«, gestand ihm Murdo zu. »Aber vielleicht auch nicht. Sollen wir Euren Glauben auf die Probe stellen?«

Der Ritter funkelte ihn wütend an. »Ich werde dich aufschlitzen wie ein Schwein und dich den Hunden zum Fraß vorwerfen, wenn du die Lanze fallenläßt.«

Erneut ging ein Raunen durch die Menge, und einige nahmen all ihren Mut zusammen und traten einen Schritt vor. Murdo nahm eine Hand vom Speer, so daß er sich auf einer Seite abrupt Richtung Meer senkte. Entsetzt wich die Menge zurück.

Murdo legte die Stirn in Falten. Die Sache lief nicht, wie er geplant hatte. Mehr noch: Der Speer war schwer, und sein Arm wurde allmählich müde. Er wußte nicht, wie lange er die Waffe noch am ausgestreckten Arm würde halten können. Schon bald würde er sie wieder herunternehmen müssen, und was dann?

»Hör zu«, sagte der Edelmann. »Wenn du mir die Lanze sofort übergibst, werde ich dich von dem Diebstahl freisprechen.«

»Ich habe nichts gestohlen; ich…«, begann Murdo, doch kam er nicht mehr dazu, seinen Satz zu beenden. Er hörte ein lautes Platschen, und als er sich umdrehte, sah er zwei Männer, die aus dem Hafenbecken über die Reling kletterten. »Gorm! Hilfe!« schrie er, als die beiden Männer sich auf ihn stürzten.

Murdo stieß mit dem stumpfen Ende des Speers nach dem Gesicht des ersten Mannes, der sich jedoch geschickt unter den Stoß duckte. Dann stach er nach dem zweiten, dem es irgendwie gelang, das mit Seide umwickelte Eisen zu packen, woraufhin er versuchte, es Murdo aus der Hand zu reißen. Murdo ließ jedoch nicht los, und mit vereinten Kräften zogen die beiden Männer ihn zu sich heran. Sie hoben ihn über die Reling, doch noch immer hielt er die falsche Lanze fest.

Die Menge rief den beiden Männern zu, Murdo über Bord zu

werfen, und jene, die dem Langschiff am nächsten standen, versuchten, ihn zu fassen zu bekommen und herunterzureißen.

»Gebt Frieden!«

Trotz des Lärms der Menge war der Ruf nicht zu überhören. Der Rufer mußte ihn jedoch noch zweimal wiederholen, bevor er Wirkung zeigte, und bis dahin wußte jedermann auf der Mole – einschließlich Murdo –, daß jemand von unangefochtener Autorität eingetroffen sein mußte.

»Im Namen Gottes befehle ich euch: Beendet dieses unwürdige Schauspiel auf der Stelle!« Die Stimme klang tief, und sie war laut genug, um von einem Ende der Mole zum anderen gehört zu werden.

Der strenge Tadel des Fremden beruhigte die Menge. Als Murdo den Kopf drehte, sah er, wie die Menge für einen großen Mann auf einem Schlachtroß eine Gasse freimachte. Ein halbes Dutzend oder mehr Ritter begleiteten den Mann, und alle hatten sie die Schwerter gezogen und die Schilde angelegt.

»Ihr da auf dem Boot!« rief der Mann. »Laßt ihn los, und haltet euch zurück, oder ihr werdet euch für euren Ungehorsam vor mir verantworten müssen.«

Die Männer reagierten sofort auf den Befehl des Fremden. Sehr zu Murdos Erleichterung wurde er wieder aufs Deck hinuntergelassen.

»Tretet weg von ihm«, befahl der große Mann, und auch diesmal gehorchten die beiden widerwillig.

Murdo richtete sich auf und blickte in die klugen Augen von Fürst Bohemund.

Der Fürst saß gelassen in seinem Sattel und musterte Murdo. »Gott schütze dich, mein Freund«, sagte er. »Ich glaube, wir kennen einander, habe ich nicht recht?«

»Ja, mein Herr«, antwortete Murdo. »Wir haben uns gestern vor den Mauern getroffen.«

»Es scheint, als hättest du den Zorn der guten Leute von Jaffa erregt – und das, obwohl die Sonne gerade erst aufgegangen ist. Ich würde gerne erfahren, wie du diese schier unglaubliche Leistung zustande gebracht hast.«

»Das ist rasch erzählt«, erwiderte Murdo. »Ich habe die heilige Lanze, und sie«, er deutete auf Balduins Ritter, »wollen sie mir mit Gewalt abnehmen.«

»Tatsächlich!« rief Bohemund. »Ich muß gestehen, deine Geschichte beeindruckt mich. Ich würde sie gerne ganz hören. Bitte, fahr fort.«

»Das werde ich, Herr, und zwar mit Freuden«, entgegnete Murdo. »Gebt mir nur genügend Raum und Zeit, und ich werde Euch alles erzählen, was Ihr zu hören wünscht, und wenn ich fertig bin, werdet Ihr mich keinen Dieb mehr nennen.«

»Du sprichst gut für dich selbst«, erwiderte der Graf von Antiochia. »Du erinnerst mich an einen gewissen Edelmann, der sich in den vergangenen Wochen meinen höchsten Respekt verdient hat. Kann es sein, daß ihr beide verwandt seid?«

»Das halte ich nicht für sehr wahrscheinlich, Herr«, antwortete Murdo. »Es gibt nur wenige Pilger von den Inseln des Nordens und noch weniger von Orkneyjar.«

»Aber er ist der König der Inseln des Nordens«, erklärte Bohemund. »Ich spreche von meinem Vasallen, König Magnus. Kennst du ihn?«

»Ich kenne ihn – das heißt: Ich bin mit einigen seiner Männer auf Pilgerfahrt gegangen«, antwortete Murdo.

Eine Bewegung ging durch die Ritter hinter Bohemund, und die vertraute Gestalt von König Magnus erschien zwischen den Männern. Hinter ihm entdeckte Murdo die rundliche Gestalt von Bruder Emlyn, der verzweifelt versuchte, sich durch die dichtgedrängte Menge zu quetschen.

»Heia!« rief Magnus zum Gruß. »Was haben wir denn hier?«

»Dieser Mann sagt, er sei auf einem Eurer Schiffe ins Heilige Land gekommen. Kennt Ihr ihn?«

Magnus legte den Kopf zur Seite und musterte Murdo einen Augenblick lang. »Er kommt mir bekannt vor. Wenn er sagt, er sei mit mir gesegelt, dann nehme ich ihn beim Wort und zähle ihn zu den meinen.«

»Ich bin mit Jon Reißzahn gesegelt, Herr«, erklärte Murdo dem König. »Es war sein Schiff, das Eure Priester gebracht hat. Einer von ihnen hat mich nach Jaffa begleitet.« Murdo deutete in die Menge. »Er ist auch jetzt hier. Ihr könnt ihn fragen, wenn Ihr mir nicht glaubt.«

In diesem Augenblick mischte sich der vorderste von Balduins Rittern lautstark in die Unterhaltung ein. »Genug damit! Es gilt hier, ernste Dinge zu erledigen, und Ihr plappert wie alte Jungfern über einem Stück Kuchen!« Er deutete auf Murdo und fuhr fort: »Dieser Mann ist ein Lügner und ein Dieb. Er hat die heilige Lanze gestohlen, und ich werde dafür sorgen, daß sie wieder an ihren rechtmäßigen Platz gebracht wird.«

Bohemund betrachtete den Mann mit freundlichem Gesichtsausdruck. »Warum nennt Ihr ihn einen Lügner? Er hat aus freien Stücken gestanden, daß sich die heilige Reliquie in seinem Besitz befindet. Wo ist die Lüge?«

Der Edelmann funkelte Bohemund an. »Die Lanze gehört Herrn Gottfried, und das wißt Ihr.«

»Die heilige Lanze gehört der heiligen Mutter Kirche und ihrem Volk. Aber abgesehen davon: Leugnet Ihr etwa, daß man sie Euren Kameraden in der Schlacht entrissen hat?«

»Das wißt Ihr doch ganz genau«, knurrte der Ritter. »Gottfrieds Männer sind in Sichtweite der Mauern überfallen worden, und man hat ihnen die Lanze gestohlen.«

»Wollt Ihr damit etwa sagen, dieser unbewaffnete Jüngling habe eine ganze Abteilung von Gottfrieds Männern niedergemetzelt und ihnen die Reliquie entwendet?« erkundigte sich Bohemund in unschuldigem Tonfall.

»Ihr verdreht mir die Worte im Mund«, fauchte der Ritter. »Ihr wißt genau, daß es die Türken waren.«

»Das ist das erste wahre Wort, das Ihr gesprochen habt«, erwiderte der Fürst von Tarent. »Ja, es waren die Türken. Wir haben in dieser Nacht lange gegen sie gekämpft und sind gerade erst vom Schlachtfeld zurückgekehrt.« Er deutete auf Murdo und fuhr fort. »Wenn dieser Mann sein Leben riskiert hat, um die heilige Lanze zurückzuholen, die Eure Gefährten verloren haben, dann scheint es mir, als solltet Ihr nicht versuchen, ihm die Haut abzuziehen, sondern ihn mit Gold und Lob überhäufen.«

Der Ritter murmelte wütend vor sich hin, unternahm jedoch keinerlei Anstalten, dem Fürsten offen zu widersprechen. Ihm und seinen Gefährten war ihr Zorn deutlich anzumerken; aber sie schwiegen. Der Fürst von Tarent wandte sich abermals an Murdo und sagte: »Es wäre mir eine Freude, mich mit dir und König Magnus zusammenzusetzen und diese Angelegenheit mit dem Anstand zu besprechen, den sie verdient. Wenn du uns gestattest, an Bord zu kommen, gebe ich dir mein Wort, daß dir nichts geschehen wird.«

»Also gut«, stimmte Murdo zu, »nur erlaubt auch dem Priester, sich zu uns zu gesellen, und ich werde Euch alles erzählen, was Ihr wissen wollt.«

Der Fürst stieg vom Pferd und ließ seine Männer an der Mole Aufstellung nehmen, um das Schiff zu bewachen. In der Zwischenzeit legte Gorm rasch die Laufplanke aus, um es den hohen Herrn zu ermöglichen, an Deck zu kommen. Kurz darauf stand Murdo mit dem Speer seinem unerwarteten Verteidiger und einem guten Dutzend weiterer Edelleute von Angesicht zu Angesicht gegenüber – einschließlich Orin Breitfuß und dem stets mißtrauischen Bayard. Zu guter Letzt lief Bruder Emlyn die Planke hinauf, trat schnaufend neben Murdo und zog ihn erst einmal beiseite.

»Ich habe die ganze Nacht gewartet, und als du nicht zurückgekommen bist, dachte ich, ich sollte vielleicht einmal zum Tor gehen und nachsehen...«

»Ist schon gut«, unterbrach ihn Murdo. »Wo ist der Schatz?«

»Du hast die Lanze zurückgeholt. Gelobt sei Gott!« Er schluckte. Dann senkte er die Stimme zu einem Flüstern und sagte: »Für meinen Geschmack sind hier viel zu viele Edelleute. Was sollen wir mit ihnen machen?«

»Vertrau mir«, antwortete Murdo. »Und jetzt sag mir – der Schatz meines Vaters: Wo ist er?«

Der Priester beugte sich noch näher zu ihm hinüber. »Er ist hier, an Bord eben dieses Schiffes. Wo hätte er auch sonst sein sollen?« Er blickte sich um und fügte hinzu: »Vielleicht solltest du mir die Lanze geben. Ich könnte...«

»Hör mir zu, Emlyn«, unterbrach ihn Murdo. »Sag nichts. Was auch immer geschehen mag, halte deine Zunge im Zaum.«

»Sei vorsichtig, Murdo. Diese Männer werden vor nichts haltmachen, um ihren Willen durchzusetzen. Du darfst ihnen nicht nachgeben.«

»Ich meine, was ich sage!« knurrte Murdo tadelnd. Er packte das Handgelenk des Priesters und drückte zu. »Was auch immer ich sagen oder tun werde: Halt den Mund, und misch dich nicht ein! Hast du das verstanden?«

Verblüfft nickte Emlyn und trat einen Schritt zurück. Als Murdo ihn wieder losließ, rieb er sich das Handgelenk.

Murdo wandte sich von dem Mönch ab und trat zu Bohemund. »Ich danke Euch, daß Ihr mich gerettet habt«, sagte er und verneigte sich respektvoll. »Ich fürchte, wärt Ihr nicht gewesen, läge ich jetzt am Grund des Hafens.«

»Und das wäre wirklich eine Schande gewesen«, erwiderte Bohemund. »Die heilige Lanze und ihren leidenschaftlichsten Verteidiger zu verlieren... Allein der Gedanke ist unerträglich. Laß uns lieber über andere Dinge reden.« Er streckte Magnus und Murdo die Hände entgegen. »Setzt euch zu mir, meine Freunde, und laßt uns bereden, was wir nun am besten tun sollten.« Sie setzten sich auf die Ruderbänke. Der Fürst von Tarent und Graf von Antiochia deutete auf das Seidenbündel auf Murdos Schoß und sagte: »Nun denn, ich würde gerne erfahren, wie die heilige Lanze in deinen Besitz gekommen ist.«

Murdo nickte und begann seine Geschichte: Er beschrieb, wie er Bohemund und seinen Männern gefolgt war, die wiederum den Türken hinterhergeritten waren, und wie er am Strand den Kampflärm gehört hatte. Dann erzählte er, wie er auf eine Sanddüne geklettert war, um bessere Sicht zu haben, und wie er dabei das Zelt des Seldschukenführers entdeckt hatte. »Der Schatz des Ungläubigen befand sich tatsächlich in dem Zelt«, schloß er seine Erzählung ab. »Dort habe ich dann die heilige Lanze gefunden, und es ist mir gelungen, mit ihr zu entkommen. Bevor ich noch mehr mitnehmen konnte, kehrten die Türken wieder zurück.«

»Bemerkenswert«, sagte Bohemund und schüttelte langsam den Kopf. »Du hast die heilige Reliquie vor ihren Feinden gerettet – sowohl vor den türkischen als auch vor den christlichen. Ich preise dich...« Er zögerte. »Bitte, ich kenne noch nicht einmal deinen Namen.«

»Ich bin Murdo, Sohn von Herrn Ranulf von Dýrness«, antwortete Murdo und blickte zu Magnus, der ihn nachdenklich betrachtete, aber keinerlei Reaktion auf die Nennung des Namens zeigte.

Bohemund nickte huldvoll und fuhr fort: »Ich preise dich, Murdo, Sohn von Ranulf von Dýrness. Deine Tapferkeit soll belohnt werden. Ich gebe dir tausend Silberstücke für die Rückgabe der Lanze.« Mit diesen Worten griff er nach der Reliquie.

»Murdo, nein!« schrie Emlyn, der sich nicht länger zurückhalten konnte. »Bitte, um der Liebe Gottes willen, du darfst nicht...«

Murdo brachte ihn mit einem einzigen Blick zum Schweigen; dann wandte er sich wieder Bohemund zu. »Ich muß Euch erneut danken, Herr«, erwiderte er, doch ohne die Lanze loszulassen. »Verzeiht mir, aber für die Rückgabe der Reliquie kann ich nichts von Euch annehmen. Ich habe meine eigenen Gründe für das, was ich getan habe, und es ist nicht recht, daß jemand Gewinn aus dem Tod von Christen zieht. Es genügt mir, wenn ich weiß, daß die Lanze wieder an ihren rechtmäßigen Platz zurückgebracht wird.«

Listig verzog Bohemund das Gesicht. »Das ist noch um so bewundernswerter«, murmelte er.

König Magnus, der bis jetzt schweigend zugehört hatte, beugte sich nun vor und sprach Murdo auf Nordisch direkt an: »Sohn, denk gut darüber nach, was du da sagst. Jarl Bohemund hier ist ein mächtiger Mann, und er ist bereit, dir alles zu geben, wonach du verlangst. Gib uns den Speer, und ich werde dafür sorgen, daß du noch lange genug leben wirst, um die Belohnung zu genießen.«

Murdo war die unverhohlene Drohung in den Worten des Königs nicht entgangen, doch er hatte bereits beschlossen, seinen Plan auszuführen – komme, was da wolle. »Ich danke Euch für Eure Sorge, Herr«, erwiderte er in höflichem Latein. »Bitte haltet mich nicht für unehrbietig, weil ich Eure Belohnung ablehne. Aber was ist schon Silber wert, wenn man einem Mann sein Land gestohlen und seine Familie aus dem Heim vertrieben hat?«

König Magnus verstand sofort, worauf Murdo hinauswollte. »Wenn es das ist, was dir Sorgen bereitet, mein Freund, dann hat deine Not ein Ende. Als König von Norwegen und Orkneyjar werde ich Gerechtigkeit walten lassen.«

»Also schön«, erwiderte Murdo und nickte knapp. »Mehr kann ich nicht verlangen.«

»Hervorragend!« rief Bohemund und schlug Murdo herzlich auf den Rücken. »Dann ist es also abgemacht.«

»Nun gut«, sagte der König, »sag mir, wer das Unrecht begangen hat, und wenn wir auf die Dunklen Inseln zurückkehren, werde ich den Mann vor mich rufen, damit er sich für seine Verbrechen verantwortet.«

»Wir müssen nicht warten, bis wir wieder auf Orkneyjar sind«, erwiderte Murdo. »Der Mann, von dem ich spreche, weilt in eben diesem Augenblick unter uns.«

»Hier?« fragte Magnus verwundert und wich zurück, als befürchte er eine Falle. Er warf einen raschen, besorgten Blick zu seinen Lehnsmännern; dann sagte er: »Du irrst dich sicherlich.«

»Nein, ich irre mich nicht«, versicherte ihm Murdo. Er deutete auf die umstehenden Edelleute und erklärte: »Dieser Mann ist Orin Breitfuß.«

Entsetzt starrte der König Murdo an. Dann drehte er sich zu seinem Lehnsmann um, der von dem Vorwurf ebensosehr verblüfft war wie sein Herr. Bohemund wirkte amüsiert; er musterte Murdo neugierig, während sich der König der Nordmänner erhob und vor seinen Edelmann trat. Die beiden sprachen einen Augenblick lang miteinander, während die anderen Herren unruhig von einem Fuß auf den anderen traten und erwartungsvoll miteinander tuschelten.

»Hierbei handelt es sich um eine außerordentlich schwierige Angelegenheit«, verkündete Magnus, nachdem er die Beratungen mit Herrn Orin beendet hatte. »Es scheint, mein Sohn, als sei Prinz Sigurd für die Wegnahme deiner Ländereien verantwortlich. Selbstverständlich wußte Herr Orin nichts von der Not deiner Familie. Ihn trifft keine Schuld.«

»Gott weiß, daß dies die Wahrheit ist«, schwor Orin. »Hätte ich gewußt, daß der Bú deinem Vater gehört, hätte ich ihn niemals genommen. Aber ich habe dem Bischof geglaubt, als dieser mir versichert hat, dieses Land sei mit der Absetzung von Jarl Erlend frei geworden.«

Magnus nickte. Er war mit der Unschuldsbeteuerung seines Vasallen zufrieden. »Aus diesem Grunde«, erklärte der König, »glaube ich nicht, daß der Gerechtigkeit genüge getan werden kann, indem ich einen guten Mann für ein Verbrechen bestrafe, von dem er nichts gewußt, und das er auch nicht wissentlich begangen hat.« Murdo öffnete den Mund, um zu protestieren; doch der König hob die Hand und gebot ihm Schweigen. »Dennoch ist es nicht recht, daß dir und den deinen solches Unrecht widerfahren ist. Ich wäre in der Tat ein armseliger König, wenn ich dir keinen Ausgleich für den Schaden anbieten würde, den mein Sohn aus Unerfahrenheit verursacht hat.«

Bohemund nickte anerkennend, und die anderen Edelleute bekundeten ihr Einverständnis mit dem Urteil ihres Königs durch lautes Grunzen. »Daher«, fuhr Magnus fort, »werde ich dich, deine Familie und eure Vasallen entschädigen, indem ich euch andere Ländereien gebe, auf denen ihr euch niederlassen könnt.« Er hielt kurz inne, und als er Murdos verbitterten Gesichtsausdruck bemerkte, fügte er hinzu: »Wie groß auch immer euer Land auf Orkneyjar gewesen sein mag, ich werde dir das Zehnfache geben.«

»Es gibt auf ganz Orkneyjar kein Gut, das so groß wäre«, bemerkte Murdo mißtrauisch.

»Das mag ja sein«, erwiderte der König. »Also werde ich dir Land in Caithness geben – einen Teil von jenem Königreich, das mir König Malcolm, der Herrscher der Skoten, überantwortet hat. Ich gebe es dir aus freien Stücken und bitte dich, es anzunehmen.« Er bot Murdo die Hand an – so beschlossen die Nordmänner einen Handel.

Als er erkannte, daß er eine Gunst empfangen hatte, weit größer als alles, worauf er zu hoffen gewagt hatte, stand Murdo langsam auf. »Mein Vater, Herr Ranulf, ist in Jerusalem gefallen«, sagte er. »Doch wenn er jetzt hier vor Euch stehen würde, dann weiß ich, daß er Euer großzügiges Angebot annehmen und Herrn Orin und Prinz Sigurd alles Leid vergeben würde, das sie über unsere Familie gebracht haben. Daher werde auch ich akzeptieren – um meinen Vater zu ehren.« Er ergriff die angebotene Hand und besiegelte den Handel. »Und Ihr müßt auch wissen, daß mein Vater darauf bestanden hätte, die heilige Lanze in starken, vertrauenswürdigen Händen zu sehen – zum Wohle aller.«

Mit diesen Worten reichte Murdo den Speer Fürst Bohemund, der ihn freudig entgegennahm und zur Reling schritt, wo er die ›Reliquie‹ zur Freude der Menge in die Höhe hielt, welche noch immer auf der Mole ausharrte, um den Ausgang des Streits zu erfahren. »Die heilige Lanze ist gerettet!« rief Bohemund. »Ehre und Dank sei Gott für ihre rasche Rückkehr.«

Murdo hörte ein lautes Seufzen hinter sich, und er drehte sich gerade noch rechtzeitig um, um zu sehen, wie Emlyn zusammenbrach. Daß sein Freund, auf den er so sehr vertraut hatte, die Lanze ausgerechnet diesem Mann übergeben hatte, war zuviel für den Priester gewesen, und er war in Ohnmacht gefallen.

Bohemund verschwendete nicht einen Augenblick, sondern rief sofort den kaiserlichen Gesandten zu sich, um ihm seine Beute zu übergeben. Wie Gottfried, so wußte auch Bohemund, daß ihr Überleben entscheidend vom kaiserlichen Wohlwollen abhing. Anders als Gottfried jedoch fürchtete sich der Fürst von Tarent nicht im mindesten, das Opfer zu leisten, welches ihnen eben diese Unterstützung sichern würde. Nach seinem kurzen und aufsehenerregenden Erscheinen vor dem Rat in Jerusalem hatte Dalassenos wenig Zweifel hinterlassen, daß die weitere Bereitwilligkeit des Kaisers, mit den Kreuzfahrern zusammenzuarbeiten, entscheidend von der Rückgabe der Lanze abhing.

Der listige Fürst und Graf von Antiochia hatte beschlossen, diesen Preis mit Freuden zu zahlen, solange die Lanze ihnen nur Alexios' Hilfe sicherte, und um den größtmöglichen Nutzen aus diesem Geschenk zu ziehen, mußte sie Bohemund persönlich zurückgeben. Bereits als Magnus und er den Rat in der Grabeskirche verlassen hatten, hatte er begonnen, Intrigen zu schmieden, wie er Gottfried die Reliquie entreißen könnte.

In dem Augenblick, da Fürst Bohemund erfahren hatte, Gottfrieds Männer hätten Jerusalem verlassen, hatte er seine Spione losgeschickt; und nachdem diese herausgefunden hatten, daß Gottfried die Lanze dem Papst zur Aufbewahrung übergeben wollte, hatte er sich sofort mit seinen besten Rittern an die Verfolgung gemacht. Aber natürlich hatte er nicht damit gerechnet, eine ganze Nacht lang gegen die Türken kämpfen zu müssen, und noch viel weniger mit Murdos Einmischung. Und hätten die Torleute nicht alle von dem Jüngling erzählt, der die heilige Lanze gestohlen hatte, hätte er sie vermutlich nie gefunden. Das Leben in den Reichen des Ostens war wahrlich voller Überraschungen, und Bohemund hatte inzwischen gelernt, jede Gelegenheit zu nutzen, die sich ihm bot.

Er nahm die heilige Lanze in die Hand und wunderte sich über sein eigenes, geradezu unglaubliches Glück. »Gebt dem Drungarios tōn poimōn Bescheid«, sagte er zu Bayard. »Sagt dem Abgesandten, daß Graf Bohemund mit der Lanze Christi kommt und daß wir uns freuen würden, uns so rasch wie möglich mit ihm zu treffen, um ihm die heilige Reliquie zu übergeben.«

Bayard und zwei andere von Bohemunds Edelleuten machten sich daraufhin auf den Weg zum kaiserlichen Schiff.

In der Zwischenzeit hatte sich Murdo neben den ohnmächtigen Priester gekniet und begonnen, ihn sanft zu schütteln. Einen Augenblick später erwachte der Priester mit einem lauten Stöhnen und setzte sich auf. Als er Murdo erblickte, krallte er sich in dessen Ärmel. »Du hast Bohemund die Lanze gegeben!« keuchte er. »Wir müssen versuchen, sie wieder zurückzuholen. Es ist noch nicht zu spät. Wir müssen ...«

Er versuchte aufzustehen. »Schschsch«, warnte ihn Murdo und drückte ihn wieder herunter. »Beruhige dich.«

»Die Lanze!« zischte Emlyn. »Er will sie weggeben!«

»Alles wird wieder gut«, flüsterte Murdo und beugte sich vor. Er ergriff den Mönch am Arm und half ihm aufzustehen. »Hör mir jetzt zu. Wir haben nicht viel Zeit. Magnus ist hier, was bedeutet, daß auch Ronan und Fionn in der Nähe sein müssen. Je weniger sie darüber wissen, desto besser, glaube ich.«

Emlyn suchte in Murdos Gesicht nach einem Grund für die

seltsamen Worte; doch als er keinen fand, schüttelte er traurig den Kopf. »Ich verstehe dich nicht. Vergangene Nacht hast du gesagt, du wolltest dem Wahren Weg folgen und die Lanze retten, und heute hast du sie einfach so weggegeben. Was hat dich nur so verändert, Murdo?«

»Ich habe mich nicht verändert«, antwortete der junge Mann. »Wir müssen das einfach nur durchstehen.«

In diesem Augenblick hob Bohemund, der mit König Magnus an der Reling stand, die heilige Lanze über den Kopf und rief mit lauter Stimme den Menschen auf der Mole zu: »Macht Platz! Macht Platz, meine Freunde, für den Abgesandten des Kaisers. Er kommt, diese heilige Reliquie in seinen Schutz zu übernehmen.« Die Seeleute und Kreuzfahrer in der Nähe blickten zu dem im Sonnenlicht schimmernden weißen Seidenstoff empor; dann sahen sie den kaiserlichen Abgesandten, der sich ihnen festen Schrittes näherte, und wichen zurück, denn sie wußten nicht, was als nächstes geschehen würde.

Bohemund streckte versöhnlich die Hand aus. »Gesellt Euch zu mir, Drungarios!« rief er. »Laßt uns zusammenstehen und vor den Anwesenden hier unsere Freundschaft bekunden.«

Während der Drungarios tōn poimōn durch die Menge hindurch zum Drachenboot schritt, hielt Bohemund eine Rede für die Zuschauer: Er sprach von den Leiden der Kreuzfahrer und ihrem großen Erfolg, die Heilige Stadt für alle Zeit für die Christenheit erobert zu haben. Er sprach von Gottes großem Plan für sein Volk und von der Oberhoheit des Kaisers als alleinigem Stellvertreter des Allmächtigen auf Erden. Dann mahnte er die Anwesenden, es sei gut, wenn sie sich der Leiden all jener erinnern würden, die auf der Pilgerfahrt gefallen seien, und wie der Herr selbst ihr Unterfangen gesegnet habe, indem er ihnen die heilige Lanze als Zeichen seines Wohlgefallens gegeben hatte.

Von seinem Platz neben Murdo aus blickte Emlyn sehnsüchtig

auf die Lanze in Bohemunds Händen. »Er gibt sie weg!« Der Mönch setzte sich in Bewegung.

»Frieden, Bruder«, knurrte Murdo, packte ihn abermals am Arm und hielt ihn fest. »Sei ruhig.«

Der Mönch wurde zunehmend verzweifelter und versuchte, sich aus Murdos Griff zu befreien. »Wir können doch nicht einfach danebenstehen und zusehen, wie er sie weggibt!«

»Doch, genau das werden wir tun.« Murdo riß den Möch am Arm. »Und jetzt steh still, und sei ruhig.«

Mit vier Warägern auf jeder Seite stieg Dalassenos die Laufplanke empor und trat vor Bohemund. Der Fürst umarmte den kaiserlichen Gesandten wie einen lange verloren geglaubten Verwandten. Dann trat er einen Schritt zurück, bot die heilige Lanze Dalassenos an und sagte: »Im Namen unseres Herrn Jesus Christus gebe ich Euch den Auftrag, diese heiligste Reliquie dem Schutz und der liebenden Fürsorge des Herrschers der gesamten Christenheit, Kaiser Alexios, zu übergeben. Laßt ihn wissen, daß die Herren des Westens ihm so ihren Respekt und ihre Verehrung erweisen und daß wir vor seiner Autorität die Knie beugen. Hiermit schließen wir uns ihm beim Aufbau von Christi eigenem Königreich an.«

Mit diesen Worten übergab er die eiserne Lanze an Dalassenos. Der griechische Offizier verneigte sich königlich und nahm die Reliquie mit dem angemessenen Respekt entgegen. »Im Namen von Kaiser Alexios, Nachfolger der Apostel, Gottes Stellvertreter auf Erden und Herrn der Kirche, nehme ich die Aufgabe mit Freuden an, die Ihr mir auferlegt habt, und ich schwöre vor den hier Anwesenden, daß diese heilige Reliquie mit der Ehrfurcht und der Verehrung behandelt und beschützt werden wird, die ihrem hohen Rang entspricht.«

Die Zuschauer – sowohl jene an Bord als auch jene auf der Mole – reagierten auf die Schenkung gedämpft und leicht erstaunt. Während einige zu wissen verlangten, was hier vor sich gehe, jubelten andere halbherzig; die meisten gingen jedoch einfach wieder ihren Geschäften nach.

Schließlich dankte der Drungarios tōn poimōn dem Grafen von Antiochia für die Rückgabe der Lanze, und erklärte, daß er den Eid erfüllt habe, den er vor dem Thron in Konstantinopel geschworen hatte. »Seid versichert, daß Kaiser Alexios wünschen wird, Euch auch noch persönlich zu danken. Wenn es Eure Pflichten erlauben, könntet Ihr vielleicht einmal nach Konstantinopel kommen, damit der Kaiser Euch belohnen kann.«

Bohemund, mit einem angemessen verdienstvollen Ausdruck auf dem Gesicht, lächelte wohlwollend bei der Vorstellung, den Kaiser wiederzusehen; dann winkte er seinen Edelleuten, sich zu ihm zu gesellen und an seinem Ruhm teilzuhaben. König Magnus trat neben ihn, und die beiden Fürsten umarmten sich. Schließlich traten auch weitere Edelleute hinzu und sonnten sich im Triumph ihres Herrn.

Zu guter Letzt winkte der großzügige Graf auch Murdo zu sich heran, doch dieser weigerte sich.

Höflich erklärte er: »Ich danke Euch, Herr, aber ich habe meine Belohnung bereits erhalten. Ich bin zufrieden.«

Die Edelleute schworen einander ewige Freundschaft und Treue und nahmen freudig Dalassenos' Einladung an, mit ihm einen Dankgottesdienst auf der kaiserlichen Galeere zu feiern und anschließend Festmahl zu halten. Murdo und ein vollkommen niedergeschlagener Emlyn zogen sich zum Bug zurück und beobachteten, wie Bohemund und Magnus, deren Gesichter vor Stolz über ihren überwältigenden Erfolg förmlich glühten, an der Seite des Drungarios von einer Ehrengarde Waräger zum kaiserlichen Schiff geleitet wurden, wo sie Wein und allerlei Delikatessen erwarteten.

»Es ist nicht recht, daß sie sich so im Ruhm sonnen«, knurrte Emlyn verbittert. »Das ist eine Beleidigung des Himmels.«

»Der Himmel kann ganz gut auf sich selbst aufpassen«, erwiderte Murdo. »Wir jedoch sind immer noch auf den guten Willen der Könige angewiesen.« Er ließ seinen Blick über die Mole schweifen und fand, wonach er gesucht hatte. »Schau! Da ist Jon Reißzahn. Ronan ist bei ihm.«

Murdo rief ihnen zu und sah, daß der Seemann und der Priester eine kleine Prozession anführten, die sich durch den Hafen schlängelte und deren Ende Fionn und die Mannschaft der *Skidbladnir* bildeten. Viele der Seeleute schienen sich zu plagen – sie trugen oder zogen irgend etwas hinter sich her.

Ronan und Jon erreichten den Rand der Mole und stiegen die Planke hinauf. »Sei gegrüßt, Murdo! Emlyn! Gott schütze euch«, rief der alte Mönch. »Wir hatten gehofft, euch noch zu treffen, bevor ihr absegelt.«

»Seht her!« rief Jon Reißzahn und deutete auf die, die hinter ihm kamen. »Heute dürft ihr zusehen, wie ein König gemacht wird!«

Murdo folgte dem Finger des Nordmannes und sah den ersten der Seeleute die Planke hinaufwanken. Er trug einen großen offenen Korb mit Gold und Silber. Insgesamt wurden sechs dieser Körbe an Bord gebracht und sorgfältig im Zelt hinter dem Mast verstaut. Einer der Seeleute, die den Schatz verstauten, trat aus dem Zelt und rief: »Jon, hier drin sind ein paar Tote! Was sollen wir mit ihnen tun?«

»Laßt sie in Frieden«, antwortete Jon. Dann drehte er sich zu Murdo um und sagte: »Ronan hat mir von deinem Vater erzählt. Es hat mir leid getan, das zu hören. Du wolltest, daß er dich nach Orkneyjar zurückbegleitet. Mach dir keine Sorgen. Solange er nicht zu stinken beginnt, werde ich ihn nicht über Bord werfen.«

Murdo dankte dem Seemann für seine Rücksichtnahme und fragte: »Wie bist du zu einem solch großen Schatz gekommen?«

»Bohemund hat die Türken verjagt, die Gottfrieds Männern aufgelauert haben«, antwortete Jon Reißzahn. »Magnus und wir trafen gerade noch rechtzeitig ein, um ihm dabei zu helfen. Den Schatz des Türkenhäuptlings haben wir als Beute genommen.«

»Sie haben den Schatz mit sich geführt«, warf Fionn ein und gesellte sich zu der kleinen Gruppe, während der letzte Korb an Bord und ins Zelt gebracht wurde. »König Magnus' Männer haben geholfen, den Schatz zu gewinnen, und daher hat man ihnen einen beträchtlichen Anteil gewährt.«

»Ich wünschte, ihr wärt etwas früher zu uns gestoßen«, sagte Emlyn, der bis jetzt geschwiegen hatte. »Dann hättet ihr vielleicht auch noch die heilige Lanze retten können.«

Dem folgte ein langer und häufig unterbrochener Bericht dessen, was Murdo und Emlyn widerfahren war, seit sie Jerusalem verlassen hatten: ihr knappes Entkommen vor den Seldschuken, die Schlacht vor den Stadtmauern, Murdos Rettung der heiligen Lanze und seine Abmachung mit König Magnus über die Rückgabe der Reliquie. Die anderen stimmten ihm zu, daß es sich in der Tat um eine außergewöhnliche Wiedergutmachung handelte.

»Der König ist bekannt für seine Gerechtigkeit und Großzügigkeit«, erklärte Jon Reißzahn. »Ich vermute, er hat sich große Mühe gegeben, das zu beweisen – schließlich schauten ihm ja Bohemund und seine Edlen zu.« An Murdo gewandt sagte er: »Du hast ihn richtiggehend in die Enge getrieben.«

»Wäre Bohemund nicht gewesen«, erwiderte Murdo, »bezweifele ich nicht, daß die Angelegenheit anders ausgegangen wäre. Balduins Männer waren fest entschlossen, mir die Kehle durchzuschneiden. Ich weiß immer noch nicht, warum der Graf das getan hat.«

»Ohne Zweifel hat das etwas mit dem Rat in der Grabeskirche zu tun«, bemerkte Jon und berichtete Murdo, wie der kaiserliche Gesandte vor den lateinischen Fürsten erschienen war und die Rückgabe der heiligen Lanze verlangt hatte, als Zeichen, daß die Kreuzfahrer die Oberhoheit des Kaisers anerkannten. »Nachdem

Bohemund erfahren hatte, daß die Lanze aus der Stadt gebracht worden war, ist er sofort mit einer Abteilung aufgebrochen, um bei ihrem Schutz zu helfen. Wärst du nur einen halben Tag länger in Jerusalem geblieben, hättest du das alles gewußt. Mehr noch: Du hättest mit uns nach Jaffa reisen können.«

»Ach«, seufzte Emlyn. »Wir waren so nahe dran.« Er drückte Daumen und Zeigefinger aufeinander. »Wir hatten sie in Händen...« Vorwurfsvoll blickte er zu Murdo und schüttelte den Kopf.

Die drei Priester fielen in Schweigen und dachten darüber nach, wie nah sie der Erfüllung des göttlichen Auftrags gekommen waren, den sie in der Vision erhalten hatten. Murdo bereitete sich auf ihren milden Tadel vor und hielt den Mund.

»Vielleicht ist es gar nicht so schlimm«, versuchte Jon Reißzahn die Mönche zu trösten. »Solch ein Geheimnis ist nur schwer zu wahren. Es hätte euch nichts als Ärger eingebracht. Ich glaube, so ist es besser.«

Jon Reißzahn ging davon, und die entmutigten Mönche trotteten zum Heck, um zu beten und Gottes Führung zu erflehen, nachdem sie bei der Rettung der heiligen Reliquie versagt hatten. Murdo verspürte das Verlangen, sie zu trösten, doch er hielt sich zurück.

Nach einer Weile kehrte einer von König Magnus' Edelleuten zurück und rief Jon zu sich. Murdo beobachtete, wie die beiden miteinander sprachen, woraufhin Jon nach Gorm rief und die beiden Seeleute die Köpfe zusammensteckten.

»Der kaiserliche Gesandte will so schnell wie möglich nach Konstantinopel zurückkehren«, berichtete Jon Murdo, als er den jungen Mann allein an der Reling stehen sah. »Es scheint, als hätte ihm unser großzügiger Fürst Bohemund König Magnus' Flotte als Eskorte für die Reliquie bis Konstantinopel versprochen. Magnus hat Befehl gegeben, daß wir bei Sonnenaufgang in See stechen.«

»Und was dann?« fragte Murdo. »Was geschieht, wenn wir Konstantinopel erreichen?«

»Ich weiß nicht, was die anderen tun werden«, antwortete der Seemann, »aber was mich und mein Schiff betrifft, werde ich wieder nach Hause fahren.«

Bei diesen Worten überkam Murdo eine so große Erleichterung, daß es ihm den Atem verschlug und seine Knie drohten nachzugeben. Er hatte beabsichtigt, ein Schiff zu finden, doch daß er mit seinen Freunden segeln konnte, hatte er nicht zu hoffen gewagt. Das, zusammen mit den Anstrengungen der letzten Tage, machte ihn leicht benommen; er schwankte, und hätte Jon ihn nicht gestützt, wäre Murdo sicherlich gestürzt.

»Komm, Murdo«, sagte der große Nordmann und klopfte ihm auf den Rücken. »Etwas zu trinken wird dir neue Kraft verleihen. Gorm! Bring uns einen Krug!« Der Steuermann eilte sofort herbei. Jon drückte Murdo den Krug in die Hand und sagte: »Es ist eine Schande, daß wir kein Bier haben, aber Wein ist eigentlich gar nicht so schlecht.«

Der Wein weckte in der Tat Murdos Lebensgeister. Er trank in tiefen, kräftigen Schlucken, und schließlich reichte er den Krug Jon, der seinem Freund zuprostete und sagte: »Du bist ein guter Mann, Murdo. Du kannst jederzeit mit mir segeln.«

»Wenn ich erst einmal zu Hause bin, werde ich nie wieder segeln«, schwor Murdo und trank einen weiteren Schluck Wein. »Aber wenn ich es doch tun würde, dann mit niemandem außer mit dir.«

»Es ist ein langer Weg bis Orkneyjar«, bemerkte Jon. »Vielleicht änderst du deine Meinung ja noch.«

Den Rest des Tages verbrachten die Nordmänner damit, die Schiffe vorzubereiten und Vorräte zu besorgen. Als Krüge, Säcke und Kisten an Bord gebracht wurden, half Murdo, sie zu verstauen, und vergewisserte sich anschließend, daß alles ausreichend gesichert war. Obwohl Jon Reißzahn ihm gesagt hatte, er solle sich ausruhen und den Seeleuten die Arbeit überlassen, hatte Murdo dankend abgelehnt; die Arbeit lenkte ihn von seiner Aufregung über die bevorstehende Reise ab. Aber wenn er doch einmal daran dachte, machte sein Herz einen Freudensprung, und er spürte ein erwartungsvolles Kribbeln im Bauch.

Als sich schließlich die Nacht herabsenkte, starrte Murdo gen Westen zur untergehenden Sonne, und er stellte sich vor, es sei das Meer des Nordens, auf das er blickte und nicht das warme Mittelmeer; er sah keine Wolken am Horizont, sondern die schattenhaften Umrisse der Dunklen Inseln, die aus dem stillen Wasser emporragten. Sein Heimweh wurde immer größer und drohte schließlich, ihn zu verschlingen. »Ragna...«, hauchte er auf die See hinaus. »Ragna, ich komme nach Hause.«

In dieser Nacht rollte sich Murdo auf seinem üblichen Platz am Bug zusammen, und mit dem Namen seiner Geliebten auf den Lippen schlief er bald ein.

Bei Sonnenaufgang war er jedoch bereits wieder auf den Beinen und wartete auf den Befehl, vom Ufer abzustoßen. Schließlich kam der Ruf auch, und Murdo setzte sich auf die Ruderbank und nahm den Riemen auf, während die kaiserliche Galeere langsam aus dem Hafen glitt, gefolgt von den kleineren, schnelleren Schiffen der Nordmänner. Eins nach dem anderen stießen sie von der Mole ab und folgten Alexios' Abgesandtem aufs offene Meer. Nachdem sie das Hafenbecken verlassen hatten, befahl Jon Reißzahn, das Segel zu setzen, und die Heimreise nahm ihren Anfang.

Das gelbbraune Segel entfaltete sich, als erwache es nach langem Schlaf. Behäbig flatterte es und schüttelte die Falten aus, bis der Wind es blähte und das Schiff langsam vorwärtsglitt.

Während Jaffa allmählich im Hitzedunst verschwand, richtete Murdo den Blick auf die trockenen Hügel im Osten der Stadt. Das war das Letzte, was er vom Heiligen Land sah. Er verspürte auch

Trauer, weil er seinen Vater und seine Brüder hatte zurücklassen müssen. Im Herzen wünschte er ihnen ein letztes Lebewohl; dann drehte er sich wieder Richtung Westen um und dachte nur noch an die Heimreise.

Grauer Nebel lag wie ein Laken auf dem Meer, wurde vom Wind hin und her gewirbelt und behinderte die Sicht der Reisenden. Über den Köpfen war der Himmel klar und blau; der Schleier über dem Wasser schien ihn nicht zu berühren. Nach so langer Zeit auf See stand Murdo am Bug des Schiffes und blickte gegen die dichte graue Wand; er weigerte sich, vor etwas nicht Greifbarem wie Nebel seine Niederlage eingestehen zu müssen. Irgendwo in dem Meer vor ihm lagen die Orkney-Inseln, und er hatte die feste Absicht, sie bald wiederzusehen.

Die Reise von Konstantinopel hierher war lang gewesen, doch ereignislos. Den größten Teil des Weges hatten sie nicht nur die Gesellschaft von König Magnus' Flotte genossen, sondern auch die venetianischer und genuesischer Schiffe. Nun, da das Heilige Land erobert war, waren die Händlerfürsten eifrig bemüht, Kontakte zu den neuen lateinischen Königreichen zu knüpfen. Ihre mit Waren beladenen Schiffe pflügten bereits in großer Zahl durch das Meer von Mittelerde.

Um möglichst viele Männer dafür zu gewinnen, ihm dabei zu helfen, die Schätze des Ostens wegzutragen, hatte Magnus Graf Bohemund in Konstantinopel um Urlaub gebeten und geschworen, sofort zurückzukehren, sobald er seine Angelegenheiten erledigt und weitere Schiffe aufgetrieben hätte. Dann segelte er auf direktestem Kurs nach Westen und Norden, stets hart am Wind – wofür ihm Murdo sehr dankbar war und was Gorm davor bewahrte, ständig von seinem ungeduldigen Gefährten aufgefordert zu werden, mehr Fahrt zu machen.

Als sie die Küste von Caithness erreichten, ging der kühne König nahe der wichtigsten schottischen Residenz, in Thorsa, an Land. Diese ›Residenz‹ war wenig mehr als eine armselige Fischersiedlung; dennoch gab es hier eine große königliche Halle und eine neue steinerne Kirche. Innerhalb weniger Augenblicke nach seiner Ankunft gab der König Befehl, zur Feier seiner sicheren Heimkehr ein Festmahl auszurichten. Während die Bierfässer vor der Halle gestapelt wurden, rief er Murdo zu sich und bat den jungen Mann zu bleiben.

»Ich werde dich zu einem meiner Gefolgsleute machen«, bot ihm Magnus an. »Gemeinsam könnten wir im Heiligen Land noch viel Beute machen.«

»Mein Platz ist hier, und hier werde ich auch bleiben. Aber falls ich jemals nach Jerusalem zurückkehren sollte, dann werde ich die Reise mit niemand anderem unternehmen als mit Euch«, erklärte Murdo. »Trotz unseres Streits hat mich nie ein Herr auch nur halb so gut behandelt wie Ihr, König Magnus. Dafür bin ich Euch dankbar, und Euch zu Ehren werde ich einen Schrein errichten, sobald ich mich auf meinem neuen Land eingerichtet habe.«

»Was das betrifft«, erwiderte der König, »komm zu mir, wenn du bereit bist, und wir werden die Grenzen deines Reiches festlegen.«

»Das werde ich, Herr«, entgegnete Murdo.

Eine Nacht verbrachte er auf festem Land, und am nächsten Morgen setzte er seinen Weg zu den Dunklen Inseln fort, nachdem es ihm gelungen war, Jon Reißzahn zu überreden, ihn dorthin zu bringen – allerdings hatte er dem großen Nordmann eine entsprechende Belohnung versprechen müssen, wenn sie Hrolfsey so rasch wie möglich erreichten.

Der Sonnenaufgang war noch weit entfernt, als Ronan, Fionn

und Emlyn zum Strand kamen, um Murdo zu verabschieden. »Der König wird bis zum Mittsommer hierbleiben, um Männer anzuheuern und Vorräte zu besorgen«, berichtete ihm der älteste der Priester. »Dann plant er, nach Norwegen zu gehen und das gleiche zu tun. Er hofft, noch vor dem Winter wieder nach Jerusalem aufbrechen zu können, und wenn Gott es nicht anders will, werden wir ihn begleiten.«

»Ich komme zurück, sobald ich kann«, versprach ihnen Murdo.

»Tu das«, erwiderte der Mönch. »Ich würde dich noch gerne auf deinem neuen Land sehen, bevor wir aufbrechen.«

»Je schneller wir uns auf den Weg machen«, sagte Jon Reißzahn und ging zum Boot, »desto schneller können wir auch wieder zurückkehren.« Dann rief er seinem Steuermann zu: »Gorm! Bereite das Segel vor!«

»Jetzt müssen wir uns also voneinander verabschieden, Murdo. Wir beten, daß du rasch und sicher wieder zurückkehren wirst.« Ronan hob die Hand zum Segen. »Möge dich der Herr des Lebens beschützen, bis wir uns wiedersehen.«

Murdo dankte den Priestern und fügte hinzu: »Laßt mir etwas Bier übrig. Wenn ich zurückkehre, werden wir einen Krug miteinander trinken.«

In diesem Augenblick rief Jon Reißzahn nach ihm, und Murdo wünschte den Priestern Lebewohl und drehte sich zum Schiff um – doch nur, um plötzlich wieder Emlyn an seiner Seite zu finden.

»Warum Lebewohl?« fragte der Mönch. »Soll ich dich etwa nicht begleiten? Wie willst du denn den Rückweg finden, wenn ich ihn dir nicht zeige?«

Murdo lächelte und nahm das Angebot des Priesters an. Jon Reißzahn klatschte laut in die Hände. »Alle Mann an Bord, oder bleibt, wo ihr seid!« brüllte er und beugte sich über die Reling zu dem Mann, der am Ufer stand. »Du da! Stoß uns ab!«

Das Schiff schwankte seltsam, und Murdo hörte, wie der Kiel

sich an einem Stein verkeilte. »Schieeebt!« rief Jon Reißzahn den Männern am Ufer zu. »Schiebt doch!«

Die Männer stöhnten, und plötzlich löste sich der Stein, und das Schiff glitt in tieferes Wasser. »An die Riemen!« befahl Gorm vom Ruder. Murdo, Emlyn und die drei Seemänner hoben die langen Ruder aus den Halterungen an der Reling und begannen zu rudern. Innerhalb weniger Augenblicke schnitt der Drachenbug durch die dunklen Wasser der Bucht.

Nachdem sie die schützende Landzunge umrundet hatten, wendete das Schiff nach Norden, hinaus aufs offene Meer. Auf Gorms Befehl hin wurde das Segel gesetzt; die Ruderer zogen die Riemen ein, und die *Skidbladnir* begann ihre Reise zu den Dunklen Inseln.

Der Tag begann trübe: Ein dichter Nebelschleier lag auf dem Wasser, und schwere graue Wolken zogen über den Himmel. Den ganzen Morgen über stand Murdo am Bug und suchte in den wabernden Nebelschwaden nach ersten Zeichen seines Heimatlandes. Seine Wachsamkeit wurde belohnt, als kurz nach Mittag die Sonne den Nebel durchbrach. Die plötzliche Wärme vertrieb die grauen Schwaden, und unvermittelt blickte Murdo auf die flachen, gerundeten Hügel der Orkneys.

Murdo glaubte die sanfte Erhebung der Landspitze von Dýrness erkennen zu können und dahinter, blaßblau in der Ferne, die steileren Hügel von Hrolfsey. Murdos Herz schlug immer schneller, und schließlich gestattete er sich, darüber nachzudenken, welche Begrüßung ihn wohl bei seiner Heimkehr erwartete. Ihn überkam eine Sehnsucht, die er in all den Monaten auf See immer und immer wieder unterdrückt hatte. Nun jedoch, da seine Heimat in Sichtweite war und die Reise sich rasch ihrem Ende näherte, konnte er die Flut der Bilder nicht länger zurückhalten, die in seinen Geist drängte: Ragna mit ihrem langen Haar, das golden in der Sonne schimmerte, die Arme zum Willkommen ausgebreitet; seine Mutter, die trotz ihrer Tränen freudig lächelte und ihm entgegeneilte, um ihn zu umarmen; Frau Ragnhild, die den zukünftigen Gatten ihrer Tochter voller Zuneigung empfing ...

Oh, aber es standen ihm auch weniger glückliche Momente bevor. Es war seine traurige Pflicht, den Frauen zu berichten, daß ihre Männer und Söhne nie wieder nach Hause zurückkehren würden.

Auf Murdos Anweisung hin steuerte Gorm die *Skidbladnir* auf einem direkten Kurs nach Hrolfsey, wozu er die Landspitze von Dýrness umrunden und rasch an der zerklüfteten Ostküste entlangsegeln mußte. Murdo stand neben dem Steuermann und führte ihn anhand alter, vertrauter Landmarken durch die enge Straße zwischen der Hauptinsel und den anderen, weit kleineren Eilanden. Aus der Ferne konnte er Kirkjuvágr erkennen, das ihm nach den schillernden Städten des Ostens klein und farblos erschien. Das schlanke Schiff trug sie jedoch rasch weiter, und bald kam Hrolfsey in Sicht.

Die Sonne stand bereits tief im Westen, als sie schließlich in die tiefen Wasser der Bucht unterhalb von Cnoc Carrach einfuhren. Murdo deutete auf das Haus und bemerkte, daß auf der Insel alles ruhig und geordnet zu sein schien. Er wäre schon jetzt und hier vom Schiff gesprungen, doch Jon Reißzahn mahnte ihn zur Vorsicht.

»Inzwischen sind zwei Jahre vergangen«, sagte der große Nordmann. »Vielleicht haben sich die Dinge ein wenig verändert. Es wäre klug, sie wissen zu lassen, daß du kommst, anstatt einfach so hereinzuplatzen.«

»Verändert?« fragte Murdo verblüfft, als hätte er das Wort noch nie gehört. »Sie warten auf mich.«

»Vielleicht tun sie das«, gestand ihm Jon weise zu, »aber vielleicht sind sie auch mit anderen Dingen beschäftigt.«

»Mit was für anderen Dingen?« Murdo starrte den Nordmann an, als hätte er den Verstand verloren.

»Zwei Jahre sind eine lange Zeit«, klärte ihn Jon auf und zuckte mit den Schultern.

»Er hat recht«, mischte sich Emlyn ein. »Vielleicht wäre es besser, wenn ich vorausgehen würde.«

»Dann müßtest du mich aber erst einholen«, erwiderte Murdo, sprang über die Reling, watete so rasch er konnte ans Ufer und eilte den Pfad zum Haus hinauf, als seien sämtliche Seldschuken des Heiligen Landes hinter ihm her. Jon Reißzahn blickte ihm nach und schüttelte den Kopf. »Er ist verdammt stur.«

»Er ist jung«, korrigierte ihn Emlyn. »Komm. Laß uns gehen, und uns dem Willkommen anschließen. Wir sollten beten, daß alles so ist, wie er es erwartet.«

»Du betest«, schlug der Seemann vor und zog einen Speer aus seinem Bündel. »Ich nehme den hier – nur für den Fall, daß das Willkommen anders ausfallen sollte.«

Murdo hörte Jon Reißzahn rufen, als er den Hof betrat, doch er weigerte sich zu warten, bis der Nordmann ihn eingeholt hatte. Er schritt auf das Haus zu und rief mit lauter Stimme: »Ragna! Niamh! Ich bin zurückgekehrt!« Er blieb stehen, und als sein Rufen keinerlei Wirkung zeigte, rief er erneut, diesmal sogar noch lauter: »Ragna! Niamh! Ich bin es! Murdo! Ich bin zurückgekehrt!«

Er erhielt keine Antwort, also ging er zum Haus.

»Warte!« rief Jon Reißzahn und holte ihn keuchend ein. Er blickte zum Haus und über den leeren Hof. »Ist niemand hier?«

»Vermutlich haben sie alle drinnen zu tun«, versuchte sich Murdo einzureden.

Sie gingen zur Tür. Sie war verriegelt. Murdo stand auf der Schwelle und rief erneut. Dann hämmerte er mit der flachen Hand aufs Holz – keine Antwort.

»Für so ein großes Gut ist es hier sehr ruhig«, bemerkte Jon.

»Vielleicht sind sie auf den Markt gegangen«, erklärte Murdo zuversichtlich, doch er runzelte die Stirn. »Oder vielleicht sind sie auf den Feldern.«

»Alle?« Der Nordmann schüttelte den Kopf. »Die Sonne ist schon lange aufgegangen, und um diese Zeit müßte auf einem Hof dieser Größe reges Treiben herrschen.«

Rasch eilten sie über den Hof zur Scheune und zum Getreidespeicher, vorbei an leeren Pferchen; selbst der Schweinepferch war leer. Die Felder jedoch waren allesamt bepflanzt und gut gepflegt, und die ersten Sprößlinge steckten ihre Köpfe aus der schwarzen Erde. Aber noch immer sahen sie niemanden bei der Arbeit. Murdo kämpfte gegen seine wachsende Verzweiflung an und machte sich auf den Weg zurück zum Haus. Sie überquerten gerade wieder den Hof, als sie jemanden niesen hörten. »Hörst du das?« Murdo blickte hierhin und dorthin. »Das kam aus der Küche.«

Murdo rannte los. Jon Reißzahn folgte wenige Schritte hinter ihm und hielt den Speer bereit. Als er das viereckige Gebäude hinter dem Haus erreichte, trat Murdo zur Tür. Jons Ruf ließ ihn stehenbleiben. »Warte!«

Murdo zögerte.

»Kommt raus!« rief Jon Reißzahn in scharfem Tonfall. »Es wird euch nichts geschehen, wenn ihr euch jetzt zeigt.«

Schweigen. Nichts rührte sich.

Murdo wollte weiter zur Tür gehen, doch Jon schüttelte den Kopf und rief: »Wir sind weder Räuber noch Plünderer! Wir wollen nur mit euch sprechen. Kommt heraus, und beantwortet uns unsere Fragen, dann machen wir uns wieder auf den Weg.« Er hielt kurz inne. »Aber wenn ich euch erst rausholen muß, dann mit dem Speer in der Hand.«

Nur einen Augenblick später öffnete sich knarrend die Tür, und ein kleines, faltiges Gesicht erschien in der kleinen Öffnung. »Bitte, wir wollen keinen Ärger«, sagte eine zitternde Stimme. »Wir haben Angst. Geht weg. Ich habe einen Hund bei mir, also versucht ja nicht, uns auszurauben.«

»Kommt raus, damit wir euch sehen können«, befahl Jon Reißzahn mit seiner kräftigen Seemannsstimme. »Wenn ihr tut, was wir euch sagen, und wenn ihr es schnell tut, dann wird es auch keinen Ärger geben. Wir wollen niemanden ausrauben.«

Der Tür schwang ein Stück weiter auf, und eine kleine, weißhaarige, alte Frau trat ins Freie; sie war ein wenig krumm und runzelig, und Murdo war sicher, sie noch nie in seinem Leben gesehen zu haben. Ein großer grauer Hund drängte sich neben die Frau und beäugte mißtrauisch die Eindringlinge.

»Jötun!« rief Murdo. »Komm her, Jötun.«

Der Hund legte den Kopf auf die Seite, blieb aber neben der alten Frau stehen. Murdo mußte sich eingestehen, daß der Hund ihn nicht mehr erkannte. Alles hat sich verändert, dachte er, und ich selbst auch.

»So ist es besser«, sagte Jon Reißzahn zu der Frau und nahm den Speer herunter. »Nun, Mütterchen, wer ist sonst noch bei dir?«

»Niemand«, antwortete die Frau, »nur mein Jarn – und der Hund hier.«

»Wer ist Jarn?« fragte der Seemann. »Wir haben ihn nicht gesehen. Wo ist er?«

Die Frau deutete auf die Felder und antwortete: »Ich nehme an, er ist bei den Kühen. Um diese Zeit ist er immer bei den Kühen.«

»Wir haben aber keine Kühe gesehen«, erklärte Jon in sanftem Tonfall.

»Wo sind die anderen alle?« verlangte Murdo zu wissen und trat mit geballten Fäusten vor. »Die Menschen, die hier gelebt haben – wo sind sie hingegangen? Wo ist Ragna?« Die alte Frau riß die Augen auf, wirbelte auf dem Absatz herum, huschte in die Küche zurück und warf die Tür ins Schloß.

»Vielleicht wäre es besser, wenn nur einer von uns die Fragen stellt«, schlug Jon vor.

»Du hast sie nach Kühen gefragt!« platzte es aus Murdo wütend heraus. »Was haben wir mit Kühen zu tun? Frag sie, was hier geschehen ist. Wo sind sie alle?«

»Langsam«, versuchte ihn Jon zu beruhigen. »Wir werden nicht eher verschwinden, bis wir nicht alles gehört haben, was es zu sagen gibt.« In diesem Augenblick rief eine Stimme über den Hof. »Sieh an. Bruder Emlyn ist endlich eingetroffen. Geh ihn holen, während ich versuche, der Frau etwas zu essen abzuschwatzen.« Murdo starrte auf die Tür. »Jetzt geh, und hol den Priester, Murdo.«

Widerwillig setzte sich Murdo in Bewegung, und Jon wandte seine Aufmerksamkeit der schwierigen Aufgabe zu, die Frau dazu zu überreden, ein weiteres Mal herauszukommen. Als Murdo schließlich wieder zurückkehrte, saß der Nordmann auf einem Hackblock neben der Küchentür mit einem Laib gebutterten Schwarzbrots in der Hand. »Sie macht verdammt gutes Brot«, erklärte er und kaute zufrieden. Er reichte Murdo das Brot, der ein Stück herausriß und den Rest an Emlyn weiterreichte.

»Gibt es hier auch Bier?« fragte der Mönch.

Die alte Frau erschien in eben diesem Augenblick mit einem vollen Krug in der Tür. »Seid gesegnet, gute Frau!« rief Emlyn und eilte herbei, um sie von ihrer Last zu befreien. Er hob den Krug an die Lippen und trank einen kräftigen Schluck, bevor er das Gefäß an Murdo weiterreichte und das Bier für göttlich und seine Brauer zu Engeln erklärte. Dies gefiel der alten Frau, die leise kicherte. »Es ist das beste Bier, das ich seit Monaten getrunken habe«, erklärte Emlyn. »Euer Gemahl muß ein sehr glücklicher Mann sein, wenn Ihr für ihn kocht. Oder müßt Ihr nur Euch selbst ernähren?«

»Ich wollte ihm hier gerade erzählen, daß mein Jarn und ich die einzigen sind, die übriggeblieben sind. Alle anderen sind weg: der Herr und die Frau und auch die Pächter – alle gegangen.«

»Wohin sind sie gegangen?« fragte Murdo ungeduldig.

Die alte Frau musterte ihn mißtrauisch. »Weiß ich das?« fauchte sie. »Nein, ich weiß es nicht! Man hat es mir nie gesagt. Wir sind hierhergebracht worden, um die Kühe für den Bischof...«

»Der Bischof!«

»O ja, Bischof Adalbert«, antwortete die Frau. »Gibt es hier in der Gegend noch einen anderen?«

»Aber warum...?« begann Murdo. Die alte Frau wich zurück.

Jon Reißzahn drückte Murdo den Krug in die Hand. »Füll den Krug auf, Murdo, und hör auf, die alte Frau zu behelligen.« Murdo nahm den Krug und verschwand in der Küche. »Mein junger Freund ist ein wenig besorgt wegen seiner Mutter«, erklärte Jon. »Wir waren mit König Magnus auf Kreuzzug, wißt Ihr?«

»Und seine Mutter war hier die Herrin«, schloß die alte Frau fälschlicherweise. »Dann muß sein Vater der Herr sein. Aber ich weiß wirklich nicht, was mit ihnen geschehen ist. Man hat uns nur gesagt, dieser Besitz stehe unter der Obhut der Kirche und der Bischof wolle es vermeiden, daß die Felder brachliegen. Auch wolle er nicht, daß das Haus vernachlässigt wird.«

»Ach, tatsächlich«, bemerkte Emlyn. »Und ich bin sicher, daß das Haus bei Euch und Jarn in guten Händen ist. Aber die Felder sind doch sicherlich zu groß für Euch beide allein. Ihr müßt doch Hilfe haben.«

»Oh, o ja«, antwortete die Frau rasch. »Die Pächter kümmern sich noch immer um die Ernte.«

»Und wo sind die Pächter?« erkundigte sich Murdo und trat mit dem Krug in der Hand aus der Tür. »Sie müssen doch wissen, was hier geschehen ist; aber wir haben niemanden auf den Feldern gesehen.«

»Sie arbeiten heute auf einer anderen Insel«, antwortete die alte Frau selbstgefällig. »Der Bischof hat jetzt viele Güter, um die er sich kümmern muß. So viele Männer sind auf den Kreuzzug gegangen und haben ihm all diese Arbeit aufgehalst, wißt Ihr? Felder müssen gepflügt werden; Vieh muß gehütet und die Ernte muß eingebracht werden – und was weiß ich noch alles.«

»Das ist wirklich eine Schande«, bemerkte der Mönch und griff erneut nach dem Krug und trank einen kräftigen Schluck. »Aaah, dieses Bier ist wirklich ein Segen und verleiht einem Mann neue Kraft!«

»Dann seid Ihr also sehr weit gereist«, sagte die alte Frau.

»Den ganzen Weg vom Heiligen Land hierher«, antwortete der Mönch.

»So weit...« Die alte Frau schüttelte den Kopf und schnalzte mit der Zunge. »Nun, dann nehme ich an, daß Ihr diese Nacht ruhig hierbleiben könnt. Der Bischof würde Euch seine Gastfreundschaft sicherlich nicht verweigern und ich natürlich auch nicht.«

»Wir danken Euch, gute Frau«, sagte Jon Reißzahn sehr zu Murdos Verärgerung. »Es wäre gut, wieder eine Nacht auf festem Land verbringen zu können. Wir nehmen Euer freundliches Angebot gerne an.«

»Mit Freuden«, warf Emlyn ein. »Aber macht Euch bitte unseretwegen keine Mühe. Einfache Kost für einfache Wanderer. Schinken und Schwarzbrot – mehr erwarten wir nicht.«

»Papperlapapp!« rief die alte Frau und ein Schimmer der Erregung legte sich auf ihr runzeliges Gesicht. »Wir haben Besseres als das! Dies ist das Haus des Bischofs, wißt Ihr?«

Murdo starrte finster auf die Soßenpfütze in seiner Schüssel. Trotz des Lobes, mit dem Emlyn und die hungrigen Seeleute das Essen und seinen Koch überhäuft hatten, hatte er nicht einen einzigen Bissen gegessen. Während der ganzen Zeit, da er fort gewesen war, hatte er nicht ein einziges Mal an die Möglichkeit gedacht, daß er bei seiner Rückkehr jemand anderen vorfinden würde als die Lieben, die er zurückgelassen hatte.

In den vergangenen zwei Jahren war kaum ein Tag vergangen, da er sich nicht vorgestellt hatte, vor eben diesem Herd zu sitzen. Und nun, nach so langer Zeit, war er endlich hier; doch in gewisser Hinsicht war er seinem Ziel keinen Schritt näher gekommen. Er war wütend auf sich selbst, weil er seinen Hoffnungen freien Lauf gelassen hatte; und er war wütend auf seine Gefährten, weil sie sich weigerten, sofort nach Kirkjuvágr zu fahren, den Bischof aus dem Bett zu zerren, ihm das Schwert an die Kehle zu halten und eine Erklärung von ihm zu verlangen. Doch ganz besonders war er wütend auf den verräterischen, habgierigen Bischof, der sein heiliges Amt mißbrauchte, um die Schwachen auszuplündern, und der seinen heiligen Eid gebrochen hatte, seine Herde zu beschützen. Was von beiden das schlimmere Verbrechen war, vermochte Murdo nicht zu sagen, aber er beabsichtigte, den Kirchenmann für seine Untaten zur Verantwortung zu ziehen.

Unglücklicherweise konnte die alte Frau kein Licht in die Angelegenheit bringen, ebensowenig wie Jarn, ihr Gatte. Jarn, ein ruhiger Mann, war inzwischen vom abendlichen Melken der Kühe wieder zurückgekehrt, doch obwohl er recht zuvorkommend war, wußte er nichts über Cnoc Carrach zu berichten, was seine Frau nicht schon gesagt hätte. Emlyn fand auf seine vorsichtige, unaufdringliche Art heraus, daß die beiden Pächter von Jarl Paul gewesen waren und daß sie ihr Land verloren hatten, nachdem Magnus die Oberhoheit über die Inseln seinem Sohn übertragen hatte. Als Folge davon waren Jarn und seine Frau Hanna auf die Mildtätigkeit der Kirche angewiesen gewesen, und die Männer des Bischofs hatten sie hierhergebracht, um die Kühe zu hüten und das Haus in Ordnung zu halten – mehr wußten die beiden nicht.

Während die anderen über dem Bier saßen, von ihren Reisen erzählten und soviel Informationen wie möglich aus den beiden alten Leuten herausholten, wurde Murdo zunehmend nervöser, und schließlich ging er hinaus, um nachzudenken. Im Zwielicht der Abenddämmerung wanderte er über die Klippen und blickte hinaus auf die Meerenge, die Hrolfsey von der Hauptinsel trennte. Dort – so stellte sich Murdo vor – saß in eben diesem Augenblick der verschlagene Bischof beim Abendmahl, genoß seinen gestohlenen Wohlstand und ahnte nicht im mindesten, welch fürchterlicher Sturm der Rache sich über ihm zusammenbraute.

Um Mitternacht saß Murdo auf den Felsen über der Bucht und beobachtete, wie sich das Funkeln der Sterne im ruhigen Wasser spiegelte. Von seinem Aussichtspunkt aus konnte er die Männer der *Skidbladnir* hören, die sich an den Strand zu einem kleinen Lagerfeuer aus Treibgut zurückgezogen hatten. Auch konnte er den Rauch riechen, der die Klippen emporstieg, doch er verspürte nicht die geringste Lust, sich zu ihnen zu gesellen. Die Einsamkeit hier oben gefiel ihm weit besser.

Er schlief wenig. Sein Herz sehnte sich nach der Morgendämmerung, wenn sie wieder Segel setzen und nach Kirkjuvágr fahren würden. Als die Sonne schließlich am Horizont erschien, stand Murdo bereits wieder an Bord und verfluchte die Faulheit von Emlyn und Jon Reißzahn, welche die Nacht im Haus verbracht hatten, während er auf Steinen gelegen hatte.

Die beiden Männer erschienen erst auf den Klippen, als das Licht der aufgehenden Sonne bereits die ganze Bucht erfüllte. Mit steifen Gliedern stapften sie den steilen Pfad hinunter und begrüßten die Mannschaft im freundlichen Tonfall der Zufriedenen und gut Ausgeruhten. Murdo beschwerte sich über ihr spätes Erscheinen, doch Jon Reißzahn erklärte: »Wenn du kämpfen willst, dann spar dir das für den Bischof auf. Du wirst schon bald vor ihm stehen. Wie wäre es, wenn du ihn deine scharfe Zunge spüren läßt?«

Mit diesen Worten schlenderte der Seemann zur Reling, um mit Gorm zu sprechen. Nur einen Augenblick später kam der Ruf abzustoßen, und die Männer nahmen die Riemen auf. »Hab keine Angst, Murdo«, sagte Emlyn und beugte sich über das Ruder. »Wir werden schon herausfinden, was hier geschehen ist, und dann bringen wir es wieder in Ordnung. Wir haben die Unterstützung von König Magnus, vergiß das nicht. Ich bezweifele, daß dieser Bischof es sich leisten kann, den König zu verärgern.«

»Dieser Bischof ist ein elender Straßendieb«, erwiderte Murdo und zog mit aller Macht an seinem Ruder. »Er schert sich um nichts und niemanden außer um die Größe seiner Börse.«

»Das wage ich zu bezweifeln«, bemerkte Emlyn. »Statt mit dem Schlimmsten zu rechnen, sollten wir lieber für das Beste beten.«

»Wenn Ragna oder meiner Mutter irgend etwas zugestoßen ist«, erklärte Murdo, »dann, schwöre ich, wird das Schlimmste für den Bischof erst der Anfang sein.«

Das Langschiff verließ die ruhige Bucht und eilte über die Meerenge zur Hauptinsel. Als sie die Mitte der Meerenge erreichten, wendete Gorm das Schiff nach Süden, um der gewundenen Küste zur weiten Bucht von Sankt Ola unterhalb Kirkjuvágrs zu folgen.

Im Hafen lagen ein Dutzend oder mehr Boote verschiedener Größen, doch Gorm steuerte das Schiff mühelos durch sie hindurch zur Mole. Murdo war bereits über die Reling gesprungen und befand sich auf halbem Weg zur Kathedrale, bevor das Haltetau festgemacht war.

»Murdo! Warte!« rief Emlyn und eilte ihm hinterher. »Warte, mein Sohn! Laß uns dir helfen!«

Murdo hatte nicht die Absicht, auf irgend jemanden zu warten. Ohne sich auch nur einmal umzuschauen, rannte er den Hang hinauf zur Kathedrale, stürmte durch die kleine Pforte ins dunkle Kirchenschiff und eilte zu der Tür, die zum Kreuzgang und Kapitelhaus führte.

»Ich will den Bischof sehen«, verlangte Murdo von dem ersten Gesicht, das in dem Schlitz in der Tür erschien.

»Seine Eminenz frühstückt gerade«, antwortete der Mönch. »Vor der Prim wird er niemanden empfangen. Kommt dann wieder zurück.«

»Das ist mir egal, und wenn er am Fenster steht und seinen Winden freien Lauf läßt«, knurrte Murdo. »Ich will ihn jetzt sehen!«

»Er empfängt niemanden, bevor ...«, war alles, was der Mönch noch sagen konnte, bevor Murdo ihm die Tür ins Gesicht trat. Der unglückliche Kirchenmann stieß einen Schrei aus und stürzte zu Boden.

»Ich glaube doch, daß er mich empfangen wird«, sagte der junge Mann und trat rasch durch die Lücke. Der Mönch wälzte sich am Boden, hielt sich den Kopf und stöhnte.

Murdo riß den Priester grob in die Höhe und stieß ihn in den Raum hinein. Es war noch früh, und die meisten Brüder saßen beim Frühstück; der Vorraum des Kreuzgangs war leer.

»Da wir uns nun besser verstehen«, sagte Murdo, »sag Bischof Adalbert, daß Murdo Ranulfson aus dem Heiligen Land zurückgekehrt ist. Sag dem alten Dieb, daß der Tag der Abrechnung gekommen ist.«

Der Mönch starrte seinen Angreifer schweigend und erschrocken an.

»Besser noch«, korrigierte sich Murdo und packte den Mönch am Arm. »Ich werde es ihm selbst sagen. Führe er mich in die Gemächer Seiner bischöflichen Gnaden.«

Murdo schob den widerspenstigen Mönch durch den Raum zu einer anderen Tür. »Hier durch?« fragte er.

Der Mönch nickte, weigerte sich jedoch zu sprechen. Murdo legte die Hand auf den Riegel, zog ihn zurück und stieß die Tür auf.

Der Raum, den er betrat, enthielt einen großen Tisch umgeben von sechs prächtigen Stühlen, die jeder für sich an den Thron eines Königs erinnnerten; der Tisch war mit einer goldenen Decke bedeckt, und auf den Stühlen lagen Kissen aus dem gleichen Stoff. Silberne Kerzenleuchter glitzerten in den dunklen Ecken des Raums, und hier und da funkelten Edelsteine und wertvolle Metalle in der Dunkelheit. Bischof Adalbert jedoch war nirgends zu sehen.

Murdo verstärkte seinen Griff um den Arm des Mönchs. »Wo ist er?«

Der Mönch zuckte unwillkürlich zusammen und deutete auf eine hölzerne Treppe am anderen Ende des Raums. »Zeig es mir«, befahl ihm Murdo und stieß den Priester vor sich her. Sie stiegen die hölzernen Stufen empor in einen kleinen Raum mit zwei schmalen Fenstern, die mit rot und gelb gefärbtem Glas verschlossen waren, wodurch der Raum in ein rosafarbenes Licht getaucht wurde. Auf einem mit Pergamenten bedeckten Tisch standen in der Mitte Feder und Tinte, und an der den Fenstern gegenüber liegenden Wand stand ein großes, mit Vorhängen verhängtes Bett.

Murdo hatte den Raum mit zwei Schritten durchquert und zog

die Vorhänge beiseite. Adalbert riß die Augen auf und stieß einen leisen, erstaunten Schrei aus, als Murdo ihn am Arm packte und aus dem Bett zerrte. Mit einem Grunzen landete der Bischof auf allen vieren.

»Steh auf!« befahl ihm Murdo und packte erneut den Arm des Bischofs, um ihn in die Höhe zu reißen.

»Laß mich los!« verlangte der Bischof. Es gelang ihm, einen Teil seines üblichen, würdevollen Dekorums zu bewahren, und langsam richtete er sich in seinem Nachtgewand auf. »Wer bist du?« verlangte er zu wissen. »Wie kannst du es wagen, einen Kirchenfürsten auf heiligem Boden anzugreifen?«

»Ich glaube, Ihr kennt mich, mein Herr Bischof.« Murdo trat einen Schritt vor und starrte dem Kirchenmann in die Augen.

»Ich habe dich noch nie im Leben gesehen«, erklärte Adalbert steif.

Murdo versetzte dem Mann eine schallende Ohrfeige. »Ich habe keine Zeit für Eure Lügen«, zischte er.

»Was willst du von mir?« fragte der Bischof und preßte die Hand auf die Wange.

»Frau Ragnhild und ihre Tochter Ragna – wo sind sie?«

»Ich habe keine Ahnung, wovon du redest.«

Erneut schoß Murdos Hand vor und traf den Kirchenmann mitten ins Gesicht. »Denkt gut nach, bevor Ihr das nächste Mal antwortet«, warnte er.

Adalbert streckte die Hand nach dem verängstigten Mönch aus, der an der Treppe kauerte, und flehte: »Bruder, hol Hilfe! Rasch! Ich will, daß man diesen Verbrecher augenblicklich ergreift.«

»Bleib, wo du bist«, knurrte Murdo. Der Mönch blieb, wo er war. An den Bischof gewandt wiederholte Murdo: »Frau Ragnhild und ihre Tochter – wo?«

»Auch wenn ich mich wiederhole, ich weiß nicht, wovon du

sprichst«, erwiderte der Bischof trotzig. »Man hat dich getäuscht, wenn du glaubst...«

Erneut traf Murdos Hand ihn an der Wange, diesmal jedoch härter.

Der kräftige Schlag erzeugte ein ängstliches Funkeln in den Augen des Kirchenmannes. »Warum tust du das?«

Der verängstigte Mönch nutzte die Gelegenheit, um zu fliehen und Hilfe zu holen. Eilig rannte er die Treppe hinab. Murdo packte erneut den Arm des Bischofs und hob warnend den Finger. »Ich frage Euch jetzt zum letztenmal: Was habt Ihr mit Frau Ragnhild und ihrer Tochter gemacht?«

»Alle Schäflein dieser Inseln unterstehen meinem Schutz. Es ist schwer zu sagen, was...«

Murdo hob die Hand weit höher als zuvor, um seinem Opfer Gelegenheit zu geben, den Schlag kommen zu sehen.

»Nein! Warte!« rief Adalbert rasch. »Frau Ragnhild und ihre Tochter! Natürlich! Jetzt erinnere ich mich!«

»Wo sind sie?«

»Frau Ragnhild ist tot«, erklärte ihm der Bischof unverblümt. »Fieber, glaube ich. Über die anderen weiß ich nichts.«

Murdo starrte den schmierigen Kirchenmann mit hartem Blick an und beschloß, daß der Mann die Wahrheit gesagt hatte. »Ihre Tochter und die anderen – Frau Niamh, die bei ihr gelebt hat –, was ist mit ihnen geschehen?« fragte er, obwohl er sich vor der Antwort fürchtete.

»Soll ich etwa die Verantwortung für jedes zügellose Weib auf diesen Inseln übernehmen?« schnaufte der Bischof. »Du bist wahnsinnig.«

Der Schlag traf den Bischof mitten auf den Mund und warf ihn zurück. Blut floß aus Adalberts geplatzter Lippe das Kinn hinunter. Beim Anblick seines eigenen Blutes begann der Kirchenmann zu wimmern.

»Die Frau, von der du sprichst, ist meine Mutter, Schwein.« Murdo hob erneut den Arm. »Muß ich dich etwa noch einmal fragen?«

»Nein! Nein!« Der erschrockene Kirchenmann hob schützend die Hände vors Gesicht. »Der Konvent. Alle Frauen, die man aufgegriffen hat, hat man in den Konvent gebracht. Ich kann dir sagen, wo er ist.«

»Ich habe eine bessere Idee«, erwiderte Murdo. Er ging zur Treppe und schleifte den Bischof hinter sich her. »Du wirst mir zeigen, wo er ist, Ratte.«

Aus dem Raum am Fuß der Treppe hallte plötzlich Lärm herauf, und Schritte waren auf der Treppe zu hören.

»Die Erlösung ist nahe«, bemerkte Adalbert mit selbstgefälligem Lächeln. »Ich werde nirgendwo mit dir hingehen. Du wirst dir im Gegenteil schon bald wünschen, niemals ein solches Verbrechen gegen die Kirche begangen zu haben.«

Murdo drehte sich um, um sich dem ersten Handlanger des Bischofs zu stellen. Es waren jedoch Jon Reißzahns Kopf und Schultern, die in der Öffnung erschienen. »Sie kommen, Murdo.« Er deutete auf den Bischof und fragte: »Hat er dir irgendwas gesagt?«

»Ein wenig, aber nicht alles.«

»Dann bring ihn runter. Wir werden sie aufhalten.«

Der Nordmann verschwand sofort wieder, und Murdo verstärkte seinen Griff um den Arm des halsstarrigen Kirchenmannes. »Beweg dich!«

»Es gibt keinen Grund...«

»Beweg dich!« schrie Murdo und riß seinen Gefangenen zur Treppe.

»So kann ich doch nicht gehen. Ich bin unbekleidet. Ich muß zumindest meinen Umhang anziehen – und Schuhe.« Er drehte sich um und versuchte, wieder zurückzuschleichen. »So kann ich mich doch nicht sehen lassen; das ist würdelos.«

»Wir werden uns schon um deine Würde kümmern«, erwiderte Murdo, drückte Adalbert die Hand in den Rücken und zwang ihn die Treppe hinunter. »Dasselbe Maß an ›Würde‹, das du anderen gewährt hast, soll auch dir gewährt werden.«

Als er den Raum am Fuß der Treppe erreichte, stieß Murdo den widerspenstigen Kirchenmann zur Tür des Vorraums, wo Jon Reißzahn mit dem Speer in der Hand auf ihn wartete. »Beeil dich! Da kommt jemand.«

Sie rannten zur Außentür und zerrten den Bischof hinter sich her. Gerade als sie den Kreuzgang erreichten, öffnete sich die Tür gegenüber den Gemächern des Bischofs, und eine Stimme schrie: »Ihr da! Bleibt sofort stehen!«

Murdo warf einen Blick zurück und sah Abt Gerardus auf sie zueilen. Kurz betrachtete er den widerwärtigen Priester, dann sagte er zu Jon Reißzahn: »Nimm ihn auch mit.«

Der Nordmann wirbelte herum und hob gleichzeitig den Speer. Gerardus, die Stimme noch immer laut erhoben, sah den Speer und schloß den Mund.

Murdo steckte den Kopf zur Tür hinaus und spähte in den Kreuzgang. Emlyn stand dort bei einer Gruppe Mönche; dem gebannten Gesichtsausdruck der Männer nach zu urteilen, erklärte er ihnen gerade etwas. »Kommt mit, und haltet den Mund«, sagte Murdo und zerrte den Bischof ins Freie; Jon Reißzahn folgte mit dem Abt, und die vier machten sich auf den Weg durch den Kreuzgang zum Sanktuarium.

Dort angekommen, eilten sie durchs Kirchenschiff zu den großen Flügeltüren, welche die Brüder gerade für den Tag öffneten. Murdo dankte den verwirrten Mönchen und schob die Tür noch ein Stück weiter auf. Jon Reißzahn stieß die beiden Priester durch die Lücke hindurch, und gemeinsam liefen sie zum Hafen hinunter.

Nachdem sie die Kirche verlassen hatten, blieb der Bischof

plötzlich stehen. »Tötet mich, wenn ihr wollt. Ich tue keinen Schritt mehr.«

Mit zwei Schritten stand Jon Reißzahn unmittelbar vor Adalbert. Er reichte Murdo den Speer und sagte: »Nimm das, und geh voraus. Wir sind direkt hinter dir.«

Murdo stieß den Abt mit dem stumpfen Ende des Speers in die Rippen, und nachdem sie sich wieder in Bewegung gesetzt hatten, drehte Jon Reißzahn sich zu dem Kirchenmann um und sagte: »Wenn Ihr gestattet, mein Herr Bischof.« Er bückte sich, packte Adalbert an den Knien und warf ihn sich über die Schulter wie einen Sack Mehl.

Auf diese Art eilten die vier Männer durch die Stadt – übrigens sehr zur Belustigung der braven Bürger, die ihren morgendlichen Geschäften nachgingen. Der Bischof wehrte sich zaghaft, rief nach Hilfe und flehte den Nordmann an, ihn herunterzulassen. Als sie den Hafen erreichten, warf Murdo einen Blick zurück, denn er erwartete, eine Heerschar von Mönchen aus der Kathedrale strömen zu sehen. Zu seiner Überraschung sah er jedoch nur Emlyn, der auf seinen kurzen Beinen zum Hafen hinunterrannte.

»Schaff ihn an Bord«, forderte Murdo den Nordmann auf, der daraufhin mit dem nahezu hysterischen Bischof auf der Schulter auf die Mole stieg.

»Du wirst nichts dadurch gewinnen«, schnaufte der Abt neben Murdo. »Du machst nur noch alles schlimmer für dich. Laß uns gehen, und wir werden darüber nachdenken, dir deine Sünden zu vergeben.«

»Meine Sünden sind bereits so groß, daß ich ruhig noch ein paar mehr für eine gute Sache auf mich laden kann.« Murdo stieß den Abt erneut zwischen die Rippen. »Beweg dich. Wir haben guten Wind, und es wäre eine Schande, wenn wir ihn nicht nutzen würden.«

So schob Murdo auch den Abt an Bord und drehte sich schließlich wieder um, um auf Emlyn zu warten. Kurz darauf hatte auch der Mönch das Schiff erreicht; er keuchte und schwitzte aus allen Poren. »Ich halte es für das Beste, wenn wir so rasch wie möglich ablegen.«

»Was hast du ihnen gesagt?« fragte Murdo und half Emlyn über die Reling.

»Die Wahrheit«, schnaufte der Mönch. »Ich habe gesagt, wir kämen von König Magnus und hätten eine dringende Angelegenheit mit dem Bischof zu erledigen. Das hat sie zumindest für den Augenblick zufriedengestellt; aber wenn wir noch länger hierbleiben, dann fürchte ich, werden sie neugierig und sehen nach, was geschehen ist.«

Schließlich gesellten sie sich zu den anderen auf Deck. Abt und Bischof standen beieinander und funkelten ihre Entführer zornig an. Beim Anblick von Emlyn spie der Abt aus. »Ich hätte mir denken können, daß die Célé Dé hinter all dem stecken.« Er sprach den Namen aus, als sei es die schlimmste Beleidigung, die er kannte. »Häretiker und Gotteslästerer bis zum letzten Mann.«

Das stumpfe Ende des Speers traf den Abt am Kinn und warf in aufs Deck, wo er sich vor Schmerzen wand. »Verzeiht mir, Herr Abt«, sagte Murdo und wedelte mit dem Speer. »Es scheint, als sei das Schlagen von Kirchenmännern für mich inzwischen zu einer bedauernswerten Gewohnheit geworden.«

Gerardus funkelte ihn an. »Du wagst es, deine Hand gegen mich zu erheben?« keuchte er und zitterte vor Zorn.

»Vielleicht habe ich mittlerweile nur die unbedarfte Toleranz der Jugend verloren«, erwiderte Murdo in gelassenem Tonfall, »aber ich werde meine Hand gegen jeden erheben, der einen guten Mann beleidigt. Die Célé Dé haben mir stets Freundlichkeit und Respekt erwiesen, und ich werde nicht tatenlos zuhören, wenn ihre Güte von Leuten wie dir in Frage gestellt wird.«

Der Abt saß auf dem Deck und rieb sich das Kinn; klugerweise hüllte er sich in Schweigen. An Jon Reißzahn gewandt, sagte Murdo: »Unsere Gäste haben es sich bequem gemacht; wir können losfahren.«

Auf Murdos Wort hin gab Jon Reißzahn den Befehl abzulegen. Gorm und drei weitere Männer lösten die Haltetaue, und nur einen Augenblick später glitt die *Skidbladnir* an der Mole entlang in die Bucht hinaus.

»Wohin bringt ihr uns?« verlangte der Bischof zu wissen.

»Das müßt ihr uns sagen«, antwortete Murdo. »Wo ist der Konvent?«

Adalbert wurde aggressiv. Trotzig verschränkte er die Arme vor der Brust und knurrte: »König Magnus wird davon erfahren!«

»He, he!« rief Jon Reißzahn fröhlich. »Und ob er davon hören wird, denn ich werde es ihm selbst sagen. Und ich werde ihm auch von all den Höfen und Gütern berichten, die du den Familien der Kreuzfahrer gestohlen hast, während die Männer auf Pilgerfahrt waren.«

»Ich habe nichts Falsches getan«, erklärte der Bischof entrüstet. »Diese Güter sind freiwillig meiner Obhut übergeben worden.«

»Herrn Brusis Länder standen unter der Obhut seiner Frau und Tochter«, widersprach ihm Murdo. »Meine Mutter war bei ihnen.«

»Ich weiß nichts von deiner Mutter«, beharrte der Bischof.

»Oh, du wirst dich noch an Herrn Ranulfs Gemahlin erinnern, oder?« erwiderte Murdo.

Der Bischof starrte ihn einen Augenblick lang an, dann verschwand der trotzige Ausdruck von seinem Gesicht. »Der junge Ranulfson«, seufzte er, als erinnere er sich plötzlich an ein altes, schmerzvolles Ärgernis. »Ich habe gehört, daß du deinem Vater auf den Kreuzzug gefolgt bist.«

»Das bin ich«, bestätigte Murdo, »und ich will dir die Wahrheit sagen: Es macht mich krank zu sehen, was du getan hast. Während andere in Christi Namen gestorben sind, konntest du es noch nicht einmal abwarten, bis ihre Leichen kalt geworden waren, bevor du über ihren Besitz hergefallen bist.« Der junge Mann richtete sich zu seiner vollen Größe auf und blickte dem diebischen Bischof in die Augen. »Deine Tage des Raubens und des Verrats sind vorüber, Priester. Murdo Ranulfson ist zurückgekehrt, und jetzt führe uns zu diesem Konvent.«

»Das werde ich nicht«, erklärte Adalbert widerspenstig.

»Das wirst du doch«, erwiderte Murdo. »Und, mein Herr Bischof«, warnte er im Flüsterton, »ich schlage vor, Ihr sprecht ein stilles Gebet, daß wir die beiden Frauen gesund und glücklich vorfinden.«

»Ich werde einwilligen, euch zu dem Konvent zu führen«, erklärte der intrigante Kirchenmann, »aber für alles Übel, das die Unvorsichtigen befällt, kann ich wohl kaum verantwortlich gemacht werden. Das ist die Sache des Allmächtigen, nicht meine.«

»Diese Güter unterstanden deiner Obhut«, entgegnete Murdo. »Deshalb ist es deine Sache. Auf jeden Fall werde ich dich zur Verantwortung ziehen.«

»Du übernimmst dich; Gott ist mein Richter, nicht du.«

»Dann werden wir dich zu deinem Richter schicken«, sagte Murdo in sanftem, festen Tonfall und brachte sein Gesicht unmittelbar vor das des habgierigen Kirchenmannes, »und wir werden *ihn* entscheiden lassen, ob ich einen unschuldigen Mann getötet habe.«

Murdo und Emlyn blieben vor dem Tor stehen. Der Mönch legte dem jungen Mann die Hand auf den Arm. »Erlaube mir, dir in dieser Sache zu helfen«, bat er sanft. »Ich werde hineingehen, mit der Äbtissin sprechen und dir dann Bescheid geben.«

Murdo blickte auf das große Holztor. »Ich bin nicht so weit gekommen, nur um mich jetzt abzuwenden. Ich muß das durchstehen.«

»Wie du willst.« Emlyn trat zu der kleinen Pforte im Tor, hob den Klopfring und schlug ihn mit dumpfem Knall gegen das Holz. Nur einen Augenblick später öffnete sich ein schmaler Sehschlitz zwischen den Balken, und ein fülliges, freundliches Gesicht erschien. »Guten Tag, Schwester. Ich bin Bruder Emlyn aus der Abtei Sankt Aidan, und dies hier ist Herr Murdo Ranulfson.«

»Auch Euch einen guten Tag, Bruder, und Euch beiden Gottes Segen«, antwortete die alte Frau. »Wie kann ich Euch dienen?«

»Wir wollen...«, platzte Murdo heraus.

Emlyn fiel ihm rasch ins Wort. »Wir sind gekommen, um uns nach der Äbtissin zu erkundigen. Ich hoffe, es geht ihr gut.«

»Es geht ihr in der Tat gut«, antwortete die Nonne. »Wenn Ihr bitte einen Augenblick warten würdet.« Der Sehschlitz schloß sich wieder, und sie hörten ein Kratzen hinter der Tür, als der Riegel wieder vorgeschoben wurde.

»Warum hast du das getan?« verlangte Murdo zu wissen. »Wir sind hier, um meine Mutter und Ragna zu finden, oder etwa nicht?«

»Geduld«, tadelte ihn der Mönch. »Alles zu seiner Zeit. Es ist besser, mit Anstand und Umsicht vorzugehen, wenn wir erwarten, hier Hilfe zu bekommen. Auch glaube ich, daß wir uns zunächst auf deine Mutter beschränken sollten. Frau Ragna sollten wir vorerst nicht erwähnen.«

»Warum?« Die Worte des Mönchs ergaben keinen Sinn für Murdo.

»Wir wissen nicht, was der Bischof der Äbtissin gesagt hat, als die Frauen hierhergebracht worden sind; aber ich gehe davon aus, daß es zumindest nicht die Wahrheit war. Daher rate ich zur Vorsicht, bis wir wissen, wie die Dinge stehen.«

Murdo nickte und trat mit dem Stiefel in die Erde vor dem Tor. Kurz darauf knarrte die kleine Tür und schwang auf.

»Ich bin überrascht, daß die Türen des Konvents geschlossen sind. Sind sie den ganzen Tag über verriegelt?« fragte Murdo.

»Leider ja, Bruder«, antwortete die Nonne. »Wir sind Gefangene in unserem eigenen Kloster, denn es hat in diesem Jahr bereits viele Überfälle gegeben. Vergangenen Sommer hat man uns dreimal sogar direkt angegriffen. Das liegt daran, daß sich die meisten der Herren und Ritter auf Pilgerfahrt befinden, wißt Ihr? Die Seewölfe wissen, daß sie uns ohne Schutz leicht ausplündern können.« Sie lächelte, und Lachfalten umrahmten ihren alten, freundlichen Mund. »Danke, daß Ihr gefragt habt. Bitte, tretet ein, und ich werde Euch zur Äbtissin bringen.«

Der Mönch verneigte sich knapp und trat über die Schwelle. Murdo drehte sich noch einmal um und blickte zu dem Schiff in der Bucht unter ihm. Nicht weit entfernt konnte er die Ausfahrt des Fjords erkennen, den die Nordmänner Dalfjord nannten, und ein Stück weiter südlich zeigte Rauch die Lage von Inbhir Ness an.

Schließlich drehte er sich zur Tür, atmete tief ein, straffte die Schultern und trat hindurch.

Der Konvent glich einer kleinen Siedlung, umgeben von hohen Steinmauern mit Gebäuden verschiedener Größe: eine Kirche, Obst- und Gemüsegärten, Stallungen, Lager und Arbeitsräume für die Handwerker. Innerhalb der Mauern gab es fast so viele Gebäude wie außerhalb, und der Ort wirkte ungewöhnlich geschäftig. Murdo war überrascht, hier viele Männer zu sehen – einige waren Mönche, doch es gab auch Handwerker und Arbeiter; er hatte immer geglaubt, ein Konvent stünde ausschließlich Frauen offen.

»Der Konvent ist nur ein Teil der Aufgabe, die uns Gott aufgetragen hat«, erklärte Äbtissin Angharad, nachdem sie die Besucher in dem kleinen Haus neben dem Kapitel empfangen hatte. Emlyns Rat folgend bemühte sich Murdo, höfliche Konversation zu betreiben, doch alles, woran er denken konnte, waren Ragna und seine Mutter. »Ein wildes Land zu zähmen ist ein ausgesprochen anstrengendes Unterfangen. Wir schicken niemanden weg, der bereit ist, sich seinen Lebensunterhalt im Schweiße seines Angesichts zu verdienen.«

»Und allem Anschein nach habt Ihr große Erfolge mit Eurer Arbeit«, bemerkte Emlyn. »Die Siedlung blüht, wie ich sehe. Sie wächst und gedeiht.«

»Es ist Gott, der uns gedeihen läßt, lieber Bruder«, erwiderte die Äbtissin in scharfem Ton. Mit ihrem schmalen Gesicht und der faltigen, von Sonne und Wind gegerbten Haut wirkte sie trotz ihrer Jahre ausgesprochen kraftvoll – und sie war weit hartleibiger, als Murdo erwartet hatte. »Wenn wir gedeihen«, fuhr sie fort, als erteile sie unartigen Kindern eine Lektion, »dann nur aufgrund unseres Gehorsams. Wir streben nur danach, als Leuchtfeuer in einem dunklen, bösen Land zu scheinen.«

»Und doch«, entgegnete Emlyn in freundlichem Tonfall, »liegt auch Freude in dem Weg zu diesem Ziel, habe ich nicht recht? Gehorsam ist gut. Achtung ist besser, und Liebe ist das Beste von allem. Der Herr unser Gott ist groß in seiner Güte.«

Die dürre, alte Äbtissin betrachtete ihn mit steinerner Miene, und ihre grauen Augenbrauen zuckten. »Wie ich sehe, seid Ihr und Eure Brüder noch immer Sklaven dieser alten Täuschung. Wir werden fortfahren, für Eure Erleuchtung zu beten«, erklärte sie streng.

»So wie wir für die Eure«, erwiderte Emlyn. Sein plötzliches Lachen ließ die ernste Frau tadelnd die Augenbrauen hochziehen und die Lippen schürzen. »Verzeiht mir«, sagte Emlyn rasch, »aber mir ist gerade der Gedanke gekommen, wenn der Herr unser Gott unser beider Flehen gleichzeitig erhören würde, dann würde dies Schottland sicherlich zum meist erleuchteten Reich der Welt machen.«

Der Frohsinn des sanften Mönches ließ die Äbtissin unbeeindruckt. Sie faltete die Hände vor der Brust und sagte: »Nun denn, ich glaube nicht, daß Ihr nur hierhergekommen seid, um Euch nach dem Wohlbefinden meiner Seele zu erkundigen. Gibt es vielleicht noch einen anderen Grund für Euren Besuch?«

»Wir sind gekommen, um ...«, begann Emlyn.

»Wir sind gekommen, um Frau Niamh von Dýrness zu finden«, fiel ihm Murdo ins Wort, denn seine Geduld war am Ende. »Ist sie hier? Geht es ihr gut?«

Äbtissin Angharad betrachtete ihn, als hätte er Gott gelästert. »Und wer seid Ihr, daß Ihr Euch um ihr Wohlbefinden sorgt?«

»Ich bin ihr Sohn«, antwortete Murdo und erklärte, daß er seinem Vater auf den Kreuzzug gefolgt und soeben erst zurückgekehrt sei. »Man hat uns gesagt, meine Mutter sei zusammen mit einigen anderen hierhergebracht worden. Ich bin gekommen, um sie wieder nach Hause zu holen.«

»Ich kann euch sagen, daß sie hier ist und daß es ihr gutgeht«, erwiderte die Äbtissin. »Allerdings kann es gut sein, daß sie nicht wünscht, mit Euch zurückzugehen, und ich werde sie auch nicht dazu zwingen.«

Murdo starrte die Frau an. Der Widerstand, der ihm hier entgegengebracht wurde, war so hart wie eine Wand aus Granit, und er begann allmählich zu verstehen, warum ihn Emlyn zur Vorsicht und Freundlichkeit ermahnt hatte.

»Aber sie wird mich doch sehen wollen«, erklärte Murdo. »Sicherlich hat sie die ganze Zeit auf meine Rückkehr gewartet.«

»Vielleicht«, gestand ihm die Äbtissin zu. »Vielleicht aber auch nicht. Das wird festzustellen sein.«

»Ich verstehe nicht«, sagte Murdo und wurde von Augenblick zu Augenblick verwirrter und verzweifelter.

»Das ist nicht schwer zu verstehen«, erwiderte die Äbtissin und schenkte ihm ein kurzes, überlegenes Lächeln. »Frauen kommen aus vielerlei Gründen hierher. Häufig stellt eine Frau fest, daß ihr das Schicksal oder manchmal sogar ihr Körper zur Last geworden ist. Aber was auch immer der Grund sein mag, wir nehmen sie auf, bieten ihnen eine Zuflucht und beschützen sie, so gut wir können.« Sie hielt kurz inne und preßte die Lippen aufeinander. »Erwartet Ihr etwa, daß ich Euch eine meiner Schutzbefohlenen übergebe, ohne Euch zu kennen? Soweit ich weiß, könntet Ihr genau derjenige sein, vor dem sie hierhergeflohen ist.«

»Aber ich bin ihr Sohn«, entgegnete Murdo zaghaft und blickte hilfesuchend zu Emlyn.

»Es gibt auch mörderische Söhne, ebenso wie lüsterne, habgierige Ehemänner«, erwiderte die Äbtissin. Und die Tatsache, daß Ihr in Begleitung eines Mönchs eines verrufenen Ordens hierhergekommen seid, dient Eurer Sache nicht im mindesten.«

»Schwester Äbtissin«, mischte sich Emlyn in sanftem Tonfall ein. »Eure Wachsamkeit gleicht der des heiligen Petrus; aber ich bezeuge vor Gott, daß dieser junge Mann ins Heilige Land und wieder zurückgereist ist, nur um ein schreckliches Unrecht zu bereinigen, das seiner Familie widerfahren ist. Sein Vater, Frau Niamhs Gatte, ist bei der Eroberung Jerusalems gefallen, und ...«

»Jerusalem ist gewonnen?« Die Äbtissin riß erstaunt den Mund auf. »Seid Ihr sicher?«

»So sicher, wie ich weiß, daß Sonne und Sterne am Himmel stehen«, antwortete Emlyn geschickt. »Wir waren dort, und wir haben den Sieg mit unseren eigenen Augen gesehen.«

»Lob und Ehre sei dem allmächtigen Gott«, erklärte die Nonne. »Wir haben noch nichts davon gehört.«

»Verzeiht mir«, sagte Emlyn. »Ich dachte, auch hier sei die Nachricht bereits eingetroffen; ansonsten hätte ich Euch selbstverständlich sofort davon erzählt.«

»Jerusalem ist den Händen der Heiden entrissen«, seufzte die alte Äbtissin. »Christus hat am Ende doch gesiegt.«

»Um Frau Niamh eben dies zu sagen, sind wir hierhergekommen«, fuhr der Mönch fort. »Daß Jerusalem gewonnen wurde; doch der Preis war hoch. Auch ihren Gatten kostete es das Leben – traurige Neuigkeiten für die Frau, soviel steht fest. Doch wir hoffen, daß wir ihre Trauer mindern können, indem wir sie mit ihrem überlebenden Sohn wiedervereinigen.« Er legte eine Hand auf Murdos Schulter. »Wir bitten Euch nur um eine Möglichkeit, kurz mit ihr zu sprechen, und ob sie dann bleiben oder mit uns gehen will, ist ihre Entscheidung und nur ihre allein, ganz so, wie Ihr gesagt habt.«

Der beschwichtigende Tonfall des Mönchs zeitigte die beabsichtigte Wirkung. Tatsächlich wirkte seine Rede sogar so gut, daß Murdo glaubte, die Äbtissin habe die ganze Zeit über auf eben diese Worte gewartet.

»Also gut«, erklärte Äbtissin Angharad. »Ich werde veranlassen, daß Ihr Frau Niamh sehen könnt. Bitte, wartet hier.«

Die pflichtbewußte Äbtissin eilte von dannen und überließ die beiden Besucher sich selbst. Nervös und auch ein wenig wütend, weil er wieder einmal warten mußte, ging Murdo im Zimmer auf und ab. Um ihn abzulenken, erzählte Emlyn von dem Konvent und erklärte, wie nützlich er an diesem Ort sei und daß die Schwestern unablässig zum Wohl der Menschen arbeiteten.

Murdo winkte ihm zu schweigen, als die Äbtissin plötzlich wieder die Tür öffnete. Mit gefalteten Händen betrat sie den Raum, schürzte die Lippen und betrachtete den dicken Bruder mit offener Mißbilligung. Dann wandte sie sich an Murdo. »Frau Niamh will Euch jetzt sehen. Folgt mir, und ich werde Euch zu einem Ort führen, wo Ihr ungestört sprechen könnt.«

Die Nonne führte sie über den Hof zu einer hölzernen Tür in der Mauer. Hier blieb sie stehen und bedeutete Murdo hindurchzugehen. »Ihr habt nur ein paar Augenblicke.«

Murdo dankte der Äbtissin und trat durch die Tür. »Geh du nur«, sagte Emlyn. »Ich werde am Tor bei Jon auf dich warten.«

Murdo fand sich in einem Obstgarten wieder, der auf allen Seiten ummauert war, um die Bäume vor dem eisigen Nordwind zu schützen. Doch am heutigen Tag, mitten im Frühling, war die Luft warm und erfüllt vom Summen der Bienen, die von einer Apfelblüte zur nächsten flogen. Die Sonne schien hell, und es dauerte einen Augenblick, bis Murdo die gebückte Gestalt im Schatten der Äste bemerkte.

Die Gestalt war in eine graues, formloses Gewand gehüllt und trug den Umhang der Nonnen. Sie kniete über etwas am Boden und hatte Murdo den Rücken zugekehrt. Unsicher trat Murdo zwei Schritte auf die Gestalt zu, dann blieb er stehen. »Mutter?« fragte er mit leiser Stimme, um sie nicht zu erschrecken.

Sofort erstarrte die Gestalt.

»Mutter«, wiederholte Murdo. »Ich bin es. Murdo. Ich bin zurückgekehrt.«

Die Frau drehte den Kopf, und Murdos Herz zog sich zusammen. »Ragna?«

Die schlanke, junge Frau stand langsam auf und trat zögernd einen Schritt auf ihn zu; eine Unzahl von Gefühlen spiegelte sich auf ihrem Gesicht. Dann stieß sie einen Schrei aus und stürzte in Murdos Arme. »Murdo!«

»Ragna...«, sagte er, und sein Mund fand den ihren, und seine Arme schlossen sich um sie und drückten sie so fest an sich, als wolle er sich mit dieser einen Umarmung für all die Male entschädigen, in denen er sich danach gesehnt hatte. Ragna küßte ihn wieder und wieder; Küsse regneten auf sein Gesicht herab, auf seinen Hals. Ihre Hände krallten sich in seine Arme, auf daß er nie wieder entkommen konnte, und Tränen der Freude rannen ihr die Wangen herab.

»Ragna... mein Herz... oh, wie ich dich vermißt habe«, sagte Murdo und drückte sein Gesicht an ihren Hals. »Ich bin hier. Ich bin zu Hause.«

»Meine Liebe«, flüsterte sie. »Man hat mir nicht gesagt, daß du...«

»Sie haben mir gesagt, ich solle hier meine Mutter treffen. Ich wußte ja nicht...«

»Sie ist hier und...«

»Ich bin wegen dir gekommen. Wir werden diesen Ort sofort verlassen. Wir werden von hier fortgehen, und...«

»Schschsch!« flüsterte sie und legte ihm die Finger auf die Lippen. »Sprich nicht. Halt mich einfach fest.«

Die Augen geschlossen und die Körper aneinander gepreßt, standen sie eine Weile einfach nur da, und Murdo spürte Ragnas Wärme, und sein Herz schlug immer schneller. Er hatte das Gefühl, als hätte er die ganze Zeit über einen Eissplitter im Herzen gehabt, der nun in der Wärme von Ragnas liebevoller Umarmung schmolz. Murdo wäre zufrieden gewesen, für immer so zu verharren, doch langsam wurde er sich einer weiteren Gestalt im Obstgarten bewußt. Er öffnete die Augen und blickte über Ragnas Schulter hinweg zu der Stelle, wo sie gekniet hatte.

Dort, im langen, grünen Gras saß ein kleines, pausbäckiges Kind und starrte ihn aus großen braunen Augen an. Als es Murdos

Blick bemerkte, stieß das Kind einen beherzten Schrei aus und erregte damit Ragnas Aufmerksamkeit. Sie nahm Murdo bei der Hand, führte ihn zu dem Kind, bückte sich und hob das Kind hoch.

»Eirik«, sagte sie mit sanfter Stimme und küßte das Kind auf die runden Wangen. »Dein Vater ist nach Hause gekommen. Siehst du? Das ist Murdo. Er ist dein Da.«

»Da!« rief das Kind und streckte eine fleischige, kleine Hand aus.

Ehrfurchtsvoll nahm Murdo die winzige Hand in die seine, und die Kraft der kleinen Finger erfüllte ihn mit Erstaunen. »Meiner?« keuchte er. »Ich habe ein Kind?«

»Unseres«, berichtigte ihn Ragna, »Ja, mein Geliebter, du hast einen Sohn. Sein Name ist Eirik.«

Murdo hob die Hand, um die hellgelben Locken des Kindes zu berühren und flüsterte ihm ins Ohr: »Mein Sohn...« Das war alles, was er herausbrachte, bevor ihm die Stimme versagte.

Er zog Ragna und das Kind zu sich heran und küßte sie beide, und so standen sie noch immer da, als er leise Schritte im Gras vernahm. Er drehte sich um und sah seine Mutter herbeieilen. »Oh, Murdo... Murdo«, sagte sie mit Tränen in den Augen. »Als die Äbtissin mir gesagt hat, du seist hier. Ich... ich habe gewußt, daß du zurückkehren würdest.«

Er ergriff ihre Hände und zog sie zu sich heran. »Mutter...«, sagte er und küßte sie auf die Wange.

»Willkommen daheim, Murdo, mein Herz. Ich wußte, daß du uns holen würdest.« Sie blickte zu Ragna. »Wir beide haben jeden Tag für eure sichere Rückkehr gebetet.«

»Mutter«, sagte er mit sanfter Stimme, »ich bin der einzige, der zurückgekehrt ist.« Dann berichtete er ihr von Herrn Ranulfs Tod.

Niamh verschränkte die Hände, senkte den Kopf und begann zu weinen. Murdo legte ihr den Arm um die Schulter. Nachdem die erste Welle der Trauer vorüber war, erzählte ihr Murdo: »Ich habe ihn noch gesehen, bevor er gestorben ist. Wir haben lange miteinander geredet, und er hat mir alles erzählt. Ich werde dir berichten, was er gesagt hat, aber jetzt ist nicht die Zeit dafür.«

»Ich hatte befürchtet, daß er nicht nach Hause zurückkehren würde«, sagte Frau Niamh mit zitternder Stimme. »Ich dachte, ich wäre auf das Schlimmste vorbereitet, aber ...« Sie brach ab, atmete tief durch und sagte dann: »Und jetzt sag mir – ich muß es wissen –, was ist mir Torf und Skuli? Sind sie auch gefallen?«

»Nein, sie leben und sind gesund«, antwortete Murdo froh, eine bessere Nachricht übermitteln zu können. »Sie sind in die Dienste von Graf Balduin getreten – dem Bruder des neuen Herrschers von Jerusalem –, und sie haben beschlossen, im Heiligen Land zu bleiben und dort ihr Glück zu machen.«

»Und mein Vater?« fragte Ragna. Ihre Augen suchten nach einer anderen Antwort als die, die sie befürchtete. »Ist er auch tot?«

Murdo nickte. »Es tut mir leid. Dein Vater fiel an einem Ort mit Namen Dorylaion – und deine Brüder mit ihm.« Er hielt kurz inne, um Ragna Gelegenheit zu geben, die Nachricht aufzunehmen, dann fuhr er fort: »Deiner Mutter wird dieses Unglück zumindest erspart bleiben. Der Bischof hat es mir gesagt.«

»Dieser Bischof«, sagte Niamh wütend, »weiß alles, was auf den Inseln vor sich geht. Er war der erste, der wußte, daß Ragnhild gestorben war. Nicht ein Tag war seit ihrer Beerdigung vergangen, da hat er seine gierigen Finger bereits nach Cnoc Carrach ausgestreckt.«

»Aber nun, da du hier bist«, sagte Ragna hoffnungsvoll, »können wird endlich wieder nach Hause gehen.« Sie ergriff Murdos Hand. »Wir werden unser Ehegelübde in der Kapelle besiegeln, und dann wirst du der Herr von Cnoc Carrach sein. Wir können ...«

»Nein, Ragna«, unterbrach sie Murdo und schüttelte den Kopf.

»Das wird nicht gehen. Weder dein Vater noch seine Erben werden jemals wieder zurückkehren; das Gut wird an die Kirche fallen. Aber ich besitze meine eigenen Ländereien, und dort werden wir uns ein gemeinsames Leben aufbauen.«

Dann erzählte er den Frauen, wie er König Magnus mit der Ungerechtigkeit konfrontiert hatte, die in seinem Namen begangen worden war, und wie der König ihm Land als Ausgleich angeboten hatte. Schließlich berichtete er, daß der Bischof und sein Abt bei ihm seien und daß sie sich vor dem König für ihre Taten würden verantworten müssen. »Der König ist ein gerechter und ehrenhafter Mann«, versicherte ihnen Murdo. »Er wird dafür sorgen, daß der Gerechtigkeit Genüge getan wird.«

»Mein Vater und meine Brüder...«, begann Ragna. »Gibt es wirklich keine Zweifel? Vielleicht irrst du dich, und sie leben immer noch. Vielleicht...«

Milde schüttelte Murdo den Kopf. »Es gibt keinen Zweifel. Es tut mir leid.«

In diesem Augenblick öffnete sich die Tür in der Mauer, und die Äbtissin erschien; rasch schritt sie auf sie zu. »Nun«, sagte sie und blickte zu Ragna, die noch immer Murdos Hand hielt, »ich hätte wissen müssen, daß Ihr der Vater dieses Kindes seid.«

Sie entließ das Paar mit einer heftigen Bewegung ihres Kinns und wandte sich an Murdos Mutter. »Frau Niamh«, sagte die Nonne, »dieser Mann hat seinen Wunsch bekannt, Euch mit sich zu nehmen. Wie lautet Eure Entscheidung?« Doch bevor Niamh antworten konnte, fügte die Äbtissin hinzu: »Ich möchte, daß Ihr wißt, daß Ihr in Eurer Entscheidung vollkommen frei seid. Solange Ihr in diesen Mauern weilt, wird niemand Euch zwingen, etwas gegen Euren Willen zu tun. Habt Ihr das verstanden?«

»Vielen Dank, Frau Äbtissin«, antwortete Niamh in kaltem Tonfall. »Es ist gut, daß Ihr mir mit Eurem Rat zur Seite steht. Doch ich muß gestehen, daß mich Eure Großmut überrascht – besonders, da Ihr sehr wohl wißt, daß ich gegen meinen Willen von Bischof Adalbert von Orkneyjar hierhergebracht worden bin.«

Die Äbtissin nahm eine steife Haltung ein. »Ich hatte gehofft, die Zeit bei uns hätte Euer Herz erweicht, Frau Niamh. Ich habe stets darum gebetet, daß Ihr eines Tages verstehen und akzeptieren würdet, daß das, was geschehen ist, nur zu Eurem eigenen Wohl geschah.«

»Ich verstehe weit besser, als Ihr ahnt, Frau Äbtissin. Es geschah zum Wohle der Börse des Bischofs. Und wenn er und sein habgieriger Abt nun vor mir stünden, würde ich ihnen das gleiche sagen.«

»Hütet Eure Zunge«, protestierte die Äbtissin. »Der Bischof von Orkneyjar ist ein Diener Gottes, und man muß ihn mit dem gebührenden Respekt behandeln.«

»Seid versichert, daß Bischof Adalbert genau den Respekt erhält, den er verdient«, sagte Murdo.

Er hob das Kind auf den Arm und führte Ragna und seine Mutter aus dem Obstgarten. Die beiden Frauen holten noch ein paar Dinge aus ihren Zellen, dann gingen sie über den Hof zum Tor. »Wir legen wieder ab!« rief Murdo, als sie sich dem Tor näherten, wo Emlyn und Jon Reißzahn mit den beiden gefangenen Kirchenmännern warteten.

»Und wohin jetzt?« fragte Jon Reißzahn.

»Thorsa«, antwortete Murdo. »Der König will mich zu einem Fürsten machen, und ich will ihm seinen Herzenswunsch nicht länger versagen.«

»Was ist mit den beiden?« Der Nordmann deutete mit dem Speer auf die düster dreinblickenden Kirchenmänner. Der Bischof verzog mürrisch das Gesicht und verschränkte trotzig die Arme vor der Brust. Der Abt stand neben ihm und ließ die Schultern hängen. »Sollen wir sie mitnehmen?« fragte Jon.

»Aber auf jeden Fall! Sie sollen uns begleiten«, antwortete Murdo. »Ich glaube, König Magnus wird interessiert sein zu erfahren, wie viele der Güter und Höfe seiner Vasallen in den Besitz der Kirche übergegangen sind. Wer sollte ihm das wohl besser erklären können als die beiden, die dafür verantwortlich sind?«

Adalbert wollte dagegen protestieren, doch Jon Reißzahn drehte ihn herum und stieß ihn Richtung Bucht. Emlyn packte den Abt beim Arm. »Sei nicht so trübsinnig, mein Freund«, sagte der dicke Mönch. »König Magnus ist ein guter und ehrlicher König. Du wirst ausreichend Gelegenheit haben, ihm deine Gründe zu erklären.«

Abt Gerardus funkelte den Mönch an, antwortete aber nicht. Er riß sich von Emlyn los und stapfte allein davon. Der freundliche Mönch drehte sich zu Murdos Mutter um, verneigte sich und bot ihr den Arm an. »Herrin, es wäre mir eine Ehre, Euch zum Schiff zu geleiten.«

Niamh lächelte und hakte sich bei Emlyn ein. Gemeinsam gingen sie davon und ließen den Konvent hinter sich, ohne auch nur einmal zurückzublicken.

Ragna jedoch blieb kurz stehen und warf einen letzten Blick auf ihr Gefängnis. Murdo stand neben ihr.

»Ich werde dich nie wieder verlassen«, schwor er. Er ergriff ihre Hand, führte sie zur Bucht hinunter und sagte: »Wir werden uns einen Ort schaffen, wo wir ein ganzes Leben lang zusammenbleiben können.«

König Magnus begrüßte seinen neuen Lehnsmann mit ehrlicher Freude. In ein prächtiges gelbes Wams und ebenso prächtige Hosen gekleidet und angetan mit neuen braunen Stiefeln und einem breiten Gürtel aus rotem Leder, eilte er ihnen mit dem Becher in der Hand an der Tür der Großen Halle von Thorsa entgegen. »Seid gegrüßt, Herr Murdo! Willkommen und gutes Bier erwarten Euch in meiner Halle. Kommt, und trinkt mit mir.«

Froh, den König in solch guter Stimmung anzutreffen, grüßte Murdo seinen Herrn respektvoll und nahm den Becher entgegen. Das Bier war kühl und schaumig, und es schmeckte wie flüssiger Rauch – ein Geschmack, der Murdo an seine Heimat auf den Dunklen Inseln erinnerte, an Hrafnbú. Er gab dem König den Becher zurück, der ihn leerte und sofort nach einem neuen rief. Ein junger Diener erschien daraufhin, und Magnus vertraute Murdo an: »Wir haben schon ein wenig Bier getrunken, aber habt keine Angst, es ist genug für alle da.«

Dann sprach er wieder mit lauter Stimme. »Ich hoffe, Eure Reise war von Erfolg gekrönt«, sagte er und reichte den Becher dem Diener. Magnus deutete auf die beiden Frauen, die ein paar Schritte hinter Murdo standen. »Bitte sagt mir: Wer sind diese Frauen?« fragte der König. »Trotz ihrer armseligen Kleidung kann ich einfach nicht glauben, daß es Nonnen sind. Wäre soviel Schönheit in den Klöstern üblich, geriete ich in Versuchung, selbst die Mönchskutte überzustreifen.«

»Mein Herr und König«, antwortete Murdo stolz, »Eure Augen sind so scharf wie eh und je. Gestattet mir, Euch meine Mutter vorzustellen, Frau Niamh, und meine Gemahlin, Frau Ragna.« Dann hob er das Kind hoch und sagte: »Und dies ist mein Sohn, Eirik.«

Während der König jeden der Gäste einzeln begrüßte, betrat der Rest der Mannschaft den Hof. Der König winkte seinem Seewolf zu und rief: »Jon Reißzahn! Willkommen! Wen hast du da bei dir? Das sind doch wohl nicht der Bischof von Orkneyjar und sein geschätzter Herr Abt?« Der König breitete die Arme aus. »Ich fühle mich geehrt. Noch nie war eine solch illustre Gesellschaft in der Halle von Thorsa versammelt. Meine Freunde, ich grüße Euch und bitte Euch, Euch unter meinem Dach auszuruhen. Es wird Euch an nichts mangeln, solange Ihr meine Gäste seid. Kommt, und laßt uns den Willkommensbecher teilen.«

Bischof Adalbert und Abt Gerardus nutzten die Gelegenheit, um ihre Empörung darüber zum Ausdruck zu bringen, daß man sie wie Verbrecher aus der Kathedrale geschleppt hatte. »Ihr irrt Euch, mein König, wenn Ihr glaubt, wir seien aus freien Stücken hier«, erklärte der Bischof.

»Diese Männer«, sagte der Abt voller Haß, »haben sich unrechtmäßige Freiheiten herausgenommen, für die wir sie entsprechend bestraft sehen wollen.«

»Wollt Ihr damit etwa sagen, Ihr seid nicht hierhergekommen, Eurem König den Respekt zu erweisen und Dank zu sagen für seine sichere Rückkehr?« fragte Magnus.

»Selbstverständlich galten all unsere Gedanken stets zuerst Eurer sicheren Rückkehr«, versicherte ihm der Abt. »Dennoch sind wir mit Gewalt und gegen unseren Willen hierher verschleppt worden.«

»Ich verlange, daß man diese Männer augenblicklich festsetzt und sie für ihre Verbrechen zur Rechenschaft zieht.« Der Bischof deutete anklagend auf Murdo, Jon Reißzahn und die Männer der *Skidbladnir*.

Der König runzelte die Stirn. »Wie es der Zufall will, habe ich es zu meiner ersten Aufgabe gemacht herauszufinden, was während meiner Kreuzfahrt in meinem Reich geschehen ist.« Er richtete sich zu seiner vollen Größe auf. »Ich war bereit, Euch eine gewisse Zeit der Erholung zu gönnen, bevor wir die Angelegenheit besprechen, aber nun habt Ihr mich gezwungen, sofort zur Sache zu kommen. Daher werde ich die Angelegenheit hier und jetzt erledigen.«

Er drehte sich um und rief nach seinen Beratern, sich zu ihm zu gesellen. Als sie den Ruf hörten, eilten die Gefolgsleute und Krieger ins Freie, um zu sehen, was dort draußen vor sich ging; sie drängten sich in der Tür und umringten jene, über die der König Gericht halten wollte. Kurz darauf schoben Fionn und Ronan sich durch die Menge und nahmen ihre Plätze an der Seite von König Magnus ein. »Sprecht«, befahl der König. »Erzählt uns alles, was ihr herausgefunden habt.«

»Wie Ihr befehlt, mein König«, erwiderte Ronan in feierlichem Tonfall. »Wir haben Eure Edlen und Lehnsmänner befragt. Von diesen haben wir erfahren, daß nicht weniger als achtzehn Güter und Höfe vom Bischof übernommen und der Herrschaft der Kirche unterstellt worden sind.«

»Wie das?« fragte der König. »Die Nachricht von der erfolgreichen Beendigung des Kreuzzugs hat noch nicht alle Ufer erreicht. Da wir selbst die ersten sind, die zurückkehren, verstehe ich nicht, wie der Bischof wissen kann, welcher der Herren nicht zurückkehren wird, woraufhin er ihre Ländereien übernehmen darf.« An die Kirchenmänner gewandt sagte er: »Klärt uns auf, wenn Ihr könnt.«

Der Bischof schnaufte entrüstet. »Soll ich etwa auf diese Gerüchte antworten?«

»Kommt schon, Bischof Adalbert, es wäre ein großer Fehler, diese Anklagen einfach so abzutun«, sagte Ronan. »Ich selbst habe mit vielen gesprochen, deren Länder Ihr beschlagnahmt habt.«

»Niemandes Länder sind ›beschlagnahmt‹ worden«, erklärte der Abt. »Wir haben lediglich jenen den Schutz der Kirche gewährt, die durch unglückliche Umstände auf unsere Hilfe angewiesen waren.«

»Hilfe und Schutz«, schnaufte Murdo. »Das ist eine seltsame Art von Schutz, wenn ihr eine Mutter und ihr neugeborenes Kind aus dem warmen Haus werft und sie mitten im Winter auf ein Schiff zwingt. Aber vielleicht waren es ja nur das Haus und das Land, das ihr beschützen wolltet.«

»Wir haben im Einvernehmen mit dem päpstlichen Dekret gehandelt, das Herr Brusi bei seiner Abreise unterzeichnet hat«, erwiderte der Bischof hochmütig. »Ihr werdet alle Dokumente entsprechend hinterlegt finden.«

»Es war meine Heimat«, erklärte Ragna, »und ihr habt sie mir weggenommen.«

»Ihr irrt Euch«, sagte der Abt. »Ihr wart nicht unter den Erben, die in dem Dokument aufgelistet waren. Euer Vater hat nur Eure Mutter und Eure Brüder aufgeführt. Ein unglückliches Versehen, ohne Zweifel, aber das kann man uns nicht zum Vorwurf machen. Da der Herr und alle seine Erben verstorben sind, gehört das Land nun der Kirche.«

»Aber ihr habt das Gut bereits vorher genommen«, stellte Murdo klar. »Wie der König bereits gesagt hat, konntet ihr nicht wissen, daß Herr Brusi nicht wieder zurückkehren würde.«

»Wir wissen es aber jetzt«, erwiderte der Abt verschmitzt. »Damals haben wir nur Menschen in Not den Schutz der Kirche angeboten.«

Murdo fühlte, wie seine einst so große Sicherheit ins Wanken geriet. Die schmierigen Kirchenmänner entglitten seinem Griff.

»Dennoch«, erklärte König Magnus streng, »scheint es mir, als hättet Ihr in übertriebener Eile gehandelt, als Ihr das Gut übernommen habt.«

»Und was ist mit dem Gut meines Vaters?« mischte sich Murdo wieder ein. »Herr Ranulf hat kein Dekret unterzeichnet, und dennoch ist Hrafnbú unter den ›Schutz‹ der Kirche gefallen.«

»Das ist eine vollkommen andere Angelegenheit«, versicherte ihm der offenbar unerschütterliche Bischof. »Das ehemalige Gut deines Vaters ist König Magnus persönlich zugefallen und von ihm an Orin Breitfuß vergeben worden. Es war Herr Orin, der das Land dem Schutz der Kirche unterstellt hat, während er sich auf Kreuzfahrt befand.«

»Ah, jetzt kommen wir endlich zur Sache«, sagte Ronan. »Ich habe mich schon die ganze Zeit über gefragt, warum ausgerechnet die Ländereien jener Herren, die das päpstliche Dekret nicht unterzeichnet haben, an den König gefallen sind. Auch hat man keinem der Edlen Gelegenheit gegeben, Prinz Sigurd die Treue zu schwören, was ihren Besitz gesichert hätte. Vielleicht könnt Ihr mir das erklären, mein Herr Bischof.«

Der Bischof preßte die Lippen aufeinander.

»Dir müssen wir nicht antworten, Ketzer!« fauchte Abt Gerardus.

»Und doch werdet Ihr antworten«, sagte der König.

»Dann fragt doch Herrn Orin«, schlug der Bischof vor. »Er war derjenige, der das Land an sich genommen hat, nicht wir.«

»Nun gut«, stimmte der König zu, »wir werden ihn fragen.« Er nickte Fionn zu, der daraufhin in der Halle verschwand und kurz darauf mit Orin Breitfuß an der Seite wieder zurückkehrte.

Magnus begrüßte den Edelmann und sagte: »Wir haben über die vielen Güter gesprochen, die von diesen eifrigen Kirchenmännern für die Kirche beansprucht worden sind. Sie sagen, daß Ihr dafür verantwortlich wärt. Kann das wahr sein, Herr Orin?«

»Mein Herr und König«, antwortete Orin, »es ist wahr, daß ich viele Ländereien in Besitz genommen habe, um die Treue der Einwohner für Euch und Prinz Sigurd zu sichern. Die Güter gehörten aufsässigen Herren, die sich weiterhin Jarl Erlend und Jarl Paul verpflichtet fühlten und daher Prinz Sigurd als Jarl nicht anerkennen wollten.«

Murdo öffnete den Mund, um zu protestieren, doch der König hob die Hand, um ihm Schweigen zu gebieten und bat Orin fortzufahren. »Woher wußtet Ihr, daß diese Güter Aufrührern gehörten, die Prinz Sigurd nicht anerkennen wollten?«

»Bischof Adalbert bot uns seinen Rat an«, antwortete Orin in sachlichem Tonfall. »Er kam zu uns und sagte, er fürchte um den Frieden auf den Inseln, sollte den Aufrührern gestattet werden, sich offen gegen Prinz Sigurd zu stellen. Er sagte, er hätte von einem Plan erfahren, den Prinzen zu ermorden und Jarl Erlend wieder einzusetzen. Er drängte uns, rasch zu handeln, um den Aufstand im Keim zu ersticken und den Frieden um jeden Preis zu erhalten.«

Der Bischof starrte trotzig geradeaus. Der Abt jedoch runzelte nachdenklich die Stirn; er schien sich ein neues Lied auszudenken, das er fortan singen konnte.

Der König drehte sich zu Frau Niamh um und sagte: »Gute Frau, ich würde gerne aus Eurem Munde erfahren, wie es um die Treue Eures Gatten in dieser Angelegenheit bestellt war.«

Bevor Niamh darauf antworten konnte, protestierte der Bischof: »Ihr wollt eine Frau befragen? Die Angelegenheiten der Könige und Fürsten liegen sicherlich weit jenseits ihres Verständnisses. Sie kann uns gar nichts sagen.«

»Dem kann ich nicht zustimmen«, erklärte der König mit fester, strenger Stimme. »Denn wer kennt die Launen und Wünsche eines Mannes besser als seine Frau?« Dann drehte er sich wieder zu Niamh um. »Was sagt Ihr, gute Frau? Galt Herrn Ranulfs Treue Jarl Erlend, oder war er bereit, Prinz Sigurd zu unterstützen?«

»Ihr verlangt von ihr, ihren Gatten zu beschuldigen oder mich zu verdammen«, warf der Bischof ein. »Was glaubt Ihr wohl, wird sie tun?«

»Und doch werde ich ihre Antwort hören«, erklärte Magnus. Er nickte Niamh zu. »Sprecht.«

»Mein Herr und König«, antwortete Niamh, »Ihr fragt mich, ob seine Treue zu Jarl Erlend meinen Gatten davon abgehalten hätte, Prinz Sigurd zu folgen. Die Wahrheit ist: Ich kann es Euch nicht sagen.«

»Da!« schrie der Bischof. »Es ist, wie ich gesagt habe. Sie weiß gar nichts.«

»Ich kann es nicht sagen«, fuhr Niamh unbeirrt fort, »und der Grund dafür ist, daß mein Gatte sich dem Kreuzzug angeschlossen hatte, bevor die Jarls Erlend und Paul abgesetzt worden sind.«

»Sollen wir ihr etwa glauben?« verlangte der Bischof zu wissen. »Sie würde alles sagen, um uns in Verruf zu bringen.«

»Ich flehe niemanden an, mir zu glauben«, erklärte Niamh, und kalter Zorn stahl sich in ihre Stimme. »Die Tatsachen sprechen für sich: Die Herren sind lange vor der Ernte auf Pilgerfahrt gegangen, und Prinz Sigurd ist erst nach Ostern auf den Inseln eingetroffen.«

»Eure Erinnerung ist vollkommen korrekt, Frau Niamh«, erklärte der König. Erneut drehte er sich zu den beiden Kirchenmännern um und bemerkte: »Es scheint, als hättet Ihr Euch so sehr daran gewöhnt die Wahrheit Eurer Gier anzupassen, Bischof Adalbert, daß Ihr Euch noch nicht einmal ihrer erinnert.«

Nun spürte auch der Bischof, wie er langsam den Boden unter den Füßen verlor. Er starrte den König an und dann Herrn Orin. »Ihr habt mich nicht hierhergebracht, um Gerechtigkeit walten zu lassen, sondern um mich zu verurteilen.«

»Falls ich Euch verurteile, dann ist dies mein Recht«, erwiderte der König. Plötzlich entrüstet und wütend zugleich, richtete er sich zu seiner vollen Größe auf. »Hört mich, ihr beiden Schlangen! Ihr habt meinen Sohn in seiner Jugend und Unschuld als euer Werkzeug mißbraucht – tatsächlich habt ihr in meinem Namen nichts anderes getan, als zu stehlen. Doch wie dem auch sein mag: Ich will nicht, daß ihr euch zu Unrecht angeklagt und bestraft fühlt. Daher habe ich beschlossen, daß ihr beide nach Jorvik gebracht werden sollt, um eure Taten vor dem Erzbischof zu verantworten. Herr Orin wird euch begleiten und dafür Sorge tragen, daß man das volle Ausmaß eurer Taten erkennt.«

Der Abt widersetzte sich gegen die Entscheidung des Königs, indem er behauptete, nur den Befehlen seines Oberen gehorcht zu haben. Doch der König wollte nichts davon hören. »Werde jetzt nicht zum Feigling, nachdem du deinen Bischof in dieser Angelegenheit so tapfer unterstützt hast. Wo bleibt deine Treue, Mann?«

Daraufhin rief der König mehrere seiner Edelleute zu sich und befahl ihnen, es dem Bischof und seinem Abt in den Lagerhäusern bequem zu machen, bis ein Schiff gefunden war, daß sie nach Jorvik bringen würde.

Während der Bischof und sein Abt vom Hof geführt wurden, führte Magnus Murdo und seine Familie in die königlichen Privatgemächer, wo sie den Willkommensbecher teilten. Herr Orin und Jon Reißzahn gesellten sich zu ihnen und auch die königlichen Berater.

Nachdem der Sitte mehr als genug getan war, bat der König Bruder Ronan, das Pergament zu holen, das er vorbereitet hatte. Der alte Priester verließ das Gemach und kehrte rasch wieder mit einer Pergamentrolle zurück, die von einem Lederband zusammengehalten wurde. Der König entrollte das Pergament – eine Landkarte – und legte es auf den Tisch. Dann rief er alle zu sich, damit sie sehen konnten, was er vorzuschlagen hatte.

»Dies hier«, sagte er und fuhr mit dem Finger eine ausgebleichte schwarze Linie entlang, »ist mein Reich in Caithness. Und dies hier«, er deutete auf eine rote Linie, die das Reich fast in zwei gleich große Hälften teilte, »soll Herrn Murdos Reich sein, wenn er es denn haben will.«

Angesichts der Größe des Landes, das man ihm anbot, riß Murdo verblüfft den Mund auf. »Mein Herr, das ist weit mehr, als wir vereinbart haben.«

»Darf ein König seine Edlen denn nicht mehr anständig belohnen?« fragte Magnus. »Doch Ihr sollt wissen, daß dieses Geschenk Euch und Euren Leuten das Beste abverlangen wird. Es ist kein wohlhabendes Land, das ich Euch anbiete; tatsächlich ist Caithness sogar das geringste meiner Länder. Denn das Land ist wild, und es gibt weder größere Siedlungen noch Güter – nichts im Vergleich zu dem, was Ihr verloren habt. Es wird Eure Aufgabe sein zu entscheiden, ob und wie Siedlungen angelegt werden sollen. Das ist Arbeit für ein ganzes Leben und mehr.« Er warf Murdo einen herausfordernden Blick zu. »Nun, was sagt Ihr? Wollt Ihr es nehmen und mein Lehnsmann werden?«

»Wenn es Euer Wille ist, Herr, dann werde ich es nehmen«, erwiderte Murdo und fügte rasch hinzu: »Und damit mein Mangel an Weisheit nicht zur Gefahr für uns alle wird, bitte ich Euch, mir Eure weisen Ratgeber auszuleihen, um mir bei der Errichtung meines Reichs zu helfen.«

König Magnus lächelte zustimmend. »Niemandem mangelt es an Weisheit, der so klug ist, sich die Dienste meiner Berater zu sichern.« Er wandte sich an die Mönche. »Ich überlasse es euch, Priester. Bleibt bei ihm, und helft ihm, oder segelt mit mir nach Jerusalem. Die Wahl liegt bei euch.«

Die drei berieten sich kurz miteinander, und die Frage war rasch entschieden. »Wenn es Euch recht ist, Herr«, antwortete Ronan, »würden wir gerne Murdo folgen. Doch damit es dem König bei seiner Rückkehr ins Heilige Land nicht an Rat mangelt, werde ich Bruder Monon aus der Abtei herbeirufen, um Euch zur Seite zu stehen.«

Der König zeigte sich ausgesprochen zufrieden mit dieser Entscheidung, begrüßte die Abmachung als Segen für ganz Caithness und befahl, man solle ein Fest für die Gäste bereiten. Dann fiel ihm wieder die armselige Kleidung der Frauen auf, und Magnus rief einigen der Edelfrauen der Siedlung zu, vorzutreten. »Diese Frauen werden morgen am Fest des Königs teilnehmen«, erklärte er. »Findet Kleidung für sie, die ihrem Rang entspricht, und seht zu, daß sie für das Fest gut ausgestattet sind.«

Niamh dankte dem König für seine Freundlichkeit und Rücksichtnahme und sagte: »Eure Königin ist eine glückliche Frau, denn sie hat einen aufmerksamen Gatten.«

»Leider«, erwiderte Magnus, »ist meine Gemahlin und Königin noch nicht aus Norwegen eingetroffen, so daß ich nicht die Freude haben werde, Euch ihr vorzustellen. Doch ich wäre geehrt, wenn Ihr morgen an der Tafel ihren Platz einnehmen würdet.«

»Herr«, erwiderte Niamh und verneigte sich elegant, »die Ehre ist ganz auf meiner Seite.«

Die Frauen verabschiedeten sich und eilten davon, woraufhin Magnus erklärte, er sei halb verdurstet, und nach einem Becher Bier rief, um seine von den Anstrengungen des Königtums brennende Kehle zu kühlen. »Edle Freunde, laßt uns zusammensitzen und das süße Bier der Bruderschaft trinken.« Er führte sie in die Halle, wo ein großer Bottich mit süßem Bier überquoll.

Nachdem die Becher mehrere Male gefüllt worden waren, fand Murdo Gelegenheit, sich davonzustehlen. Er bat den König, sich seine Berater für eine kleine Weile ausleihen zu dürfen, rief Jon Reißzahn zu sich, und gemeinsam verließen sie die Halle. Murdo führte sie über den Hof, aus der Siedlung hinaus und hinunter zur Bucht, wo die *Skidbladnir* auf den Strand gezogen worden war.

»Dies ist der Tag, um Rechnungen zu begleichen«, erklärte Murdo. Er kletterte über die Reling und aufs Deck und winkte den anderen, ihm zu folgen. Dann ging er ins Zelt hinter dem Mast und löste die Taue, die eines der mit Leichentüchern umwickelten Bündel hielten. Dieses trug er dann hinaus und reichte es dem Seewolf.

»Ich habe dir eine Belohnung versprochen, wenn du mir hilfst«, sagte Murdo. »Dort drinnen befinden sich noch drei weitere dieser Bündel. Sie gehören dir.«

»Du hast mir für die Überfahrt sechs Silbermark bezahlt, erinnerst du dich?« fragte Jon Reißzahn.

»Wie auch immer: deine Fürsorge und deinen Schutz kann ich dir niemals bezahlen und noch weit weniger die Freundesschuld. Nimm es«, drängte Murdo.

Jon legte das Bündel aufs Deck, zog das Messer, durchtrennte die Halteseile und begann damit, einzelne Gegenstände herauszuziehen: eine goldene Schüssel, zwei Silberbecher in Hornform, ein goldenes Armband mit einem Anhänger in Gestalt eines Pferdes, einen goldenen Pokal mit je zwei Rubinen und Smaragden in einem Silberband am Fuß und eine Handvoll Münzen.

Der Nordmann stand wieder auf und sagte: »Das kann ich nicht annehmen, Murdo. Die Beute aus dem Seldschukenzelt reicht mir vollkommen aus, und wenn ich mit dem König wieder ins Heilige Land zurückkehre, werde ich noch mehr bekommen. Außerdem wirst du all dein Gold brauchen, wenn du hier ein Reich errichten willst.«

»Bitte«, sagte Murdo und deutete auf den Hort, »nimm wenigstens etwas, damit ich meine Herrschaft leichten Herzens und mit offener Hand antreten kann.«

Bei diesen Worten gab der Nordmann nach. Er bückte sich und nahm die beiden hornförmigen Silberbecher heraus. »Wenn du darauf bestehst, dann werde ich diese hier nehmen«, sagte er. »Und sie werden stets gefüllt sein, damit wir wie Könige zusammen trinken können, wenn du kommst und mich besuchst.«

»So soll es sein«, stimmte Murdo glücklich zu. »Ohne Zweifel bekommt man viel Durst, wenn man ein Reich errichten will.«

»Du bist auf meinem Schiff stets willkommen«, erwiderte der Nordmann ebenso glücklich. »Ein Fürst braucht immer Männer und Schiffe, die ihm dienen. Wer weiß, eines Tages werden wir vielleicht wieder gemeinsam segeln.«

»Nichts würde mir mehr gefallen«, erklärte Murdo. Er drehte sich zu den Mönchen um und sagte: »Ich habe auch etwas für euch.«

»Wir brauchen kein Gold und Silber«, erklärte Emlyn. »Es reicht uns, dich mit deiner Familie vereint und als Freund des Königs zu sehen. Wir sind zufrieden, mein Freund.«

»Das mag ja sein, aber ich werde euch trotzdem belohnen«, beharrte Murdo auf seinem Angebot. Raschen Schrittes eilte er zum Bug des Schiffes und winkte den anderen, ihm zu folgen. Als die vier sich zu ihm gesellten, bat er Jon Reißzahn, die Übergabe des Geschenks zu bezeugen.

»Ich habe lange darauf gewartet, euch dies zu geben«, sagte Murdo, »aber es waren stets zu viele Menschen um uns herum, und ich fürchtete mich vor dem, was Magnus getan hätte, hätte er es jemals herausgefunden. Doch das alles spielt nun keine Rolle mehr.«

Verwirrt von diesen Worten beobachteten die Mönche, wie Murdo sich niederkniete und mit den Händen an der Unterseite der Reling entlangtastete. Wenige Augenblicke später hatten seine Finger das Gesuchte gefunden. »Da ist sie ja«, sagte er und holte einen langen, leicht verbogenen Eisenspeer hervor.

Als Ronan die Reliquie erblickte, verfiel er in ehrfürchtiges Schweigen.

Emlyn jedoch war nicht mit Sprachlosigkeit geschlagen. »Gott steh dir bei, Murdo!« keuchte er. »Was hast du getan?«

»Die heilige Lanze!« murmelte Fionn über die Maßen erstaunt.

Ronan sank auf die Knie. »Kann das sein?« flüsterte er. Er faltete die Hände und blickte hoffnungsvoll zu Murdo empor. »Ist dies wirklich die heilige Lanze?«

»Das ist sie«, bestätigte Murdo. »Ich wollte es euch wirklich schon früher sagen, glaubt mir. Aber ich durfte nicht riskieren, sie zu verlieren.«

»Aber ich habe doch gesehen, wie du die Lanze weggegeben hast«, bemerkte Fionn. »Mit meinen eigenen Augen habe ich es gesehen.« Zustimmung suchend blickte er zu seinen Brüdern. »Wir alle haben es gesehen.«

»Ihr habt gesehen, wie ich den Speer weggeben habe, den ich in Arles geschmiedet habe«, berichtigte ihn Murdo. »Erinnert ihr euch an Arles?«

»Aber ja.« Jon Reißzahn nickte nachdenklich. »Ich hatte es ganz vergessen.«

Murdo berichtete, wie er Balduins Männern in Jaffa zunächst entkommen war, so daß er das Schiff noch rechtzeitig erreicht hatte, um die beiden Waffen auszutauschen. »Ich habe die eine in die Tücher der anderen eingewickelt. Das war dann die ›heilige Lanze‹, die ich Bohemund gegeben habe.«

»Du hast die Fürsten angelogen.« Emlyn staunte ob Murdos Kühnheit.

Murdo schüttelte den Kopf. »Nein, Bruder, ich habe ihnen die Wahrheit gesagt. Bohemunds Arroganz und Habgier hat den Rest erledigt.«

»Aber Magnus hat dir Land im Tausch für die Lanze gegeben. Du hast ihn betrogen, Murdo«, erklärte Fionn. »Das ist eine große Sünde.«

»Aber dem ist nicht so«, widersprach der junge Mann. »Wie Emlyn sich sicher erinnern wird, habe ich Bohemund und Magnus gesagt, ich würde keine Belohnung für die Lanze annehmen, und das habe ich auch nicht. König Magnus hat mir Land gegeben, weil

Prinz Sigurd das Gut meines Vaters gestohlen und es Orin Breitfuß gegeben hat. Ich habe nur Gerechtigkeit verlangt, und das war mein Recht.«

Schweigen senkte sich über die kleine Gruppe, als sie das ganze Ausmaß der Entschlossenheit und der Gerissenheit des jungen Mannes erkannten. Jon Reißzahn jedoch bewunderte vor allem den Mut, mit dem die Tat ausgeführt worden war. »Solch Wagemut wird in den Hallen der Könige von Skania bis Dänemark besungen werden!«

Murdo schüttelte den Kopf. »Niemand außer uns wird je davon erfahren.« Er hielt kurz inne und blickte auf die eiserne Lanze; dann kniete er nieder und bot sie Ronan an. »Dies ist die Lanze Christi. Ich übergebe sie in deine Obhut und die deiner Brüder.«

Ronan bemühte sich noch immer, das ganze Ausmaß des Glücks zu begreifen, das über sie gekommen war. Er starrte auf die heilige Lanze und brachte kein Wort heraus.

»Als ich auf der Ebene vor Jaffa stand«, fuhr Murdo fort, »habe ich beschlossen, dem Wahren Weg zu folgen, und euch muß ich danken, daß ihr ihn mir gezeigt habt. Ihr wart besser zu mir als meine eigenen Brüder, und dafür bin ich euch dankbar. Falls jemals etwas Gutes aus diesem schrecklichen Kreuzzug hervorgehen sollte, dann möchte ich, daß ihr daran teilhabt. Die heilige Lanze gehört euch, und ich kann nicht glauben, daß irgendein anderer sie auch nur annähernd so gut verehren und beschützen würde wie ihr.«

Bruder Ronan nahm die Lanze entgegen. »Das ist ein Wunder«, sagte er, blickte liebevoll auf die uralte Reliquie und schüttelte langsam den Kopf. »All die Zeit über habe ich geglaubt, sie sei für immer verloren und daß unsere Pilgerfahrt nach Jerusalem gescheitert sei. Er blickte zu Murdo, und die Tränen standen ihm in den Augen. »Ich hatte sogar schon an der Vision gezweifelt, die der Herr uns geschenkt hat. Ich gestehe, ich habe sogar an Gott selbst gezweifelt.«

»Nun könnt ihr die Vision erfüllen.«

Ronan drückte den Speer an die Brust, als wäre es seine Seele und nahm Murdo in den Arm. »Du hast den Glauben eines alten, schwachen Mannes erneuert und seinem unruhigen Herzen Frieden gebracht.«

Er gab die Lanze an Fionn weiter; dann legte Ronan Murdo die Hand auf die Stirn und sagte: »Möge dein Glück mit deiner Weisheit wachsen, und mögest du lange leben in dem Land, das der Herr unser Gott dir gegeben hat...«

Bei Ronans Berührung verspürte Murdo einen plötzlichen Stich in der Seele, und im Segen des Priesters hörte er den Widerhall der Worte des heiligen Andreas: *Alles, was du besitzt, ist dir aus gutem Grund gegeben worden, Bruder. Errichte mir ein Reich.*

In diesem Augenblick war er wieder in den Katakomben. Erneut roch er die stickige, staubige Luft der Klostergräber und sah vor sich den geheimnisvollen weißen Priester, der ihm die Frage stellte und auf die Antwort wartete. *Ich frage dich erneut: Willst du mir dienen?*

Dann hörte er seine Antwort. *Ich werde tun, was ich kann.*

Errichte mir ein Reich, hatte Bruder Andreas gesagt. Und nun stand die Frage erneut vor ihm. Einst, vor noch gar nicht allzu langer Zeit, hätte ihm nichts mehr Freude bereitet, als sein Versprechen zu verleugnen und einfach davonzugehen, als würde es ihm nichts bedeuten. Einst, aber nicht jetzt. Murdo hatte seinen Weg gewählt, und er würde an seiner Entscheidung festhalten. Außerdem war dies der Tag, Rechnungen zu begleichen, Schulden zu bezahlen und Eide einzulösen. An solch einem Tag, da er von anderen Gerechtigkeit verlangte, konnte er unmöglich falsch sich selbst gegenüber sein.

»... Möge das Heilige Licht für dich scheinen«, fuhr der Priester fort, »und mögest du niemals vom Wahren Weg abkommen, dein ganzes Leben lang.«

Murdo dankte Ronan für seinen Segen, und da er beschlossen hatte, die Bürde des Gelöbnisses auf sich zu nehmen, das er gegenüber dem heiligen Andreas abgelegt hatte, sagte er: »Mit eurer Hilfe werde ich mein Reich zu einer Zuflucht für die Célé Dé machen, weit weg vom Ehrgeiz kleingeistiger Menschen und ihrem endlosen Streben nach Macht und Reichtum. Gemeinsam werden wir ein Königreich errichten, wo die Menschen in Frieden dem Wahren Weg folgen können und wo das Heilige Licht den Suchenden den Weg weist.«

»Tu das«, sagte Emlyn und klopfte ihm liebevoll auf die Schulter, »und du wirst ein Herr sein, der dieses Namens würdig ist.«

»Das«, sagte Murdo, »ist alles, was ich mir je gewünscht habe.«

Epilog

Wir sind die Sieben, und wir sind die Letzten.

Unsere lange, einsame Wacht nähert sich ihrem Ende. Tausend Jahre sind vergangen, seit unser erlauchter Orden gegründet wurde – tausend Jahre des Beobachtens und Wartens. In dieser Zeit sind Nationen entstanden, aufgestiegen und wieder untergegangen. Könige, Potentaten und Diktatoren haben sich herausgeputzt, sind herumstolziert und sind wieder verschwunden, und nun liegen selbst die Sterne in unserer Reichweite. Doch viele Dinge – die *meisten* Dinge – ändern sich nie: Kinder werden geboren; sie wachsen und heiraten und zeugen neue Kinder in einer Welt, wo Tag für Tag die Sonne aufgeht und die Jahreszeiten stets im gleichen Rhythmus wechseln. Stämme führen auf ewig Krieg gegen ihre Nachbarn, und Waren fließen in einem endlosen Strom von einer Seite der Erde zur anderen – ebenso wie die ewig wechselnden Gezeiten der Macht.

So war es immer, doch bald wird es anders sein. Denn die große Erfüllung der Zeit steht bevor, und der Wahre Weg wird endlich enthüllt werden.

Dies ist eine schwere Zeit für uns, meine Freunde. Ob in New York oder Paris, in London, Madrid oder in Moskau, ich blicke aus meinem Hotelfenster auf die geschäftige Straße unter mir und sehe, wie die Welt sich vor meinen Augen auflöst. Die Alte Welt kehrt wieder zu dem Chaos zurück, aus dem sie entstanden ist.

Doch das Heilige Licht leuchtet noch, wenn auch schwach; die Flamme wird erneuert werden. Die Geburtswehen der Neuen Welt haben begonnen.

Hört die Sirenen in der Nacht; hört die Bomben und die Kanonen und die Schreie ihrer Opfer und die wütenden Rufe der Menge auf den Straßen. Hört! In all diesen Dingen hört ihr den Hufschlag eines rasch herbeieilenden Rosses: Der Geflügelte Bote kommt. Der Tag der Abrechnung steht bevor. Das, was ist, wird nicht länger sein.

So sei es!

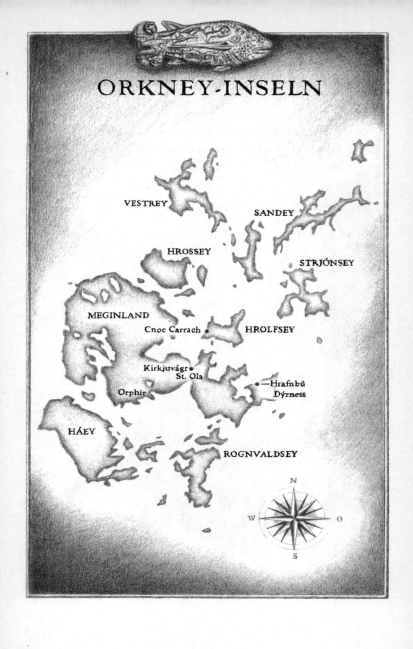

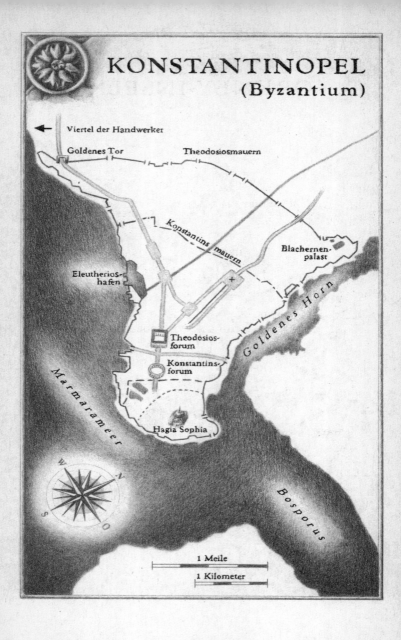

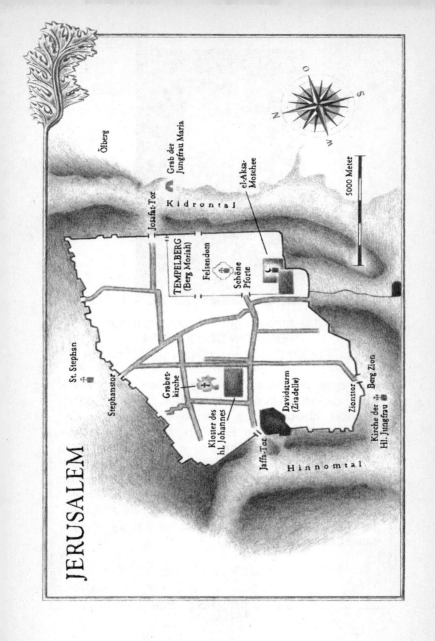

Fortsetzung der großen Schottlandsaga
DER STEIN DER KELTEN
Für alle Freunde von Diana Gabaldon

Ist Andrew Trentham plötzlich in ein Zeitloch geraten? Als er den Hügel in den schottischen Highlands überschreitet, glaubt er sich jedenfalls unmittelbar in die Vergangenheit versetzt. Ein kleines Dorf erwartet ihn, Männer in Kilts und Tartans, mit Schwertern und Dolchen: Alles wirkt so, als wäre das 21. Jahrhundert nie bis hierher vorgedrungen. Und er selbst wird für einen Krieger aus den Lowlands gehalten. Unversehens gerät er in den uralten Konflikt zwischen Schotten und Engländern, den Kampf um die Königskrone des Landes ...

ISBN 3-404-14716-2